빌리 밀리건

The Minds of Billy Milligan

The Minds of Billy Milligan
Copyright ⓒ 1982 by Daniel Keyes
Published by arrangement with William Morris Agency, Inc.
All rights reserved.

Korean Translation Copyright ⓒ 2007 by Golden Owl
Korean edition is published by arranged with William Morris Agency, Inc.
through Imprima Korea Agency

이 책의 한국어판 저작권은 Imprima Korea Agency를 통해 Daniel Keyes, c/o William Morris Agency, Inc.와의 독점계약으로 황금부엉이에 있습니다. 저작권법에 의하여 한국 내에서 보호를 받는 저작물이므로 무단전재와 무단복제를 금합니다.

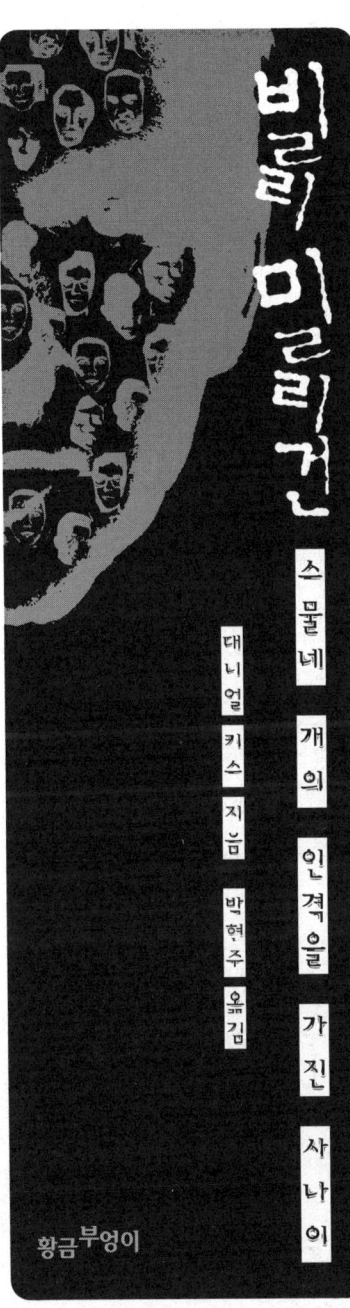

아동 학대의, 특히 알려지지 않은 희생자들에게
이 책을 바칩니다.

| 머리말 |

 이 책은 윌리엄 스탠리 밀리건의 현재까지의 삶에 대한 사실적 기록이다. 그는 중죄를 저질렀으면서도 미국 역사상 처음으로 다중인격의 소유자란 이유로 정신이상 판정을 받고 무죄를 선고받은 인물이다.
 정신병리학 서적이나 대중 문학서에 나타난 많은 다중인격자들은 처음부터 가명을 사용해서 그 정체가 알려지지 않았지만, 그와 달리 밀리건은 체포되고 기소되던 순간부터 대중적으로 널리 알려지며 논란을 일으켰다. 그의 얼굴이 신문의 1면과 잡지 표지에 등장하기도 했다. 그의 정신을 검진한 결과는 전 세계에서 저녁 시간 TV 뉴스나 신문의 머리기사를 장식했다. 밀리건은 또한 다중인격 환자로서는 처음으로 정신과 의사 네 명과 심리학자 한 명의 법정 증언으로 다중성이 발견되고 확증되어 병원 내에 입원한 상태에서 24시간 내내 주의 깊게 진찰받은 사람이기도 하다.
 내가 이 스물세 살의 청년을 처음 만난 건 그가 법정에서 오하이오 주의 애슨스 정신건강센터로 이송된 직후였다. 그가 내게 자신의 이야기를 써 달라고 부탁했을 때, 나는 이미 이야기가 언론에 광범위하게 보도되었으므로 그 이상 더 할 얘기가 있는지 없는지에 달렸다고 답했다. 그는 자신의 내면에 있는 사람들에 대한 더 깊은 비밀은 변호사와 자신을 진찰했던 정신과 의사에게도 드러낸 적이 없다고 단언했다. 이제 그는 세상이 자신의 정신적 질환을 이해해주기를 원했다. 나는 회의적이었지만 흥미가 생겼다.

그를 만난 지 며칠 후, '빌리의 열 가지 얼굴'이라는 제목을 달고 있는 《뉴스위크》 기사의 마지막 문단을 읽고 내 호기심은 한층 고조되었다.

그렇지만 아직도 대답할 수 없는 질문들이 있다. 어떻게 밀리건은 타미(그의 인격 중 하나)가 보여준 후디니(20세기 초반 탈출 묘기로 유명했던 전설적인 마술사—옮긴이) 식의 탈출 기술을 배울 수 있었을까? 성폭행 피해자들과의 대화 중에 밀리건은 자신이 '게릴라'이며 '살인청부업자'라고 주장했는데 그건 어떻게 된 것일까? 의사들은 밀리건에게 아직 가늠하지 못한 인격들이 더 있고 이들 중 몇몇은 아직 발견되지 않은 범죄를 저질렀을지도 모른다고 생각하고 있다.

그의 병실에서 면담 시간 동안 단둘이 이야기를 나눠봤을 때, 나는 빌리(그를 그냥 이렇게 이름으로 부르게 되었다)가 처음에 만났던 침착한 청년과는 아주 다른 사람임을 발견했다. 그는 주저하면서 말했고 초조한 듯 무릎을 덜덜 떨었다. 기억상실증으로 오랜 시간이 백지가 된 듯 기억력이 아주 나빴다. 고통스러운 기억을 말할 때는 종종 목소리를 떨면서 모호하게 회상하고 있는 과거의 일정 부분을 대충 말할 수 있었으나, 자세하게는 설명할 수 없었다. 나는 이전의 경험을 끌어내려 했으나 헛수고로 끝난 후, 두 손 들고 그만두려고 했다.

그러던 어느 날, 뭔가 깜짝 놀랄 만한 일이 벌어졌다.

빌리 밀리건은 처음으로 완전히 하나로 융합되었고, 모든 인격이 다 혼합된 새로운 개인을 드러냈다. 융합된 밀리건은 모든 인격들이 태초에 어떻게 태어났는지를 다 명확하게 기억하고 있었다. 그들의 생각, 행동, 관계, 비극적인 경험과 우스운 모험들까지도.

내가 머리말에 이 사실을 언급하는 목적은 밀리건의 과거 사건과 개인적인 느낌, 고독한 대화들을 어떻게 기록할 수 있었는지 독자들이 이해해 주기를 바라기 때문이다. 이 책에 들어 있는 모든 자료는 이 융합된 밀리건과 그의 다른 인격들, 그리고 밀리건 인생의 여러 다른 단계에서 그와 접점을 가졌던 예순두 명의 사람들에게서 나왔다. 장면과 대화는 밀리건의 회상으로부터 재창조되었다. 진료 시간들은 비디오테이프에서 직접 가져왔다. 내가 지어낸 부분은 없다.

이 책을 쓰기 시작했을 때 직면한 심각한 문제 중 하나는 연대기를 작성하는 것이었다. 밀리건은 아주 어린 시절부터 종종 "시간을 잃어"버리면서 살았기 때문에 시계나 달력에 거의 주의를 기울인 적이 없었으며, 종종 지나치게 당황해서 몇 달 며칠인지 잘 모르고 있다는 것도 인정하지 못할 정도였다. 나는 그의 어머니와 누이, 고용주들, 변호사와 의사들이 제출한 대금지불서나 영수증, 보험증서, 학교 성적표, 고용 기록표 및 다른 공식 문서를 사용해서 사건들을 연대별로 배열할 수 있었다. 밀리건은 편지에 날짜를 적지 않았지만, 그의 이전 여자친구는 그가 감옥에 있었던 2년 동안 보냈던 편지를 다 보관하고 있었고 나는 봉투에 찍힌 소인으로 날짜를 추정할 수 있었다.

이 작업을 하면서 밀리건과 나는 두 가지 근본 규칙에 합의했다.

먼저 인물과 장소, 기관 모두 실명으로 표기하되, 개인의 사생활을 보호하기 위해 다음의 세 부류에 속하는 사람들만 가명으로 표기한다. 정신과 치료를 받고 있는 다른 환자들, 미성년자건 성인이건 간에 밀리건과 관련이 있지만 아직 기소되지 않은 범죄자들, 내가 직접 인터뷰를 할 수 없었던 사람들의 경우 실제 이름을 쓰지 않았고, 나와 인터뷰를 하는 데 동의해준 두 명을 포함해서 오하이오 주립대학에 다녔던 세 명의 성폭행 피해자들도 가명으로 표기했다.

두 번째, 밀리건의 인격들 중 몇몇이 법적으로 기소될 여지가 있는 범죄를 저지른 사실을 고백할 경우에는, 밀리건 본인은 연루되어 있지 않다는 확신을 그에게 주기 위해 이 장면들을 극화하는 데 있어 '시적 허용'을 사용한다. 반면, 밀리건이 이미 법정에 섰던 범죄들에 대해서는 이제까지 드러나지 않았던 세세한 부분들까지도 묘사한다.

빌리 밀리건을 만났거나, 그와 함께 일했거나, 심지어 그의 희생자가 된 사람들 중 대부분은 그가 다중인격 증세를 겪고 있다는 진단을 받아들이게 되었다. 이들 중 많은 사람이 마침내 자신들도 "사람이 저렇게 꾸며낼 수는 없다"며 인정할 수밖에 없었던 말이나 행위들을 기억하고 있었다. 물론 다른 이들은 여전히 그가 협잡꾼이며 감옥에 가지 않기 위해 정신병 핑계를 대고 무죄 판결을 받아낸 똑똑한 사기꾼일 뿐이라고 생각하고 있었다. 나는 되도록 양쪽 집단 모두에서 내게 이야기를 해줄 수 있는 사람들을 찾으려 했다. 그들은 내게 자신의 반응과 그 이유를 알려주었다.

나 또한 회의적인 태도를 계속 지니고 있었다. 매일 이런 식으로 생각했다가 다른 식으로 마음을 바꾸고는 했다. 하지만 밀리건과 이 책의 집필 작업을 함께 한 2년 동안, 그가 했다고 하는 과거의 행위와 경험들에 대해 품었던 의심이 놀랍게도 내 조사가 과거를 더 정확하게 보여줄 수 있다는 신념으로 바뀌었다.

오하이오의 신문들을 휩쓸었던 이 논란은 1981년 1월 2일자 《데이튼 데일리 뉴스》에서 찾아볼 수 있다. 밀리건이 마지막 범죄를 저지른 지 3년하고도 두 달이 지났을 때였다.

사기꾼인가, 희생자인가? 밀리건 사건을 조망하다

조 펜리 기자

윌리엄 스탠리 밀리건은 불안한 존재로 살아가고 있는 불안한 남자다. 그는 사회를 속이고 폭행죄를 저지르고도 죄의 대가를 치르지 않은 사기꾼일 수도 있고 진정한 다중인격장애의 희생자일 수도 있다. 어느 쪽이든 심각한 일이다. (……)

밀리건이 세계를 속였는지 가장 슬픈 희생자였는지는 단지 시간만이 말해줄 것이다. (……)

아마도 지금이 바로 그때가 아닐까.

D. K.
오하이오 주, 애슨스
1988년 1월 3일

| 마음속의 사람들 |

처음의 열 명

재판 당시 정신과 의사, 변호사, 경찰, 언론에 알려져 있었던 인격은 이들뿐이다.

1 _ 윌리엄 스탠리 밀리건('빌리')

26세. 원래 혹은 핵심인격. 나중에는 '융합되지 않은 빌리' 혹은 '빌리-U'로 표시된다. 고등학교를 중퇴했다. 키 180센티미터, 몸무게 86킬로그램. 푸른 눈에 갈색 머리.

2 _ 아서

22세. 영국인. 합리적이고 감정을 드러내지 않는 성격. 영국 억양으로 말한다. 물리학과 화학을 독학하여 의학 서적들을 공부했다. 아랍어를 유창하게 읽고 쓸 줄 안다. 자신을 건실한 보수주의자이자 자본주의자라고 여기지만, 스스로 무신론자라 공언한다. 다른 인격들이 존재하고 있음을 처음으로 발견했으며, 안전한 장소 안에서 그들을 지배하며 '가족' 중 누가 표면에 나가 의식을 차지할지 결정한다. 안경을 쓴다.

3 _ 레이건 바다스코비니치

23세. 증오를 간직한 자. 그의 이름(Ragen)은 '다시 분노하다'(rage-again)에서 유래했다. 유고슬라비아인이며 영어를 말할 때도 확연한 슬라브어 억양이 섞여 있다. 세르보크로아티아어를 읽고 쓰고 말할 줄 안다. 가라테 고수일 뿐 아니라 무기와 탄약에 대해서도 권위자이며 체내 아드레날린의 흐름을 조절할 수 있는 능력에서 나오는 남다른 힘을 보여준다. 그는 공산주의자이자 무신론자다. 그의 임무는 가족과 여자들, 아이들을 보호하는 것이다. 그는 위험한 장소에서 의식을 지배한다. 범죄자들이나 마약 중독자들과 교류를 하고, 때로는 범죄성이 있는 폭력적 행동을 한 적이 있다고 인정하고 있다. 몸무게 95킬로그램, 거대한 팔과 검은 머리, 처진 콧수염. 색맹이기 때문에 그림을 흑백으로만 그린다.

4 _ 앨런

18세. 사기꾼. 협잡꾼. 외부인과 협상을 하는 일을 주로 맡는다. 불가지론자이며 '지상에서의 삶을 최대한 이용하자'는 태도를 가지고 있다. 드럼을 연주하고, 초상화를 그리며, 여러 인격 중에서 유일한 흡연자. 빌리의 어머니와 친밀한 관계를 맺고 있다. 키는 빌리와 같지만, 무게는 좀 덜 나간다(75킬로그램). 유일한 오른손잡이.

5 _ 타미

16세. 탈출 기술을 갖고 있는 예술가. 종종 앨런으로 오인되지만, 타미는 일반적으로 호전적이고 반사회적이다. 색소폰을 연주하고 전자제품을 잘 다루며 풍경화를 그린다. 칙칙한 금발머리에 호박 빛이 도는 갈색 눈.

6 _ 대니

14세. 겁이 많은 성격. 사람들, 특히 남자를 무서워한다. 자기 무덤을 직접 파라는 강요를 받고 그 안에 생매장을 당한 경험이 있다. 그래서 오로지 정물화만 그린다. 어깨 길이의 금발 머리에 푸른 눈동자를 갖고 있으며, 키가 작고 체구는 날씬한 편.

7 _ 데이비드
8세. 고통과 공감의 관리자. 다른 인격들의 상처와 고통을 모두 흡수한다. 아주 민감하고 예민하지만 주의를 집중할 수 있는 시간이 짧다. 대부분의 시간 동안 혼란에 빠져 있다. 적갈색 머리에 푸른 눈. 체구가 작다.

8 _ 크리스틴
3세. 소위 '구석의 아이'. 학교에서 구석에 서 있다고 해서 그런 이름이 붙었다. 영리한 영국 소녀로, 읽고 또박또박 글씨를 쓸 줄 알지만 난독증이 있다. 그림 그리기와 꽃과 나비의 컬러 사진을 좋아한다. 어깨 길이의 금발 머리에 파란 눈.

9 _ 크리스토퍼
13세. 크리스틴의 오빠. 영국 억양으로 말한다. 순종적이기는 하지만 성격이 불안정하다. 하모니카를 연주한다. 크리스틴처럼 갈색이 도는 금발을 갖고 있지만 앞머리는 더 짧다.

10 _ 에이들라나
19세. 레즈비언. 외로움을 잘 타고 내성적인 성격으로, 시를 쓰고 요리를 하며 다른 인격들을 위해 가사를 돌본다. 길고 끈 같은 흑발을 갖고 있으며, 갈색 눈이 가끔 안진증(자기 의지와 상관없이 눈동자가 좌우로 리듬을 타듯 움직이는 증세—옮긴이)으로 인해 좌우로 움직이기 때문에 '춤추는 눈동자'라는 별명을 갖고 있다.

불량자들

탐탁지 않은 특성을 가지고 있다고 해서 아서가 억압하고 있었던 인격들. 애슨스 정신건강센터의 데이비드 콜 박사가 처음으로 발견했다.

11 _ 필립

20세. 폭력배. 뉴욕 출신으로 강한 브루클린 억양을 갖고 있으며 천한 말을 쓴다. 경찰과 언론에 '필'이라고 자기 이름을 말한 게 알려져서, 일반적으로 알려진 10개보다 더 인격이 있을 거라는 실마리를 주었다. 경범죄를 저질렀다. 갈색 머리, 연갈색 눈동자, 매부리코.

12 _ 케빈

20세. 계획가. 하찮은 범죄자. 그레이 드럭스토어 강도 계획을 세웠다. 글쓰기를 좋아한다. 금발 머리, 초록 눈.

13 _ 월터

22세. 오스트레일리아인. 자신이 맹수 사냥꾼이라는 환상을 갖고 있다. 방향감각이 뛰어나서 '관측병'의 역할로 종종 이용된다. 감정을 억압한다. 기벽이 있다. 턱수염을 기르고 있다.

14 _ 에이프릴

19세. 못된 여자애. 보스턴 억양을 갖고 있다. 빌리의 의붓아버지에게 복수를 하겠다는 악녀다운 생각과 계획으로 가득 차 있다. 다른 인격들은 에이프릴이 미쳤다고 말한다. 바느질을 하고 가사를 돕는다. 흑발에 갈색 눈.

15 _ 새뮤얼

18세. 방황하는 유대인. 자신의 종교를 신봉한다. 유일하게 신을 믿는 인격이다. 조각과 목각을 한다. 검은 곱슬머리에 턱수염, 갈색 눈.

16 _ 마크

16세. 일꾼. 주도권이 없다. 남에게 명령을 받지 않으면 아무 일도 하지 않는다. 단순 노동을 책임진다. 할 일이 없으면 벽만 바라보고 있다. 때때로 '좀비' 라고 불리기도 한다.

17 _ 스티브

21세. 끊임없이 타인을 사칭하는 사기꾼. 다른 사람을 흉내 내며 비웃는다. 극단적으로 자기중심적이다. 내적 자아 중 유일하게 다중인격 진단을 절대 받아들이지 않는다. 비웃으며 흉내 내는 습관 때문에 종종 다른 인격과 문제를 일으킨다.

18 _ 리

20세. 코미디언. 장난꾸러기, 광대. 재담가. 현실적인 농담 때문에 다른 인격들 사이에 분란을 일으켜서 감옥의 독방에 갇히는 결과를 초래하기도 한다. 인생이나 자신이 저지른 행동의 결과에 대해 신경 쓰지 않는다. 진갈색 머리, 연갈색 눈.

19 _ 제이슨

13세. 압력 밸브. 히스테릭한 반응과 불끈 화를 내는 성격 때문에 종종 벌을 받기도 한다. 그 동안 쌓였던 압력을 방출한다. 나쁜 기억을 버려서 다른 인격들이 잊어버릴 수 있게 하지만 기억상실을 유발한다. 갈색 머리, 갈색 눈.

20 _ 로버트(바비)

17세. 몽상가. 계속해서 여행과 모험을 공상한다. 세상을 더 나은 곳으로 만들겠다는 꿈을 꾸고 있지만, 야망이나 지적 흥미는 없다.

21 _ 숀

4세. 귀머거리. 집중력이 없고 종종 지체아인 것으로 추정된다. 머릿속의 울림을 느끼기 위해 윙윙거리는 소리를 낸다.

22 _ 마틴

19세. 속물. 뉴욕 출신의 천박한 자랑쟁이. 뽐내면서 거만하게 행동한다. 노력 없이 공짜를 바란다. 금발, 회색 눈.

23 _ 티모시(티미)

15세. 꽃가게에서 일했는데, 그곳에서 동성애자가 접근해 오는 바람에 겁을 먹은 적이 있다. 자기 세계에 빠져든다.

선생

24 _ 선생

26세. 스물세 개의 다른 인격들을 하나로 융합시킨 인격. 다른 인격들이 배운 모든 것을 가르쳤다. 총명하고 민감하며 세련된 유머 감각을 지니고 있다. "나는 빌리를 모두 하나로 모은 사람입니다"라며 다른 인격들을 "내가 만든 안드로이드"라고 부른다. 선생은 거의 완전한 기억 능력을 지니고 있으며 그의 출현과 협조가 있었기에 이 책을 쓸 수 있었다.

The Minds of Billy Milligan 빌리 밀리건

차례

머리말 | 5

마음속의 사람들 | 10

1부 혼란의 시기

1장	밀리건, 대학가 성폭행범으로 체포되다	21
2장	밀리건 안의 다른 사람들	51
3장	'인격'과 '인간' 사이	106
4장	정신이상으로 무죄를 선고받다	160
5장	작가와의 첫 인터뷰	178
6장	또 다른 이름들	205

2부 선생의 출현

7장	밀리건의 첫 번째 상상 친구	223
8장	스물네 조각으로 부서진 영혼	238
9장	"그자를 죽여버리겠어!"	265
10장	새아빠에게 복수하다	282
11장	군 입대 한 달 만에 쫓겨나다	289
12장	둘도 없는 친구의 죽음	304
13장	말린과의 첫 만남	317

14장	아서, 런던으로 도망치다	351
15장	케빈과 필립, 완전범죄를 꿈꾸다	363
16장	강도 혐의로 체포되다	381
17장	추방된 불량자들	389
18장	말린에게 결별을 선언하다	415
19장	대학가 성폭행사건의 내막	447

3부 광기를 넘어서

20장	새로운 인생을 꿈꾸다	477
21장	정치가들과 언론의 공격	492
22장	리마 정신병원으로 이송되다	532
23장	리마에서 최악의 위기를 맞다	553

에필로그 | 577

저자 후기 | 586
저자 해설 | 595
감사의 말 | 598
옮긴이의 말 | 601

1 혼란의 시기

The Minds of Billy Milligan

1장

밀리건, 대학가 성폭행범으로 체포되다

1

 1977년 10월 22일 토요일, 대학 경찰서장 존 클리버그는 오하이오 주립대학 의과대학 지역에 엄중 경계 명령을 내렸다. 무장한 경찰들이 순찰차를 타거나 걸어서 캠퍼스 순찰을 돌았고, 무장한 정찰 병력이 옥상에서 보초를 섰다. 여자들은 혼자 걸어 다니지 말고 차에 탈 때는 남자들을 주의하라는 경고를 받았다.
 여드레 만에 두 번째로 젊은 여자 한 명이 그날 아침 7~8시 사이에 캠퍼스 안에서 총으로 위협을 받아 납치당하는 사건이 벌어졌다. 첫 번째 피해자는 스물다섯 살 난 검안과 전공 학생이었고, 두 번째 피해자는 스물네 살의 간호사였다. 둘 다 차에 탄 채 교외로 끌려가 성폭행당한 후 수표를 현금으로 바꿔주고 강탈당했다.
 신문들이 경찰이 만든 사진 합성 몽타주를 싣자 시민들로부터 이름과 인상착의를 설명하는 제보 전화가 수백 통 걸려왔지만 다 쓸모없었다. 주요한 실마리도 없었고, 용의자도 없었다. 대학가 내 긴장이 높아져만 갔다. 오하이오 신문과 TV 앵커들이 "대학가 성폭행범"이라고 부르기 시작한 범인을 체포하라는 학생회와 학내 단체들의 요구가 더해지면서 클리버그 서장에게 가해지는 압박도 점점 심해졌다.

클리버그는 젊은 수사과 주임, 엘리엇 박서봄을 범인 추적 담당으로 배정했다. 진보주의자로 자처하는 박서봄은 오하이오 주립대학 재학시절이던 1970년, 캠퍼스를 폐쇄해버린 학내 소요에 가담하면서 경찰 업무와 인연을 맺었다. 그해 졸업 후, 그는 대학 경찰서로부터 긴 머리카락을 자르고 콧수염을 밀어버리면 일자리를 주겠다는 제안을 받았다. 박서봄은 머리카락을 짧게 자르기는 했지만, 콧수염은 밀까 말까 망설였다. 어쨌거나 그는 경찰에 채용되었다.

박서봄과 클리버그는 사진 합성 몽타주와 두 명의 피해자가 제공한 자료를 검토한 후 모든 증거로 보아 동일범의 소행인 것 같다고 생각했다. 나이는 스물셋에서 스물다섯 살, 몸무게는 80킬로그램에서 85킬로그램 사이 정도에 갈색이나 적갈색 머리를 한 미국계 백인 남성이었다. 두 번 다 남자는 갈색 조깅용 운동복 웃옷에 청바지를 입고 있었고 흰 운동화를 신었다고 했다.

첫 번째 피해자인 캐리 드라이어는 성폭행범이 장갑을 낀 손에 작은 권총을 들고 있었다고 기억했다. 그의 눈은 간혹 좌우로 움직였는데, 그녀는 그것이 안진증이라고 하는 눈 증상 같다고 했다. 범인은 캐리에게 수갑을 채우고 인적 드문 시골까지 차를 몰고 가게 한 후에 거기서 그녀를 성폭행했다고 했다. 성폭행 후에 범인은 피해자에게 이렇게 말했다.

"경찰에게 신고하더라도 내 인상착의는 말하지 마. 신문에서 뭐라도 보게 되면, 내가 아니라 다른 사람이 와서 당신이나 당신 식구들을 손봐줄 테니까."

그러고는 농담이 아니고 진담이라는 걸 증명하려는 듯, 여자의 주소록에서 이름을 적어 갔다.

다나 웨스트는 키가 작고 통통한 간호사인데, 자신을 공격한 자가 자동 권총을 들고 있었다고 말했다. 그의 손에는 뭔가 묻어 있었다. 먼지나 기름때는 아니었지만 그런 종류의 기름기 있는 얼룩이었다. 어느 시점에 범인은 자기 이름을 필이라고 말했다. 그리고 욕설을 입에 달고 있었다. 범인이 갈색이 도는 선글라스를 끼고 있었기 때문에 피해자는 그의 눈을 보지 못했다고 한다. 범인은 여자에게서 친척들의 이름을 받아 적고는 자기 신원을 알리면 여자나 그 가족 중 한 명이 "형제"에게 혹독한 꼴을 당할 줄 알라고 경고했다. 피해자 여성은 물론 경찰 또한 범인이 테러 단체나 마피아의 일원이었던 사실을 자랑하는 성격이라고 추정했다.

클리버그와 박서봄은 두 사람이 서술한 인상착의에서 단 하나, 중요한 차이점을 발견하고 혼란에 빠졌다. 첫 번째 범인은 숱이 많고 깔끔하게 다듬어진 콧수염을 달고 있었다고 했다. 두 번째 범인은 사흘은 자란 듯한 턱수염이 있었지만 콧수염은 없었다고 했다. 박서봄은 미소 지었다.

"첫 번째와 두 번째 사건 사이에 콧수염을 밀어버렸나 보군."

10월 26일 수요일 오후 3시, 콜럼버스 시내에 있는 중앙경찰서의 성폭력 수사 전담반 소속 니키 밀러 형사는 오후 근무에 출근하여 출근 기록을 적고 있었다. 라스베이거스에서 2주 동안 휴가를 보내고 막 돌아온 밀러 형사는 갈색 눈과 가볍게 자른 모래 빛 머리칼에 어울리게 잘 태운 갈색 피부 덕에 한결 기분이 산뜻한 듯 보였다. 오전근무조의 그램리치 형사는 밀러에게 피해자를 대학병원으로 이송시켰다고 말했다. 이 사건은 밀러가 담당하게 되었으므로 그램리치는 세부 사항을 몇 가지 알려주었다.

스물한 살인 오하이오 주립대학 학생 폴리 뉴턴은 그날 아침 여덟 시경 대학 캠퍼스 근처에 있는 아파트 뒤에서 납치당했다. 폴리는 남자친구의 파란 콜벳을 주차하고 나오다가 갑자기 도로 차 안으로 밀어 넣어졌고 교외의 외진 곳으로 차를 몰고 가라는 명령을 받았다. 그녀는 거기서 성폭행을 당했다. 범인은 그녀에게 콜럼버스로 차를 몰고 가라고 해서 수표 두 장을 현금으로 바꾼 후 다시 자기를 캠퍼스 지역으로 데려다달라고 했다. 그때 범인은 폴리에게 수표를 또 한 장 현금으로 바꾸고 난 다음, 지불 중지를 신청하고 그 돈은 그녀가 가지고 있으라고 했다고 한다.

니키 밀러는 휴가 중이었기 때문에, 대학 캠퍼스 성폭행범에 대한 기사를 읽지 못했고 몽타주 사진도 보지 못했다. 오전근무를 했던 형사들은 밀러에게 자세한 상황을 알려주었다. 밀러는 보고서에 이렇게 적었다. "이 사건의 제반 사실은 오하이오 대학 경찰서 관할구역에서 발생하여 현재 수사 중인 (……) 두 건의 성폭행 납치사건과 유사하다."

니키 밀러와 파트너인 A. J. 베셀 경관은 차를 타고 대학병원으로 가서 다갈색 머리의 폴리 뉴턴을 면담했다.

폴리의 말에 따르면, 납치범은 자기가 급진적 정치단체인 '웨더맨'의 회원이지만 사업가로서 다른 직함도 가지고 있다고 말했다. 그리고 그는 마세라티를 몰았다. 폴리는 병원에서 치료를 받은 후, 사건 현장을 수색하러 가려는 밀러와 베셀을 따라가는 데 동의했다. 그렇지만 점점 날이 어두워지고 있었고 마음도 점점 혼란스러워져서 다음 날 아침 다시 한 번 시도해보기로 했다.

과학수사팀은 폴리의 차에서 지문 검색을 했다. 경찰들은 앞으로 찾아낼 용의자와 대조 식별이 가능할 정도로 지문의 융선이 충분히 남아 있는 부분 지문을 세 개 찾아냈다.

밀러와 베셀은 폴리를 도로 경찰서 사무실로 데려가 몽타주 전문가와 함께 몽타주를 그리게 했다. 그러고 나서 밀러는 폴리에게 백인 성폭행범 사진들을 훑어봐달라고 부탁했다. 폴리는 한 쟁반에 100장씩, 쟁반 세 개에 가득한 상반신 사진들을 면밀히 살펴보았으나 헛수고였다. 그날 밤 10시, 경찰들과 일곱 시간을 보내고 기진맥진한 폴리는 작업을 멈췄다.

다음 날 아침 10시 15분, 성폭력 수사 전담반 소속 오전근무조 형사들은 폴리 뉴턴의 집에 찾아가 그녀를 차에 태우고 델라웨어 군(郡)으로 갔다. 한낮의 햇빛 아래 폴리는 형사들을 성폭행 현장까지 데리고 갈 수 있었다. 그 장소에 있는 연못가에서 형사들은 9밀리미터 구경의 총알 탄피를 찾아 냈다. 폴리는 형사 중 한 명에게 거기서 범인이 물에다 맥주 깡통을 몇 개 띄워놓고 총을 쐈다고 말했다.

경찰서로 돌아가자, 니키 밀러가 막 임무교대를 하러 돌아와 있었다. 밀러는 폴리를 안내원 접수대가 바로 건너편에 있는 작은 방에 앉히고는 용의자 사진들이 담긴 쟁반 하나를 더 가지고 왔다. 밀러는 폴리를 혼자 놔두고 문을 닫았다.

몇 분 후, 엘리엇 박서봄이 두 번째 희생자인 간호사 다나 웨스트를 데리고 사무실에 도착했다. 박서봄은 다나도 용의자 사진들을 훑어봐주기를 바랐다. 박서봄과 클리버그 서장은 사진 식별이 법정 증거로 유효하지 않을 경우에 대비해서 검안과 학생인 캐리 드라이어는 용의자 정렬 식별을 위해 남겨두기로 했다.

니키 밀러는 다나 웨스트를 서류함이 죽 늘어선 복도에 있는 탁자에 앉히고 용의자 사진이 담긴 쟁반 세 개를 가져다주었다.

"세상에, 맙소사." 다나는 말했다. "성폭행범들이 이렇게나 많이 거리를 돌아다닌다는 말이에요?"

박서봄과 밀러는 다나가 얼굴을 하나하나 살피는 동안 근처에서 대기했다. 화도 나고 좌절한 듯 보이는 다나는 사진을 한 장 한 장 넘겼다. 거기서 다나는 자기가 아는 얼굴을 보았다. 자신을 성폭행한 남자는 아니었지만, 이전에 같은 반에 있었던 친구로 바로 전날에도 길에서 만난 적이 있었다. 다나는 사진 뒷면을 들여다보고 그가 부적절한 신체 노출로 체포된 적이 있다는 사실을 알았다.

"어머나." 다나는 웅얼거렸다. "겉으로 봐서는 전혀 모를 일이네."

쟁반에 담긴 사진을 반쯤 훑어나가던 다나는 아래를 뭉툭하게 자른 구레나룻과 멍한 눈을 가진 잘생긴 젊은이 사진을 보고 멈칫했다. 다나는 거의 의자가 뒤로 나가떨어지도록 자리에서 펄쩍 뛰어올랐다.

"바로 이 사람이에요! 이 사람이에요! 확실해요!"

밀러는 다나에게 사진 뒷면에 이름을 사인하도록 하고 그 사진의 ID 번호를 받아서 기록과 대조한 후 적어놓았다. "윌리엄 S. 밀리건." 오래된 사진이었다.

밀러는 그 사진을 폴리 뉴턴이 아직 살펴보지 않은 쟁반에 놓인 사진 더미 속 4분의 3 정도 뒤에 끼워놓았다. 밀러와 박서봄, 브러시 형사와 베셀 순경은 폴리의 작업에 합세하러 방 안으로 들어갔다.

밀러는 폴리가 그 쟁반 안에 경찰들이 골라내줬으면 하는 사진이 들어있다는 것을 이미 알고 있을지도 모른다는 느낌이 들었다. 폴리는 카드들을 손가락으로 집어 세심하게 넘겼다. 폴리가 사진을 반쯤 보았을 때, 밀러는 점점 긴장했다. 폴리가 같은 용의자 사진을 골라낸다면, 대학가 성폭행범을 찾아낸 것이었다.

폴리는 밀리건의 사진을 보고 잠시 멈췄다가 그냥 지나갔다. 밀러는 자신의 어깨와 팔이 긴장하고 있음을 느꼈다. 폴리는 사진들을 도로 넘겨보더니 구레나룻을 기른 젊은이 사진을 다시 들여다보았다.

"세상에, 이 사람 같아요. 하지만 확신은 못 하겠네요."

박서봄은 밀리건에게 체포영장을 발부해야 할지 망설였다. 비록 다나 웨스트가 긍정적인 식별을 해냈다고는 하지만, 3년 전 사진이라는 게 마음에 걸렸다. 그는 지문을 확인할 때까지 기다려보고 싶었다. 브러시 형사가 밀리건의 신원 기록을 1층의 범인 식별 사무실에 가지고 가서 폴리의 차에서 떠낸 지문과 맞춰보았다.

니키 밀러는 사건 처리가 지연되자 기분이 나빴다. 이미 이 남자에 대해 수사를 시작할 만한 기점을 잡았으니, 어서 가서 그를 잡고 싶었다. 그렇지만 자신이 담당하고 있는 피해자, 폴리 뉴턴은 그를 확실하게 식별하지 못했다. 기다리는 수밖에 다른 도리가 없었다. 두 시간 후, 보고서가 왔다. 콜벳의 조수석 바깥 유리창에서 떠낸 오른손 검지와 약지, 오른손바닥 지문이 밀리건의 것이었다. 모두 유효한 가치가 있는 지문들이었다. 지문들은 10점 만점 일치도를 보였다. 이 정도면 법정 증거가 되기에 충분했다.

박서봄과 클리버그는 여전히 망설였다. 그들은 완전히 확신을 한 후에야 용의자를 잡으러 가고 싶었기 때문에 지문을 평가해줄 전문가 한 명을 불렀다.

밀리건의 지문이 피해자의 차에서 뜬 지문과 일치했으므로 니키 밀러는 그를 납치, 강도, 성폭행 죄목으로 고발하기로 했다. 밀러가 용의자 체포 영장을 받아 경찰서로 데리고 오면 폴리가 용의자 정렬에서 그를 식별할 수 있을 터였다.

박서봄이 상관인 클리버그에게 확인해보았지만, 클리버그는 여전히 전문가를 기다려야 한다고 주장했다. 한두 시간 더 기다리지도 못하나. 확실히 하는 편이 더 낫다. 마침내 그날 저녁 8시, 차의 지문이 밀리건의 것과 같다고 외부 전문가가 인정했다.

박서봄이 말했다. "좋아. 납치 죄목으로 고발하지. 우리 관할구역인 캠퍼스 안에서 실제로 저질러진 범죄는 그뿐이니까 말이야. 성폭행은 다른 곳에서 일어났잖아."

박서봄은 범죄자 신원기록 부서에서 받은 정보를 확인했다. 윌리엄 스탠리 밀리건, 22세, 전과자. 오하이오 주 레바논 교도소에서 6개월 전 가석방됨. 최종 주소지는 오하이오 주, 랭커스터 시, 스프링 가, 933번지.

밀러가 특수기동대를 요청했다. 기동대는 성폭력 전담반 사무실에 모여 어떻게 접근할지 계획을 짰다. 먼저 밀리건의 아파트에 몇 명이나 있는지 알아야 했다. 성폭력 피해자들은 범인이 자기가 테러리스트, 살인청부업자라고 했으며 폴리 앞에서 총을 발사하기까지 했다고 증언했다. 경찰들은 범인이 무장하고 있으며 위험할 수도 있다고 추정했다.

특수기동대의 크레이그 경관이 속임수를 써서 접근하자고 제안했다. 가짜 도미노 피자 상자를 써서 그 주소로 누군가 피자를 배달시킨 것처럼 하면 밀리건이 문을 열었을 때 그 안을 들여다보겠다고 했다. 경찰들은 그 계획에 동의했다.

하지만 밀리건의 주소를 알아낸 이후로 박서봄은 영문을 몰라 당황하고 있었다. 어째서 전과자가 70킬로미터도 더 떨어진 랭커스터에서 콜럼버스까지, 2주 동안 세 번이나 성폭행을 저지르러 온단 말인가? 뭔가 딱 맞아떨어지지 않았다. 경찰들이 막 떠나려 할 때, 박서봄은 전화기를 들고 411번을 누른 뒤 윌리엄 밀리건에 대한 새로운 기록 목록이 없는지 물었다. 그는 잠시 듣고 있다가 주소를 받아 적었다.

"그 친구, 이사했군. 레이놀즈버그, 구(舊) 리빙스턴 로, 5673번지로."

박서봄이 말을 이었다.

"차로 10분 거리야. 동쪽으로. 그럼 말이 되지."

모두들 안심했다는 표정을 지었다.

9시가 되자 박서봄, 클리버그, 밀러, 베셀과 콜럼버스 특수기동대에서 나온 경관 네 명은 차 세 대에 나눠 타고 출발, 도시 외곽 간선도로를 시속 32킬로미터의 속도로 달려갔다. 헤드라이트 불빛이 흔들리며 이제껏 본 적이 없을 정도로 짙게 깔린 안개를 뒤로 튕겨냈다.

특수기동대가 먼저 도착했다. 차로 15분 걸릴 거리가 한 시간이나 걸린 데다 채닝웨이 아파트 단지 내 새롭게 닦은 구불구불한 도로에서 용의자의 집을 찾는 데 또 15분이 걸렸다. 다른 사람들이 도착하기를 기다리는 동안, 특수기동대 경관들은 이웃 몇 명과 이야기를 나누어보았다. 밀리건의 아파트에는 불이 켜져 있었다.

형사들과 대학경찰서 소속 경관들이 도착하자, 모두 자리를 잡았다. 니키 밀러는 안뜰의 오른쪽에 눈에 띄지 않게 숨었다. 베셀은 건물 모퉁이 뒤를 돌아갔다. 박서봄과 클리버그는 뒤로 뛰어 돌아가서는 이중 미닫이 유리문까지 이동했다.

크레이그는 가짜 도미노 피자 상자를 차 트렁크에서 꺼내어 그 위에 검은 사인펜으로 '밀리건—구 리빙스턴 5673' 이라고 휘갈겨 썼다. 그는 권총을 가리기 위해 셔츠 자락을 청바지 위로 꺼내 입고서는 안뜰을 향해 나 있는 문짝 네 개 중 하나로 걸어갔다. 초인종을 눌렀다. 대답이 없었다. 그는 다시 초인종을 눌렀고 안에서 소리가 나자 지루하다는 듯한 자세로 서서는, 한 손에 피자 상자를 들고 다른 손은 뒷주머니의 총에 갖다 댔다.

집 뒤로 간 박서봄이 서 있는 자리에서는 한 젊은이가 커다란 컬러 TV 앞, 갈색 안락의자에 앉아 있는 모습이 보였다. 현관 왼쪽에는 붉은 의자가 보였다. L자 모양의 거실 겸 식당이 하나. 달리 보이는 사람은 없었다. TV를 보던 청년이 의자에서 일어나 현관 초인종 소리에 답하러 갔다.

크레이그가 초인종을 다시 눌렀을 때, 누군가 문 사이의 유리판을 통해 내다보는 모습이 보였다. 문이 열리자 잘생긴 젊은이가 나와서 크레이그를 뚫어져라 쳐다보았다.

"피자 배달 왔습니다."

"피자 시킨 적 없는데요."

크레이그는 젊은이 너머 아파트 안을 들여다보았다. 뒤쪽 유리문 커튼이 젖혀진 틈으로 박서봄의 모습을 볼 수 있었다.

"배달시킨 주소가 여긴데요. 윌리엄 밀리건 이름으로요. 이 이름이 맞아요?"

"아뇨."

"여기 사는 누가 전화로 배달시켰는데. 여기 주인이신가요?"

"여긴 내 친구 아파트인데요."

"친구는 어디 있으신데요?"

"지금은 여기 없어요." 젊은이는 더듬거리며 말했다.

"그럼, 어디 있는데요? 누가 여기로 피자를 시켰어요. 윌리엄 밀리건이라고. 이 주소로."

"난 모르겠어요. 옆집에 사는 사람들이 걔를 알아요. 아마 그 사람들이 알려줄지도 모르겠네요. 아니면 그 사람들이 시켰나."

"그럼 말 좀 해주실래요?"

젊은이는 고개를 끄덕이고는 건너편 집으로 가서 문을 두드렸다. 그렇게 몇 초 기다리더니 그는 다시 문을 두드렸다. 대답이 없었다. 크레이그가 피자 상자를 던져버리고, 총을 꺼내서 용의자의 뒤통수에 갖다 댔다.

"꼼짝 마! 네가 밀리건이지!"

크레이그는 그에게 수갑을 채웠다. 그는 어리둥절한 표정이었다.

"무슨 일이에요? 저는 아무 짓도 안 했어요."

크레이그는 밀리건의 어깨뼈 사이에 총을 찔러 넣으며 고삐를 당기듯 그의 긴 머리카락을 잡아당겼다.

"안으로 도로 들어가."

크레이그가 밀리건을 아파트 안으로 밀어 넣자, 다른 특수기동대 경관들이 우르르 뛰어 들어와 총을 겨누며 밀리건을 에워쌌다. 박서봄과 클리버그가 앞으로 돌아와 합류했다. 니키 밀러는 용의자 기록 사진을 꺼내서 밀리건의 목에 있는 사마귀를 확인했다.

"사마귀가 있어요. 얼굴도 같고요. 본인입니다."

경찰들은 밀리건을 붉은 의자에 앉혔다. 밀러는 밀리건이 어리둥절한 듯 거의 황홀경에 빠진 표정으로 앞만 똑바로 쳐다보고 있음을 눈치 챘다. 뎀시 경사는 몸을 구부리고 의자 아래를 살폈다.

"여기 총이 있네요."

뎀시는 연필로 총을 잡아당겨서 꺼냈다.

"9밀리미터 매그넘. 스미스앤웨슨입니다."

특수기동대 경관 한 명이 TV 앞에 있는 갈색 의자의 좌석을 뒤집어서 탄창 하나와 탄약이 든 비닐봉지 하나를 꺼내기 시작했다. 하지만 뎀시가 그를 제지했다.

"잠깐. 우리는 체포영장만 가져왔지, 수색영장은 안 가져왔어."

뎀시는 밀리건 쪽으로 몸을 돌렸다.

"우리가 좀 더 수색해봐도 되겠나?"

밀리건은 그냥 멍하니 쳐다보기만 했다. 클리버그는 다른 방에 또 사람이 있나 찾아보는 정도에는 수색영장이 필요 없다는 사실을 알고 있었기 때문에 침실 안으로 들어갔다. 헝클어진 침대 위에 갈색 조깅복이 놓여 있었다. 방바닥에는 세탁물이 엉망진창으로 여기저기 널려 있었다. 클리버그는 사람이 서서 들어갈 만큼 큰 벽장이 열려 있는 걸 보고 그 안을 흘끔 들여다보았다. 벽장 안 선반 위에 다나 웨스트와 캐리 드라이어의 이름으로 된 신용카드가 가지런히 한데 쌓여 있었다. 여자들에게 받아낸 종이쪽지도 있었다. 갈색 선글라스와 지갑 하나가 서랍장 위에 놓여 있었다.

클리버그는 발견한 것들을 알려주려고 박서봄에게 갔다. 박서봄은 원래 작은 주방이었지만 지금은 화실로 개조된 방에 서 있었다.

"이것 좀 보세요."

박서봄은 여왕이나 18세기 귀족 부인처럼 보이는 여자를 그린 큰 그림을 가리켰다. 그림 속의 여자는 가장자리에 레이스가 달린 파란 드레스를 입고 피아노 옆에 앉아 악보를 들고 있었다. 세부 묘사가 놀라웠다. 그림에는 '밀리건'이라고 서명되어 있었다.

"어, 이것 참 아름다운 그림인데."

클리버그가 말했다. 그는 벽에 줄지어 걸린 다른 캔버스들과 붓, 물감들을 흘끗 보았다. 박서봄이 자기 이마를 쳤다.

"다나 웨스트는 범인 손에 얼룩이 묻어 있었다고 했어요. 바로 이 얼룩이었군요. 이 자식, 그림을 그리고 있었네요."

니키 밀러도 그림을 보고서는 의자에 앉아 있는 용의자에게 다가갔다.

"당신이 밀리건이죠, 맞죠?"

남자는 어리둥절하다는 듯 밀러를 올려다보았다.

"아니에요."

그는 웅얼거렸다.

"저기 그림 참 잘 그렸네. 당신이 그렸어요?"

그는 고개를 끄덕였다.

"흠." 밀러는 미소를 지으며 말했다. "'밀리건'으로 서명되어 있던데."

박서봄이 밀리건 쪽으로 걸어갔다.

"빌, 나는 오하이오 주립대학 경찰서의 엘리엇 박서봄이라고 하네. 나랑 얘기 좀 나눌까?"

대답이 없었다. 캐리 드라이어가 보았다고 한 것처럼 눈알을 굴리지도 않았다.

"누가 이 친구에게 피의자 권리를 읽어줬어?"

아무도 대답하지 않자, 박서봄이 자기 카드를 꺼내서 크게 읽었다. 그는 모든 일을 확실히 해두고 싶었다.

"당신은 캠퍼스에서 여자들을 납치한 죄로 고발당했어, 빌. 그에 대해 할 말 있나?"

밀리건이 충격을 받은 듯한 표정으로 박서봄을 올려다보았다.

"무슨 일이죠? 제가 누구를 다치게 했어요?"

"그 여자들에게 신고하면 다른 사람들이 쫓아갈 거라고 했다던데. 그자들은 누구지?"

"제가 누구를 다치게 한 거나 아니면 좋겠어요."

경관 한 명이 침실 안으로 향하자 밀리건은 위쪽을 흘금 바라봤다.

"거기 있는 상자는 발로 차지 마세요. 터질지도 모르니까요."

"폭탄인가?" 클리버그가 급하게 물었다.

"그건…… 그 안에는……."

"나한테 보여줄 수 있나?" 박서봄이 물었다.

밀리건은 천천히 일어서서 침실로 걸어갔다. 그는 문간에 멈춰 서더니 서랍장 옆 바닥에 놓인 작은 종이상자 쪽으로 고갯짓을 했다. 박서봄이 살펴보러 안으로 들어갔다. 다른 경관들은 밀리건 뒤 문간에 모여 섰다. 박서봄은 상자 옆에 무릎을 꿇었다. 열려 있는 상자 뚜껑을 통해 전선과 시계처럼 생긴 물건이 보였다.

방에서 나온 박서봄은 뎀시 경사에게 말했다.

"소방서 폭탄해체반에 연락하는 게 좋겠어. 클리버그와 나는 경찰서로 돌아갈 테니까. 밀리건은 우리가 연행하지."

클리버그가 경찰차를 운전했다. 특수기동대에서 나온 록웰이 조수석에 앉았다. 박서봄은 뒷자리에 밀리건과 함께 앉았다. 밀리건은 성폭행에 대한 질문에는 대답하지 않았다. 그는 등 뒤로 채워진 수갑 때문에 어색한 자세로 등을 기대고 앉은 채 이어지지 않는 말들을 중얼댔다.

"스튜어트 형은 죽었어요…… 내가 누구를 다치게 했나요?"

"그 여자들 중 예전부터 알던 사람이 있었나?" 박서봄이 물었다. "간호사를 알고 있었어?"

"어머니가 간호사예요." 밀리건이 웅얼거렸다.

"어째서 피해자들을 찾으러 오하이오 주립대학까지 갔는지 말해봐."

"독일인들이 나를 쫓아올 거예요……."

"일어난 사건에 대해 얘기해보자구, 빌. 간호사의 기다란 검은 머리에 마음이 끌린 거야?"

밀리건이 박서봄을 바라보았다. "이상한 사람이네요." 그러고는 다시 쳐다보며 덧붙였다. "여동생이 이 사실을 알면 나를 싫어할 텐데."

박서봄은 포기했다.

중앙경찰서에 도착하자 경찰들은 범인을 뒷문으로 데리고 가 3층 검찰 조사실로 올라갔다. 박서봄과 클리버그는 니키 밀러가 수색영장을 위한 진술서를 작성하는 일을 돕기 위해 다른 사무실로 갔다.

11시 30분, 베셀 경관이 밀리건에게 다시 한 번 피의자 권리를 읽어주고 권리 포기 증서에 서명하겠느냐고 물었다. 그는 그냥 쳐다보기만 했다.

"이봐, 빌. 넌 여자 셋을 성폭행했고, 우리는 그 사건에 대해 알고 싶을 뿐이야." 베셀이 말했다.

"내가 그랬어요?" 밀리건이 물었다. "내가 누구를 다치게 했어요? 누군가 다치게 했다면 미안해요."

그 후에 밀리건은 입을 꾹 다물고 앉아 있었다. 베셀은 밀리건의 지문과 사진을 찍을 수 있도록 그를 4층에 있는 용의자 기록실로 데리고 갔다. 방 안으로 들어가자 여성 경관이 그들을 올려다보았다. 베셀이 밀리건의 손을 잡고 지문 채취를 시작하려 했지만, 그는 자기 몸을 만지는 게 무섭다는 듯 획 뒤로 몸을 빼더니만 보호를 해달라는 듯 여성 경관 뒤로 숨었다.

"뭔가 두려워하고 있어요."

여성 경관이 말했다. 그녀는 하얗게 얼굴이 질려 부들부들 떨고 있는 젊은이 쪽으로 몸을 돌리고는 아이를 대하듯이 부드럽게 말했다.

"우리는 지문을 채취해야만 해요. 내가 하는 말 알아듣겠어요?"

"나…… 나는 저 사람이 내 몸을 만지는 게 싫어요."

"알았어요." 여성 경관이 말했다. "내가 할게요. 그럼 괜찮죠?"

밀리건은 고개를 끄덕였고 여성 경관이 지문을 채취하게 뒀두었다. 지문 채취와 사진 촬영 후 다른 경관이 와서 그를 유치장에 가두었다.

수색영장 서류가 완성되자 니키 밀러는 웨스트 판사에게 전화를 걸었다. 판사는 밀러가 가지고 있다는 증거에 대한 얘기를 듣고 사건의 심각성에 대해 숙고하더니 밀러에게 자기 집으로 오라고 했다. 그리고 새벽 1시 20분, 영장에 서명을 해주었다. 밀러는 더욱 짙어진 안개 속을 뚫고 차를 몰아 채닝웨이 아파트 단지로 돌아갔다.

밀러는 과학수사팀에 전화를 걸었다. 새벽 2시 15분, 경찰들이 아파트에 도착하자 밀러는 영장을 보였고 과학수사팀은 수색을 시작했다. 수사팀은 용의자의 아파트에서 수거한 물품 명세를 목록으로 만들었다.

서랍장—현금 343달러. 선글라스, 수갑, 열쇠, 지갑. 윌리엄 심즈라는 이름과 윌리엄 밀리건이라는 이름으로 된 신분증 두 개. 다나 웨스트 앞으로 나온 청구서.
벽장—다나 웨스트와 캐리 드라이어 명의로 되어 있는 마스터카드. 다나 웨스트의 병원 진료 카드. 폴리 뉴턴의 사진. 25구경 [탄폴리오 주세페] A.R.M.I. 5연발 자동권총.
화장대—폴리의 이름과 주소가 적혀 있는 가로 9센티미터, 세로 28센티미터 길이의 종이쪽지. 폴리의 주소록에서 찢어온 종이.
침대—머리판 날을 뺐다 넣었다 할 수 있는 칼. 탄약 두 갑.
서랍이 있는 함—밀리건 이름 앞으로 나온 전화요금 청구서. 스미스앤웨슨 권총집.
의자 밑—탄창이 달린 6연발 스미스앤웨슨 9밀리미터 권총.
갈색 의자 밑—15연발 권총 탄창과 15연발분의 탄약이 든 비닐봉지.

니키 밀러는 다시 중앙경찰서로 돌아와 증거를 법정 서기에게 주고, 공증을 받아서 물품관리실에 제출했다.
"이 정도면 재판에 회부할 수 있겠지." 밀러는 말했다.

밀리건은 작은 감방 안 구석에 몸을 구부리고 서서 몸을 심하게 떨었다. 갑자기 살짝 목이 졸리는 소리를 내더니 기절해버렸다. 1분 후, 눈을 뜬 그는 깜짝 놀랐다는 듯이 감방 벽과 화장실, 간이침대가 놓인 주위를 둘러보았다.

"아, 세상에, 안 돼!" 그는 소리쳤다. "다시는 안 돼!"

그는 바닥에 앉아 멍하니 허공을 쳐다보았다. 그러다 구석에 기어가는 바퀴벌레를 보더니 표정이 슥 변했다. 그는 책상다리를 하고 웅크리고 앉아 턱을 손으로 받치고는, 어린애 같은 미소를 지으며 뱅뱅 도는 바퀴벌레들을 관찰했다.

2

몇 시간 후 경찰이 이송하려고 왔을 때, 밀리건은 깨어 있었다. 그는 덩치 큰 흑인 남자와 연결된 수갑을 차고, 죽 늘어선 줄 속에 끼었다. 로비 바깥으로 인도된 죄수들은 계단을 내려가 뒷문 쪽으로 해서 주차장으로 나갔다. 그들은 줄 지어 프랭클린 군 교도소로 향하는 밴까지 걸어갔다.

밴은 콜럼버스의 상업지구 중심부, 도심에 있는 초현대적인 요새로 이동했다. 요새를 둘러싸고 있는 콘크리트 벽은 창문도 없이 거대하게 이층 높이로 안쪽 경사면까지 솟아 있었다. 이층 위로는 현대식 사무용 건물이 어렴풋이 보였다. 프랭클린 군 교도소의 안뜰에는 벤저민 프랭클린의 동상이 떡 하니 세워져 있었다.

밴은 감옥 뒤 골목길로 들어가 물결무늬 모양의 철문이 있는 차고 문 앞에 멈춰 섰다. 이쪽 각도에서 보면 교도소는 옆에 붙어 있는 더 큰 건물 그늘에 가려져 있었다. 바로 프랭클린 군 법원 건물이었다.

손잡이가 돌아가며 철문이 위로 열렸다. 밴이 안으로 들어가자 문이 뒤로 닫혔다. 수갑을 찬 죄수들은 한 사람만 빼고 모두 밴에서 나와, 출격구로 나갔다. 출격구는 감옥 옆에 있는 강철 문 사이의 구역이었다. 밀리건은 수갑이 풀린 채로, 여전히 밴 안에 있었다.

"여기서 나가, 밀리건!" 경관이 고함쳤다. "이 쓰레기 같은 성폭행범 새끼. 여기가 어디라고 생각하는 거야?"

밀리건과 수갑으로 연결되어 있던 흑인 남자가 말했다.

"나는 이거랑 아무 상관 없수다. 그냥 뚝딱 수갑을 풀어버리더라니까."

감방 문이 스르르 열리자 죄수 여섯 명이 떼를 지어 바깥문과 창살이 쳐진 구역 사이의 통로로 나갔다. 창살 틈으로 통제 센터가 보였다. TV 모니터, 컴퓨터 단말기 그리고 회색 바지나 치마에 검은 셔츠를 입은 남녀 경찰관 열두어 명. 바깥문이 뒤로 닫히자 안쪽의 철창문이 열렸다. 죄수들은 안으로 인도되었다.

로비는 여기저기 돌아다니는 검은 셔츠 차림의 사람들과 컴퓨터 단말기를 두드리는 소리로 분주했다. 입구에는 한 여자 경찰관이 노란 봉투를 들고 있었다.

"귀중품 맡기세요." 여경이 말했다. "반지, 시계, 보석, 지갑."

밀리건이 주머니를 다 비우자 여경은 그의 웃옷을 받아 안감을 검사한 후 귀중품 보관소 담당 경찰관에게 넘겼다. 면밀히 수색당한 밀리건은 대기 감방에 보내져 다른 죄수들과 함께 수감자 명부 기록을 기다리게 되었다. 작은 정사각형 창문 안에서 두 눈이 내다보고 있었다. 흑인 죄수가 밀리건을 팔꿈치로 쿡 치며 말했다.

"아, 이제 보니 그 유명하신 친구로구만. 수갑도 잘 풀던데. 어디, 여기서도 나갈 수 있을지 보자구."

밀리건은 멍하니 흑인 남자를 바라보기만 했다.

"너, 계속 경찰들 엿 먹이고 있지?" 흑인이 말했다. "경찰들이 너를 반쯤 죽일 거 같던데. 내 말 잘 들어. 나야 뭐 예전에도 큰집 신세 여러 번 졌으니까. 넌 감방 와본 적 있냐?"

밀리건이 고개를 끄덕였다.

"그래서 내가 감방을 싫어하는 거예요. 그래서 여기서 나가고 싶어 하는 거죠."

3

감옥에서 한 블록 떨어진 관선 변호인 사무실 안, 게리 쉬웨이카트가 파이프에 막 불을 붙이려던 참에 전화벨이 울렸다. 키가 크고 턱수염을 기른 쉬웨이카트는 서른세 살로, 주임변호사 직을 맡고 있었다. 전화는 사무변호사 중 한 명인 론 레드먼드가 건 것이었다.

"시 법원에 갔다가 사건 하나 잡았습니다." 레드먼드가 말했다. "경찰이 지난밤에 대학가 성폭행범을 잡아 조서를 썼답니다. 지금은 프랭클린 군 교도소로 이송했고요. 경찰은 그자에게 보석금 50만 달러를 매길 거랍니다. 응급 처리로 면담을 맡아줄 사람 좀 여기 보내줘야겠어요."

"지금은 다른 사람이 없어, 론. 내가 직접 그 일을 맡도록 하지."

"말이 벌써 새나가서 《콜럼버스 시티즌 저널》하고 《콜럼버스 디스패치》에서 나온 신문기자들이 겹겹이 진을 치고 있어요. 경찰이 이 피의자에게 압력을 가할 것 같은 예감이 드는데요."

주요 중범죄 사건들에서 경찰들이 체포 후에도 수사를 계속할 것 같으면 게리 쉬웨이카트가 변호사 한 명을 무작위로 뽑아 군 형무소에 보내는 게 관례였다. 하지만 이번은 관례적인 체포가 아니었다. 언론의 관심이 대학가 성폭행범에 가득 쏠리고 있었으므로 이 사건을 해결하면 콜럼버스 경찰서로서는 큰 공을 세우게 될 터였다. 따라서 쉬웨이카트는 경찰들이 자백서를 받아내기 위해 피의자를 다그칠 거라고 짐작했다. 피의자의 권리를 지키자면 꽤나 힘들게 노력해야 할 것이었다.

쉬웨이카트는 서둘러 프랭클린 군 교도소에 가보기로 했다. 그 남자에게 자신이 관선 변호인임을 알려주고 변호사 말고는 아무에게도 말을 하지 말라는 경고를 줄 필요가 있었다.

쉬웨이카트는 순경 두 명이 밀리건을 출격구 쪽으로 데리고 나와 막 담당 경사에게 넘기려던 참에 교도소에 들어섰다. 쉬웨이카트는 순경들에게 잠깐 피의자와 이야기를 나누게 해달라고 부탁했다.

"저 사람들이 제가 이런저런 짓을 했다고 하는데 저는 하나도 모르겠어요." 밀리건이 징징댔다. "기억이 안 나요. 경찰들은 그냥 집으로 들어와서는……"

"이거 봐요. 나는 그냥 내 소개를 하고 싶을 뿐입니다." 쉬웨이카트가 말했다. "곧장 사건의 진상을 파고 들어가기에 사람들이 붐비는 복도는 적당하지 않습니다. 하루 정도 지난 후에 사적으로 면담을 하게 될 겁니다."

"그렇지만 전 기억이 안 나요. 경찰이 제 아파트에서 그 물건들을 찾았는데……"

"이 봐요. 그 얘기는 꺼내지 마세요! 여기는 벽에도 귀가 있단 말입니다. 그리고 경찰들이 이층으로 데리고 가면, 그땐 조심하세요. 경찰들은 여러 가지 속임수를 씁니다. 아무에게도 말하지 마세요. 다른 죄수들하고도 말하지 말고. 그 중 몇몇은 경찰이 심어놓은 첩자일 수 있으니까. 그리고 정보를 주워듣고 남에게 팔려고 기다리는 사람들이 항상 주변에 있게 마련이죠. 공정한 재판을 받고 싶으면 입 다물고 있어요."

밀리건은 고개를 절레절레 젓고 뺨을 문지르면서 사건의 진상에 대해 계속 말하려 했다. 그러다가 중얼거렸다.

"제가 유죄가 아니라고 변론해주세요. 어쩌면 전 미쳤는지도 모른다는 생각이 들어요."

"한번 두고 봅시다." 쉬웨이카트가 말했다. "그렇지만 여기서는 그런 얘길 할 수 없습니다."

"제 사건을 다뤄주실 만한 여자 변호사님은 없나요?"

"여자 변호사야 있죠. 내가 뭘 할 수 있는지 알아보죠."

쉬웨이카트는 경관이 밀리건을 데리고 평상복에서 범죄자들이 입는 파란 죄수복으로 갈아입히러 가는 모습을 바라보았다. 이 남자처럼 겁에 잔뜩 질려서 신경이 곤두서 있는 사람과 일하자면 꽤나 어려울 듯싶었다. 밀리건은 진짜로 자기 범죄를 부인하고 있는 건 아니었다. 그가 재차 삼차 반복해서 한 말은 자기는 기억을 못 하겠다는 것뿐이었다. 특이한 일이었다. 그렇지만 대학가 성폭행범에 대해 정신이상을 이유로 무죄 청원을 낼 수 있을까? 그런 청원을 하면 신문들이 뭐라고 신나게 떠들어댈지 눈에 선했다.

프랭클린 군 교도소 밖으로 나간 쉬웨이카트는 《콜럼버스 디스패치》를 한 부 사서 1면 머리기사를 읽었다.

"대학가 성폭행사건 용의자 체포"

신문 보도에 의하면 피해자 중 한 명으로 2주 전 성폭행을 당했던 대학원생(26세)이 용의자를 가려내기 위한 정렬 식별에 참석해달라는 요청을 받을 것이라고 했다. 그리고 기사의 꼭대기에는 '밀리건'이라는 표식이 붙은 용의자 사진이 나와 있었다.

관선 변호인 사무실로 돌아온 쉬웨이카트는 다른 지역의 신문사들에 전화를 걸어 용의자 사진을 싣지 말아달라고 부탁했다. 사진이 월요일에 있을 정렬 식별에 선입견을 심어줄지도 모르기 때문이었다. 하지만 신문사들은 사진을 얻으면 싣게 될 거라고 잘라 거절했다. 쉬웨이카트는 아내에게 전화를 걸어 저녁식사에 늦을 거라고 말했다.

"어이."

그의 사무실 문 쪽에서 누군가의 목소리가 들렸다.

"꼭 벌집에 코가 낀 곰 같은 꼴을 하고 있는걸."

쉬웨이카트가 고개를 드니 주디 스티븐슨이 미소를 지으며 바라보고 있었다.

"아, 그래?"

쉬웨이카트는 끙 신음하며 수화기를 내려놓은 후 미소를 지었다.

"너를 변호인으로 해달라고 한 사람이 누군지 맞춰볼래?"

스티븐슨이 긴 갈색 머리를 머리 뒤로 쓸어 넘기자 왼쪽 광대뼈에 있는 점이 드러났다. 개암 빛 눈에는 궁금하다는 기색이 떠돌았다.

쉬웨이카트는 신문을 스티븐슨 쪽으로 밀어놓고는 사진과 머리기사를 손가락으로 가리키며, 작은 사무실이 울리도록 껄껄 웃었다.

"정렬 식별이 월요일 아침에 있을 거야. 밀리건이 여자 변호사를 요구하더라구. 네가 지금부터 대학가 성폭행범을 맡아."

4

10월 31일, 월요일 아침 9시 45분, 주디 스티븐슨은 정렬 식별이 있을 경찰서에 도착했다. 경찰들이 밀리건을 대기 감방으로 데리고 오자, 스티븐슨은 밀리건이 얼마나 겁에 질려 있고 절박한지 알 수 있었다.

"관선 변호인 사무실에서 왔어요." 스티븐슨이 말했다. "게리 쉬웨이카트 말로는 당신이 여성 변호사를 원한다고 하더군요. 그래서 게리와 내가 함께 이 일을 맡을 거예요. 자, 그러면 자리에 좀 앉아보세요. 지금이라도 곧 쓰러질 사람처럼 보여요."

밀리건은 스티븐슨에게 접힌 종이 한 장을 건네주었다.

"가석방 담당관이 지난 금요일에 가져다줬어요."

스티븐슨은 종이를 펴보고 그것이 밀리건을 계속 억류해달라고 성인 가석방 당국에서 보낸 '억류 명령서' 임을 알았다. 거기엔 가석방에 관한 예비 청문회가 프랭클린 군 교도소에서 열릴 것이라는 통고도 적혀 있었다. 스티븐슨은 체포 당시 밀리건의 가택에서 무기가 발견되었기 때문에 가석 방이 취소될 수 있으며, 재판을 기다릴 때까지 신시내티 근처에 있는 레바 논 교도소로 즉시 보내질 수 있다는 사실을 깨달았다.

"청문회는 다음 주 수요일에 열릴 예정이라고 하네요. 당신을 계속 여기 에 있게 하려면 어떻게 해야 할지 알아보죠. 내 생각엔 당신이 콜럼버스에 있는 편이 좋을 듯해요. 그래야 우리가 얘기를 할 수 있을 테니까."

"레바논으로는 돌아가고 싶지 않아요."

"자, 그럼 마음 편하게 먹어요."

"제가 이런저런 짓을 저질렀다고 경찰들이 말하는데 저는 하나도 기억 못 하겠어요."

"그 문제는 후에 상의해보도록 하죠. 지금은 일단 저 단상 위로 올라가 서 줄 속에 서야 해요. 잘할 수 있겠어요?"

"괜찮을 것 같아요."

"머리를 귀 뒤로 넘기세요. 사람들이 당신 얼굴을 똑똑히 볼 수 있게."

밀리건은 경찰관의 안내로 계단을 올라가 줄지어 서 있는 다른 사람들 틈에 끼었다. 그는 2번 위치에 서라는 지시를 받았다.

줄 속에 서 있는 범인 식별을 위해 참석한 사람은 네 명이었다. 다나 웨 스트, 밀리건의 용의자 사진을 알아봤던 간호사는 참석할 필요가 없다는 허락을 받고 약혼자와 함께 클리블랜드로 떠나 참석하지 않았다. 수표 중 한 장을 현금으로 바꿔준 크로거 슈퍼마켓의 점원 신시아 멘도자는 밀리 건을 식별해내지 못했다. 멘도자는 대신 3번을 골랐다. 8월에 아주 다른 환경에서 성폭행을 당했던 여자는 2번인 것 같지만 단정할 수는 없다고 말했다. 캐리 드라이어는 콧수염이 없어서 확신을 할 수는 없지만 2번의 얼굴이 낯이 익다고 했다. 폴리 뉴턴은 똑똑히 범인을 지목했다.

11월 3일, 기소배심에서 납치 세 건과 가벼운 강도 세 건, 성폭행 네 건에 대한 공소장이 나왔다. 모두 다 1급 중죄로, 각 건마다 4년에서 25년 형을 매길 수 있는 범죄였다.

검찰 사무실에서는 보통 검사 선정에 관여하지 않았다. 중한 살인사건이라고 해도 그랬다. 통상적 절차는 2~3주 전에 미리 중범죄 담당 분과 소속 간부급 검사 중 한 명을 무작위로 임명하는 식이었다. 하지만 군 검찰청의 조지 스미스 검사는 가장 뛰어난 중견급 검사를 두 명 불러서 대학가 성폭행사건을 둘러싼 유명세가 대중의 분노를 일으키고 있으며, 따라서 이 사건을 맡아 활력적으로 재판에 임해달라고 말했다.

테리 셔먼은 서른두 살로, 검은 곱슬머리에 경비병처럼 뾰족한 콧수염을 한 남자였다. 그는 성범죄자들을 호되게 다그치는 것으로 평판이 자자했고, 배심원 앞에서 성폭행사건은 한 번도 진 적이 없는 전적을 자랑하고 있었다. 그는 사건 파일을 보고 미소를 지었다.

"이건 끝난 사건이군. 영장도 좋아. 이 친구는 이제 우리 손아귀에 들어왔어. 관선 변호인도 별거 없고."

검찰 측 형사재판부 소속 검사 중 하나인 버나드 잴릭 야비치는 서른다섯 살로, 주디 스티븐슨과 게리 쉬웨이카트의 법학대학원 2년 선배라서 두 사람을 잘 알고 있었다. 쉬웨이카트가 야비치의 서기로 일한 적도 있었다. 게다가 야비치는 검사실에 오기 전에 관선 변호인으로 4년 동안 근무했었다. 그래서 그는 검찰 측에 유리한 사건이라는 셔먼의 말에 동의했다.

"어디 유리하기만 합니까?" 셔먼이 말했다. "물리적 증거들이나 지문, 범인 식별까지, 사건은 이제 우리 겁니다. 내가 장담하는데 변호인들도 별수 없을걸요."

셔먼은 며칠 후 주디 스티븐슨과 이야기를 나누어보고 그녀의 생각을 완전히 바로잡아주기로 했다.

"밀리건 사건에서 유죄 답변 교섭 같은 건 없을 겁니다. 이자를 완전히 손에 넣었으니, 기소해서 최고 형량을 구형할 작정입니다."
 그렇지만 버니 야비치는 생각이 깊었다. 전직 관선 변호인으로서, 야비치는 자기가 주디나 게리의 입장이라면 어떻게 할지 알고 있었다.
 "변호인 측에도 쓸 만한 방법이 아직 하나 남아 있어. 정신이상으로 변호하는 거지."
 셔먼은 웃어넘겼다.

 다음 날, 밀리건은 머리를 감방 벽에 박아 자살하려고 했다. 게리 쉬웨이카트는 이 소식을 듣자 주디 스티븐슨에게 이렇게 말했다.
 "재판정에 설 때까지 살아 있을 것 같지 않아."
 "내 생각엔 재판에 못 설 것 같아." 스티븐슨이 말했다. "판사에게 밀리건이 자기변호에 협조할 수 있는 능력이 없다고 말해야겠어."
 "정신과 의사 검진을 받아보게 하자구?"
 "그래야겠지."
 "맙소사." 게리가 말했다. "신문 머리기사에 뭐라고 날지 뻔하다."
 "신문 기사 따위는 신경 쓸 거 없잖아. 애는 좀 이상한 데가 있어. 뭔지 모르겠지만, 볼 때마다 다르게 보이는 거 너도 봤지. 그리고 성폭행 사건은 기억 못 한다고 말하는데, 난 그 말을 믿어. 애는 검사를 받아봐야 해."
 "그럼 돈은 누가 내고?"
 "우리도 그 정도 기금은 있잖아." 스티븐슨이 말했다.
 "그래, 수백만이나 쌓아두고 있지."
 "아, 그만 해. 심리학자에게 검사 받아보게 할 여유는 있잖아."
 "그 얘기는 판사한테나 하라구." 게리가 툴툴거렸다.
 밀리건이 심리학자에게 진찰을 받아볼 수 있게 법원에서 재판을 연기해주자, 게리 쉬웨이카트는 수요일 아침 8시 30분에 열리기로 되어 있는 성인 가석방 당국의 현장 청문회에 주의를 돌렸다.

"경찰들이 저를 다시 레바논으로 보낼 거예요." 밀리건이 말했다.

"우리가 도와주면 그렇게는 안 될 겁니다." 게리가 말했다.

"경찰들이 아파트에서 총을 찾았어요. 그런데 제 가석방 조건 중 하나가 그거였어요. '결코 치명적인 무기나 총기를 구입, 소유, 소지, 사용하거나 관리하면 안 된다'는 거죠."

"글쎄, 그럴지도 모르겠군요." 게리가 말했다. "하지만 우리가 당신의 변호를 맡게 되면 여기 콜럼버스에 있는 게 좋습니다. 그래야 우리가 당신과 함께 일할 수 있으니까요. 레바논 교도소까지 가지 않아도 되고."

"어떻게 할 건데요?"

"그냥 우리에게 맡겨둬요."

게리는 밀리건에게서 이전에 한 번도 보지 못했던 미소, 눈에 감도는 흥분된 표정을 보았다. 긴장이 풀어진 밀리건은 가벼운 마음으로 농담을 나누었다. 게리가 첫날 만났던, 신경이 잔뜩 곤두서 있던 남자와는 완전히 다른 사람이었다. 아마 생각보다 밀리건을 변호하는 일이 훨씬 더 쉬울지도 몰랐다.

"그럼 됐습니다." 게리가 말했다. "침착하게 있어요."

그는 밀리건을 회의실로 데리고 갔다. 벌써 성인 가석방 당국에서 나온 사람이 밀리건의 가석방 담당관이 쓴 보고서, 밀리건을 체포하는 동안 9밀리미터 스미스앤웨슨 권총과 5연발 탄창이 달린 25구경 반자동 권총을 발견한 뎀시 경사의 증언서 사본을 나눠주고 있었다.

"그럼 말씀해주시지요, 여러분." 게리가 주먹으로 턱수염을 문지르면서 물었다. "이 무기들은 발사 시험을 받은 겁니까?"

"아니오." 의장이 말했다. "하지만 이것들은 진짜 총입니다. 탄창도 달려 있고."

"이 총들이 발포될 수 있다는 걸 증명하지 않는다면, 어떻게 총이라고 할 수 있습니까?"

"글쎄요. 시험 발사는 다음 주나 되어야 할 겁니다."

게리가 손바닥으로 탁자를 쾅 내려쳤다.

"그렇지만, 가석방 취소 결정은 오늘 내려야 하지 않습니까. 아니면 법정 청문회 이후로 기다리시든가요. 자, 이게 총입니까, 아니면 장난감입니까? 아직 이 물건이 총이라는 사실을 증명하지 않았습니다."

게리는 사람들의 얼굴을 차례로 돌아보았다. 의장은 고개를 끄덕였다.

"여러분, 가석방 취소 결정을 이 물건이 총인지 아닌지 확정할 때까지는 연기하는 수밖에 다른 방법이 없는 것 같습니다."

다음 날 10시 50분, 밀리건의 가석방 담당관이 가석방 취소 청문회가 1977년 12월 12일 레바논 교도소에서 열릴 예정이라는 통지문을 배달하고 갔다. 밀리건이 의무적으로 참석해야 할 필요는 없다고 했다.

주디는 현장 수색반이 아파트에서 찾아낸 증거물에 대해 의논해보기 위해 밀리건을 만나러 갔다.

주디는 밀리건이 말을 할 때 그의 눈에 어린 절망감을 볼 수 있었다.

"변호사님은 제가 이 일을 저질렀다고 생각하죠? 그렇지 않나요?"

"중요한 건 내가 어떻게 생각하느냐가 아니에요, 빌리. 우리가 다뤄야 할 건 이 증거들뿐이죠. 우리는 왜 이런 물건들을 소지하고 있었는지에 대한 당신의 설명을 다시 살펴봐야 해요."

주디는 거슴츠레한 눈길을 느꼈다. 그는 주디에게서 물러나서 다시 자기 안으로 들어가는 것처럼 보였다.

"그런 건 중요하지 않아요." 밀리건이 말했다. "아무것도 안 중요해요."

다음 날, 주디는 줄이 쳐진 노란 종이에 쓰인 편지를 한 통 받았다.

주디 변호사님께.

제가 이 편지를 쓰는 것은 가끔은 제 느낌을 말로 잘 설명할 수가 없고 변호사님이 이해해줬으면 하고 바라기 때문입니다.

무엇보다 변호사님이 저한테 해주신 일들에 감사드립니다. 변호사님은 정말 친절하고 다정하신 분이고, 최선을 다해주셨습니다. 그 정도면 더 이상 바랄 게 없어요. 이제 선생님은 양심의 가책 없이 저를 잊으실 수 있을 겁니다. 제가 더 이상 변호사를 원치 않는다고 사무실에 말씀해주세요. 이제 아무도 필요 없을 겁니다.

변호사님은 제가 유죄라고 믿고 있으니, 전 유죄겠죠. 전 그걸 알고 싶었을 따름입니다. 살면서 제가 한 일이라고는 사랑했던 사람들에게 고통을 가져다주고 아프게 했던 것뿐입니다. 나쁜 것은 제가 어쩔 수 없었기 때문에 그만두지 못했다는 거죠. 저를 감옥에 가둬봤자 전에도 그랬던 것처럼 상태를 더 악화시킬 뿐입니다. 정신과 의사들은 뭐가 잘못되었는지 알아낼 수 없으니까 어떻게 해야 할지도 몰라요.

이제 저는 여기서 멈춰야 합니다. 저는 포기할 거예요. 이제 더 이상 아무래도 괜찮아요. 저를 위해 마지막으로 부탁 하나만 들어주시겠어요? 엄마나 캐시에게 전화해서 더 이상 여기 오지 말라고 해주세요. 더 이상 누구도 보고 싶지 않으니, 기름 낭비하면서 여기 오지 말라고요. 하지만 두 사람을 사랑하고 미안하게 생각한다고 전해주세요. 주디 변호사님이 제가 알았던 변호사 중에 제일 좋은 분이고, 저한테 친절하게 해주신 점 항상 기억할 겁니다. 안녕히 계세요.

빌리.

그날 저녁, 내근 중이던 경사가 집에 있는 쉬웨이카트에게 전화했다.
"변호사님 의뢰인이 또 자살을 시도했습니다."
"세상에! 어떻게 그럴 수가!"
"글쎄요. 이 말을 믿으실지 모르겠지만, 그자를 군 기물 파손죄로 고발해야 할 것 같은데요. 감방에 있는 변기를 깨서 날카로운 도자기 조각으로 손목을 그었거든요."

"설마, 그럴 리가!"

"다른 얘기도 하나 더 해드릴까요. 변호사님이 맡고 있는 이 의뢰인은 분명 이상한 점이 있습니다. 글쎄, 변기를 주먹으로 깼지 뭡니까."

5

쉬웨이카트와 스티븐슨은 자신들을 해고하겠다는 밀리건의 편지를 무시하고 매일같이 감옥으로 면회하러 갔다. 관선 변호인 사무실에서 정신검사를 위한 비용을 지급해주기로 해서, 1978년 1월 8일과 13일, 병리심리학자인 윌리스 C. 드리스콜 박사가 종합 심리검사를 실시했다.

지능검사에 의하면 밀리건의 IQ는 68이었지만, 박사는 밀리건이 우울증에 빠진 상태여서 점수가 더 낮아진 것이라고 진술했다. 박사는 보고서에서 밀리건이 심한 정신분열증을 겪고 있다고 진단했다.

밀리건은 에고의 경계가 아주 흐릿하게 정의되는 정체성 상실 증세를 보이고 있다. 그는 거리감각을 잃어버린 정신분열 증상을 앓고 있으며, 자아와 환경을 구분하는 능력이 아주 제한적이다. (……)
밀리건은 환청을 듣는데 그 목소리는 그에게 이런저런 일을 하라고 명령하고 그가 순응하지 않으면 고함을 치거나 비명을 지른다고 한다. 밀리건은 이 목소리의 주인이 자기를 고문하기 위해 지옥에서 온 사람들이라는 믿음을 보였다. 그는 또한 이 나쁜 사람들과 전투를 벌이기 위해 주기적으로 착한 사람들이 자기 몸에 침입한다고도 말했다. (……)
본인 소견으로는, 밀리건은 자기 스스로를 변호하기 위해 재판에 참석할 만한 능력이 없다. 그는 현재 일어나고 있는 사건을 이해할 만큼 적절한 현실

인식 능력이 없다. 정밀 진단과 치료를 위해 이 환자를 입원시킬 것을 추천한다.

처음으로 법적 충돌이 발생한 것은 1월 19일, 스티븐슨과 쉬웨이카트가 이 보고서를 제이 C. 플라워스 판사에게 법적 증거로 제출하여 자신들의 의뢰인은 자기변호에 협조할 수 없다고 주장했을 때였다. 플라워스가 콜럼버스에 있는 사우스웨스트 지역사회정신건강센터에 명령서를 보내 법의 정신분석팀을 지정하여 피고를 진찰하게 하겠다고 하자, 게리와 주디는 우려를 나타냈다. 사우스웨스트 센터는 보통 검찰 측에 서는 경우가 많았기 때문이다.

게리는 사우스웨스트 센터에서 진찰하는 동안에 어떤 결과가 나오든 자신들의 의뢰인에게 불리하게 사용되어서는 안 되고 유리한 정보만 받아들여져야 한다고 주장했다. 셔먼과 야비치는 이에 반대했다. 관선 변호인들은 그렇다면 밀리건에게 일러서 사우스웨스트 센터에서 나온 심리학자나 정신과 의사들에게는 아무 말도 하지 말라고 하겠다고 협박했다. 플라워스 판사가 변호인들에게 법정 모독죄를 선고하겠다고 으름장을 놓을 지경에까지 이르렀다.

결국 밀리건이 직접 자기변호를 위해 법정에 설 때만 관련 질문을 하겠다고 검찰 측이 동의를 해서 간신히 협상이 이루어졌다. 부분적인 승리이긴 했지만 아무것도 얻지 못한 것보다는 나았다. 관선 변호인 측은 마침내 도박을 걸어보기로 하고 사우스웨스트 센터 소속 법의학 정신분석의가 이 조건 하에서 윌리엄 밀리건을 면담할 수 있도록 허락했다.

"시도는 좋았습니다."

셔먼이 플라워스 판사의 방에서 걸어 나오면서 웃었다.

"그쪽이 얼마나 절박한지 잘 알겠던걸요. 하지만 그래봤자 별 소용 없을 겁니다. 이 사건은 끝난 거니까요."

차후의 자살 시도를 막기 위해, 보안관 사무실에서는 밀리건을 의무실 근처에 있는 독방으로 옮기고, 그에게 구속복을 입혔다. 그날 오후 늦게, 죄수를 살펴보러 왔던 의무관 러스 힐은 자기 눈을 믿을 수가 없었다. 그는 오후 3~8시 근무를 맡고 있던 월리스 경사를 불러 창살 너머로 밀리건을 가리켰다. 월리스의 입이 떡 벌어졌다. 밀리건은 자기 구속복을 벗어서 베개처럼 베고는 깊이 잠들어 있었다.

2장

밀리건 안의 다른 사람들

1

 사우스웨스트 지역사회정신건강센터에서 나온 정신과 의사와의 첫 번째 면담은 1978년 1월 31일에 이루어졌다. 도로시 터너는 호리호리한 몸매에 엄마 같은 태도의 심리학자로, 윌리스 경사가 밀리건을 면담실로 데리고 오자 수줍고 겁먹은 듯한 표정으로 그를 올려다보았다.
 터너는 180센티미터 정도의 키에 푸른 죄수복을 입고 있는 잘생긴 젊은이를 보았다. 그는 짙은 콧수염과 긴 구레나룻을 기르고 있었지만, 그의 눈에는 어린이 같은 공포심이 어려 있었다. 밀리건은 터너를 보고 놀란 눈치였지만, 건너편 자리에 앉을 때는 미소를 지으며 포갠 손을 무릎에 올려놓았다.
 "밀리건 씨." 터너가 말했다. "나는 사우스웨스트 지역사회정신건강센터에서 나온 도로시 터너입니다. 밀리건 씨에게 몇 가지 질문을 하러 왔어요. 현재 사는 곳은 어디죠?"
 밀리건은 주위를 힐끔 둘러보았다.

"여기요."

"사회보장번호가 몇 번이죠?"

밀리건은 바닥과 노란 콘크리트 블록 벽, 탁자 위에 놓인 양철 재떨이 깡통을 쳐다보면서 얼굴을 찡그린 채 한참 동안 생각했다.

"밀리건 씨." 터너가 다시 말했다. "내가 도와줄 수 있으려면 협조하셔야 해요. 질문에 대답을 하셔야 내가 무슨 일이 일어났는지 이해할 수 있죠. 그럼, 사회보장번호가 몇 번이죠?"

그는 어깨를 으쓱했다.

"몰라요."

터너는 노트를 내려다보며 번호를 읽었다. 밀리건은 고개를 저었다.

"그건 내 번호가 아닌데요. 빌리 번호일걸요."

터너는 날카롭게 그를 쳐다보았다.

"당신이 빌리 아닌가요?"

"아니에요." 그가 대답했다. "나는 아니에요."

터너는 얼굴을 찡그렸다.

"잠깐만요. 당신이 빌리가 아니라면, 누구죠?"

"난 데이비드예요."

"그럼, 빌리는 어디 있나요?"

"빌리는 자고 있어요."

"어디서 자고 있죠?"

그는 자기 가슴을 가리켰다.

"여기 안에요. 여기서 자요."

도로시 터너는 한숨을 쉬고, 참을성 있게 고개를 끄덕이면서 몸을 꼿꼿이 세웠다.

"난 빌리와 얘기를 나눠야 해요."

"그게, 아서가 허락 안 할 건데. 빌리는 자고 있어요. 아서가 빌리를 깨우지 않을 거예요. 빌리가 깨어나면 자살할 테니까요."

터너는 어떻게 진행할지 잘 몰라 젊은이를 한참 동안 관찰했다. 그의 목소리, 말할 때의 표정은 아이 같았다.

"그럼, 잠깐 기다려요. 이 얘기를 나한테 좀 설명해줬으면 좋겠는데."

"못 해요. 내가 잘못했어요. 이 얘기 하면 안 되는데."

"왜 안 되죠?"

"다른 사람들하고 싸우게 돼요."

어린아이 같은 그의 목소리에는 공포심이 묻어 있었다.

"그럼, 이름이 '데이비드'예요?"

그는 고개를 끄덕였다.

"다른 사람들은 누구죠?"

"말 못 해요."

터너는 탁자를 부드럽게 똑똑 두드렸다.

"그래요, 데이비드. 이 얘기를 해줘야, 내가 도와줄 수 있죠."

"못 해요." 그는 말했다. "그 사람들이 나한테 진짜로 화를 내면서 다시는 자리에 못 나오게 할 거예요."

"음, 누구한테라도 말을 해야죠. 너무 무서워서 그렇죠, 안 그래요?"

"맞아요."

그의 눈에 눈물이 맺혔다.

"나를 믿어주는 게 중요해요, 데이비드. 내가 도울 수 있으려면 무슨 일이 일어나고 있는지 알려줘야 해요."

그는 한참 동안 열심히 생각하더니 마침내 어깨를 으쓱했다.

"음, 그럼 한 가지 조건을 들어주면 얘기할게요. 세상 누구한테도 이 비밀을 얘기 안 한다고 약속해야 돼요. 절대로, 절대로, 절대로요."

"그래요. 약속할게요." 터너는 말했다.

"평생 동안 말 안 할 거죠?"

터너는 고개를 끄덕였다.

"약속하겠다고 말하세요."

"약속할게요."

"좋았어요." 그는 말했다. "말해줄게요. 나도 다 아는 건 아니거든요. 아서만 다 알아요. 아줌마가 말한 대로 무섭거든요. 무슨 일이 일어나는지 잘은 몰라요."

"몇 살이에요, 데이비드?"

"여덟 살, 이제 곧 아홉 살이 돼요."

"왜 데이비드가 말하러 나온 거죠?"

"내가 자리에 나온 것도 잘 몰랐어요. 누군가 감옥에서 다쳐서 내가 아파하러 나온 거예요."

"무슨 말인지 설명할 수 있어요?"

"아서 말로는 내가 고통을 느끼는 사람이래요. 다친 사람이 있으면 내가 자리에 나와서 그걸 느껴야 한대요."

"그거 참 끔찍하겠어요."

젊은이는 고개를 끄덕였고 그의 눈에는 눈물이 핑 돌았다.

"너무 불공평해요."

"'자리'라는 게 뭐예요, 데이비드?"

"아서가 그렇게 불러요. 여러 사람 중에 한 명이 나와야 할 때 어떻게 돌아가는지 설명해줬어요. 자리는 커다랗고 하얀 스포트라이트 같은 거예요. 모두들 거기 빙 둘러서서 쳐다보기도 하고 침대에서 자기도 하고 그래요. 그러다가 누구든 자리에 올라가는 사람이 세상에 나가는 거예요. 아서가 그랬어요. '자리에 올라가는 사람이 누구든 의식을 붙잡는 거다'라고."

"다른 사람들은 누구죠?"

"많이 있어요. 나도 그 사람들을 다 아는 건 아니에요. 몇 명은 알지만, 다는 몰라요. 아, 앗."

그는 숨을 훅 들이마셨다.

"왜 그래요?"

"아서 이름을 말해버렸네. 이제 비밀을 말했다고 혼날 거예요."

"괜찮아요, 데이비드. 아무에게도 말하지 않겠다고 약속했잖아요."

그는 겁이 나는 듯 의자에 앉아 몸을 웅크렸다.

"더 이상은 말 못 해요. 무서워요."

"괜찮아요, 데이비드. 오늘은 이만 됐어요. 하지만 내일 다시 올 테니까 그때 좀 더 이야기를 해봐요."

프랭클린 군 교도소 바깥에서, 터너는 발길을 멈추고 찬바람을 막기 위해 코트 깃을 여몄다. 그녀는 검찰 기소를 피하려고 정신병자인 양 꾸미는 것인지도 모르는 젊은 범죄자와 대면할 각오를 하고 왔지만, 이런 일은 꿈에도 상상하지 못했었다.

2

다음 날, 도로시 터너는 밀리건이 면회실로 들어올 때 그의 표정에 뭔가 변화가 있다는 사실을 알아챘다. 그는 그녀의 눈을 피하며 의자 위에 발을 올려 무릎을 세워놓고 앉더니 신발을 가지고 장난쳤다. 터너가 기분이 어떠냐고 묻자, 그는 처음에는 둘러보기만 하고 대답을 하지 않았다. 그는 전혀 알아보는 기색 없이 이따금씩 그녀를 흘금흘금 쳐다보았다. 그러고 나서는 고개를 저었고, 입을 열자 런던 토박이 억양이 있는 소년의 목소리가 튀어나왔다.

"다 시끄러워요." 그가 말했다. "아줌마하고, 소리들도 다. 우린 무슨 일이 있는지도 몰라요."

"목소리가 이상하네요, 데이비드. 그건 외국어 억양인가요?"

그는 개구쟁이처럼 터너를 흘긋 올려다보았다.

"난 데이비드 아닌데. 난 크리스토퍼예요."

"그럼, 데이비드는 어디 있어요?"

"데이비드는 말썽을 피웠어요."

"무슨 말이죠?"

"아, 걔가 말해버려서 다른 사람들이 걔한테 엄청나게 화났어요."

"나한테 설명해줄 수 있겠어요?"

"못 해요. 난 데이비드처럼 혼나고 싶지 않아요."

"음, 데이비드는 왜 곤란해졌어요?" 터너가 얼굴을 찡그리며 물었다.

"걔가 말했으니까요."

"뭘 말해요?"

"알잖아요. 걔가 비밀 말한 거."

"그럼, 본인에 대해 말해줄 수 있겠어요, 크리스토퍼? 몇 살이죠?"

"열세 살요."

"뭘 좋아하나요?"

"드럼을 조금 칠 줄 알아요. 하지만 하모니카를 더 잘 불죠."

"고향은 어디죠?"

"영국요."

"형제나 자매가 있어요?"

"크리스틴밖에 없어요. 걔는 세 살이에요."

터너는 밀리건이 또렷한 런던 억양으로 말할 때 그의 얼굴을 면밀히 바라보았다. 흉허물 없고 진지하고 행복해 보였다. 바로 전날 이야기를 나누었던 사람과는 완전히 딴판이었다. 밀리건은 놀라울 정도로 뛰어난 배우임에 틀림없었다.

3

 2월 4일, 세 번째로 방문하던 날, 도로시 터너는 면회실로 걸어 들어오는 젊은 남자가 지난 두 번 동안 보았던 사람과는 거동이 다르다고 느꼈다. 그는 훌쩍 자리에 앉더니 의자 등받이에 구부정하게 기대고 거만하게 터너를 바라보았다.
 "오늘은 기분이 어때요?"
 터너가 묻자, 그는 어깨를 으쓱했다.
 "좋아요."
 "데이비드와 크리스토퍼가 어떻게 지내는지 말해줄 수 있겠어요?"
 그는 얼굴을 찡그리더니 터너를 쏘아보았다.
 "이 봐요, 아줌마. 난 아줌마가 누군지도 몰라요."
 "음, 난 여기 당신을 도와주러 온 거예요. 무슨 일이 일어나고 있는지 이야기를 나눠봐야죠."
 "제길, 무슨 일이 일어나고 있는지 난들 알아야 말하죠."
 "그저께 나와 얘기했던 건 기억나지 않나요?"
 "얘기는 쥐뿔. 머리털 나고 아줌마를 한 번도 본 적이 없는데."
 "당신 이름을 말해주겠어요?"
 "타미."
 "타미, 성은 뭐죠?"
 "그냥 타미라고 해요."
 "나이는요?"
 "열여섯 살."
 "그럼 본인에 대해 조금 말해줄래요?"
 "난 모르는 사람하곤 얘기 안 해요. 그러니까 나 좀 가만 놔둬요."
 그 다음 15분 동안 터너는 그에게서 얘기를 끌어내려 해봤지만, 타미는 샐쭉해져서 아무 말도 하지 않았다. 프랭클린 군 형무소를 나온 도로시 터너는 어지러운 머리로 잠시 서 있었다. 그녀는 '크리스토퍼'와 결코 비밀을 누설하지 않겠다고 '데이비드'에게 한 약속을 떠올렸다. 터너는 자기가 한 약속과 밀리건의 변호사들에게 이 사실을 알려주어야 한다는 의무감 사이에서 갈등했다.

터너는 관선 변호인 사무실로 전화해서 주디 스티븐슨을 바꿔달라고 했다. 스티븐슨이 전화를 받자 터너는 이렇게 말했다.

"이 얘기는 전화로는 할 수 없어요. 『시빌』이라는 책을 읽어보지 않았다면 한 권 구해서 읽어보세요."(『시빌』은 플로라 레타 슈라이버가 1973년에 출간한 책으로, 16개의 인격을 가진 시빌 아델 메이슨이라는 여성의 기록을 담고 있다. 1976년 샐리 필드 주연의 영화로 만들어지기도 했다.—옮긴이)

터너에게서 전화를 받고 놀란 주디 스티븐슨은 그날 저녁 『시빌』의 문고판을 구입해 읽기 시작했다. 일이 어떻게 되어가고 있는지 이해한 주디는 침대에 반듯이 누워 천장을 바라보며 생각했다. 오, 이런! 다중인격이라고? 터너가 하려던 말이 그건가? 주디는 밀리건이 정렬 식별 당시 몸을 심하게 떨던 모습을 그려보려 했다. 다른 때는 수다스럽고 교묘하게 사람을 속이려고 했으며 농담도 잘하고 눈치가 빨랐던 것을 떠올렸다. 주디는 그의 행동 변화를 단지 우울증 때문이라고 여기고 있었다. 그 다음에는 밀리건이 슬쩍 구속복을 빠져나왔다고 한 윌리스 경사의 말과 때때로 밀리건이 초인적인 힘을 보였다고 한 러스 힐 의무관의 말을 떠올렸다. 밀리건의 말이 그녀의 마음속에 메아리쳤다.

"경찰들은 내가 이런저런 짓을 했다고 하는데 나는 기억 안 나요. 하나도 모르겠어요."

주디는 남편을 깨워서 이에 대해 이야기해볼까 생각했지만, 그가 뭐라고 할지 뻔했다. 지금 하고 있는 생각을 사람들에게 말해도 마찬가지일 것이었다. 관선 변호인 사무실에서 3년 이상 근무했지만, 밀리건 같은 사람과 마주친 적은 한 번도 없었다. 그녀는 게리에게도 아무 말 하지 않기로 했다. 먼저 직접 확인해봐야만 했다.

다음 날 아침, 주디는 도로시 터너에게 전화를 걸었다.

"글쎄요." 주디가 말했다. "내가 지난 몇 주 동안 만나서 이야기해본 밀리건이라는 사람은 가끔 이상한 행동을 하긴 했어요. 분위기도 몇 번씩 바뀌었죠. 기질이 변덕스러운 사람이더군요. 하지만, 이게 시빌 사건과 같다는 결론을 내릴 만큼 중대한 차이점은 보지 못했어요."

"내가 며칠 동안 씨름했던 문제도 바로 그거예요." 터너가 대답했다. "난 아무에게도 말하지 않겠다고 약속했고 그 동안 약속을 지켰죠. 내가 한 말은 단지 그 책을 읽어보란 것뿐이었어요. 하지만, 이젠 변호사님에게 이야기를 해도 되지 않겠느냐고 그 사람에게 동의를 구해볼 생각이에요."

이 사람은 사우스웨스트 센터에서 온 심리학자, 검사의 편이라는 것을 되새기면서 주디는 말했다.

"그럼 선생님에게 맡기죠. 내가 어떻게 하면 되는지 알려주세요."

도로시 터너가 네 번째로 밀리건을 만나러 갔을 때, 첫날 봤을 때처럼 자기가 데이비드라고 말하는 겁에 질린 소년과 마주쳤다.

"내가 비밀을 절대 아무에게도 말하지 않겠다고 한 건 알아요." 터너가 말했다. "하지만 주디 스티븐슨에겐 말해야겠어요."

"안 돼요!" 데이비드가 펄쩍 뛰며 소리쳤다. "약속했잖아요! 이 얘기를 하면 주디 변호사님은 더 이상 나를 좋아하지 않을 거예요!"

"변호사님은 계속 좋아해주실 거예요. 스티븐슨 씨는 당신 변호사고 당신을 돕기 위해 사실을 알아야 할 필요가 있으니까요."

"약속했잖아요. 약속을 안 지키면 거짓말이잖아요. 말하면 안 돼요. 그러면 난 큰일 나요. 아서랑 레이건이 비밀을 말했다고 나한테 화를 낼 거예요. 그리고…….”

"레이건이 누구죠?"

"약속하셨잖아요. 약속은 세상에서 가장 중요한 거란 말예요."

"이해가 안 돼요, 데이비드? 내가 주디에게 말하지 않으면, 주디는 당신을 구해줄 수가 없어요. 어쩌면 감옥에 오래 있게 될지도 몰라요."

"상관없어요. 약속했잖아요."

"하지만……."

터너는 그가 이글이글 타오르는 눈으로 마치 자기 자신에게 말하듯이 입을 움직이는 모습을 보았다. 그는 똑바로 일어서서 손끝을 마주 대고 터너를 쏘아보았다.

"부인에겐 그럴 권리가 없습니다."

그는 상류계급 출신의 영국인 억양으로 분명하게, 턱을 거의 움직이지 않으며 말했다.

"이 아이에게 한 약속을 깰 권리는 없어요."

"우리는 이전에 만난 적이 없는 것 같군요."

터너는 놀라움을 감추려고 애쓰며 의자 팔걸이를 꼭 붙잡았다.

"그 애가 부인에 대해 말해줬습니다."

"당신이 아서인가요?"

그는 살짝 고개를 끄덕여 긍정의 표시를 했다. 터너는 숨을 깊이 들이마셨다.

"아서, 난 여기서 일어나는 일을 변호사들에게 말할 수밖에 없어요."

"안 됩니다." 그는 대답했다. "그들은 부인 말을 믿지 않을 겁니다."

"한번 두고 보지 않겠어요? 내가 주디 스티븐슨을 데리고 와서 당신과 만나게 하면……."

"안 됩니다."

"그럼 감옥에 가지 않을 수도 있어요. 나는 그렇게 해야만……."

아서는 앞으로 몸을 숙이고 터너를 경멸하듯 쏘아보았다.

"이것 하나는 말해두도록 하죠, 터너 씨. 당신이 누구든 데리고 오면, 다른 애들은 그냥 조용히 있을 겁니다. 그러면 부인 꼴만 바보처럼 될 겁니다."

아서와 15분 동안 말싸움을 벌인 후, 터너는 그의 눈 속에 멍한 표정이 담긴 것을 알아챘다. 그는 의자 뒤로 몸을 기댔다. 그가 다시 앞으로 몸을 숙였을 때, 목소리가 변해 있었고 표정은 격식이 없고 친근했다.

"선생님은 말할 수 없어요." 그가 말했다. "약속을 하셨잖아요. 약속은 신성한 거라고요."

"지금 얘기하고 있는 사람은 누구죠?" 터너가 속삭였다.

"앨런. 주디, 게리하고 얘기할 때는 주로 제가 했어요."

"하지만 그 사람들은 빌리 밀리건만 알아요."

"우린 모두 빌리의 이름으로 대답하니까 비밀이 새나가지 않죠. 하지만 빌리는 자고 있어요. 오랫동안 자고 있었죠. 자, 터너 선생님, 제가 도로시라고 불러도 괜찮죠? 빌리의 어머니 이름이 도로시였거든요."

"주디, 게리와 주로 얘기한 사람이 앨런이라고 했죠? 그럼 두 사람이 만났던 사람은 또 누구죠?"

"글쎄요, 두 사람은 그 사실을 몰라요. 타미는 나랑 말투가 비슷하거든요. 도로시도 타미를 만나봤잖아요. 구속복이나 수갑을 풀었던 애가 바로 타미예요. 우리는 아주 비슷해요. 내가 주로 말을 한다는 것만 빼고는요. 걔는 조금 비열하고 비꼬길 잘하죠. 나처럼 사람들하고 잘 지내질 못해요."

"게리와 주디가 또 누구를 만났죠?"

그는 어깨를 으쓱했다.

"변호사님들이 우리에게 배정된 뒤, 게리가 처음 본 사람은 대니예요. 대니는 겁을 먹고 혼란스러워했죠. 걔는 일이 돌아가는 걸 잘 몰라요. 아직 열네 살밖에 안 됐거든요."

"당신은 몇 살이죠?"

"열여덟."

터너는 한숨을 짓고 고개를 저었다.

"좋아요…… 앨런은 지적인 젊은이처럼 보이네요. 그러니 내가 약속을 깨야 한다는 것을 이해할 거예요. 주디와 게리는 무슨 일이 일어나고 있는지 알아야 해요. 그래야 그 사람들이 당신을 적절히 변호할 수 있죠."

"아서와 레이건이 반대하고 있어요." 앨런이 말했다. "사람들은 우리가 미쳤다고 생각할 거래요."

"하지만 감옥으로 돌아가지 않을 수 있다면, 그 정도 가치는 있지 않겠어요?"

그는 고개를 저었다.

"내가 결정할 문제가 아녜요. 우린 평생 이 비밀을 지켜왔어요."

"그럼 누가 결정할 문제죠?"

"그게, 실제로는 모두가 결정해요. 아서가 책임을 지고 있긴 하지만, 비밀은 우리 모두의 것이니까요. 데이비드가 도로시에게 말했지만, 더 이상 나가서는 안 되는 거죠."

터너는 심리학자로서 이 사실을 그의 변호사에게 알리는 게 자신의 임무라는 사실을 설명하려고 애썼다. 하지만 앨런은 그래봤자 도움이 된다는 보장이 없다고 지적하며, 사람들이나 신문이 떠들어대면 감옥에서의 삶이 더 힘들어지기만 할 거라고 했다.

그 다음으로는 소년 같은 몸가짐으로 보아 데이비드임을 알아볼 수 있는 인격이 나타나 터너에게 약속을 지켜달라고 빌었다.

터너는 다시 한 번 아서와 이야기를 하게 해달라고 청했다. 그러자 찡그린 얼굴의 아서가 나타났다.

"끈질기시군요."

아서가 말했다. 터너는 아서와 논쟁을 벌였고, 점차 그가 설복되고 있다는 느낌을 받았다.

"나는 숙녀분과 논쟁하는 걸 좋아하지 않습니다."

아서는 한숨을 내쉬며 뒤로 몸을 기댔다.

"터너 씨가 이게 정말로 필요하다고 여기고 다른 아이들이 모두 동의한다면, 저도 허락을 내리도록 하죠. 하지만 모든 아이들에게서 각각 동의를 받아내셔야 합니다."

터너는 나타나는 사람들 하나하나에게 이 상황을 설명하고 말싸움을 벌이느라 몇 시간이나 허비했다. 그녀는 변형이 일어날 때마다 계속해서 놀라지 않을 수 없었다. 닷새째 되던 날, 터너는 타미와 대면했다. 타미는 자기 코를 꼬집으며 이렇게 말했다.

"그럼, 아줌마는 내가 주디 선생님하고 말을 해야 한다는 거네요. 아줌마, 나는 아줌마가 무슨 짓을 하든 눈곱만큼도 신경 안 써요. 그냥 날 가만 놔둬요."

앨런은 다음과 같이 말했다.

"주디 말고는 세상 사람 누구에게도 얘기 안 하겠다고 약속하세요. 그리고 주디한테도 아무에게도 말 안 하겠다는 약속을 받아내시고요."

"그렇게 하죠." 터너가 말했다. "후회하지 않을 거예요."

그날 오후, 도로시 터너는 교도소에서 나오자마자 곧장 길 건너에 있는 관선 변호인 사무실로 가서 주디 스티븐슨과 이야기를 나누었다. 터너는 밀리건에게 나타난 상태를 설명했다.

"그럼 선생님 말씀은 내가 게리 쉐웨이카트에겐 얘기하면 안 된다는 건가요?"

"나는 약속할 수밖에 없었어요. 변호사님에게 얘기해도 된다는 동의를 받아낼 수 있었던 것만도 운이 좋았죠."

"난 좀 의심스러운데요."

주디가 말했다. 터너가 고개를 끄덕였다.

"괜찮아요. 저도 그랬으니까요. 하지만 이건 장담하죠. 의뢰인을 만나게 되면, 변호사님도 깜짝 놀랄걸요."

4

월리스 경사가 밀리건을 면회실로 데리고 왔을 때, 주디 스티븐슨은 의뢰인의 태도가 수줍은 사춘기 소년처럼 약간 움츠러들어 있다는 것을 알아챘다. 그는 경찰관이 처음 보는 사람인 양 두려워하는 듯했고, 재빨리 탁자로 뛰어와서 도로 터너 옆에 앉았다. 그는 월리스가 자리를 뜰 때까지 말을 하지 않으려 했다. 계속 손목만 문지를 따름이었다.

"주디 스티븐슨에게 당신이 누군지 말해줄 수 있겠어요?"

터너가 묻자, 그는 의자에 푹 주저앉더니 경찰이 가버렸는지 확실히 확인하려는 듯 문 쪽을 쳐다보면서 고개를 저었다. 터너가 입을 열었다.

"주디, 이 애는 대니예요. 나는 대니와 아주 잘 아는 사이가 되었죠."

"안녕, 대니."

주디는 다른 목소리와 얼굴 표정에 당황한 기색을 감추려고 애썼다. 대니는 터너 쪽을 올려다보더니 속삭였다.

"보셨죠? 변호사님은 내가 미친 사람이라도 되는 것처럼 보시잖아요."

"그런 적 없어요." 주디가 말했다. "그냥 좀 혼란스러웠을 뿐이에요. 이건 아주 특수한 상황이잖아요. 몇 살이죠, 대니?"

그는 묶여 있다가 막 풀려난 사람처럼 피를 잘 통하게 하려는 듯 손목을 문질렀다. 하지만 대답은 하지 않았다.

"대니는 열네 살이에요." 터너가 말했다. "아주 훌륭한 화가죠."

"어떤 종류의 그림을 그리죠?" 주디가 물었다.

"주로 정물화요." 대니가 대답했다.
"경찰이 아파트에서 본 풍경화도 당신이 그린 건가요?"
"난 풍경화는 안 그려요. 땅을 싫어하니까."
"왜 그렇죠?"
"말할 수 없어요. 말하면 그 사람이 날 죽일 거예요."
"누가 죽인다는 거죠?"

주디는 자신이 그를 찬찬히 살피고 있다는 것을 깨닫고 놀랐다. 다중인격 이야기를 믿지 않고 사기극 따위에 놀아나지 않겠다고 결심했건만, 뛰어난 연기처럼 보이는 그의 행동에는 감탄하지 않을 수 없었다.

밀리건이 눈을 감았고 눈물이 그의 뺨 위에 흘러내렸다. 눈앞에서 벌어지고 있는 일에 점점 더 당혹감을 느끼면서, 주디는 그가 다시 자기 안으로 위축되어가는 듯한 모습을 자세히 보았다. 그는 입술을 소리 없이 움직였다. 눈은 게슴츠레해지더니 옆으로 움직였다. 그는 흠칫 놀라서 주변을 두리번거리다가 두 여자를 알아보고서야 자기가 어디 있는지 알아차린 듯했다. 그는 다시 자세를 고쳐 잡고 다리를 꼰 뒤 오른발 양말에 꽂힌 담뱃갑에서 담배만 쓱 빼냈다.

"불 있는 사람 있어요?"

주디가 담뱃불을 붙여주었다. 그는 깊이 담배를 들이마셨다가 연기를 위로 뿜어냈다.

"그래서, 뭐 새로운 거 건졌어요?" 그가 말했다.
"주디 스티븐슨에게 당신이 누군지 말해주겠어요?"

그는 담배연기로 고리를 만들며 고개를 끄덕였다.
"난 앨런이에요."
"이전에 만난 적 있던가요?"

주디는 떨리는 목소리가 너무 두드러지질 않길 바라며 물었다.
"주디와 게리가 의논하러 왔을 때 제가 몇 번 나온 적 있죠."

"하지만 우리는 언제나 빌리 밀리건과 이야기를 나눈걸요."

그는 어깨를 으쓱했다.

"우린 모두 빌리 밀리건이라는 이름에 대답해요. 그렇지만 제가 빌리라고 말한 적은 한 번도 없는데. 그냥 변호사님들이 그렇게 지레짐작한 거죠. 아니라고 한들 변호사님들에게 더 좋을 거라고 생각하지도 않았구요."

"내가 빌리랑 얘기해볼 수 있을까요?" 주디가 물었다.

"아, 안 돼요. 사람들이 빌리를 재워놨어요. 걔가 자리에 나오도록 하면, 자살해버릴 거예요."

"왜요?"

"걔는 아직도 다치는 걸 두려워해요. 그리고 우리 나머지에 대해서는 몰라요. 걔가 아는 건 자기가 시간을 잃어버린다는 거죠."

"빌리가 '시간을 잃는다'는 게 무슨 뜻이죠?" 주디가 물었다.

"그런 일은 우리 모두에게 일어나요. 사람이 어느 장소에서 뭔가 하고 있다고 해봐요. 그런데 갑자기 다른 장소에 있는 거예요. 시간이 흘렀다는 건 알지만, 무슨 일이 일어났는지는 모르는 거죠."

"그거 참 끔찍하겠네요."

"익숙해질 수 없는 일이죠."

윌리스 경사가 죄수를 다시 감방으로 데려가려고 들어오자, 앨런은 그를 올려다보며 미소 지었다.

"저 사람이 윌리스 경사예요." 앨런이 두 여자에게 말했다. "제가 좋아하는 분이죠."

주디 스티븐슨은 터너와 함께 프랭클린 군 교도소를 나왔다.

"내가 왜 전화했는지 아시겠죠."

도로시가 말했다. 주디는 한숨지었다.

"여기 올 때는 이제 눈앞에서 사기극이 벌어지는 꼴을 보겠구나 하고 단단히 믿고 있었어요. 그렇지만 지금은 분명 다른 두 사람과 얘기했다는 걸 확신할 수 있어요. 이제 밀리건이 가끔 아주 달라 보였던 이유를 이해할 수 있겠군요. 나는 그냥 기분이 바뀌어서 그런 줄 알았죠. 게리에게 말해야 해요."

"내가 스티븐슨 씨에게 얘기하도록 허가를 받는 것도 어려웠어요. 밀리건이 허락해줄 것 같지 않네요."

"그렇게 해야만 해요." 주디가 말했다. "이 사실을 나만 혼자 알고 가는 부담을 떠맡을 수는 없어요."

교도소를 떠난 주디 스티븐슨은 자신이 동요와 경악, 분노와 혼란에 휩싸여 있음을 깨달았다. 모두 믿을 수 없는 일이었다. 하지만 마음속 어딘가에서는 이 이야기를 믿기 시작했다는 것을 알고 있었다.

그날 늦은 밤, 게리는 주디의 집에 전화를 걸어, 보안관의 사무실에서 전화가 왔는데 밀리건이 다시 감방 벽에다 머리를 찧어 자살을 시도했다는 소식을 전했다고 알려주었다.

"웃기는 일이야." 게리가 말했다. "그 친구 기록을 훑어보다가 오늘 2월 14일이 밀리건 생일이라는 걸 알았지. 게다가 다른 날이기도 하잖아…… 밸런타인데이."

5

다음 날 도로시와 주디는 게리 쉬웨이카트에게 비밀을 털어놓는 게 중요하다고 앨런에게 말했다.

"절대 안 돼요."

"하지만, 허락해야만 해요." 주디가 말했다. "감옥에 가지 않으려면 다른 사람들도 이 얘기를 들어야 해요."

"약속했잖아요. 이건 합의한 내용이에요."

"알아요." 주디가 말했다. "하지만 필수적인 일이에요."

"아서는 안 된다고 했어요."

"아서랑 얘기를 해볼게요." 도로시가 말했다.

아서가 나타나서 두 사람을 쏘아보았다.

"점점 피곤해지는군요. 난 생각할 일도 많고 공부할 것도 많은데 이렇게 졸라대니 정말 지겹군요."

"게리에게 말할 수 있도록 허락해줘요." 주디가 말했다.

"절대 안 됩니다. 이미 두 사람이나 알고 있는 것만도 과해요."

"우리가 당신을 도우려면 이건 필수적이에요." 터너가 말했다.

"난 도움이 필요 없어요, 부인. 대니와 데이비드는 도움이 필요할지도 모르지만, 그거야 내 소관이 아니니까."

"빌리가 계속 살아 있게 하는 일에는 관심이 없나요?"

주디는 아서의 거만한 태도에 격노해서 물었다.

"관심 있죠." 아서는 대답했다. "하지만, 그 대가로 뭘 치러야 하죠? 사람들은 우리가 미쳤다고 할 거예요. 이 일은 점점 손쓸 수 없게 되어가고 있어요. 우리는 빌리가 학교 지붕에서 뛰어내리려고 한 이후로 계속 그 애가 살아 있을 수 있도록 해왔습니다."

"무슨 말인가요?" 터너가 물었다. "빌리가 살아 있을 수 있도록 어떻게 했다는 거죠?"

"항상 재워두는 거죠."

"이게 이 사건에 어떤 영향을 끼칠지 모르겠어요?" 주디가 말했다. "감옥에 가느냐, 풀려나느냐를 결정할 수 있는 문제예요. 감옥 바깥에 있으면 생각하거나 공부할 수 있는 시간과 자유가 더 많지 않겠어요? 아니면, 다시 레바논 교도소로 돌아가고 싶은가요?"

아서는 다리를 꼬고 주디에서 도로시 쪽으로 눈길을 옮겼다가 다시 주디를 보았다.

"나는 숙녀분들과 논쟁하는 걸 좋아하지 않아요. 이전과 같은 조건 하에서 동의하죠. 그리고 다른 애들에게도 이 조건에 동의를 받아내세요."

사흘 후, 주디 스티븐슨은 게리 쉬웨이카트에게 말해도 된다는 허락을 받아냈다.

추운 2월의 아침, 주디는 프랭클린 군 교도소를 걸어 나와 관선 변호인 사무실로 돌아갔다. 주디는 커피 한 잔을 들고 게리의 너저분한 사무실로 곧장 가서는 자리에 앉아 몸을 꼿꼿이 세웠다.

"자, 잠시 전화를 연결하지 말라고 해. 빌리에 대해 할 말이 있어."

주디가 도로시 터너와 밀리건을 만났던 이야기를 다 마치자, 게리는 주디가 미친 사람이라도 되는 양 바라보았다.

"내 눈으로 봤어." 주디가 주장했다. "그들과 이야기도 했어."

게리는 일어서서 책상 뒤에서 쿵쿵거리며 왔다 갔다 했다. 빗지 않은 머리는 옷깃 위에 흐트러져 있었고, 헐렁한 셔츠는 벨트 바깥으로 삐죽 비어져 나와 있었다.

"아, 그만둬." 게리가 항의했다. "그럴 리가 있나. 내 말 뜻은 나도 밀리건이 정신적으로 이상이 있는 걸 알고, 밀리건 편이라는 거야. 하지만 이건 안 먹힐 거야."

"너도 가서 직접 봐야 해. 그냥은 몰라…… 난 이제 확신이 들어."

"좋아. 하지만 이건 말해두지. 나는 이 말 안 믿어. 검사도, 판사도 안 믿을 거야. 난 너를 믿어, 주디. 넌 좋은 변호사고, 사람들을 보는 눈이 아주 날카롭지. 하지만 이건 사기야. 넌 속은 거라고."

다음 날 3시, 게리는 30분 정도만 있을 요량으로 주디와 함께 프랭클린 군 교도소에 갔다. 그는 이 모든 생각을 완전히 거부하고 있었다. 불가능한 일이 아닌가. 하지만 인격 하나하나를 차례차례 맞대면하자 회의가 호기심으로 바뀌었다. 그는 겁에 질린 데이비드가 수줍은 대니로 바뀌는 모습을 보았다. 대니는 경찰이 자기를 처음 감옥으로 데리고 와서 수감 절차를 밟던 무서운 날을 기억하고 있었다.

"처음 경찰들이 아파트에 들이닥쳐서 체포했을 때는 무슨 일이 일어나고 있는지 전혀 몰랐어요." 대니가 말했다.

"어째서 폭탄이 있다고 말했던 거죠?"

"폭탄이 있다고 말한 적은 없어요."

"경찰에게 그렇게 말했다는데. 터질지도 모른다고."

"음, 타미는 항상 그렇게 말해요. '내 물건에 손대지 마, 터질지도 몰라.'"

"타미는 왜 그렇게 말하는 거죠?"

"개한테 물어봐요. 걘 전자제품 전문가예요. 항상 전선이나 그런 걸 가지고 장난치고 다녀요. 걔 특기죠."

쉬웨이카트는 턱수염을 여러 번 쓰다듬었다.

"탈출 전문가에, 전자제품 전문가라. 그래, 그럼 타미와 이야기 좀 해볼 수 있을까요?"

"모르겠어요. 타미는 말하고 싶을 때만 말해요."

"타미를 불러올 수 없나요?" 주디가 물었다.

"그냥 할 순 없어요. 저절로 일어나야만 하지. 타미한테 변호사님들과 얘기해보라고 할 수는 있을 것 같아요."

"해봐요." 쉬웨이카트가 미소를 억누르며 말했다. "최선을 다해서."

밀리건의 몸은 안으로 위축되는 것처럼 보였다. 그의 얼굴은 창백해졌고 눈은 안으로 뒤집힌 것처럼 흐리멍덩해졌다. 혼잣말을 하듯 입술이 움직였고, 작은 방 안에 강렬한 집중력이 넘쳐흘렀다. 쉬웨이카트는 히죽대던 웃음을 싹 지우고 숨을 죽였다. 밀리건의 눈이 좌우로 움직였다. 그는 깊은 잠에서 깨어난 사람처럼 주위를 둘러보더니 뺨이 단단한지 확인하려는 듯 손을 오른쪽 뺨에 대었다. 그리고는 거만하게 의자 뒤에 기대고 변호사 두 사람을 쏘아보았다.

게리는 숨을 내뱉었다. 그는 깊은 인상을 받았다.

"당신이 타미인가요?"

"그러는 당신은 누군데요?"

"난 당신의 변호사입니다."

"내 변호사는 아니죠."

"난 주디 스티븐슨을 도와 당신이 들어 있는 육체를 감옥에서 빼내려고 하는 사람입니다. 당신이 누군진 몰라도."

"웃기시네. 난 어디서든 빠져나가려고만 하면 도움 따위 필요 없어요. 세상의 어떤 감옥도 날 가둬놓지 못해요. 원하기만 하면 언제든지 탈옥할 수 있거든요."

게리가 그를 내려다보았다.

"그렇다면 당신이 바로 구속복을 빠져 나왔던 사람이로군요. 그럼 타미가 맞겠네요."

그는 지루한 표정을 지었다.

"그래요…… 물론."

"경찰이 아파트에서 발견한 전자 장치에 대해 대니가 말을 해줬습니다. 대니 말로는 그 물건이 타미 거라던데."

"걔는 언제나 입이 싸다니까."

"왜 가짜 폭탄을 만들었죠?"

"제길, 그건 가짜 폭탄이 아니에요. 그놈의 경찰들은 멍청하게 자기 눈으로 보고도 블랙박스도 못 알아보는데 나보고 어쩌라구요?"

"무슨 뜻이죠?"

"말한 대로예요. 그건 전화회사 시스템을 제어하는 블랙박스예요. 그냥 차에서 새 전화가 잘 되나 실험해보고 있던 참이었어요. 거기 실린더에다 빨간 테이프를 붙여놓았더니 바보 같은 경찰들은 그게 폭탄인 줄 알지 뭐예요."

"대니한테 터질지도 모른다고 말했다면서요."

"아, 젠장. 어린애들한테는 내 물건에 손 못 대도록 항상 그렇게 말하는 것뿐이에요."

"전자 기술은 어디서 배웠죠, 타미?"

주디가 물었다. 그는 어깨를 으쓱했다.

"혼자 공부했어요. 책 보고 독학한 거죠. 어릴 때부터 난 항상 물건이 어떻게 돌아가는지 알고 싶었거든요."

"그럼, 탈출 기술은?" 주디가 물었다.

"아서가 그 기술을 익히라고 부추겼어요. 우리 중 한 사람이 마구간에 묶여 있으면 누구든 한 사람은 빠져나올 필요가 있다고 했어요. 그래서 손 근육과 뼈를 조절하는 법을 배웠죠. 그 다음엔 모든 종류의 자물쇠나 나사 같은 물건에 관심이 생겼어요."

쉬웨이카트는 잠깐 생각했다.

"그 총도 타미 겁니까, 그럼?"

타미는 고개를 저었다.

"레이건만이 총을 다룰 수 있도록 허락을 받았어요."

"허락받았다고? 누가 허락을 하죠?" 주디가 물었다.

"음, 그건 우리가 어디에 있느냐에 따라 다르죠…… 이 보세요, 나한테 정보를 쑥쑥 빼가려고 하다니 이젠 지겹네요. 그건 아서가 할 일이에요, 아니면 앨런이나. 둘 중 한 사람에게 물어봐요, 알았어요? 난 이제 가요."

"기다려요……."

하지만 주디의 말은 너무 늦었다. 눈이 멍해지더니 밀리건이 자세를 바꾸었다. 그는 손가락 끝을 마주 대고 손으로 피라미드 모양을 만들었다. 턱이 들리더니 얼굴 표정이 바뀌어서 주디는 그가 아서임을 알아볼 수 있었다. 주디는 아서를 게리에게 소개했다.

"타미를 용서해주십시오." 아서는 냉담하게 말했다. "그 아인 약간 반사회적인 청소년이라서요. 그 애가 전자 장치와 자물쇠를 똑똑하게 잘 다루지 않았다면 벌써 일찌감치 없애버렸을 겁니다. 하지만 걔는 쓸모 있는 재능을 가지고 있으니까요."

"그럼 당신의 재능은 뭐죠?"

게리가 물었다. 아서는 별거 아니라는 듯 손을 저었다.

"난 아마추어일 뿐입니다. 생물학과 의학을 장난삼아 공부하는 정도죠."

"게리는 타미에게 총에 대해 묻고 있었어요." 주디가 말했다. "알겠지만 그건 가석방 규정 위반이에요."

아서는 고개를 끄덕였다.

"총을 취급할 수 있도록 허락받은 사람은 레이건뿐입니다. 그는 분노를 지키는 사람이고, 그게 그의 전문 영역이죠. 하지만 자기 보호와 생존을 위해서만 총을 쓸 겁니다. 힘이 대단한 사람인데 공동의 이익을 위해서만 힘을 쓰지, 남을 해치진 않아요. 그 친구는 자기 아드레날린을 조절하고 집중할 수 있는 능력을 가지고 있죠, 아시겠지만."

"그는 여자 네 명을 납치해서 강간할 때 총을 썼습니다."

게리가 말했다. 아서의 목소리가 돌변하여 얼음처럼 냉정해졌다.

"레이건은 아무도 강간하지 않았습니다. 이 사건에 대해 그와 이야기를 나눠봤는데, 강도 짓을 했다는 건 인정하더군요. 지불 못 한 고지서가 있어서 걱정이 되었기 때문이라고요. 10월에 여자 세 명에게서 돈을 빼앗았다는 건 인정했습니다. 그렇지만 8월에 당했다는 여자를 포함해서 성범죄는 절대로 저지르지 않았다고 혐의를 부인했습니다."

게리는 몸을 앞으로 숙이고 아서의 얼굴을 면밀히 관찰했다. 그는 마음 속에서 회의가 녹아 사라지는 것을 느꼈다.

"하지만 증거에 의하면……."

"증거 같은 말은 집어치워요! 레이건이 안 했다고 하면 물어본들 소용없습니다. 그는 거짓말을 하지 않습니다. 레이건은 도둑일지는 모르지만, 성폭행범은 아닙니다."

"지금 당신이 레이건과 이야기를 했다고 했죠?" 주디가 끼어들었다. "어떻게 그럴 수 있죠? 서로 큰 소리로 말을 하나요? 아니면 머릿속에서? 말로 이야기를 나누나요, 아니면 생각으로 하나요?"

아서는 손을 깍지 꼈다.

"두 가지 방법으로 하죠. 가끔은 내적으로 합니다. 다른 사람들이 알아챌 가능성은 거의 없죠. 다른 때, 보통 우리가 혼자 있을 때는 큰 소리로 말해요. 만약 다른 사람이 우리를 보고 있으면, 우리가 완전히 미쳐버렸다고 생각할 겁니다."

게리는 뒤로 물러앉고는 손수건을 꺼내 이마에 맺힌 땀을 닦았다.

"누가 이 말을 믿겠습니까?"

아서는 짐짓 겸손한 체하며 미소 지었다.

"내가 말한 대로, 레이건을 포함한 우리 모두는 절대 거짓말을 하지 않습니다. 이제까지 평생 동안 사람들은 우리에게 거짓말쟁이라고 욕했죠. 우리끼리는 절대 거짓을 말하지 않는다는 건 명예를 지키는 일이 되었습니다. 그러니 다른 사람이야 믿건 말건 신경 쓰지 않아요."

"하지만, 항상 자진해서 진실을 말하진 않잖아요." 주디가 말했다.

"그리고 말을 생략하면 거짓말이 되죠." 게리가 덧붙였다.

"아, 그만들 하세요."

아서는 굳이 경멸감을 감추려 하지 않았다.

"변호사로서, 두 분은 증인이 질문받지 않은 정보를 자발적으로 말하지는 않는다는 사실을 잘 알고 있을 겁니다. 먼저 의뢰인에게 '네' 혹은 '아니오'만 대답하고 관심 없는 얘기는 자세히 설명하지 못하게 한 사람들은 변호사님들이 아니던가요. 만약 변호사님들이 나와서 우리에게 직접적인 질문을 한다면 우린 진실한 대답을 하든가 침묵으로 응수하겠죠. 물론, 진실을 여러 가지 방식으로 얻어낼 수 있는 때가 있겠죠. 영어라는 언어는 원래 모호합니다."

게리는 생각에 잠겨 고개를 끄덕였다.

"명심해두죠. 하지만 잠깐 얘기가 논점을 벗어난 것 같군요. 그 총 얘긴데……."

"누구보다도 레이건이 세 건의 폭행사건이 일어났던 날 아침의 일을 더 많이 알고 있습니다. 그와 얘기해보시겠습니까?"

"지금 당장은 아닙니다." 게리가 대답했다. "아직은 아녜요."

"그를 만나기를 두려워하시는 듯한 느낌이 드는군요."

게리가 날카롭게 올려다보았다.

"그게 당신이 원하는 겁니까? 레이건이 얼마나 악하고 위험한지 우리에게 말해준 이유 중에는 그런 것도 포함되나요?"

"난 그가 악하다고 말한 적 없습니다."

"그런 효과를 주었죠." 게리가 말했다.

"난 변호사님이 레이건의 성격을 알아야 한다고 생각합니다." 아서가 말했다. "변호사님은 판도라의 상자를 열었습니다. 그리고 그 뚜껑을 계속 열어두려 하겠죠. 하지만 그는 변호사님이 원하지 않으면 안 나옵니다."

"레이건은 우리와 이야기를 나누고 싶어 하나요?"

"문제는, 변호사님들이 레이건과 말해보고 싶은가가 아닐까요?"

게리는 레이건이 나온다는 생각을 하니 겁이 덜컥 났다. 주디가 게리를 보면서 말했다.

"우리가 말을 해봐야 할 것 같네요."

"레이건이 변호사님들을 해치진 않을 겁니다."

아서는 입을 꼭 다문 채 미소를 지으며 말했다.

"걔도 변호사님들이 빌리를 도우러 여기 왔다는 건 압니다. 우리는 그 일에 대해 얘기했어요. 그리고 이제 비밀도 다 폭로된 마당에, 변호사님들에겐 터놓고 얘기해야 한다는 걸 알게 되었죠. 스티븐슨 부인이 강력하게 말씀하셨듯이, 감옥에 들어가고 싶지 않으면 이게 마지막 희망이니까요."

게리는 한숨짓고는 머리를 뒤로 뺐다.

"좋아요, 아서. 레이건을 만나봅시다."

아서는 의자를 작은 면회실 맨 끝으로 옮겨 두 사람과 되도록 멀리 거리를 두었다. 그는 다시 의자에 앉자 눈이 마치 자기 안쪽을 바라보듯 아득해졌다. 그는 입술을 움직여 손으로 자기 뺨을 만졌다. 턱은 팽팽하게 조여졌다. 그런 다음 모습이 변했다. 등을 꼿꼿이 세운 자세에서 경계심 많은 싸움꾼처럼 웅크린 공격적인 자세가 되었다.

"이거 이러면 안 되죠. 비밀을 터뜨리는 건 좋지 않다구요."

목소리가 자신감과 적대감이 어린 낮고 매서운 어조로 돌변하자 두 사람은 화들짝 놀라 귀를 기울였다. 진하고 억센 슬라브계 억양의 말소리가 작은 면회실에 큰 소리로 울려 퍼졌다.

"지금 말해두지만,"

레이건이 두 사람을 쏘아보며 말했다. 그의 얼굴 근육은 팽팽하게 긴장되어서 다른 사람 같았고 눈은 사람을 꿰뚫어보는 듯했으며 눈썹은 잔뜩 찌푸리고 있었다.

"데이비드가 실수로 비밀을 말했지만 그 후에도 나는 반대했습니다."

슬라브 억양을 흉내 내는 것처럼 들리지는 않았다. 그의 목소리는 진짜로 동유럽에서 자라나서 후에 영어를 배웠지만 모국어의 억양을 잃어버리지 않은 사람처럼 자연스럽게 쉬쉬거리는 음색이 묻어났다.

"진실을 말하자는 데 반대한 이유가 뭐죠?" 주디가 물었다.

"누가 그 말을 믿겠어요?" 레이건이 주먹을 쥐었다. "모두 우리가 미쳤다고나 하겠지. 그런 얘기 해봤자 헛짓입니다."

"감옥에서 나오는 데 도움이 될지도 모르죠." 게리가 말했다.

"뭔 수로?" 레이건이 딱딱거렸다. "난 바보가 아니란 말요, 쉬웨이카트 씨. 경찰은 내가 강도질을 했다는 증거를 가지고 있어요. 나도 대학 근처에서 강도질 세 번 했다고 인정했고. 단 세 번뿐이지만. 경찰들은 다른 건 도 내가 했다고 그러는데 그건 거짓말입니다. 난 강간범이 아니라니깐. 나야 법정에 가서 강도질한 걸 자백할 거요. 하지만 우리가 감옥에 가야 한다면 애들을 죽여버릴 겁니다. 안락사지. 감옥은 꼬맹이들이 있을 만한 곳이 못 되니까."

"하지만 애들을…… 죽이면…… 그럼 레이건도 죽게 되지 않나요?"

"꼭 그런 건 아니죠." 레이건이 대답했다. "우린 다른 사람들이니까."

게리는 초조하게 손가락으로 머리카락을 훑었다.

"이거 봐요. 빌리가, 아니 누가 됐든, 지난주에 감방 벽에다 머리를 찧었다는데, 그때 당신 머리에도 타격을 입지 않았나요?"

레이건이 자기 이마를 만졌다.

"그건 맞아요. 하지만 그렇다고 내가 고통을 느끼는 건 아니니까요."

"누가 고통을 느끼죠?" 주디가 물었다.

"데이비드가 고통을 느끼는 역이죠. 모든 아픔을 받아들이는 애예요. 데이비드는 감정이입을 할 수 있거든요."

게리가 좀 걸어보려고 자리에서 일어났지만, 레이건이 긴장한 모습을 보자 마음을 고쳐먹고 도로 자리에 앉았다.

"데이비드가 자기 머리를 깨려고 했던 애인가요?"

레이건이 고개를 저었다.

"그건 빌리였고."

"아." 게리가 말했다. "나는 빌리가 줄곧 자고 있다고 생각했는데."

"맞수다. 하지만 그때가 개 생일이어서, 꼬맹이 크리스틴이 개한테 생일 카드를 만들어 주고 싶어 했거든요. 아서는 빌리가 생일에 일어나서 자리를 차지하도록 허락해주었죠. 난 반대했지만. 난 보호자거든요. 그게 내 책임이고. 아서가 나보다 똑똑하다는 건 맞는 말이겠지만, 그 친구도 인간이니까. 아서도 실수를 할 때가 있죠."

"빌리가 깨어났을 때 무슨 일이 일어났나요?"

"주위를 둘러봤죠. 자기가 감방에 있다는 걸 알아채더니 자기가 뭐 잘못했나 보다고 생각했고, 그래서 자기 머리를 벽에다 깬 거죠."

주디가 움찔했다.

"당신네들도 알겠지만, 빌리는 우리에 대해 아무것도 몰라요." 레이건이 말했다. "걔는, 뭐라고 하더라, 기억상실증이 있거든요. 이렇게 말해봅시다. 걔가 학교 다닐 때 정신을 잃고 지붕 위에 올라간 적이 있는데, 난 말리려고 자리에서 걔를 뺐죠. 빌리는 그날부터 계속 잠만 잤고, 아서와 나는 걔를 보호하기 위해 계속 재워뒀죠."

"그게 언제였죠?" 주디가 물었다.

"열여섯 번째 생일 직후. 내가 기억하기론 아버지가 생일날에도 일하게 한다고 우울해했죠."

"맙소사." 게리가 속삭였다. "7년 동안이나 잠들어 있었다?"

"아직도 잠들어 있죠. 걘 단 몇 분 동안만 깨어 있을 뿐입니다. 걔를 자리에 내보낸 건 실수였어요."

"그 동안은 누가 일을 처리했나요? 우리가 말을 해본 사람 중에 영국이나 러시아 억양이 있다고 보고한 사람은 없었는데요."

"러시아 억양이 아닙니다. 쉬웨이카트 씨. 유고슬라비아 억양이죠."

"미안합니다."

"됐수다. 그냥 기록을 똑바로 해놓으려고 한 거니까. 물어본 말에 대답하자면, 다른 사람을 대할 때는 주로 앨런이나 타미가 나가고 있죠."

"그 애들은 자기가 좋을 때 나왔다 들어갔다 하나요?" 주디가 물었다.

"이렇게 말하면 되겠죠. 다른 환경에서는 보통 상황에 따라 나나 아서가 자리를 다스리죠. 감옥은 위험한 곳이니까 내가 자리를 관리해요. 누가 계속 있을 건가, 누가 나가 있을 건가 하는 결정도 내리고. 보호자로서 나는 전권과 지휘권을 가지고 있어요. 별로 위험이 없거나 지적 능력이나 논리력이 더 중요한 상황에서는 아서가 자리를 지배하고."

"지금은 누가 자리를 지배하고 있나요?"

게리가 물었다. 그는 자신이 전문가다운 초연한 마음가짐을 버리고 순전히 호기심에 빠져 이 놀라운 현상에 완전히 몰입하고 있음을 깨달았다.

레이건이 어깨를 으쓱하더니 주위를 둘러보았다.

"여긴 감옥이니까."

그때 예기치 않게 면회실 문이 열리자 레이건이 고양이처럼 펄쩍 뛰어오르더니 방어적인 태도로 가라데 자세를 취했다. 방 안에 사람이 있나 확인하려고 어떤 변호사가 문을 열어본 것뿐임을 알자, 레이건은 다시 원래 자세로 돌아갔다.

처음에 게리는 전적인 사기 행각을 폭로하리라는 자신감에 차서 의뢰인과 15분이나 30분 정도만 면담할 생각이었지만, 다섯 시간 후 그 자리를 뜰 때쯤에는 빌리 밀리건이 다중인격자라는 것을 완전히 확신했다. 주디와 함께 추운 밤공기로 걸어 나오면서, 게리는 아서나 레이건이 존재했다는 기록을 찾을 수 있는지 알아보기 위해 영국이나 유고슬라비아로 가보고 싶다는 기묘한 생각에 마음이 줄달음치고 있음을 느꼈다. 환생이라거나 빙의 같은 걸 믿지는 않았지만, 어지러운 정신 상태로 걸어가는 동안 게리는 오늘 저 작은 면회실에서 여러 사람을 만났다는 사실을 인정하지 않을 수 없었다.

그는 마찬가지로 어안이 벙벙한 듯 조용히 걸어가고 있는 주디를 흘긋 바라보았다.

"그래." 게리가 말했다. "내가 지적으로나 감정적으로나 충격을 받은 상태라는 걸 인정해야겠군. 이젠 믿겠어. 조 앤이 왜 집에 늦게 들어왔냐고 물으면 설명해서 이해시킬 수도 있을 것 같고. 그런데 도대체 어떻게 검사와 판사가 우리 말을 믿게 하지?"

6

 2월 21일, 사우스웨스트 지역사회정신건강센터에서 나온 정신과 의사이자 도로시 터너의 동료인 스텔라 캐롤린 박사는 열여섯 개의 다중인격을 가진 여성 시빌을 치료해서 세계적으로 유명해진 코넬리아 월버 박사가 3월 10일에 밀리건을 보러 켄터키에서 와주기로 했다고 관선 변호인들에게 알렸다.
 윌버 박사의 방문을 준비하며, 도로시 터너와 주디 스티븐슨은 아서와 레이건 및 다른 인격들로부터 또 다른 사람들에게 비밀을 말해도 된다는 허락을 받아냈다. 또다시 그들은 몇 시간을 들여 한 번에 인격 하나씩 만나서 설명하고 허락을 구해야 했다. 이제까지는 아홉 명의 이름을 들은 상태였다. 아서, 앨런, 타미, 레이건, 데이비드, 대니, 크리스토퍼. 하지만 크리스토퍼의 세 살 난 여동생이라는 크리스틴은 아직 만나보지 못했고 원래 인격, 혹은 핵심인격이라고 할 수 있는 빌리는 다른 사람들이 재워놓았기 때문에 만날 수 없었다. 마침내 다른 사람들에게 비밀을 털어놓아도 된다는 허락을 받아내자, 그들은 검사를 포함한 사람들이 프랭클린 군 교도소에서 윌버 박사와 밀리건 사이의 만남을 관찰할 수 있게 해두었다.
 주디와 게리는 밀리건의 어머니 도로시, 여동생 캐시, 형 짐과 면담을 해보았다. 이들 중 누구도 빌리가 말한 학대 사실에 대해 일차적으로 아는 바가 없었지만, 어머니는 자기도 남편인 챌머 밀리건에게 폭행을 당했다며 그 경험을 묘사해주었다. 교사들과 친구들, 친척들은 빌리 밀리건이 이상 행동을 보이고 자살을 시도했으며, 가끔 환각에 빠진 것처럼 보일 때가 있었다고 말했다.
 주디와 게리는 밀리건 사건이 오하이오 주 내에서 어떤 법적 검사를 해봐도 피고가 법정에 설 능력이 없음을 여실히 증명해주는 사건으로 진행되고 있다고 자신했다. 그렇지만 또 다른 장애물이 자신들을 막고 있음을 알아차렸다. 만약 플라워스 판사가 사우스웨스트 센터의 보고서를 받아들인다면, 빌리 밀리건은 검사와 치료를 위해 정신병원으로 이송되어야만 했다. 주디와 게리는 정신질환 범죄자를 수용하는 리마 주립병원으로 빌리를 보내고 싶지 않았다. 그들은 이전 의뢰인들로부터 그곳의 평판을 들어 알고 있었다. 빌리가 거기서는 살아남지 못하리라는 게 확실했다.

윌버 박사가 밀리건을 금요일에 만나기로 했던 계획이 박사의 개인적 이유로 변경되자, 주디는 의논을 하기 위해 게리의 집에 전화를 걸었다.
"오늘 오후에 사무실로 온 거야?" 게리가 물었다.
"그럴 계획은 없었지만 그렇게 됐어."
"이 일을 해결해야만 해." 게리가 말했다. "사우스웨스트 센터에서는 여전히 리마 말고는 다른 대안이 없다고 말하지만, 난 뭔가 다른 대안을 짜내야만 한다는 생각이 들어."
"사무실로 와봐. 내가 아이리시 커피 한 잔 만들어줄 테니 사건을 재점검해보자."
주디의 말에 게리가 웃었다.
"거의 협박이네."
반시간 후, 두 사람은 불 앞에 앉아 있었다. 게리는 김이 피어오르는 커피 잔을 붙들고 손을 따뜻하게 데웠다. 그는 솔직히 털어놓았다.
"레이건이 나왔을 때 정말 아연실색했어. 내가 놀랐던 건 그 친구가 너무 호감 가는 성격이었단 거지."
"나도 그랬는데."
"내 말은 아서가 레이건을 '증오를 간직한 자'라고 했다는 거야. 난 뭔가 뿔 달린 괴물이라도 기대했었지. 하지만 그 친구는 정말 매력적이고 재미있는 청년이더라구. 레이건이 팔월의 네이션와이드 플라자 강간사건은 자기가 한 게 아니라고 할 때, 난 그 친구 말을 믿을 수 있겠더라구. 다른 세 건도 아니라고 하는 게 약간 의아하긴 하지만."

"첫 번째 건에 대해서는 나도 동의해. 그건 분명 카피캣의 소행이야. 전적으로 다른 유형의 범죄지. 하지만 나머지 세 건은 확실히 납치되고 강도를 당한 뒤 성폭행까지 당한 거였어."

주디가 다시 말을 이었다.

"우리가 가진 건 밀리건이 범죄에 대해 기억하고 있는 쪼가리와 파편뿐이야. 이상한 일이지. 레이건 말로는 두 번째 피해자는 기억난다는 거야. 밀리건의 인격 중 한 명은 피해자를 이전에 만난 적이 있는 게 분명해."

"그리고 타미는 웬디스 햄버거 가게에 갔었던 걸 기억하고 있었어. 거기서 세 번째 피해자와 햄버거를 먹었다고 했어. 다른 인격 중 한 명이 그 여자와 데이트를 한다고 생각했다더군."

"폴리 뉴턴도 그가 햄버거 가게에 들렀다고 확인해줬어. 범인이 이상한 표정을 지으며 몇 분 후에 섹스를 그만두더니 자기는 할 수 없다고 말했다고 증언한 사람도 폴리야. 증언에 의하면 밀리건은 '빌, 대체 어떻게 된 거야? 정신 차려.'라고 혼잣말을 했고, 폴리에게 머리 좀 식히게 찬물로 샤워를 하겠다고 했대."

"그렇지만 자기가 웨더맨 조직에 있고 마세라티를 몬다고 헛소리한 건 뭐지?"

"인격 중 하나가 허풍 좀 떨었겠지."

"좋아. 그럼 우리가 실제로 이 사건에 대해 아는 건 없는 셈이네. 우리가 만나본 인격들 중에서도 사건에 대해 아는 사람이 없었고."

"레이건이 강도 건은 인정했잖아."

주디의 말에 게리가 의문을 제기했다.

"그렇지, 하지만 강간은 안 했다잖아. 내 말은 전체적으로 이상하다는 거야. 생각해봐. 2주 동안 세 번이나 레이건이 술 마신 다음 암페타민을 먹고 이른 아침에 오하이오 대학 캠퍼스까지 새벽 조깅을 갔단 말이야? 그러고는 여자를 고른 다음에 정신을 잃어버려?"

"자리에서 나갔다고 해야지." 주디가 표현을 고쳐주었다.

"내 말이 그 말이야."

게리가 다시 커피를 따르기 위해 잔을 집었다.

"그럼 레이건은 매번 자리를 비웠고 정신이 들고 보니 콜럼버스 시내에 있었다는 말이군. 주머니에 돈이 들어 있으니 강도질 하러 나왔나 보다고 짐작했지만 자기 행동을 기억하지는 못한다는 거지. 강간 세 건 중 어느 쪽도. 레이건 말대로 누군가 그 사이에 시간을 훔친 거야."

"글쎄, 빠진 퍼즐 조각이 있긴 해. 누가 연못에 병을 던졌고 과녁 연습도 했으니까."

주디의 말에 게리가 고개를 끄덕였다.

"그게 바로 레이건이 아니라는 증거지. 피해자 여성의 말에 따르면, 범인은 몇 초 동안 총을 조작하지 못했다고 했어. 안전장치를 풀 때까지 총을 가지고 장난쳤고, 병 두어 개는 총알이 빗나갔다고 했지. 레이건 같은 전문가라면 빗나갈 리가 없어."

"하지만 다른 인격들은 레이건의 총을 다루는 게 금지되어 있다고 아서가 말했잖아."

"그걸 플라워스 판사에게 참 잘도 설명할 수 있겠다."

"설명하긴 할 거야?"

"모르겠어. 다중인격을 빌미로 정신이상 변호를 하는 건 바보 같은 짓이야. 다중인격은 공식적으로 신경증이지 정신병이 아닌 걸로 분류되어 있으니까. 정신과 의사들도 다중인격은 정신병이 아니라고 하더군."

게리가 대답했다. 주디는 인정했다.

"알았어. 정신이상은 언급 안 하고 곧바로 무죄를 주장하면 어때? 캘리포니아에서 있었던 다중인격 재판처럼 행위에 고의성이 없었다고 주장하면 되잖아."

"그건 경범죄였지. 우리 사건처럼 악명 높은 경우엔 다중인격 변호로는 이길 수 없을 거야. 기분이 좋지는 않지만 어쩔 수 없는 사실이지."

주디는 한숨을 짓고는 벽난로를 바라보았다. 게리가 턱수염을 쓰다듬으며 말했다.

"한 가지 더 짚고 넘어갈 점이 있어. 플라워스 판사가 우리 식대로 사건을 받아들여준다고 해도 판사는 밀리건을 리마에 보낼 거야. 빌리는 감옥에 있을 때 리마가 어떤 곳인지 들어봤다고 하더군. 레이건이 안락사에 대해 말한 거 기억 나? 거기로 보내면 아이들을 죽이겠다고 했잖아. 그러고도 남을 것 같아."

"그럼 다른 데로 보내게 해야지!" 주디가 주장했다.

"사우스웨스트 센터 측에서 재판 전에 치료받을 수 있는 장소는 리마뿐이라고 하고 있어."

"내 눈에 흙이 들어가기 전까지는 리마로 못 보내."

주디가 강하게 주장했다. 게리는 컵을 들면서 주디의 말을 고쳤다.

"말은 바로 해야지. 우리 눈에 흙이 들어가기 전까지는."

두 사람은 잔을 부딪쳤다. 주디가 잔을 다시 가득 채우며 말했다.

"우리에게 선택권이 없다는 얘기는 받아들일 수 없어."

"선택권을 가지도록 해보자구."

"지당하신 말씀. 선택권을 찾아봐야지."

"이전에는 한 번도 해본 적 없는 일이야."

"그게 뭐 어때서? 오하이오 주에서는 이전에 빌리 밀리건 같은 사건이 없었던 것뿐이라구."

주디가 손때 묻은 오하이오 주 형법 실무 편람을 책꽂이에서 찾아왔다. 두 사람은 차례대로 소리 내어 중요 부분을 읽어갔다.

"아이리시 커피 더 마실래?"

주디가 묻자, 게리가 고개를 저었다.

"그냥 블랙커피로 줘. 진하게."

두 시간 후, 게리는 주디에게 편람을 한 번 더 읽어보라고 권했다. 주디는 손가락으로 훑으며 2945.38항을 읽어 내려갔다.

판사나 배심원이 피고인의 정신 상태가 정상이 아니라고 판단하면 피고인을 즉시 법원 명령에 의거해서 관할 구역 내에 있는 정신병원으로 이송시켜야 한다. 법원 권고에 따라 피고인을 정상 상태로 돌아올 때까지 리마 주립병원에 입원시켜야 하며 피고인이 정상 상태로 돌아오는 즉시 법에 의해 재판을 받아야 한다.

"야호!" 게리가 뛰어오르며 환호를 질렀다. "관할구역 내에 있는 병원이라고 했지? 그럼 꼭 리마가 아니어도 된단 말이잖아."

"찾아냈네!"

"세상에. 모두들 재판 전에 리마 외엔 다른 대안이 없다고들 했잖아."

"그럼, 이제 법정 관할구역 내에 있는 다른 정신병원을 찾아봐야겠네."

게리는 이마를 쳤다.

"맙소사. 정말 놀랍다. 나, 하나 알고 있어. 내가 검찰에서 나온 뒤 정신과 고문으로 일했던 병원이 있어. 하딩 병원이라고."

"하딩? 그게 여기 법정 관할구역이야?"

"물론이지. 오하이오 주 워딩턴에 있으니까. 게다가 이 나라에서 가장 보수적이고 믿을 만한 정신병원이지. 제7안식일교회 재단이거든. 가장 깐깐한 검사가 '조지 하딩 박사가 이 남자는 비정상이라고 하면, 나도 그 말을 믿을 거요. 재판을 위해 달랑 30분 동안 환자를 진찰해보고 미쳤다고 말하는 의사들과는 다르니까.'라고 말하는 걸 들은 적이 있어."

"검사들이 그렇게 말해?"

주디의 말에 게리는 오른손을 들었다.

"내가 들었다니까. 그러니까, 나 좀 도와줘. 그렇게 말한 사람이 아마 테리 셔먼인 것 같아. 아, 그러고 보니, 도로시 터너가 하딩 병원에서 실험을 자주 했다고 말한 기억이 나."

"그럼 밀리건을 하딩 병원에 입원시켜야겠네."

게리는 자리에 앉더니 주디의 기를 꺾는 말을 했다.

"한 가지 문제가 있어. 하딩 병원은 아주 비싼 사립병원인데 밀리건은 돈이 없잖아."

"그렇다고 해서 그만둘 순 없어."

"그래, 하지만 어떻게 그를 입원시키지?"

"그 사람들이 빌리를 데려가고 싶게 만들어야지."

"그러니까 어떻게 하면 그렇게 할 수 있느냐고?"

게리가 다시 물었다.

30분 후, 게리는 부츠에 쌓인 눈을 털고 조지 하딩 박사가 살고 있는 집의 초인종을 눌렀다. 그는 자기 처지에 무척 신경이 쓰였다. 턱수염이 더부룩하고 괴팍한 관선 변호사가 화려한 집에 사는(워런 G. 하딩 대통령의 동생의 손자이기도 한) 정신과 의사와 정면대결을 하려 하다니. 주디가 왔어야 했다. 주디라면 더 좋은 인상을 줄 수 있을 것이다. 그가 넥타이를 조이고 둘둘 말린 옷깃을 재킷 속으로 집어넣고 있을 때 앞문이 열렸다.

마흔아홉 살인 조지 하딩 박사는 부드러운 눈과 목소리에 마르고 매끈한 얼굴을 한 남자로 흠 하나 없이 깨끗했다. 게리가 보기엔 아주 잘생긴 사람이었다.

"어서 들어오세요, 쉬웨이카트 씨."

게리는 힘들게 부츠를 벗어 현관 옆 물이 고인 자리에 그냥 놔두었다. 그는 코트를 벗어 옷걸이에 걸고 하딩 박사를 따라 거실로 들어갔다.

"이름이 귀에 익다고 생각했었죠." 박사가 입을 열었다. "전화를 받은 다음에 신문을 다시 체크해보았습니다. 밀리건을 변호하시는 분이죠? 오하이오 주립대 캠퍼스에서 여자 네 명을 공격한 젊은이."

게리가 고개를 저었다.

"세 명입니다. 팔월에 네이션와이드 플라자에서 일어난 강간사건은 다른 종류의 폭력사건이고 그건 곧 기각될 겁니다. 이 사건에는 아주 특이한 반전이 있었습니다. 이 문제에 대해 박사님의 고견을 듣고 싶습니다."

박사는 게리에게 부드러운 소파를 가리키며 앉으라고 권한 뒤 자신은 등받이가 딱딱한 의자에 앉았다. 게리는 밀리건에 대해 알아낸 사실을 자세히 설명하고 오는 일요일에 프랭클린 군 교도소에서 회의가 있을 거라고 말했다. 박사는 생각에 잠긴 채 고개를 끄덕였고, 단어를 아주 조심스럽게 고르며 입을 열었다.

"스텔라 캐롤린과 도로시 터너는 내가 존중하는 사람들입니다. 터너는 이미 이 사건에 대해 이야기해주었지요. 그래, 윌버 박사가 오신단 말이죠······."

박사는 한데 모은 손가락 사이로 마룻바닥을 바라보았다.

"참석하지 않을 이유가 없군요. 일요일이라고 했던가요?"

게리는 감히 입을 열지 못하고 고개만 끄덕였다.

"음, 이건 말해둡시다, 쉐이카트 씨. 나는 다중인격이라고 알려진 증상에 대해서는 의견을 엄격히 유보하고 있어요. 코넬리아 윌버 박사가 1975년 여름 하딩 병원에서 시빌에 관한 강의를 하긴 했지만, 내가 그 말을 다 믿는지는 잘 모르겠소. 음, 이런 경우에는 환자가 기억상실증을 가짜로 꾸며낼 가능성도 충분히 있지요. 그렇긴 해도, 터너와 캐롤린이 올 거라고 하니······ 윌버 박사가 여기까지 온다면······."

그는 일어섰다.

"어떤 약속도 드릴 수 없고, 병원을 대표할 수도 없습니다. 하지만 기꺼이 그 회의에 참석하도록 하지요."

게리는 집에 도착하자마자 주디에게 전화를 걸었다.
"어이, 변호사." 게리는 웃으면서 말했다. "하딩도 참여하기로 했어."

3월 11일 토요일, 주디는 프랭클린 군 교도소로 가서 계획이 변경되어 코넬리아 윌버 박사가 다음 날에도 올 수 없다고 밀리건에게 전했다.
"어제 말해줬어야 했는데. 미안해요."
주디가 사과했다. 밀리건은 부들부들 몸을 떨기 시작했다. 그의 얼굴 표정을 보고 주디는 지금 얘기하고 있는 사람이 대니임을 깨달았다.
"도로시 터너 선생님은 이제 안 오세요?"
"물론 오실 거야, 대니. 왜 그런 생각을 했지?"
"사람들은 약속을 해놓고도 잊어버려요. 저를 혼자 내버려두지 마세요."
"그런 일은 없어. 하지만 혼자서도 마음 굳게 먹어야지. 윌버 박사님은 내일 오실 거야. 스텔라, 도로시, 나…… 그리고 몇 명 더 올 거야."
대니의 눈이 커졌다.
"다른 사람들요?"
"다른 의사 선생님이 한 분 더 있어. 하딩 병원에서 온 조지 하딩 박사. 그리고 버니 야비치 검사."
"남자들요?"
대니는 딱딱 소리가 날 정도로 이를 덜덜 떨며 숨을 몰아쉬었다.
"변호를 하려면 꼭 필요한 절차란다." 주디가 설명해주었다. "하지만 게리와 나도 올 거야. 마음을 가라앉히려면 진정제를 맞는 게 좋겠다."
대니가 고개를 끄덕였다. 주디는 교도관을 불러 의무관을 데려올 테니 의뢰인을 대기실에 있게 해달라고 부탁했다. 몇 분 후 두 사람이 돌아왔을 때, 밀리건은 방구석에 움츠리고 앉아 있었다. 그의 얼굴은 피투성이였고 코피를 흘리고 있었다. 자기 머리를 또 벽에다 박은 것이었다.
밀리건이 주디를 멍하니 바라보았고, 주디는 이제 더 이상 대니가 아니다는 것을 깨달았다. 고통을 느끼는 자가 나온 것이다.

"데이비드?"

주디가 물었다. 밀리건은 고개를 끄덕였다.

"아파요, 주디 아줌마. 진짜 아파요. 더 이상 살고 싶지 않아요."

주디는 데이비드를 자기 쪽으로 끌어당겨 품에 안고 달래주었다.

"그런 말 하면 안 돼, 데이비드. 삶을 소중히 여겨야지. 많은 사람들이 네 말을 믿어줄 거야. 그리고 도움을 받게 될 거야."

"감옥에 가는 게 무서워요."

"넌 감옥에 안 가게 될 거야. 우리가 싸울 테니까."

"전 나쁜 짓 안 했어요."

"알아, 데이비드. 네 말을 믿어."

"도로시 터너 선생님은 언제 오세요?"

"말했잖니……."

주디는 입을 열었다가 아까 말한 사람이 대니라는 사실을 깨달았다.

"내일 오신단다, 데이비드. 윌버 박사라는 정신과 의사 선생님과 함께."

"그 선생님한테 비밀 말 안 할 거죠? 말할 거예요?"

주디는 고개를 저었다.

"아니, 데이비드. 윌버 박사님이라면 굳이 말씀드릴 필요도 없을걸."

7

3월 12일 일요일 아침은 맑고 쌀쌀했다. 버니 야비치는 차에서 내려 프랭클린 군 교도소로 걸어 들어갔다. 매우 이상한 기분이 들었다. 피고가 정신과 의사에게 검진받는 자리에 검사도 배석해달라고 하는 경우는 처음이었다. 야비치는 사우스웨스트 센터에서 보낸 보고서와 경찰 조서를 계속해서 살펴보았지만 무슨 일이 벌어질지 전혀 예상도 할 수 없었다.

야비치는 이렇게 저명한 의사들이 다중인격을 진지하게 받아들인다는 사실을 믿을 수 없었다. 코넬리아 윌버가 밀리건을 진찰하러 온다고 해도 별로 기죽지 않았다. 윌버 박사가 다중인격을 믿는다면 그 증상을 찾아내려 할 것이었다. 야비치가 주의 깊게 봐야 할 쪽은 조지 하딩의 표정이었다. 야비치가 아는 한 하딩 박사를 속일 수 있는 사람은 아무도 없었다. 일류 검사들은 정신병 관련 사건에서 증언하는 의사들을 별로 존중하지 않지만 조지 하딩 주니어만큼은 예외였다.

잠시 후 다른 사람들이 도착해서 아래층 보안관 회의실에서 면담 준비를 했다. 커다란 방 안에는 접이식 의자와 칠판 몇 개와 근무 교대를 하는 순경들이 쓰는 책상 하나가 있었다.

그때 문이 열리더니 빌리 밀리건이 나타났다. 야비치 검사로서는 밀리건을 처음 보는 셈이었다. 주디가 밀리건의 손을 잡고 그의 옆에 있었다. 도로시 터너는 앞에서, 게리는 뒤에서 걸어왔다. 일행이 집합실로 들어올 때 밀리건은 모여든 사람들을 보고 망설였다.

도로시 터너가 사람들을 하나씩 소개하고 코넬리아 윌버에게서 가장 가까운 자리에 밀리건을 앉혔다. 주디가 낮은 목소리로 말했다.

"윌버 박사님, 이쪽은 대니예요."

"안녕, 대니." 윌버 박사가 말했다. "만나서 반가워요. 기분이 어때요?"

"좋아요."

대니는 도로시의 팔에 매달리며 말했다.

"모르는 사람이 많아서 불안하죠? 하지만 우리는 도와주러 온 거예요."

윌버가 말했다. 사람들이 자리에 앉았다. 쉬웨이카트는 몸을 기울여 야비치에게 속삭였다.

"이걸 보고도 못 믿겠으면 내가 변호사 옷을 벗죠."

윌버 박사가 밀리건에게 질문을 하기 시작하자, 야비치는 긴장을 풀었다. 붉은 머리에 입술도 붉게 칠한 윌버 박사는 매력적이고 기운 넘치는 어머니처럼 보였다. 대니는 박사의 질문에 대답하며 아서와 레이건, 앨런에 대해 말했다. 윌버는 야비치 쪽으로 몸을 돌렸다. "보셨죠? 자기 자신에게 일어난 일이 아니라 다른 사람들에 대해 얘기를 하려는 것은 전형적인 다중인격 증상입니다."

몇 가지 더 질문과 대답이 오간 후, 윌버가 조지 하딩 쪽으로 몸을 돌리며 말했다. "히스테리성 신경증 환자가 전형적으로 보이는 해리성정체장애입니다."

"선생님도 자리를 떠났나 봐요."

대니의 말에 주디는 미소를 지으며 속삭였다.

"아니, 대니. 선생님은 그렇지는 않아."

"선생님도 마음속에 여러 사람이 있는 것 같아요." 대니가 우겼다. "나한테는 이런 식으로 말했다가, 곧 바꿔서 아서처럼 어려운 말을 쓰시잖아요."

"플라워스 판사님도 여기 와서 이걸 보셨으면 좋았을걸 그랬네요." 윌버가 말했다. "이 젊은이의 마음속에 무슨 일이 일어나는지 알겠어요. 이 청년이 필요한 게 뭔지도 알겠고요."

대니가 고개를 돌려 도로시 터너를 탓하듯 노려봤다.

"선생님이 말했죠! 말 안 하겠다고 약속해놓고선 말하다니!"

"아냐, 대니." 터너가 말했다. "내가 말한 게 아니야. 윌버 박사님은 너와 비슷한 사람을 알고 있기 때문에 뭐가 잘못되었는지 알아채신 거지."

윌버는 단호하고도 부드러운 목소리로 대니를 진정시켰다. 그녀는 대니의 눈을 쳐다보며 긴장을 풀라고 말했다.

"이제 기분이 좋아질 거야, 대니. 아무도 널 괴롭히지 않아. 긴장을 풀렴. 무슨 행동을 하건, 무슨 말을 하건 괜찮단다. 편할 대로 해."

"전 여기서 나가고 싶어요." 대니가 말했다. "자리를 뜨고 싶어요."

"어떻게 행동해도 우리는 괜찮아, 대니. 내 말을 들어보렴. 네가 자리를 뜨면, 나는 빌리와 얘기를 해보고 싶은데. 진짜 빌리 말이야."

대니는 어깨를 으쓱했다.

"전 빌리가 나오게 할 순 없어요. 빌리는 자고 있으니까요. 아서와 레이건만이 빌리를 깨울 수 있어요."

"그럼 아서와 레이건에게 내가 빌리와 얘기를 해봐야 한다고 전해줄 수 없겠니? 아주 중요한 일이란다."

야비치는 대니의 눈이 멍해지는 모습을 보고 점점 더 놀라게 되었다. 대니는 입을 움직이며 윗몸을 꼿꼿이 일으켰다. 그러더니 어지럽다는 듯 주위를 둘러보았다. 처음에는 아무 말도 하지 않고 있다가 담배 한 대만 달라고 청했다.

윌버 박사가 담배를 주었다. 밀리건이 의자 뒤에 몸을 기대고 앉자, 주디 스티븐슨은 야비치에게 흡연자는 앨런뿐이라고 알려주었다.

윌버는 다시 한 번 앨런이 이전에 만나본 적이 없는 사람들을 소개했다. 야비치는 밀리건의 달라진 모습에 깜짝 놀랐다. 이제 그는 긴장을 풀고 명랑해졌다. 그는 미소를 짓더니 진지하고 유창하게 말했다. 수줍고 소년 같은 대니와는 딴판이었다. 앨런은 관심사를 물어보는 윌버 박사의 질문에 대답을 해주었다. 그는 피아노와 드럼을 연주하며 주로 초상화를 그린다고 했다. 나이는 열여덟 살이고 야구를 좋아하지만 타미는 야구를 싫어한다고 했다.

"좋아, 앨런." 윌버가 말했다. "이젠 아서와 이야기를 나눠보고 싶은데."

"뭐, 알았어요." 앨런이 말했다. "잠깐만요, 내가……."

야비치는 앨런이 떠나기 전에 담배를 한두 모금 급히 빨고 내뱉는 모습을 뚫어져라 쳐다보았다. 담배를 피우지 않는 아서가 나오기 전 마지막으로 담배를 피우고 떠나려는 앨런의 모습은 아주 세세한 부분까지도 아주 자연스럽게 보였다.

다시 한 번 눈이 멍해지더니 눈꺼풀이 떨렸다. 밀리건이 눈을 뜨더니 빼딱하게 앉아 손가락을 피라미드처럼 마주대고 거만한 표정으로 주위를 둘러보았다. 밀리건이 입을 열었을 때는 상류층 영국인 억양이 묻어났다.

야비치는 그 목소리를 들으며 얼굴을 찡그렸다. 완전히 다른 사람이 윌버 박사와 이야기를 나누는 모습을 자기 눈과 귀로 보고 듣고 있는 것이었다. 아서가 다른 사람과 눈을 맞추는 모습이나 몸짓은 분명히 앨런과 달랐다. 야비치에게는 클리블랜드에서 회계사를 하는 영국인 친구가 한 명 있는데, 아서의 억양은 그 친구와 꼭 같았다. 정통 영국식 말투였다.

"이분들은 이전에 뵌 적이 없는 것 같군요." 아서가 말했다.

아서는 주변 사람들을 소개받았다. 윌버가 아서에게 다른 인격들에 대해 묻자, 아서는 각자의 역할을 묘사하고 누가 나오고 누가 나올 수 없는지에 대해 설명했다. 마침내 윌버 박사가 물었다.

"빌리와 얘기를 해봐야 해요."

"빌리를 깨우는 건 매우 위험합니다. 빌리가 종종 자살을 시도한다는 걸 아실 텐데요." 아서가 대답했다.

"하딩 박사님이 빌리와 만나게 하는 일은 정말 중요해요. 이 재판의 결과는 그에 달려 있어요. 자유를 얻고 치료를 받거나 감옥으로 가거나."

아서는 이 말을 생각해보더니 입술을 오므리고 말했다.

"글쎄요. 실제로는 내가 결정권을 갖고 있는 건 아니니까요. 지금은 감옥에 있으니까, 즉 적대적인 환경에 있으니까 레이건이 지배하죠. 그리고 누가 자리에 나올 건지 나오지 않을 건지는 레이건의 소관입니다."

"당신들의 인생에서 레이건의 역할은 뭐죠?" 윌버가 물었다.

"레이건은 보호자이자 증오를 느끼는 자죠."

"그럼 좋아요." 윌버 박사가 날카롭게 말했다. "레이건과 이야기를 해봐야겠어요."

"부인, 제가 보기에는……."

"아서, 시간이 별로 없어요. 여기 계신 분들은 다들 바쁘신데도 일요일 아침 여기까지 오셔서 당신들을 도우려고 하는 거예요. 빌리와 얘기를 나눠보려면 레이건의 동의가 필요해요."

다시 한 번 얼굴이 멍해졌고 눈빛은 환각 상태에 빠진 것처럼 한 곳을 응시했다. 아무도 못 듣게 속으로 대화를 하는 것처럼 입술이 움직였다. 아래턱이 딱딱하게 굳어졌고 눈썹은 크게 찌푸려졌다.

"그럴 순 없수다."

슬라브 억양의 낮은 목소리가 딱딱거리며 말했다.

"무슨 뜻이죠?" 윌버 박사가 물었다.

"빌리와 얘기를 나눌 순 없단 거요."

"당신은 누구죠?"

"레이건 바다스코비니치. 이 사람들은 대체 누구죠?"

윌버 박사는 사람들을 하나하나 소개했다. 야비치는 두드러진 슬라브어 억양을 들으며 다시 한 번 이 변화에 놀랐다. 자신이 유고슬라비아어나 세르보크로아티아어를 모르는 게 아쉬웠다. 레이건이 억양만 꾸며낸 것인지, 그 언어 자체를 이해할 수 있는지 확인하고 싶었다. 야비치는 윌버 박사가 이 문제를 파고들길 바랐다. 그러나 자기소개 말고는 더 이상 말을 하지 말라는 부탁을 이미 받은 터였다.

"내가 빌리와 얘기를 해보고 싶어 한다는 건 어떻게 알았죠?"

윌버 박사가 묻자, 레이건이 약간 재미있다는 듯 고개를 끄덕였다.

"아서가 내 의견을 묻기에 반대했죠. 보호자로서 누가 자리에 나올지 결정할 권리는 나한테 있어요. 빌리는 나올 수 없어요."

"왜 안 되죠?"

"당신도 의사 아닌가요? 이렇게 말해봅시다. 빌리가 깨면 자살할 거니까 안 된다는 거죠."

"어떻게 그렇게 확신하죠?"

레이건이 어깨를 으쓱했다.

"빌리가 자리에 나올 때마다 자기가 뭔가 나쁜 짓을 했다고 생각하고 자살하려 하니까. 이건 내 책임입니다. 이미 안 된다고 말했고."

"다른 책임은 뭐가 있죠?"

"모두를 보호하는 거. 특히 꼬맹이들."

"알았어요. 그러면 혹시 임무를 하는 데 실패한 적은 없었나요? 어린이들이 다치거나 고통을 느끼지 못하도록 잘 보호했나요?"

"꼭 그런 건 아니지만. 데이비드는 고통을 느낍니다."

"그리고 당신은 데이비드가 고통을 받아들이도록 놔두는 거고요."

"그게 걔의 존재 이유니까."

"당신처럼 크고 강한 남자가 그런 어린애가 모든 아픔과 고통을 견디도록 놔둔다는 거죠?"

"윌버 박사, 내 역할은 그런 것까지는……."

"부끄러운 줄 알아요, 레이건. 당신은 권위자로서 자기를 내세울 자격이 없는 것 같군요. 난 의사예요. 이런 환자들을 전에도 치료해봤죠. 빌리가 나올 수 있는지 결정할 수 있는 사람은 나예요. 자기가 질 수 있는 짐을 힘없는 어린애에게 지우는 그런 사람이 아니라."

레이건은 당황하고 죄책감을 느끼는 표정으로 자리에서 불편하게 꼼지락거렸다. 그는 윌버 박사가 상황을 제대로 이해하고 있지 못하다고 웅얼거렸지만, 박사는 부드럽지만 날카롭게 계속 말했다.

"알았수다!" 레이건이 소리쳤다. "박사가 책임지쇼. 하지만 남자들은 다 방에서 나가세요. 빌리는 걔 아버지에게 당한 짓 때문에 남자를 무서워하니까."

게리와, 버니 야비치, 하딩 박사가 일어서서 방을 나가려 하자 주디가 입을 열었다.

"레이건, 하딩 박사님은 남아서 빌리를 만나봐야 해요. 내 말을 믿어줘요. 하딩 박사님은 이 사건의 의학적 측면에 아주 관심이 많으시니까 꼭 남아 계셔야 해요."

"우리는 나가죠."

게리가 야비치와 자신을 가리켰다. 레이건은 방을 둘러보며 상황을 가늠하더니 허락했다. 그는 커다란 방에서 가장 떨어진 구석에 있는 의자를 가리켰다.

"하지만 박사는 저기 뒤에 앉아 있으시죠. 가만히."

조지 하딩은 불편해 보였지만 살짝 미소 지었다. 그는 고개를 끄덕이고는 구석에 앉았다.

"그리고 움직이지 마쇼!" 레이건이 경고했다.

"움직이지 않겠소."

게리와 버니 야비치가 복도로 나갔다. 게리가 말했다.

"나도 핵심인격인 빌리는 만나본 적 없어요. 빌리가 나오려고 할지 모르겠네요. 이제껏 보고 들은 감상이 어때요?"

야비치가 한숨지었다.

"처음에는 아주 회의적이었지. 이젠 어떻게 생각해야 할지 모르겠네. 연기는 아닌 것 같은데."

방 안에 남아 있던 사람들은 밀리건의 얼굴이 창백해지는 광경을 자세히 바라보고 있었다. 그의 시선은 안쪽을 향하는 듯했다. 잠꼬대를 하듯 입술이 실룩거렸다. 갑자기 그가 번쩍 눈을 떴다.

"세상에!" 그가 외쳤다. "죽은 줄 알았는데!"

그는 자리에 앉아 주변을 두리번거렸다. 밀리건은 사람들이 자기를 쳐다보고 있음을 알자 의자에서 벌떡 일어나 마룻바닥에 내려앉더니 사람들에서 멀찌감치 떨어지려는 듯 반대편 벽으로 게처럼 엉금엉금 기어갔다. 그러고는 책상과 의자 사이에 들어가 쭈그리고 앉아 흐느꼈다.

"이제 어떡하지?"

코넬리아 윌버가 상냥하지만 단호한 목소리로 말을 걸었다.

"젊은이는 아무 잘못도 없어요. 언짢아할 일은 아무것도 없어요."

밀리건은 몸을 사시나무처럼 떨며 벽을 뚫고 나가려는 듯 등을 벽에 딱 붙였다. 머리카락이 흘러내려 눈앞을 가렸지만 그는 머리를 뒤로 넘기려고도 하지 않고 머리카락 틈새로 내다보았다.

"빌리는 잘 모르겠지만 이 방에 있는 사람들은 다 빌리를 도와주러 온 거예요. 자, 얘기를 나눌 수 있게 바닥에서 일어서서 그 의자에 앉아요."

방 안에 있는 사람들 모두 윌버가 사태를 완전히 통제하고 있으며 자기가 하는 일을 정확히 알고 있음은 물론, 빌리의 정신을 계기판처럼 조작해 반응을 보이도록 하고 있다는 사실을 분명히 깨닫고 있었다.

빌리가 일어서서 의자에 앉았다. 그는 무릎을 벌벌 떨며 몸을 흔들었다.

"나 안 죽은 거예요?"

"아주 건강하게 살아 있어요, 빌리. 우리는 빌리가 어려움을 겪고 있고 도움이 필요하다는 걸 알고 있어요. 도움이 필요하죠?"

빌리는 눈을 활짝 뜨고 고개를 끄덕였다.

"말해봐요, 빌리. 어제 왜 머리를 벽에 찧은 거죠?"

"난 내가 죽은 줄 알았어요. 그런데 깨어나보니까 감옥에 있잖아요."

"그 전에 마지막으로 기억나는 일은 뭐죠?"

"학교 옥상에 올라갔던 거요…… 더 이상 의사를 만나고 싶지 않았어요. 랭커스터 정신건강센터의 브라운 선생님은 나를 치료할 수 없었어요. 그래서 뛰어내린 줄 알았는데. 왜 안 죽었죠? 다들 누구세요? 왜 나를 그렇게 바라보는 거죠?"

"우리는 의사와 변호사예요, 빌리. 도와주러 왔어요."

"의사요? 의사랑 얘기하면 챌 아빠가 날 죽일 거예요."

"왜죠?"

"아빠는 나한테 한 일을 의사 선생님한테 말하는 걸 싫어해요."

월버가 질문을 던지는 듯한 표정으로 주디 스티븐슨을 쳐다보았다.

"빌리의 의붓아버지를 말하는 거예요." 주디가 설명했다. "빌리 어머니는 6년 전에 챌머 밀리건과 이혼했죠."

빌리는 어안이 벙벙해서 사방을 두리번거렸다.

"이혼요? 6년 전이라구요?"

그는 현실인지 확인하려는 듯 자기 얼굴을 만져보았다.

"어떻게 그런 일이 있을 수 있죠?" 월버가 말했다.

"우리는 할 얘기가 아주 많아요, 빌리. 조각들을 짜 맞춰야 하죠."

빌리는 거칠게 주변을 둘러보았다.

"내가 왜 여기 있죠? 대체 무슨 일이죠?"

그는 흐느끼며 몸을 앞뒤로 까닥까닥 흔들기 시작했다.

"이제 피곤하죠? 돌아가서 쉬도록 해요." 월버가 말했다.

갑자기 울음소리가 멈췄다. 밀리건의 얼굴에 어린 표정은 즉시 경계심과 혼란이 가득한 상태로 변했다. 그는 자기 얼굴에 흐르는 눈물을 만져보더니 얼굴을 찡그렸다.

"대체 뭔 짓을 하고 있는 거죠? 저건 누구였죠? 누가 우는 소리가 나긴 났는데 어디서 나는지 모르겠던데. 제기랄. 누가 질질 짰든지 간에 막 뛰어가서 벽에 머리를 박으려던 찰나였어요. 누구였죠?"

"빌리였어요. 원래의 빌리. 주인 혹은 핵심인격이라고 하기도 하죠. 당신은 누구인가요?" 월버가 대답했다.

"빌리가 밖으로 나와도 되는지는 몰랐는데. 아무도 말 안 해줬어요. 난 타미예요."

게리와 버니 야비치는 다시 방으로 들어와도 된다는 허락을 받았다. 타미는 사람들과 인사를 나누고 몇 가지 질문을 한 뒤 감방으로 돌아갔다. 야비치는 자리를 비운 새 무슨 일이 일어났었는지 듣고서는 고개를 절레절레 내저었다. 모든 게 영혼이나 악령에 빙의된 사람들 얘기처럼 비현실적으로 들렸다. 야비치는 게리와 주디에게 말했다.

"이게 무슨 뜻인진 모르겠지만, 이제 자네들 말에 동의하네. 저 사람, 가짜로 꾸며내는 건 아니군."

오로지 하딩 박사만이 확고한 태도를 취하지 않고 있었다. 그는 판단을 유보한다고 말했다. 보고 들은 내용을 좀 더 생각해봐야겠다고 했다. 다음 날 박사는 자신의 의견을 플라워스 판사에게 제출했다.

8

타미를 위층으로 데려간 의무관은 러스 힐이라는 사람이었는데, 그는 밀리건의 문제가 뭔지 꿈에도 모르고 있었다. 힐이 알고 있는 것이라고는 의사들과 변호사들이 이 환자를 보러 많이들 다녀갔고, 이 젊은이가 그림을 잘 그리고 변덕이 심하다는 것 정도였다. 중요한 일요일 회의가 지나고 며칠 후, 힐은 감방을 지나가다 밀리건이 그림을 그리는 모습을 보았다. 철창 새로 들여다보니 아이들처럼 유치하게 선들을 그리고 그 위에 단어 몇 개를 써놓은 그림이 보였다.

교도관 한 명이 다가와서 보더니 웃음을 터뜨렸다.

"나 참, 우리 두 살짜리 딸도 저 강간범 새끼보다는 잘 그리겠다."

"저 친구 가만 놔둬."

힐의 말에 아랑곳없이 교도관은 손에 들고 있던 물컵을 철창 새로 휙 던졌다. 그림이 물로 엉망이 되었다. 힐이 따졌다.

"대체 뭣 때문에 그런 짓을 하는 거야? 자네, 정신 나갔어?"

밀리건의 얼굴에는 분노한 기색이 역력했다. 뭔가 던질 게 없는지 주위를 둘러보는 것 같았다. 갑자기 그가 변기를 잡더니 벽에서 떼어내서는 철창으로 던졌다. 사기 변기가 산산조각 났다.

교도관은 주춤주춤 뒷걸음질 치더니 뛰어가서 경보 버튼을 울렸다.

"세상에, 밀리건!" 힐이 외쳤다.

"저 자식이 크리스틴의 그림에 물을 뿌렸잖아. 꼬맹이들 그림을 망치는 건 못된 짓 아닌가?"

경관 여섯 명이 복도로 뛰어 들어왔지만, 어지러운 표정을 띤 채 바닥에 앉아 있는 밀리건밖에는 볼 수 없었다.

"너, 그냥 안 넘어갈 줄 알아, 개새끼야!" 교도관이 소리쳤다. "군 기물 파손죄라구!"

타미는 다시 벽에 기대고 앉아 깍지 낀 손을 머리 뒤에 올리면서 거만하게 말했다.

"군 기물 따윈 개나 쓰라고 해."

1978년 3월 18일에 쓴 편지에서 조지 하딩 주니어 박사는 플라워스 판사에게 이렇게 말했다.

"면담 결과에 의거하여 볼 때, 윌리엄 S. 밀리건은 자기변호를 위해 변호사에게 협력할 수 있는 능력이 없으므로 법정에 설 수 없다는 게 제 의견입니다. 밀리건은 감정적 일관성이 없어 자기변호를 위해 증언할 수 없고 증언에 반박할 수도 없습니다. 법정에서는 신체적으로 출석하는 것 이외에 심리적으로도 출석이 요구되지만 밀리건은 효율적으로 심리 상태를 유지할 능력이 없으므로 재판에 임할 수 없다고 생각합니다."

이제 하딩 박사는 결정을 하나 더 내려야 했다. 쉐이카트와 야비치 양쪽 다 단순한 법적 능력 판단을 넘어서 하딩 병원이 밀리건을 받아 진단과 치료를 맡아주기를 요청하고 있었다.

하딩 박사는 결정을 두고 고심했다. 그는 야비치 검사가 면담 때 보여준 태도에 깊은 인상을 받았다. 검사치고는 아주 드문 일이라고 박사는 생각했다. 쉐이카트와 야비치는 박사가 맡은 일이 변호나 기소를 위한 자문

역할 이상이라고 단언했다. 양측 모두 사전에 박사의 보고서를 '추정'으로 재판 기록에 첨부한다는 점에 동의했다. 양쪽에서 요청하는데 어떻게 거절한단 말인가?

하딩 병원의 의학 책임자로서 하딩 박사는 병원 운영자와 재정담당이사에게 다음과 같은 요청서를 제출했다.

"우리는 난제에 등을 돌리면 안 됩니다. 하딩 병원은 쉬운 환자만 떠맡지는 않습니다."

이번 사건이 의사들에게 교육 기회를 제공하고 정신과학적 지식에 병원이 공헌할 수 있는 기회라고 하는 조지 하딩 주니어의 강력한 추천에 힘입어, 병원 운영위원회는 법원이 요구한 세 달 동안 윌리엄 밀리건을 받아주기로 합의를 보았다.

3월 14일, 힐과 다른 교도관이 밀리건을 데리러 왔다. 교도관이 말했다.

"아래층에서 자네를 보자는군. 하지만 구속복을 입어야 한다는 게 보안관 명령이야."

교도관들이 구속복을 입혀 엘리베이터로 데려가는 동안 밀리건은 아무런 저항 없이 순순히 따랐다. 아래층 복도에서는 게리와 주디가 의뢰인에게 좋은 소식을 알려주고 싶어 안달하면서 기다리고 있었다. 엘리베이터 문이 열리자, 러스 힐과 다른 교도관이 얼이 빠져 입을 멍하니 벌리고 있는 모습이 보였다. 밀리건은 구속복에서 쉽사리 빠져 나와 자유자재로 움직이고 있었다.

"이럴 리가 없는데." 교도관이 말했다.

"이걸로는 나를 가둘 수 없다고 말했잖아요. 감옥으로 보내든 병원으로 보내든 나를 가둘 순 없다구요."

"타미?" 주디가 물었다.

"딩동, 정답입니다!" 타미가 코웃음 쳤다.

"이리로 들어가자." 게리가 회의실로 타미를 이끌었다. "할 얘기가 있으니까."

타미는 팔을 잡고 있는 게리의 손을 뿌리쳤다.

"무슨 일이죠?"

"좋은 소식이야."

주디가 말했다. 게리도 말을 이었다.

"하딩 박사님이 재판 전 관찰과 치료를 위해 너를 하딩 병원에 입원시켜 주겠다고 하셨어."

"그게 무슨 말이죠?"

"결과는 둘 중 하나가 될 거야." 주디가 설명했다. "얼마 후 네가 법적 능력이 있다고 판단되면 재판 날짜가 잡히겠지. 반대로 재판에 부적격이라고 판단되면 기소는 취소될 거야. 플라워스 판사님이 다음 주 내에 너를 여기서 하딩 병원으로 보내라는 명령을 내렸어. 조건이 하나 있지만."

"언제나 조건 같은 걸 건다니까."

타미가 말했다. 게리는 앞으로 몸을 숙이고 집게손가락으로 탁자를 톡톡 쳤다.

"윌버 박사님께서 판사님에게 다중인격들이 약속을 지킬 거라고 하셨다. 박사님은 약속이 너희들에게 얼마나 중요한지 알고 계시니까."

"그래서요?"

"플라워스 판사님은 네가 하딩 병원에서 탈출하려 하지 않는다면 곧 너를 석방시켜 병원으로 보내주겠다고 하셨어."

타미는 팔짱을 꼈다.

"웃기시네. 그런 약속은 못 해요."

"해야만 해!" 게리가 고함을 쳤다. "제길. 너를 리마 병원에서 빼내느라고 우리가 얼마나 꽁지 빠지게 뛰어다녔는데, 지금 네 태도는 그게 뭐냐?"

"뭐, 암튼 그건 옳지 않아요." 타미가 말했다. "탈출은 내가 잘하는 건데,

지금 내 재주를 쓰지 말라는 거잖아요."

게리는 머리카락을 뽑아버리고 싶다는 듯 손가락으로 자기 머리를 훑었다. 주디는 타미의 팔 위에 손을 얹었다.

"타미, 약속해줘야만 해. 너 자신이 아니라 어린애들을 위해 해야만 한단다. 꼬맹이들 있잖아. 이곳은 애들이 있기엔 너무 열악한 곳이라는 걸 너도 알잖니. 애들은 하딩 병원에서 치료를 받아야 해."

타미는 팔짱을 풀고 탁자를 물끄러미 쳐다보았다. 주디는 자신이 정곡을 건드렸다는 것을 눈치 챘다. 주디는 각각의 인격들이 아이들에 대해 깊은 사랑과 책임감을 느끼고 있다는 사실을 점차 이해하게 되었다.

"알았어요. 그러죠 뭐."

타미는 마지못해 약속했다.

타미가 주디에게 말하지 않은 게 하나 있었다. 처음 리마 병원으로 이송될지 모른다는 말을 들었을 때, 타미는 한 모범수로부터 면도날을 하나 사두었다. 지금은 왼쪽 신발 밑창 아래 테이프로 붙여둔 상태였다. 물어본 사람이 없었으니 그런 얘기를 할 까닭도 없었다. 타미는 오래전에 한 기관에서 다른 기관으로 이송될 때면 항상 무기를 가지고 다녀야 한다는 점을 배웠다. 탈출하지 않겠다는 약속을 깰 수는 없지만, 누군가 자기를 강간하려고 하면 적어도 자기 몸을 지킬 수는 있었다. 아니면 빌리에게 줘서 자기 목을 그어버리게 할 수도 있었다.

하딩 병원으로 이송되기 나흘 전, 윌리스 경사가 감방으로 찾아왔다. 경사는 타미에게 구속복을 어떻게 빠져나올 수 있는지 보여달라고 했다. 타미는 거무튀튀한 낯빛에 희끗희끗한 머리카락을 가진, 마른 몸매의 경사를 쳐다보았다. 타미는 얼굴을 찡그리며 말했다.

"내가 왜요?"

"어쨌거나 여기 나갈 거잖아." 윌리스가 말했다. "내가 나이가 좀 들긴 했어도 새 기술을 배우지 못할 만큼 늙은 건 아니라구."

"경사님은 나한테 잘해준 편이었죠. 하지만 내 비밀을 그렇게 쉽게 불어 버릴 순 없는데."

"이런 식으로 생각해봐. 다른 사람 목숨을 구할 수도 있다고 말이야."

몸을 돌리고 있던 타미가 궁금증이 생겼는지 고개를 들었다.

"어떻게요?"

"넌 아프지 않다는 걸 나도 알아. 하지만 여기엔 아픈 사람들도 있어. 그 사람들을 보호하기 위해 구속복을 입히지. 만약 그 사람들이 구속복을 빠져나온다면 자살할 수도 있어. 나한테 어떻게 빠져나올 수 있는지 보여주면 다른 사람이 그렇게 하는 걸 막을 수 있고, 그럼 다른 사람 목숨을 구하는 게 되잖아."

타미는 그런 건 자기가 상관할 바 아니라는 듯 어깨를 으쓱했다. 하지만 다음 날 타미는 윌리스 경사에게 구속복을 벗는 기술을 보여주었다. 그리고 절대 빠져나올 수 없게 옷을 입히는 법도 가르쳐주었다.

그날 밤 늦게, 주디는 도로시 터너로부터 전화를 받았다.

"하나 더 있어요." 터너가 말했다.

"뭐가 하나 더 있어요?"

"우리가 몰랐던 인격이 하나 더 있어요. 에이들라나라고 하는 열아홉 살짜리 여자애요."

"세상에나! 그럼 열 명이 되겠네요." 주디가 속삭였다.

도로시는 밤늦게 감옥에 면회 갔던 일을 설명했다. 도로시는 밀리건이 마룻바닥에 앉아 있는 모습을 보았고, 사랑과 애정이 필요하다며 부드러운 목소리로 말하고 있는 소리를 들었다. 도로시는 그의 옆에 앉아 위로하며 눈물을 닦아주었다. 그랬더니 '에이들라나'는 비밀리에 시를 쓰고 있다고 말했다. 그녀는 눈물이 그렁그렁한 눈으로 자기는 다른 사람들이 자리를 뜨길 바라는 능력만 가지고 있을 뿐이라고 설명했다. 아서와 크리스틴만이 자신의 존재를 알고 있다고 했다.

주디는 그 장면을 상상하려고 해보았다. 도로시가 바닥에 앉아 밀리건을 안아주는 장면을.

"에이들라나는 왜 지금 자기 모습을 드러내기로 한 거죠?"

"에이들라나는 남자애들에게 일어난 일이 자기 때문이라고 자책하고 있어요." 도로시가 설명했다. "강간사건이 일어났을 때 레이건에게서 시간을 빼앗은 사람이 그 여자애라는군요."

"무슨 말이죠?"

"에이들라나 말로는 남에게 안겨서 애무도 받고 사랑도 받고 싶은 마음이 너무 간절해서 그런 짓을 저질렀대요."

"에이들라나가 그……."

"에이들라나는 레즈비언이에요."

주디는 전화를 끊고서도 한참 동안 전화기만 바라보았다. 남편이 무슨 전화냐고 물었다. 그녀는 말해줄까 하다가 곧 고개를 저으며 불을 껐다.

3장

'인격'과 '인간' 사이

1

3월 16일 아침, 빌리 밀리건은 예정보다 이틀 먼저 프랭클린 군 교도소에서 하딩 병원으로 이송되었다. 밀리건이 도착했을 때 조지 하딩 박사는 시카고에 있는 정신의학 회의에 참석하러 떠나고 자리에 없었다.

주디 스티븐슨과 도로시 터너는 하딩 병원까지 경찰차 뒤를 따라왔다. 두 사람은 다시 감옥에 들어간다는 게 '대니'에게 치명적인 타격이 될 수 있음을 알고 있었다. 중견 의사인 슈메이커 박사는 하딩 박사가 돌아올 때까지 환자를 개인적으로 책임지고 돌봐주겠다고 약속했다.

주디와 도로시는 웨이크필드 병동까지 대니를 바래다주었다. 그곳은 지속적인 관찰과 개인적 관심을 필요로 하는 환자 열네 명을 수용하고 있는 감금형 정신병동이었다. 빈 병실을 찾아 준비를 마치자 대니는 두꺼운 참나무 문과 24시간 지속적으로 감시할 수 있는 문구멍이 있는 '특별 간호실' 중 하나에 배정되었다. 정신과 조무사(하딩 병원에서는 '정신과 관리자'라고 했다)가 대니에게 점심식사를 가져다주었고, 두 여자는 대니가 점심을 먹는 동안 옆에 있었다.

점심식사 후 슈메이커 박사와 간호사 세 명이 합류했다. 도로시 터너는 진료진이 직접 다중인격 증상을 보는 게 중요하다고 생각했다. 그래서 아서를 불러내서 같이 지낼 사람들과 만나게 하는 게 어떻겠느냐고 대니에게 제안했다.

병동 책임자인 에이드리언 맥컨은 치료팀의 일원으로서 미리 간단한 설명을 들었지만 다른 두 간호사는 깜짝 놀라고 말았다.

다나 이거는 딸 다섯을 둔 어머니로서 대학가 성폭행범을 만나자 감정을 다스리기가 어려웠다. 이거 간호사는 처음에는 소년이 말하다 말고 환각 상태에 빠진 듯 시선을 고정하며 소리 없이 속으로 대화하는 모습을 자세히 살펴보았다. 그가 고개를 들자 침착하고 오만한 얼굴로 바뀌었고 입에서는 영국 억양의 말투가 흘러나왔다.

이거는 대니나 아서의 존재를 확신하지 못하는 가운데 웃음을 터뜨리지 않으려고 자제했다. 분명 감옥행을 피하려 하는 뛰어난 연기일 것이라고 생각했다. 하지만 빌리 밀리건이 어떤 사람인지 궁금했다. 어떤 종류의 인간이 그런 짓을 하는지 알고 싶었다.

도로시와 주디는 아서에게 안전한 장소에 와 있다고 재확인해주었다. 도로시는 며칠 후 몇 가지 심리학 시험을 하러 다시 오겠다고 말했다. 주디는 게리와 함께 재판에 대해 의논하러 가끔 들르겠다고 말했다.

정신과 관리자인 팀 셰퍼드는 문구멍을 통해 15분마다 한 번씩 새 환자를 관찰해서 첫날 특별 절차 기록에 항목을 작성했다.

5:00 양반다리를 하고 조용히 침대에 앉아 있음
5:15 양반다리를 하고 허공을 바라보며 침대에 앉아 있음
5:32 일어나서 창밖을 바라봄
5:45 저녁식사

6:02 침대 가장자리에 앉아 허공을 응시함
6:07 저녁식사 쟁반 치움. 다 먹었음.

7시 15분, 밀리건이 방 안에서 왔다 갔다 하기 시작했다.
8시, 헬렌 예거 간호사가 방 안으로 들어와서 40분간 함께 머물렀다. 예거가 처음으로 간호 수첩에 쓴 기록은 간단했다.

78/03/16 밀리건 씨는 특별 간호실에 남아 예방을 위해 자세히 관찰당하고 있다. 다중인격들과 이야기를 나누어보았다. 영국 억양이 있는 '아서'가 주로 이야기했다. 빌리라고 하는 인격 중의 한 명이 자살 충동을 느끼고 있어서 다른 인격들이 해를 입지 않도록 열여섯 살 이후로는 재워놓았다고 한다. 식사는 잘 하고 있다. 배설 상태도 좋다. 음식도 잘 넘긴다. 유쾌하고 협조적인 성격이다.

예거 간호사가 떠난 후, 아서는 말없이 다른 인격들에게 하딩 병원이 안전하고 협력적인 환경이라고 알렸다. 치료 시에 의사들을 보조하려면 통찰과 논리가 필요할 것 같으니, 앞으로는 아서 자신이 자리를 완전히 지배하겠다고 통보했다.
그날 새벽 2시 25분, 정신과 관리자 크리스 칸은 방 안에서 커다란 소음이 나는 것을 들었다. 조사하러 가보니, 환자는 바닥에 앉아 있었다.
타미는 침대에서 떨어져서 기분이 언짢았다. 몇 초 후, 발소리가 나더니 문구멍으로 누가 들여다보는 게 보였다. 곧 발소리가 멀어져가자, 타미는 신발 밑창에 붙여놓은 면도날을 떼어내어 침대 판 아래쪽에다 잘 숨겨놓고 테이프를 다시 붙였다. 때가 오면 면도날을 숨겨놓은 장소를 찾아낼 것이었다.

2

3월 19일, 시카고에서 돌아오는 길에 조지 하딩 주니어는 밀리건이 예정보다 일찍 이송되어 오는 바람에 세심하게 마련해놓은 준비가 헝클어졌다는 생각을 하자 기분이 언짢았다. 하딩 박사는 밀리건을 직접 맞을 계획이었다. 심리학자, 미술 치료사, 부가 치료사, 정신과 치료 관련 복지사, 의사, 간호사, 정신과 관리자, 웨이크필드 병동 책임자로 구성된 치료팀을 모으느라 고생도 많이 했다. 박사는 이들과 다중인격의 복잡한 성격에 대해 의논했다. 직원 중 몇몇이 공공연히 그 진단을 믿지 못하겠다고 말했을 때도, 박사는 참을성 있게 다 들어주고 자신도 의구심이 없는 건 아니지만 그래도 법원 명령을 수행할 수 있도록 힘을 빌려달라고 부탁했다. 진료진은 모두 열린 마음으로 윌리엄 스탠리 밀리건의 진짜 모습을 알아내기 위해 함께 일해야만 했다.

하딩 박사가 돌아온 다음날 페리 아이어스 박사가 밀리건의 신체 상태를 검사했다. 아이어스는 밀리건이 대답하기 전에는 입술을 자주 움직이며 눈을 오른쪽으로 굴린다고 환자 병력에 기록해두었다. 왜 그렇게 하는지 환자에게 물어보자, 그는 다른 인격들, 누구보다도 아서와 의논하기 위해서라고 답했다. 그는 또 이렇게 말했다.

"선생님은 우리를 빌리라고 부르셔야 하는 거 아닌가요? 그래야 사람들이 우리가 미쳤다고 생각하지 않죠. 전 대니예요. 조사서를 작성한 사람은 앨런이었구요. 하지만 전 다른 애들에 대해서는 얘기하면 안 돼요."

아이어스는 이 말을 보고서에 옮겨두고 덧붙였다.

우리는 빌리에 대해서만 얘기하기로 일찌감치 합의를 보았다. 대니는 우리에게 그들 모두의 건강 상태에 관련한 정보를 주기로 한 모양이었다. 하지만 대니는 이 합의를 지키지 못하고 다른 인격들의 이름을 누설해버렸다.

유일하게 대니가 기억하고 있는 질병은 아홉 살 때 탈장 수술을 받은 것이었다. "데이비드는 항상 아홉 살이죠." 탈장 수술을 받은 사람이 데이비드였다. 앨런은 시야가 좁았지만 다른 인격들은 다 정상 시력이었다. (……)

소견: 진찰실로 가기 전, 환자에게 앞으로 할 진찰의 성격을 자세하게 설명해주고 의논해보았다. 나는 직장 검사를 통해서 탈장 수술한 흔적과 전립선을 확인해보는 게 중요하다고 강조했다. 전립선의 경우엔 배뇨 이상(농뇨증)을 확인하기 위해서였다. 환자는 걱정을 하며 다른 인격들과 대화를 나누는 것처럼 입술과 눈을 빠르게 움직였다. 환자는 불안한 듯 보였지만 정중하게 "그렇게 되면 빌리와 데이비드가 견딜 수 없습니다. 농장에 살 때 챌머가 그 애들을 각각 네 번씩 강간했기 때문입니다. 챌머는 저희 의붓아버지죠."라고 대답했다. 환자는 또한 가족력에서 언급했던 어머니가 빌리의 어머니라는 점을 덧붙였다. "하지만 제 어머니는 아닙니다. 전 어머니를 모릅니다."

로잘리 드레이크와 닉 치코는 웨이크필드 병동 내 '소집단' 프로그램의 공동 치료사로, 밀리건과 매일 만나면서 그의 치료에 깊이 관여하게 되었다. 매일 아침 10시와 오후 3시면 웨이크필드 병동에 있는 환자 일고여덟 명이 함께 모여 집단 프로젝트나 활동을 하기로 되어 있었다.

3월 21일, 닉은 밀리건을 특별 간호실에서 데리고 나와 활동실로 데리고 갔다. 이제 밀리건은 밤에만 갇혀 있을 뿐이었다. 정신과 관리자인 닉은 마른 몸매에 덥수룩한 턱수염을 기르고 왼쪽 귓불에는 황금 고리와 옥으로 만든 귀고리를 달고 다니는 스물일곱 살의 청년이었다. 그는 밀리건이 어려서 당한 성폭행의 충격으로 남자들에게 적대적이라는 얘기를 들어서 알고 있었다. 닉은 다중인격 자체를 의심하긴 했지만 증세에 대해서는 호기심을 갖고 있었다.

직업 치료사인 로잘리는 금발에 푸른 눈을 가진 20대의 여성으로 이전에는 다중인격 환자를 다룬 경험이 없었다. 그녀는 하딩 박사에게서 진료진의 의견이 양쪽으로 갈렸다는 설명을 들었다. 밀리건이 다중인격임을 믿는 쪽과 거짓으로 기괴한 병을 꾸며내서 사람들의 주의를 끌고 강간죄로 감옥에 가지 않으려 하는 사기꾼이라고 생각하는 쪽. 로잘리는 편견을 갖지 않으려고 노력했다.

밀리건은 다른 사람들에게서 떨어져서 탁자 끝에 앉았다. 로잘리 드레이크는 그에게 소집단 환자들이 좋아하는 사람에게 자기 자신에 대해 말해줄 수 있는 것들을 골라 붙이는 콜라주 작업을 하기로 전날 결정했다고 말해주었다. 그러자 밀리건이 말했다.

"난 그걸 만들어 보여줄 만큼 좋아하는 사람이 없는데요."

"그럼 우리를 위해 만들어요."

로잘리는 자기가 작업하고 있는 도화지를 들어 보였다.

"나랑 닉도 하고 있어요."

로잘리는 멀찌감치 떨어져서 밀리건이 16절지를 잡고 잡지에서 사진을 오려내는 모습을 쳐다보았다. 밀리건에게 예술가적 능력이 있다는 말을 들은 적이 있는 그녀는 이제 수줍고 조용한 환자를 보며 그가 무엇을 하려고 하는지 궁금하게 여겼다. 밀리건은 말없이 침착하게 작업했다.

로잘리는 그가 작업을 마치자 다가가서 결과물을 보았다. 그녀는 밀리건의 콜라주를 보고 깜짝 놀랐다. 종이 한가운데에는 겁에 질린 채 눈물이 그렁그렁한 아이가 정면을 보고 있었고, 그 아래에는 '모리슨'이라는 이름이 쓰여 있었다. 화난 남자가 아이를 내려다보고 있었고 그 위에는 빨간색으로 '위험'이라고 쓰여 있었다. 종이 아래쪽 오른편 구석에는 해골이 있었다.

로잘리는 이 표현의 단순성, 감정의 깊이에 감명을 받았다. 그녀는 이런 것을 만들어달라고 하지 않았고 기대하지도 않았다. 로잘리는 그 콜라주가 고통스러운 개인사를 반영하고 있음을 느꼈다. 그녀는 그림을 쳐다보면서 전율을 느꼈고, 즉시 자기 자신이 걸려들었음을 알았다. 병원 내의 다른 사람들이 밀리건에 대해 어떤 의심을 하든, 이 콜라주는 감정을 느끼지 못하는 반사회적 이상성격자의 작품이 아니라는 걸 알았다. 닉 치코도 동의했다.

조지 박사(진료진과 환자들은 아버지 조지 하딩 시니어 박사와 구분하기 위해 그를 이렇게 불렀다)는 관련 정신과 학술지들을 읽어내려가다가 다중인격으로 알려진 질환이 점차 증가 추세에 있다는 것을 알아냈다. 박사는 여러 정신과 전문의들에게 전화를 걸었는데 대부분 같은 대답을 했다.

"밝혀낸 것이 많지는 않지만 내용을 알려드리겠습니다. 하지만 이쪽은 우리가 아직 이해하지 못하는 영역입니다. 직접 개척해나가셔야 할 것 같습니다."

처음 생각했던 것보다 훨씬 많은 시간과 노력이 들 것 같았다. 박사는 병원 재정 마련을 위한 기금 모금 운동과 확장 계획이 한창 진행되는 와중에 이 환자를 받은 게 잘한 결정인지 의구심까지 들었다. 그렇지만 이 일은 빌리 밀리건 개인뿐 아니라 정신과학이 인간 정신에 대한 지식의 한계를 넘을 수 있도록 돕는다는 면에서 직업적으로도 중요하다고 다시 한 번 마음을 다잡았다.

박사는 법원에 평가서를 제출하기 전에 빌리 밀리건의 과거를 알아야 한다고 생각했다. 광범위한 기억상실증을 고려하면 이 또한 심각한 문제였다.

3월 23일 목요일, 게리 쉬웨이카트와 주디 스티븐슨은 의뢰인을 한 시간 동안 방문하여 밀리건의 이야기와 세 피해자들의 증언을 비교하며 밀리건이 기억하지 못하는 사건 당시의 일을 되짚어나갔다. 그러고는 법원에 제출된 조지 박사의 보고서에 의거하여 변호 전략을 짰다.

두 변호사는 밀리건이 아직도 특별 간호실에 갇혀서 '특별 예방복'을 입고 있는 것에 대해 불평을 늘어놓기는 해도 이전보다는 편안한 상태에 있음을 알 수 있었다.

"조지 선생님은 제가 여기 있는 다른 환자들처럼 치료받을 수 있다고 하셨지만, 여기엔 저를 믿어주는 사람이 없어요. 다른 환자들은 밴을 타고 외출할 수도 있지만, 저는 아니죠. 저만 여기 있어야 한다구요. 그리고 사람들이 계속 저를 빌리라고 부를 때마다 화가 나요."

두 사람은 조지 박사가 밀리건 때문에 불리한 처지에 놓여 있으니 의사 선생님의 인내심을 시험하지 않도록 조심해야 한다고 설명하며 그를 진정시키려 했다. 주디는 지금 말하고 있는 사람이 앨런임을 알아차렸다.

"이곳 진료진에게 협조해야만 해. 이게 감옥에서 나올 수 있는 유일한 기회야." 게리가 말했다.

병원을 나오면서 두 사람은 이제 밀리건이 안전한 상태에 있으니 안심이고 하루하루를 책임지거나 걱정해야 하는 부담을 잠시 동안은 벗어놓을 수 있어 다행이라는 데 뜻을 모았다.

그날 처음으로 면담치료 시간이 있었는데, 조지 박사에게는 참으로 긴장된 50분이었다. 밀리건은 웨이크필드 병동의 면담실 의자에 앉아 창문만 바라보면서 처음에는 눈을 마주치지 않으려 했다. 그는 의붓아버지가 행한 폭력에 대해 술술 털어놓았지만 과거에 대해서는 거의 기억하는 바가 없었다.

조지 박사는 자신이 지나치게 조심스럽게 접근하고 있다는 것을 깨달았다. 윌버 박사는 되도록 빨리 인격의 전체 개수를 알아내야 각각의 정체성을 세울 수 있다고 말했었다.

번갈아 자리를 바꾸는 인격들이 왜 자신들이 존재하며 어떤 특정 상황에서 태어났는지 기억을 살려내도록 유도할 필요가 있었다. 그런 다음 이 모든 인격들이 서로 다른 이들의 존재를 알아내도록 해서, 분리되어 있는 대신 서로 소통과 협력을 통해 문제를 공유하도록 해야 했다. 월버 박사의 말에 의하면, 다른 인격들을 하나로 통합하여 결과적으로는 핵심인격인 빌리가 그러한 사건들의 기억에 가 닿게 이끌어주는 전략이 필요했다. 마지막에 가서는 인격 융합을 시도할 수도 있다.

월버 박사가 감옥에서 다중인격들을 솜씨 있게 끌어냈듯이 조지 박사도 그런 접근 방식을 시도해보고 싶은 유혹을 강하게 받았다. 하지만 그는 오래전에 깨달은 바가 있었다. 다른 사람에게 효과가 있었다고 해서 자신도 반드시 그 방법으로 효과를 볼 수는 없다는 것이었다. 그는 스스로 아주 보수적인 사람이라고 생각하고 있었기 때문에 자기 방식대로 시간을 들여 알아내야만 했다. 지금 여기 눈앞에 있는 것이 누구이고 무엇인지를.

며칠이 흐르자, 다나 이거 간호사는 주로 밀리건과 일대일로 대하는 일이 많다는 것을 깨달았다. 그는 대부분의 환자들에 비해 잠을 아주 적게 자고 일찍 일어났기 때문에 다나는 그와 이야기를 많이 나누게 되었다. 그는 자기 몸속에서 함께 살고 있는 다른 사람들에 대해 이야기했다.

어느 날, 밀리건이 다나에게 글씨가 잔뜩 쓰인 종이 한 장을 건네주었다. 거기에는 '아서'라고 서명되어 있었다. 그는 화들짝 놀란 표정이었다.

"난 아서라는 사람이 누군지 몰라요. 그리고 왜 이런 게 종이에 쓰여 있는지도 모르겠어요."

진료진은 환자가 줄기차게 "내가 한 게 아니에요. 다른 사람이 했다구요."라고만 말하고 있어서 다루기가 어렵다고 조지 박사에게 불평했다. 무슨 일이 일어났는지 직접 봤는데도 밀리건이 잡아뗀다는 것이었다. 진료진은 밀리건이 원하는 바를 얻기 위해 이 사람에서 저 사람으로 인격을 바꾸어가면서 속이는 바람에 다른 환자들의 치료에 피해를 주고 있다고 주장했다. 밀리건은 끊임없이 레이건이 나와서 문제를 처리할 것이라는 암시를 주었고 진료진은 이를 은근한 협박으로 받아들였다.

조지 박사는 자신이 직접 밀리건의 여러 인격들을 다룰 것이며 그것도 치료 시간에만 하겠다고 제안했다. 그리고 병동 내에서 다른 인격들의 이름을 말하거나 의논해선 안 된다고 진료진에게 지시했다. 특히 다른 환자들 앞에서는 절대 안 될 일이었다.

첫날 밀리건과 이야기를 나눴던 간호사 헬렌 예거는 이제는 이 치료 계획에 끼어 있었다. 그녀는 3월 28일자 간호 목표 일지에 이렇게 적었다.

한 달 내로 밀리건 환자가 다음과 같은 행동을 하지 못하게 한다. 그로 인해 자신이 부인하고 있는 행동에 책임을 질 수 있게 한다.
계획:
(1) 피아노를 칠 수 있다는 것을 부인할 때—환자가 피아노를 치는 모습을 보거나 소리를 들은 적이 있다고 대답해준다. 사실 그대로의 태도를 유지한다.
(2) 자기가 쓴 노트를 전혀 알지 못한다고 말할 때—그가 노트를 쓰는 모습을 본 적이 있다고 말해준다.
(3) 자기를 다른 인격인 것처럼 말할 때—환자의 이름이 빌리임을 다시 한 번 상기시켜준다.

치료 시간에 조지 박사는 밀리건의 인격을 여러 다른 이름으로 부르는 소리를 들으면 병동 내의 다른 환자들이 혼동할 수 있다는 사실을 지적하며 앨런에게 자신의 접근 방식을 설명했다.

"어떤 사람들은 자기를 나폴레옹이나 예수 그리스도라고 하던데요."
앨런이 대답했다.
"하지만 나나 진료진이 그렇게 하는 건 다르지요. 어느 날은 대니라고 불렀다가 다른 날엔 아서, 혹은 레이건, 타미, 앨런이라고 하면 어떻게 되겠습니까. 나는 직원들이나 환자들에게 네 인격 모두 빌리라는 이름에 대답할 것이라고 말해줬습니다. 그 동안은……."

"인격들이 아닌데요, 박사님. 사람들이죠."

"왜 그렇게 구분하는 거죠?"

"박사님이 인격이라고 부르시면 그 사람들이 진짜가 아니라고 생각하시는 것 같잖아요."

3

4월 8일, 도로시 터너가 심리학 검사 프로그램을 시작한 지 며칠 후, 다나 이거는 밀리건이 자기 방에서 성난 채 왔다 갔다 하는 광경을 목격했다. 다나가 뭐가 잘못되었는지 물어보자, 밀리건은 영국 억양으로 말했다.

"아무도 이해 못 하는군요."

맨 처음에는 얼굴이, 다음으로는 전체 자세나 걸음걸이나 말하는 태도가 완전히 변하는 것을 보고 다나는 그가 이제 대니임을 알아차렸다. 그 순간, 그의 태도에 일관성이 있고 다른 인격으로 변하는 모습이 너무 진짜 같아서 다나는 더 이상 밀리건이 가짜로 꾸미고 있다고 생각할 수 없었다. 다나는 자신이 간호사들 중에서 유일하게 밀리건의 말을 믿는 사람이 되었음을 인정했다.

며칠 후, 밀리건이 아주 언짢아하면서 다나에게 왔다. 다나는 그가 대니임을 금방 알 수 있었다. 대니는 그녀를 바라보더니 애처롭게 말했다.

"내가 왜 여기 있죠?"

"어디 말인가요?" 다나가 물었다. "이 방, 아니면 이 건물?"

대니가 고개를 저었다.

"다른 환자들이 내가 왜 이 병원에 있냐고 물어봤거든요."

"도로시 터너 박사님이 시험하러 오실 때 물어보면 설명해주실 거예요."

그날 저녁, 도로시 터너와의 검사 시간이 끝난 후에 그는 누구와도 이야기하지 않으려 했다. 방으로 뛰어 들어간 그는 욕실로 가서 얼굴을 씻었다. 몇 초 후 앞문이 열렸다 닫히는 소리가 들렸다. 내다보니 도린이라는 이름의 젊은 여자 환자가 있었다. 밀리건은 종종 도린의 문제를 동정적인 태도로 들어주고 자기 문제를 이야기하긴 했지만 그녀에게 별다른 흥미는 없었다.

"왜 여기 있는 거죠?" 밀리건이 물었다.

"당신이랑 이야기 좀 하고 싶어서요. 오늘 밤엔 기분이 나빠 보이네요."

"여기 오면 안 된다는 거 알잖아요. 규칙 위반이에요."

"하지만 당신이 너무 우울해 보여서요."

"다른 사람이 어떤 짓을 저질렀는지 알아냈어요. 끔찍해요. 난 살아 있을 자격이 없어요."

바로 그때 발소리가 다가오더니 문에서 노크하는 소리가 났다. 도린은 그와 함께 욕실로 뛰어 들어가서 문을 닫았다.

"왜 그런 짓을 하는 거예요?" 밀리건이 날카롭게 속삭였다. "나랑 같이 있으면 더 심각한 문제가 생길 거예요. 이제 완전히 엉망이 됐어요."

도린이 킬킬 웃었다.

"좋아요, 빌리와 도린!" 예거 간호사가 불렀다. "언제든 준비가 되면 나오도록 해요."

1979년 4월 9일 간호 일지에 예거 간호사는 이렇게 썼다.

밀리건 씨가 여성 동료와 함께 불도 켜지 않은 욕실에 있다가 발각되었다. 밀리건 씨는 자기가 이전에 저지른 일을 알아냈기 때문에 그에 대해 여자 환자와 의논하기 위해 둘만 있으려 했던 것이라고 해명했다. 그날 저녁 터너 박사님과 심리 검사를 하던 중 자기가 세 여자를 성폭행했다는 사실을 알게 된 것과 관련이 있는 듯싶다. 환자는 눈물이 그렁그렁한 눈으로 "레이건과 에이들라나가 죽었으면 좋겠다"고 말했다. 조지 박사가 전화해서 사건을 설명했다. 특별 간호실에 데려가서 특별 예방 조치를 취했다. 몇 분 후, 환자를 관찰해보니 손에 목욕 가운 허리띠를 들고 침대 위에 앉아 있었다. 여전히 눈물을 뚝뚝 흘리면서 '그들'을 죽이고 싶다고 말했다. 잠시 동안 달래자 환자는 허리띠를 내려놓았다. 내려놓기 전에는 목에 감고 있었다.

검사 시간에 도로시 터너는 여러 다른 인격 사이에 중요한 지능 차가 있음을 밝혀냈다.

	언어 지능	행동 지능	전체 지능
앨런	105	130	120
레이건	114	120	119
데이비드	68	72	69
대니	69	75	71
타미	81	96	87
크리스토퍼	98	108	102

크리스틴은 너무 어려서 검사할 수 없었고, 에이들라나는 나오지 않으려 했으며, 아서는 지능검사가 자기 품위를 상하게 한다며 받지 않겠다고 했다.

도로시 터너는 대니의 로르샤흐 테스트 답안지에서 서툴게 숨긴 적대감을 발견했고, 열등감과 소외감을 떨쳐버릴 수 있는 외부의 도움에 대한 욕구도 보았다. 타미는 대니보다는 좀 더 성숙했고 행동할 수 있는 잠재력도 많았다. 그는 가장 정신분열적인 성격을 가지고 있었고 다른 이들에 대한 배려심이 가장 적었다. 레이건은 폭력적 행동을 할 잠재력이 제일 많았다. 도로시는 아서가 대단히 지적이며 다른 인격들에게 지배력을 행사할 수 있는 현재 위치를 유지하기 위해 지성에 의존하고 있다고 느꼈다. 또한 대체적으로 세상에 대해 보상심리로서 우월감을 유지하려 하지만 불편함도 느끼고 있으며 감정적으로 자극되는 상황에서는 위축되는 것처럼 보였다. 감정적으로는 앨런이 초연한 편이었다.

도로시는 공통점을 몇 가지 발견했다. 여성적 정체성과 강한 초자아가 있다는 증거가 있었지만 분노에 의해 가려질 위험이 있었다. 정신병이 진행되어간다는 증거는 찾을 수 없었고 정신분열적 사고 이상이 일어나고 있다는 증상도 없었다.

4월 19일, 로잘리 드레이크와 닉 치코가 소집단 활동에 참가하고 있는 환자들에게 오늘은 신뢰 연습을 할 예정이라고 알리자, 아서는 대니가 자리를 차지하도록 했다. 진료진은 오락실에다 탁자와 의자, 소파와 칠판들을 갖다 놓고 장애물 훈련장처럼 만들었다.

밀리건이 남자를 두려워한다는 걸 알고 있었기 때문에, 닉은 밀리건이 눈을 가리고 장애물을 넘을 수 있게 도와달라고 로잘리에게 부탁했다.

"오늘은 나와 같이 경기할 거예요, 빌리." 로잘리가 말했다. "다른 사람들을 믿는 것만이 실제 세계에서 살아가는 길이죠."

빌리는 로잘리가 눈가리개로 자기 눈을 가릴 수 있게 허락해주었다.

"자, 이제 내 손을 잡아요."

로잘리는 빌리를 방 안으로 이끌었다.

"이제 장애물을 넘어서 한 바퀴 돌 수 있도록 할 거예요. 절대 다치지 않게 할게요."

로잘리는 밀리건을 이끌면서 그가 어디서 움직일지, 무엇에 부딪힐지 몰라 걷잡을 수 없이 두려워하고 있음을 느꼈다. 두 사람은 처음에는 천천히 움직였지만, 의자를 돌아가거나 탁자 밑을 기거나 사다리를 오르락내리락하며 점차 빨리 움직였다. 밀리건이 무서워하면서도 장애물들을 헤쳐 나가는 모습을 보고 로잘리와 닉 둘 다 감탄했다.

"내 말대로 다치지 않았죠?"

대니는 고개를 저었다.

"세상에는 믿을 수 있는 사람이 있다는 것을 배워야 해요. 물론 모든 사람을 믿을 순 없죠. 하지만 최소한 몇 명은 있어요."

로잘리는 자신이 같이 있을 때는 밀리건이 대니라는 어린 소년 역을 하는 일이 점점 많아진다는 것을 눈치 챘다. 그가 그린 그림 중 많은 것이 죽음의 이미지를 담고 있다는 게 로잘리는 마음에 걸렸다.

다음 주 화요일, 앨런은 처음으로 부가 치료실에 갈 수 있도록 허락을 받았다. 스케치를 하고 색칠을 할 수 있는 표현 미술 시간이었다.

온화한 태도의 미술 치료사인 돈 존스는 밀리건의 천부적 재능에 깊은 인상을 받았지만, 그가 새로운 사람들과 모여 있을 때는 불안해하고 안절부절못한다는 것을 알 수 있었다. 그가 기괴한 그림을 그려서 타인의 주의를 끌고 칭찬을 구하려는 습관이 있다는 것도 깨달았다.

존스는 "고인의 명복을 빌지 않습니다"라고 새겨진 묘비를 그린 스케치를 가리키며 말했다.

"이게 무슨 그림인지 말해주겠어요? 그림을 그릴 때 느낌이 어땠죠?"

"이건 빌리의 친아버지예요." 앨런이 대답했다. "빌리의 아빠는 플로리다 주 마이애미에서 코미디언을 했고 각종 행사에서 공연했어요. 자살하기 전에는."

"어떤 기분을 느꼈는지 말해줄래요? 이 지점에서는 세부 묘사보다 감정과 연결되는 편이 중요해요, 빌리."

앨런은 자기 작품을 빌리가 그린 그림인 것처럼 말했다고 짜증을 내면서 연필을 던져버렸다. 그러고는 시계를 올려다보았다.

"병동으로 가서 침대 정돈을 해야겠어요."

다음 날 밀리건은 예거 간호사에게 치료가 죄다 잘못되었다고 불평했다. 그가 지금 진료진과 환자들을 방해하고 있다고 예거가 말하자, 밀리건은 언짢아했다.

"다른 사람들이 하는 일까지 내가 책임질 수는 없어요. 우리는 다른 사람들과는 관련이 없어요. 빌리만 관련이 있지."

예거가 말했다. 그러자 밀리건이 고함을 쳤다.

"하딩 선생님은 윌버 선생님이 하라는 대로 치료를 하지 않고 있군요. 이 치료는 아무 소용이 없어요."

그는 자기 차트를 보여달라고 요구했다. 예거가 거절하자 그는 환자가 요청하면 병원에서 기록을 보여줘야 한다는 걸 알고 있다고 말했다. 그리고 진료진이 자신의 행동 변화를 기록하지 않으니 잃어버린 시간을 설명할 수 없게 분명하다고 했다.

그날 저녁, 조지 박사가 왔다 간 후 타미는 진료진에게 의사를 해고하겠다고 말했다. 잠시 후 앨런이 방에서 나와 의사를 복직시키겠다고 했다.

빌리의 어머니, 도로시 무어는 방문 허락을 받은 후에는 매주 면회를 왔다. 가끔은 딸 캐시와 함께 왔다. 아들의 반응은 예측할 수 없었다. 어머니가 왔다 가면 기분 좋아하며 명랑할 때도 있었다. 어떤 때는 우울해했다.

정신의학 사회복지사인 조운 윈슬로는 치료팀 회의에서 도로시가 방문할 때마다 만나 면담했다고 보고했다. 윈슬로는 도로시가 따뜻하고 자애로운 사람이지만 천성이 수줍고 의존적이라 보고된 바대로 밀리건이 폭행당했다 해도 그 사이에 끼어들어 말릴 수 없었을 거라고 짐작했다. 도로시는 항상 두 명의 빌리가 있다고 느낀다고 말했다. 하나는 친절하고 사랑스러운 소년, 다른 하나는 남에게 상처를 줘도 상관하지 않는 사람.

4월 18일, 닉 치코는 무어 부인이 면회하고 간 뒤 밀리건이 화를 내며 자기 방에 틀어박혀 베개 밑에 얼굴을 묻더라고 차트에 적었다.

4월 말이 되자 약속된 12주 중 벌써 6주가 지났다. 조지 박사는 일이 너무 더디게 진척된다고 느꼈다. 다중인격들과 원래 인격인 빌리 사이에 의사소통을 이어주는 길을 열 수 있는 방법이 필요했다. 하지만 무엇보다 박사는 장벽을 뚫고 빌리에게 가 닿아야 했다. 윌버 박사가 레이건을 을러 빌리를 나오게 했던 일요일 회의 이후로, 조지 박사는 빌리를 만난 적이 한 번도 없었다.

조지 박사는 각 인격들의 말과 행동을 비디오테이프로 찍어 핵심인격과 다른 인격들에게 직접 보여주는 방법이 효과적일지도 모르겠다고 생각했다. 조지 박사는 앨런에게 자기 생각을 말하고 인격들이 서로, 그리고 빌리와 의사소통하는 일이 얼마나 중요한지를 설명했다. 앨런은 동의했다. 나중에 앨런은 로잘리에게 치료팀이 비디오테이프를 찍어준다고 하니 좋다고 했다. 그는 비디오를 찍는다는 생각에 약간 초조해했지만, 조지 박사는 자기 자신에 대해 더 많은 사실을 알게 될 거라며 그를 설득했다.

5월 1일, 조지 박사는 처음으로 치료 시간을 비디오테이프로 찍었다. 도로시 터너도 그 자리에 참석했다. 도로시는 밀리건의 마음을 편안하게 해주는 데다 에이들라나를 불러낼 수도 있기 때문이었다. 처음에 박사는 새 인격들을 불러내는 방법에 반대했지만, 점차 밀리건의 인격 중에서 여성적인 측면의 중요성을 이해하는 게 꼭 필요한 작업임을 깨달았다.

조지 박사는 에이들라나가 나와서 이야기를 하면 얼마나 도움이 될지에 대해 몇 번이고 반복해서 말했다. 마침내 다른 인격들과 몇 번 자리를 교체한 후에, 밀리건은 부드러운 표정으로 눈물을 흘렸다. 목소리는 목이 막힌 듯했고 콧소리가 섞여 있었다. 얼굴은 거의 여성적이 되었다. 눈은 불안하게 흔들렸다.

"말하면 마음이 아파요." 에이들라나가 말했다.

조지 박사는 이 교체를 보고 흥분한 감정을 애써 숨겼다. 기대는 했지만 막상 이런 일이 일어나자 놀라울 따름이었다.

"왜 아프죠?" 박사가 물었다.

"남자애들 때문이에요. 제가 걔네들을 어렵게 만들었어요."

"왜 그랬지요?"

이송 전날 이미 에이들라나를 만나보았던 도로시 터너는 아무 말 없이 앉아 바라보기만 했다.

"남자애들은 사랑이 뭔지 이해 못 해요." 에이들라나가 말했다. "포옹받고 사랑받는다는 게 무슨 의미인지도 모르고. 제가 시간을 훔쳤어요. 레이건이 술기운과 약기운이 올랐다는 걸 느꼈거든요. 아, 그 얘기를 하려니 마음이 아파요……."

"알아요. 하지만 우리가 상황을 이해하려면 이야기를 해야 합니다."

"제가 그랬어요. 지금 미안하다고 말해도 아무 소용 없겠죠? 제가 남자애들의 인생을 망가뜨렸어요…… 하지만 걔네들은 이해 못 했어요……."

"뭘 이해 못 했다는 거죠?" 터너가 물었다.

"사랑이 뭔지요. 사랑이 필요하다는 거요. 누군가에게 안기는 기분이 어떤지, 따뜻함을 느끼고 사랑받는 게 어떤지. 제가 어쩌다 그 짓을 저질렀는지 모르겠어요."

"그 일이 벌어지는 동안, 따뜻함과 사랑을 느꼈나요?"

터너가 다시 한 번 물었다. 에이들라나는 멈칫하다가 속삭였다.

"아주 잠깐 동안은요…… 제가 그 시간을 훔쳤어요. 아서가 저를 자리에 내보내주지 않았어요. 전 레이건이 자리에서 내려왔으면 하고 바랐어요……."

에이들라나는 눈물이 그렁그렁해서 주위를 흘끗 둘러보았다.

"이런 일을 겪고 싶지 않아요. 법정에 갈 수 없어요. 레이건에게 아무 말도 하고 싶지 않아요…… 전 남자애들의 인생에서 나가고 싶어요. 더 이상 걔네들의 인생을 망치고 싶지 않아요…… 지금은 정말 반성해요…… 제가 왜 이런 짓을 했죠?"

"처음으로 자리로 나간 게 언제죠?" 박사가 물었다.

"지난여름에 시간을 훔치기 시작했어요. 남자애들이 레바논 교도소의 독방에 있을 때, 시를 쓰려고 시간을 조금 훔쳤어요. 저는 시 쓰기를 좋아해요……"

에이들라나가 흐느꼈다.

"남자애들은 이제 어떻게 되는 거죠?"

"우리도 모릅니다. 할 수 있는 한 알아보려 하고 있어요."

"애들을 너무 아프게 하지 말아주세요." 에이들라나가 부탁했다.

"지난 10월, 이 사건들이 발생했을 때 무슨 계획이 있는지 알고 있었나요?"

"네. 전부 알고 있었어요. 전 아서가 모르는 것도 알아요…… 하지만 멈출 순 없었어요. 약하고 술기운만 느끼고 있었어요. 제가 왜 그랬는지도 몰라요. 너무 외로웠어요."

에이들라나는 코를 훌쩍이면서 휴지를 달라고 했다. 조지 박사는 에이들라나를 겁줘서 쫓아버리지 않게 조심스레 질문을 던지면서 그 얼굴을 자세히 살펴보았다.

"친구는 없었나요? 그러니까 같이 재미있게 놀 친구, 외로움을 달래줄 사람이 없었어요?"

"저는 아무와도 얘기를 나눈 적이 없어요. 남자애들하고도요…… 전 크리스틴하고만 말해요."

"여름 동안 레바논에 있을 때 자리를 좀 차지했었다면서요. 그 전에도 자리를 차지한 적이 있었나요?"

"자리에 나간 적은 없었어요. 하지만 존재하고는 있었어요. 그런 지 오래되었죠."

"챌머가……"

"됐어요!" 에이들라나가 말을 끊었다. "그 사람 얘기는 하지 마세요!"

"빌리의 어머니와 만나본 적 있어요?"

"아뇨! 빌리 엄마는 남자애들하고도 만난 적이 없어요."

"빌리의 여동생 캐시는?"

"말을 해본 적이 있어요. 하지만 걔는 눈치 못 챈 것 같았어요. 함께 쇼핑 간 적도 있어요."

"빌리의 형, 제임스는?"

"아뇨…… 저는 걔가 싫어요."

에이들라나는 눈물을 닦고 뒤로 물러앉았다. 그녀는 비디오카메라를 보고 흠칫 놀라 코를 훌쩍였다. 그러더니 한참 동안 아무 말이 없기에 조지 박사는 에이들라나가 가버렸음을 알았다. 그 멍한 표정을 본 박사는 이제 누가 자리로 돌아왔는지 궁금했다.

"빌리와 얘기를 나눌 수 있다면 정말 도움이 될 텐데요."

박사가 부드럽게 설득하듯 말했다. 갑자기 얼굴이 놀라고 겁먹은 표정으로 변하며 빌리가 주변을 획획 둘러보았다. 윌버 박사가 프랭클린 군 교도소에서 빌리, 즉 핵심인격을 불러냈을 때 본 표정이었다. 조지 박사는 접촉을 해보기도 전에 빌리가 사라질까 봐 부드럽게 말을 걸었다. 빌리는 무릎을 부들부들 떨고 있었고 그의 눈은 겁에 질려 주위를 두리번거렸다.

"지금 어디 있는지 알겠어요?" 박사가 물었다. "모르겠어요?"

빌리는 어깨를 으쓱했다. 그는 예-아니오 문제를 풀고 있지만 답을 잘 모르는 학생 같은 표정을 하고 있었다.

"여기는 병원이고 나는 담당 의사랍니다."

"세상에, 의사와 말을 하면 걔가 날 죽일 텐데."

"누가요?"

빌리는 두리번거리다 자기 쪽을 향해 있는 비디오카메라를 보았다.

"저건 뭐죠?"

"이 치료 시간을 찍는 거예요. 비디오카메라죠. 치료하는 모습을 찍으면 무슨 일이 일어났는지 본인이 나중에 직접 확인할 수 있으니 도움이 될 겁니다."

하지만 그때 빌리는 사라지고 없었다.

"그러면 애가 놀라죠." 타미가 짜증난다는 듯 말했다.

"비디오로 찍을 거라고 설명했는데……."

타미는 코웃음을 쳤다.

"선생님이 무슨 말을 하는지 빌리는 알지도 못할걸요."

치료 시간이 끝나고 타미가 다시 웨이크필드 병동으로 돌아가자, 조지 박사는 사무실에 홀로 앉아 오랫동안 생각해보았다. 윌리엄 S. 밀리건은 일반적인 정신병의 측면에서는 정신이상이 아니지만(보통 해리성정체장애는 신경증으로 분류된다), 현실에서 유리되어 있는 정도가 심각하여 법적 요건에 맞는 행위를 할 수 없다는 게 최선의 의학적 소견이라고 법원에 보고해야 할 듯싶었다. 즉, 밀리건은 자신이 저지른 범죄에 법적 책임을 질 수 없었다.

앞으로는 환자 치료를 계속하고 어떤 식으로든 법정에 설 수 있도록 하는 일이 남아 있었다. 하지만 법원에서 허락한 세 달 가운데 이제 6주도 남지 않았는데, 이런 정신질환을 어떻게 치료한단 말인가? 코넬리아 윌버는 시빌을 치료하기 위해 10년에 걸쳐 정신 상담을 했다는데?

다음 날 아침, 아서는 조지 박사의 비디오테이프 치료 시간에 에이들라나에 대해 발견한 사실을 레이건에게도 알리는 게 중요하다고 결정했다. 아서는 특별 간호실에서 이리저리 걸으며 레이건에게 큰 소리로 말을 걸었다.

"성폭행 사건의 수수께끼가 풀렸어. 누가 그랬는지 알아냈지."

목소리가 갑자기 레이건의 말투로 바뀌었다.

"어떻게 알았는데?"

"새로운 사실을 몇 개 알아내서 정보를 조합했어."

"그게 누군데?"

"넌 네가 저지르지 않은 죄 때문에 비난을 받았으니 알 권리가 있다고 생각해."

이 대화는 빠르게 역할을 바꿔가며 가끔은 큰 소리로, 가끔은 소리 내지 않고 마음속에서만 이루어졌다.

"레이건, 예전에 가끔 여자 목소리를 들은 거 기억하나?"

"그래. 크리스틴의 목소리를 들었지. 그리고 또…… 다른 계집애들의 목소리도 들은 것 같군."

"네가 지난 10월 세 번이나 물건을 훔치러 나갔을 때 그 여자들 중 한 명이 관련되어 있어."

"무슨 소리야?"

"네가 만나보지 않은 여자가 있어. 에이들라나라고 하는."

"그런 목소리는 들어본 적 없는데."

"아주 다정하고 상냥한 애라는군. 항상 우리를 위해 요리와 청소를 했던 애야. 앨런이 꽃집에서 일할 때 꽃꽂이를 하기도 했고. 그런데도 내가 그런 생각은 전혀 못 해봤다니……."

"걔가 그 건이랑 무슨 상관이 있대? 돈이라도 꼬불쳤대?"

"아니, 레이건. 여자들을 성폭행한 애가 그 애래."

"여자애가 강간을 해? 아서, 어떻게 여자가 여자를 강간할 수 있지?"

"레이건, 레즈비언이라고 들어봤어?"

"알아. 어떻게 레즈비언이 다른 여자를 강간했지?"

"글쎄, 그래서 경찰들이 네가 범인이라고 생각하는 거야. 우리 남자들 중 몇 명은 섹스를 할 수 있는 신체적 능력을 갖고 있어. 우리 모두 금욕을 지켜야 한다는 규칙을 내가 만들었다는 건 너나 나나 알고 있지만. 그 여자애는 네 몸을 이용한 거야."

"그 계집년이 강간을 했는데 나한테 책임이 있다는 거야?"

"그래. 하지만 네가 그 여자애랑 말을 해서 설명하게 해봐."

"강간 얘기를 해서 뭘 어쩌자는 건데? 그년을 죽여버리고 말 거야."

"레이건, 생각 똑바로 해."

"똑바로 생각하라구?"

"에이들라나, 레이건을 만나줬으면 좋겠다. 레이건은 우리 보호자니까, 무슨 사건이 일어났는지 알아야 할 권리가 있어. 직접 레이건에게 설명하고 네 행동의 정당성을 설명하도록."

부드럽고 섬세한 목소리가 어둠 너머 마음속에서부터 울려 퍼졌다. 환각이나 꿈속의 목소리 같았다.

"레이건, 이런 문제를 일으켜서 미안……."

"미안하다구?"

레이건이 왔다 갔다 하며 호통을 쳤다.

"추잡한 년. 뭐 하자고 여자들을 강간하고 돌아다닌 거야? 너 땜에 우리가 지금 어떤 꼴을 당하고 있는 줄 알아?"

몸을 홱 돌렸을 때 레이건이 자리에서 빠져나갔고 갑자기 여자의 울음소리가 방 안을 가득 채웠다.

헬렌 예거 간호사의 얼굴이 문구멍에 나타났다.

"뭐 도와줄 일 있어요, 빌리?"

"가세요, 부인!" 아서가 말했다. "우리를 가만 놔둬요!"

예거는 아서가 큰 소리를 지르자 기분이 상해서 돌아가버렸다. 간호사가 가버리자 에이들라나는 레이건에게 설명하려고 애썼다.

"이해해줘, 레이건. 내 욕구는 나머지 너희들과는 달라."

"개소리 마. 왜 여자들을 강간한 거야? 너도 여자잖아."

"너희 남자들은 이해 못 해. 적어도 어린애들은 사랑이 뭔지, 공감이 뭔지, 다른 사람을 안는다는 게 무슨 기분인지 알지. '널 사랑하고 좋아해.

너한테 애정을 느끼고 있어.'라고 말하는 게 무슨 의미인지도 말이야."

"말을 끊어서 미안하지만," 아서가 끼어들었다. "난 언제나 육체적 사랑은 비논리적이고 구태의연하다고 생각해. 최근에 과학이 얼마나 진보했는지를 고려해볼 때……."

"넌 미쳤어!" 에이들라나가 비명을 질렀다. "너희 둘 다!"

그러고 나서 목소리가 다시 부드러워졌다.

"다른 사람에게 안겨서 사랑받는 경험을 해보면 너희도 이해할 거야."

"야, 이 망할 년아!" 레이건이 차갑게 말을 끊었다. "네가 누구건, 뭔 짓을 했건 난 관심 없어. 이 병동에 있는 다른 사람이건 우리 둘 중 누구건 다시 말을 걸면, 너를 죽여버리고 말 거야."

"잠깐만," 아서가 막았다. "하딩 병원에서 결정을 내리는 건 네가 아냐. 여기선 내가 지배해. 넌 내 말을 따라야지."

"이 계집애가 이런 짓거리를 저질렀는데도 그냥 넘어가자는 거야?"

"그건 절대 아니야. 이 문제는 내가 처리하지. 하지만 너한테는 에이들라나에게 더 이상 자리를 차지할 수 없다고 말할 자격이 없어. 너도 그 문제에 대해서는 할 말이 없어. 바보같이 있다가 에이들라나한테 시간을 도둑맞았잖아. 너는 통제력이 충분치 않아. 바보같이 보드카, 마리화나, 암페타민 땜에 약해져서 빌리와 우리 모두의 인생을 위험에 빠뜨렸어. 그래, 에이들라나가 범인이지. 하지만 책임은 네가 져야 해. 네가 보호자니까. 네가 약해지면 너뿐 아니라 다른 사람들까지도 위험에 빠뜨리는 거야."

레이건이 뭔가 말을 하려다 그만두었다. 그는 창문턱에 있는 화분을 보더니 손을 뻗어 그것을 바닥으로 내동댕이쳤다. 아서가 말을 이었다.

"말 나온 김에 하는 건데, 에이들라나를 앞으로 '불량자'로 분류해야 한다는 데는 동의해. 에이들라나, 앞으로 너는 자리를 차지할 수 없어. 더 이상 시간을 가질 수도 없고."

에이들라나는 구석으로 가더니 벽을 바라보았다. 그녀는 자리에서 나갈 때까지 흐느꼈다.

오랫동안 침묵이 흐르더니 데이비드가 나와 눈물을 닦았다. 마룻바닥에 깨진 화분 조각이 떨어져 있었다. 데이비드는 뿌리가 드러난 채 바닥에 떨어져 있는 식물을 보니 마음이 아팠다. 그는 식물이 시들어간다는 느낌을 받았다.

예거 간호사가 음식이 든 쟁반을 들고 문으로 돌아왔다.

"도와주지 않아도 괜찮겠어요?"

데이비드는 움찔했다.

"식물을 죽인 죄로 저를 감옥으로 돌려보낼 건가요?"

예거는 쟁반을 내려놓고 안심시키려는 듯 그의 어깨 위에 손을 올렸다.

"아녜요, 빌리. 아무도 감옥에 보내지 않아요. 우리가 잘 돌봐주고 낫게 해줄 거예요."

5월 8일 월요일, 조지 박사는 바쁜 일정 사이에서도 틈을 내어 애틀랜타에서 열린 미국정신의학협회 학술대회에 참석했다. 박사는 지난주 금요일 밀리건을 만나 자신이 없는 동안에 심리치료 담당자인 말린 코컨 박사와 함께 집중 치료를 시작할 수 있도록 준비해놓았다.

뉴욕 출신의 말린 코컨은 말로 드러내놓고 표현하지는 않았지만 처음부터 다중인격 진단을 의심한 사람 중 한 명이었다. 어느 날 오후 그가 조지 박사의 사무실에서 앨런과 이야기하고 있을 때, 다나 이거가 인사를 했다.

"안녕하세요, 말린 선생님. 그 동안 어떻게 지내셨어요?"

앨런이 즉시 몸을 돌리더니 불쑥 말했다.

"말린은 타미의 여자친구 이름인데."

그 순간, 그가 과거를 돌이켜볼 틈도 없이 너무 자연스럽게 말하는 것을 보고 코컨 박사는 그가 거짓으로 꾸미고 있는 건 아니라고 판단했다.

"내 이름도 말린이랍니다." 코컨이 말했다. "말린이 타미 여자친구라고 했죠?"

"음, 말린은 그게 타미라는 사실을 몰라요. 우리 모두를 빌리라고 부르니까요. 하지만 말린에게 약혼반지를 준 건 타미예요. 말린은 절대 비밀을 몰랐어요."

코컨 박사는 약간 슬픈 듯 말했다.

"말린이 비밀을 알면 얼마나 충격을 받겠어요."

학술대회에서, 조지 박사는 코넬리아 윌버 박사를 만나 밀리건의 치료 진척 상황에 대해 알려주었다. 조지 박사는 이제 밀리건이 다중인격이라는 사실을 자신도 완전히 믿고 있다고 말했다. 그는 밀리건이 사람들 앞에서는 다른 이름을 아는 척하지 않으려 한다는 것과 그 때문에 생기는 문제에 대해 털어놓았다.

"밀리건은 퍼글리즈 박사의 집단 치료 시간에 그걸 이용해서 다른 환자들과 문제를 일으켰어요. 자신의 문제를 말해달라고 하니까, 이렇게 말했다고 하더군요. '의사 선생님이 그런 얘긴 하지 말라고 했어요.' 그런 말의 효과나 젊은 치료사들을 골탕 먹이려고 하는 밀리건의 경향이 어떤 건지 짐작하시겠죠. 밀리건은 집단에서 외톨이가 되었어요."

"다른 인격들이 인정받지 못한다는 게 어떤 영향을 미치는지 박사님이 이해해주셔야 해요." 윌버 박사가 대답했다. "물론 원래 이름에 대답하는 데 익숙해져 있겠지만, 일단 비밀이 밝혀졌는데도 그러면 자기들을 원치 않는다는 느낌을 받게 되죠."

이 말을 깊이 생각해본 조지 박사는 얼마 남지 않은 기간에 밀리건을 치료해보겠다는 자신의 시도를 어떻게 생각하는지 윌버 박사에게 물었다.

"법정에 최소한 90일 정도 연장해달라고 부탁해야 해요. 그 다음에 인격을 융합시켜서 변호사들을 도와 재판에 설 수 있도록 해봐야겠죠."

"오하이오 주에서는 2주 후인 5월 26일에 법의학 전문 정신분석의를 보내서 밀리건을 검사할 겁니다. 박사님이 검진하러 병원에 와주실 수 있겠는지요? 박사님의 도움이 필요합니다."

윌버 박사는 와주겠다고 대답했다.

학술대회는 금요일까지 계속될 예정이었지만, 조지 박사는 수요일에 애틀랜타를 떠났다. 다음 날 박사는 웨이크필드 병동에서 치료팀을 소집하여, 윌버 박사와 의논한 결과 다른 인격들을 모르는 척하는 게 치료 효과를 떨어뜨린다는 데 합의했다고 알렸다.

"다중인격을 무시하면 융합시킬 수도 있다고 생각했습니다. 하지만 실제로는 오히려 더 숨어버리는 결과를 초래했죠. 책임감과 의무감을 가질 필요가 있다고 계속 강조해야겠지만 여러 인격들을 억압하지는 맙시다."

조지 박사는 밀리건의 인격들을 융합시키려면 모든 인격들을 다 인정해주고 개인으로 대해야 한다고 말했다.

로잘리 드레이크는 마음이 놓였다. 그 동안 로잘리는 비밀리에 항상 그들, 특히 대니에게 맞춰주고 있었다. 몇몇 사람이 믿지 않는다고 해서 모르는 척하는 대신에 공공연히 대할 수 있게 되었으니 이제는 모두가 편해진 셈이었다.

1978년 5월 12일, 다나 이거는 미소를 지으며 새 계획을 간호 목표 일지에 적었다.

밀리건 씨는 이제 앞으로 다른 인격들을 마음대로 부를 수 있게 되었다. 환자가 억누르기 힘들었던 감정을 의논할 수 있게 하기 위해서다.
목표:
(1) 정신분열을 환자가 경험하고 있다는 것을 부인하지 않는다.
(2) 환자가 자신을 다른 인격이라고 믿고 있을 때, 그 상황에서의 감정을 유도한다.

4

    5월 중순, 소집단 활동을 하는 환자들이 정원에서 작업하고 있을 때, 로잘리 드레이크와 닉 치코는 대니가 수동 회전경운기를 무서워하고 있는 모습을 보았다. 두 사람은 조건반사를 제거하는 프로그램의 일환으로 대니에게 기계에 좀 더 가까이 다가가보라고 말했다. 닉이 언젠가는 그 기계를 두려워하지 않게 되고 작동도 할 수 있게 될 거라고 달랬지만, 대니는 거의 기절할 지경이었다.

    며칠 후, 로잘리의 남자 환자들 중 한 명이 원예 작업을 더 이상 같이 할 수 없다고 뻗대는 일이 생겼다. 앨런은 가끔씩 그 남자가 로잘리를 괴롭히면서 재미있어 한다는 사실을 눈치 챘다.

    "이건 바보짓이야!" 환자가 소리쳤다. "당신도 원예에 대해서는 개뿔도 모르잖아!"

    "그래도 노력은 해볼 수 있잖아요." 로잘리가 달랬다.

    "멍청한 년. 원예는 개뿔도 모르면서 집단 치료랍시고 하는 꼴이라니."

    앨런은 로잘리가 눈물을 쏟기 직전임을 알았지만 아무 말도 하지 않았다. 그는 대니가 잠깐 나와서 닉과 일할 수 있도록 했다. 다시 방으로 돌아왔을 때, 앨런이 다시 자리로 나오려 하자 누군가 뒤로 잡아당겨 벽으로 내동댕이치는 듯한 느낌이 들었다. 이런 행동은 레이건만이 할 수 있었다. 그것도 자리를 바꾸기 직전에만 일어나는 일이었다.

    "제길, 왜 이래?" 앨런이 속삭였다.

    "넌 오늘 아침 정원에서 그 수다쟁이 새끼가 여자한테 욕을 하는데도 가만히 있었냐?"

    "그건 내가 상관할 바가 아니잖아."

    "너도 규칙을 알잖아. 여자나 어린애들이 아무 짓도 안 했는데 다치거나 욕을 먹을 때는 가만히 있으면 안 된다구."

"그럼 네가 하지 그랬어?"

"내가 자리에 있지 않았잖아. 그건 네 책임이었다구. 명심해. 안 그럼 다음번에 네가 자리에 나갈 때 네 머리통을 깨버릴 테니까."

다음 날, 공격적인 태도의 환자가 로잘리를 다시 모욕하자 앨런은 그의 멱살을 잡고 성난 눈빛으로 쩌려보았다.

"더러운 입 좀 조심하시지!"

앨런은 이 환자가 다시 일을 벌이지 않길 바랐다. 만약 다시 도발한다면 레이건이 나오게 해서 싸울 작정이었다. 그 점은 확실했다.

로잘리 드레이크는 자신이 계속 밀리건을 변호해줘야 한다는 것을 알았다. 병원에는 아직도 밀리건이 징역을 살지 않기 위해 거짓 연극을 하는 사기꾼이라고 믿는 사람들이 있었고, 진료진 사이에서 싸움을 붙이면서 특별대우를 해달라고 하는 앨런의 요구나 아서의 거만한 말투, 타미의 반사회적인 태도를 언짢게 생각하는 사람들도 있었다. 로잘리는 조지 박사가 편애하는 환자가 병원 시간이나 시설을 너무 많이 차지하고 있다고 간호사들이 불평하는 소리를 들을 때마다 불같이 화를 냈다. 그렇지만 자꾸 조소의 말이 자꾸 들려오자 움찔하기도 했다.

"강간범을 걱정하는 만큼 피해자한테도 그렇게 관심을 가져보시지."

그럴 때면 로잘리는 정신병 환자를 도우려 할 때는 복수심을 한편에 젖혀두고 그를 대해야 한다고 주장했다.

어느 날 아침, 로잘리는 밀리건이 웨이크필드 병동 바깥 계단에 앉아 입술을 움직이며 혼잣말을 하는 모습을 보았다. 그의 몸에 변화가 일어났다. 그는 깜짝 놀라 얼굴을 들었다가 고개를 저으며 뺨을 만졌다.

그는 날아가는 나비 한 마리를 보더니 손을 내밀어 잡았다. 두 손을 모아 나비를 잡아놓고는 들여다보다가 갑자기 울면서 벌떡 일어났다. 그는 나비가 다시 날아가게 도와주려는 듯 손바닥을 펴서 흔들었다. 나비는 땅으로 떨어져버렸다. 그는 고뇌에 찬 눈빛으로 나비를 바라보았다.

로잘리가 다가가자 그는 분명히 겁에 질린 얼굴로 뒤를 돌아보았다. 눈에는 눈물이 고여 있었다. 로잘리는 이유는 알 수 없었지만 그가 이제껏 만나본 적이 없는 사람이라는 느낌을 받았다.

그는 나비를 집어 올렸다.

"이젠 더 이상 날지 않아요."

로잘리는 따뜻하게 미소 지으며 진짜 이름으로 불러볼까 말까 망설였다. 결국 그녀는 속삭였다.

"안녕, 빌리. 이렇게 만날 날을 오랫동안 기다렸어요."

로잘리는 그의 옆, 계단에 앉았고 그는 무릎을 끌어안고 경외에 차서 풀과 나무, 하늘을 바라보았다.

며칠 후 소집단 활동에서 아서는 빌리에게 다시 한 번 자리에 나가 진흙 공예를 하도록 허락해주었다. 닉은 빌리에게 두상을 만들어보라고 격려했고, 빌리는 한 시간 동안 진흙을 굴려 만든 공에 눈과 코를 붙이고 눈동자 대신 구슬을 눌러 박아가며 작업했다.

"머리를 만들었어요."

빌리가 자랑스럽게 말했다. 닉이 칭찬해주었다.

"아주 잘했네요. 이건 누구인가요?"

"꼭 누구여야 하나요?"

"아니, 그냥 누구 얼굴인가 해서요."

빌리가 눈길을 피할 때, 앨런이 자리를 차지하더니 혐오스럽다는 듯 진흙 두상을 바라보았다. 그건 진흙 공을 박아 넣은 회색 덩어리일 뿐이었다. 앨런은 다시 다듬어보려고 칼을 들었다. 그는 두상을 에이브러햄 링컨이나 조지 박사로 만들어서 진짜 조각이란 무엇인지 닉에게 보여줄 작정이었다.

앨런이 두상 쪽으로 다가가려고 할 때 칼이 미끄러져서 팔에 박혔다. 핏방울이 뚝뚝 떨어졌다. 앨런의 입이 떡 벌어졌다. 그는 이전에는 그렇게 솜씨가 서투르지 않았다. 갑자기 그는 벽으로 뛰어가서 부딪쳤다. 제길. 다시 레이건이었다.

"지금 내가 뭔 짓을 한 거지?"

그가 속삭였다. 대답이 머릿속에서 울렸다.

"빌리의 작품에 손대지 마."

"염병할, 난 그냥 다듬어주려고……."

"잘난 척하려고 했잖아. 그 잘난 화가 행세 말이야. 지금은 빌리가 치료받는 게 더 중요하다구."

그날 저녁 방 안에 혼자 있을 때, 앨런은 아서에게 레이건이 자기를 좌지우지하는 게 짜증나도록 지겹다고 불평했다.

"너, 요새 말대꾸가 많구나." 아서가 말했다. "너 때문에 퍼글리즈 박사가 우리를 집단 치료에서 떼어놓은 거야. 네가 계속 마음대로 사람들을 좌지우지하려고 하니까 웨이크필드 병동 진료진이 우리에게 적대감을 갖게 된 거야."

"쳇, 그렇다면 다른 애들이 알아서 하라고 그래. 말수가 적은 애를 올려놓으면 될 거 아냐. 빌리와 꼬맹이들은 치료가 필요하니까, 걔네들이 나와서 병원 사람들을 상대하면 되지."

"나는 빌리가 더 자주 자리를 차지할 수 있도록 할 생각이야." 아서가 말했다. "조지 박사를 만난 다음에는 그 애가 우리 중 나머지 애들을 만날 때가 오겠지."

5

5월 24일 수요일, 밀리건이 면회실에 들어왔을 때 조지 박사는 그의 눈에서 언제든 도망가거나 쓰러질 것 같은 두려움과 절박함을 엿볼 수 있었다. 두 사람은 잠시 동안 말없이 앉아만 있었다. 빌리의 무릎이 덜덜 떨렸다. 잠시 후 조지 박사가 부드럽게 말했다.

"오늘은 나와 얘기하는 기분이 어떤지 얘기해보면 어떨까요?"

"저는 아무것도 몰라요."

빌리는 콧소리로 울먹이며 말했다.

"여기 와서 나를 만날 줄 몰랐어요? 언제 자리에 나왔죠?"

빌리는 당황한 표정을 지었다.

"자리요?"

"나와 얘기하게 될지 알게 된 게 언제죠?"

"어떤 남자가 와서 자기를 따라오라고 했을 때요."

"그때 무슨 일이 일어날지 알고 있었나요?"

"의사 선생님을 만날 거라고 했어요. 이유는 몰랐지만요."

밀리건은 자제가 안 되는 것처럼 무릎을 위아래로 떨었다.

조지 박사는 핵심인격인 빌리라는 확신이 드는 이 사람과 친밀감을 쌓으려 애쓰며 대화를 천천히 진행했다. 가끔 괴로운 침묵도 흘렀다. 박사는 대화 통로를 깨지 않기 위해, 조심스럽게 낚싯대를 다루는 낚시꾼처럼 속삭였다.

"기분은 어때요?"

"좋은 것 같아요."

"지금까지 무슨 문제가 있었죠?"

"그게…… 무슨 일을 했는데 기억을 못 해요…… 잠이 들어요…… 그런데 사람들은 그 일을 제가 했대요."

"사람들이 무슨 일을 했다고 그러던가요?"

"나쁜 일들…… 범죄 같은 거요."

"미리 생각했던 일들인가요? 대부분의 사람들은 시시때때로 갖가지 일들을 하는 생각을 하죠."

"깨어날 때마다 사람들은 제가 나쁜 일을 했다고 그래요."

"나쁜 일을 했다고 사람들이 그러면 무슨 생각이 들었나요?"

"그냥 죽고 싶었어요…… 전 어떤 사람도 다치게 하고 싶지 않았어요."

밀리건이 몸을 너무 심하게 떨자 조지 박사는 재빨리 화제를 바꿨다.

"아까 잠에 대해 얘기했는데, 평소에 잠을 얼마나 자죠?"

"아, 별로 오래 자는 것 같지 않은데, 실제로는 잠을 많이 자요. 그리고 계속 소리가 들려요…… 누가 저한테 말을 걸려고 해요."

"그 사람들이 무슨 말을 하려고 하는 거죠?"

"그 사람들 말을 잘 이해 못 하겠어요."

"모두들 속삭이는 소리로 말해서? 아니면 혼란스러워서? 아니면 목소리가 똑똑치 않아서? 그래서 말뜻을 잘 이해할 수 없는 건가요?"

"목소리는 아주 조용해요…… 어디 다른 데서 나는 소리 같아요."

"다른 방이나 다른 나라에서 들리는 것처럼?"

"네. 다른 나라에서 들리는 것처럼요."

"특별히 떠오르는 나라가 있나요?"

오랫동안 말없이 빌리는 기억을 더듬었다.

"제임스 본드 영화에 나오는 사람들이 하는 말 같아요. 다른 목소리는 러시아 사람 것처럼 들려요. 그 여자분이 말해준 사람들이 내 안에 있는 건가요?"

"그럴 수도 있어요."

조지 박사는 거의 들리지 않는 소리로 말했다. 그는 빌리의 얼굴에 떠오른 경계심 어린 표정을 보고 걱정이 되었다. 빌리의 목소리는 거의 울음소리로 변했다.

"그 사람들이 내 마음속에서 뭘 하는 거죠?"

"그 사람들이 뭐라고 말하나요? 말해주면 우리가 이해하는 데 도움이 될 겁니다. 그 사람들이 지시를 내리던가요, 아니면 안내나 상담을 해주던가요?"

"계속 이렇게 얘기해요. '그 사람이 하는 말을 들어, 그 사람이 하는 말을 들어.'"

"누구를 말하는 거죠? 나요?"

"그런 것 같아요."

"내가 같이 있지 않을 때, 즉 혼자 있을 때도 그 사람들이 말하는 소리가 들리나요?"

빌리가 한숨지었다.

"그 사람들은 저에 대해 말하는 것 같아요. 다른 사람들이랑."

"그 사람들이 당신을 보호할 필요가 있는 것처럼 행동하나요? 당신에 대해 다른 사람에게 말하긴 하지만, 당신에게 방패막이가 되어주려는 것처럼 행동하지 않나요?"

"제 생각엔 그 사람들이 저를 재우려고 하는 것 같아요."

"언제 그 사람들이 재우려고 하죠?"

"제가 너무 기분이 안 좋을 때요."

"화를 조절할 수 없을 때 그렇다고 느끼나요? 사람들이 잠드는 이유 중 하나도 그겁니다. 화가 나는 대상이 무엇이든 거기서부터 피하고 싶을 때."

"그들이 누구죠?"

빌리가 외쳤다. 목소리에 섞인 경계심이 한층 더 커졌다.

"대체 누구죠? 왜 저를 깨어 있게 놔두질 않는 거죠?"

조지 박사는 다른 방향으로 접근해야 한다는 것을 깨달았다.

"빌리가 가장 다루기 힘들어 하는 게 뭐죠?"

"나를 다치게 하는 사람요."

"그러면 겁이 나나요?"

"그렇게 되면 전 잠이 들어요."

"하지만 그렇더라도 다칠 수 있죠. 그 사실을 모를 수는 있겠지만."

조지 박사는 끈덕지게 말했다. 빌리는 덜덜 떨리는 무릎 위에 손을 올려놓았다.

"하지만 잠이 들면 다치지 않을 거예요."

"그러면 무슨 일이 일어나죠?"

"잘 모르겠어요⋯⋯ 잠을 깨서 보면 다치지는 않았거든요."

오랫동안 아무 말 하지 않다가 빌리가 다시 얼굴을 들었다.

"그들이 왜 여기 있는지 아무도 말해주지 않았어요."

"당신에게 말을 거는 사람들 말인가요?"

"네."

"아마 빌리가 계속 말해온 것 때문일 겁니다. 당신이 위험에 처했는데 자기 자신을 어떻게 보호해야 할지 모를 때 당신의 다른 면이 상처로부터 보호할 수 있는 방법을 찾아내는 거죠."

"나의 다른 면요?"

조지 박사는 미소를 짓고 고개를 끄덕이면서 답변을 기다렸다. 빌리의 목소리가 떨렸다.

"어떻게 내가 다른 면을 모를 수가 있죠?"

"마음 안에 거대한 공포심이 있기 때문입니다. 그 공포심 때문에 빌리는 자기를 보호하는 데 꼭 필요한 행동을 취할 수 없게 되었죠. 어쨌든 공포심이 너무 크면 자기 보호를 할 수 없어요. 그러면 당신 안의 다른 면이 꼭 맞는 행동을 할 수 있도록 잠들어버려야 했던 겁니다."

빌리는 이 말을 곰곰이 생각해보느니 이해하려고 애쓰는 것처럼 고개를 들었다.

"왜 그렇게 된 걸까요?"

"빌리가 아주 어렸을 때 끔찍하게 무서운 일을 당한 경험이 있어서겠죠."

긴 침묵 후에 빌리가 흐느꼈다.

"그런 일들은 생각하고 싶지도 않아요. 너무 아파요."

"하지만 상처 받을까 두려워하는 상황에 처할 때 왜 잠이 드는지 알고 싶다고 물어봤잖아요."

빌리가 주위를 둘러보더니 먹먹한 목소리로 물었다.

"제가 어떻게 이 병원에 왔어요?"

"터너 선생, 캐롤린 박사, 윌버 박사는 빌리가 병원에 오면 잠들 필요가 없을지도 모르겠다고 느낀 모양입니다. 무서운 경험들을 다루는 방법을 알게 되면 그 문제를 해결할 수 있을 거라고 생각한 거죠."

"선생님 말씀은 그분들은 그렇게 할 수 없었다는 뜻인가요?"

빌리는 계속 흐느꼈다.

"우린 정말로 빌리가 그렇게 할 수 있도록 도와주고 싶어요. 우리가 도와줄 수 있게 해주겠어요?"

빌리의 목소리는 다시 울음으로 변했다.

"그 사람들을 제 몸 밖으로 내보내주실 수 있다는 건가요?"

조지 박사는 뒤로 물러섰다. 지킬 수 없는 약속을 하지 않도록 조심해야 했다.

"우리는 빌리가 잠들 필요가 없도록 도와주고 싶어요. 마음속의 다른 면이 빌리가 강하고 건강한 사람이 되는 데 도움을 줄 수 있도록 말이죠."

"그럼 그 사람들 목소리를 더 이상 듣지 않아도 되나요? 그리고 저를 재울 수 없게 되는 건가요?"

조지 박사는 조심스럽게 말을 골랐다.

"빌리가 충분히 강해지면 더 이상 재울 필요가 없을 겁니다."

"사람들이 저를 도울 수 있을 거라는 생각은 안 해봤어요. 저, 저는 몰랐어요…… 몸을 돌릴 때마다 깨어나서는…… 방 안에 갇혀 있었어요. 다시 상자 안에……."

빌리는 목이 막혔다. 그는 공포에 사로잡혀 눈알을 앞뒤로 굴렸다.

"아주 무서운 일일 수도 있어요." 조지 박사는 빌리를 다시 한 번 납득시키려고 애썼다. "정말 무서운 일일 수도 있어요."

"전 언제나 상자 안에 갇혀 있었어요." 빌리의 목소리가 높아졌다. "그 사람도 제가 여기 있는 거 알아요?"

"누구 말인가요?"

"아빠요."

"아버지와는 연락한 적 없습니다. 빌리가 여기 있는 걸 아버지가 아시는지는 잘 모르겠군요."

"나…… 나는 말을 하면 안 돼요. 선생님이랑 말을 한 걸 아빠가 알면, 아빠는…… 아!…… 아빠는 날 죽일 거예요…… 그래서 마구간에 묻을 거예요……."

빌리가 웅크리며 고개를 숙일 때 얼굴에 떠오른 고통스러운 표정은 참으로 처참했다. 이제 조지 박사와 빌리를 이어주던 끈이 끊겼다. 박사는 이제 빌리를 놓쳐버렸다는 것을 알았다.

앨런의 목소리가 부드럽게 들려왔다.

"빌리는 잠들었어요. 아서가 재울 필요도 없었네요. 그냥 기억을 떠올리기 시작하니까 잠들어버렸어요."

"그 일을 얘기하는 게 너무 힘에 부치나 보구나, 그렇지?"

"무슨 얘기를 하고 있으셨는데요?"

"챌머에 대해 말했지."

"아, 그래요. 그건 조금……."

앨런은 비디오카메라를 흘긋 쳐다보았다.

"저 영화 찍는 기계는 뭐예요?"

"빌리에게 비디오로 찍겠다고 말을 했단다. 카메라에 대해 설명도 했고. 빌리는 괜찮다고 하던데. 지금 나온 이유는 뭐지?"

"아서가 나보고 자리로 나가라고 했어요. 박사님이 빌리에게 기억하라고 겁을 주고 있는 줄 알았죠. 걔는 여기 갇힌 기분인가 봐요."

조지 박사는 빌리와 나눈 이야기에 대해 설명하다가 문득 어떤 생각을 떠올렸다.

"앨런과 아서 두 사람과 동시에 이야기할 수도 있나? 우리 셋이서 방금 일어난 일에 대해 이야기할 수 있을까?"

"글쎄요. 아서한테 물어볼게요."

"앨런과 아서의 의견도 묻고 싶은데. 어쩌면 빌리는 이제 더 강해져서 자살 충동을 안 느끼게 되지 않았을까? 이제 더 많은 일들을 처리할 수도……."

"빌리는 이제 자살 충동을 느끼지 않습니다."

부드러운 영국 상류층 말투가 똑똑하게 들렸다. 조지 박사는 아서가 나와서 직접 얘기하기로 했다는 것을 알았다. 감옥에서 윌버 박사 및 다른 사람들과 함께 검사했던 때 이래로 아서를 보기는 처음이었다. 평정한 태도로 놀라움을 표시하지 않으려 애쓰며 박사는 대화를 이어나갔다.

"그렇지만 아직도 빌리를 아기 다루듯 살살 다루어야 합니까? 여전히 연약한가요?"

"그렇습니다. 쉽게 겁을 먹죠. 편집증적이고요."

아서는 손가락 끝을 맞대고 말했다. 조지 박사는 그 시점에 굳이 챌머에 대한 이야기를 꺼낼 작정은 아니었지만 빌리가 그 얘기를 할 필요성을 느끼고 있는 듯했다고 지적했다.

"박사님이 과거의 기억을 건드린 겁니다."

아서는 세심하게 단어를 골랐다.

"그게 그 애 마음속에 가장 먼저 불쑥 떠오른 기억인 거죠. 결국 공포가 마음속을 지배해서 잠이 들어버린 겁니다. 제가 제어할 수 있는 건 없어요. 깨어나게 할 수는 있지만……."

"빌리가 깨어 있을 때 하는 말을 다 알아들을 수 있습니까?"

"부분적으로는 그렇지만, 항상 알아듣진 못합니다. 빌리가 무슨 생각을 하는지 항상 정확히 맞출 순 없습니다만, 생각을 할 때 공포심을 감지할 수는 있죠. 어떤 까닭인지 몰라도 빌리는 내가 하는 말을 아주 명확하게 듣지는 못합니다. 하지만 우리가 빌리를 재울 때가 있다는 걸 알고 있는 것 같습니다. 그래서 스스로 잠에 빠지는 거죠."

조지 박사와 아서는 여러 대체인격들의 배경을 함께 훑어보았다. 하지만 아서는 기억을 되살리려다 말고 갑자기 멈추더니 고개를 빳빳이 들고 논의를 끝내버렸다.

"누군가 문 앞에 있어요."

아서는 이렇게 말하고 사라져버렸다. 정신과 관리자 제프 자나타였다. 그는 11시 45분에 오기로 했었다. 아서는 타미를 내보내서 제프와 함께 웨이크필드 병동에 돌아가게 했다.

윌버 박사가 방문하기 이틀 전인 다음 날, 조지 박사는 무릎을 덜덜 떠는 모습을 보고 핵심인격인 빌리가 다시 치료 시간에 나타났다는 것을 눈치 챘다. 빌리는 아서와 레이건이라는 이름을 들은 적이 있었고 이제 그들이 누군지 궁금해했다.

조지 박사는 그에게 뭐라고 말해줘야 할지 고민했다. 빌리가 진실을 알고 나서 자살하는 끔찍한 광경이 눈앞에 아른거렸다. 볼티모어 병원에 있는 박사의 동료가 치료하던 환자는 다중인격임을 알게 된 직후에 목매달아 자살했다. 박사는 깊이 숨을 들이마시고 말했다.

"제임스 본드 영화에 나오는 배우 같은 목소리는 아서라고 합니다. 아서는 빌리의 다른 이름 중 하나죠."

떨리던 무릎이 딱 멈췄다. 빌리의 눈이 커졌다.

"빌리의 한 부분이 아서예요. 아서를 만나보고 싶어요?"

빌리는 다시 덜덜 떨기 시작했다. 무릎이 어찌나 심하게 떨리던지 자신도 알아챌 지경이었다. 그는 무릎을 진정시키려고 손을 올려놓았다.

"아뇨, 그러면 자고 싶어져요."

"빌리가 노력한다면 아서가 나와서 말을 할 때에도 깨어 있을 수 있을 것 같은데. 아서가 하는 말을 들으면 빌리의 문제점이 뭔지 이해할 수 있을 겁니다."

"그건 무서워요."

"날 믿어주겠어요?"

빌리는 고개를 끄덕였다.

"그럼 좋아요. 거기 앉아 있는 동안, 아서가 자리에 나와서 나와 얘기를 할 겁니다. 잠에 빠지진 않을 거예요. 아서가 하는 말을 다 알아듣고 기억하게 될 겁니다. 다른 인격들이 하는 식으로 말이죠. 빌리는 자리를 뜨겠지만 의식은 남아 있을 거예요."

"자리가 뭐예요? 저번에도 그 얘기를 꺼내셨지만 뭔지 설명해주시진 않았잖아요."

"아서의 설명에 따르면, 사건이 일어날 때 빌리의 마음속에 있는 다른 사람이 현실에 나와 의식을 잡습니다. 이를테면 커다란 스포트라이트와 비슷한 거죠. 누구든 거기 올라선 사람이 의식을 지배하니까. 눈을 감아보세요. 그러면 볼 수 있을 겁니다."

빌리가 눈을 감자 박사는 숨을 죽였다.

"보여요! 깜깜한 무대 위에 서 있는데 스포트라이트가 나를 비추는 것 같은 기분이에요."

"잘했어요, 빌리. 이제 한쪽으로 물러나서 빛 바깥으로 나가봐요. 그럼 아서가 나와서 우리에게 말을 걸 겁니다."

"빛 바깥으로 나왔어요."

빌리의 무릎은 더 이상 떨리지 않았다. 박사는 부탁했다.

"아서, 빌리가 얘기를 하고 싶다는군요. 나와달라고 해서 미안하지만, 빌리의 치료를 위해서는 아서나 다른 사람들에 대해 꼭 알아야 합니다."

박사는 손바닥이 축축해졌음을 느꼈다. 환자가 눈을 뜨자, 빌리의 찡그린 얼굴은 눈을 내리깔고 거만하게 쳐다보는 아서의 눈길로 바뀌어 있었다. 박사가 어제 들었던 목소리가 흘러나왔다. 턱을 단단히 당기고 입술은 거의 움직이지 않은 채 간명하게 말하는 영국 상류층 억양이었다.

"윌리엄, 나는 아서라고 해. 여긴 안전한 장소이고 여기 있는 사람들이 당신을 도와주려 한다는 사실을 알아줬으면 좋겠어."

즉시 빌리의 얼굴 표정이 변했다. 눈이 휘둥그레졌다. 그는 화들짝 놀라서 주위를 두리번거리며 물었다.

"어째서 예전엔 당신에 대해 몰랐죠?"

빌리는 다시 아서로 바뀌었다.

"준비가 될 때까지는 알아봤자 별로 도움 안 된다는 게 내 판단이었지. 너는 아주 자살 충동이 강했어. 너에게 비밀을 알릴 수 있는 좋은 때가 오길 기다렸지."

조지 박사는 경외심이 들었지만 한편으로는 즐거운 마음으로 아서가 빌리에게 10분 가까이 이야기하는 광경을 바라보며 귀를 기울였다. 아서는 레이건이나 다른 여덟 개의 인격에 대해 빌리에게 말해주었고, 이 모든 인격들을 다 합쳐 다시 완전하게 하나로 만드는 것이 조지 박사의 일이라고 설명해주었다.

"그렇게 해주실 수 있으세요?"

빌리가 박사 쪽을 바라보며 물었다.

"그런 걸 융합이라고 해요, 빌리. 천천히 할 겁니다. 처음엔 앨런과 타미부터 시작하죠. 두 사람은 공통점이 많이 있으니까요. 그 다음엔 대니와 데이비드. 둘 다 치료가 절실히 필요해요. 그리고 나면 다른 사람들을 하나하나 융합해서 완전한 하나의 인격으로 만들 겁니다."

"왜 그 사람들을 나랑 융합해야 하죠? 다 없애버리면 안 되나요?"

박사는 손가락 끝을 마주 댔다.

"지금과 비슷한 상태에서 그런 일을 시도한 의사들이 있었어요. 하지만 잘 되지 않았죠. 빌리의 상태를 낫게 할 수 있는 가장 희망적인 방법은 여러 면을 하나로 모으는 겁니다. 처음에는 서로 의사소통하게 한 다음 각자가 한 일을 하나하나 모두 기억해서 기억상실증을 없앱니다. 그걸 공동의식이라고 해요. 마지막으로는 여러 사람을 한데 모으는 치료를 할 겁니다. 그게 융합이죠."

"언제부터 하실 거예요?"

"윌버 박사님이 내일모레 빌리를 보러 올 겁니다. 그때 빌리와 함께 지냈던 병원 직원들을 모아놓고 발표와 토론을 할 거예요. 그때 비디오테이프도 보여주려고 해요. 몇몇 직원들은 이런 정신 상태를 가진 환자를 담당한 경험이 없기 때문에, 빌리를 더 잘 이해하고 도와주도록 하는 데 도움이 될 겁니다."

빌리는 고개를 끄덕였다. 그가 주의를 내면으로 돌리자 눈이 갑자기 커졌다. 그는 고개를 몇 번 끄덕이더니 놀라움에 가득 찬 표정으로 박사를 올려다보았다.

"무슨 일이죠, 빌리?"

"아서가 그러는데, 나를 보러 회의에 올 사람을 정하는 데 자기 허락을 받았으면 한대요."

6

하딩 병원은 흥분으로 술렁였다. 코넬리아 윌버 박사는 1955년 그곳에서 강연을 한 적이 있었지만 이번에는 달랐다. 이제 이 병원에는 악명 높은 환자, 정신병원에서 주야로 감시하는 첫 번째 다중인격 환자가 있는 것이다. 아직도 다중인격 진단에 대해 찬반이 오가고 있었지만 모두들 빌리 밀리건에 관한 윌버 박사의 강연을 듣고 싶어 했다.

웨이크필드 병원의 진료진은 참석 인원이 열 명이나 열다섯 명 정도일 거라고 예상했다. 그러나 병원 원무과 건물의 지하에 있는 방은 거의 100명쯤 되는 사람들로 빽빽하게 들어찼다. 의사들과 원무과 직원들은 아내도 데리고 왔다. 병원의 다른 분과 소속 진료진은 밀리건의 치료와 상관이 없음에도 방 뒤쪽에 모여들었다. 앉거나 서 있는 사람들로 발 디딜 틈이 없었고 근처 라운지까지 서 있는 사람들로 넘쳐났다.

조지 박사는 청중에게 자신과 도로시 터너가 여러 인격들을 대면한 장면을 찍은 비디오테이프를 보여주었다. 웨이크필드 병동 소속이 아닌 외부인들은 아서와 레이건을 본 적이 없었기에 이 두 인격이 먼저 관심을 끌었다. 이전에 도로시 터너 말고는 만나본 적이 없었던 에이들라나를 보고 몇몇은 경탄했고 몇몇은 비웃기도 했다. 하지만 핵심인격인 빌리가 모니터에 등장하자, 모두들 넋을 잃고 입을 다물었다. 그리고 빌리가 "이 사람들은 누구죠? 왜 내가 깨어 있게 놔두질 않죠?"라고 외쳤을 때, 로잘리 드레이크는 다른 사람들처럼 눈물을 삼키려고 무던히 애써야 했다.

비디오 상영이 끝나자, 윌버 박사는 빌리를 방으로 데리고 가서 간단히 면담했다. 박사는 아서와 레이건, 대니 그리고 데이비드와 대화를 나누었다. 그들은 질문에 대답했다. 하지만 로잘리는 그들이 얼마나 화가 나 있는지 알 수 있었다. 면담 후 로잘리는 사람들이 웅성대며 나누는 말소리를 듣고 웨이크필드 병동의 진료진이 모두들 언짢아하고 있음을 깨달았다.

에이드리언 맥컨 간호사와 로라 피셔 간호사는 밀리건이 자신을 특별한 사람인 양 느끼도록 해서 다시 한 번 스포트라이트를 받을 기회를 주었다고 불평했다. 로잘리와 닉 치코, 다나 이거는 빌리를 구경거리로 만들었다며 화를 냈다.

월버 박사가 다녀간 후에 진료 전략이 다시 바뀌었다. 조지 박사는 인격들을 융합하는 데 집중했다. 말린 코컨 박사는 정규 면담 시간을 정했고, 각 인격들은 학대와 고문을 당했던 기억들을 회상하기 시작했다. 밀리건은 이제 처음으로 크게 분열을 겪었던 여덟 살 때로 돌아가 분열의 원인이 된 그때의 고통을 되살려내는 과정을 밟고 있었다.

코컨 박사는 융합 계획에는 반대했다. 그녀는 월버 박사가 시빌을 치료할 때 이 융합 방식을 썼다는 사실을 알고 있었고 그런 환경에서는 효과가 있을 수도 있음을 인정했다. 하지만 만약 레이건이 다른 인격들과 융합된 다음 밀리건이 감옥에 가게 된다면 무슨 일이 벌어질지 생각해봐야 했다. 적대적인 환경에서 자기를 보호할 수 있는 다른 방법이 없어진다면, 밀리건은 죽을지도 모른다.

"전에도 감옥에서 살아남았잖아요."

누군가가 말했다.

"그래요. 하지만 그때는 레이건이 주위에 있어 그를 보호해주었죠. 감옥에서는 비일비재한 일이지만, 다시 한 번 적대적인 남성에게 강간당하기라도 한다면 빌리는 자살할 수도 있어요."

"그를 융합하는 게 우리가 할 일이네." 조지 박사가 말했다. "그게 법원 명령이지."

진료진은 핵심인격인 빌리를 격려해서 다른 인격들의 말에 귀 기울이고 답하도록 했다. 빌리는 그들의 존재를 인식해서 친숙해져야 했다. 끊임없는 암시를 통해, 빌리는 자리에 점점 더 오래 남아 있게 되었다. 융합은 단계별로 이루어져야 했다. 먼저 유사하거나 양립 가능한 특성이 있는 인격들끼리 먼저 짝을 지어 융합하고, 집중적 암시를 통해 이 짝을 지은 인격들끼리 계속 융합한 뒤 마침내 모두가 핵심인격인 빌리로 합쳐진다.

앨런과 타미가 가장 비슷했기 때문에 두 사람이 가장 먼저 융합되어야 했다. 앨런은 조지 박사와 몇 시간 동안이나 말싸움하고 분석한 후에도 또 몇 시간 동안 아서, 레이건과 내적으로 토론을 벌였다고 보고했다. 조지 박사는 앨런과 타미를 융합하기 위해 무던히 노력했지만 타미에겐 앨런이 갖고 있지 않은 공포심이 있었기 때문에 좀처럼 그렇게 되지 않았다. 예를 들어 앨런은 야구를 좋아했지만, 타미는 어렸을 때 2루수를 하다가 실수를 해 얻어맞은 경험이 있어서 야구가 두렵다고 했다. 조지 박사는 닉 치코에게 앨런 및 다른 인격들과 함께 타미를 도와서 그가 다시 야구를 할 수 있도록 격려해보라고 지시했다. 미술 치료도 유화 실습 과정이 추가되면서 계속되었다.

어린애들은 융합의 개념을 이해할 수가 없어서 앨런이 다른 예에 빗대어 설명해주어야 했다. 앨런은 융합 과정을 쿨에이드에 비유했다. 아이들도 쿨에이드는 알고 있었다. 쿨에이드 가루는 각각 성분이 다른 결정체로 이루어져 있는데 물을 넣으면 녹는다. 하지만 섞어놓은 쿨에이드를 가만 놔두면 물이 날아가고 고체 덩어리가 남게 된다. 어떤 것도 더해지거나 없어지지 않는다. 단지 상태가 변할 뿐이다.

"모두들 이제 이해했어요. 융합은 쿨에이드를 섞는 거나 마찬가지라고요." 앨런은 말했다.

6월 5일, 낸 그레이브스 간호사는 이렇게 기록했다.

"밀리건 씨는 한 시간 동안 '타미'와 '앨런'을 융합했는데 기분이 '묘하다'고 말했다."

다나 이거 간호사는 밀리건이 융합 때문에 걱정이 된다는 말을 했다고 보고했다. 그는 인격들이 죽거나 그 재능과 힘이 약해지길 바라지 않는다는 것이었다.

"하지만 노력은 하고 있어요."

앨런은 이런 말로 다나를 안심시켜주었다.

다음 날, 게리 쉬웨이카트와 주디 스티븐슨이 면회를 와서 좋은 소식을 전해주었다. 법정에서 빌리의 감찰 기간을 연장해서 하딩 병원에서 더 치료받을 수 있도록 동의했다는 소식이었다. 이제 융합을 마칠 때까지 세 달이라는 시간이 더 있었다.

6월 14일 수요일 저녁, 로잘리 드레이크는 타미가 드럼을 연주하는 모습을 보면서 귀를 기울였다. 로잘리는 이전에는 오직 앨런만 드럼을 연주했다는 사실을 알고 있었다. 이 융합 단계에서는 앨런 혼자 칠 때보다 실력이 못했다.

"앨런의 재능을 빼앗는 기분이에요." 그는 로잘리에게 말했다.

"아직도 타미니?"

"나는 이제 합성되어서 이름이 없어요. 그게 좀 기분 나빠요."

"하지만 사람들이 빌리라고 부르면 대답하잖아."

"언제나 그래왔죠." 그는 드럼을 천천히 두드리며 말했다.

"더 이상 그렇게 할 수 없는 이유라도 있니?"

그는 어깨를 으쓱했다.

"그렇게 되면 모두들 좀 덜 복잡하겠죠. 알았어요." 그는 가볍게 받아들였다. "그냥 계속 빌리라고 부르세요."

융합이 한꺼번에 일어난 것은 아니었다. 여러 번에 걸쳐 각기 다른 기간에 아서와 레이건, 빌리를 제외한 일곱 개의 인격이 모두 융합되었다. 혼란을 피하기 위해 아서는 그 인격에 새 이름을 주었다. '케니'였다. 하지만 그 이름은 잘 쓰이지 않았고 모두들 다시 빌리라고 불렀다.

어느 날 저녁, 여자 환자 한 명이 밀리건의 휴지통에서 발견했다며 예거 간호사에게 쪽지를 가져다주었다. 유서처럼 보이는 쪽지였다. 밀리건에게는 즉시 특별 예방 조치가 취해졌다. 그 주 내내, 예거 간호사는 그가 융합과 분열을 반복하고 있다고 보고했다. 그는 점점 더 오랜 시간 동안 융합된 상태로 있는 듯했다. 7월 14일쯤 되자, 그는 대부분의 낮 시간 동안에 융합된 상태로 머물러 있었고, 평화로워 보였다.

하루하루 지나가자 부분 융합은 대체적으로 유지되었지만 간혹 잠깐 동안 정신을 잃고 자리를 통제하는 능력을 잃어버리기도 했다.

8월 28일, 주디와 게리는 다시 병원을 방문해서 조지 박사가 판사에게 보고서를 제출해야 하는 마감일이 3주 정도 남았다고 알렸다. 밀리건이 융합되었고 법적 능력이 있다고 조지 박사가 판단하면 플라워스 판사는 재판 날짜를 잡게 된다.

"이제 재판 전략을 짜야 할 것 같군요." 아서가 말했다. "우리는 변호 내용을 바꾸고 싶습니다. 레이건은 유죄를 인정하고 강도 사건에 대해 처벌을 받아들일 용의가 있다더군요. 하지만 강간에 대해서는 유죄를 인정할 마음이 없답니다."

"하지만 기소사항 열 개 중 네 건의 고발이 강간을 포함하고 있어요."

"에이들라나의 말에 따르면 여자 세 명 다 협조했다는데요." 아서가 말했다. "상처를 입은 사람도 없지 않습니까. 모두 다 도망갈 기회가 있었어요. 게다가 에이들라나는 여자들에게 돈의 일부를 도로 주어서 보험료를 받으면 오히려 돈이 남는 셈이라고 하더군요."

"여성 피해자들의 말은 달라요." 주디가 설명했다.

"누구 말을 믿을 겁니까? 그들입니까, 납니까?" 아서는 코웃음 쳤다.

"만약 한 사람만 에이들라나의 이야기를 반박했다면 의심을 해볼 수도 있었겠죠. 하지만 세 명 다 그 이야기를 반박했어요. 이 여성들이 서로 알지도 못하고 만난 적도 없다는 건 아서도 알잖아요?"

"세 명 다 진실을 인정하고 싶지 않았을 수도 있죠."

"실제 무슨 일이 일어났는지 어떻게 알죠? 아서가 그 자리에 있었던 건 아니잖아요."

"하지만 에이들라나가 있었죠."

"우리가 직접 에이들라나와 이야기해보면 안 될까요?"

게리가 물었다. 아서는 고개를 저었다.

"에이들라나는 저지른 일이 있어서 자리에서 영원히 추방되었어요. 더 이상의 예외는 있을 수 없습니다."

"그럼 우리가 이미 제출한 변호 내용대로 갈 수밖에 없을 것 같은데." 게리가 말했다. "무죄, 정신이상에 의한 무죄라고 주장하는 수밖에."

아서가 차갑게 게리를 쳐다봤다. 그는 입술을 거의 움직이지 않았다.

"나를 대신해서 당신이 정신이상을 주장하게 놔둘 순 없습니다."

"희망은 그것뿐이에요."

"나는 정신이상이 아닙니다. 이것으로 얘기를 끝내죠."

다음 날, 주디와 게리는 줄이 쳐진 노란색 종이에 쓰인 쪽지를 한 장 더 받았다. 윌리엄 S. 밀리건은 더 이상 그들을 변호사로 원하지 않으며 자신이 직접 변호를 하겠다는 내용이었다.

"그 친구가 또 우리를 잘랐어." 게리가 말했다. "어떻게 생각해?"

"이것도 못 본 척해야지." 주디가 쪽지를 폴더 안에 넣으며 말했다. "우리 서류 정리 시스템이 하도 엉망이라 서류가 없어지는 일도 있고 잘못 들어 있는 경우도 있잖아. 이거 찾으려면 예닐곱 달은 걸릴걸."

그 다음 며칠 동안 변호사들을 해고한다는 편지가 네 통 더 배달되었지만 모두 파일 처리가 잘못되어버렸다. 변호사들은 답장도 쓰지 않았기 때문에 아서는 결국 그들을 해고하려는 노력을 포기해버렸다.

"정신이상 변호로는 승소할 수 있을까?"

주디가 물었다. 게리는 파이프에 불을 붙이고 한 모금 내뿜었다.

"범죄가 일어난 날 밀리건이 오하이오 법에 근거해서 법적으로 정신이상 상태였다고 캐롤린, 터너, 코컨, 조지 그리고 윌버 박사가 증언해준다면 승산이 있어."

"하지만 큰 재판에서 다중인격이 정신이상으로 무죄판결을 받은 판례가 없다고 한 건 바로 너잖아."

"그때야 그랬지." 게리는 턱수염이 덥수룩한 얼굴에 히죽 웃음을 지었다. "윌리엄 스탠리 밀리건이 최초가 될 테니까."

7

조지 하딩 주니어 박사는 이제 양심과 싸우고 있었다. 마음속에서는 빌리가 완전히 융합되었거나 적어도 융합 단계에 근접했다는 사실을 알고 있었고, 법정에 설 정도는 된다는 건 의심의 여지가 없었다. 그건 문제가 아니었다. 8월 말, 조지 박사는 플라워스 판사에게 제출할 보고서에 필요한 자료들을 밤새워 뒤적이면서 이런 중범죄 재판에서 다중인격 진단을 변론 근거로 삼는 게 도덕적으로 옳은 일인지 자신이 없었다.

조지 박사는 범죄자의 책임이라는 문제에 대해 깊은 관심을 갖고 있었다. 자신의 말이 악용되어 다중인격 진단이나 이런 증상을 가진 다른 환자, 전문가들에 대한 불신을 조장할지도 모른다는 불안이 있었다. 이제까지 신경증으로 분류되던 분열 증세를 정신이상으로서 무죄를 선고하는 근거로 삼을 수 있다는 자신의 판단을 플라워스 판사가 받아들인다면 오하이오 주뿐 아니라 전국에서 선례를 세우는 셈이었다.

조지 박사는 작년 10월, 사건이 벌어졌던 세 날짜에는 빌리 밀리건이 자기 행동에 대한 통제력을 갖지 못했다고 믿었다. 더 연구해서 새로운 영역으로 나아가는 게 박사의 일이었다. 사회가 이와 비슷한 문제를 다룰 때 유용하도록 빌리의 사례를 이해하는 것은 박사의 책임이었다. 박사는 다시 한 번 다른 전문가들에게 전화를 걸어 충고와 안내를 구했고, 진료진과 의논했다. 그리하여 1978년 9월 12일, 박사는 플라워스 박사에게 보낼 아홉 페이지짜리 보고서를 작성했다. 보고서에는 빌리 밀리건의 의학적, 사회적, 정신병력 이력을 적었다.

"환자의 말에 의하면 어머니와 아이들은 신체적 폭력에 시달렸고 자신은 계부인 밀리건 씨로부터 항문 성교를 포함한 가학적인 성적 학대를 당했다고 한다. 환자가 설명한 바에 따르면, 여덟 살이나 아홉 살경, 1년여에 걸쳐 주로 계부와 단둘이 농장에 있을 때 이런 폭력을 당했다고 한다. 환자는 항상 계부에게서 '마구간에 묻어버리고 어머니에겐 도망갔다고 하겠다' 는 협박을 받아서 살해당할까 봐 두려웠다고 말하고 있다."

조지 박사는 이 사례의 심리역학을 분석하면서 밀리건의 친부가 자살함으로써 밀리건이 아버지의 영향력과 관심을 박탈당했고, '비합리적인 힘과 억누를 수 없는 죄책감이 근심, 갈등으로 이어지면서 점점 더 환상을 만들어내는' 증상을 겪게 되었다고 지적했다. 따라서 밀리건은 계부인 챌머 밀리건의 학대에 무력했으며, 계부는 자신의 좌절감을 채우기 위해 친밀감과 애정에 대한 밀리건의 욕구를 제물로 삼았다.

"어린 밀리건은 자신을 어머니와 동일시했기 때문에 어머니가 남편에게 폭행당할 때마다, '어머니의 공포와 고통'을 자신의 것처럼 경험하게 되었다. 또한 이로 인해 '일종의 격리불안장애' 가 생겨 전혀 예측 불가능하고 비이성적인 특성을 가진 망상들과 함께 불안정한 환상의 세계에 머무르게 되었다. 계부의 가혹한 대접, 가학적인 폭력, 성적 학대와 함께 이런 망상들로 인해 밀리건은 지속적으로 분열 증상을 겪었다."

조지 박사는 보고서를 이렇게 마무리했다.

"본인의 의학적 소견으로는 이 환자가 이제 다중인격의 융합을 이루었으므로 법정에 설 능력이 있다고 사료된다. (……) 또한 이 환자는 정신질환을 앓고 있으며 이 정신질환으로 인해 1977년 10월 중순 이후에 발생한 범죄 당시 행위에 대해서는 책임이 없다는 것이 본인의 소견이다."

9월 19일, 주디 스티븐슨은 피고인의 변호를 '무죄 그리고 정신질환에 대한 무죄'로 수정해서 변론서를 제출했다.

8

밀리건 사건이 이 지점에 이르기까지, 그가 다중인격 진단을 받았다는 사실은 대중에 알려지지 않고 있었다. 밀리건을 치료한 사람과 검사, 판사만이 알고 있을 뿐이었다. 관선 변호인들은 계속 이 진단을 기밀로 해야 한다고 주장했다. 만약 이 사실이 언론에 집중적으로 보도되면 밀리건의 치료와 재판이 어려워질 것이기 때문이었다.

버니 야비치 검사도 이런 조치가 자신의 윤리와도 잘 들어맞는다는 데 동감하고 그 뜻에 따랐다. 법정에서 그에 대한 증언이 나온 적이 없었기 때문에 용의자가 어떻게 지내는지 검사는 폭로할 수 없었다.

그러나 9월 27일 아침, 《콜럼버스 시티즌 저널》에 대문짝만 하게 이런 기사가 났다.

재판을 위해 "융합된" 인격
성폭행 용의자 안에 10명의 사람이 "존재"하고 있다

조간신문 기사에 대한 소문이 하딩 병원에 퍼져나가자, 진료진은 다른 환자들이 외부로부터 소문을 듣기 전에 빌리가 직접 알리도록 했다. 빌리는 소집단에 있는 환자들에게 성폭행죄로 기소되었으나 자신은 당시 인격이 해체된 상태여서 사건을 저지른 기억이 없다고 고백했다.

텔레비전의 저녁 뉴스에서 이 기사를 다루었다. 빌리는 눈물을 뚝뚝 흘리면서 자기 방으로 돌아갔다. 며칠 후 빌리는 고통에 찬 시선을 가진 아름다운 젊은 여자의 그림을 그렸고, 낸 그레이브스 간호사는 그게 에이들라나라고 빌리가 말했다고 보고했다.

10월 3일, 게리 쉬웨이카트는 트럭을 몰고 밀리건을 방문했다. 그는 빌리의 그림 중 몇 점을 가지고 갈 작정이었다. 주디 스티븐슨이 남편과 함께 이탈리아 휴가 중이어서 법적 능력 판단 청문회에 올 수 없지만 재판 때는 돌아올 거라고 게리는 설명해주었다. 두 사람은 함께 걸었고 그 동안 게리는 법적 능력 판단 청문회에 대기하기 위해 프랭클린 군 교도소로 이송된다는 것과 재판에 질 가능성도 있다는 얘기를 빌리에게 해주며 만일의 일에 대비하게 했다.

조지 박사는 빌리가 융합되었다고 확신했다. 분열 증세를 이제는 더 이상 관찰할 수 없고 분리된 인격들의 특징을 다 갖고 있는 듯한 빌리의 모습으로 봐서 그렇게 말할 수 있었다. 처음에는 부분적으로 다른 인격들을 볼 수 있었지만, 점차적으로 섞이더니 나중에는 균일하게 되었다. 진료진도 이 과정을 보았다. 여러 다른 성격의 측면들은 이제 한 사람, 빌리 밀리건에게만 나타났다. 조지 박사는 이제 그가 준비 태세를 갖췄다고 말했다.

10월 4일, 빌리 밀리건이 프랭클린 군 교도소로 돌아가기 이틀 전,《콜럼버스 시티즌 저널》의 해리 프랑켄 기자는 밀리건에 대해 두 번째로 대형 기사를 실었다. 그는 익명의 취재원으로부터 조지 박사의 보고서를 입수한 후 주디와 게리를 찾아가서 기사를 실을 작정이니 사건에 대한 논평을 해달라고 부탁했다. 게리와 주디는 플라워스 판사에게 알렸고, 판사는《콜럼버스 디스패치》에도 사건 기사를 실어야 한다는 결정을 내렸다. 관선 변호인들은 기사에 대한 논평을 수락했다. 어쨌거나 비밀이 이미 새어나갔기 때문이었다. 두 사람은 게리가 병원에서 가져온 그림들을 사진기자가 찍을 수 있도록 허락해주었다. 십계가 새겨진 석판을 깨려고 하는 모세의 그림 한 장, 호른을 연주하는 유대인 음악가의 그림, 풍경화 한 점과 에이들라나의 초상화였다.

신문 기사로 인해 빌리의 기분이 언짢아졌다. 코컨 박사와의 마지막 치료 시간에 빌리는 우울해했다. 이제 그가 레즈비언 인격을 갖고 있다는 말이 퍼져나갔으니, 다른 환자들이 무슨 짓을 할지 몰라 두려웠다.

빌리는 코컨 박사에게 말했다.

"재판에서 유죄판결을 받고 레바논에 돌아가면 죽고 말 거예요."

"그러면 챌머가 이기게 되는 거예요."

"그럼, 어쩌라고요? 내 안에 증오를 담아두고 살아왔어요. 더 이상 처리할 능력이 없어요."

코컨 박사는 간접적으로 환자를 이끄는 방법을 선호해서 직접 충고나 지시를 주는 법이 없었지만, 이제는 그런 치료를 할 시간이 없었다.

"증오를 긍정적으로 이용할 수 있어야 해요." 박사가 제안했다. "빌리는 아동 폭력으로 고통 받았어요. 그런 끔찍한 기억들을 이겨내야 해요. 계속 아동 폭력에 대항해 싸우면, 이렇게 괴로운 고통을 안겨준 사람을 무찌를 수도 있을 거예요. 살아 있으면, 더 큰 명분을 위해 일하고 이겨낼 수도 있어요. 죽어버리면, 빌리를 괴롭혔던 사람이 이기고 빌리는 지는 거예요."

그날 늦게, 빌리는 방에서 다나 이거 간호사와 이야기하던 중 침대 밑에 손을 넣어 일곱 달쯤 전에 타미가 테이프로 붙여놓았던 면도날을 끄집어냈다. 빌리는 면도날을 다나에게 건네주었다.

"여기요. 이젠 더 이상 필요 없어요. 살고 싶어요."

빌리를 안아주는 다나의 눈에 눈물이 고였다.

빌리는 로잘리에게도 말했다.

"소집단 활동에 가고 싶지 않아요. 나 혼자 있는 연습을 하겠어요. 마음을 강하게 먹어야 하니까요. 작별 인사는 안 할래요."

하지만 로잘리가 소집단에 같이 있었던 환자들이 쓴 작별 카드를 가져다주자 빌리는 울음을 터뜨렸다.

"살면서 처음으로 정상적인 사람처럼 반응을 보인 것 같아요. 예전에 들었는데 지금의 이런 감정을 '복잡 미묘한 감정'이라고 한대요. 예전에는 이런 감정을 느낀 적이 없었어요."

빌리가 이송되기로 한 10월 6일 금요일, 로잘리는 비번이었지만 빌리와 함께 있어주기 위해 병원에 왔다. 웨이크필드 병동의 몇몇 직원들이 자신에게 눈썹을 찌푸리며 냉소적인 말을 던지리라는 건 각오하고 있었다. 로잘리가 오락실로 들어가자 파란 양복을 입은 빌리가 방 안을 오락가락하며 대기하는 모습이 보였다. 그는 겉으로는 침착하고 자기 감정을 잘 조절하고 있는 것처럼 보였다.

로잘리와 다나 이거는 원무과 건물까지 빌리를 배웅했다. 선글라스를 쓴 부보안관이 접수처에서 기다리고 있었다. 부보안관이 수갑을 꺼내자 로잘리가 빌리 앞을 막아서더니 짐승처럼 수갑을 채워야겠느냐고 따졌다.

"그렇습니다, 부인. 법이 그러니까요."

"그게 무슨 말이에요. 여기까지 오는데도 여자 두 명이 데리고 왔어요. 그런데 덩치 큰 경찰관이 꼭 수갑을 채워서 데리고 가셔야겠어요?"

"그게 규칙입니다, 부인. 죄송합니다."

빌리가 손목을 내밀었다. 로잘리는 수갑이 철컥 채워지자 빌리가 움찔하는 모습을 보았다. 빌리는 호송차에 올라탔다. 차는 천천히 그들을 지나 굽은 길을 돌아 돌다리 쪽으로 향했다. 두 사람은 손을 흔들어주었다. 그들은 병동으로 돌아가서 한참을 울었다.

4장

정신이상으로 무죄를 선고받다

1

버니 야비치와 테리 셔먼 검사는 조지 하딩 박사의 보고서를 읽고서는 이제까지 봤던 어떤 의학적 검사보다도 철저하게 행해졌다는 데 동의했다. 둘 다 검사로서 정신과 의사들의 증언을 공격하는 방법에 숙련되어 있었지만, 조지 박사의 보고서에는 흠잡을 만한 점이 없었다. 보고서는 서너 시간 검사해서 작성한 진단서가 아니었다. 장장 일곱 달에 거쳐 병원에서 연구한 논문이었다. 또한 조지 박사의 소견뿐 아니라 여러 유명한 심리학자 및 정신과 의사들과의 논의 결과까지도 포함하고 있었다.

1978년 10월 6일, 플라워스 판사는 간단히 법적 능력 판단 청문회가 열린 직후 조지 박사의 보고서에 의거해서 밀리건에게 재판에 설 수 있는 능력이 있다고 판결했다. 재판 날짜는 12월 4일로 잡혔다.

게리 쉬웨이카트는 만족스러운 결과라고 말했지만 한 가지 단서를 달았다. 재판이 사건이 벌어졌던 당시의 법에 의거하여 행해져야 한다는 것이었다.(오하이오 주법은 11월 1일자로 개정될 예정이었다. 새 법에 의하면 검찰 측이 피의자의 정상 상태를 증명하기보다는 피고 측이 정신이상 상태를 증명해야 하는 부담이 더 커지게 되어 있었다.)

그러나 야비치는 동의하지 않았다.

"자문을 얻어 조치를 하겠습니다." 플라워스 판사가 말했다. "법 개정이 이루어진 곳에서 비슷한 조치가 있었습니다. 새로이 형법이 개정된 경우에 특히 그렇습니다. 보통 그런 경우에는 어느 쪽이 되었든 피고인이 더 유리한 방향으로 법 적용을 받을 권리가 있다고 알고 있습니다만, 현 문제에 관한 한 선행 판례나 사건은 알지 못합니다."

법정을 나오면서 게리는 의뢰인을 위해 배심원 재판 없이 판사에게 판결을 내려달라고 요청할 계획이라고 야비치와 셔먼 검사에게 알렸다.

게리가 떠나는 모습을 보며 야비치가 말했다.

"우리 승소는 이제 물 건너갔군."

셔먼이 덧붙였다.

"처음 생각했을 때만큼 승산이 있지는 않군요."

플라워스 판사는 훗날 검사들이 조지 박사의 보고서에는 동의하지만 밀리건이 정신이상이라는 데는 동의하지 않기 때문에 "나를 원망하는 것 같다"고 말했다.

프랭클린 군 교도소로 돌아온 게리 쉬웨이카트와 주디 스티븐슨은 빌리가 또다시 우울해져서 대부분의 시간 동안 그림을 그리거나 곰곰이 생각에 빠져서 보낸다는 것을 알아챘다. 급작스러운 유명세 때문에 빌리의 마음은 어지러웠다. 하루하루 지나감에 따라, 점점 더 냉정하고 메마른 주변 환경으로부터 벗어나 틀어박혀 잠자는 시간이 많아졌다.

"재판 때까지 하딩 병원에 있으면 안 돼요?" 빌리가 주디에게 물었다.

"그럴 순 없어요. 7개월 동안 병원에 머물러도 좋다는 법원 허락을 받아낸 것만 해도 운이 좋았어요. 조금만 버텨요. 앞으로 재판까지는 두 달도 안 남았으니까." 주디가 말했다.

"이제 자기 몸을 잘 추슬러야 합니다." 게리가 말했다. "내 예감으로는 일단 재판에 서면 무죄 판결을 받을 가능성이 높아요. 하지만 여기서 쓰러져서 재판에 서지 못하면 리마로 보내질 겁니다."

어느 날 오후, 교도관 중 한 명이 밀리건이 감방 침대에 누워 연필로 그림을 그리는 모습을 보았다. 교도관은 철창 사이로 얼굴을 들이밀고 스케치를 보았다. 깨진 거울 앞, 교수형 밧줄에 목이 매달린 누더기 앤 인형 그림이었다.

"어이, 밀리건, 왜 그런 그림을 그린 거야?"

"화가 났으니까." 강한 슬라브어 억양이 섞여 있는 목소리였다. "누군가 죽을 때야."

슬라브어 억양을 알아차린 교도관이 재빨리 경보 버튼을 눌렀다. 레이건은 살짝 재미있어 하며 교도관을 살폈다.

"네가 누구든 뒤로 천천히 물러서." 교도관이 명령했다. "그림을 침대에 내려놓고 벽에 바짝 붙어."

레이건은 교도관의 말에 따랐다. 다른 교도관들이 감방 철창 주위로 모여들었다. 교도관들은 감방 문을 열고 들어와 그림을 갖고 나갔다.

"세상에, 정말 구역질나는 그림이군." 교도관 중 한 명이 말했다.

"변호사에게 전화해. 다시 인격이 분열되고 있어." 누군가가 말했다.

게리와 주디가 도착하자 아서가 나와서 맞았다. 빌리는 이제껏 한 번도 완전히 융합된 적이 없다고 아서가 설명해주었다.

"하지만 재판에 갈 수 있을 정도로는 융합되었죠." 아서는 변호사들을 안심시켰다. "빌리는 이제 자기 죄목의 본질을 이해하니까 자기변호에 협조할 수는 있습니다. 하지만 레이건과 나는 한쪽으로 물러나 있었습니다. 변호사님들도 아시겠지만, 여기는 적대적인 환경이라서 레이건이 지배하죠. 그렇지만 빌리가 여기서 병원으로 옮겨지지 않는다면, 부분 융합이나마 지속할 수 있을지 보증할 수 없습니다."

프랭클린 군 보안관인 해리 버케머는 《콜럼버스 디스패치》의 기자에게 밀리건이 레이건의 인격으로 있을 때는 힘과 지구력이 특출하게 변하는 것을 부보안관들이 목격했다고 말했다. 부보안관들이 레이건을 교도소 오락실로 데리고 가자, 그는 커다란 사람 모양 펀치백에 대고 권투 연습을 하겠다고 했다.

"그 친구가 약 19분 30초 동안 스트레이트로 백을 세게 쳤습니다. 보통 사람은 3분만 그렇게 하면 녹초가 되죠. 밀리건이 어찌나 세게 치던지, 팔이라도 부러지면 어떡하나 걱정이 되더군요. 그래서 여기 의사에게 데리고 가서 검진을 받게 했죠."

하지만 레이건은 멀쩡했다.

10월 24일, 플라워스 판사는 다시 사우스웨스트 지역사회정신건강센터에 명령을 내려 밀리건을 검진하고 법정에 설 수 있는지에 대해 보고서를 제출하라고 했다. 조지 하딩 주니어 박사는 자유재량으로 피고를 돌볼 수 있었다. 판사는 또한 밀리건을 즉시 감옥에서 센트럴 오하이오 정신병원으로 이송하라는 명령도 내렸다.

11월 15일, 사우스웨스트 법의학정신의학센터의 법정 보조 프로그램 책임자인 메리언 J. 콜로스키는 스텔라 캐롤린 박사와 도로시 터너가 빌리를 보러 왔었다고 보고했다. 두 사람은 밀리건에게 법정에 설 능력이 있으며 변호사들을 도와 자기변호를 할 능력이 있다고 판단했으나 다음과 같은 말을 덧붙였다.

"하지만 밀리건의 정신 상태는 매우 연약한 것으로 보이며 현재의 융합된 인격은 언제든 이전으로 돌아가 다중인격으로 분열될 가능성이 있다."

11월 29일, 《데이튼 데일리 뉴스》와 《콜럼버스 디스패치》가 챌머 밀리건의 반박 기사를 실었다. 자신이 의붓아들을 성적으로 학대했다는 소문은 사실이 아니라는 내용이었다. 다음과 같은 AP 기사가 《콜럼버스 디스패치》에 실렸다.

밀리건의 계부, 아들을 학대하지 않았다

챌머 밀리건은 자신이 육체적, 성적으로 의붓아들 윌리엄 S. 밀리건을 학대했다는 기사가 발표된 후 "극도의 불쾌함"을 느꼈다고 했다. 현재 의사들은 윌리엄 S. 밀리건이 10개의 다중인격을 가졌다고 진단을 내린 상태다.
"아무도 내게 말해주지 않았습니다."
챌머 밀리건은 의붓아들이 제기한 학대설이 "새빨간 거짓"이라고 부인하며 이렇게 불평했다.
조지 T. 하딩 박사가 작성한 보고서에 의하면, 정신과 전문의들은 윌리엄이 다중인격에 해당하는 행동을 보였으며 다른 인격들의 행위를 인식하지 못하는 인격도 있다는 결론을 내렸다. 의사들은 현재 밀리건의 상태가 부분적으로는 어렸을 때 겪었던 학대에서 초래되었다고 말한다. (……)
챌머 밀리건은 이런 보고서가 기사화된 이후로 마음고생이 심했다고 한다.
"항상 남을 오해하는 패거리들이 있게 마련이죠. 정말 불쾌한 일입니다."
챌머 밀리건은 언론에서 윌리엄이나 정신과 의사들의 말을 그대로 믿고 의심하지 않는다는 데 특히 불쾌함을 느꼈다고 했다.
"모두 다 그 애 입에서 나온 말 아닙니까?" 밀리건은 말했다. "(언론에) 나온 내용은 다 그 사람들(정신과 의사와 아들 밀리건)이 말한 얘기를 반복할 뿐이죠."
챌머 밀리건은 학대 주장에 대해 법적인 조치를 취할 계획인지에 대해서는 함구했다.

주디와 게리는 빌리가 정신이상으로 무죄 판결을 받으리라는 확신을 점점 더 강하게 갖게 되었지만, 아직도 장애물이 있다는 것을 깨달았다. 그 때까지 그런 판결들은 피고를 리마 정신병원으로 보내는 결과를 낳았다. 하지만 사흘 후, 12월 1일부터 정신이상 환자에 대한 새로운 오하이오 주법이 발효될 예정이었다. 새 법에 따르면, 정신이상으로 무죄 판결을 받은 사람은 범죄자가 아닌 정신병 환자로서 치료받아야 했다. 피고는 자신과 다른 사람들에게 안전이 보장되는 한 가장 제약이 적은 환경으로 보내지게 되고, 주립 정신병원에 수감될지 여부는 검인 법정의 판결에 좌우된다.

재판 날짜가 12월 4일로 정해졌고, 빌리는 개정된 오하이오 주법의 영향을 받는 첫 번째 피고인이었기 때문에, 재판 이후 보호관찰 법정이 빌리를 리마 아닌 다른 곳으로 보내겠다고 결정할 가능성이 높았다. 만약 변호인 측이 빌리가 적절한 치료를 받을 수 있는 대안을 제시한다면 말이다.

하딩 병원은 비용 때문에 논외였다. 다중인격에 대한 지식을 갖고 있고 치료도 할 수 있는 전문가가 있는 주립병원이어야 했다.

코넬리아 윌버 박사가 콜럼버스에서 120킬로미터 내에 있는 주립 정신병원에 다중인격 환자 몇 명을 치료했으며 그 분야에 전문가로 널리 알려진 의사가 있다고 알려주었다. 윌버 박사는 데이비드 콜 박사를 소개해주었다. 오하이오 주 애슨스에 위치한 애슨스 정신건강센터의 진료부장이었다.

검찰 측에서는 개정된 오하이오 주법 하에서 절차를 명확히 하기 위해 검인 판사 리처드 B. 멧카프와 함께 공판 전 회의를 요청했다. 제이 플라워스 판사는 이에 동의하고 회의를 마련했다. 하지만 주디와 게리는 이 회의에 다른 속셈이 있음을 간파했다. 플라워스 판사가 참석하면, 월요일 재판에서 규정에 의해 어떤 증거가 인정받을 수 있는지, 빌리 밀리건이 정신이상으로 무죄 선고를 받으면 치료를 위해 어디로 보내야 하는지를 결정하게 될 터였다.

게리와 주디는 콜 박사가 빌리를 애슨스 정신건강센터의 환자로 받아줄지 알아보는 게 중요하다고 생각했다. 주디는 콜 박사의 이름을 예전에 들어본 적이 있었고, 7월에는 다중인격에 대한 정보를 얻기 위해 편지를 쓴 적도 있었으나, 빌리의 이름을 언급하지는 않았었다. 주디는 콜 박사에게 전화를 걸어 빌리 밀리건을 환자로 받아줄 수 있는지, 금요일에 콜럼버스로 와서 회의에 참석해줄 수 있는지 물었다. 콜 박사는 병원 관리처장인 수 포스터에게 확인해봐야 할 것 같다고 답했다. 포스터는 주 보건부에 있는 상사들과 의논해야 했다. 콜 박사는 밀리건을 환자로 받아줄지 고려해보겠으며 금요일에 콜럼버스로 와서 회의에 참석하겠다고 답했다.

12월 1일, 주디는 초조하게 콜 박사를 기다렸다. 멧카프 판사의 사무실 바깥 로비에는 이 사건에 관련된 사람들이 들어차 있었다. 조지 하딩 박사, 스텔라 캐롤린 박사, 도로시 터너와 버니 야비치도 그 사이에 끼어 있었다. 10시 직후, 키가 작고 통통한 중년 남자가 나타나 안내원에게 뭔가 물어보았다. 안내원은 주디를 손으로 가리켰다. 올리브색에 살집 있는 얼굴을 둘러싼 머리카락은 희끗희끗했다. 사물을 꿰뚫는 듯한 강렬한 눈빛은 매의 눈빛과 같았다.

주디는 콜 박사를 게리와 다른 사람들에게 소개하고 멧카프의 사무실로 안내했다.

변호사들이 밀리건 사건에 개정법을 적용하는 사안에 대해 의논하는 동안 콜 박사는 두 번째 줄에 앉아서 귀를 기울였다. 잠시 후, 플라워스 판사가 사무실로 들어와 지금까지의 사건과 절차를 요약해 설명했다. 버니 야비치는 이제껏 모아놓은 전문 정보에 대해 말했고 폭행사건이 발생했던 당시의 밀리건 상태를 고려해볼 때, 증거를 반박하기란 어렵다는 것을 인정했다. 야비치도 사우스웨스트 센터와 조지 박사가 쓴 보고서를 따지고 들 생각은 없었다. 게리는 변호인 측도 밀리건이 실제로 범죄를 저질렀다고 하는 검찰 측 증거를 뒤엎을 의도는 없다고 밝혔다.

데이비드 콜 박사는 이들이 모두 월요일 재판에서 일어날 일에 관해 이야기하고 있다는 것을 점차 깨닫게 되었다. 그 재판의 시나리오에 대한 회의처럼 보였다.

게리와 주디는 피해자들의 이름을 기록에서 삭제하자는 데 동의했다. 남은 일은 플라워스 판사가 빌리를 정신이상으로 무죄 판결할 경우 그 후속 조치를 결정하는 것뿐이었다.

게리가 일어나서 말했다.

"여기에 애슨스에서 오신 콜 박사를 모셨습니다. 박사님은 주립 기관인 애슨스 정신건강센터에서 다중인격 환자들을 치료한 경험이 있고, 다중인격 연구의 권위자로 널리 알려진 캘리포니아 주의 랠프 앨리슨 박사와 켄터키 주의 코넬리아 윌버 박사가 추천하신 분입니다."

사람들의 시선이 모두 콜에게 쏠렸다. 플라워스 판사가 물었다.

"콜 박사님, 피고인을 맡아 치료를 하시겠습니까?"

갑작스레 무언가가 박사의 경계 본능을 건드렸다. 이들은 이제 뜨거운 감자처럼 처치 곤란한 문제를 박사에게 떠넘기고 있었다. 박사는 자신의 입장을 명확하게 밝혀야겠다고 생각했다.

"네, 제가 맡겠습니다." 콜 박사는 수락했다. "하지만 이 환자가 애슨스에 온다면 다른 다중인격 환자와 똑같은 방식으로 치료할 수 있길 바랍니다. 우리가 갖추고 있는 열린 환경에서 말입니다."

박사는 자기를 바라보는 다른 사람들을 한 번 둘러보았고 다시 플라워스와 멧카프 판사를 보며 강조해서 말했다.

"그럴 수 없다면 이 환자를 받을 수 없습니다."

박사가 둘러보자 모두들 고개를 끄덕였다.

차를 운전해서 애슨스로 돌아가는 길에 콜 박사는 회합에서 보고 들은 얘기를 곱씹어보았다. 야비치 검사를 포함, 회의에 참석했던 사람들은 거의 모두가 밀리건이 다중인격이라는 사실을 받아들이고 있는 것처럼 보였다. 회의가 그렇게 흘러갔다면 재판에서도 그럴 것이었다. 밀리건이 중범으로 기소되었지만 정신이상으로 무죄를 선고받을 첫 번째 다중인격 환자가 되려는 시점이었다. 박사는 방금 참석했던 회의가 정신과 관련 재판의 역사에 한 획을 긋는 판결을 암시한 것임을 깨달았다.

2

 12월 4일, 오하이오 정신병원에서 프랭클린 군 법정으로 가게 된 날 아침, 빌리는 잠에서 깨어 거울을 들여다보았다. 그는 자기 콧수염이 없어진 것을 보고 화들짝 놀랐다. 하지만 면도한 기억이 없었다. 그리고 누가 면도했는지도 궁금했다. 첫 번째 강간과 두 번째 강간 사이에 콧수염을 밀어버렸지만 그 후로 다시 기른 터였다. 이제 다시 시간을 잃어버린 것이다. 그는 하딩 병원과 프랭클린 군 교도소에서 보낸 마지막 며칠 동안에 느꼈던 기묘한 감각을 다시 느꼈다. 어쨌거나 레이건과 아서는 한쪽으로 물러서 있었고 밀리건이 감옥에 가지 않는 걸 확인할 때까지는 융합할 수도 없고 하지도 않을 작정이었다. 그래도 밀리건은 법정에 설 정도로는 융합이 부분적으로나마 이루어진 상태였다.
 밀리건은 계속 빌리라는 이름에 대답하고 있지만 자신이 핵심인격인 빌리도 아니고 완전히 융합된 빌리도 아님을 알고 있었다. 그는 그 중간 어디쯤에 서 있는 상태였다. 그는 경찰 호송차로 걸어가면서 완전히 융합되면 기분이 어떨지 궁금했다.
 병원 앞, 경찰 호송차에 올라타면서 빌리는 부보안관들이 자기를 이상하게 쳐다보고 있음을 알았다. 법정으로 가는 길에 호송차는 뒤를 쫓는 신문기자들이나 TV 리포터들을 따돌리느라고 8킬로미터 정도 우회해야 했다. 하지만 프론트 가를 돌아 법정의 주차장 입구 쪽으로 들어서자, 한 젊은 여자와 TV 카메라가 출격구 문이 닫히기 전 안으로 쏙 들어왔다.

"자, 다 왔어, 밀리건." 운전한 경찰이 문을 열었다.

"난 안 내릴래요. TV 카메라와 기자들이 있으면 안 나가요. 여기 교도소에서 나를 보호해주지 못하면, 들어가자마자 변호사에게 말하겠어요."

경찰은 몸을 돌려 기자들을 보았다.

"당신들, 누구요?"

"채널4 뉴스에서 나왔어요. 여기 들어와도 된다는 허락도 받았고요."

빌리는 반항하듯 고개를 저었다.

"변호사들이 절대 기자들과 접촉하지 말라고 했어요. 안 나갈 거예요."

"당신들이 여기 있으면 이 친구가 안 나오겠답니다." 경찰이 말했다.

"우리에겐 권리가 있어요······." 여기자가 입을 열었다.

"나한테는 권리 침해예요." 빌리가 차 안에서 외쳤다.

"거기 무슨 일이야?"

다른 경찰이 보안문 안쪽에서 소리 질렀다. 운전한 경찰이 말했다.

"여기 이 사람들이 있으면 밀리건이 안 내리겠다는데."

"이것들 봐요." 윌리스 경사가 말했다. "밀리건을 안으로 데려오게 기자 양반들이 좀 나가주셔야겠는데."

카메라맨과 기자가 출격구 바깥으로 물러나고 강철문이 쩔거덩 소리를 내면서 닫히자, 빌리는 윌리스를 따라 안으로 들어왔다. 안쪽에는 검은 셔츠를 입은 부보안관들이 빌리를 안으로 데려오는 모습을 보려고 모여 있었다. 윌리스는 빌리가 지나갈 수 있도록 길을 터주었다.

윌리스는 빌리를 3층까지 데려다주었다.

"젊은 친구, 나 기억하고 있어?"

빌리는 경사를 따라 엘리베이터로 들어가면서 고개를 끄덕였다.

"저한테 참 잘해주셨잖아요."

"뭐, 자넨 전혀 말썽을 피우지 않았으니까. 그 변기 사건만 빼면."

윌리스는 그에게 담배 한 대를 권했다.

"자네, 꽤 유명인사가 되었던데."

"전 별로 모르겠어요. 사람들한테 미움 받고 있다는 건 알겠지만."

"저기 앞에 와 있던 채널4 말고도 채널10, ABC, NBC, CBS에서 자네 뉴스를 보았지. 살인사건 재판 때보다 TV 카메라며 기자들이 더 많이 모여 들었어."

두 사람은 작은 대기실에 붙은 철창문 앞에 멈췄다. 그 너머에 있는 법원 문으로 들어가면 프랭클린 군 법정으로 이어지는 복도가 있었다. 책상에 앉아 있던 경찰이 빌리를 보고 고개를 끄덕했다.

"콧수염이 없으니까 못 알아보겠는걸."

경찰은 중앙통제실로 이어지는 경보를 누르며 잠깐 기다리라고 말했다. 잠시 후 밀리건이 들어갈 수 있도록 법원 문이 열렸다. 법원 복도문은 열려 있었다. 법원 경비병이 밀리건을 벽에다 밀어 세우고 조심스럽게 몸수색을 했다.

"됐어. 이제 법정으로 향하는 길을 따라 내 앞에서 걸어가도록."

경비병이 말했다. 법정 7층에 도착하자 주디와 게리가 그들을 맞았다. 변호사들도 빌리가 콧수염을 면도했다는 것을 눈치 챘다.

"콧수염이 없으니 훨씬 낫네요. 더 깔끔해 보여요." 주디가 말했다.

빌리는 손가락을 입에다 가져다 댔고, 그 순간 게리는 뭔가 잘못되었다는 인상을 받았다. 게리가 뭔가 말하려는 찰나, 워키토키를 들고 이어폰을 낀 순경 한 명이 다가와서 빌리의 팔을 잡았다. 그는 빌리를 이층으로 데려오라는 보안관 명령을 받았다고 했다.

"잠깐만요. 재판은 여기 칠층에서 하는데요." 게리가 말했다.

"저도 자세한 건 모릅니다. 하지만 보안관님이 즉시 데려오라고 하셨습니다." 부보안관이 대답했다.

"여기서 기다리고 있어." 게리가 주디에게 말했다. "내가 같이 내려가서 무슨 일인지 알아볼 테니까."

게리는 빌리, 부보안관과 함께 엘리베이터에 올라탔다. 2층에 내리자 카메라 플래시가 터졌다. 《콜럼버스 디스패치》에서 나온 사진기자와 취재기자였다.

"대체 이게 뭐죠? 내가 그렇게 바보천치로 보입니까? 이런 일은 참을 수 없소!" 게리가 소리 질렀다.

기자는 단지 사진 몇 장 찍고 싶을 뿐이라고 말했다. 게다가 수갑이 보이지 않는 사진을 찍고 싶다고 했다. 보안관도 허락했다는 게 기자의 항변이었다.

"헛소리 마쇼. 내 의뢰인에게 이런 짓을 할 권리는 없습니다."

게리는 빌리를 돌려세워 엘리베이터로 도로 데리고 갔다. 부보안관은 그들을 다시 위로 데리고 가서 민사법원 밖에 붙은 대기실로 안내했다.

도로시 터너와 스텔라 캐롤린이 대기실로 들어와 빌리를 포옹하고 진정시켜주었다. 하지만 일행이 방을 나가고 경찰관과 단둘이 남게 되자, 빌리는 부들부들 떨면서 의자 가장자리를 꼭 잡았다.

"괜찮아, 밀리건. 곧 법정으로 입장할 테니까." 경관이 진정시켰다.

게리는 빌리가 법정 안으로 들어올 때 삽화가들이 모두 그를 빤히 쳐다보고 있다는 것을 눈치 챘다. 그리고 그들은 지우개를 들어 뭔가 지우기 시작했다. 게리는 미소 지었다. 삽화가들은 콧수염을 지우고 있었다.

"존경하는 재판관님,"

게리 쉬웨이카트가 판사석으로 다가서며 말했다.

"검찰 측이나 변호인 측 모두 증인을 소환하거나 밀리건 씨를 증언대에 소환할 필요는 없다는 데 합의를 보았습니다. 이 사건의 사실 관계는 규정에 의해 기록으로 보관될 것이며, 이 사항도 양측에 의해 합의되었습니다."

플라워스 판사는 노트를 살펴보았다.

"변호인 측은 피고인이 고발된 범죄를 저질렀다는 기소 사항에 항의하거나 부인하지 않는다는 뜻이군요. 첫 번째 성폭력사건에 대한 기소만 제외하고는요."

"그렇습니다. 하지만 저희는 정신이상에 의한 무죄를 주장합니다."

"야비치 검사, 검찰 측은 사우스웨스트 지역사회정신건강센터와 하딩 병원 소속 정신과 의사들이 작성한 보고서에 항의하겠습니까?"

야비치가 일어섰다.

"아닙니다, 재판관님. 검찰 측은 사건 당시 피고인의 정신 상태를 증명해주는 조지 박사, 터너 박사, 캐롤린 박사, 윌버 박사가 제출한 증거 사항에 동의합니다."

주디 스티븐슨이 변론을 읽었고, 조서로서 법원에 제출되어 기록으로 보관되었다. 쥐죽은 듯 조용한 법정에서 변론을 읽으면서 주디는 이따금 빌리를 흘긋 곁눈질했다. 그의 얼굴은 창백했다. 주디는 이 모든 진실을 듣는 고통 때문에 그가 다시 분열되는 일이 없기를 바랐다.

"마거릿 챈짓은 빌리의 모친이 밀리건 씨에게 폭행당한 직후에 몇 번 만난 적이 있다고 합니다. 챈짓 부인의 증언에 의하면 어느 날 빌이 전화해서 엄마가 너무 심하게 얻어맞았다고 말했다고 합니다. 부인이 밀리건의 집에 가서 보았더니 무어 부인이 침대에 누워 있었습니다. 챈짓 부인의 말에 의하면, 난폭하게 얻어맞은 무어 부인은 침대에 누워 덜덜 떨고 있었다고 합니다. 챈짓 부인은 의사와 목사를 불렀고, 하루 종일 무어 부인의 옆에 있어주었다고 했습니다.

피고인의 모친인 도로시 무어도 증인으로 소환될 경우 전남편인 챌머 밀리건이 술을 마신 후 자신을 심하게 학대했으며 폭행했다고 증언할 수 있다고 합니다. 챌머 밀리건은 부인을 폭행하는 동안 아이들을 침실에 가두었다고 합니다. 무어 부인은 '챌머가 폭행 후에는 성적으로 흥분하는 일도 있었다'고 말했습니다. 무어 부인의 말에 의하면, 밀리건 씨는 빌을 질투했으며 '벌'이라는 명목으로 자주 때렸다고 합니다. 한 번은 '규칙을 지키게 해주겠다'며 빌리를 쟁기에 묶어놓기도 했고 나중에는 마구간 문에도 묶었다고 합니다. 무어 부인은 현 사건이 드러날 때까지는 빌에게 가해진 폭력이나 성적 학대의 심각성을 전혀 인식하지 못했다고 합니다."

게리는 빌리가 증언을 들으며 두 손으로 눈을 가리는 모습을 보았다.

"휴지 있으세요?"

빌리가 물었다. 게리가 몸을 돌리자 주위에 앉아 있던 10여 명의 사람들이 휴지를 꺼내서 그들에게 건네주었다.

"무어 부인은 빌리가 어머니를 위해 아침식사를 준비할 때 여성적인 측면이 드러나기도 했다고 말했습니다. 당시 빌은 여자처럼 걷고 여성적으로 이야기했다고 합니다. 무어 부인은 랭커스터 시내의 한 건물 화재 비상구에서 빌이 '환각에 빠진 듯한 상태'에 있는 모습을 목격한 적이 있다고 증언할 수 있다고 합니다. 그날 빌이 무단조퇴를 했기 때문에 교장이 어머니에게 전화를 걸어 알려주었다고 합니다. 무어 부인은 빌이 '환각' 상태에 빠져 있는 광경을 수없이 목격했다고 말했습니다. 또한 빌이 '환각' 상태에서 깨어났을 때는 자신이 '환각'에 빠져 있는 동안 무슨 일이 일어났는지 전혀 기억하지 못했다고 합니다."

캐롤린과 터너가 작성한 사우스웨스트 센터의 보고서가 낭독된 후 빌리의 형인 짐의 증언이 낭독되었다.

"제임스 밀리건은 증인으로 소환될 경우 챌머 밀리건이 제임스와 빌리를 마구간이 있는 가족 소유의 부지에 데려갔던 사실을 증언할 수 있다고 합니다. 제임스가 토끼 사냥을 하러 들판에 나가 있는 동안, 빌리는 항상 새아버지인 챌머와 남아 있으라는 말을 들었다고 합니다. 이럴 때마다, 제임스가 마구간이 있던 곳에 돌아와 보면 빌리는 울고 있었습니다. 빌리는 제임스에게 여러 번 새아버지가 아프게 했다고 말했습니다. 빌리가 이런 사건들을 제임스에게 털어놓을 때마다 챌머 밀리건은 빌리에게 마구간에서 어떤 일도 일어나지 않은 것으로 하라고 말했습니다. 빌리는 새아버지를 아주 두려워하고 있었기 때문에 거절하지 못했습니다. 챌머는 또 어머니 기분을 상하게 하지 말자고 했다고 합니다. 그러고는 집에 가기에 앞서 제임스와 빌리를 아이스크림 가게에 데려가주었다고 합니다.

제임스는 가정에서 일어난 끔찍한 사건들이 모두 빌리를 대상으로 하고 있었다는 사실도 증언해줄 수 있다고 했습니다."

12시 30분, 플라워스 판사는 양쪽에게 최종 변론을 하겠느냐고 물었다. 양쪽 다 최종 변론을 사양했다. 판사는 첫 번째 강간사건을 무혐의로 처리했다. 확실한 증거가 부족하고 범행 방법의 유사성이 보이지 않는다는 이유에서였다.

"이제, 정신이상 변론에 대한 판결을 내리겠습니다."

플라워스 판사가 말했다.

"의학적 증거는 양측이 합의한 사항이며, 의사들은 모두 문제의 범죄 당시, 피고인이 정신적으로 정상이 아닌 상태에서 범죄를 저질렀다고 증언하고 있습니다. 정신질환에 의거, 피고인은 옳고 그름을 분간할 수 없는 상태였으며, 나아가 이 행동을 억제할 수 있는 능력 또한 갖추고 있지 못한 상태였습니다."

게리는 숨을 죽였다. 플라워스 판사는 계속 판결문을 읽었다.

"반대 의견에 대한 증거가 부족한 관계로, 본 법정은 본 재판관 앞에 놓인 증거에 의거해 판결을 내릴 수밖에 없으므로, 2번 기소 항목부터 10번 기소 항목에 대해서는 피고에게 정신이상에 의한 무죄를 선고합니다."

플라워스 판사는 빌리 밀리건의 처분을 프랭클린 군의 검인법원에 넘긴다고 알린 후 판결봉을 세 번 두드리고 폐정을 선언했다.

주디는 하마터면 울음을 터뜨릴 뻔했으나 가까스로 삼켰다. 주디는 빌리를 꼭 붙들고 인파를 피해 옆 대기실로 이끌었다. 도로시 터너가 와서 빌리를 축하해주었으며 스텔라 캐롤린과 다른 사람들도 축하인사를 건넸다. 몇몇 사람들은 울었다.

게리만이 한쪽에 떨어져서 팔짱을 낀 채 생각에 잠겨 있었다. 오랜 싸움이었다. 잠 못 들던 나날들. 깨어지기 직전인 결혼 생활. 하지만 이제 거의 끝났다. 게리는 말했다.

"자, 빌리. 이제 멧카프 판사보다 먼저 검인법정에 가 있어야 해요. 하지만 로비로 나가야 하니 기자들과 TV 카메라하고 한판 붙어야겠지."

"뒤로 나갈 순 없나요?"

게리는 고개를 저었다.

"우리는 이겼어요. 언론과 관계가 나빠지는 건 좋지 않아요. 기자들은 저기서 몇 시간씩이나 기다렸어요. 이제 카메라를 마주보고 몇 가지 질문에 대답을 해줘야지. 우리가 뒷문으로 꽁무니를 뺐다고 기자들이 지껄이게 놔두고 싶진 않아요."

게리가 빌리를 데리고 로비로 나가자 기자들과 카메라맨이 모여들어 뒤를 따르면서 사진을 찍어댔다.

"기분이 어떻습니까, 밀리건 씨?"

"좋아요."

"이제 재판이 끝났으니까 전망을 낙관적으로 보고 계십니까?"

"아뇨."

"무슨 뜻이죠?"

"글쎄요. 앞으로도 일이 많이 있으니까요."

"이제 목표가 뭐죠?"

"다시 보통사람이 되고 싶습니다. 다시 한 번 인생을 배우고 싶어요."

두 사람은 검인법정과 멧카프 판사의 방이 있는 8층으로 올라갔다. 그러나 판사는 점심을 먹으러 나가고 없었다. 오후 1시에 다시 법정으로 돌아와야 했다.

버니 야비치는 이전에 약속한 대로 피해자들에게 하나하나 전화를 걸어서 법정에서 일어난 일에 대해 말해주었다.

"증거나 법에 의거해서 플라워스 판사가 올바른 결정을 했다는 데 대해 저도 의심 한 점 없습니다."

테리 셔먼은 야비치 검사의 말에 수긍했다.

점심식사 후, 멧카프 판사는 정신과 의사들이 쓴 추천서를 점검해보고 나서 밀리건을 애슨스 정신건강센터로 보내 데이비드 콜 박사의 보호 감독 아래 두라는 결정을 내렸다.

빌리는 다시 회의실로 내려갔다. 채널6에서 나온 잰 라이언이 기다리고 있다가 TV 특집극을 위한 몇 가지 질문을 하고 영상을 찍었다. 라이언은 아동학대방지협회를 위해 빌리의 일생을 다룬 다큐멘터리를 제작하는 중이었다. 주디와 게리는 누군가의 부름으로 자리를 뜨고 없었다. 하지만 두 사람이 돌아오기 전 경관이 문을 두드리더니 빌리에게 곧 애슨스로 떠나야 한다고 알렸다.

빌리는 주디와 게리에게 작별인사도 하지 못하고 떠나게 되어 기분이 좋지 않았다. 경관은 그에게 수갑을 필요 이상으로 꽉 채우고 아래층으로 끌고 가 호송차에 태웠다. 다른 경찰은 뜨거운 커피가 든 휴대용 컵을 밀리건의 손에 휙 쥐여주고 문을 쾅 닫았다.

호송차가 모퉁이를 돌아갈 무렵 뜨거운 커피가 조금 흘러 빌리의 새 옷에 묻었다. 그는 컵을 자리 뒤에 내려놓았다. 기분이 우울했고 점점 더 나쁜 느낌이 들었다.

빌리는 애슨스 정신건강센터가 어떤 곳인지 전혀 몰랐다. 그가 아는 것이라고는 감옥 같은 곳일 수도 있다는 것뿐이었다. 그는 고통이 결코 끝나지 않았으며, 사람들은 아직도 자신을 철창에 넣고 싶어 한다는 것을 기억해야만 했다. 성인 가석방 위원회는 빌리가 총을 소지하고 있었기 때문에 가석방과 보호관찰 규정을 어긴 게 되고 따라서 병이 다 낫는 즉시 감옥으로 돌려보낼 수 있다고 게리에게 통고했다. 레바논은 아니겠지, 빌리는 생각했다. 폭력 행위를 저질렀으니, 아마도 루카스빌이라고 하는 지옥일 수도 있다. 아서는 어디에 있을까? 레이건은? 이들도 융합에 참여할까?

호송차는 눈이 깔린 33번 도로에 접어들면서 랭커스터를 지났다. 빌리가 자라고 학교에 다녔으며 자살하려고 했던 곳이었다. 참아낼 수 없는 일이 너무 많았다. 그는 너무 지쳤고 모두 흘려보내야만 했다. 그는 눈을 감고 모두 빠져나가도록 놔두었다…….

몇 초 후, 대니는 두리번거리며 자기가 어디로 가는 건지 궁금해했다. 그는 춥고 외롭고 두려웠다.

5장

작가와의 첫 인터뷰

1

애슨스에 도착하여 고속도로를 빠져나갈 즈음에는 벌써 어둑어둑해져 있었다. 정신병원은 오하이오 대학 캠퍼스가 내려다보이는 눈 덮인 언덕 위에 서 있는 빅토리아 시대 풍의 건물 단지였다. 차가 널찍한 길을 지나 좁고 구불구불한 길로 올라가자, 대니는 부들부들 떨기 시작했다. 경관 두 명이 대니를 가느다란 흰색 기둥이 받치고 있는 고색창연한 빨간 벽돌 건물의 계단으로 인도했다.

경관들은 대니를 데리고 오래된 현관 복도를 지나 엘리베이터를 타고 3층으로 올라갔다. 엘리베이터 문이 열리자 한 경관이 말했다.

"자네, 운이 참 억세게도 좋은 친구야."

대니가 다시 머뭇거렸지만, 경관들은 무거운 강철문 안으로 그를 떠밀었다. 문에는 '입원 및 집중 치료'라는 글씨가 박혀 있었다.

병동은 감옥이나 병원이라기보다 작은 주거용 호텔의 기다란 로비와 더 비슷했다. 바닥에 깔린 양탄자, 샹들리에, 커튼과 가죽 의자. 양쪽 벽에는 문들이 줄지어 나 있었다. 간호국은 마치 호텔 접수대처럼 보였다.

"제기랄. 휴양지 호텔 같군." 경찰 한 명이 말했다.

덩치가 크고 나이가 지긋한 부인 한 명이 사무실 문 앞, 오른쪽에 서 있었다. 크고 친근한 얼굴이었고 막 머리를 염색하고 파마를 한 것처럼 검은 머리카락이 돌돌 말려 있었다. 경찰들과 대니가 작은 입원 수속 사무실에 들어서자 부인은 미소를 지으면서 상냥하게 말했다.

"이름 좀 알려주시겠어요?"

"여기 입원하는 환자는 제가 아닙니다, 부인."

"그렇겠죠. 하지만 누가 환자를 데려왔는지 서류에 적어야 하거든요."

경관은 툴툴거리며 이름을 댔다. 대니는 어색하게 한편에 서서 오랫동안 꽉 끼는 수갑을 차고 있어 얼얼해진 손가락을 쭉 폈다.

데이비드 콜 박사는 경찰들이 밀리건을 사무실 안으로 떠미는 모습을 보고 성난 눈빛으로 호통 쳤다.

"그 끔찍한 수갑을 풀어주지 못해요!"

경찰들은 주섬주섬 열쇠를 들고 수갑을 풀었다. 대니는 손목을 문지르며 피부에 깊게 파인 자국을 바라봤다.

"저는 이제 어떻게 되는 거예요?" 대니가 훌쩍였다.

"젊은이, 이름이 뭐죠?" 콜 박사가 물었다.

"대니예요."

수갑을 풀어준 경찰이 웃어대며 험한 말을 내뱉었다.

"제기랄!"

콜 박사는 벌떡 일어나서 경찰관 면전에 대고 문을 쾅 닫아버렸다. 박사는 분열이 일어난 데 대해 별로 놀라지 않았다. 조지 박사가 융합이 잘 되었다고 해도 아주 미약하다고 미리 일러줬기 때문이었다. 박사 자신이 다중인격 환자를 다뤄본 경험으로 봐도, 재판처럼 스트레스를 많이 주는 상황에서는 해체가 일어나는 경우가 있었다. 이제 박사는 대니의 신뢰를 얻어야만 했다.

"만나서 반갑구나, 대니. 몇 살이지?"

"열네 살요."

"고향은 어디지?"

대니는 어깨를 으쓱했다.

"기억 안 나요. 랭커스터 같아요."

콜 박사는 몇 분 동안 그 말을 곰곰이 생각해보았다. 박사는 그가 얼마나 기진맥진했는지 알고 있었기 때문에 펜을 내려놓았다.

"질문은 다른 때에 마저 하기로 하자꾸나. 오늘 밤은 그냥 편히 쉬어. 여기는 캐서린 길럿, 우리 병원 정신건강 전문가 중 한 분이지. 길럿 부인이 방을 보여줄 거란다. 그럼 여행 가방을 내려놓고 재킷을 벗어 걸어두렴."

콜 박사가 떠나자 길럿 부인이 대니를 데리고 로비 건너편 왼쪽에서 첫 번째 방으로 갔다. 문은 열려 있었다.

"이게 내 방이에요? 그럴 리 없어요."

"잘 봐요, 젊은이."

길럿 부인은 안으로 걸어 들어가서 창문을 열었다.

"애슨스와 오하이오 대학이 한눈에 들어오는 전망 좋은 방이에요. 지금은 어둡지만 아침이 되면 보이죠. 여기서 편안히 지내요."

하지만 길럿 부인이 떠날 때에도 그는 여전히 방 바깥에 있는 의자에 그대로 앉아 움직이려 하지 않았다. 그는 다른 정신건강 전문가 중 한 명이 복도 불을 끄고 돌아다닐 때가 되어서야 일어났다.

그는 방 안으로 들어가 침대에 앉았다. 몸이 떨리고 눈에는 눈물이 고였다. 그는 사람들이 친절하게 대해줄 때마다 언젠가는 대가를 치러야 한다는 걸 알고 있었다. 항상 함정이 있었다.

그는 침대에 누워 앞으로 자신이 어떻게 될지 생각해보았다. 잠에 빠지지 않으려고 애썼지만 하루가 너무 길었고, 곧 잠들었다.

2

1978년 12월 5일 아침, 대니는 창문으로부터 흘러들어오는 햇살에 눈을 떴다. 그는 창밖을 내다보며 강물과 강 건너의 대학 건물들을 바라보았다. 누군가 문을 두드렸다. 짧은 머리에 커다란 눈망울을 가진 원숙한 나이의 미인형 여성이었다.

"난 노마 디숑이라고 해요. 오전 환자 담당이죠. 날 따라오세요. 병원 구경도 시켜드리고 아침식사 하는 식당도 알려드릴게요."

대니는 노마를 따라갔다. 노마는 TV 시청실과 당구장, 매점을 구경시켜주었다. 이중문을 지나니 가운데 기다란 탁자가 하나 있고 카드용 탁자만한 사각 탁자가 벽을 따라 놓여 있는 작은 식당이 나왔다. 맨 끝에 급식대가 있었다.

"쟁반과 식기를 들고 원하는 걸 마음대로 고르세요."

대니는 쟁반을 들고 포크를 하나 집으려 했지만 꺼내고 보니 칼임을 알고 기겁해서 던져버렸다. 칼은 벽에 부딪쳤다가 바닥에 찰카닥 소리를 내면서 떨어졌다. 모두들 고개를 들고 쳐다보았다.

"무슨 일이죠?" 디숑이 물었다.

"나…… 난 칼이 무서워요. 칼을 싫어해요."

디숑은 포크를 하나 꺼내어 그의 쟁반 위에 놓아주었다.

아침식사 후 대니가 간호국 앞을 지나가자 디숑이 반겨주었다.

"참, 다른 건물을 구경해보고 싶으면, 벽에 걸린 종이에 이름을 적으세요. 그러면 병동을 나갔다는 걸 우리가 알 수 있으니까요."

그는 어안이 벙벙해서 간호사를 쳐다보았다.

"여기서 나가도 된다는 말씀이세요?"

"여긴 열린 병동이에요. 병원 안에 있기만 하면 마음대로 왔다 갔다 해도 좋아요. 그리고 나중에 환자가 준비가 되었다고 콜 박사님이 판단하시면, 이름을 적고 나가서 운동장을 거닐어도 좋아요."

그는 놀라서 다시 간호사를 보았다.

"운동장요? 하지만 벽이나 울타리도 없잖아요?"

간호사는 미소를 지었다.

"여긴 병원이에요, 감옥이 아니라."

그날 오후, 콜 박사가 병실에 들렀다.

"기분이 어때?"

"좋아요. 하지만 환자들이 감시도 없이 왔다 갔다 하게 놔두시는 건 별로 좋은 것 같지 않아요. 하딩 병원에서는 감시했거든요."

"그건 재판 전이었으니까. 한 가지만 명심해줬으면 하는 게 있어. 법정에서는 네 인생에서 가장 기쁜 날이었겠지. 무죄 판결도 받았고. 우리에게 너는 범죄자가 아니란다. 과거에 무슨 일을 했건, 네 안에 있는 사람들이 무슨 짓을 했건 이젠 끝났어. 이건 새로운 인생이야. 여기서 무엇을 하고 얼마나 발전하느냐, 그리고 어떻게 상황을 받아들이느냐에 따라 회복될지 안 될지가 결정된단다. 네가 빌리와 어떻게 해나가느냐, 어떻게 자기 자신을 한데 모아 본래의 자기로 돌아오느냐에 달려 있어. 이 병에서 회복되겠다는 마음을 가져야 해. 여기 있는 사람 누구도 너를 멸시하지 않아."

그날 오후, 《콜럼버스 디스패치》는 밀리건이 애슨스로 이송되었다는 기사를 보도하며 챌머 밀리건이 아내와 아이들을 학대했다는 주장을 뒷받침하기 위해 법정에서 제출된 증거를 포함한 사건 개요를 설명했다. 또한 챌머 밀리건과 그의 변호사가 신문사에 보낸 진술서도 함께 실었다.

나, 챌머 J. 밀리건은 윌리엄 스탠리 밀리건의 어머니와 1963년에 결혼했습니다. 그 직후, 윌리엄과 그 아이의 형, 여동생을 내 호적에 올렸습니다.

윌리엄은 내가 자신을 위협하고 학대했으며 성폭행했다고 비난하고 있습니다. 특히 그 애가 여덟 살에서 아홉 살일 때 1년여 동안 이런 행동을 저질렀다는 것입니다. 이 비난은 전적으로 거짓입니다. 더욱이, 플라워스 판사에게 제출할 목적으로 작성된 보고서에서 윌리엄을 진찰했다고 하는 정신과 의사들이나 심리학자들 중 한 사람도 그 서류를 작성해서 배포하기 전에 나를 만나보지 않았습니다.

나는 윌리엄이 그 아이를 진찰해준 사람들에게 계속적으로 심한 거짓말을 했다고 확신합니다. 그 애 어머니와 결혼생활을 했던 10년 동안, 윌리엄은 습관적으로 거짓말을 했습니다. 윌리엄은 오래전에 굳어진 거짓말하는 버릇을 고치지 못한 것 같다는 생각이 듭니다.

윌리엄과 그 후 수많은 신문과 잡지에 실린 기사로 인해 나는 극도의 당혹감과 정신적 고뇌, 고통을 겪었습니다. 나는 잘못된 기록을 바로잡고 불명예를 씻기 위해 이 진술서를 보냅니다.

밀리건이 도착하고 나서 일주일 후, 콜 박사가 다시 들렀다.

"오늘부터 너와 함께 진료를 시작해야겠다. 자, 내 연구실로 가자."

대니는 겁에 질려서 박사의 뒤를 따랐다. 콜 박사는 편안해 보이는 의자를 가리키고 자신은 건너편에 앉아서 배 위에 깍지 낀 손을 얹었다.

"내가 이미 진료 기록을 보고 너에 대해 많이 알고 있다는 사실을 이해해줬으면 좋겠다. 기록이 정말 엄청나게 두껍던데. 이제 윌버 박사님이 했던 치료와 비슷한 것을 할 거야. 윌버 박사님과 얘기해보았더니 너를 편안하게 해줘서 아서와 레이건, 다른 사람들과도 얘기를 할 수 있었다고 하시더구나. 우리도 바로 그렇게 하려고 한단다."

"어떻게요? 전 그 사람들을 나오게 할 수 없어요."

"그냥 편안히 뒤로 물러서서 내 목소리를 들으면 돼. 아서는 윌버 박사와 내가 친구 사이라는 걸 이해하고 있을 거야. 박사님은 나를 신뢰하시기 때문에 너의 치료를 맡긴 거란다. 그러니 너도 나를 믿어줬으면 좋겠다."

대니는 의자에 어색하게 앉아 있다가 편안히 뒤로 앉아 눈알을 옆으로 굴렸다. 몇 초 후, 그가 갑자기 경계하는 태도로 고개를 쳐들었다.

"그렇군요." 그는 손가락 끝을 맞대고 말했다. "윌버 박사님이 추천하셨으니 받아들이기로 하죠. 앞으로는 전적으로 협조해드리겠습니다."

콜은 이 영국인을 기대하고 있었기 때문에 전혀 꿈쩍하지 않았다. 그는 다중인격 환자를 많이 봐와서 또 다른 인격의 출현에도 놀라지 않았다.

"흠…… 아, 그렇죠. 이름을 말해줄 수 있겠어요? 기록을 해야 하니까."

"아서입니다. 박사님이 나랑 이야기하고 싶다고 하셨다면서요."

"그래요, 아서. 물론 외국어 억양을 듣고 누군지 알고 있었지만, 섣불리 짐작하지 않는 게 좋다는 건 아서도 알고 있겠지요?"

"나는 외국어 억양 같은 건 없습니다. 콜 박사님이 있는 거죠."

콜은 한동안 멍하니 그를 바라보았다.

"아, 그래요. 미안하군요. 몇 가지 질문할 테니 대답해주었으면 해요."

"얼마든지요. 그래서 여기 나온 거니까요. 할 수 있는 한 박사님을 도와드리겠습니다."

"먼저 여러 인격들에 대한 주요 사실들을 함께 되짚어봤으면 하는데……."

"'사람들'입니다. '인격'이 아니라. 앨런이 조지 박사님에게 설명한 적도 있지만, 우리를 '인격'이라고 부르면, 우리가 실제로 존재한다는 사실을 받아들이고 있지 않다는 느낌을 줍니다. 그럼 치료가 어렵게 되죠."

콜은 아서를 찬찬히 살펴보고서는 이 거만한 속물이 별로 마음에 안 든다고 생각했다.

"그럼 고쳐 말하기로 하죠. 난 이 사람들에 대해 알고 싶은데."

"내가 아는 정보를 드리도록 하죠."

콜은 질문을 했고, 아서는 조지 박사가 나타났다고 기록한 아홉 명의 나이, 외모, 특질, 능력과 존재 이유를 다시 설명해주었다.

"어째서 아기가 존재하게 된 거죠? 크리스틴. 그 애의 역할은 뭔가요?"

"외로운 어린애를 위한 친구죠."

"그 애의 기질은?"

"수줍어해요. 하지만 레이건이 뭔가 비열하거나 폭력적인 일을 할 것 같은 두려움이 생기면 그 애가 나올 수 있습니다. 레이건은 그 애를 사랑하니까 크리스틴이 짜증을 내거나 발을 동동 구르면 폭력적인 일을 하려다가도 정신을 딴 데 쏟게 되죠."

"그 애는 어째서 계속 세 살이죠?"

아서는 영악하게 미소 지었다.

"현재 벌어지는 일에 대해 모르는 사람이 하나 정도는 필요하니까요. 빌리가 뭔가 숨겨야 하면, 그 애가 자리에 나와 사방치기를 하거나 에이들라나가 만들어준 누더기 앤 인형을 껴안거나 하죠. 그 애는 명랑한 애입니다. 나도 그 애를 귀여워합니다. 아시겠지만 그 애는 영국인이거든요."

"그 점은 몰랐는데요."

"아, 그러셨군요. 그 애는 크리스토퍼의 여동생입니다."

콜은 잠깐 아서를 눈여겨보았다.

"아서는 다른 사람들을 다 알고 있습니까?"

"네."

"다른 사람들도 다 아서를 알고?"

"아뇨."

"그럼 아서는 어떻게 다른 사람들이 존재하는지 알게 된 거죠?"

"추론에 의해서죠. 내가 시간을 잃어버리고 있다는 걸 알았을 때, 다른 사람들을 자세히 살펴보기 시작했습니다. 뭔가 사람마다 다르다는 걸 발견하자 곰곰이 생각해보았죠. 스스로 몇 가지 질문을 한 끝에 진실을 알게 된 겁니다. 천천히 몇 년에 걸쳐, 모든 사람과 접촉을 할 수 있게 되었죠."

"그래요, 이렇게 만나게 되어 반갑군요. 나는 빌리, 그리고 당신들 모두에게 도움이 되고 싶습니다. 그러자면 아서의 도움이 필요해요."

"언제든지 부르세요."

"가기 전에 중요한 질문을 하나 더 하고 싶은데."

"네?"

"게리 쉬웨이카트가 언론에 계속 보도되었던 걸 말한 적이 있어요. 진료 기록에서 알아낸 사실로 볼 때, 당신들 모두가 말한 진술과 피해자의 진술 사이에 차이가 있다고 하더군요. 험한 말을 썼다거나, 범죄 행위에 대한 진술, '필'이라는 이름 같은 것들 말이죠. 쉬웨이카트는 이미 밝혀진 열 개 이상의 인격이 있을 거라고 믿고 있습니다. 이에 대해 아는 바 있어요?"

대답하는 대신, 아서의 눈이 멍해지더니 입술이 움직이기 시작했다. 천천히 알아차릴 수 없게 아서가 물러났다. 몇 초 후, 젊은 남자가 눈을 깜박이더니 주위를 둘러보았다.

"이럴 수가. 또 그러면 안 되는데!"

"안녕. 난 콜이라고 해요. 이름을 알려줬으면 하는데. 기록 차원에서."

"빌리예요."

"알았어요. 잘 있었어요, 빌리. 난 당신의 주치의입니다. 빌리는 여기 보내져서 내 보호 하에 있습니다."

빌리는 아직도 약간 어지러운 듯 손을 머리에 얹었다.

"저는 법정에서 나왔어요. 차를 탔는데……."

빌리는 손목을 재빨리 쳐다보았다가 다음으로는 옷을 살폈다.

"어디까지 기억하고 있죠, 빌리?"

"경관이 수갑을 너무 꽉 채웠어요. 뜨거운 커피 컵을 손에 쥐여주고 차문을 쾅 닫았어요. 차가 출발했는데, 저는 새 양복에다가 뜨거운 커피를 쏟았어요. 그게 마지막으로 기억나는 거예요. 제 양복은 어디 있죠?"

"벽장에 있어요, 빌리. 양복은 드라이클리닝을 하면 돼요. 자국을 지워야 하니까."

"기분이 아주 이상해요."

"어떤 기분인지 묘사해줄 수 있어요?"

"머릿속에서 뭔가 잃어버린 기분이에요."

"기억 말인가요?"

"아뇨, 재판 전에는 다른 사람들과 함께 있었거든요. 아세요? 하지만 이젠 갈수록 퍼즐 조각이 빠져나가는 느낌이에요."

빌리는 자기 머리를 톡톡 두드렸다.

"그래요, 빌리. 앞으로 며칠, 몇 주 동안 더 많은 조각을 찾아서 다시 끼워봅시다."

"여긴 어딘가요?"

"여기는 오하이오 주 애슨스 시에 있는 애슨스 정신건강센터랍니다."

빌리는 마음을 추슬렀다.

"멧카프 판사님이 말한 데군요. 제가 여기로 와야 한다고 판사님이 말한 건 기억나요."

이제 부분적으로나마 융합된 주인격인 빌리를 대하고 있음을 알게 된 콜 박사는 몇 가지 무겁지 않은 질문을 부드럽고 조심스럽게 던졌다. 빌리는 인격이 변하면 얼굴도 눈에 띄게 변했다. 아서를 오만하게 보이게 하는 팽팽한 턱과 꽉 다문 입술, 사람을 쳐다볼 때 내리깔던 눈길이 빌리의 크게 뜬 눈, 망설이는 표정으로 바뀌었다. 약하고 상처 입기 쉬운 인상이었다. 대니의 공포와 불안 대신에, 빌리는 당혹감을 보이고 있었다. 의사 선생님의 비위를 맞추려는 듯 질문에 열심히 대답하고 있었지만, 빌리는 물어본 정보에 대해서는 대부분 모르고 있거나 기억하지 못함이 분명했다.

"미안해요, 콜 선생님. 질문을 하시면 가끔 알 것도 같은데, 막상 말하려고 하면 할 수가 없어요. 아서나 레이건은 알지도 모르겠어요. 두 사람은 저보다 더 영리하고 기억력도 좋으니까요. 하지만 두 사람이 어디로 가버렸는지 모르겠네요."

"괜찮아요, 빌리. 기억력은 점점 더 좋아질 거고, 기대 이상으로 알고 있다는 걸 발견하게 될 테니까."

"조지 박사님도 그 말씀을 하셨어요. 제가 융합되면 그렇게 된다고 했는데 정말 그렇더라고요. 하지만 재판이 끝나고 난 후에 다시 해체되었어요. 왜 그렇죠?"

"나도 이유를 몰라요, 빌리. 왜 그런 일이 일어났다고 생각해요?"

빌리는 고개를 저었다.

"제가 아는 거라곤 아서와 레이건이 지금 저와 함께 있지 않고, 두 사람이 저와 같이 있지 않을 때는 제가 기억을 잘 못 한다는 것뿐이에요. 두 사람이 오랫동안 저를 재워놨기 때문에 이제껏 살아오면서 있었던 일을 잘 기억 못 해요. 아서가 말해줬어요."

"아서와 얘기를 많이 하나요?"

빌리는 고개를 끄덕였다.

"조지 박사님이 하딩 병원에서 아서를 소개시켜준 후부터요. 이제 아서는 저한테 어떻게 하라고 말해줘요."

"아서의 말을 따라야 할 것 같긴 해요. 다중인격을 가진 사람의 마음속에는 다른 인격들을 다 알고 도와주려고 하는 누군가가 있게 마련이죠. 우리는 이런 사람을 '내적 자아 조력자'(inner self helper)라고 부릅니다. 줄여서 ISH라고 하죠."

"아서요? 아서가 ISH인가요?"

"그런 것 같아요, 빌리. 아서는 그 역할에 들어맞으니까. 지적이고, 다른 사람을 알고 있고, 아주 도덕적인……"

"아서는 정말 도덕적이에요. 아서가 바로 규칙을 만든 사람이죠."

"무슨 규칙?"

"어떻게 행동하고, 무슨 일을 하고 무슨 일은 하면 안 되는지요."

"음, 아서가 우리에게 협조해준다면 빌리의 치료에 아주 큰 도움이 될 겁니다."

"도와줄 거예요. 아서는 항상 우리가 하나로 융합되면 유용한 시민, 사회에 이바지하는 사람이 될 수 있다고 말하니까요. 하지만 지금은 아서가 어디로 갔는지 모르겠어요."

이야기를 나누면서 콜 박사는 빌리가 자신에게 점차 신뢰감을 쌓아가고 있다는 느낌을 받았다. 박사는 빌리를 병동으로 데려가서 병실을 보여주고 다시 한 번 담당 관리인과 병동의 다른 사람에게 소개했다.

"노마, 이쪽은 빌리랍니다. 여기 처음 왔죠. 다른 사람에게 부탁해서 AIT를 안내해달라고 해주세요."

"물론이죠, 콜 박사님."

노마는 빌리와 함께 병실로 걸어가면서 그를 계속 쳐다보았다.

"이 주변 지리를 벌써 알고 있네요, 빌리. 그럼 다시 안내를 받을 필요가 없을 것 같은데."

"AIT가 뭐예요?"

노마는 병동 현관으로 빌리를 이끌면서 문을 열고 현관을 가리켰다.

"입원 및 집중 치료(Admission and Intensive Treatment). 줄여서 AIT라고 부르죠."

노마는 등을 돌려 자리를 떠났다. 빌리는 자기가 뭘 잘못했기에 노마가 저렇게 퉁명스럽게 떠났는지 궁금했지만 아무리 생각해봐도 이유를 알 수 없었다.

여동생과 어머니가 그날 저녁 면회를 올 예정이라는 것을 알자, 빌리는 긴장했다. 빌리는 재판에서 여동생 캐시를 보았다. 열네 살 때 마지막으로 만난 여동생이 훌쩍 자라 스물한 살의 처녀로 변모한 모습을 보고 받은 충격에서 일단 벗어나자 빌리는 캐시에게서 편안한 느낌을 받았다. 하지만 빌리가 요청한 대로 어머니는 법정에 오지 않았다. 빌리가 하딩 병원, 그리고 전에 레바논 교도소에 있을 때 빌리를 자주 찾아갔었다고 캐시가 확인해줬지만, 빌리는 하나도 기억할 수 없었다.

빌리가 마지막으로 어머니를 본 것은 그가 열여섯 살 때, 다른 사람들이 빌리를 재우기 전이었다. 하지만 빌리의 마음속에 있던 어머니의 이미지는 그보다 더 어린 시절의 것이었다. 피범벅이 된 아름다운 얼굴, 정수리에서 뽑혀나간 머리카락 한 움큼……. 열네 살 이후로 빌리가 기억하는 엄마의 얼굴이었다.

어머니와 여동생이 AIT에 도착하자, 빌리는 어머니가 얼마나 나이 들었는지를 깨닫고 충격을 받았다. 얼굴에는 주름이 가득했다. 꼬불꼬불하게 말린 검은 머리카락은 가발처럼 보였다. 그렇지만 파란 눈동자와 도톰한 입술은 여전히 아름다웠다.

어머니와 캐시는 서로 앞 다퉈 빌리에 대한 기억에서 혼란스러웠던 순간들을 떠올렸다. 두 사람은 이제 그렇게 혼란스러웠던 이유가 인격들이 교대로 나타났기 때문이라고 설명할 수 있게 되었다.

"두 사람이 있는 건 항상 알고 있었단다." 어머니가 말했다. "언제나 내 아들 빌리와 다른 사람 한 명이 더 있다고 말했지. 네가 도움이 필요하다고 했지만 아무도 내 말에 귀를 기울이지 않았어. 의사들과 너를 레바논으로 보내기로 협상한 변호사들에게도 그렇게 말했지만 아무도 내 말을 듣지 않더라."

캐시는 뒤로 물러 앉아 어머니를 쏘아보았다.

"하지만 어머니가 새아빠에 대해 말했으면 말을 들어줬을 거예요."

"모르겠구나." 도로시 무어가 항변했다. "캐시, 하늘에 맹세코 챌머가 빌리에게 무슨 일을 저질렀는지 알았다면, 그자의 심장을 찔러버렸을 거야. 그 칼을 네게서 빼앗지 말았어야 했는데 내 잘못이었어, 빌리."

빌리는 얼굴을 찡그렸다.

"무슨 칼요?"

"어제 일처럼 생생해."

어머니는 햇볕에 그을린 긴 다리 위로 치마의 주름을 폈다.

"네가 열네 살 때였지. 네 베개 밑에서 부엌칼을 발견하고 이게 뭐냐고 물었어. 그랬더니 너는 다른 사람이 되어 이렇게 말하더구나. '아주머니, 오늘 당신 남편은 죽은 목숨입니다.' 바로 이렇게 말했어."

"칼라는 어떻게 지내나요?"

빌리가 화제를 바꾸었다. 어머니는 바닥만 내려다봤다.

"뭔가 잘못되었군요." 빌리가 말했다.

"그 앤 괜찮아." 어머니가 대답했다.

"뭔가 잘못된 것 같은데요."

"걔, 임신했어." 캐시가 대신 대답했다. "남편과 헤어지고 오하이오로 와서 아이를 낳을 때까지는 엄마와 살 거야."

빌리는 연기나 안개를 헤치려는 듯 손으로 눈앞을 휘휘 저었다.

"뭔가 잘못된 줄 알았지. 예감이 그랬어요."

어머니는 고개를 끄덕였다.

"넌 항상 앞일을 잘 맞췄지. 사람들이 그런 걸 뭐라고 하는 줄 아니?"

"초능력자요." 캐시가 대답했다.

"너도 그래. 너희 둘 사이에서는 언제나 무슨 일이 일어날지 알고 있었지. 그리고 너희 둘은 말하지 않아도 서로의 마음속에 무슨 생각이 있는지 알 수 있었어. 그래서 난 항상 소름이 끼쳤단다. 지금에야 하는 말이지만."

어머니와 여동생은 한 시간 넘게 머물다 갔다. 두 사람이 떠나자 빌리는 침대에 누워 애슨스 시내에서 나오는 불빛을 창문 너머로 바라다보았다.

3

그 다음 며칠 동안, 빌리는 병원 운동장에서 조깅을 하거나 책을 읽거나 TV를 보거나 하면서 치료 시간을 가졌다. 콜럼버스 시의 신문들은 빌리에 대한 기사를 정기적으로 실었다. 《피플》은 빌리의 일생에 대한 긴 기사를 실었고 월간 《콜럼버스》의 표지에 사진이 실리기도 했다. 빌리의 예술품에 대한 기사를 읽거나 사진을 본 사람들이 그림을 사고 싶다면서 병원 교환국에 불이 나도록 전화를 걸기도 했다. 콜 박사의 허락을 받아 빌리는 미술용품을 이용할 수 있었다. 그는 방에 이젤을 세우고 수십 점이나 되는 초상화와 정물화, 풍경화를 그렸다.

빌리는 많은 사람들이 주디와 게리에게 연락해서 자신의 자서전 저작권에 대해 문의했으며 어떤 사람들은 〈필 도나휴 쇼〉나 〈다이나!〉, 〈60분〉 같은 프로그램에 출연해달라고 요청했다고 콜 박사에게 말했다.

"빌리 얘기를 책으로 썼으면 좋겠어요?" 콜 박사가 물었다.

"돈을 벌 수 있을 것 같다는 생각은 했어요. 회복이 되어서 사회에 나가면 생활수단이 필요하잖아요. 누가 저한테 일자리를 주겠어요?"

"돈 문제는 제외하고, 빌리의 일생에 대한 얘기를 전 세계 사람들이 읽을지도 모르는데 그럼 기분이 어떨 것 같아요?"

빌리는 얼굴을 찡그렸다.

"사람들도 알아야 한다고 생각해요. 아동 학대의 결과가 어떤지 사람들이 이해하는 데 도움이 될 거예요."

"빌리가 정말로 자기 얘기를 책으로 내고 싶다면, 내가 잘 알고 신뢰하는 작가를 소개해줄 수 있어요. 그 사람은 여기 애슨스에 있는 오하이오 대학에서 가르치고 있죠. 그 사람이 쓴 책 중 하나는 영화로 만들어지기도 했어요. 내가 이런 말을 하는 건 여러 가능성이 있으니 참고하라는 거죠."

"선생님은 진짜 작가가 제 얘기를 쓰고 싶어 한다고 생각하세요?"

"그 사람을 만나서 생각이 어떤지 알아본들 나쁠 건 없지 않을까요?"

"좋아요. 좋은 생각이네요. 저도 마음에 들어요."

그날 밤, 빌리는 작가와 이야기한다는 게 어떤 일일지 상상해보려고 했다. 빌리는 그 사람의 모습을 그려보려고 했다. 아마도 작가는 트위드 재킷을 입고 파이프 담배를 피울지 모른다. 마치 아서처럼. 대학에서 가르치려면 얼마나 대단한 작가가 되어야 할까? 작가들은 뉴욕이나 비벌리힐스에 살지 않나? 왜 콜 선생님은 그를 추천했을까? 빌리는 조심해야 했다. 게리 말로는 책이나 영화를 만들면 돈을 많이 벌 수도 있다고 했다. 빌리는 영화에서는 누가 자기 역을 맡게 될지 궁금했다.

빌리는 영화화된 책을 쓴 적이 있는 진짜 작가를 만나서 이야기를 나눈다는 생각에 들뜨고 두려워서 밤새 뒤척였다. 새벽녘쯤 빌리가 마침내 잠이 들자, 아서는 빌리가 작가와 인터뷰를 진행해서는 안 된다고 결정했다. 대신 앨런이 자리에 나가기로 했다.

"왜 나야?" 앨런이 따졌다.

"너는 사람 마음을 다루는 데 능하니까. 정신 바짝 차리고 빌리가 사기당하지 않게 할 수 있는 사람이 너 말고 또 누가 있겠어?"

"언제나 내가 간판 역할이군." 앨런이 툴툴거렸다.

"네가 가장 잘하는 일이잖아." 아서가 말했다.

다음 날, 앨런이 작가를 만나러 갔을 때 그는 놀라기도 하고 실망도 했다. 훤칠하고 화려한 작가 대신에 콧수염에 안경을 쓰고 갈색 코듀로이 재킷을 걸친 키 작고 마른 남자가 있었던 것이다.

콜 박사의 소개가 끝난 다음 그들은 이야기를 나누기 위해 박사의 연구실로 갔다. 앨런은 가죽 소파에 깊숙이 앉아 담배에 불을 붙였다. 작가는 건너편에 앉아 파이프에 불을 붙였다. 꼭 아서처럼. 두 사람은 잠시 동안 잡담을 나누었고, 그러다 앨런이 주된 화제를 꺼냈다.

"콜 박사님 말로는 작가님이 제 얘기의 저작권에 관심이 있으실지도 모른다는데요. 그 얘기가 값어치가 있다고 생각하세요?"

앨런이 물었다. 작가는 미소를 지으며 연기를 내뿜었다.

"글쎄, 상황에 따라 다르겠죠. 출판사에서 관심이 있을 만한 얘긴지 알아보기 위해서는 빌리를 좀 더 잘 알아야 하지 않을까요. 이미 신문이나 타임, 뉴스위크에 실린 기사 내용 이상이 있어야겠죠."

콜 박사는 미소를 지으며, 손가락으로 자기 배를 조였다.

"그건 확신해도 좋아요."

앨런은 팔꿈치를 무릎에 대고 몸을 앞으로 웅크렸다.

"있죠. 훨씬 더 많이. 하지만 공짜로 막 내줄 순 없어요. 콜럼버스에 있는 우리 변호사님들 얘기로는 저작권을 갖고 싶어 하는 사람이 많다던데요. 할리우드에서 온 어떤 남자는 TV와 영화 저작권을 사겠다는 제안도 했대요. 그리고 이번 주에 벌써 계약 조건을 가지고 온 작가도 있었대요."

"좋은 소식이네요. 이제껏 유명세를 많이 탔으니, 많은 사람들이 읽고 싶어 하겠죠."

앨런은 슬쩍 웃었다. 그는 이 남자를 좀 더 시험해보기로 했다.

"작가님이 어떤 책을 쓰실지 알기 위해서는 이제껏 쓰신 책을 좀 읽어보고 싶은데요. 콜 박사님 말로는 책 하나가 영화로도 만들어졌다면서요."

"그 소설을 보내드리죠. 읽어보고 흥미가 있으면 다시 얘기합시다."

작가가 떠나자, 콜 박사는 일이 더 진행되기 전에 빌리가 자기 권리를 찾을 수 있도록 그 지역의 변호사를 선임하자고 제안했다. 콜럼버스의 관선 변호인들은 더 이상 빌리의 대변인이 될 수 없었다.

그 주에 앨런과 아서, 빌리는 교대로 작가가 보내준 소설을 읽었다. 책을 다 읽은 후 빌리는 아서에게 이렇게 말했다.

"이 사람에게 우리 책을 맡겨야 할 것 같아."

"나도 그런 생각이 드는군." 아서도 동의했다. "이 사람이 자기 인물의 내면을 묘사한 방식대로 우리 이야기를 써줬으면 좋겠어. 빌리의 문제를 이해하고 싶다면, 내면에서부터 얘기해야 돼. 작가는 빌리의 입장에 서서 볼 수 있어야 해."

그러자 레이건이 입을 열었다. "난 반대야. 난 책을 쓰면 안 된다고 봐."

"왜 안 되지?" 앨런이 물었다.

"빌리는 이 남자와 얘기를 나눌 거고, 너도 그렇고 다른 사람들도 그렇겠지. 너희들이 내가 저지른 다른 일에 대해 말하면 어쩔 거야? 다른 범죄 말이야."

아서는 그에 대해 생각해보았다.

"그런 일까지 작가에게 말할 필요는 없겠지."

"그것 말고도 빠져나갈 구멍을 만들어놓고 언제든지 이용할 수 있게 하자. 대화 도중 우리에게 불리한 얘기가 나오면 빌리가 언제든지 이 책을 폐기할 수 있게 하잔 말이야." 앨런이 제안했다.

"그게 어떻게 가능한데?"

"그냥 모든 얘기를 부인하는 거야. 다중인격인 것처럼 가장했다고 하지 뭐. 내가 거짓이라고 말하면 아무도 그 책을 안 살 거야."

"누가 그 말을 믿겠냐?"

레이건이 말했다. 앨런은 어깨를 으쓱했다.

"믿든 안 믿든 중요하진 않아. 주인공이 책에 나온 얘기가 다 거짓이라고 하는데 어떤 출판사가 그런 책을 출판하려고 하겠어?"

"앨런이 정곡을 찔렀군." 아서가 말했다.

"빌리가 어떤 계약서에 서명을 하든 이런 조건은 다 공통적으로 유효해." 앨런이 덧붙였다.

"빌리가 계약서에 서명을 할 능력이 없는 것처럼 하잔 말이야?"

레이건이 물었다. 앨런은 미소 지었다.

"'정신이상에 의한 무죄' 맞지? 게리 쉬웨이카트에게 전화 걸어서 물어봤어. 언제든 나는 너무 미쳐서 계약서에 서명할 능력이 없었는데 콜 박사가 압력을 넣었다고 말할 수 있다는 거야. 그럼 계약서는 무효가 되지."

아서가 고개를 끄덕였다.

"그럼 안전하게 일을 진행할 수 있겠군."

"난 여전히 똑똑한 생각 같지 않은데." 레이건이 투덜거렸다.

"난 이 얘기를 세상에 알리는 게 아주 중요하다고 생각해. 다중인격에 대한 다른 책도 있지만, 빌리의 얘기 같은 건 없었으니까. 이 일이 어떻게 발생했는지 사람들이 알게 된다면 인류의 정신건강에 공헌을 하는 셈이지." 아서가 말했다.

"게다가 돈을 많이 벌 수 있잖아." 앨런이 덧붙였다.

"오늘 들은 주장 중에서 가장 좋고 합리적이군." 레이건이 말했다.

"너 같은 성격이면 돈 얘기가 먹힐 거라고 생각했지." 앨런이 말했다.

"그건 레이건의 가장 흥미로운 모순이야. 충실한 공산주의자면서도 돈을 너무 사랑해서 훔치기까지 하다니." 아서가 말했다.

"하지만 우리 생활비 낼 돈을 빼고는 얼마든지 내가 가난한 불우이웃들에게 기부하고 있다는 걸 너희도 알 텐데." 레이건이 응수했다.

"그래?" 앨런이 웃었다. "잘하면 기부금 명목으로 세금 공제를 받을 수도 있겠네."

4

12월 19일, 《애슨스 메신저》의 사회부장이 병원에 전화해서 빌리 밀리건과의 인터뷰를 요청했다. 빌리와 콜 박사는 동의했다.

콜 박사는 빌리를 데리고 면회실로 갔다. 박사는 빌리를 허브 어메이 사회부장, 밥 에키 기자, 게일 피셔 사진기자에게 소개했다. 콜은 그들에게 빌리의 그림을 보여주었고, 빌리는 자신의 과거와 학대 경험, 자살 미수, 다른 인격들에 의해 지배되었던 날들에 관한 기자들의 질문에 답했다.

"폭력사건에 대한 이야기는 어떻습니까?" 어메이가 물었다. "빌리가 여기 열린 병동의 다른 환자들처럼 허가를 받고 밖으로 나오게 될 때 우리 시민들이나 어린이들에게 위협적인 존재가 되지 않을 거라고 애슨스 시민들이 어떻게 확신할 수 있죠?"

이 질문에는 콜 박사가 대답했다.

"폭력에 대한 질문은 빌리 말고 다른 인격 중 하나가 대답해야 합니다."

박사는 기자들에게 양해를 구하고 빌리를 복도 건너편에 있는 자기 연구실로 데려가서 자리에 앉혔다.

"자, 빌리. 지금은 빌리가 지역 언론들과 좋은 관계를 유지하는 게 아주 중요해요. 여기 사람들에게 빌리가 위험한 인물이 아니라는 걸 보여줘야만 합니다. 조만간 빌리는 감독관 없이 시내에 나가 미술용품도 사고 영화도 보러 가고 햄버거도 사먹고 싶어질 겁니다. 여기 기자들은 빌리의 입장을 동정하고 있어요. 기자들과 레이건이 얘기를 나눌 수 있게 해줘야 한다고 생각해요."

빌리는 가만히 앉아 소리 없이 입술만 움직였다. 잠시 후 그는 앞으로 몸을 숙이고 쏘아보았다.

"당신 미쳤소, 콜 박사?"

콜은 거친 목소리를 듣고 순간 숨을 죽였다.

"왜 그렇게 말하는 거죠, 레이건?"

"이러시면 안 되지. 우린 빌리가 깨어 있을 수 있게 노력해왔다구요."

"중요한 일이 아니라면, 레이건을 부르지도 않았을 겁니다."

"별로 중요한 일도 아니던데. 신문에 착취당하는 거 아닌가요. 난 반대합니다. 화가 나는군요."

"레이건 말이 맞아요." 콜은 조심스럽게 그를 쳐다보았다. "하지만 대중에게 당신이 법정의 판결대로 무죄라는 걸 확인시켜줘야 합니다."

"대중이 뭐라고 생각하든 난 신경 안 써요. 난 착취당하고 싶지도 않고, 신문 기사로 망신당하고 싶지도 않다구요."

"애슨스에서는 언론과 좋은 관계를 맺는 게 필수적입니다. 이 동네 사람들이 어떻게 생각하는지가 당신의 치료와 권리에 영향을 미치거든요."

레이건은 콜 박사가 자기를 이용해서 언론에 영향력을 행사하려 한다는 걸 감지했으나 박사의 주장은 합리적이었다.

"이게 잘하는 일이라고 생각하세요?" 레이건이 물었다.

"그렇게 생각하지 않았으면 애초에 하자고도 안 했겠죠."

"알았어요. 기자들과 이야기를 하도록 하죠."

콜과 레이건이 면회실로 돌아오자 기자들은 불안한 듯 올려다보았다.

"질문에 대답을 하겠수다."

레이건이 말했다. 그 억양에 놀란 에키는 망설였다.

"내… 내 말은… 그러니까 우리가 물어보려고 하는 것은… 그러니까 우리 지역이 당신, 그러니까 빌리가 폭력적이지 않다는 사실을 확인해보고 싶은 건데……."

"만약 누군가가 빌리를 해치려 하거나 빌리가 보는 앞에서 여자나 애들에게 해를 끼치면 폭력적이 될 수도 있겠죠. 그런 경우에만 내가 끼어드는 거지. 이런 식으로 말해봅시다. 당신이라면 애가 다치는데 가만히 있겠수? 아닐 거 아뇨. 마누라나 애들, 아무 여자나 보호하려고 하겠지. 누군가 빌리를 해치려고 하면 내가 보호합니다. 하지만 도발도 하지 않는데 공격한다면 야만적인 일이지. 나는 야만인이 아니니까."

질문을 몇 가지 더 던진 후, 기자들은 아서와 이야기를 할 수 있겠느냐고 물었다. 콜이 이 요청을 전달하는 순간, 기자들은 레이건의 적대적인 표정이 녹아버리듯 변하는 모습을 볼 수 있었다. 잠시 후 그의 표정은 거만하고 입술을 꽉 다문 찡그린 얼굴로 굳어졌다. 아서는 어딘가에 몰두한 표정으로 주위를 둘러보더니 주머니에서 파이프를 꺼내 불을 붙이고 연기를 길게 한 모금 뿜어냈다.

"이건 정말 미친 짓입니다." 아서가 말했다.

"뭐가요?" 콜 박사가 물었다.

"우리를 전시하기 위해 윌리엄을 재운 일 말입니다. 나는 최선을 다해 윌리엄이 깨어 있도록 노력했습니다. 그가 항상 통제 상태에 있도록 유지하는 게 얼마나 중요한지 아십니까, 하지만……."

아서는 기자들에게 주의를 돌렸다.

"폭력에 대한 당신네들의 질문에 대답하자면 이 지역 어머니들이 문에 빗장을 꼭꼭 걸어 잠글 필요는 없다는 것을 말해두고 싶군요. 윌리엄의 상태는 호전되어가고 있습니다. 나한테는 논리력을, 레이건에겐 화를 표현하는 능력을 얻었죠. 우리는 윌리엄을 가르쳤고 점점 우리를 소비해가고 있는 셈이죠. 우리가 가르쳐야 할 내용을 윌리엄이 다 배우면 우리는 사라질 겁니다."

기자들은 메모지에 재빨리 받아 적었다. 콜 박사는 빌리를 도로 불러냈다. 밖으로 나오자마자 빌리는 파이프 담배에 목이 메어 콜록거렸다.

"세상에! 뭐 이렇게 끔찍한 쓰레기가 다 있담!"

빌리는 파이프를 탁자 위에 던져버렸다.

"난 담배 안 피워요."

빌리는 콜 박사가 다른 방으로 데리고 간 후에 일어났던 일은 하나도 기억나지 않는다고 말했다. 그는 주저하면서 자신의 소망에 대해 이야기했다. 자기 그림을 팔아서 그 수익의 일부를 아동학대방지센터에 기부하고 싶다는 것이었다.

《애슨스 메신저》의 기자들이 방을 떠날 때 모두들 어안이 벙벙한 표정임을 콜 박사는 알아챘다. 박사는 빌리를 AIT에 데려다주며 말했다.

"이제 우리를 믿는 사람들이 더 생긴 것 같군요."

주디 스티븐슨은 사건을 맡아 바빴기 때문에 게리 쉬웨이카트가 관선 변호인 사무실의 총책임자와 함께 애슨스로 빌리를 면회하러 왔다. 게리는 책을 쓰려 한다는 작가와 민사 사건을 해결하기 위해 빌리가 고용했다고 하는 애슨스의 변호사 L. 앨런 골즈베리에 대해 더 알고 싶어 했다. 세 사람은 콜 박사와 함께 오전 11시에 면회실에서 만났다. 빌리의 여동생과 약혼자 롭도 함께 있었다. 빌리는 자기 스스로 결정해야 한다고 주장했고, 이 작가에게 책을 맡기고 싶다고 했다. 게리는 골즈베리에게 빌리의 이야기에 관심을 보인 출판사와 작가들, 영화 제작자의 목록을 주었다.

회의 후, 게리는 짧게나마 잡담을 나누기 위해 빌리와 단둘이 걸었다.

"신문들이 관심을 보일 만한 다른 사건 하나를 더 맡았지." 게리가 말했다. "22구경 살인자."

빌리는 아주 진지하게 게리를 쳐다보더니 말했다.

"저한테 한 가지만 약속해주세요."

"뭔데?"

"만약 그 사람이 진범이면, 그 사람을 변호해주지 마세요."

게리는 미소 지었다.

"너한테 나오는 말 치고는 정말 대단한 말이구나."

애슨스 정신건강센터를 떠나는 게리의 마음은 복잡했다. 빌리는 이제 다른 사람의 손에 맡겨졌다. 지난 열네 달 동안의 일은 정말 놀라웠다. 전력을 쏟았고 모두 소진되었다.

이 시기는 조 앤과의 결혼생활이 깨어진 원인이기도 했다. 그의 가족을 빼앗아갔으며 그에게 악명을 안겨다주었다. 아직도 사람들이 한밤중에 전화해서 성폭행범을 변호해서 무죄 판결을 받아냈다며 욕을 퍼붓기도 했다. 이 사건은 그에게는 참을 수 없는 부담이었다. 아버지가 밀리건을 변호했다는 이유로 아이들 중 한 명은 학교를 옮기기도 했다.

게리는 이 사건을 맡는 동안 자신과 주디가 맡은 다른 의뢰인들은 시간과 노력을 얼마나 빼앗겼을지 궁금했다. 빌리 밀리건 사건이 너무 복잡하고 우선권을 지니고 있기 때문이었다. 주디는 이렇게 표현한 적이 있었다.

"누군가를 등한시하고 있으면 어쩌나 하는 생각이 들면 열 배는 더 열심히 일하게 되지. 그래야 다른 사람들에게서 조금씩 떼먹는 일이 없을 테니까. 하지만 그 대가를 치르는 사람들은 우리 가정과 가족들이야."

게리는 차에 올라타면서 거대하고 흉한 빅토리아 양식의 건물을 올려다보았다. 그는 고개를 끄덕였다. 이제 빌리 밀리건은 다른 사람이 보호하고 책임질 문제였다.

5

12월 23일, 빌리는 작가와 이야기를 한다는 생각에 초조한 기분을 느끼면서 깨어났다. 어린 시절에 대해 그가 기억할 수 있는 내용은 거의 없었고 파편적으로 다른 사람에게서 얻어들은 이야기밖에 없었다. 자기 인생 이야기를 어떻게 작가에게 할 수 있을까?

아침식사 후, 빌리는 로비 끝에서 팔걸이의자에 앉아 작가를 기다렸다. 지난주에 책 관계 문제로 앨런 골즈베리 변호사를 새롭게 선임했고 그들은 작가와 출판사 대표와 함께 계약서에 서명했다. 그 일만도 충분히 힘들었다. 하지만 이제 공포심이 점점 자리를 잡아가고 있었다.

"빌리, 면회 왔어요."

노마 디숑의 목소리에 빌리는 화들짝 놀라서 자리에서 벌떡 일어서다가 커피를 청바지에 쏟고 말았다. 그는 작가가 복도로 이어지는 계단을 내려오는 모습을 보았다. 세상에, 대체 무슨 일을 벌인 것일까?

"잘 있었어요?" 작가가 웃으며 물었다. "시작할 준비가 됐나요?"

빌리는 그를 자기 방으로 안내했다. 빌리는 턱수염을 기르고 체구가 작은 작가가 가방에서 녹음기와 공책, 연필과 파이프 담배를 꺼내놓고 의자에 자리를 잡고 앉는 모습을 바라봤다.

"매 시간 이름을 먼저 말하는 습관을 갖도록 합시다. 녹음하기 위해서죠. 지금 내가 말하고 있는 사람의 이름은 뭐죠?"

"빌리."

"좋았어요. 자, 콜 박사의 연구실에서 우리가 처음 만났을 때, 박사가 '자리'라는 이야기를 했는데요. 빌리는 자리에 대해 내게 얘기해줄 만큼 잘 알고 있지는 않다고 했죠. 지금은 어때요?"

빌리는 당황해서 고개를 숙였다.

"첫날 선생님이 만나신 건 제가 아니었어요. 그날은 제가 너무 부끄러워해서 선생님과 얘기를 할 수가 없었어요."

"그래요? 그럼 누구였죠?"

"앨런이었어요."

작가는 얼굴을 찡그리더니, 생각에 잠겨 파이프 담배를 피워댔다.

"알았어요."

그는 수첩에 적었다.

"자리에 대해 말해줄 수 있겠어요?"

"제가 자리에 대해 배운 건 부분적으로 융합되었던 하딩 병원에서였어요. 제 인생에 일어났던 다른 일들도 거기서 배웠고요. 현실 세계에 존재하는 방법에 대해 아서가 어린애들에게 설명해줬어요."

"자리는 어땠나요? 실제로 뭐가 있죠?"

"바닥에서 반짝반짝 빛나는 커다란 하얀 점이에요. 모두들 그 주위에 둘러서 있거나, 자리 가까이 어둠속에 있는 자기 침대에 누워 있거나 해요. 어떤 사람들은 바라보고 있고, 다른 사람들은 자고, 또 자기 할 일을 하느라 바쁘기도 하고. 하지만 누구든 자리에 올라가면 의식을 잡게 돼요."

"인격들 모두 '빌리'라는 이름을 부르면 대답을 하나요?"

"제가 잠들어 있었을 때 외부인이 빌리를 부르면, 제 안에 있는 사람들이 그 이름에 대답을 하기 시작했대요. 윌버 선생님이 한 번 설명해주셨는데, 다른 사람들은 자기들이 다중인격이라는 사실을 숨기려고 안간힘을 쓴대요. 저에 대한 진실은 데이비드가 너무 겁에 질려서 도로시 터너 선생님에게 털어놓으면서 알려졌어요."

"빌리의 마음속에 있는 사람들이 언제 처음 생겨났는지 알고 있어요?"

빌리는 고개를 끄덕이며 뒤로 기대고 잠시 생각했다.

"크리스틴은 제가 아주 어렸을 때 생겼어요. 언제인지는 기억이 안 나요. 다른 사람들은 대부분 제가 여덟 살에서 아홉 살이 될 때 생겼어요. 챌머가…… 그러니까 아버지가……."

빌리의 말이 점점 끊기기 시작했다.

"말하기 어려우면 하지 않아도 됩니다."

"괜찮아요. 의사 선생님이 그러시는데, 그 기억을 제 안에서 꺼내버리는 게 중요하다고 하셨어요."

빌리는 눈을 감았다.

"만우절 다음 주의 일이었던 것 같아요. 저는 4학년이었어요. 그 사람은 저를 농장으로 데리고 가서 꽃을 심을 수 있게 정원을 갈아엎는 일을 도우라고 했어요. 그 사람은 저를 마구간으로 데려가더니 회전경운기에 묶었어요. 그리고…… 그리고……."

그의 눈에는 눈물이 고였고 목소리는 잠겨서 머뭇거리는 소년의 목소리처럼 변했다.

"더 이상은 얘기하지 않는 편이……."

"그 사람이 저를 때렸어요."

빌리는 손목을 문질렀다.

"그리고 모터를 돌렸어요. 저는 경운기에 깔려 몸이 갈기갈기 찢길 거라고 생각했어요. 그 사람은 엄마한테 이르면 저를 마구간에 묻어버리겠다고 했어요. 그리고 엄마한테는 내가 엄마를 싫어해서 도망갔다고 말할 거라고 했어요."

빌리가 이런 얘기를 털어놓는 동안 눈물이 그의 뺨 위에 흘러내렸다.

"다음번에 그런 일이 또 일어났을 때, 저는 그냥 눈을 감고 정신을 잃었어요. 이젠 하딩 병원에서 조지 박사님이 기억하도록 도와주셔서 알 수 있어요. 그때 모터에 묶인 건 대니였어요. 그리고 그때 고통을 받아들인 건 데이비드였고요."

작가는 자신도 분노로 몸이 떨리고 있다는 사실을 알았다.

"이럴 수가, 살아남은 게 용하네요."

"이젠 알겠어요."

빌리가 속삭였다.

"채닝웨이 아파트로 경찰이 왔을 때, 저는 '체포' 당한 게 아니었어요. '구조' 된 거죠. 사람들이 다쳤다니 정말 미안해요. 하지만 22년이 지나서야 하나님이 마침내 제게 미소를 지어주셨다는 기분이 들어요."

6장

또 다른 이름들

1

크리스마스 다음 날, 작가는 두 번째 인터뷰를 하기 위해 차를 몰아 애슨스 정신건강센터로 향하는 길고 구불구불한 길을 올라갔다. 병원에서 크리스마스를 보냈으니 빌리가 우울해하리라는 느낌이 들었다.

빌리가 오하이오 주의 로건 시에 있는 여동생의 집에서 명절을 보내게 해달라고 크리스마스 전 주에 콜 박사를 몹시 졸랐다는 것을 작가도 알고 있었다. 콜 박사는 너무 이르다고 말했다. 빌리가 애슨스에 온 지 2주밖에 지나지 않았다. 그러나 빌리는 끈덕지게 졸랐다. AIT의 다른 환자들은 짧은 휴가를 받아 집에 갈 수 있는 허락을 받았다. 만약 의사가 말한 대로 빌리를 다른 환자들과 똑같이 치료한다면, 빌리도 똑같이 집에 갈 수 있도록 허가해줘야 할 것이었다.

빌리의 신뢰를 얻는 게 얼마나 중요한지 깨닫고 있었던 콜 박사는 환자가 자기를 시험하고 있다는 사실을 알고 휴가를 신청해보겠다고 했다. 그러나 박사는 거절당하리라는 것을 알고 있었다.

이 때문에 성인 가석방 당국이나 주의 정신보건부, 콜럼버스의 검사 사무실에서는 소동이 일어났다. 야비치는 게리 쉬웨이카트에게 전화를 걸어 도대체 애슨스에서 무슨 짓거리가 벌어지고 있느냐고 따졌다. 게리는 알아내겠다고 약속했다.

"하지만, 난 이제 그 친구의 변호사가 아닌데요." 게리가 덧붙였다.

"글쎄, 내가 자네라면 애슨스에 있는 의사에게 전화를 해보겠어. 그리고 정신 차리라고 해. 굳이 이 오하이오 주에서 범죄형 정신이상자의 통제에 관한 법안 개정과 관련해서 소란을 일으키고 싶으면, 밀리건이 판결 받은 지 달랑 2주밖에 안 됐는데도 휴가를 보내든지 말든지 맘대로 하라고."

콜 박사가 예상했던 대로, 요청은 거절당했다.

무거운 금속문을 밀고 빌리의 병실로 걸어가면서 작가는 AIT가 거의 텅텅 비었다는 사실을 깨달았다. 그는 빌리의 문을 두드렸다.

"잠깐만요."

문이 열리자 막 자리에서 일어난 듯한 빌리가 보였다. 빌리는 손목에 찬 전자시계를 보고 혼란스러운 표정을 지었다.

"이건 기억이 안 나는데."

빌리는 책상으로 가서 종이를 흘긋 보았다. 그러고는 작가에게 보여주었다. 26달러를 지불했다는 병원 구내매점 영수증이었다.

"이걸 산 기억이 없어요. 누군가 제 돈을 썼나 봐요. 제가 그림을 팔아서 번 돈을. 이건 정당하지 않아요."

"매점에서 환불할 수 있을 텐데."

작가가 충고했다. 빌리는 시계를 잘 살폈다.

"그냥 가지고 있을래요. 지금은 시계가 필요하니까. 아주 좋은 건 아니지만…… 두고 봐야죠."

"빌리가 산 게 아니라면 누가 샀다고 생각해요?"

빌리는 방 안에 다른 사람이 있는지 살피는 양 주변을 살폈다.

"요새 낯선 이름들을 들었어요."

"어떤?"

"'케빈' 그리고 '필립' 요."

작가는 놀란 표정을 보이지 않으려고 애썼다. 열 개의 인격에 대해 읽은 적이 있었지만 빌리가 방금 말한 이름에 대해서는 아무도 언급한 적이 없었다. 작가는 녹음기가 돌아가고 있는지 확인했다.

"콜 박사님에게 이 얘기를 한 적이 있어요?"

"아직은 안 했어요. 하지만 할 거예요. 그렇지만 무슨 뜻인지 이해 못 하겠어요. 이 사람들은 누구죠? 어째서 제가 이 사람들을 생각하는 거죠?"

빌리가 말을 할 때 작가는 12월 18일자 《뉴스위크》 기사의 마지막 문단을 떠올렸다.

하지만 아직도 답이 없는 질문들이 남아 있다. (……) 성폭행 피해자들과 나눈 대화에서 자신이 '게릴라'와 '살인청부업자'라고 했다는 그의 말은 어떻게 된 걸까? 의사들은 밀리건에게 아직도 밝혀지지 않은 인격들이 있을 것으로 추정하고 있으며, 이들 중 한 명이 아직 드러나지 않은 범죄를 저질렀을 가능성도 배제하지 않고 있다.

"몇 가지 기본 규칙들을 세우고 넘어가야 할 것 같군요, 빌리. 나는 여기서 말한 어떤 내용도 빌리에게 해롭게 쓰지는 않을 겁니다. 만약 빌리에게 불리하게 작용할지도 모르는 내용을 내게 말하려 한다면 '이건 기록하지 말아주세요'라고 말해줘요. 그럼 내가 녹음기를 끌 테니까. 그리고 그 일과 관련해서는 내 파일에 아무 기록도 남지 않습니다. 만약 빌리가 잊어버리면 내가 빌리의 말을 멈추고 녹음기를 끄겠습니다. 알겠어요?"

빌리는 고개를 끄덕였다.

"한 가지 더. 만약 어느 경우에라도 법률을 위반할 작정이라면, 나한테 말하지 말아요. 그렇게 되면 나는 곧장 경찰에 신고할 수밖에 없을 테니까. 신고하지 않으면 나도 공모죄를 저지르게 됩니다."

그는 충격을 받은 표정이었다.

"더 이상 범죄를 저지를 계획은 없어요."

"그 말을 들으니 기쁘군요. 자, 이제 그 두 이름에 대해 말해봐요."

"케빈과 필립."

"이 이름이 빌리에겐 무슨 뜻이 있나요?"

빌리는 책상 너머 거울 속을 들여다보았다.

"아무것도 없어요. 기억이 안 나요. 하지만 한 가지가 마음속에서 계속 떠올라요. '불량자들.' 아서와 관련이 있겠지만, 전 뭔지 몰라요."

"아서에 대해 말해 봐요. 아서는 어떤 사람이죠?"

"감정이 없어요. 아서를 보면 〈스타트렉〉의 외계인 과학자 스포크가 떠올라요. 그 사람은 레스토랑에서 항의를 할 때도 전혀 망설임이 없죠. 전혀 스스럼없이 자신을 남에게 설명할 수 있어요. 하지만 다른 사람이 자기 말을 이해하지 못하면 기분 나빠해요. 인내심을 가질 시간이 없어요. 워낙 바쁘거든요. 일을 배치하고 계획하고 조직하느라."

"아서는 전혀 쉬지 않나요?"

"가끔 체스를 해요. 보통은 레이건이랑. 앨런이 말을 움직여요. 하지만 시간 낭비는 좋아하지 않아요."

"아서를 별로 좋아하지 않는 것처럼 들리는데요."

빌리는 어깨를 으쓱했다.

"아서는 좋아하거나 싫어할 사람이 아니에요. 존경해야 하는 사람이지."

"아서는 당신과 다르게 생겼나요?"

"몸무게나 키는 나만 해요. 180센티미터에 86킬로그램 정도. 하지만 금속테 안경을 꼈어요."

두 번째 인터뷰는 세 시간 동안 계속되었고, 신문에 언급되었던 여러 인격들과 빌리의 친가족에 대한 사실들, 어린 시절에 대한 추억들을 다루었다. 작가는 앞에 놓인 자료들을 처리할 수 있는 방법을 더듬더듬 찾아나가고 있었다. 빌리의 가장 큰 문제는 기억상실증이었다. 빌리의 기억에는 군데군데 빠진 부분이 너무 많아서 그의 어린 시절이나 그가 잠들고 다른 인격들이 살고 있었던 7년의 기간에 대해 많이 알아낼 수가 없었다. 작가는 몇 가지 경험은 극화하겠지만 대부분 빌리의 실제 사실에 입각해서 써야겠다고 결심했다. 풀리지 않은 범죄를 제외하고는 모두 빌리가 보고한 대로 쓰리라.

하지만 여전히 문제는 있었다. 그러자면 구멍이 뻥뻥 뚫린 이야기가 될 테고 그렇게 되면 책으로 펴내기 힘들었다.

2

콜 박사는 고개를 들었다. 연구실 바깥에서 들리는 시끄러운 목소리 때문에 주의가 흐트러졌다. 박사의 비서가 강한 브루클린 억양을 가진 남자와 이야기를 나누고 있었다.

"콜 박사님은 바쁘십니다. 지금은 만나실 수 없어요."

"이 봐요, 부인. 박사 양반이 바쁘든 말든 그건 내 알 바가 아니고, 난 박사를 만나야겠소. 박사한테 줄 게 있다니까."

콜 박사가 자리에서 일어나려는데, 연구실 문이 열리더니 빌리 밀리건이 문 앞에 서 있었다.

"당신이 빌리의 담당 의사요?"

"난 콜 박사라고 합니다."

"아, 그러시겠지. 난 필립이라고 합니다. 우리 중 몇 사람이 박사가 이걸 알아둬야 할 것 같다고 해서."

그는 보통보다 기다란 노란 종이를 책상 위에 턱 꺼내놓더니 뒤돌아서 나가버렸다. 이름을 죽 적어 넣은 목록이었다. 빌리 마음속의 열 개의 인격 외에도 다른 이름들이 쓰여 있었다. 마지막에 쓰여 있는 건 이름이 아니었다. 단지 '선생'이라고만 되어 있었다.

콜 박사는 환자를 쫓아가려다가 곧 생각을 바꾸었다. 박사는 전화를 걸어 의학 극초단파실의 기술자를 바꿔달라고 했다.

"조지, 오늘 데이브 말라위스타와 함께 빌리 밀리건을 치료하기로 되어 있네. 비디오로 녹화해줄 수 있겠나?"

박사는 전화를 끊고 나서 목록을 살펴보았다. 모두 스물네 개나 되는 이름 중에서 많은 이름이 낯설었다. 콜은 마음속에 희미하게 떠오르는 생각을 하기가 두려웠다. 한 사람이 이런 일을 다 처리할 수 있을까? 그리고 도대체 '선생'이라는 이름을 가진 자는 누구란 말인가?

점심식사 후, 콜 박사는 AIT로 가서 빌리의 병실 문을 두드렸다. 몇 초 후, 빌리가 마구 흐트러진 머리에 졸린 눈으로 문을 열었다.

"오늘 오후에 상담 치료가 있어요, 빌리. 자, 이제 정신 차려요."

"네, 알았어요. 됐어요, 콜 선생님."

빌리는 이 활력이 넘치는 자그마한 남자를 따라 계단을 올라가서 문을 열고 AIT 밖으로 나왔다. 두 사람은 현대식의 노인 병동으로 이어지는 복도를 걸어 음료와 사탕을 파는 자동판매기를 지난 후, 문을 열고 의학 초단파실로 들어갔다.

조지가 안에서 텔레비전 카메라를 설치하고 있다가, 빌리와 콜 박사가 들어서자 꾸벅 인사했다. 오른쪽에는 보이지 않는 관객을 위한 것인 양 의자들이 한데 놓여 있었다. 왼쪽, 활짝 열린 칸막이 문 너머에는 텔레비전 카메라와 모니터 기기들이 세워져 있었다. 빌리는 콜 박사가 가리킨 의자에 앉았고, 조지는 빌리가 마이크로폰 코드를 목에 감도록 도와주었다.

그 순간, 검은 머리의 젊은이가 방 안으로 들어왔다. 콜 박사는 몸을 돌려 그에게 인사했다. 선임 심리학자인 데이브 말라위스타였다.

TV 카메라가 준비되었다고 조지가 신호를 보내자, 콜 박사가 상담 치료를 시작했다.

"녹화를 위해 이름을 다시 한 번 말해줄 수 있겠어요?"

"빌리."

"좋아요, 빌리. 몇 가지 정보를 얻을 수 있도록 도와줘요. 빌리가 '우리 사람들'이라고 하는 이름들이 새롭게 속속 나타나고 있어요. 빌리가 알고 있는 또 다른 사람이 있어요?"

빌리는 놀란 표정으로 콜과 말라위스타를 번갈아 쳐다보았다.

"콜럼버스에 있던 심리학자 선생님이 '필립'이라는 이름을 물어본 적이 있었어요."

콜은 빌리의 무릎이 위아래로 후들후들 떨리는 것에 주목했다.

"숀이나 마크, 혹은 로버트라는 이름을 들으면 생각나는 게 있나요?"

빌리는 정신이 먼 데 가 있는 사람 같은 표정으로 한참을 생각했다. 입술은 속으로 대화를 하듯 계속 움직였다. 그러고 나서 말했다.

"머릿속에서 얘기하는 소리를 들었어요. 아서와 다른 사람이 다투고 있어요. 그 이름들이 계속 울려요. 무슨 뜻인지 모르겠어요."

빌리는 망설였다.

"아서는 숀이 지체아가 아니라고 해요. 정신적으로는요. 태어날 때부터 귀머거리여서 발달이 늦은 거고, 나이치고는 정상이 아니래요…… 윌버 박사님이 저를 깨웠을 때부터, 그리고 제가 잠에 빠지기 전에는 항상 안에서 싸움이 있었어요."

빌리의 입술이 다시 움직였다. 콜은 조지에게 눈으로 신호를 보내 빌리의 얼굴 표정을 잡을 수 있게 카메라를 더 가까이 대라고 했다.

"박사님한테 설명해줄 다른 사람이 나오라고 할까요?"

또 다른 이름들

빌리가 초조하게 물었다.

"누구와 얘기를 해야 하죠?"

"잘 모르겠어요. 지난 며칠간은 시간이 뒤죽박죽이에요. 누가 박사님한테 정보를 줄 수 있을지 모르겠어요."

"자리에서 내려갈 수 있어요, 빌리?"

빌리는 박사가 자기를 쫓아 보내려고 한다고 생각했는지 놀라고 마음이 상한 듯한 표정을 지었다.

"아니, 빌리, 내 말은……."

빌리의 눈빛이 흐릿해졌다. 그는 잠시 동안 뻣뻣이 굳은 채로 앉아 있었다. 그러더니 갑자기 깨어나서 경계하듯이 주위를 둘러보았다. 그는 손마디를 우두둑 꺾으며 쏘아보았다.

"적을 여럿 만드시는군요, 콜 박사님."

"무슨 말인지 설명해줄 수 있어요?"

"뭐, 이 순간 있어야 할 건 내가 아니죠. 아서지."

"어째서요?"

"불량자들이 침투해왔수다."

"'불량자'들이란 누구죠?"

"더 이상 걔들의 기능은 필요 없다며 아서가 조용히 입 다물게 한 애들."

"그들이 필요치 않다면 어째서 아직도 주위에 맴돌고 있는 거죠?"

레이건이 박사를 쏘아보았다.

"우리보고 어떻게 하란 거요? 죽여 없애기라도 할까?"

"알았어요. 계속 말해봐요."

"아서의 결정은 내 마음엔 안 차요. 아서도 보호자가 되어야지. 나처럼. 내가 모든 일을 떠맡을 순 없잖아요."

"이 불량자들에 대해 더 설명해줄 수 있겠어요? 이 사람들은 난폭합니까? 범죄자인가요?"

"난폭한 사람은 나뿐이죠. 그리고 이유가 있을 때만 난폭해지죠."

갑자기 레이건이 손목에 있는 시계를 보고 놀란 표정을 지었다.

"그건 당신 시계죠?" 콜이 물었다.

"이 물건이 어디서 났는지 당최 모르겠네. 내가 안 보고 있을 때 빌리가 산 모양인데. 말한 대로 다른 애들은 도둑이 아니니까."

레이건이 씩 미소를 지었다.

"아서는 불량자들에게 거만하게 구는 녀석이죠. 다른 사람들은 그자들이 있다는 얘기를 못 들었어요. 그자들에 대한 얘기는 비밀로 해야 해요."

"다른 사람들이 또 있다는 사실이 왜 이전에는 안 알려진 거죠?"

"아무도 안 물어봤으니까."

"전혀요?"

레이건은 어깨를 으쓱했다.

"빌리나 데이비드에겐 물어봤는지 모르지만 걔네들은 그자들이 존재하는지 몰라요. 불량자들은 완전히 믿음을 쌓은 사람 앞이 아니면 모습을 나타내지 않기로 했수다."

"그럼 어째서 나한테는 모습을 드러냈죠?"

"아서가 지배력을 잃고 있어요. 불량자들이 반항을 해서 박사님한테 모습을 드러내기로 결정한 거죠. 케빈이 이 목록을 썼어요. 중요한 절차지. 하지만 아직 완전한 믿음이 없는데 너무 많이 드러내는 건 좋지 않아요. 우리는 방어 기제를 잃었어요. 나는 이 비밀을 불지 않기로 맹세했지만, 거짓말을 할 수야 없지."

"무슨 일이 일어나고 있는 거죠, 레이건?"

"우리는 이제 굳어지고 있어요. 모두 한데로. 완전히 통제 가능한 상태가 되는 거지. 더 이상 기억상실증도 없을 겁니다. 단 한 사람이 지배하게 되겠죠."

"그 사람이 누구죠?"

"선생."

"누가 선생입니까?"

"아주 괜찮은 사람이죠. 보통 인간들처럼 좋은 면과 나쁜 면이 다 있고. 빌리가 현재 어떤지 박사님도 아실 거 아뇨. 환경에 따라 감정이 변하죠. 선생은 자기 이름을 말하지 않고 있지만, 난 선생이 누구인지 알아요. 박사님도 선생이 누군지 알면, 우리 모두를 정신이상자로 분류하게 될걸요."

"어째서죠?"

"콜 박사님도 선생을 부분적으로는 만나봤어요. 이런 식으로 말해봅시다. 관건은 이거죠. 어떻게 우리 모두가 지금 알고 있는 것들을 알게 되었는가? 선생한테 배웠다 이겁니다. 선생은 타미한테 전기 기술과 탈출법을 가르쳤어요. 아서한테는 생물학과 물리학, 화학을 가르쳤고, 나한테는 무기 다루는 법과 힘을 최대로 내기 위해 아드레날린을 조절하는 법을 알려줬지. 우리 모두한테 스케치하고 색칠하는 법을 알려주기도 했죠. 선생이 다 알아요."

"레이건, 이 선생이란 사람은 누굽니까?"

"선생은 한데 모아진 빌리죠. 빌리는 모르지만."

"레이건이 이런 얘기를 해주러 자리에 나온 건 왜죠?"

"아서가 화가 났으니까. 통제력을 잠깐 늦춰서 케빈과 필립이 불량자들의 이름을 불어버리는 실수를 했거든요. 아서는 지적인 친구지만, 걔도 인간이니까. 이제 마음속에서 반역이 일어나고 있어요."

콜은 말라위스타에게 의자를 좀 더 가까이 가져오라고 손짓했다.

"데이브 말라위스타가 우리와 같이 얘기를 해도 괜찮겠죠?"

"빌리는 두 사람 앞에 있어서 불안해했지만, 나는 뭐 무서울 것 없어요."

레이건은 전선과 전기 장치들을 흘끗 둘러보고 고개를 흔들었다.

"여기는 타미가 놀 만한 방이로구만."

"선생에 대해 좀 더 얘기해줄 수 있겠습니까?" 말라위스타가 물었다.

"이렇게 얘기해봅시다. 빌리는 아주 어렸을 때는 신동이었어요. 우리를 한데 모은 재능을 갖고 있었죠. 그런데 지금은 모른다 이거요."

"그럼 빌리는 왜 당신들을 필요로 했던 거죠?" 말라위스타가 물었다.

"나는 신체를 보호하기 위해 만들어졌어요."

"하지만, 레이건도 알고 있잖아요. 실제로는 레이건도 빌리의 상상의 산물일 뿐이라는 걸."

레이건은 몸을 앞으로 숙이고 씩 웃었다.

"나도 얘길 들었지. 내가 빌리의 상상의 산물이라는 사실을 난 받아들이겠지만, 빌리가 받아들여야 말이죠. 빌리는 많은 일에 실패를 했수다. 그래서 불량자들이 만들어졌지."

"본인이 선생이라는 걸 빌리가 알아야 한다고 생각합니까?"

"그 사실을 알게 되면 기분 나빠할걸요. 하지만 선생한테 말하면 하나의 인간으로 완성된 빌리랑 말하는 거나 다름없으니까."

레이건은 다시 한 번 시계를 살펴보았다.

"빌리한테 알리지도 않고 빌리 돈을 쓰다니. 하지만 이게 있으면 자기가 얼마나 시간을 잃었는지 빌리도 알게 되겠죠."

"레이건, 이제 당신들 모두가 현실을 직시하고 문제 해결을 위해 노력할 때라고 생각지 않습니까?" 콜 박사가 말했다.

"자기가 선생이라는 걸 알게 되면 빌리가 어떻게 반응할 것 같아요?"

"그 사실을 알면 무너지겠죠."

다음 상담 치료 시간에, 레이건은 아서와 오랫동안 열띤 토론을 벌인 끝에 빌리에게 그가 선생이라는 사실을 말해줘야 한다는 데 합의했다고 콜 박사에게 말했다. 아서는 처음에는 그 충격이 빌리에게 너무 커서 사실을 알게 되면 미쳐버릴지도 모른다고 걱정했다. 이제 두 사람 다 회복되려면 빌리도 진실을 알아야 한다는 데 동의했다.

콜 박사는 이 결정에 기뻐했다. 레이건과 아서의 갈등이나 불량자의 반역에 대한 레이건의 보고는 이제 빌리의 치료가 위기 상황에 이르렀음을 암시했다. 빌리도 다른 사람들을 만나서 자기가 바로 온갖 지식을 축적한 사람이며, 모든 기술을 배워 다른 사람들에게 전수한 사람이라는 것을 알아야 할 때가 왔다고 박사는 생각했다.

콜 박사는 빌리와 얘기해보고 싶다고 말했다. 그리고 후들후들 떨리는 무릎을 보자 지금 앞에서 얘기하고 있는 상대가 누군지 깨닫고 아서와 레이건이 내린 결정에 대해 이야기해주었다. 박사는 빌리가 고개를 끄덕이며 준비가 되었다고 말할 때, 두려움과 흥분이 섞여 있음을 눈치 챘다. 박사는 테이프를 녹음기에 끼워 넣고 뒤로 앉아 환자의 반응을 보았다.

빌리는 수줍게 미소 지으며 모니터에 비친 자기 모습을 바라보았다. 화면에서처럼 지금도 다리를 떨고 있음을 깨닫자 그는 양쪽 무릎에 두 손을 얹어 진정시켰다. 모니터에 소리 내지 않고 움직이는 입술이 비치자, 그는 눈을 활짝 뜨고 손을 입에 갖다 대었다. 하지만 진짜로 이해하는 것 같지는 않았다. 그리고 나서 자기 얼굴과 똑같은 레이건의 얼굴이 나타났다. 또한 처음으로 레이건의 목소리가 머릿속에서가 아니라 스크린에서 들려왔다. 이런 말이었다. "적을 여럿 만드시는군요, 콜 박사님."

이 순간까지 빌리는 사실인지 아닌지도 모른 채 다른 사람들이 말한 대로 자기가 다중인격이라는 사실을 믿고 있었다. 지금까지 그가 알고 있는 것이라고는 때때로 목소리가 들리고 시간을 잃어버린다는 것뿐이었다. 이제 처음으로 자기 눈으로 보게 되었고 처음으로 이해하게 되었다. 의사 선생님들이 해준 얘기를 믿었지만 직접 느낀 적은 없었다.

빌리는 레이건이 종이에 적힌 스물네 개의 이름과 불량자들에 대해 말하는 동안 두렵지만 잔뜩 홀린 표정으로 바라보았다. 레이건이 모두에게 현재의 지식을 알려주었다는 선생에 대해 말하자 빌리는 계속 입을 벌린 채 들었다. 하지만 도대체 선생은 누구란 말인가?

"선생은 한데 모아진 빌리입니다. 빌리는 모르지만." 레이건이 화면 속에서 이렇게 말하고 있었다.

콜은 빌리가 스르륵 힘이 빠져 흐물흐물해지는 모습을 지켜보았다. 빌리는 연약해 보였다. 그는 땀을 흘리고 있었다.

빌리는 의학 초단파실에서 걸어 나가 3층으로 이어지는 계단을 올라갔다. 사람들이 지나가며 인사말을 건넸지만, 그는 대답하지 않았다. 빌리는 거의 텅 빈 거나 다름없는 AIT의 로비를 지났다. 갑자기 어지럽고 떨리자, 그는 안락의자에 푹 주저앉았.

'내가 선생이다.'

'나는 지적인 사람이며, 예술적 재능과 힘, 탈출가의 능력을 갖고 있다.'

빌리는 이해하려고 애썼다. 처음에는 핵심인격인 빌리만 있었다. 출생증명서를 가진 사람. 그 후 여러 부분으로 쪼개졌지만, 이 여러 부분 뒤에는 이름 없는 한 존재가 있었다. 레이건이 선생이라고 한 사람. 선생이라고 불리는 보이지 않는 영혼을 가진 파편이 다른 사람들은 물론 괴물까지도 만들어내었으며 혼자서 그들의 범죄에 대한 책임을 지고 있었다.

만약 스물네 명의 사람이 한데로 융합된다면, 그 결과는 선생이 될 것이다. 그게 완전한 빌리다. 그러면 어떤 기분일까? 그 결과를 알 수 있을까? 콜 박사는 선생을 만나야 했다. 치료를 위해 중요했다. 그리고 작가도 선생을 만나야 했다. 모든 일들이 어떻게 일어났는지 알아야 했다.

빌리는 눈을 감았다. 다리에서부터 동맥으로 기묘하게 따뜻한 감각이 퍼져나가 팔과 어깨를 지나 머리까지 흐르는 느낌이 들었다. 빌리는 자신이 몸을 떨면서 맥박이 빨라지는 것을 느꼈다. 내려다보니 눈이 부실 정도로 하얀 빛, 자리가 있었다. 여전히 내려다보며, 자기가 그 자리를 차지해야 한다는 것을 알았다. 한 번에 모두의 자리를. 그리하여 모두가 자리에 올라가면 빌리가 자리에 올라서게 될 것이고, 자리에서는…… 자리를 통해 떨어지고, 내면의 공간으로 휙 돌진해 들어간다…… 모든 사람들이 함께 흘러…… 함께 미끄러져…… 서로 얽힌다…….

그리고 그는 반대편으로 나왔다.

그는 손깍지를 끼고 앞으로 내밀어 바라보았다. 이제 이전에는 왜 완전히 융합되지 않았는지 그 이유를 알게 되었다. 다른 사람들이 드러나지 않았기 때문이었다. 그가 만들어낸 사람들 모두와 그들의 모든 행동, 생각, 기억이 어린 시절의 빌리로부터 현재의 그에게로 돌아왔다. 이제 그는 실패를 저지른 일만큼 성공을 거둔 일도 많았다는 것을 알게 되었다. 아서는 불량자들을 통제하려 했고 헛되이 숨기려 했다. 그는 이제 자신의 역사를 알게 되었다. 기이한 행동, 비극, 폭로되지 않은 범죄들을. 또한 자신이 무언가를 말하거나 기억할 때, 그 얘기를 작가에게 할 때면 다른 스물세 개의 인격도 알게 되어 자기 삶의 역정을 배우리라는 사실을 알았다. 일단 깨닫게 되면서 기억상실증이 지워졌고, 그들은 더 이상 같은 상태가 아니었다. 마치 무언가를 잃어버린 듯한 느낌으로 인해 그는 슬픔을 느꼈다. 얼마나 오랫동안 그런 느낌을 가져야 할까?

그는 누군가 로비를 걸어 내려오는 것을 느끼고는 몸을 돌려 다가오는 사람을 보았다. 자신의 부분들이 자그마한 의사를 맞이하고 있었다.

콜 박사는 AIT 로비를 지나 간호국으로 갔다. 처음에 박사는 TV 시청실 바깥 의자에 앉아 있는 사람이 빌리라고 생각했다. 하지만 그가 몸을 돌리는 순간, 박사는 그가 빌리도 아니고 이제까지 만나봤던 어떤 인격도 아님을 알았다. 걸음걸이는 편안했고, 똑바로 쳐다보는 눈길은 경계심을 풀고 있었다. 박사는 뭔가 일어났다고 짐작했고, 운을 걸어보기로 했다. 박사는 팔짱을 끼고 사람을 꿰뚫어보는 듯한 그의 눈을 곧바로 들여다보았다.

"선생이군요, 그렇죠? 당신이 나오길 기다리고 있었습니다."

선생은 박사를 내려다보며 반쯤 미소 지은 채 조용히 고개를 끄덕였다.

"박사님이 제 방어벽을 다 풀어버리셨습니다."

"내가 한 게 아닙니다. 선생도 알겠지만. 시간이 된 겁니다."

"이제 모든 일을 이전으로 돌릴 수 없게 되었습니다."

"돌리고 싶습니까?"

"그렇지는 않습니다."

"그럼 이제 작가 선생에게 모든 이야기를 털어놓을 수 있겠군요. 얼마나 오래전의 일까지 기억할 수 있습니까?"

선생은 흔들림 없는 눈빛으로 그를 쳐다보았다.

"완전히 기억하고 있습니다. 빌리가 태어난 지 한 달쯤 되었을 때 플로리다에 있는 병원으로 실려 갔던 일도 기억납니다. 그때 목구멍이 막히는 바람에 거의 죽을 뻔했죠. 빌리의 친아버지인 자니 모리슨도 기억하고 있습니다. 유대인 코미디언이고 행사 진행자였는데 자살했죠. 빌리가 처음으로 만들어낸 상상의 친구도 기억하고 있습니다."

콜은 웃으며 고개를 끄덕인 후, 그의 팔을 토닥였다.

"같이 지내게 돼서 기쁩니다, 선생. 알아내야 할 일이 많군요."

2 선생의 출현

The Minds of Billy Milligan

7장

밀리건의 첫 번째 상상 친구

1

도로시 샌즈는 1955년 3월을 회상했다. 그녀는 한 달 된 아기에게 약을 먹인 후 팔에 안고 어르다가 아이 낯빛이 선홍색으로 변해버린 것과 입 주위에 허옇게 앉은 더께를 문득 알아챘다.

"자니!" 도로시가 소리쳤다. "빌리를 병원에 데리고 가야겠어요!"

자니 모리슨이 병원으로 뛰어 들어왔다. 도로시가 말했다.

"아무것도 못 넘겨요. 계속 토해요."

자니는 가정부인 미미를 불러 첫째 아들 짐을 봐달라고 하고는 도로시와 함께 마이애미 해변에 있는 시나이 산 병원으로 갔다.

응급실에서 젊은 인턴이 아기를 슬쩍 보고 말했다.

"너무 늦으셨네요."

"아직 살아 있잖아! 나쁜 자식, 우리 애를 어떻게든 해줘!"

도로시가 소리 질렀다. 그녀의 거친 말에 움찔한 인턴은 아기를 받아 안고 더듬더듬 말했다.

"어떻게, 어떻게든 해보죠."

접수대에 있는 간호사가 입원 수속을 했다.

"아이의 이름과 주소는요?"

"윌리엄 스탠리 모리슨." 자니가 말했다. "북 마이애미 해변, 북동 154번가, 1311번지요."

"종교는요?"

자니가 말을 멈추고 도로시를 쳐다보았다. 도로시는 자니가 "유대교"라고 말하리라는 걸 알았다. 하지만 자니는 그녀의 얼굴에 떠오른 표정을 보고 망설였다.

"가톨릭." 도로시가 대답했다.

자니 모리슨은 그 자리를 떠나 대기실로 갔다. 도로시는 뒤를 따라가 플라스틱 소파에 털썩 주저앉아서 그가 줄담배를 피워대는 모습을 바라보았다. 도로시는 자니가 아직도 빌리가 정말 자기 애인지 의심하고 있다고 짐작했다. 빌리는 그보다 1년 반 먼저 태어난 형과는 다르게 생겼다. 짐은 검은 머리에 피부색도 검었다. 자니는 짐이 태어나자 기뻐하며 아내를 찾아서 이혼하겠다고 말하곤 했다. 하지만 그는 이혼하지 않았다. 대신에 그는 뒷마당에 야자수가 있는 분홍색 집을 샀다. 그는 쇼 비즈니스에 종사하는 사람들은 가정생활을 잘 꾸리는 게 중요하다고 말하곤 했다. 적어도 도로시가 전남편 딕 조나스와 오하이오 주 서클빌에서 살던 때보다는 가정환경이 훨씬 좋았다.

하지만 이제 자니가 불경기를 맞고 있다는 사실 정도는 도로시도 알 수 있었다. 그의 농담은 먹히지 않았다. 젊은 코미디언들이 치고 올라와서 좋은 자리를 다 가져갔고 자니는 자투리만 얻을 수 있을 뿐이었다. 그는 한때 일급 MC에 음악가였지만, 이제 무대에 서는 대신 도박을 하고 술을 마셨다. '시동을 걸려고' 초저녁 공연 전에 술을 단숨에 들이켰다가 마지막 공연 때는 제대로 서 있지도 못하는 지경에까지 이르렀다.

이제 그는 도로시의 노래 편곡을 도와주고 "방년 스무 살에 발그레한 뺨을 한 오하이오 농장 아가씨를 보호하기 위해" 집에까지 바래다주던 과거의 자니 모리슨이 아니었다. 도로시가 접근해 오는 남자에게 "조심들 해요, 난 자니 모리슨의 여자니까."라고 경고할 정도로 안전함을 느꼈던 과거의 자니 모리슨이 아니었다.

"너무 담배 많이 피우지 말아요."

도로시가 말했다. 그는 담배꽁초를 재떨이에 비벼 끄고 나서 손을 주머니에 쑤셔 넣었다.

"오늘은 영 쇼를 할 기분이 아닌데."

"이번 달에는 너무 많이 빼먹었잖아요, 자니."

그는 매서운 눈으로 도로시의 말을 잘랐다. 그가 뭐라 말하려는 순간 의사가 대기실로 들어왔다.

"아드님은 이제 괜찮습니다. 종양 같은 게 생겨서 식도를 막았어요. 다 치료했고, 아드님 상태는 안정적입니다. 두 분은 집에 가셔도 됩니다. 만일 변화가 생기면 연락드리겠습니다."

빌리는 살아남았다. 첫돌이 지나기 전, 그는 마이애미의 병원들을 전전하며 입원과 퇴원을 반복했다. 도로시와 자니가 함께 출장 공연을 떠날 때면, 빌리와 짐은 미미와 함께 있거나 탁아소에 맡겨졌다.

빌리가 태어난 지 1년 반 뒤, 도로시는 세 번째 임신을 했다. 자니는 쿠바에서 낙태를 하자고 했다. 도로시는 거절했다. 후에 도로시는 낙태가 도덕적 죄악이기 때문에 할 수 없었다고 말했다. 캐시 조는 1956년 12월 31일에 태어났다. 병원비를 대야 한다는 압박감이 자니를 덮쳤다. 그는 돈을 더 빌렸고 도박을 더 많이 하게 되었고 술도 더 늘었다. 도로시는 자니가 사채업자들에게 6,000달러를 빌렸다는 사실을 알게 되었다. 그 때문에 두 사람은 말다툼을 벌였고, 자니는 도로시를 때렸다.

1956년 가을 자니는 심한 알코올중독과 우울증 때문에 입원했지만, 10월 19일에는 짐의 다섯 살 생일 파티를 위해 집에 가도 좋다는 허가를 받았다. 생일 파티는 다음 날이었다. 도로시가 그날 밤 늦게 일터에서 돌아와 보니 자니가 식탁 위에 엎드린 채로 쓰러져 있었다. 반쯤 빈 스카치위스키 병과 텅 빈 수면제 약병이 바닥에 굴러다녔다.

2

선생은 빌리의 첫 번째 상상의 친구가 이름이 없었다는 것을 기억하고 있었다. 네 살이 되기 네 달 전의 어느 날이었다. 짐은 더 이상 그와 놀아주지 않았고, 캐시는 너무 어렸고, 아빠는 책을 읽느라 너무 바빴기 때문에, 빌리는 방 안에 혼자 앉아 장난감을 갖고 놀았다. 그는 외롭고 심심했다. 그때 건너편에 앉아 쏘아보고 있는, 검은 머리에 검은 눈동자를 가진 작은 소년을 발견했다. 빌리는 장난감 병정을 그 애 쪽으로 밀어주었다. 소년은 병정을 집어 트럭에 태우고 앞뒤로 밀며 놀았다. 두 사람은 말하지 않았지만, 말이 없어도 혼자인 것보다는 훨씬 더 나았다.

그날 밤 빌리와 이름 없는 소년은 아빠가 약장으로 가서 수면제 병을 꺼내는 것을 보았다. 아빠가 병에서 노란 캡슐을 꺼내 입 속에 털어 넣고 삼키는 모습이 거울에 비쳤다. 그 다음 아빠는 식탁에 앉았고, 빌리는 자기 침대에 누웠고, 이름 없는 소년은 사라져버렸다. 한밤중에 엄마의 비명을 듣고 빌리는 잠에서 깼다. 빌리는 엄마가 전화기로 달려가 경찰을 부르는 모습을 보았다. 빌리는 짐과 함께 창가에 서서, 경찰들이 들것을 갖고 와 경광등이 번쩍번쩍하는 차에 아빠를 태우고 가는 모습을 바라보았다.

며칠 동안, 아빠는 빌리와 놀아주러 돌아오지 않았고, 엄마는 너무 기분이 나쁘고 또 바빴다. 짐은 옆에 없었고, 캐시는 너무 어렸다. 빌리는 캐시와 놀면서 이야기하고 싶었지만, 엄마는 캐시가 너무 어리니까 아주, 아주 조심하라고 말했다. 빌리는 다시 외롭고 심심해져서 눈을 감고 잠들어버렸다.

'크리스틴'은 눈을 뜨고 캐시의 요람으로 갔다. 캐시가 울자, 크리스틴은 캐시 얼굴에 떠오른 표정을 보고 그 애가 무엇을 원하는지 알았다. 그래서 아름다운 부인에게 캐시가 배고프다고 말했다.
"고맙구나, 빌리." 도로시가 말했다. "넌 착한 애야. 여동생 잘 보고 있어. 엄마는 저녁 준비할 테니까. 이따가 엄마가 일하러 나가기 전에 책 읽어줄게."
크리스틴은 빌리가 누군지, 왜 자기를 그렇게 부르는지 몰랐지만, 캐시와 놀 수 있어서 기뻤다. 크리스틴은 빨강 크레용을 손에 들고 요람 옆의 벽으로 가서 캐시에게 인형 그림을 그려주었다.
크리스틴은 누군가 오는 소리를 들었다. 크리스틴이 고개를 드니 아름다운 부인이 벽에 그려진 그림과 크리스틴이 손에 들고 있는 빨간 크레용을 째려보고 있었다.
"정말 못된 아이구나! 못됐어!" 도로시가 고함쳤다.
크리스틴은 눈을 감고 가버렸다.
빌리가 눈을 뜨니 어머니의 화난 얼굴이 보였다. 엄마는 빌리를 잡고 흔들었고, 빌리는 겁에 질려 울었다. 빌리는 자기가 왜 혼나는지 알 수 없었다. 그러다 벽에 있는 낙서를 보고 누가 이렇게 못된 짓을 해놨는지 궁금했다.
"난 못된 애가 아냐!" 빌리는 울었다.
"벽에 낙서했잖아!"
엄마가 소리 질렀다. 빌리는 고개를 저었다.
"빌리가 한 거 아냐! 캐시가 했어."

빌리는 요람을 가리켰다. 도로시는 집게손가락으로 빌리의 작은 가슴을 세게 찌르며 말했다.

"거짓말하면 못써. 거짓말은…… 정말…… 나쁜 거야. 거짓말하면 지옥 가. 이제 네 방으로 가렴."

짐은 빌리와 말하지 않으려 했다. 빌리는 짐이 벽에 낙서한 게 아닌지 궁금했다. 빌리는 울다가 눈을 감고 잠에 빠져버렸다…….

크리스틴이 눈을 뜨자, 자기보다 큰 소년이 방의 반대편에 잠들어 있는 모습이 보였다. 크리스틴은 갖고 놀 인형이 없나 두리번거렸지만 장난감 병정과 트럭밖에 없었다. 크리스틴은 그런 장난감은 싫었다. 인형이나 우윳병, 캐시가 껴안고 자는 누더기 앤 인형을 원했다.

크리스틴은 캐시의 요람을 찾으러 방을 빠져나왔다. 이 방 저 방 세 개나 들여다본 다음에야 캐시의 방을 찾을 수 있었다. 캐시는 잠이 들어 있어서 크리스틴은 누더기 앤 인형을 가지고 침대로 돌아갔다.

다음 날 아침 빌리는 캐시의 인형을 가져갔다고 혼이 났다. 도로시는 빌리의 침대에서 인형을 발견하고서는 빌리의 머리가 떨어져나갈 정도로 그를 흔들어댔다.

"그런 짓 한 번만 더 해봐. 그건 캐시 인형이야."

크리스틴은 빌리의 엄마가 옆에 있을 때는 캐시와 놀 때 주의해야 한다는 사실을 알게 되었다. 처음에는 반대편 침대에서 자는 소년이 빌리라고 생각했지만 모두들 그 애를 짐이라고 불렀기 때문에 빌리의 형이라는 걸 알았다. 자기 이름은 크리스틴이지만 모두들 빌리라고 부르자 그냥 대답하게 되었다. 크리스틴은 캐시를 많이 사랑했다. 캐시랑 놀고 말을 가르치고 그 애가 걷는 걸 지켜봤다. 크리스틴은 캐시가 언제 배가 고픈지, 무슨 음식을 좋아하는지 알았다. 누군가 캐시를 아프게 할 것 같으면 도로시에게 뭐가 잘못되었는지 말해주었다.

크리스틴과 캐시는 소꿉놀이도 같이 했고 엄마가 없을 때는 캐시와 옷

갈아입기 놀이를 하면서 즐겁게 놀았다. 두 사람은 도로시의 옷가지를 걸치고 나이트클럽에서 노래하는 흉내를 냈다. 무엇보다 크리스틴은 캐시를 위해 그림을 그려주는 걸 좋아했지만, 벽에는 더 이상 그리지 않았다. 도로시는 종이와 크레용을 많이 사다 주었다. 모두들 빌리가 그림에 소질이 있다고 말했다.

도로시는 자니가 병원에서 집에 돌아올 때를 걱정하고 있었다. 자니는 아이들과 놀아줄 때나 새 노래를 만들거나 쇼에 쓸 대사를 쓸 때는 괜찮아 보였지만, 도로시가 등만 돌리면 전화기를 붙들고 마권업자들과 이야기를 나눴다. 도로시가 말리려 하면 화를 내면서 욕하고 때렸다. 그는 미젯 맨션 호텔로 거처를 옮겼으며, 아이들과 크리스마스를 보내지도 않았고 캐시의 생일인 12월 31일에도 오지 않았다.

1월 18일, 도로시는 경찰서에서 온 전화를 받고 잠에서 깨었다. 자니의 시체가 호텔 바깥에 주차된 그의 스테이션왜건 안에서 발견되었다는 것이었다. 배기관에 호스를 연결해서 뒷좌석 창문으로 넣었다고 했다. 자니는 8쪽짜리 유서를 남겼다. 도로시를 공격하고 보험금으로 몇 가지 개인적 빚을 갚아달라는 내용이었다.

도로시가 아이들에게 아빠는 천국에 갔다는 이야기를 해주자, 짐과 빌리는 창문으로 가서 하늘을 올려다보았다.

다음 주, 사채업자들이 들이닥쳐 자니가 진 빚 6,000달러를 갚지 않으면 도로시와 아이들이 무사하지 못할 줄 알라고 협박하고 갔다. 도로시는 아이들과 함께 도망갔다. 처음에는 키라르고에 사는 여동생 조앤의 집으로 갔다가 오하이오 주의 서클빌로 돌아갔다. 거기서 도로시는 전남편 닥 조나스를 다시 만났다. 몇 번 데이트를 하고, 앞으로는 달라지겠다는 약속을 받아낸 끝에 도로시는 그와 재혼했다.

3

 다섯 살 때의 어느 날 아침, 빌리는 부엌으로 가서 발꿈치를 들고 카운터 위에 놓인 키친타월을 꺼내려 했다. 갑자기 카운터 위에 놓인 쿠키 단지가 바닥에 떨어져 깨졌다. 누군가 오는 소리를 듣고서 빌리는 벌벌 떨기 시작했다. 그는 혼나고 싶지 않았다. 다치고 싶지도 않았다.
 그는 자기가 뭔가 나쁜 짓을 했다는 것을 알았지만, 무슨 일이 일어날지 알 수 없었고 엄마가 야단치는 소리도 듣고 싶지 않았다. 그는 눈을 감고 잠에 빠져들었다…….

 '숀'은 눈을 뜨고 주위를 둘러보았다. 그는 바닥에 깨져 있는 단지를 빤히 들여다보았다. 저게 뭐지? 왜 깨져 있지? 왜 난 여기 있을까?
 예쁜 부인이 들어오더니 화난 눈빛으로 그를 보면서 뭐라고 말했지만 숀은 아무 소리도 들을 수 없었다. 여자는 그를 세게 계속 흔들면서 집게손가락으로 그의 가슴을 찔렀다. 여자의 얼굴은 붉어졌고 입술은 여전히 움직였다. 숀은 어째서 부인이 자기에게 화를 내는지 알지 못했다. 부인은 그를 방으로 질질 끌고 가서 안에 밀어 넣고 문을 닫았다. 그는 완전한 고요 속에서 그 자리에 앉아 다음에 무슨 일이 일어날지 기다렸다. 그러다가 잠이 들었다.

 눈을 뜬 빌리는 쿠키 단지를 깬 벌로 매를 맞을 걸 예상하고 몸을 웅크렸다. 하지만 주먹은 날아오지 않았다. 어떻게 방으로 오게 되었을까? 그는 눈을 감았다가 다시 뜨면 다른 시간에 딴 곳에 있는 경험에 익숙해지고 있었다. 그는 다른 사람들도 마찬가지일 거라고 생각해버렸다. 지금까지 빌리는 거짓말쟁이라는 소리도 들어봤고, 자기가 하지 않은 일 때문에 혼나는 상황에도 처해봤다. 이번에는 처음으로 뭔가 잘못했는데도 아무 벌도 받지 않았다. 빌리는 깨진 쿠키 단지 때문에 엄마가 혼을 낼지 궁금했다. 그 생각을 하니 불안해졌다. 빌리는 하루 종일 방에 틀어박혀서 혼자 있었다. 짐이 학교 갔다 돌아오든가 장난감 병정과 트럭을 같이 가지고 놀던 검은 머리 소년을 만날 수 있기를 바랐다. 빌리는 눈을 꼭 감고, 작은 소년이 거기 있기를 기도했다. 하지만 소년은 없었다.

이상하게도 빌리는 더 이상 외로운 기분을 느끼지 않았다. 외롭거나 지루하거나 슬픈 기분을 느낄라치면, 그냥 눈을 감아버렸다. 눈을 뜨면 다른 장소에 있었고 모든 게 달라져 있었다. 때로는 야외에서 태양이 환히 비칠 때 눈을 감았는데, 다시 떴을 때는 한밤인 적도 있었다. 어떨 때는 그 반대였다. 캐시랑 짐과 함께 놀고 있는데, 눈을 깜박했다가 떠보니 자기 혼자 바닥에 앉아 있는 적도 있었다. 얻어맞은 것처럼 팔이나 엉덩이에 통증이 느껴지는 때도 있었다. 하지만 빌리가 매를 맞거나 누군가 몸을 흔드는 일은 없었다.

빌리는 더 이상 아무도 자기를 혼내지 않아서 기뻤다.

4

도로시는 딕 조나스와 1년 동안 살았다. 그 후 상황이 달라져서, 도로시는 두 번째로 딕을 떠났다. 그녀는 랭커스터 컨트리클럽에서 종업원으로 일하고 컨티넨탈이나 탑햇 클럽의 칵테일 라운지에서 노래를 부르면서 식구들을 부양했다. 도로서는 아이들을 오하이오 주 서클빌에 있는 성 조셉 학교에 보냈다.

1학년 때 빌리는 우수한 학생이었다. 수녀들은 빌리의 그림 실력을 칭찬했다. 스케치도 빨리 했고, 빛과 명암을 이용하는 능력도 여섯 살짜리 치고는 이상할 정도로 특출했다. 하지만 2학년에 접어들자, 제인 스티븐슨 수녀는 빌리에게 글씨 쓰고 그림 쓸 때 오직 오른손만 써야 한다고 강요했다.

"왼손에는 악마가 깃들어 있다, 윌리엄. 우리는 악마를 몰아내야 해."

빌리는 스티븐슨 수녀가 자를 들자 눈을 감아버렸다…….

숀은 주위를 둘러보았다. 검은 옷을 입고 수놓인 하얀 턱받이를 한 여자가 자를 들고 자기 쪽으로 다가오고 있었다. 숀은 뭔가 벌을 받으러 자기가 여기 나왔다는 것을 깨달았다. 하지만 뭘 잘못했지? 여자가 뭐라고 입을 움직였지만 무슨 말을 하는지 들을 수 없었다. 그는 웅크린 채 화가 나 벌겋게 달아오른 여자의 얼굴을 쳐다보았다. 여자는 그의 왼손을 붙잡고 자를 높이 쳐들었다가 조용히 그의 손바닥을 몇 번 내려쳤다.

눈물이 뺨 위로 떨어졌다. 숀은 왜 자기가 저지르지도 않은 일 때문에 벌을 받으러 여기 있어야 하는지 알 수 없었다. 공정하지 않았다.

숀이 떠나자, 빌리는 눈을 뜨고 스티븐슨 수녀가 멀어져 가는 모습을 보았다. 왼손을 보니 불에 덴 듯 빨갛게 매질로 부풀어 오른 자국이 있었다. 그는 얼굴에서도 뭔가를 느끼고 오른손을 뺨에 대보았다. 왜 눈물을 흘리고 있을까?

짐은 빌리보다 1년 4개월이나 생일이 빨랐다. 그러나 빌리가 일곱 살이 되던 해 여름, 가출하자고 부추긴 것은 빌리였다. 빌리는 음식을 싸고 칼과 옷가지를 챙겨서 모험을 떠나자고 형에게 말했다. 돌아올 때는 부자가 되어 유명해져 있을 거라면서. 동생의 계획과 결심에 홀딱 빠진 짐은 같이 가겠다고 했다.

가방을 들고 집을 빠져나온 두 아이는 차를 얻어 타고 마을 외곽까지 갔다. 그들은 공사장을 지나 클로버가 무성하게 피어 있는 큰 들판으로 향했다. 빌리는 들판 가운데 서 있는 대여섯 그루의 사과나무를 가리키면서 거기서 점심을 먹고 가자고 했다. 짐은 동생의 말에 따랐다.

두 아이가 나무에 기대어 앉아 사과를 먹고 앞으로의 모험에 대해 얘기하고 있을 때, 짐은 강한 바람이 불어오고 있음을 느꼈다. 사과가 그들 주위로 떨어지기 시작했다.

"야, 폭풍우가 올 거 같아."

짐이 말했다. 빌리는 주위를 둘러보았다.

"저기 벌 좀 봐!"

짐의 눈에는 들판에 윙윙거리는 벌 떼가 가득 차 있는 것처럼 보였다.

"벌이 잔뜩 있어. 벌에 쏘여 죽을지도 몰라. 우린 갇혔어. 도와줘요! 도와줘요!" 짐은 비명을 질렀다. "누구 좀 도와주세요!"

빌리는 재빨리 짐을 챙겼다.

"괜찮아, 들판으로 들어올 때는 벌에 안 쏘였잖아. 그러니까 제일 좋은 방법은 들어온 길로 나가는 거야. 하지만 뛰어가야겠어. 가자!"

짐은 비명을 멈추고 동생 뒤를 따랐다. 두 아이는 뛰어나가 들판을 가로질렀고, 벌에 쏘이지 않고 도로로 다시 나갈 수 있었다.

"머리 잘 돌아가는데."

짐이 말했다. 빌리는 어둑해지는 하늘을 보았다.

"하늘 색깔이 진짜 안 좋네. 여기까지만 하고 오늘은 그만 하자. 집에 가면 아무 말도 하면 안 돼. 그래야 다음에 또 하지."

돌아오는 내내, 짐은 어쩌다가 동생이 대장 노릇을 하게 되었는지 생각했다.

그해 여름이 끝날 무렵, 두 사람은 서클빌 근처의 숲을 탐험하러 갔다. 하지스 시내에 이르렀을 때, 두 아이는 물 위에 드리워진 나뭇가지에 걸려 있는 밧줄을 보았다.

"밧줄을 타고 건너편으로 갈 수 있겠다." 빌리가 말했다.

"내가 확인해볼게. 내가 형이잖아. 내가 먼저 갈 테니까 안전하면 너도 건너와."

짐은 밧줄을 끌어당긴 후 뒤로 돌아가 도움닫기를 해서 밧줄을 잡고 휙 건너가려 했다. 하지만 4분의 3쯤 가다 말고 진흙탕 속으로 떨어져서 빠져들기 시작했다.

"모래 수렁이야!" 짐이 외쳤다.

빌리는 민첩하게 움직였다. 빌리는 커다란 막대기를 찾아서 짐 쪽으로 던져주었다. 흔들흔들하는 나무 위에서 빌리는 형을 안전한 쪽으로 잡아당겼다. 두 아이가 강둑에 닿자, 짐은 바로 누운 채 동생을 쳐다보았다. 빌리는 아무 말도 하지 않았다. 짐은 동생의 어깨에 팔을 둘렀다.

"빌, 네가 내 목숨을 구했어. 정말 고맙다."

빌리나 짐과 달리, 캐시는 가톨릭 학교를 좋아했고 수녀들을 존경했다. 캐시는 자라면 꼭 수녀가 되겠다고 굳게 다짐했다. 캐시는 아버지 자니 모리슨에 관한 기억을 사랑했고 그에 관한 이야기들을 모두 찾아보려 했다. 어머니는 아이들에게 아빠가 아파서 병원에 실려 갔다가 죽었다고 말해주었다. 이제 다섯 살이 되어 학교에 입학한 캐시에겐 뭘 하든 먼저 속으로 물어보는 습관이 생겼다.

"이렇게 하면 자니 아빠가 좋아할까?"

이런 습관은 캐시가 어른이 될 때까지 계속되었다.

도로시는 가수 일을 해서 모은 돈으로 탑햇 클럽의 지분을 조금 샀다. 도로시는 잘생기고 말을 청산유수로 잘하는 젊은이를 만났다. 그는 함께 플로리다에 극장식 식당을 열자고 도로시에게 제안했다. 그러자면 빨리 이사를 해야 하니까 아이들을 플로리다로 데리고 가서 두어 군데 둘러보라고 재촉했다. 자신은 서클빌에 남아 바에 있는 도로시의 지분을 팔아치운 후 그들과 합류하겠다고 했다. 도로시가 할 일이라고는 자기 몫을 그에게 넘겨준다는 서류에 서명하는 것뿐이었다.

도로시는 그가 하라는 대로 아이들을 데리고 플로리다에 있는 여동생 집으로 가서 매물로 나와 있는 클럽들을 둘러보며 한 달 동안 기다렸다. 그러나 그는 나타나지 않았다. 사기꾼에게 속았다는 것을 알아챈 도로시는 다시 서클빌로 돌아갔다. 이제 빈털터리 신세였다.

1962년, 도로시는 볼링장의 라운지에서 노래를 하다가 홀아비인 챌머 밀리건을 만났다. 챌머는 빌리 또래의 딸 칼라와 함께 살고 있었다. 그 외에 이미 장성해서 간호사가 된 딸도 있었다. 챌머는 도로시와 데이트를 하기 시작했고, 자신이 일하는 회사에 도로시의 일자리를 만들어주었다. 챌머는 압축 기계로 전화 부속품을 만드는 일을 하고 있었다.

처음부터 빌리는 챌머를 좋아하지 않았다. 빌리는 짐에게 말했다.

"난 저 아저씨가 싫어."

서클빌의 호박 축제는 중부에서도 유명한 행사로 마을 연중행사의 백미라 할 만했다. 상인들은 간이 상점을 열고 호박 도넛이나 호박 사탕, 호박 햄버거를 팔았다. 조명등과 펄럭이는 장식 리본, 축제 행렬로 인해 도시는 호박이 넘치는 동화의 나라로 변모했다. 1963년 10월의 호박 축제는 행복한 시기였다.

도로시는 자기 인생이 새로운 전환점을 맞고 있다고 생각했다. 그녀를 돌봐줄 수 있는 안정적인 직업을 갖고 있으며 아이들을 입양해서 자기 아이들처럼 키우겠다는 남자를 만났다. 그는 좋은 아빠가 될 것이다. 그리고 자신 또한 칼라에게 좋은 엄마가 되어줄 것이다. 1963년 10월 27일, 도로시는 챌머 밀리건과 결혼했다.

결혼한 지 3주 후인 11월 중순의 일요일, 챌머는 가족들을 데리고 오하이오 주 브레멘에 있는 자기 아버지의 농장을 방문했다. 차로 15분 거리에 있는 곳이었다. 농장을 돌아다니면서 아이들은 신이 났다. 현관 앞 그네도 타고, 뒤쪽에 있는 저장소나 언덕 아래에 있는 붉은색 낡은 헛간을 여기저기 쑤시고 다녔다. 남자애들은 주말에 와서 농장 일을 도와야 한다고 챌머는 말했다. 밭에 야채를 심으려면 할 일이 많다고 했다.

빌리는 들판에서 썩어가는 호박들을 바라보면서 농장의 풍경을 마음에 새겼다. 그는 집에 가서 이 풍경을 그려 새아빠에게 주리라 마음먹었다.

다음 주 금요일, 슈피리어 수녀원장과 메이슨 신부가 3학년 교실로 들어와 제인 스티븐슨 수녀에게 조용히 속삭였다.

"어린이 여러분은 일어서서 묵념을 하세요."

스티븐슨 수녀는 눈물을 흘리면서 말했다.

아이들은 메이슨 신부의 목소리에 실린 엄숙한 분위기에 당황하며 그 말을 따랐다. 그의 목소리는 떨리고 있었다.

"어린이 여러분은 세상이 돌아가는 상황을 잘 이해하지 못할 수도 있습니다. 하지만 여러분에게도 오늘 아침 존 F. 케네디 대통령이 암살당했다는 걸 알려줘야겠어요. 이제 모두 기도합시다."

신부는 주기도문을 외운 후 아이들에게 밖으로 나가 집으로 가는 버스를 기다리라고 말했다. 어른들 세상에 끔찍하게 슬픈 일이 벌어졌음을 감지한 아이들은 조용히 서서 기다렸다.

주말에 가족들이 TV 앞에 모여 뉴스와 장례식 장면을 보고 있는데, 엄마가 울음을 터뜨렸다. 빌리는 그 모습을 보니 마음이 아팠다. 빌리는 엄마가 그러는 모습을 보고 싶지 않았다. 그래서 눈을 감았다.

숀이 나타나서 아무 소리도 들리지 않는 TV 화면과 화면을 응시하는 사람들을 쳐다보았다. 그는 TV 앞으로 가서 얼굴을 가까이 대고 진동을 느끼려 했다. 칼라가 그를 밀쳐버렸다. 숀은 자기 방으로 가서 침대에 앉았다. 그는 이를 꼭 악문 채 숨을 입에서 천천히 내뱉으면 머릿속에서 이상한 진동 소리가 똑같이 난다는 걸 발견했다. 스스스스스스스…… 그는 오랫동안 방 안에 홀로 앉아 계속 소리를 냈다. 스스스스스스스…….

챌머는 세 아이를 서클빌 공립학교에 등록시켰다. 아일랜드 개신교인인 챌머는 자기 아이들이 가톨릭 학교에 다니길 바라지 않았다. 아이들은 모두 감리교회에 다녀야 했다.

아이들은 이제까지 해온 어른스러운 〈아베 마리아〉와 주기도문 대신에 칼라가 자기 전에 하는 어린이용 기도로 바꿔야 하는 데 불만을 가졌다. '나 이제 누워 자겠네' 부분이 특히 유치했다. 빌리는 나중에 친아버지 자니 모리슨을 따라 유대교로 개종하리라고 결심했다.

8장

스물네 조각으로 부서진 영혼

1

결혼 직후 온 가족이 랭커스터로 이사 갔을 무렵, 도로시는 챌머가 유난히 아이들에게 엄격하다는 것을 알아챘다. 저녁식사 중에는 말을 하면 안 되었다. 웃음소리도 금지되었다. 소금은 시계 방향으로 돌려야 했다. 집에 손님이 오면 아이들은 발을 바닥에 똑바로 대고 손을 무릎에 올려놓은 채 바로 앉아 있어야 했다. 캐시는 엄마 무릎 위에 앉을 수도 없었다.

"이제 다 컸잖아." 챌머는 일곱 살짜리 아이에게 이렇게 말했다.

한번은 짐이 빌리에게 소금을 건네달라고 한 적이 있었다. 빌리는 손이 닿지 않아서 소금을 식탁 위로 밀었는데, 챌머가 고함을 질렀다.

"그것도 제대로 못 해? 아홉 살이나 되어서 애 같은 짓을 하다니!"

아이들은 아빠를 두려워했다. 챌머가 맥주를 마실 때는 더욱 심했다.

화를 내보이는 게 두려운 빌리는 자기 안으로 더욱 파고들었다. 빌리는 엄격함이나 적대감, 벌을 이해할 수가 없었다. 언젠가 챌머가 호통을 치자 빌리는 챌머의 얼굴을 똑바로 쳐다보았다. 챌머의 목소리는 얼음처럼 차갑게 식식거렸다.

"내가 말할 때는 눈 깔아."

그 목소리에 빌리는 몸을 웅크리고 아래를 내려다보았다…….

종종 숀이 눈을 떠서 주위를 둘러볼 때면, 누군가 입술을 달싹이면서 화난 얼굴로 내려다보고 있었다. 어떤 경우에는 예쁜 부인이었다. 어떨 때는 여자애들 중 한 명이거나, 자기보다 더 큰 남자애이기도 했다. 남자애는 자기를 밀거나 장난감을 빼앗아가거나 했다. 사람들이 입술을 움직일 때면, 숀도 입술을 움직여서 잇새로 윙윙거리는 소리를 냈다. 그러면 사람들이 웃었다. 하지만 덩치 큰 남자는 아니었다. 그 남자는 숀을 쏘아봤다. 그러다 숀이 울음을 터뜨릴라치면 머릿속에서 기묘한 감각이 또 생겼다. 숀은 눈을 감고 어디론가 가버렸다.

후에 캐시는 빌리가 어린 시절 가장 좋아했던 놀이를 이렇게 회상했다.
"벌 흉내 좀 내봐, 빌리 오빠. 칼라한테 보여줘."
캐시가 말했다. 빌리는 영문을 모르는 것처럼 그들을 쳐다보았다.
"무슨 벌?"
"오빠가 하는 벌 흉내 있잖아. 그거. 스스스스스스스스스!"
여전히 영문을 모르면서 빌리는 벌 흉내를 냈다.
"오빠, 너무 웃긴다." 캐시가 말했다.
"너 왜 밤에 벌 흉내 내냐?"
나중에 방에 있을 때 짐이 물었다. 두 사람은 오래된 나무 침대에서 함께 잤는데, 짐은 동생이 덜덜 떨리는 소리를 내서 여러 번 깬 적이 있었다. 여자애들뿐 아니라 짐도 윙윙거리는 소리에 대해 말하자 당황스러웠지만 빌리는 여전히 영문을 몰랐다. 그는 재빨리 다른 생각을 해냈다.
"내가 발명해낸 놀이야."

"무슨 게임인데?"

"'막내 벌' 놀이라고 하는 거야. 보여줄게."

빌리는 두 손을 이불 밑에 넣고 손을 원 모양으로 움직였다.

"ㅅㅅㅅㅅㅅㅅㅅㅅ…… 이거 봐. 여기 밑에 벌 가족이 있다."

짐의 귀에는 윙윙거리는 소리가 이불 밑에서 나는 것처럼 들렸다. 빌리는 한 손을 살포시 쥔 채로 밖으로 꺼냈다. 이제 윙윙거리는 소리가 손 안에서 나는 것처럼 들렸다. 빌리는 벌이 걷는 것처럼 손가락을 베개 위아래로 움직였다. 다른 벌 소리를 내며 여러 번 이렇게 하다가 빌리가 갑자기 짐의 팔을 꽉 꼬집었다.

"아얏! 너 지금 뭐 하는 거야?"

"벌이 형을 쏜 거야. 이제 벌을 잡아야지. 벌을 치든가, 아님 손으로 잡아봐."

몇 번이나 짐은 자기를 쏜 벌을 치거나 잡았다. 짐이 벌을 손 안에 가두자, 윙윙거리는 소리가 방 안에 가득 차며 화난 소리처럼 점점 커졌다. 그러더니 다른 손이 다가와 짐을 점점 더 세게 꼬집었다.

"아야! 아야! 야, 너무 아프잖아."

"내가 그런 게 아냐." 빌리가 말했다. "형이 막내벌을 잡았잖아. 아빠벌이랑 형벌이 형을 혼내주려고 윙윙거리면서 날아다니는 거야."

짐은 막내벌을 놔주었다. 빌리는 벌 가족이 모두 베개 위에서 막내벌 주위를 빙빙 돌게 했다.

"재미있는 놀이다. 우리 내일 밤에도 하자." 짐이 말했다.

빌리는 잠들기 전 어둠 속에 누워 생각했다. 이제 윙윙거리는 소리에 대한 설명은 이만하면 되었을 것이다. 어쩌면 머릿속에서 이미 예전에 이 놀이를 생각해내서 다른 식구들이 듣는지도 모르는 채 소리를 내고 있었던 것인지도 몰랐다. 어쩌면 많은 사람들이 다 이런지도 모른다. 시간을 잃어버리는 경험과 마찬가지로. 빌리는 모든 사람들이 시간을 잃어버리고 있다고 짐작했다. 종종 어머니나 이웃 사람도 "어머나, 시간이 이렇게나 지났는지 몰랐네." 내지는 "벌써 시간이 이렇게 됐어?", "세월이 어디로 흘러가는지……."라고 하지 않는가.

2

선생은 어느 일요일을 선명하게 기억하고 있었다. 만우절이 지난 다음 주였다. 빌리는 7주 전에 아홉 살이 되었고, 아빠가 자기를 끊임없이 쳐다보고 있다는 걸 눈치 챘다. 빌리가 잡지를 훑어보다가 고개를 들어보니 아빠가 자기를 쳐다보고 있었다. 챌머는 돌처럼 굳은 얼굴로 손을 턱에다 대고 빌리의 일거수일투족을 낱낱이 살피고 있었다. 빌리는 잡지를 단정히 커피 탁자 위에 올려놓고는 소파로 가서 항상 잔소리 들은 대로 다리를 똑바로 하고 손을 무릎에 놓고서 앉았다. 하지만 챌머는 계속 빌리를 쳐다볼 따름이었다. 그래서 빌리는 일어서서 뒷문 포치로 나갔다. 빌리는 안절부절 어쩔 줄 모르며, 블랙잭하고나 놀아야겠다고 생각했다. 모든 사람들이 블랙잭을 버릇을 잘못 들인 개라고 말했지만, 빌리는 블랙잭과 사이좋게 지냈다. 어느 순간 고개를 들어 보니 챌머는 욕실 창문으로 빌리를 내다보고 있었다.

일요일 오후와 저녁 내내, 빌리는 챌머의 눈이 자기에게 못 박혀 있음을 느꼈다. 빌리는 챌머가 무슨 짓을 저지를지 몰라 몸을 으슬으슬 떨었다. 챌머는 아무 말 하지 않았고 말도 걸지 않았지만, 그의 눈은 빌리가 가는 곳마다 따라왔다.

가족들은 모두 〈디즈니 만화동산〉을 보고 있었다. 빌리는 바닥에 몸을 뻗고 누웠다. 가끔 돌아보면 여지없이 챌머의 차갑고 텅 빈 눈빛과 마주쳤다. 빌리가 소파에 앉아 있는 엄마 곁에 가까이 다가가 앉자, 챌머는 일어서서 쿵쿵거리며 방 밖으로 나갔다.

빌리는 그날 밤 잠을 잘 이룰 수 없었다.

다음 날 아침식사 전, 챌머도 잠을 설친 얼굴로 부엌으로 들어와서는 빌리와 함께 농장으로 가야겠다고 알렸다. 농장에 할 일이 많다는 것이었다.

농장으로 가는 기나긴 여정 동안, 챌머는 운전대만 잡고 아무 말 하지 않았다. 그는 차고 문을 열고 트랙터를 마구간으로 몰고 들어갔다. 그때 빌리는 눈을 감았다. 그는 고통을 느꼈다…….

법정에 제출된 조지 하딩 박사의 진술서에서는 이 사건을 이렇게 설명하고 있다.

"환자 본인의 말에 의하면…… 계부인 밀리건 씨로부터 항문성교를 포함한 가학적인 성적 학대를 당했다. 환자가 설명한 바에 따르면, 환자가 여덟 살이나 아홉 살경, 1년여에 걸쳐 주로 계부와 단둘이 농장에 있을 때 이런 폭력을 당했다고 한다. 환자는 항상 계부에게서 '마구간에 묻어버리고 엄마에겐 도망갔다고 하겠다'는 협박을 받아서 살해당할까 봐 두려웠다고 말하고 있다."

……그 순간 그의 마음속에서, 감정과 영혼이 스물네 개의 조각으로 부서져버렸다.

3

캐시와 짐, 칼라는 후에 어머니가 처음으로 맞은 날에 대한 선생의 기억이 맞다고 확인해주었다. 도로시의 말에 따르면, 챌머는 도로시가 흑인 직장 동료와 가까운 벤치에 앉아 이야기하는 모습을 보더니 불같이 화를 냈다고 한다.

도로시는 테이프로 조절되는 구멍 뚫는 기계를 담당하고 있었는데, 그 남자가 조립 라인에서 졸고 있다는 것을 알자 다가가서 흔들어 깨운 후 위험하다고 주의를 주었다. 남자는 웃으며 고맙다고 인사했다. 도로시가 자기 작업대에 돌아갔을 때, 챌머는 그녀를 쏘아보았다. 집으로 오는 동안, 그는 퉁퉁 부어서 아무 말 하지 않았다. 집에 오자 결국 도로시는 이렇게 말했다.

"무슨 일이에요? 뭐 할 말 있어요?"

"당신하고 그 깜둥이 새끼. 무슨 사이야?"

"무슨 사이라뇨? 나 참, 기가 막혀서. 대체 무슨 말을 하는 거예요?"

챌머가 도로시를 쳤다. 새아빠가 엄마를 치는 동안 아이들은 거실에서 보고 있었다. 빌리는 겁에 새파랗게 질려 서 있었다. 엄마를 도와주고 챌머가 엄마를 때리지 못하게 말리고 싶었다. 하지만 빌리는 술 냄새를 맡았고, 챌머가 자기를 죽여서 묻어버린 후 엄마에게 도망갔다고 말할까 봐 겁이 났다.

방 안으로 뛰어 들어간 빌리는 문을 쾅 닫고 등지고 서서 손으로 귀를 막았다. 하지만 엄마의 비명은 계속 들려왔다. 그는 울면서 천천히 미끄러지듯 바닥에 주저앉았다. 그는 눈을 꼭 감았다. 아무것도 들리지 않는 손의 세계에서는 모든 것이 고요했다…….

그때 처음으로 심한 혼란의 시기가 닥쳐왔다고 선생은 회상했다. 몇 날 며칠이 지나가는지 알지 못하고 시간을 잃어버린 채 돌아다니는 동안 빌리의 생활은 엉켜버렸다. 빌리의 4학년 담임선생님이 그의 이상 행동을 눈치 챘다. 인격 중 하나는 상황 파악을 못 하고 이상한 말을 하거나 수업 중에 일어나서 돌아다니기도 했다. 빌리는 종종 구석에 서 있는 벌을 받았다. 세 살 난 크리스틴이 벽을 보고 서 있는 역할을 맡았다.

크리스틴은 빌리가 더 곤란해지지 않도록 아무 말 없이 벽만 보고 서 있었다. 육체노동 말고는 어떤 일에도 집중하지 못하는 마크라면 끊임없이 여기저기 돌아다녔을 것이다. 타미라면 반항할 수도 있었다. 데이비드라면 고통에 몸부림쳤을 것이다. 압력 밸브 역할을 하는 '제이슨'이라면 환상에 빠질지도 몰랐다. 자니 모리슨처럼 유대인인 '새뮤얼'이라면 기도를 했을 것이다. 이들 중 누구도 나쁜 일을 저질러서 빌리의 상황을 더 악화시킬 수 있었다. 항상 세 살에 머물러 있는 크리스틴만이 참을성 있게 아무 말 없이 서 있을 수 있었다. 크리스틴은 그렇게 구석의 아이가 되었다.

크리스틴은 또한 다른 이들의 목소리를 처음으로 들은 사람이기도 했다. 어느 날 아침 학교 가는 길에, 크리스틴은 들판에 멈춰서 들꽃을 한 다발 꺾기로 했다. 4학년 담임선생님인 로스 선생님에게 갖다드리면, 구석에 가서 벌 서는 일이 줄어들지도 몰랐다. 하지만 사과나무를 지나치다 보니, 대신 과일을 갖다드리는 편이 좋을 것 같았다. 크리스틴은 들꽃을 던져버리고는 사과를 따려고 손을 뻗었다. 나뭇가지가 너무 높아 손이 닿지 않자 크리스틴은 슬펐다. 눈물이 또르르 떨어졌다.

"뭐가 잘못됐냐, 꼬마야? 왜 울고 있어?"

크리스틴은 주위를 둘러보았지만 아무도 보이지 않았다.

"나무에서 사과를 딸 수가 없어요." 크리스틴이 말했다.

"울지 마, 레이건 아저씨가 따줄 테니까."

그는 나무 위로 올라가서 있는 힘을 다 짜냈다. '레이건'은 두꺼운 나뭇가지를 꺾어 가지고 내려왔다.

"여기 있다. 사과도 많이 따 왔어."

레이건은 사과를 한 팔에 안고 크리스틴을 학교로 데려다주었다. 레이건이 떠나자, 크리스틴은 길 한가운데에 사과를 떨어뜨렸다. 차 한 대가 가장 크고 반짝거리는 사과 앞으로 돌진해 들어왔다. 로스 선생님에게 주고 싶었던 바로 그 사과였다. 그래서 크리스틴이 사과를 잡으려 하는 순간, 레이건이 달려오는 차에 치이지 않게 크리스틴을 밀어냈다. 크리스틴은 자동차가 예쁜 사과를 뭉개놓고 달려가는 모습을 보고 울었다. 하지만 레이건이 하나 더 따주었다. 지난번 것만큼 예쁘진 않았지만, 레이건은 사과를 닦아서 학교에 가지고 갈 수 있게 크리스틴에게 주었다.

크리스틴이 책상 위에 사과를 놓자 로스 선생님이 말했다.

"와, 고맙구나, 빌리."

크리스틴은 화가 났다. 사과를 가져온 아이는 빌리가 아닌 크리스틴이기 때문이었다. 크리스틴은 교실 뒤쪽으로 가서 앉을 자리를 찾아보았다. 크리스틴은 교실 왼편에 앉았는데, 몇 분 후 덩치 큰 남자애가 말했다.

"내 자리에서 비켜."

크리스틴은 기분이 나빴지만 레이건이 나와서 남자애를 한 대 칠 것 같아 재빨리 일어나서 다른 자리에 앉았다.

"야, 거긴 내 자리야." 칠판 앞에 서 있던 여자애가 말했다. "빌리가 내 자리에 앉았어요."

"자기 자리가 어딘지 모르니?"

로스 선생님이 물었다. 크리스틴은 고개를 흔들었다. 로스 부인은 교실 오른편의 빈자리를 가리켰다.

"바로 저기가 네 자리잖아, 빌리. 자, 이제 네 자리로 가렴."

크리스틴은 왜 로스 선생님이 화가 났는지 알 수 없었다. 크리스틴은 선생님의 사랑을 받으려고 무던히도 노력했다. 눈물 속에서 크리스틴은 레이건이 밖으로 나와 선생님에게 뭔가 나쁜 짓을 하려 한다는 것을 느꼈다. 그래서 눈을 꼭 감은 채 발을 굴러 레이건을 말리려 했다. 그때 크리스틴도 떠났다.

빌리는 눈을 떴다. 그는 어지러운 머리로 주위를 둘러보고는 자기가 교실에 있다는 것을 알았다. 세상에, 어떻게 여기까지 왔을까? 왜 모두들 자기를 쳐다보고 있을까? 왜 애들이 킬킬대고 있을까?

교실 밖으로 나가는 길에 로스 선생님이 빌리를 부르는 소리가 들렸다.

"사과 고맙다, 빌리. 참 착하구나. 선생님이 꾸짖어서 정말 미안하다."

빌리는 선생님이 복도를 내려가는 모습을 보았다. 선생님이 무슨 소리를 하는지 도무지 알 수 없었다.

4

캐시와 짐이 처음으로 영국식 억양을 들었을 때 두 아이는 빌리가 광대 짓을 하고 있다고 생각했다. 짐과 빌리는 방 안에서 세탁물을 분류하고 있었다. 캐시가 문으로 다가와 빌리에게 자기와 칼라와 함께 학교까지 가줄 수 있느냐고 물었다.

"왜 그래, 빌리?"

캐시는 빌리의 얼굴에 떠오른 어지러운 표정을 보고 물었다. 그는 캐시와 역시 자기를 바라보고 있는 남자애를 바라보았다. 그는 도대체 이 두 아이가 누구이고, 어쩌다 자기가 여기 와 있게 되었는지 알 수가 없었다. 그는 빌리라는 사람은 알지도 못했다. 그가 아는 것이라곤 자신의 이름이 아서이며 런던에서 왔다는 것뿐이었다.

아서는 고개를 숙여 자기가 신고 있는 양말을 보았다. 한 짝은 검은색이고 다른 한 짝은 보라색이었다.

"이런, 양말짝이 맞지 않는 건가."

여자애와 남자애가 킥킥 웃었다.

"바보 같아, 빌리 오빠. 방금 본 셜록 홈스 영화에 나오는 왓슨 박사처럼 말하네. 짐 오빠도 그렇게 생각하지?"

그러고 나서 여자애는 폴짝 뛰어서 사라져버렸고, 짐이라고 하는 남자애도 밖으로 뛰어나갔다.

"빨리 해, 아니면 지각해!"

아서는 궁금했다. 어째서 이 애들은 나를 아서가 아닌 빌리라고 부르는 거지? 나는 사기꾼이었나? 이 사람들 틈에 스파이로 잠입한 건가? 탐정인 가? 퍼즐을 한데 끼워 맞추려면 합리적으로 사고할 필요가 있었다. 어째 서 짝짝이 양말을 신고 있는 것일까? 누가 그 양말을 신겼을까? 여기서는 무슨 일이 일어나고 있는 것일까?

"이제야 나오면 어떡해, 빌리? 너, 또 한 번 지각하면 새아빠가 뭐라고 할지 알지?"

아서는 사기꾼이 되어야 한다면 잘 해내겠다고 결심했다. 그는 칼라와 캐시에 합류하여 니컬러스 드라이브 학교로 가는 길을 따라갔지만, 가는 동안 아무 말도 하지 않았다. 어떤 방 앞을 지날 때, 캐시가 말했다.

"빌리 오빠, 어디 가? 오빠 교실은 여기잖아."

아서는 어디에 앉는 게 안전한지 확인할 때까지, 즉 빈자리가 하나만 남 을 때까지 계속 뒤처져서 기다렸다. 그는 오른쪽도 왼쪽도 살피지 않고 머 리를 꼿꼿이 든 채로 자리까지 곧장 걸어갔다. 누구에게도 말을 걸 엄두조 차 낼 수 없었다.

선생님은 수학 문제를 등사한 시험지를 나눠주었다.

"다 풀면, 책 속에 시험지를 끼워두고 밖으로 나가도 좋아요. 돌아온 다 음에 답을 확인해보세요. 그 다음 시험지를 걷어서 채점하겠어요."

아서는 시험지를 훑어보고 곱셈 문제와 긴 나눗셈 문제에 콧방귀를 뀌 었다. 그는 연필을 집고 암산을 해서 문제를 풀어나갔다. 문제를 다 풀자, 시험지를 책 사이에 끼워놓고 팔짱을 낀 채 허공을 바라보았다. 너무 초등 학교 문제로군.

운동장에서 떠들썩하게 뛰어노는 아이들이 아서의 심기를 거슬렀다. 그 는 눈을 감았…….

휴식시간 후, 선생님이 말했다.

"이제 시험지를 책에서 꺼내세요."

빌리는 깜짝 놀라 고개를 들었다. 교실에서 뭘 하고 있었지? 여기는 어떻게 왔지? 아침에 침대에서 일어났던 건 기억났지만 옷을 입거나 학교에 온 건 기억할 수 없었다. 집에서 깨고 나서 지금까지 무슨 일이 일어났는지 전혀 알 수 없었다.

"이제 수학 시험지를 내기 전에 답을 확인해봐도 좋아요."

무슨 수학 시험지? 빌리는 무슨 일인지 전혀 알 수 없었지만, 선생님이 수학 문제를 왜 안 풀었느냐고 물어보면 잊어버렸거나 바깥에서 잃어버렸다고 대답하기로 했다. 선생님에게 어떤 변명이든 해야 했다. 하지만 책을 폈을 때 빌리는 자기 눈을 믿을 수 없었다. 다 풀어놓은 시험지가 그 안에 있었다. 50문제 모두. 빌리는 글씨체가 자기 것과 다르다는 것을 알아차렸다. 비슷하기는 했지만, 아주 빨리 갈겨쓴 것 같은 글씨였다. 빌리는 가끔 시험지나 숙제가 발견되면 그냥 자기가 한 것이려니 생각해버렸다. 하지만 빌리는 수학에서는 거의 꼴찌였고 그런 문제를 풀 능력이 없었다. 넘겨다보니 옆자리 여자애도 같은 문제를 풀고 있었다. 빌리는 어깨를 으쓱하고는 맨 위에다 '빌리 밀리건'이라고 썼다. 답을 확인해볼 생각은 없었다. 문제를 어떻게 푸는지도 모르는데, 무슨 수로 답을 맞춰보겠는가?

"벌써 다 풀었니?"

고개를 드니 선생님이 앞에 서 있었다.

"네."

"답을 안 맞춰봤다는 뜻이야?"

"네."

"이 시험에 통과할 자신이 있나 보구나?"

"모르겠어요. 그런지 아닌지는 채점해보면 알겠죠."

선생님은 시험지를 자기 책상으로 가지고 갔다. 몇 초 후, 빌리는 선생님의 찌푸린 표정을 보았다. 선생님은 빌리의 자리로 다시 걸어왔다.

"네 책 좀 보자꾸나, 빌리."

빌리가 책을 건네자 선생님은 책을 후루룩 넘겨가며 살펴봤다.

"손도 보여줘."

빌리는 선생님에게 손을 보여줬다. 선생님은 다음으로 소맷부리와 주머니 속의 내용물과 서랍 안도 보자고 했다.

"이해가 안 되는구나. 네가 답안지를 가지고 있을 리는 없을 텐데. 오늘 아침에 문제를 등사했고 답안지는 내 가방 안에 있었거든."

"통과했어요?"

빌리가 묻자 선생님은 마지못해 빌리의 시험지를 돌려줬다.

"만점 받았구나."

빌리의 선생님은 빌리를 지각대장, 말썽꾸러기, 거짓말쟁이라고 불렀다. 4학년부터 8학년까지 빌리는 상담실, 교장실, 학교 심리상담실을 들락날락했다. 나이가 들어감에 따라 며칠 전, 몇 시간 전, 심지어 몇 분 전에 있었던 일도 기억하지 못한다는 사실을 인정하지 않기 위해 이야기를 꾸며내고 진실을 왜곡하고 설명을 조작하는 등, 끊임없이 이어지는 내면의 싸움도 점점 늘어갔다. 사람들 모두가 빌리의 환각 상태를 알아챘다. 모두들 그가 이상하다고 말했다.

자신이 다른 사람과 다르고, 모든 사람이 시간을 잃거나 하지 않으며, 다른 사람들이 모두 알고 있는 자신의 말과 행동을 기억할 수 없다는 것을 알게 되었을 때, 빌리는 자신이 미쳐버렸다고 생각했다. 그래서 그 사실을 감추었다.

어쨌든 그는 비밀로 간직했다.

그 일은 1969년 봄에 일어났다고 선생은 회상했다. 빌리가 열네 살, 8학년이 되었을 때 챌머는 그를 농장, 옥수수밭 너머로 데리고 가서는 삽을 건네주고 땅을 파게 했다…….

스텔라 캐롤린 박사는 재판에서 낭독된 진술서에서 이 사건을 이렇게 묘사했다.

"[빌리의 계부는 빌리를 성적으로 학대했으며, 어머니에게 이 일을 누설할 경우 생매장해버리겠다고 협박했다. 실제로 계부는 아이를 묻어놓고 숨을 쉴 수 있는 파이프 하나만 주었다. (……) 아이를 흙으로 덮기 전, 계부는 파이프를 통해 아이 얼굴 위에 소변을 보았다고 한다." (《뉴스위크》 1978년 12월 18일자)

……그날부터 대니는 흙을 무서워했다. 그는 절대로 풀 위에 눕지 않았고, 땅을 만지거나 풍경을 그리는 일도 없었다.

5

며칠 후, 빌리는 자기 방으로 가서 침대맡에 있는 램프 스위치를 켜려고 했다. 불은 들어오지 않았다. 몇 번이나 껐다 켰다 해보았지만 역시 마찬가지였다. 그는 부엌에서 새 전구를 찾아서 방으로 돌아와 엄마가 한 대로 갈아 끼우려 했다. 그때 그는 충격을 받고 벽에 쿵 부딪쳤다…….

'타미'는 눈을 뜨고 주위를 둘러봤다. 아무 생각도 들지 않았다. 그는 침대 위에 놓인 전구를 보고는 전등갓 밑에 돌려 끼웠다. 금속 깃을 만지니 전기가 찌르르 흘렀다. 개새끼! 이게 뭐람? 타미는 전등갓을 떼어내어 구멍 안을 들여다보았다. 다시 만져보니 전기가 흘렀다. 이 빌어먹을 게 어디서 나오는 거지? 타미는 전기 코드를 따라가서 어디 꽂혀 있는지 보다. 플러그를 빼고 갓을 만지니 아무렇지도 않았다. 그럼 이 빌어먹을 전기는 벽에서 나오는 거였군. 타미는 구멍 두 개를 들여다보다가 아래층으로 뛰어 내려갔다. 그는 천장에서부터 전선을 따라가다가 두꺼비집을 찾아내고는 두꺼비집에서 이어진 두꺼운 전선을 따라 집 밖으로 갔다. 전선이 거리에 줄지어 선 전신주에 이어져 있는 것을 보고 놀란 그가 멈춰 섰다. 그래, 저 빌어먹을 것들 때문이란 말이지!

타미는 전신주를 따라가며 어디로 이어지는지 살폈다. 철조망이 에워싸고 있는 건물 바깥에 이르렀을 때 이미 날은 어둑어둑해져 있었다. '오하이오 주 전기국'이라는 간판이 붙어 있었다. 그는 생각했다. 그렇군, 그럼 저 사람들은 어디서 전등불이 들어오게 하고 놀라서 죽어버릴 정도로 센 전기 충격을 주는 물건을 가지고 오는 거지?

집으로 돌아온 타미는 전화번호부에서 오하이오 주 전기국을 찾아 주소를 받아 적었다. 너무 어두워져 있었으므로, 내일 아침 거기로 가서 어디서 전기가 오는지 알아보기로 했다.

다음 날, 타미는 시내로 가서 오하이오 주 전기국을 찾았다. 그는 안으로 걸어 들어갔지만 말문이 막힌 채 쳐다보기만 했다. 수많은 사람들이 자리에 앉아 전화를 받거나 타자를 치고 있었다. 사무실이었다! 염병할, 또 막혀버렸다! 그는 거리를 따라 헤매고 다니며 이 빌어먹을 전기가 오는 곳을 알려면 어떻게 해야 할지에 대해 곰곰이 생각했다.

그때 시청 건물 앞 도서관 간판이 보였다. 좋았어, 책을 찾아보면 되겠군. 이층으로 올라간 타미는 '전력' 항목으로 정리되어 있는 도서 카드들을 찾아내어 책을 빌려 읽기 시작했다. 그는 기계를 돌리고 전등을 켜는 에너지를 만들어내는 댐과 수력발전, 석탄 연소나 가연성 연료에 대한 내용을 알고서는 깜짝 놀랐다.

타미는 어두워질 때까지 책을 읽었다. 전력이 어디서 오는지 알게 된 흥분감에 사로잡혀, 그는 가로등이 하나 둘 켜지기 시작한 랭커스터 시내를 헤맸다. 그는 이제 기계와 전기에 관련된 모든 내용을 배울 작정이었다. 그는 상점 유리창 앞에 멈춰 서서 진열되어 있는 전기 제품들을 바라보았다. 사람들이 유리창 앞 TV 주위에 모여 있었다. 사람들은 우주복을 입은 한 남자가 사다리에서 내려오는 광경을 지켜보고 있었다.

"믿을 수 있어?" 누군가가 말했다. "이게 다 달에서 찍은 거라니?"

"인류를 위한 위대한 발걸음을 한 발짝 내디뎠습니다."

TV 속의 목소리가 말하고 있었다. 타미는 고개를 들어 달을 보았다가 다시 TV 화면을 쳐다보았다. 배워야 할 게 더 있었다.

그때 타미는 창문에 비친 한 여자의 모습을 보았다. 도로시가 말했다.

"빌리, 지금쯤이면 집에 가 있어야 할 텐데."

타미는 고개를 들어 빌리의 예쁜 엄마를 바라보고는 자기 이름은 타미라고 말하려 했다. 도로시는 그의 어깨에 손을 얹고 그를 차로 데려갔다.

"이제 시내를 어슬렁거리는 일은 그만둬라, 빌리. 챌머가 퇴근하기 전에 집에 가지 않으면 무슨 일이 생길지 너도 알지 않니······."

차를 타고 돌아오는 길에 도로시는 그를 재보려는 것처럼 곁눈질로 계속 쳐다보았다. 하지만 타미는 잠자코 있었다.

도로시는 타미에게 간식을 주고 나서 물었다.

"빌리야, 안으로 들어가서 그림을 그리면 어떻겠니? 언제나 그러면 기분이 좀 가라앉잖아. 지금은 너무 날이 서 있는 것 같구나."

그는 어깨를 으쓱하고는 방 안으로 들어갔다. 그는 획획 붓을 놀려 전신주가 늘어선 밤거리를 그렸다. 그림을 마치자, 그는 뒤로 몇 발짝 떨어져서 그림을 보았다. 초보치곤 엄청 잘 그렸는걸. 다음 날 아침 그는 일찍 일어나서 낮의 광경이지만 달빛이 비치는 풍경화를 그렸다.

6

빌리는 꽃과 시를 좋아했고 어머니를 위해 집안일도 기꺼이 도왔지만 그 때문에 챌머가 자신을 "계집애"나 "동성애자 같은 자식"이라고 한다는 것을 알게 되었다. 그래서 더 이상 어머니를 돕거나 시를 쓰지 않게 되었다. '에이들라나'가 몰래 나와서 빌리 대신 그런 일을 하곤 했다.

어느 날 저녁, 챌머는 독일 게슈타포 심문관이 죄수를 호스로 때리는 2차 세계대전 영화를 보고 있었다. 영화가 끝나자 마당으로 나간 챌머는 정원용 호스를 1미터 20센티 정도로 끊어서 이중으로 겹쳐서는 양끝을 서로 맞대고 검은 테이프로 감아 손잡이를 만들었다.

집 안으로 들어간 챌머는 설거지를 하는 빌리를 보았다. 무슨 일이 일어나는지 알아채기도 전에 에이들라나는 등의 오목한 부분에 강한 타격을 느끼고 바닥에 넘어졌다.

챌머는 루프처럼 동그랗게 말아놓은 호스를 자기 방문에 걸어놓고 잠이 들었다. 에이들라나는 그 남자가 폭력적이고 가증스러운 데다 결코 마음을 놓아서는 안 되는 사람임을 알게 되었다. 그녀는 도로시나 여자애들, 캐시나 칼라가 안아주고 입맞춰주어 공포와 나쁜 감정을 씻어주기를 바랐다. 하지만 그러면 말썽이 생기리라는 것을 알았기 때문에 그냥 침대로 들어가 혼자 울다 잠이 들었다.

챌머는 그 호스를 종종 사용했다. 주로 빌리를 괴롭히기 위해서였다. 도로시는 이 일에 대해 이렇게 회상했다. 그녀는 챌머가 호스를 보고 쓰지 못하게 하기 위해 자기 옷이나 잠옷을 침실 문 뒤에 일부러 걸어놓기도 했다. 그러던 어느 날, 챌머가 오랫동안 호스를 사용하지 않자 도로시는 그것을 몰래 갖다 버렸다. 그는 호스가 없어져도 찾지 않았다.

모터나 전기 장치를 갖고 비밀스레 장난하는 것 이외에도 타미는 탈출법을 연구하기 시작했다. 그는 후디니나 실베스터 같은 위대한 탈출 마술사들에 대한 책을 읽었는데, 이들의 탈출 묘기 중 몇 가지가 단순한 속임수였다는 것을 알아내고는 실망했다.

후에 짐은 동생이 밧줄로 자기 손을 꼭 묶은 다음 그냥 나가달라고 부탁한 적이 있었다고 회상했다. 타미는 혼자 있을 때면 매듭을 연구해서 손목을 움직여 밧줄에서 빠져나오는 방법을 연습했다.

아프리카 원숭이 덫에 대한 책을 읽은 후, 타미는 인간 손의 구조에 대해 생각해보기 시작했다. 책에는 동물들이 먹이에 이끌려 좁은 틈 속에 들어오면 덫이 앞발을 꽉 물어 옴짝달싹할 수 없게 만드는 방법으로 동물을 생포한다고 설명되어 있었다. 뼈 구조에 대한 백과사전 그림을 연구한 타미는 손을 손목보다 더 작게 만들면 쉽게 빠져나올 수 있을 거라고 생각했다. 그는 자기 손과 손목의 치수를 재보고는 뼈와 관절을 꼭 쥐어 환경에 따라 바꿀 수 있도록 연습을 시작했다. 마침내 손을 손목보다 더 작게 압축할 수 있는 경지에 이르자, 그는 이제 안장이나 사슬로는 자기를 묶어놓을 수 없다고 자신했다.

타미는 밀실에서 빠져나오는 방법도 알아둘 필요가 있다고 생각했다. 빌리의 어머니가 외출하고 혼자 집에 있게 되면, 타미는 스크루드라이버를 가져와 문의 잠금 장치를 해체한 후 그것이 어떻게 작동하는지 연구했다. 타미는 자물쇠 안의 그림을 그리고 모양을 외웠다. 다른 모양의 잠금 장치를 볼 때마다 해체해서 연구하고 다시 조립했다.

어느 날, 타미는 시내에 있는 열쇠가게로 갔다. 나이 지긋한 열쇠가게 주인은 타미가 여러 잠금 장치를 구경하고 작동 방법을 외울 수 있게 놔두었다. 주인은 자석으로 작동하는 자물쇠나 회전판 형태로 된 자물쇠, 다양한 형태의 금고에 대한 책도 빌려주었다. 타미는 열심히 공부하고 끊임없이 시험해보았다. 스포츠용품점에 가서 수갑을 봤을 때는 돈을 모으면 바로 수갑을 사서 어떻게 푸는지 배워야겠다고 다짐했다.

어느 날 저녁 챌머가 저녁식사 자리에서 유난히 난폭하게 굴자, 타미는 들키지 않고 새아버지를 혼내줄 방법을 찾았다. 그리고 꾀를 하나 냈다.

타미는 도구함에서 꺼낸 줄로 챌머의 회전식 면도기 안에 든 회전날 세 개를 다 갈아서 무디게 만들었다. 그러고는 다시 뚜껑을 닫고 도망갔다.

다음 날 아침, 타미는 챌머가 면도하는 욕실 바깥에 서 있었다. 면도기가 딸깍 하는 소리에 이어 새아버지의 비명이 들려왔다. 무딘 면도날이 수염을 자르는 대신 파고들어서 얼굴을 벤 것이었다.

챌머가 욕실에서 뛰쳐나왔다.

"뭘 보고 있어, 바보 같은 새끼! 거기 멍청히 서 있지 마!"

타미는 손을 주머니에 찔러 넣고 유유히 걸어갔다. 고개를 돌렸기 때문에 챌머는 타미의 미소 짓는 얼굴을 볼 수 없었다.

'앨런'이 처음으로 자리에 나온 건 동네 불량배들이 그에게 건물의 지반을 다지고 있는 공사장 구멍에다 던져버리겠다고 위협했을 때였다. 앨런은 특유의 사기꾼 기질로 그들과 대화를 시도하며 살살 달랬지만 별 소용이 없었다. 불량배들은 그를 구멍에 던진 다음 돌을 던졌다. 흠, 여기 그냥 있어봐야 좋을 게 없군. 앨런은 생각했다……

대니는 돌이 자기 앞 땅바닥에 떨어지는 소리를 들었다. 돌은 계속 날아왔다. 고개를 들어보니 남자애들이 구멍 위에 서서 대니에게 돌을 던지고 있었다. 돌 하나가 대니 다리에 맞았고 다른 하나가 옆구리에 맞았다. 대니는 구덩이 맨 끝으로 달려갔다가 빙글빙글 돌면서 나갈 길을 찾았다. 옆은 너무 가팔라서 올라갈 수 없다는 것을 깨닫자 대니는 흙 속에 책상 다리를 하고 앉았다…….

돌멩이 하나가 등에 날아들자 타미는 고개를 들었다. 타미는 탈출구를 찾아야 한다고 생각했다. 자물쇠를 따거나 밧줄을 푸는 건 연습했지만 이건 다른 종류의 탈출이었다. 이건 힘이 필요했다…….

레이건은 일어서서 주머니칼을 꺼내 들고 남자애들 앞의 오르막길을 무서운 기세로 올라갔다. 그는 칼을 펼치고는 불량배들의 얼굴을 번갈아 쳐다보았다. 레이건은 화를 억누른 채 한 놈이라도 먼저 덤벼들기를 기다렸다. 그는 전혀 거리낌 없이 그들을 찌를 작정이었다. 불량배들은 자기들보다 30센티미터 정도 작은 애를 골랐지만, 그 애가 이렇게 맞서 싸울 줄은 몰랐다. 남자애들은 흩어졌고, 레이건은 집으로 돌아갔다.

짐이 나중에 회상한 바에 따르면, 소년들의 부모가 찾아와서 빌리가 자기 자식들을 칼로 위협했다며 따지고 갔다고 한다. 챌머는 그 애들 부모 편을 들어 빌리를 뒤로 데려가서는 때렸다.

7

도로시는 막내아들이 변했으며 이상하게 행동한다는 것을 깨달았다.
"빌리는 가끔 빌리답지 않았어요."
도로시는 후에 이렇게 회상했다.
"그 애는 우울했고 자기 안에 틀어박혔어요. 뭐라고 말을 하면 꼭 먼 데 있는 사람처럼 생각에 잠겨 멍하니 허공만 바라보면서 대답하지 않았어요. 몽유병에 걸린 사람처럼 시내를 헤매고 다니기도 했어요. 학교 수업 중에 나가서 그러더라고요. 가끔은 학교 선생님이 밖으로 나가려는 그 애를 잡아놓고는 와서 데려가라고 전화하기도 했어요. 어떨 때는 그냥 나가 버려서 전화할 때도 있었죠. 여기저기 시내를 싸돌아다니는 그 애를 잡아서 집에 데려올 때마다 난 이렇게 말해줬어요. '그래, 빌리. 이제 가서 쉬어라.' 그런데 그 앤 자기 침실이 어느 쪽인지도 모르는 것 같았어요. 참 암담했죠. 그 애가 깨어났을 때 '기분이 어때?'라고 물어보면 그 애는 당황한 표정으로 나한테 물어보곤 했어요. '오늘 내가 집에 있었어요?'

그러면 나는 대답해줬어요. '아니, 빌리. 오늘은 집에 있지 않았어. 내가 너를 찾아다닌 기억 안 나니? 엄마랑 집에 온 것 기억 안 나니?' 그 애는 어지러운 얼굴로 고개를 끄덕였어요. '아.' '기억 안 나니?' '그냥 기분이 별로 안 좋아요.'

학교에서는 아마 약물과 관계가 있는 것 같다고 말했어요. 하지만 난 약물 때문이 아니라는 걸 알았죠. 빌리는 절대 약은 안 해요. 아스피린도 안 먹으려고 하는걸요. 빌리한테 약을 먹이려면 거의 싸우다시피 해야 해요. 가끔 빌리는 혼란스러운 얼굴로 환각 상태에 빠져 집에 혼자 오기도 했어요. 낮잠을 잘 때까지는 나한테 말도 안 했죠. 그러다가 깨어나면 다시 내 아들 빌리가 되어 있었어요. 나는 학교 사람들에게 말했어요. 물론 다른 사람들에게도 말했죠. '이 아이는 도움이 필요해요.'"

8

아서는 간혹 학교에 출현해서 세계사, 특히 영국과 식민지 국가에 대해 공부할 때 선생님의 잘못을 바로잡았다. 아서는 자기 시간의 대부분을 랭커스터 공립도서관에 가서 독서하면서 보내고는 했다. 시야가 좁은 시골 선생들보다는 책과 일차적인 경험에서 얻는 게 더 많았다.

보스턴 차 사건에 대한 선생님의 설명에 아서는 불같이 화를 냈다. 그는 『생생한 사실』이라고 하는 캐나다 책에서, 당시 애국자인 척했던 사람들이 실제로는 술 취한 선원들이었다며 기존의 설명을 무너뜨리는 해석을 읽은 적이 있었다. 아서가 입을 열자 모두가 웃음을 터뜨렸고, 아서는 킬킬대는 소리를 뒤로하고 교실을 떠났다. 그는 도서관으로 갔다. 거기 있는 예쁜 사서는 그의 영국식 억양을 비웃지 않았다.

아서는 자기 말고도 다른 사람이 있음을 잘 알고 있었다. 달력의 날짜를 확인해보고 뭔가 잘못되었음을 깨달았기 때문이었다. 아서가 읽고 관찰한 바에 의하면 다른 사람들은 아서가 자는 만큼 잠자고 있지 않았다.

아서는 사람들에게 물어보고 다녔다.

"내가 어제 뭘 했지?"

아서는 캐시나 짐, 칼라나 도로시에게 물었다. 식구들이 묘사한 그의 행동은 아주 낯설었다. 그는 논리적 추론에 의해 확인해야 했다.

어느 날, 아서가 막 잠이 들려는데 어떤 존재가 마음속에 느껴졌다. 그는 억지로 깨어 있으려고 애썼다.

"누구야?" 아서가 물었다. "누군지 신원을 밝혀줬으면 하는데."

아서는 대답하는 목소리를 들었다.

"그렇게 말하는 너는 대체 누구야?"

"내 이름은 아서다. 너는 누구지?"

"타미."

"여기서 뭘 하는 거지, 타미?"

"너야말로 여기서 뭘 하는 거야?"

마음속에서 질문이 오고 갔다.

"너는 여기에 어떻게 들어왔지?"

"난들 알아, 너는?"

"글쎄, 지금 찾아내려고 하는 중이지."

"어떻게?"

"논리적으로 생각해야 해. 나한테 생각이 있어. 너와 나, 둘이 함께 우리가 깨어 있었던 시간을 맞춰보고 그럼 하루 24시간이 다 설명되는지 알아봐야겠지."

"그거 참 좋은 생각이군."

"네가 설명할 수 있는 시간을 벽장 문 안쪽에다 표시해줘. 나도 똑같이 할 테니. 기록을 만들어 모든 시간이 설명되는지 달력과 대조해보자구."

하지만 다 설명이 되지 않았다. 또 다른 사람들이 있는 게 분명했다. 아서는 의식이 돌아오는 순간에는 이 잃어버린 시간의 수수께끼를 푸는 데 매달렸다. 마음과 신체를 나눠 쓰는 사람들을 찾아내야 했다. 타미를 만난 후, 아서는 차례차례로 다른 사람들을 발견해냈다. 자기 자신과 외부 사람들이 빌리 혹은 빌이라고 부르는 사람을 포함, 모두 스물세 명이었다. 아서는 논리 추론을 통해 이들이 누구이며 어떻게 행동하는지, 무슨 일을 하는지 알아냈다.

크리스틴이라고 하는 아이만이 아서보다 먼저 다른 사람의 존재를 알고 있는 것 같았다. 크리스틴은 다른 이들이 의식이 있을 때 그들 마음속에서 일어나는 일들을 경험할 수 있었다. 아서는 이런 기술도 계발할 수 있는 것인지 궁금했다. 아서는 앨런이라는 아이와 이 문제를 의논했다. 그는 긴박한 상황을 유창한 말솜씨로 모면하기 위해 존재하는 협잡꾼이었다.

"앨런, 다음번에 의식이 들어오면, 열심히 머리를 짜내서 있었던 일을 모두 내게 보고하도록."

앨런은 해보겠다고 했다. 다음번에 자기가 밖으로 나왔다는 사실을 알자, 앨런은 아서에게 자기가 본 모든 것을 이야기해주었다. 아서는 모두 초점이 맞아떨어질 때까지 머릿속에서 그려보았다. 그 후 어마어마한 노력 끝에 아서는 앨런의 눈을 통해 사물을 볼 수 있게 되었다. 하지만 의식 바깥에 있더라도 정신 집중을 해서 깨어 있으면 이렇게 할 수 있다는 것도 알아냈다. 아서가 처음으로 거둔, 물질에 대한 정신의 지적 승리였다.

아서는 이 모든 것을 아는 자신이 방대한 대가족을 책임져야 한다는 의무감을 느꼈다. 모두 같은 신체와 관련이 되어 있으니, 혼돈에 빠져 있는 상황을 질서 있게 정리하려면 무엇인가 해야 했다. 아서는 감정 개입 없이 일을 처리할 수 있는 유일한 사람이었기 때문에 굳게 마음먹고 일을 해내기로 했다. 공정하고 효율적으로, 그리고 무엇보다도 논리적으로.

9

학교 아이들은 빌리가 멍한 표정으로 복도를 돌아다닐 때마다 놀려댔다. 아이들은 빌리가 혼잣말을 하거나 계집애처럼 행동하는 모습을 보고 빌리를 괴롭혔다.

어느 추운 오후, 휴식 시간 동안 남자애들이 학교 운동장에서 빌리를 놀렸다. 누군가 빌리에게 돌멩이를 던져, 빌리의 옆구리에 맞았다. 처음에 빌리는 무슨 일인지 몰랐지만 화를 낼 수는 없었다. 그러면 챌머에게 벌을 받기 때문이었다.

레이건이 나타나서 웃어대는 애들을 째려보았다. 다른 남자애가 돌멩이를 던지자 레이건은 그 돌을 잡아 민첩하게 도로 던졌다. 돌은 남자애 머리에 명중했다. 놀란 남자애들은 레이건이 주머니에서 칼을 꺼내 들고 접근하자 뒤로 슬금슬금 물러섰다. 아이들은 도망갔다. 레이건은 주위를 둘러보며 지금 어디 있는지, 왜 여기 나왔는지 상황을 살폈다. 그는 칼을 주머니에 넣고 그 자리를 떴다. 무슨 일이 벌어지고 있는지 알 수 없었다.

하지만 아서는 레이건과 그의 민첩성, 분노를 목격하고 어째서 레이건이 그 자리에 있었는지 추론해냈다. 감정적으로 폭발하는 레이건의 성향을 조절해야만 할 것 같았다. 하지만 자기소개를 하기 전에 그를 연구하고 이해할 필요가 있었다. 무엇보다 가장 놀란 건 레이건이 슬라브어 억양으로 생각한다는 사실이었다. 아서는 슬라브인들을 세상에서 제일 야만적인 사람들로 여겼다. 레이건을 다루려면, 야만인을 다뤄야 했다. 위험하지만 위험할 때에 꼭 필요한 종류의 사람, 이용할 수 있는 힘을 가진 사람이었다. 아서는 때가 오기를 기다렸다가 적기라고 생각할 때 접근하기로 했다.

몇 주 후, '케빈'은 불량배들 사이에 끼어 이웃 동네 아이들과 몸싸움을 벌였다. 재개발 공사 중인 공사장 구덩이 뒤 진흙 언덕에서였다. 케빈은 진흙 덩이를 던지면서 자신이 점점 난폭해진다는 느낌을 받았고, 진흙 덩이가 빗나가거나 폭탄처럼 터지는 것을 보고 웃어댔다.

그때 옆에서 낯선 목소리가 들려왔다.

"낮게, 더 낮게 떠져!"

케빈이 멈춰 서서 두리번거렸지만 가까이에는 아무도 없었다. 그때 목소리가 다시 들렸다.

"낮게…… 낮게…… 더 낮게 떤지라니깐."

TV에서 본 전쟁 영화에 나오는 브루클린 출신 군인의 억양이었다.

"야, 이 자식아. 진흙을 더 낮게 떤지라구."

케빈은 어안이 벙벙했다. 그는 진흙을 던지다 말고 흙더미 위에 앉아 누가 말하는지 찾아보았다.

"어디 있는 거야?" 케빈이 물었다.

"너야말로 어디 있는 건데?" 목소리가 메아리쳤다.

"웅덩이 뒤 흙더미 위에 서 있다."

"그래? 나도 그런데?"

"네 이름이 뭔데?"

"필립. 너는?"

"그것 참 웃기는 이름이네."

"뭐라구? 이 자식, 보이기만 하면 죽을 줄 알아."

이번에는 필립이 물었다. "넌 어디 사냐?"

"스프링 가. 너는 어디 출신이야?"

"뉴욕, 브루클린. 하지만 지금은 나도 스프링 가에 살지."

"우리 집은 스프링 가 933번지야. 챌머 밀리건이라는 남자가 주인이지. 나를 빌리라고 부르던데." 케빈이 말했다.

"나도 거기 살아. 나도 그 남자 알지. 그 남자가 나도 빌리라고 부르더군. 하지만 거기서 널 본 적은 없어."

"나도 널 못 봤어."

"뭐, 뭔들 어때, 제길. 야! 학교 가서 창문이나 몇 개 깨고 오자."

"말 한번 잘했다."

케빈은 찬성했다. 두 사람은 학교로 달려가 창문을 열두 개 정도 깨버렸다. 두 사람의 대화를 유심히 들은 아서는 이들이 심각한 문제를 일으킬 수 있는 범죄자 유형임을 깨닫고 면밀히 주시해야겠다고 생각했다.

레이건은 자기 몸에 살고 있는 사람 몇몇을 알게 되었다. 처음 의식이 생겼을 때부터 빌리는 알고 있었다. 데이비드는 고통을 받는 애다. 대니는 항상 두려움 속에 살고 있다. 그리고 레이건이 귀여워하는 세 살배기 크리스틴도 있다. 하지만 그 밖에 다른 사람들, 자기가 만나보지 못한 다른 사람들이 있다는 것도 알았다. 자기 몸속에 다섯 명만 살고 있다면 가끔 들리는 목소리나 발생하는 일들을 완전히 설명할 수가 없었다.

레이건은 자기 성이 바다스코비니치이며 고향이 유고슬라비아라는 것을 알고 있었다. 자신이 존재하는 이유는 생존과 다른 이들, 특히 어린이들의 보호를 위한 것임을 알고 있었다. 또한 거미가 거미줄에 걸린 침입자를 느끼듯이 위험을 감지할 수 있는 능력과 어마어마한 체력을 갖고 있다는 사실도 알고 있었다. 모든 사람들의 공포를 흡수해서 행동으로 바꿔낼 수도 있었다. 레이건은 자기를 단련시키고 무술을 배우겠다고 다짐했다. 하지만 이 험한 세상에서 그것만으로는 충분치 않았다.

레이건은 시내에 있는 스포츠용품 전문점에 가서 던지기용 칼을 샀다. 그리고 숲으로 가서 부츠에서 칼을 빨리 꺼내 나무에 던지는 것을 연습했다. 밖이 어두워지자 그는 집으로 향했다. 칼을 부츠에 끼워 넣으며 다시는 무기 없이 다니지 않으리라고 다짐했다.

집으로 가는 길에, 영국식 억양이 있는 낯선 목소리가 들렸다. 레이건은 재빨리 몸을 돌리면서 몸을 숙여 칼을 꺼냈다. 하지만 아무도 없었다.

"난 네 머릿속에 있어, 레이건 바다스코비니치. 우리는 같은 몸을 나눠 쓰고 있지."

두 사람은 걸으면서 이야기를 나눴다. 아서는 몸속의 다른 사람에 대해 발견한 사실을 설명해주었다.

"정말로 내 머릿속에 있는 거야?" 레이건이 물었다.

"그래."

"내가 뭘 하는지도 알겠군."

"최근에 너를 관찰하고 있었지. 칼에도 능한 것 같더군. 하지만 한 가지 무기에만 능력을 제한하면 안 돼. 무술 말고, 총과 폭탄에 대해서도 배워둬."

"난 폭발물은 잘 몰라. 전선이나 연결 장치는 이해 못 하겠어."

"그쪽에는 타미가 전문가야. 걔는 전기와 기계에 능숙하지."

"타미가 누군데?"

"조만간 소개해주지. 이 세계에서 살아남으려면, 이 혼돈에서 질서를 만들어내야 할 필요가 있어."

"'혼돈'이라는 게 무슨 뜻이야?"

"빌리가 헤매고 다닐 때면, 사람들 앞에서 서로 교대를 하게 돼. 그렇지만 일을 벌려놓기만 하고 마치지 않지. 그래서 궁지에 빠지면 다른 사람들이 해결을 위해 정신적으로 재주넘기를 해야 하는 거야. 난 이걸 혼돈이라고 불러. 사태를 통제할 수 있는 방법이 있어야겠어."

"난 너무 심하게 통제받는 건 싫은데." 레이건이 말했다.

"중요한 건 사건과 사람들을 통제하는 방법을 배워서 살아남자는 거야. 나는 무엇보다 그 점에 우선권을 두고 있지."

"그 다음으로 중요한 건?"

"자기 계발."

"그건 나도 찬성이야."

"아드레날린을 조절해서 최대의 힘을 낼 수 있게 하는 방법이 나오는 책을 읽었는데, 설명해주지."

아서가 생물학 책에서 읽은, 특히 공포를 아드레날린과 갑상선 분비 작용에 의해 에너지로 변환시킬 수 있다는 생각에 관심이 있다는 얘기를 하는 동안 레이건은 귀를 기울였다. 레이건은 우월감을 과시하는 듯한 아서의 태도에 기분이 상했지만, 자신이 전혀 들어보지도 못한 일을 이 영국인이 많이 알고 있다는 것은 부인할 수 없었다.

"체스 할 줄 알아?" 아서가 물었다.

"물론."

"그럼 됐어. 졸을 왕 네 번째 자리에."

레이건은 잠시 생각해보더니 대답했다.

"기사를 주교 세 번째 자리에."

아서는 체스판을 머릿속에 그려보고는 대답했다.

"아, 인디언 방어법이군. 대단한데."

아서는 그 게임도 이겼고 그 이후에 한 게임들에서도 계속 이겼다. 레이건은 정신적 집중력에서 아서가 우위라는 것을 인정하지 않을 수 없었다. 목숨이 달려 있는 상황에서 아서는 싸울 수 없다는 사실을 상기하면서 레이건은 자신을 위로했다.

"우리를 보호하려면 네가 필요해." 아서가 말했다.

"어떻게 내 마음을 읽는 거야?"

"간단한 기술이지. 언젠가 너도 익히게 될걸."

"빌리가 우리를 아나?"

"몰라. 가끔 목소리를 듣고 영상을 보기는 하지만 우리가 존재한다는 개념 자체가 없어."

"빌리에게도 말해야 하지 않을까?"

"그럴 필요는 없을 것 같은데. 사실을 알게 되면 빌리는 미쳐버릴지도 몰라."

9장

"그자를 죽여버리겠어!"

1

1970년 3월, 스탠버리 중학교의 학생심리상담사인 로버트 마틴은 다음과 같은 보고서를 썼다.

빌은 자신이 어디 있었는지, 자기 물건이 어디 있는지 기억하지 못했으며, 도움 없이는 걷지도 못하는 일이 간혹 있었다. 이럴 때면 눈의 동공은 작은 핀 정도의 크기로 작아졌다. 최근 빌은 교사 및 동급생들과 잦은 언쟁을 일으켰는데, 그때마다 교실 밖으로 나가버렸다고 한다. 이런 사건들이 벌어지는 동안, 빌은 침울해하거나 울거나 해서 의사소통이 되지 않는 상태였다. 최근의 경우에는, 빌이 움직이는 차 앞으로 뛰어들려고 하는 것이 목격되기도 했다. 이런 행동 때문에 의사에게 진찰을 받기도 했다. 의사는 "심리적 환각 상태"라고 진단했다.
내가 이 학생을 평가하는 동안, 빌은 우울해 보였지만 자신의 행동은 잘 억제했다. 평가 결과를 보면 빌은 새아버지에게 강한 증오심을 보이고 있고,

이 때문에 가정에 대한 강한 혐오감도 나타내고 있다. 빌은 새아버지를 극도로 엄격하고 독재적이어서 타인에 대한 동정심이 전혀 없는 사람이라고 보고 있다. 빌의 어머니가 학부모회에 참석해서 이런 인상을 확인해주었다. 어머니의 말에 의하면, 빌의 친아버지는 자살을 시도했으며 새아버지는 종종 빌을 친아버지에 비유한다고 한다. 새아버지는 빌과 어머니가 친아버지의 자살에 책임이 있다는 말을 자주 한다고 한다. (어머니의 진술)

2

스탠버리 중학교 교장인 존 W. 영은 빌리 밀리건이 종종 수업 도중에 나와 교장실 바깥이나 강당 뒤편의 계단참에 앉아 있곤 한다는 사실을 발견했다. 그럴 때마다 영은 빌리 옆에 앉아서 함께 이야기를 나누었다.

가끔 빌리는 죽은 아버지에 대해 이야기했고, 자라면 연예인이 되고 싶다고 했다. 빌리는 집에 가면 얼마나 끔찍한지에 대해 말했다. 하지만 영 교장이 보기에 이 소년은 종종 환각 상태에 빠져 있는 듯했다. 그는 빌리를 차로 집에 데려다주었다. 이런 사건이 몇 번이나 반복되자, 영 교장은 그 애를 학생 지도와 정신건강을 위한 페어필드 군 진료소에 보냈다.

정신과 의사이자 병원 책임자인 해롤드 T. 브라운 박사가 빌리를 처음 본 것은 1970년 3월 6일이었다. 브라운은 회색 구레나룻에 움푹 팬 턱을 가진 남자로, 뿔테 안경 너머로 이 소년을 유심히 쳐다보았다. 열다섯 살의 빌리는 말쑥한 외모에 날씬한 소년으로 건강해 보였고, 긴장하거나 초조해하는 기색 없이 순순히 앉아 있었지만 박사의 눈길을 피하고 있었.

"목소리는 부드러웠다." 브라운 박사는 메모에 이렇게 적었다. "말에 높낮이도 거의 없이 환각에 빠진 목소리였다."

빌리는 의사를 똑바로 바라보았다.

"기분이 어때?" 브라운이 물었다.

"비몽사몽간이에요. 아버지는 날 싫어해요. 아버지 고함소리가 계속 들려요. 내 방에는 빨간 전등이 있어요. 정원과 길도 있죠. 꽃, 물, 나무, 거기서는 나한테 소리 지르는 사람이 없어요. 실제로 존재하지 않는 것들을 많이 봐요. 자물쇠가 잔뜩 달린 문이 하나 있는데, 누군가 꺼내달라고 쿵쿵 문을 두드려요. 여자가 떨어지는데, 갑자기 금속 더미로 변해버리고 난 그 여자를 잡을 수가 없어요. 참, LSD 없이도 환각을 볼 수 있는 애는 나 말고는 없을 거예요."

"부모님에 대해서는 어떤 감정이지?" 브라운 박사가 물었다.

"아버지가 어머니를 죽일까 봐 무서워요. 다 나 때문이에요. 아버지가 나를 너무 싫어하기 때문에 항상 싸워요. 말로 설명할 수 없는 악몽도 꿔요. 가끔 내가 몸이 너무 가벼워서 공기 중에 떠 있는 것처럼 이상한 기분이 들어요. 그럴 때면 날 수 있다는 생각도 하죠."

브라운의 첫 번째 보고서에는 이렇게 적혀 있다.

"여러 가지 관련 경험을 말하기는 했지만, 이 환자는 현실을 인식하고 있는 것으로 보이며 정신이상이라고 할 만한 사고 과정은 명확히 나타나지 않았다. 합리적으로 초점을 맞추고 집중력을 유지할 수 있는 능력이 있다. 방향감각이 있고 기억력이 좋다. 위에 말한 정신이상에 가까운 사고 과정과 극적으로 보이고 싶어 하는 욕구에 의해 판단력은 흐려져 있다. 행동을 교정하기에는 통찰력이 부족하다. 임시 진단: 전환장애가 수반된 심한 히스테리성 신경증—미국 정신의학회 기호 300.18." (전환장애란 내부의 갈등에 대한 무의식적 방어 메커니즘으로, 내부의 갈등을 특정한 신체의 증상으로 변환하여 나타내는 것을 말한다—옮긴이)

후에 이때의 일을 회상한 선생의 말에 따르면, 브라운 박사가 면담한 사람은 빌리가 아니었다. 데이비드가 보고 생각한 것을 묘사한 앨런이었다.

닷새 후, 밀리건이 약속도 없이 진료소에 왔다. 브라운 박사는 그 애가 환각 상태에 있음을 알고 아무 말 없이 맞아주었다. 박사가 보기에 이 소년은 지금 자기가 어디에 있는지 아는 것 같았고 요청을 하면 그에 따른 반응을 보였다.

"너희 어머니에게 전화를 해야겠다. 진료소에 왔다고 알려드려야지."

"알았어요."

데이비드는 이렇게 말하고 일어서서 나가버렸다.

몇 분 후 돌아와 면담을 기다린 사람은 앨런이었다. 브라운은 앨런이 조용히 앉아 방 건너편을 쳐다보는 동안 그를 계속 관찰했다.

"오늘 무슨 일 있었니?" 브라운 박사가 물었다.

"학교에 있었어요. 11시 30분쯤이었는데 꿈을 꾸기 시작했어요. 깨어나보니 히클 빌딩 꼭대기에 서서 내려다보고 있더라구요. 뛰어내릴 준비를 한 사람처럼 말예요. 건물을 내려가서 경찰서에 갔어요. 학교에 걱정하지 말라고 전화해달라고 했죠. 그랬더니 여기 오게 된 거예요."

브라운 박사는 회색 구레나룻을 쓰다듬으며 그를 오랫동안 살펴보았다.

"빌리, 혹시 마약을 하니?"

앨런은 고개를 저었다.

"지금은 뭔가를 뚫어져라 보고 있구나. 뭐가 보이지?"

"사람들 얼굴이 보여요. 하지만 눈이랑 코, 기묘한 색깔뿐이에요. 나쁜 일들이 사람들에게 닥칠 것 같아요. 사람들은 차 앞에서 넘어지기도 하고, 골짜기에 떨어지기도 해요. 물에 빠져 죽는 사람도 있죠."

브라운 박사는 마음속에 있는 스크린을 바라보듯이 조용히 앉아 있는 밀리건을 관찰했다.

"집에 대해 얘기해보렴, 빌리. 가족 이야기 말이야."

"챌머는 짐을 좋아해요. 나는 싫어해요. 항상 나한테 소리만 질러요. 새아버지는 두 사람을 지옥으로 몰아넣고 있어요. 나는 식료품점에서 일자리를 잃었어요. 사실 그 일자리를 그만두고 싶었어요. 그럼 엄마랑 집에 같이 있을 수 있으니까요. 그래서 와인 한 병을 훔치는 척했고, 잘렸죠."

3월 19일, 브라운은 목이 높은 셔츠와 파란색 재킷을 입고 있는 환자가 여성적이라는 인상을 받았다. 면담을 한 후, 박사는 이렇게 썼다.

"내 소견으로는 이 환자는 더 이상 통원 치료를 해서는 안 될 것 같고 콜럼버스 주립병원 소아청소년과에 입원시켜야 할 것으로 보인다. 입원할 경우에 대비해, 라울리 의사와 함께 조치를 취해놓았다. 마지막 진단 결과는 수동적 공격성이 있는 히스테리성 신경증이다."

열다섯 번째 생일 이후 몇 달 동안, 빌리 밀리건은 도로시와 챌머의 동의에 따라 콜럼버스 주립병원의 소아과에 '자발적' 환자로 입원되었다. 빌리는 자기가 불평을 잘하고 행실이 바르지 못하기 때문에 엄마가 챌머를 택하고 자기를 멀리 쫓아버리기로 결심했다고 믿었다.

3

콜럼버스 주립병원 기록—기밀 사항

3월 24일—오후 네 시. 이 환자와 대니얼 M.이라고 하는 다른 환자 사이에 다툼이 발생, 상처를 입었음. 오른쪽 눈 아래에 베인 상처. 오후 4시경 RB-3에 있는 취침실 바깥 복도에서 싸우던 중 부상당함. 윌리엄과 대니얼은 함께 놀고 있었던 것으로 보임. 윌리엄이 화가 나서 대니얼을 쳤고, 대니얼도 윌리엄을 쳤음. 환자들은 따로 격리되었음.

3월 25일—환자가 칼집에 든 칼을 소지하고 있다가 적발됨. 목공예 상점에서 가져온 작은 줄칼도 병동에서 발견됨. 라울리 박사와 면담할 때 환자는 자살하고 싶다고 했다고 함. 독실에 격리하고 자살 방지 조치를 취함.

3월 26일—환자가 매우 협조적인 태도를 보임. 주기적으로 이상한 환영이 보인다고 불평함. 레크리에이션에는 참가하지 않음. 보통 혼자 앉아 있음.

4월 1일—벽이 다가와 자기를 짓누른다고 비명을 지름. 죽기 싫다고 호소함. 라울리 박사가 담배와 성냥을 지니고 다니지 말라고 경고함.

4월 12일—지난 며칠 밤 동안 취침시간에 돌아다니기 시작함. 자신이 환각 상태에 빠져 있느냐고 물음. 오늘 밤은 약의 양을 더 늘려달라고 부탁함. 환자에게 잠들도록 노력하라고 말해줌. 적대적이고 호전적인 태도를 보임.

4

'제이슨'은 울컥 짜증을 터뜨렸다. 그는 비명과 고함을 지름으로써 과도한 압박을 걸러내는 안전 밸브 역할을 했다. 긴장이 완전히 해소될 때까지 그는 안으로 파고들었다. 콜럼버스 주립병원의 '정숙실'에 혼자 격리되었던 사람이 바로 제이슨이다.

제이슨은 여덟 살 때쯤 감정을 분출할 준비가 되자 탄생했지만 밖에 나오도록 허락받은 적은 없었다. 제이슨이 밖으로 나오면 빌리가 처벌을 받게 된다. 콜럼버스 주립병원에서는 공포와 압박감이 너무 강해지자 제이슨이 울고 비명을 지르며 감정을 분출했다.

제이슨이 성질을 터뜨린 건 켄트 주립대학 학생 네 명이 죽었다는 뉴스(1970년 5월 캄보디아 공습 반대 시위를 진압하던 중 주 방위군이 학생들을 향해 총기를 난사한 사건을 말한다—옮긴이)를 TV에서 보았을 때였다. 간호사들은 제이슨을 가두었다.

제이슨이 폭발할 때마다 감금당한다는 사실을 발견한 아서는 적절한 조치를 취하기로 했다. 여기도 집과 다를 바 없다. 분노를 보이는 일은 허용되지 않는다. 그렇게 하면 모두가 처벌받는다. 그래서 아서는 제이슨을 의식 바깥으로 밀어내고 '불량자'라는 딱지를 붙이면서 다시는 의식을 잡을 수 없을 거라고 알렸다. 제이슨은 자리 너머 그늘 속에 머물러야 했다.

다른 사람들은 미술 치료를 하느라 바빴다. 타미는 자물쇠를 따지 않을 때는 풍경화를 그렸다. 대니는 정물화를 그렸다. 앨런은 초상화를 그렸다. 레이건조차 미술에 손을 댔는데 흑백으로 스케치하는 데 그쳤다. 이때서야 아서는 레이건이 색맹이라는 사실을 깨달았다. 아서는 짝짝이 양말을 신었던 경험을 떠올리고, 그 양말을 신은 사람이 레이건임을 짐작할 수 있었다. 크리스틴은 오빠 크리스토퍼를 위해 꽃과 나비 그림을 그렸다.

간호사들은 빌리 밀리건이 좀 더 침착해지고 말을 잘 듣는다고 보고했다. 빌리는 특권을 얻어 날씨가 따뜻해지자 야외에 나가 산책하고 스케치를 할 수 있었다.

인격들 중 몇몇은 밖을 둘러보고는 주변 환경이 마음에 안 든다며 떠나버렸다. 라울리 박사의 슬라브계 이름과 억양에 깊은 인상을 받은 레이건만이 의사의 지시에 따랐다. 대니와 데이비드 역시 고분고분한 애들이라서 향정신성 약물을 순순히 복용했다. 하지만 타미는 입속에 그냥 담아두고 있다가 뱉어버렸다. 아서나 다른 사람들도 마찬가지였다.

대니는 작은 흑인 소년과 친구가 되어 이야기도 하고 함께 놀았다. 두 사람은 늦게까지 자지 않고 앉아 몇 시간 동안이나 어른이 되면 하고 싶은 일에 대해 이야기꽃을 피웠다. 대니가 웃은 건 이때가 처음이었다.

어느 날 라울리 박사는 대니를 RB-3에서 더 큰 아이들이 있는 RB-4로 옮겼다. 아는 사람도, 얘기할 사람도 없어지자 쓸쓸해진 대니는 방으로 가서 울었다.

그때 대니는 어떤 목소리를 들었다.

"왜 울고 있어?"

"저리 가. 날 가만 놔둬." 대니가 말했다.

"어디로 가면 되는데?"

대니는 재빨리 주위를 둘러보고 방 안에 다른 사람이 없음을 알았다.

"지금 말하는 사람은 누구야?"

"내가 말했어. 내 이름은 데이비드."

"어디 있는 거야?"

"나도 잘 모르겠어. 네가 있는 곳에 나도 있는 것 같아."

대니는 침대 밑과 벽장 속을 찾아보았지만 말하고 있는 사람을 어디에서도 찾을 수 없었다.

"목소리는 들리는데, 지금 어디 있는 거야?"

"여기 있어."

"음, 안 보이는데? 어디야?"

"눈을 감아봐. 난 이제 보인다."

두 사람은 오랫동안 과거의 일에 대해 이런저런 이야기를 나누었고 서로 친해졌다. 하지만 아서가 그 동안 둘의 대화를 듣고 있었다는 사실은 전혀 알아차리지 못했다.

5

필립은 열네 살의 금발 환자를 만났다. 아주 예뻐서 모든 사람들이 칭찬하는 사랑스러운 소녀였다. 소녀는 함께 산책하고 이야기를 나누면서 필립을 성적으로 자극하려 했지만, 필립은 절대 소녀에게 접근하지 않았다.

소녀는 필립이 연못 근처 피크닉 탁자 위에 화판을 올려놓고 앉아 있는 모습을 보았다. 보통 그 근처에는 아무도 오지 않았다.

6월 초순의 어느 따뜻한 날, 소녀는 옆에 앉아 그의 꽃 그림을 보았다.

"정말 잘 그렸네, 빌리."

"별거 아냐."

"넌 정말 대단한 화가야."

"야, 됐거든."

"아냐, 난 진심이야. 넌 여기 있는 다른 애들하고는 달라. 난 한 가지에만 마음을 두지 않는 남자애들을 좋아해."

소녀가 그의 다리 위에 손을 올려놓았다. 필립은 펄쩍 뛰며 물러섰다.

"야, 너 지금 뭐 하는 거야?"

"넌 여자애들을 싫어하니, 빌리?"

"당연히 좋아하지. 난 게이가 아니니까. 그냥 나는…… 나는 별로…… 나는……."

"너, 정말 기분이 나쁜가 보네. 뭐 잘못됐어?"

필립은 다시 소녀 옆에 앉았다.

"나는 섹스 같은 것에 별로 관심 없어."

"어째서?"

"그게…… 우리는, 그러니까 나는 어렸을 때 남자한테 강간당한 적이 있어."

소녀는 충격 받은 표정으로 그를 쳐다보았다.

"나는 여자애들만 강간당하는 줄 알았는데."

필립은 고개를 저었다.

"나는 얻어맞고 강간당했어. 그래서 머리가 조금 이상해졌어. 나는 그 일에 관한 꿈을 많이 꿔. 내 몸속의 일부분이 그래. 지금까지 사는 동안 난 섹스는 고통스럽고 더러운 거라고 생각했어."

"여자애하고 섹스해본 적은 없니?"

"누구하고도 섹스 같은 거 해본 적 없어."

"별로 아프지 않아, 빌리."

필립은 물러서면서 얼굴을 붉혔다.

"수영하러 가자." 소녀가 말했다.

"그래, 좋은 생각이다."

필립은 벌떡 일어나 연못으로 뛰어들었다. 그가 첨벙대면서 수면 위에 떠오르자, 소녀가 옷을 연못가에 벗어놓고 벌거벗은 채로 물에 들어왔다.

"젠장, 저게 뭐야!"

필립은 다시 연못 바닥으로 뛰어들었다. 필립이 다시 올라오자 소녀가 그에게 다가와 팔을 둘렀다. 필립은 물속에서 소녀가 다리로 자기 몸을 감싸고 젖가슴을 문지르며 손으로 만지는 것을 느낄 수 있었다.

"아프지 않아, 빌리. 약속할게."

한 손으로 헤엄치며, 소녀는 그를 커다랗고 네모난 바위가 물 위로 삐죽 나와 있는 연못 뒤쪽으로 이끌었다. 그는 소녀의 뒤를 따라 올라갔고 소녀는 그의 속옷을 끌어내렸다. 그는 소녀를 더듬으며 점점 어색해지는 기분을 느꼈다. 눈을 감으면 모든 게 사라질까 봐 두려웠다. 소녀는 너무도 아름다웠다. 그는 눈을 뜨면 자기가 어딘가 다른 곳에 가 있고 무슨 일이 일어났는지 기억 못 하게 되지 않기를 바랐다. 이 시간만큼은 기억하고 싶었다. 기분이 좋았다. 소녀가 필립을 안았다. 그가 소녀를 안아주자 소녀도 그를 꼭 끌어안았다. 모든 게 끝나자 그는 기쁜 마음에 크게 소리치고 싶은 충동을 느꼈다. 소녀의 몸에서 떨어져 나왔을 때, 그는 균형을 잃고 축축한 바위에서 미끄러져 물속으로 풍덩 빠졌다.

소녀가 웃었다. 필립은 바보가 된 기분이었다. 하지만 행복했다. 그는 이제 더 이상 동정이 아니었고, 게이도 아니었다. 그는 이제 남자가 되었다.

6

6월 19일, 어머니의 요청에 의해 빌리 밀리건은 라울리 박사의 동의를 받아 병원에서 퇴원했다. 퇴원에 대한 사회복지사의 기록은 다음과 같다.

퇴원에 앞서, 빌은 병원 직원들과 환자를 교묘하게 속였다. 곤경을 벗어나려고 악의적으로 거짓말을 했고, 다른 이의 험담을 하고 다녔으면서도 양심의 가책을 느끼지 않았다. 또래 집단과의 관계에서는 빌 쪽에서 피상적으로 유지했고 끊임없이 거짓말을 했기 때문에 또래들은 그를 신뢰하지 않았다.
병원 측 권고 사항: 환자의 행동이 병동 프로그램에 점점 더 해를 끼치게 되었으므로 환자는 통원 치료를 하고 부모는 상담을 위한 기관을 물색할 것을 권고함과 동시에 환자를 퇴원 조치함.
퇴원 시 투약 상황: 하루에 세 번, 소라진 25mg 투여

집에 돌아오자 깊은 우울에 빠진 대니는 가로 23센티미터, 세로 30센티미터 정도 되는 정물화를 그렸다. 검정과 진청색의 배경에 금간 유리잔에다 시들어가는 노란 꽃이 꽂혀 있는 그림이었다. 대니는 그림을 빌리의 어머니에게 보여주려고 위층으로 가지고 갔다가 그 자리에 얼어붙어버렸다. 챌머가 거기 있었다. 챌머는 그림을 대니에게서 빼앗아 들여다보더니 바닥에 내동댕이쳤다.

"거짓말쟁이 같으니. 네가 그린 게 아니잖아."

대니는 그림을 집어 들고 눈물을 삼키며 화실로 다시 가져왔다. 그때 처음으로 대니는 그림에 서명했다. "대니 '70." 캔버스 뒤에는 그림 정보를 이렇게 적었다.

그린 이	대니
제목	홀로 물들어가다
날짜	1970

그때 이후로, 자기 그림에 대해 다른 사람의 칭찬을 받고 싶어 하는 타미와 앨런과 달리, 대니는 자기 정물화를 다시는 남에게 보여주지 않았다.

1970년 가을, 빌리는 랭커스터 고등학교에 입학했다. 랭커스터의 북쪽, 현대식 건물들이 무질서하게 들어차 있는 학교였다. 빌리는 수업을 잘 따라가지 못했다. 그는 교사들을 싫어했고 학교를 싫어했다.

아서는 학교 수업을 많이 빼먹고 도서관에서 의학 책들을 읽었다. 그는 혈액학 연구에 깊이 매료되었다.

타미는 여가 시간에 가전제품을 고치거나 탈출 절차를 연습했다. 그는 어떤 밧줄도 다 풀어낼 수 있었다. 그는 손을 움직여서 매듭을 풀어내거나 어떤 밧줄로 묶었든 간에 빠져나올 수 있도록 연습했다. 수갑도 한 벌 사서 볼펜 플라스틱 뚜껑을 열쇠처럼 사용해서 빠져나오는 법을 연마했다. 타미는 언제든지 수갑 열쇠가 될 수 있는 뚜껑을 두 개씩 지니고 다니도록 외워두었다. 하나는 앞주머니에, 다른 하나는 뒷주머니에. 그러면 누가 수갑을 채우든 열 수 있었다.

1971년 1월, 빌리는 IGA 마트에서 배달 아르바이트를 하게 되었다. 빌리는 첫 월급으로 받은 돈의 일부를 챌머에게 스테이크를 사주는 데 쓰기로 했다. 크리스마스 휴일은 무사히 지나갔다. 빌리는 이제 자기가 새아버지를 좋아한다는 것을 보여주면 챌머가 더 이상 못살게 굴지 않을지도 모른다는 희망을 품었다.

빌리는 계단을 올라가다가 부엌으로 이어지는 문이 경첩이 빠져 흔들거리는 것을 보았다. 할아버지와 할머니가 부엌에 있었고 캐시와 칼라, 짐도 있었다. 엄마는 머리에 피 묻은 수건을 대고 있었다. 얼굴은 온통 멍투성이였다.

"챌머가 문틈으로 엄마를 때렸어." 짐이 말했다.

"엄마 머리카락도 한 움큼 뽑았어." 캐시가 말했다.

빌리는 아무 말 하지 않았다. 어머니를 쳐다보다 스테이크를 탁자 위에 던져놓고는 방 안으로 들어가 문을 닫았다. 그는 눈을 감은 채 어둠 속에 앉아 이 가정에는 왜 고통과 상처가 가득한지 이해하려 애썼다. 챌머만 죽는다면, 모든 문제가 풀린다.

공허한 느낌이 밀려왔다······.

레이건이 눈을 떴다. 더 이상 고이 담아두기만 할 수 없는 분노를 느꼈다. 챌머가 대니, 빌리, 이제 빌리의 엄마에게 저지른 짓을 생각해보면 그자는 죽어야 했다.

레이건은 천천히 일어나서 부엌으로 갔다. 거실에서 소리를 죽인 목소리가 들려왔다. 그는 서랍에서 15센티미터 길이의 스테이크 칼을 꺼내 셔츠 속에 숨겨 넣고 방으로 돌아갔다. 그는 칼을 베개 밑에 숨겨놓고 누워서 기다렸다. 모두 잠이 들면 나가서 챌머의 심장을 찌를 작정이었다. 아니면 목줄기를 끊어놓을 작정이었다. 레이건은 자리에 누워 마음속으로 몇 번씩 예행연습을 하고 집 안이 잠잠해지기를 기다렸다. 열두 시가 되었는데도 식구들은 여전히 이야기를 나누고 있었다. 그는 잠이 들었다.

아침빛이 밀려들어오자 앨런은 눈을 떴다. 그는 지금 어디에 있는지, 무슨 일이 일어났는지 모르는 채 침대에서 뛰어내렸다. 그는 곧장 욕실로 갔고 레이건은 자신의 계획을 알려주었다. 욕실에서 나와 보니, 도로시가 침실에 있었다. 도로시는 빌리의 침대를 정돈하려던 참이었다. 하지만 이제는 칼을 들고 있었다.

"빌리, 이게 뭐지?"

그는 칼을 바라보며 단조롭게 말했다.

"그자를 죽여버리려고요."

도로시는 감정이 실리지 않은 낮은 목소리에 놀라 고개를 들었다.

"무슨 뜻이야?"

앨런은 빌리의 엄마를 쳐다보았다.

"오늘 아침이면 아줌마 남편은 죽은 사람이 된다는 거죠."

도로시는 창백해져서 자기 목을 꽉 잡았다.

"세상에, 빌리. 무슨 말을 하는 거야?"

도로시는 그의 팔을 잡고 흔들며 아무도 알아듣지 못할 만큼 부드럽게 속삭였다.

"그런 말 하면 안 돼. 그런 생각도 해선 안 돼. 그런 짓을 하면 넌 어떻게 될지 생각해봐. 무슨 일을 당할지."

앨런은 도로시를 쳐다보며 침착하게 말했다.

"아줌마가 무슨 일을 당했는지나 생각해보세요."

그는 몸을 돌려 방 밖으로 나갔다.

빌리는 다른 애들의 비웃음이나 놀림을 무시하려고 애썼다. 빌리가 정신병원에 다닌다는 소문이 널리 퍼졌다. 애들은 손가락을 머리 옆에서 빙글빙글 돌리면서 킥킥 웃어댔다. 여자애들은 빌리를 보고 혀를 내밀었다.

쉬는 시간에, 여자애 몇몇이 여자 화장실 옆 복도에서 빌리를 에워쌌다.

"이리 와봐, 빌리. 너한테 보여줄 게 있어."

빌리는 여자애들이 자기를 놀리고 있다는 것을 알았지만 너무 소심해서 그 애들의 청을 거절할 수 없었다. 여자애들은 빌리를 화장실에 몰아넣고 나가지 못하게 벽을 만들었다. 여자애들은 빌리가 감히 자기들에게 손을 대지 못한다는 것을 알고 있었다.

"너, 동정이라는 게 사실이야?"

그는 얼굴을 붉혔다.

"여자애랑 한 번도 해본 적 없다며?"

병원에서 필립이 소녀와 했던 경험을 모르는 빌리는 고개를 저었다.

"아마 농장에 있는 동물들이랑 할걸?"

"브레멘에 있는 농장에서 동물들이랑 그 짓 하니, 빌리?"

무슨 짓을 하려는지 미처 깨닫기도 전에, 여자애들은 빌리를 벽에 밀어붙이고 바지를 끌어내렸다. 빌리는 미끄러져서 바닥에 넘어졌고 그러면서도 바지를 끌어올리려고 했다. 하지만 여자애들은 바지를 벗겨놓고 도망가버렸다. 빌리는 여자 화장실에 팬티만 입은 채로 혼자 남겨졌다. 그는 울음을 터뜨렸다.

여자 선생님 한 분이 들어왔다. 여자 선생님은 빌리를 보고 나갔다가 잠시 후 바지를 들고 돌아왔다.

"저 여자애들은 회초리를 맞을 거야, 빌리."

"남자애들이 시켰을 거예요."

"넌 덩치도 크고 힘도 센 남자앤데, 어째서 여자애들을 저런 짓을 하도록 가만 놔 둔 거니?"

그는 어깨를 으쓱했다.

"여자를 때릴 순 없으니까요."

빌리는 발을 질질 끌면서 나갔다. 교실에서 여자애들 얼굴을 다시 볼 수 없을 것 같았다. 그는 복도를 헤맸다. 더 이상 살아갈 이유가 없었다. 그는 고개를 들었다. 학교 일꾼들이 옥상으로 이어지는 복도 문을 열어놓은 상태였다. 그는 천천히 복도를 지나 계단을 올라갔다. 옥상 위는 추웠다. 그는 자리에 앉아 책표지 안쪽에 유서를 썼다.

"안녕, 미안해요. 하지만 더 이상 견딜 수가 없어요."

그는 책을 옥상 난간 위에 놓아두고 도움닫기를 하기 위해 뒤로 물러섰다. 준비가 되자 그는 깊은 숨을 들이쉬고 뛰었다……

빌리가 건물 가장자리에 이르기 전, 레이건이 그를 옥상 바닥으로 내동댕이쳤다.

"휴, 아슬아슬했군." 아서가 속삭였다.

"이 자식을 어떻게 하지?" 레이건이 물었다. "이렇게 돌아다니게 놔두면 위험하지 않겠어?"

"우리 모두에게 위험하지. 이런 우울증 상태에서는 언젠가 자살에 성공할 거야."

"그럼 해결 방법은 뭐야?"

"재워야지."

"어떻게?"

"앞으로 빌리는 다시는 의식을 잡을 수 없어."

"누가 통제하는데?"

"너나 내가 해야지. 책임을 나누자. 다른 사람들에게도 어떤 경우에도 빌리가 의식을 잡도록 하면 안 된다고 전하겠어. 정상적으로 상황이 진행되거나 비교적 안전한 환경에서는 내가 통제하겠어. 우리가 위험한 환경에 처하면 네가 책임을 맡아. 우리 둘이 누가 의식을 잡을지, 잡지 않을지 정하자."

"좋아."

레이건은 동의했다. 그는 빌리가 써놓은 유서를 보고는 페이지를 뜯어내어 쫙쫙 찢어서 바람에 날려 보냈다.

"내가 보호자가 되겠어. 빌리가 꼬맹이들 목숨까지 위험에 처하게 하는 건 옳지 않아."

그때 레이건은 무슨 생각을 떠올렸다.

"누가 말하지? 사람들은 내 억양을 들으면 웃던데. 네 억양도 마찬가지잖아."

아서는 고개를 끄덕였다.

"나도 그 생각 했어. 아일랜드 속담대로 앨런이 아부하는 입은 타고났지. 그 애가 우리 대신 말을 하면 돼. 우리가 상황을 통제하고 비밀을 유지하는 한 살아남을 수 있을 거야."

아서는 이런 문제를 앨런에게 설명했다. 그는 아이들에게도 돌아가는 상황에 대해 설명해주었다.

"우리 모두를 합치면 아주 많단다. 너희가 아직 못 만난 사람들도 있지. 모두가 어두운 방 안에 있어. 이 방 한가운데엔 조명이 비치는 밝은 자리가 하나 있어. 누구든지 이 조명 안으로 들어가면 자리에 올라가게 돼. 그러면 현실 세상으로 나가서 의식을 붙잡게 되지. 다른 사람들이 보고 듣고 반응하는 사람이 되는 거야. 우리 나머지는 자기가 평소 좋아하는 대로 하면 돼. 공부하거나 자거나 얘기하거나 놀거나. 하지만 밖에 나간 사람은 다른 사람의 존재를 말하지 않도록 아주 조심해야 한단다. 이건 우리 가족의 비밀이니까."

아이들은 이해했다.

"좋았어. 앨런, 수업으로 돌아가."

앨런이 자리에 나가서 책을 들고 내려갔다.

"그런데 빌리는 어디 있어?"

크리스틴이 물었다. 다른 애들도 아서의 대답을 기다렸다. 아서는 엄숙하게 고개를 젓더니 손가락을 입술에 대고 속삭였다.

"빌리를 깨우면 안 돼. 자고 있단다."

10장

새아빠에게 복수하다

1

앨런은 랭커스터에 있는 꽃집에서 일자리를 얻었고 모든 일이 잘 돌아갔다. 꽃을 좋아하는 '티모시'가 대부분의 일을 했지만 에이들라나가 가끔 나와서 꽃꽂이 일을 도왔다. 앨런은 꽃집 주인에게 자기 그림을 창문에 걸면 좋을 것 같다며 그림이 팔리면 중개료를 주겠다고 제안했다. 그림으로 돈을 번다는 생각은 타미에게도 효과가 있었다. 처음 그림 몇 점이 팔린 후, 타미는 이전보다 더 열심히 그렸고 수입의 일부를 물감과 붓을 사는 데 투자했다. 그는 열두어 점의 풍경화를 그렸는데 앨런의 초상화나 대니의 정물화보다 훨씬 더 빨리 팔렸다.

6월의 어느 금요일 오후, 가게 문을 닫은 후 중년의 꽃집 주인이 티모시를 사무실 뒤쪽으로 불러서 접근했다. 티모시는 겁에 질려 자리를 떴고 자기만의 세계에 틀어박혔다. 대니는 고개를 들고 이 남자가 무슨 짓을 하려는지 알아차렸다. 농장에서 당한 일을 기억해낸 대니는 비명을 지르며 도망쳤다.

다음 주 월요일 타미는 그날 그림이 몇 점이나 팔릴지 알고 싶어서 안달복달하는 마음으로 일하러 나왔지만 가게는 텅 비어 있었다. 주인이 주소도 남기지 않은 채 이사 간 것이었다. 그림도 모두 가져가버렸다.

"빌어먹을 개새끼!"

타미는 텅 빈 상점 진열장에 대고 고함을 질렀다.

"잡아내고 말 테다, 나쁜 새끼!"

타미는 돌을 집어 들어 창문을 깨버렸다. 기분이 한결 나아졌다.

"잘못은 모두 썩어빠진 자본주의 체제에 있어." 레이건이 말했다.

"그 논리는 이해할 수 없군." 아서가 말했다. "그 남자는 분명 동성애자로 드러나는 게 두려웠겠지. 겁을 먹은 남자의 부정직성이 어떻게 경제 체제와 관련이 있지?"

"모두 이익을 보겠다는 동기의 대가야. 타미 같은 젊은 애들의 마음을 오염시켰지."

"자네가 지독한 공산주의자인 줄은 미처 몰랐군."

"언젠가 모든 자본주의 사회는 파괴될 거야. 나는 네가 자본주의자라는 걸 알아, 아서. 하지만 경고하지. 모든 권력은 인민의 것이야."

"그러든가 말든가." 아서는 권태로운 목소리로 말했다. "꽃집은 사라졌어. 그러니 우리 중 누군가가 다른 일거리를 찾아야 할 거야."

앨런은 랭커스터 동쪽 끝에 있는 홈스테드 요양원에서 잡역부로 야간 근무를 하는 일거리를 찾아냈다. 널따란 유리 로비가 있는 현대식 저층 벽돌 건물로, 항상 턱받이를 한 채 휠체어를 타고 다니는 노인들이 가득한 곳이었다. 대부분 힘들고 더러운 일이었지만, '마크'는 바닥을 쓸거나 닦고 침대 시트나 요강을 갈아주면서도 아무 불평 없이 묵묵히 일했다.

아서는 이 직업의 의학적 측면에 관심을 가졌다. 간호사나 간병인들이 빈둥거리면서 카드놀이, 독서를 하거나 졸고 있을 때면 아서는 병원을 돌면서 아픈 사람과 죽어가는 사람을 돌봤다. 아서는 그들의 불평을 들어주고 욕창이 생긴 자리를 닦아주는 등 이 일이 자신의 천직이라고 생각하며 헌신했다.

어느 날 밤, 아서는 마크가 환자가 나간 방에서 무릎을 꿇고 바닥을 닦는 모습을 보았다. 아서는 고개를 저었다.

"평생을 그렇게 보내겠군. 육체노동이나 하면서 말이야. 좀비라도 할 수 있는 천한 노예 일이지."

마크는 아서를 쳐다보고는 어깨를 으쓱했다.

"한 사람의 인생을 통제하는 건 주인정신이 필요한 일이야. 그 계획을 실행하기 위해서는 바보가 필요하지."

아서는 눈썹을 치켜세웠다. 마크가 그 정도의 통찰력을 가지고 있으리라고는 전혀 생각지 못했다. 그처럼 놀라운 지성이 별 생각 없이 할 수 있는 일에 낭비되고 있는 것이었다.

아서는 고개를 저으며 환자를 보러 갔다. 아서는 토발드 씨가 죽어가고 있다는 것을 알았다. 그는 노인의 방에 들어가 지난주에도 했던 것처럼 침대 곁에 앉았다. 토발드 씨는 젊은 나이에 고국을 떠나 미국에 와서 오하이오 땅에 자리 잡았다는 이야기를 했다. 노인은 눈물이 줄줄 흐르고 눈꺼풀이 처진 눈으로 피곤한 듯 말했다.

"나 같은 영감이 너무 말이 많아."

"전혀 아닙니다, 노인장." 아서가 대답했다. "저는 나이 드신 분들은 더 현명하고 경험이 많으셔서 귀담아들을 말씀을 하신다고 생각합니다. 나이 드신 분들의 지식은 책으로 쓸 수는 없겠지만 젊은이들에게 전해져야 합니다."

토발드 씨는 미소를 지었다.

"자넨 착한 청년이군."

"많이 고통스러우십니까?"

"불평해서는 안 되지. 나는 이제껏 행복한 삶을 살아왔어. 이제 죽을 준비가 되었어."

아서는 노인의 바짝 마른 팔 위에 손을 올려놓았다.

"아주 우아하고 위엄 있게 죽음을 맞이하고 계십니다. 노인장이 제 아버지라면 아주 자랑스러울 겁니다."

토발드 씨가 기침을 하더니 빈 물병을 가리켰다. 아서는 밖으로 나가서 물병을 채웠다. 아서가 돌아왔을 때 토발드 씨가 멍하니 위를 쳐다보고 있는 모습이 보였다. 아서는 한동안 조용히 그 자리에 서서 평온한 노인의 얼굴을 바라보았다. 그는 노인의 눈 위에 떨어진 머리카락을 빗어 넘겨주고는 눈을 감겼다.

"앨런." 아서가 속삭였다. "간호사들을 불러. 토발드 씨가 사망하셨다고 전해."

앨런이 자리를 차지하고 침대 위에 있는 버튼을 눌렀다.

"적절한 절차를 취했군." 아서가 뒤로 물러서며 속삭였다.

앨런은 아서의 목소리가 감정에 젖어 쉬어 있는 듯하다고 생각했다. 하지만 그럴 리 없다는 것은 앨런도 알고 있었다. 앨런이 물어보기도 전에 아서는 사라졌다.

홈스테드 요양원에서의 일은 3주 동안 지속되었다. 요양원 원무과에서는 밀리건이 열여섯 살이라는 사실을 알아내자, 미성년자는 야간근무를 할 수 없다며 해고해버렸다.

가을 학기가 시작되고 몇 주 후, 챌머는 빌리에게 토요일에 농장에 와서 잡초 자르는 일을 도우라고 말했다. 타미는 챌머가 새로 산 노란 트랙터 겸용 잔디 깎는 기계를 후진시킨 후, 판자 두 개를 겹쳐 만든 발판 위에 올려서 트럭에 싣는 모습을 바라보았다.

"제가 왜 필요한 거죠?"

"멍청한 질문 마라. 오라면 오는 거지. 밥이나 먹고 일이나 하면 돼. 내가 잔디를 깎기 전에 낙엽을 쓸어 모을 사람이 필요할 뿐이야. 네가 잘하는 건 그런 일뿐이잖아."

챌머가 트랙터를 트럭에 실어놓고 후진 기어로 고정시키고 레버가 튀어나오지 않도록 U자형 핀을 끼우는 동안 타미는 그를 바라보았다.

"이제 저놈의 판자들을 집어서 트럭에 실어."

제길, 네가 직접 하지 그래. 타미는 생각했다. 그리고 자리를 떠났다.

대니는 챌머가 왜 이글이글한 눈으로 자기를 쳐다보고 있는지 궁금해하며 그 자리에 서 있었다.

"야, 그 판자를 실으라니까, 멍청아."

대니는 거대한 판자 두 개를 들고 낑낑댔다. 열네 살짜리에게는 너무 크고 무거운 판자였다.

"일 하나 제대로 못 하는 병신 같은 새끼."

챌머는 대니를 한쪽으로 밀쳐버리고 직접 판자를 밀어 넣었다.

"엉덩이 얻어맞기 전에 얼른 타."

대니는 엉거주춤 자리에 앉아 똑바로 앞을 쳐다보았다. 챌머가 맥주깡통을 따는 소리가 들렸다. 맥주 냄새를 맡자 차가운 공포심이 대니에게 스며들었다. 농장에 도착해서 낙엽을 쓸어 모으는 일을 하게 되자 대니는 마음이 놓였다.

챌머는 잔디를 깎았다. 대니는 트랙터가 너무 가까이 다가오자 두려워졌다. 이전에도 트랙터로 공격을 당한 적이 있었다. 챌머가 새로 산 노란 트랙터는 대니를 두렵게 했다. 대니는 데이비드와 교대했다가 다시 손과 바꾸었다. 그렇게 자리를 바꾸는 동안 일이 다 끝났다. 챌머가 소리쳤다.

"판자를 트럭에서 꺼내! 가자!"

대니는 아직도 트랙터가 무서워서 비틀거렸지만 온 힘을 다해 무거운 널빤지를 트랙터에서 끌어내렸다. 널빤지를 자리에 놓자 챌머는 트랙터를 후진시켜 트럭 짐칸으로 갖다 댔다. 다시 판자를 밀어넣은 후, 대니는 챌머가 맥주깡통을 하나 더 따서 마시고 떠날 준비를 할 때까지 기다렸다.

타미는 무슨 일이 일어나는지 다 보고 있다가 자리를 차지했다. 빌어먹을 놈의 트랙터가 대니를 겁주다니. 저 트랙터를 끝장내버려야지. 챌머가 딴 데를 보는 동안 타미는 재빨리 트럭 짐칸으로 올라가 U자형 핀을 빼고 클러치를 제자리에 놓았다. 챌머가 운전석으로 돌아가자, 타미는 뛰어내려 U자형 핀을 풀숲에 던져버렸다. 그러고는 앞자리로 가서 앞을 보며 기다렸다. 챌머가 평소처럼 난폭하게 출발하는 순간 그의 소중한 새 노란 트랙터는 사라지게 될 것이었다.

챌머는 천천히 출발하여 브레멘까지 멈추지 않고 운전했다. 아무 일도 일어나지 않았다. 타미는 제네럴 밀스 공장 앞에서 멈췄을 때 일이 벌어질 거라고 기대했다. 하지만 아무 일 없었고 챌머는 랭커스터까지 서는 일 없이 곧장 갔다.

결국 랭커스터에서 일이 벌어졌다. 신호등 불이 파란색으로 바뀌어 출발하는 순간, 타미는 트랙터가 사라졌다는 것을 알았다. 타미는 얼굴 표정을 아무렇지도 않게 유지하려 했으나, 그럴 수 없었다. 타미는 늙은 영감이 자기가 히죽 웃는 것을 못 보도록 창문 쪽으로 얼굴을 돌렸다. 뒤를 슬쩍 쳐다보니 노란 트랙터가 저 멀리 뒤쪽, 거리 아래로 데굴데굴 굴러가는 게 보였다. 그때 챌머가 뒷거울을 보았다. 그의 입이 딱 벌어졌다. 챌머는 급히 브레이크를 밟아 트럭을 세우고는 뛰어내렸다. 그는 뒤로 달리면서 거리에 떨어진 금속 조각을 주웠다.

타미는 웃음을 터뜨렸다.

"엿이나 먹어라. 다시는 대니나 데이비드에게 나쁜 짓을 못 하겠지."

일거양득이었다. 기계를 없애버렸을 뿐 아니라 동시에 챌머에게도 복수한 셈이었다.

집에 배달된 빌리의 성적표는 대부분 C나 D, F뿐이었다. 학교 다닐 동안 A를 받은 적은 딱 한 번뿐이었다. 10학년 3분기에 생물에서 받은 성적이었다. 아서는 그때 생물학에 관심을 갖고 있던 참이라 수업에 집중했다.

자기가 입을 열면 사람들이 웃는다는 걸 알고 있었기 때문에 아서는 앨런을 시켜 대답하게 했다. 생물 교사는 그의 갑작스러운 변화와 천재성에 감탄했다. 아서가 생물학에 대한 흥미를 잃어버린 건 아니었지만, 가정의 상황이 너무 악화되는 바람에 자리가 계속 바뀌었다. 생물 교사에게 실망을 안겨주며 학문에의 불꽃은 곧 수그러들었고, 나머지 두 분기 동안 계속 낙제점을 받았다. 아서는 혼자 공부했고, 마지막 성적표에는 D가 찍혔다.

아서는 다른 사람들이 자리를 들고 나는 일이 점점 잦아지면서 눈코 뜰 새 없이 바빠졌다. 그는 정신적으로 불안정했던 이 시기를 "혼란의 시기"라고 진단했다.

학교에 폭탄이 있다는 말에 학생들이 대피하는 소동이 일어났을 때, 모두들 빌리 밀리건의 짓이라고 의심했지만 아무도 증명할 수는 없었다. 타미는 폭탄을 만들었다는 사실을 부인했다. 어쨌거나 진짜 폭탄도 아니었다. 물론 플라스크에 들어 있던 액체가 물이 아닌 니트로글리세린이라면 사정이 달라지겠지만. 타미의 말은 거짓이 아니었다. 타미는 거짓말을 하지는 않았다. 다른 남자애 중 한 명에게 어떻게 하는지 가르쳐주고 도면까지 그려주기는 했지만, 직접 손을 대지는 않았다.

타미는 흥분했고 교장의 찌푸린 얼굴을 보니 기분이 좋았다. 무어 교장은 많은 문제를 갖고 있었지만 자신을 괴롭히는 문제들을 모두 풀 수는 없었다. 그래도 한 가지 문제는 해결할 수 있었다. 말썽꾸러기인 밀리건을 퇴학시키는 것이었다.

그래서 빌리 밀리건이 열일곱 살이 된 지 5주 후, 짐이 공군에 입대하기 1주 전, 타미와 앨런은 해군에 자원했다.

11장

군 입대 한 달 만에 쫓겨나다

1

1972년 3월 23일, 앨런은 도로시와 함께 신병 모집 사무실로 갔다. 앨런과 타미가 입대 원서에 서명했다. 도로시는 막내아들을 해군에 보낸다고 생각하니 시원섭섭한 감정이 들었지만, 아들을 챌머로부터 떼어놓을 필요가 있다는 것을 알고 있었다. 학교에서 퇴학당했기 때문에 상황도 악화되었다.

징집 담당관은 서류를 잽싸게 훑어보고 질문을 던졌다. 대부분 도로시가 대답했다.

"정신병원에 입원했거나 정신병 진단을 받은 적이 있습니까?"

"아뇨." 타미가 대답했다.

"잠깐만요." 도로시가 끼어들었다. "콜럼버스 주립병원에서 세 달 지낸 적 있잖니. 브라운 박사님은 히스테리성 신경증이라고 했어요."

징집 담당관이 글씨를 쓰던 펜을 놓았다.

"그런 것까지 적을 필요는 없겠죠. 신경증 없는 사람은 거의 없으니까."

타미는 도로시에게 의기양양한 표정을 지어 보였다. 일반 상식 시간에는 타미와 앨런이 번갈아가며 문제를 훑어보았다. 시험이 타미의 능력이나 지식과는 별 상관이 없음을 안 앨런은 자신이 시험을 보기로 했다. 그런데 그때 대니가 나와서 시험지를 보고 어쩔 줄 몰라 했다.

시험관은 대니의 당황한 표정을 보고 속삭였다.

"계속 하세요. 줄마다 대답 칸을 까맣게 칠하기만 하면 돼요."

대니는 어깨를 으쓱하고는 문제를 읽어보지도 않은 채 죽 따라 내려가면서 칸을 까맣게 칠했다.

그는 시험을 통과했다.

일주일 후, 앨런은 일리노이 주 그레이트 레이크스에 있는 해군 훈련소로 떠났다. 그는 20대대 109중대에 배속되어 기본 훈련을 시작했다.

그는 고등학교에 다닐 때 민간 항공 초계부대에 있었기 때문에 어린 신병 160명을 담당하는 신병교육관에 임명되었다. 그는 엄격한 조교였다.

앨런은 열여섯 개 항목의 훈련 교범을 완전히 익힌 중대는 우수 중대 표창을 받을 것이라는 사실을 알고, 타미와 함께 아침 일정을 몇 분 줄일 수 있는 길을 찾았다.

"샤워 시간을 줄이자." 타미가 제안했다.

"규칙이야. 비누질은 안 해도 샤워는 해야 돼." 앨런이 말했다.

타미는 샤워를 공장의 라인처럼 하면 어떨까 하는 생각을 했다.

다음 날 아침 앨런은 병사들에게 지시했다.

"타일을 말아 왼손에, 비누는 오른손에 들도록. 이쪽에 샤워기가 열여섯 대 있다. 건너편에도 열여섯 대. 자, 물의 온도는 일정하니 데거나 얼어 죽진 않을 거다. 이제 샤워기를 통과하면서 몸의 왼쪽을 씻는다. 구석에 도착하면 비누를 바꿔 쥐고 반대 방향으로 움직이면서 몸의 반대쪽을 씻고 머리를 감는다. 샤워기 끝에 도착할 때쯤이면 몸을 다 헹구고 말릴 준비가 되어 있을 거다."

앨런이 군복을 입은 채로 샤워기를 지나가면서 시간을 재는 시범을 보이자 신병들은 감탄하며 바라보았다.

"이런 식으로 하면 병사 한 명이 45초 만에 샤워를 끝낼 수 있다. 160명이 샤워를 다 마치고 옷을 갈아입는 데 10분도 안 걸린다. 나는 여러분이 아침에 어떤 중대보다도 빨리 연병장에 집합할 수 있길 바란다. 우리는 우수 중대가 될 것이다."

다음 날 아침, 밀리건의 중대는 연병장에 일착으로 집합했다. 앨런은 만족했다. 타미는 시간을 줄일 수 있는 방안을 몇 가지 더 고안했다고 말했다. 밀리건은 바른 품행으로 표창을 받았다.

2주 후에는 상황이 나빠졌다. 앨런은 집에 전화를 걸었다가 챌머가 또 도로시를 때렸다는 소식을 들었다. 레이건은 화가 났다. 아서는 물론 별로 관심을 두지 않았다. 하지만 타미와 대니, 앨런은 아주 기분이 언짢았다. 그들은 우울해졌고, 또다시 혼란의 시기가 닥쳐왔다.

숀은 신발을 짝짝이로 신고 끈을 묶지도 않았다. 데이비드는 점점 지저분해졌다. 필립은 자신이 현재 어디 있는지 알아내고는 신경도 쓰지 않았다. 109중대원들은 신병교육관이 이상하다는 것을 알아차렸다. 그는 어느 날은 일급 지도관으로 일하고 다음 날은 가만히 앉아 얘기나 하면서 서류가 쌓이도록 놔두었다.

또 중대원들은 그의 몽유병 증세를 목격했다. 누군가 이런 이야기를 하자, 타미는 밤에 자기 몸을 침대에 묶기로 했다. 신병교육관에서 해임되자, 타미는 우울해졌고, 대니는 시간이 날 때마다 의무실에 갔다. 아서는 혈액 실험실에 관심을 가지게 되었다.

해군 상부에서 밀리건을 관찰하기 위해 조사관을 보냈다. 조사관은 침대에 누워 있는 필립을 발견했다. 그는 군복을 입은 채 하얀 모자는 발에다 걸어놓고 카드놀이를 하고 있었다.

"여기서 뭐 하나?" 사이먼스 대령이 말했다.

"일어서라, 병사." 부관이 말했다.

"꺼지시지!" 필립이 대답했다.

"나는 대령이다. 어떻게 감히……."

"당신이 예수님이라고 해도 관심 없어. 여기서 나가. 당신 때문에 놓쳤잖아."

랜킨 책임하사관이 들어왔을 때도 필립은 똑같이 말했다.

1972년 4월 12일, 타미가 해군에 입대한 지 2주하고도 4일 지난 후에 필립은 신병평가대로 보내졌다.

그의 중대 지휘관은 보고서에 이렇게 썼다.

"이 병사는 처음에는 내 휘하의 신병교육관이었으나, 항상 병사들을 휘두르는 것 외에는 아무 임무도 수행하지 않았다. 내가 신병교육관에서 해임시킨 후에는 의무실을 들락날락하기 시작했다. 매일 상태가 더 심해졌고, 수업시간마다 핑계를 대고 빠져나갔다. 다른 중대원들보다 뒤처지며 오히려 상태가 점점 악화되고 있다. 지속적인 감시가 필요하다."

정신과 의사가 데이비드를 면담했으나, 데이비드는 무슨 일이 일어나고 있는지 전혀 이해하지 못했다. 해군은 오하이오에서 온 기록을 통해, 그가 정신병원에 입원한 적이 있었으며 입대 서류에 거짓말을 했다는 사실을 적발했다. 정신과 의사 상담 보고서에 이런 기록이 있다. "이 병사는 해군에서 효율적으로 자기 역할을 다하는 데 필요한 성숙함과 안정성이 결여되어 있다. 차후의 훈련에 부적합한 기질이므로 조기제대 조치를 취할 것을 권고한다."

입대한 지 한 달 하루가 지난 5월 1일, 윌리엄 스탠리 밀리건은 미 해군에서 '명예제대' 했다.

밀리건에게 월급과 콜럼버스까지 가는 비행기 표가 지급되었다. 그레이트 레이크스에서 시카고의 오헤어 공항으로 가는 길에, 필립은 고향으로 휴가를 가는 신병 두 명을 알게 되었다. 두 사람은 뉴욕으로 간다고 했다. 유나이티드 항공사 비행기 표를 쓰는 대신에, 필립은 그들을 따라 버스를 탔다. 필립은 자신의 고향이지만 한 번도 가보지 못한 곳, 뉴욕을 보게 될 것이었다.

2

뉴욕의 버스 터미널에서 필립은 여행 친구들에게 안녕을 고한 후 어깨에 군용 가방을 둘러메고 걷기 시작했다. 그는 관광객 안내 센터에서 지도와 안내 책자를 집어 들고 타임스스퀘어로 향했다. 그는 집에 온 듯 편안했다. 뉴욕의 거리들과 귀에 자연스럽게 들리는 목소리. 필립은 이제 자기 자리를 찾았다고 확신했다.

필립은 이틀 동안 도시를 둘러보았다. 그는 스태튼 아일랜드 유람선을 타고 관광을 했고 자유의 여신상에도 가보았다. 배터리 공원에서 출발해서 월스트리트의 좁은 거리를 헤맸고 그리니치빌리지까지 올라갔다. 그리스 레스토랑에서 식사를 하고 싸구려 호텔에서 잤다.. 다음 날은 5번로와 34번가로 가서 엠파이어스테이트 빌딩을 올려다보았다. 그는 전망대까지 올라가서 도시를 내려다보았다.

"브루클린은 어느 쪽이지?"

여자 안내원이 가리켰다.

"저쪽이에요. 다리 세 개가 보이시죠? 윌리엄스버그, 맨해튼, 브루클린 다리예요."

"그럼 다음에는 저기로 가야겠군."

필립은 엘리베이터를 타고 내려가 택시를 잡았다.

"브루클린 다리까지 가주쇼."

"브루클린 다리요?"

필립은 가방을 차 안으로 밀어 넣었다.

"그렇게 말했잖수."

"다리에서 뛰어내릴 거요, 아니면 다리를 살 거요?"

"헛소리 마쇼, 헛똑똑이 양반. 그냥 운전이나 하고 농담은 아껴뒀다 촌놈들에게나 하시지."

운전사는 필립을 다리 앞에 내려주었고, 그는 걸어서 다리를 건너기 시작했다. 선선한 바람이 불어 기분이 좋았지만, 반쯤 건넜을 무렵 그는 걸음을 멈추고 아래를 내려다보았다. 저 물 좀 보라구. 세상에, 아름답기도 하지. 갑자기 그는 아주 우울해졌다. 이유는 알 수 없었지만, 아름다운 다리 한가운데에서 너무 기분이 가라앉아서 더 이상 갈 수가 없었다. 그는 가방을 어깨에 둘러메고 다시 맨해튼으로 돌아갔다.

그는 점점 우울해졌다. 뉴욕에 있어도 즐겁지가 않았다. 봐야 할 것도 있었고 찾아가야 할 곳도 있었지만 그게 뭔지, 어딘지 알 수가 없었다. 버스에 올라타 종점까지 간 그는 다른 버스로 갈아타고 가다가 또 다른 버스를 탔다. 그는 집과 사람들을 구경했지만 어디로 가는지, 무엇을 찾는지 알 수 없었다.

필립은 어떤 쇼핑몰 앞에서 내려서 걸었다. 쇼핑몰 한가운데에 소원을 비는 분수가 있었다. 그는 동전 두 개를 던졌다. 세 번째 동전을 던지려는 순간, 누군가 그의 소매를 당겼다. 작은 흑인 소년이 애원하는 눈빛으로 그를 올려다보고 있었다.

"아, 젠장."

필립은 소년에게 동전을 던져주었다. 소년은 히죽 웃고 뛰어갔다. 필립은 가방을 집어 들었다. 우울이 고통스럽게도 몸속까지 파고들어 그는 잠시 동안 서 있다가 몸을 떨며 자리에서 나갔다…….

데이비드는 군용 가방의 무게에 짓눌려 비틀거리다가 그것을 떨어뜨렸다. 가방은 여덟 살짜리가(이제 곧 아홉 살이 되지만) 들기에는 너무 무거웠다. 그는 가방을 뒤로 질질 끌고 다니며 상점 진열장들을 구경했다. 자기가 왜, 어떻게 여기 왔는지 알 수 없었다. 데이비드는 벤치 위에 앉아 주위를 둘러보며 아이들이 노는 모습을 구경했다. 그 애들과 함께 놀고 싶었다. 데이비드는 일어서서 다시 가방을 질질 끌려고 했지만 너무 무거웠기 때문에 그냥 놔두고 갔다.

데이비드는 군용 상점에 들어가서 여벌 총탄과 사이렌을 구경했다. 그는 커다란 플라스틱 방울을 집어 스위치를 눌러보았다. 사이렌이 울리면서 안에 달린 붉은 전구가 깜박이기 시작했다. 그는 화들짝 놀라 방울을 떨어뜨리고는 도망갔다. 밖에 세워져 있던 아이스크림 노점상의 자전거와 부딪치면서 팔꿈치가 긁혔다. 그는 계속 도망갔다.

아무도 쫓아오지 않는 것을 보고, 데이비드는 달리기를 멈추고 거리를 걸었다. 이제 어떻게 집에 가야 할지 암담했다. 도로시가 걱정하고 있을지도 몰랐다. 그리고 점점 배가 고파졌다. 아이스크림도 하나 먹고 싶었다. 경찰관을 만나면 집에 가는 길을 물어보리라고 생각했다. 아서는 항상 길을 잃으면 경찰관을 만나서 도와달라고 하라고 말하곤 했다…….

앨런은 눈을 깜박였다. 앨런은 노점상에게서 아이스크림을 하나 사서 들고 갔다. 그런데 더러운 얼굴의 여자애가 그를 쳐다보고 있었다.

"염병할."

그는 아이스크림을 소녀에게 주었다. 앨런은 아이들, 특히 커다란 눈망울에 허기가 가득한 애들에게 약했다. 그는 노점상에게 돌아갔다.

"하나 더 줘요."

"젊은이, 배가 고팠나 보구만."

"그만 떠들고 아이스크림이나 줘요."

아이스크림을 핥으면서 앨런은 애들이 달라붙지 않도록 해야겠다고 결심했다. 사기꾼이 애들한테 갈취당한다는 게 말이 되나?

앨런은 여기저기 걸으며, 커다란 건물들을 보고 이곳이 시카고라고 생각했다. 앨런은 버스를 타고 시내로 갔다. 오헤어 공항에 가기에는 너무 늦었다. 이곳 시카고에서 하룻밤을 보낸 후, 아침에 비행기를 타고 콜럼버스로 가야만 했다.

그때 갑자기 어떤 빌딩에서 번쩍이는 전광판을 보았다. 5월 5일. 섭씨 20도. 5월 5일이라고? 앨런은 지갑을 꺼내서 뒤적였다. 대략 500달러 정도 되는 퇴직금. 제대일자가 5월 1일로 되어 있다. 시카고에서 콜럼버스로 가는 비행기 표도 5월 1일자다. 어떻게 된 거지? 제대 후 시카고에서 나흘이나 의식도 없이 헤매고 다녔단 말인가. 가방은 어디 갔지? 뱃속에 허기가 돌았다. 그는 푸른색 군복을 내려다보았다. 지저분했다. 팔꿈치 부분은 찢겨 있었고, 왼쪽 팔에는 긁힌 자국이 있었다.

괜찮아. 뭘 좀 먹고 하룻밤 자고 난 후 아침에 콜럼버스로 가는 비행기를 타면 된다. 앨런은 햄버거를 두어 개 먹고 값싼 여인숙을 찾아 9달러를 내고 방 하나를 빌렸다.

다음 날 아침, 앨런은 택시를 잡아 기사에게 공항까지 가자고 했다.

"라구아디아 공항요?"

그는 고개를 저었다. 시카고에 라구아디아 공항이 있는지는 몰랐다.

"아니, 다른 거요. 큰 거."

공항까지 가는 동안, 앨런은 무슨 일이 일어났는지 이해하려 애썼다. 눈을 감고 아서를 찾으려 했다. 아무 일도 일어나지 않았다. 어디에서도 찾을 수가 없다. 또 혼란의 시기가 왔다.

공항에 도착하자 그는 유나이티드 항공 카운터에 가서 직원에게 표를 건네주었다.

"여기서 언제 떠날 수 있어요?"

여직원은 티켓을 보고는 앨런을 쳐다보았다.

"이건 시카고에서 콜럼버스까지 가는 비행기 표인데요. 여기서 오하이오까지는 이 표로 가실 수 없어요."

"무슨 얘기 하는 거예요?"

"시카고요." 직원이 말했다.

"네, 뭐라고요?"

감독관이 와서 표를 검사했다. 앨런은 뭐가 문제인지 이해할 수 없었다.

"해군이시군요. 괜찮습니까? 이 표로는 뉴욕에서 콜럼버스까지 가실 수 없습니다."

앨런은 면도하지 않은 얼굴을 손으로 문질렀다.

"뉴욕이라구요?"

"그렇습니다. 여긴 케네디 공항입니다."

"대체 어떻게 된 거야!"

앨런은 숨을 깊게 들이마시고, 청산유수로 말하기 시작했다.

"누군가 실수를 했나 봐요. 보시다시피, 나는 막 제대하고 나오는 참이라서요."

앨런은 증명서를 꺼냈다.

"비행기를 잘못 탄 거죠. 나는 콜럼버스까지 가기로 되어 있었는데, 누군가 내 커피에 약을 탔어요. 그래서 정신을 잃었어요. 정신을 차려보니 뉴욕에 있었습니다. 가방이랑 소지품도 다 비행기 안에 놓고 내렸어요. 어떻게든 해주세요. 이건 다 항공사 잘못이잖아요."

"이 표를 바꾸려면 돈을 더 내셔야 해요." 여직원이 말했다.

"그럼 그레이트 레이크스에 있는 해군에 전화를 해보시든가요. 그 사람들은 나를 콜럼버스까지 데려다줘야 했어요. 그 사람들에게 청구서를 보내면 됩니다. 내 말은 제대 군인은 적어도 혼선 없이 적절한 운송 수단을 제공받을 권리가 있다는 거죠. 아무튼 해군에 전화나 해보세요."

"알았습니다. 잠깐 여기서 기다리시겠습니까? 우리가 해드릴 수 있는 일이 뭔지 알아보도록 하죠." 감독관이 말했다.

"남자 화장실은 어디죠?"

여직원이 방향을 가르쳐주자 앨런은 그쪽으로 빨리 걸어갔다. 일단 안에 들어가서 아무도 없는 것을 확인하자, 앨런은 두루마리 화장지를 휴지걸이에서 빼내서 화장실 건너편으로 던졌다.

"제기랄! 제기랄! 제기랄!" 그는 고함을 질렀다. "빌어먹을. 더 이상 이런 거지 같은 일을 참을 순 없어!"

앨런은 진정이 되자 얼굴을 닦고 머리를 빗어 넘긴 후 하얀 모자를 말쑥하게 쓰고는 항공편 예매 창구의 사람들을 만나러 갔다.

"됐습니다." 여직원이 말했다. "모두 처리됐어요. 새 표를 발급해드릴게요. 다음 비행기에 자리를 마련해드리겠습니다. 두 시간 후면 출발합니다."

콜럼버스로 돌아가는 비행기 안에서 앨런은 뉴욕에서 닷새나 보냈는데 택시와 케네디 국제공항 외에는 구경한 게 하나도 없다고 생각하니 치밀어 오르는 화를 꾹 삭였다. 어떻게 거기 갔는지, 누가 시간을 훔쳤고 무슨 일이 일어났는지 전혀 알 수 없었다. 알아낼 수나 있을지도 알 수 없었다. 랭커스터로 가는 버스에서 앨런은 의자에 기대고 낮잠을 청하면서 중얼거렸다. 아서나 레이건이 들을 수 있기를 바랐다.

"분명 누군가 일을 망치고 있어."

3

앨런은 인터스테이트 엔지니어링 사에서 만든 진공청소기와 쓰레기 압축기를 방문판매하는 일자리를 얻었다. 말을 잘하는 앨런은 한 달 동안 좋은 실적을 올렸다. 그는 동료인 샘 개리슨이 웨이트리스나 비서들은 물론 고객들과도 데이트를 하는 것을 보았다. 앨런은 그의 정력에 감탄했다.

1972년 7월 4일 독립기념일, 앨런과 대화하다가 개리슨이 문득 물었다.

"넌 왜 여자애들을 안 만나냐?"

"시간이 없어."

앨런은 어색하게 말했다. 항상 대화가 섹스에 관한 이야기로 흐르면 불편했다.

"진짜 별 관심이 없어."

"너, 게이는 아니지?"

"헛소리하지 마. 아냐."

"열일곱 살인데도 여자한테 관심이 없어?"

"이 봐. 난 신경 써야 할 일이 많아."

"놀랄 노자군. 한 번도 여자하고 잔 적이 없어?"

"그런 얘기는 하고 싶지 않아."

필립이 정신병원에서 소녀와 섹스를 한 적이 있다는 사실을 모르는 앨런은 얼굴이 벌게져 몸을 돌렸다.

"너, 동정이라고 말하려는 건 아니겠지?"

앨런은 대답하지 않았다.

"아아, 기가 막히는군. 어떻게든 해봐야겠다. 나한테 맡겨둬. 오늘 밤 일곱 시에 너희 집으로 데리러 갈게."

그날 저녁, 앨런은 샤워를 하고 옷을 말쑥하게 입은 후 형의 향수를 뿌렸다. 짐은 이제 공군에 있으니 향수를 좀 쓴들 아까워하지 않을 것이다.

개리슨은 정시에 도착해서 빌리를 시내까지 데려다줬다. 두 사람은 브로드 가에 있는 핫 스팟이라는 가게 앞에 차를 세웠다. 개리슨이 말했다.

"차 안에서 기다려. 내가 뭣 좀 가지고 나올게."

몇 분 후, 개리슨이 지루한 표정의 여자 두 명과 나타나자 앨런은 화들짝 놀랐다.

"안녕, 자기." 금발의 여자가 차창에 기대며 말했다. "나는 트리나고, 얘는 돌리야. 참 잘생긴 아저씨네."

돌리는 검은 긴 머리를 뒤로 휙 넘기며 개리슨과 함께 앞좌석에 탔다. 트리나는 앨런과 함께 뒷좌석에 탔다. 그들은 웃고 떠들며 교외로 나갔다. 트리나는 앨런의 다리에 손을 올려놓고 바지 지퍼를 장난치듯 만지작거렸다. 차가 한적한 곳에 이르자 개리슨이 차를 길 한쪽에 댔다.

"자, 빌리. 트렁크 안에 담요가 있다. 담요 꺼내는 것 좀 도와줘."

앨런이 트렁크로 가자 개리슨은 그에게 알루미늄 포일로 싼 얄팍한 꾸러미 두 개를 주었다.

"어떻게 쓰는 건지 알지? 모르냐?"

"응. 하지만 두 개 다 끼울 필요는 없지?"

개리슨이 그의 팔을 살짝 쳤다.

"넌 진짜 코미디언이라니까. 하나는 트리나 거고 다른 하나는 돌리 거야. 걔네한테는 나중에 우리가 교대할 거라고 말해뒀다. 두 여자랑 한 번씩 하자구."

앨런은 트렁크 안에 있는 사냥총을 발견했다. 개리슨은 그에게 담요 한 장을 건네주고 다른 한 장은 자기가 가진 후 트렁크 문을 닫았다. 개리슨은 돌리와 함께 나무 뒤로 사라졌다.

"자, 이제 시작하는 게 좋겠어요."

트리나가 앨런의 허리띠를 풀었다.

"저, 그럴 필요 없어요." 앨런이 말했다.

"뭐, 당신이 별로 관심이 없으면……."

잠시 후 개리슨이 트리나를 불렀고 돌리가 앨런에게 다가왔다.

"어때요?" 돌리가 물었다.

"'어때요'라뇨?"

"다시 할 수 있겠어요?"

"이거 봐요. 저기 있는 당신 친구한테도 말했지만, 아무 일 안 해도 돼요."

개리슨은 일을 마치자 트렁크로 가서 아이스박스에서 맥주 두 병을 꺼내 하나를 앨런에게 주었다.

"어때, 여자애들이 마음에 들었냐?"

"난 안 했어."

"안 했단 말이야? 아니면 여자애들이 안 해줬냐?"

"할 필요 없다고 말해줬어. 난 준비가 되면 결혼할 거야."

"웃기시네."

"난 괜찮으니까 진정해. 모든 게 다 괜찮아."

"괜찮긴! 헛소리하고 있네!"

개리슨은 여자애들에게 호통을 쳤다.

"얘는 동정이라고 말했잖아. 얘가 할 마음이 생기게 하는 건 다 너희 하기 나름이지."

돌리는 차 뒤로 걸어갔다가 트렁크 안에 있는 엽총을 보았다.

"당신, 그러면 곤란해질걸요."

"헛소리 마. 차에 타. 도로 데려다줄 테니." 개리슨이 말했다.

"난 차에 안 탈 거예요."

"그럼 맘대로 해, 씨팔!"

개리슨이 트렁크를 쾅 닫고 운전석에 올라탔다.

"어서 와, 빌리. 저 계집애들은 걸어가게 놔두자구."

"안 탈 거예요?" 앨런이 여자들에게 물었다.

"우린 알아서 돌아갈 수 있어요." 트리나가 말했다. "하지만 당신들 돈은 내야 해요."

개리슨이 시동을 걸자 앨런은 차에 올라탔다.

"여자들을 여기 놔두고 가면 안 돼."

"헛소리 마. 쟤네는 하찮은 창녀들일 뿐이야."
"여자들 잘못이 아냐. 내가 하고 싶지 않았을 뿐이야."
"뭐, 그래도 우리가 돈을 낼 필요는 없잖아."

나흘 후인 1972년 7월 8일, 샘 개리슨과 앨런은 서클빌에 있는 보안관 사무실로부터 소환 명령을 받았다. 둘 다 납치 및 강간, 무기로 공격했다는 죄목으로 즉시 체포당했다.

피커웨이 군의 판사는 사전 심리에서 사실 관계를 듣고 납치 죄목에 대해서는 무혐의 처리했지만, 2,000달러를 보석금으로 걸었다. 도로시는 보석 보증인에게 지불할 돈으로 200달러를 모아서 아들을 집에 데리고 왔다. 챌머는 빌리를 감옥에 보내버리라고 우겼지만, 도로시는 피커웨이 군 청소년 법정이 열리기 전인 10월 청문회 때까지 빌리를 맡아달라고 플로리다 주 마이애미에 있는 언니에게 부탁했다.

빌리와 짐이 떠나 있는 동안 여자애들은 도로시를 설득했다. 캐시와 칼라는 도로시에게 최종 통고를 했다. 챌머와 이혼 수속을 밟지 않으면 둘 다 집을 떠나겠다는 것이었다. 도로시는 결국 챌머와 헤어지기로 결정했다.

플로리다에 간 앨런은 학교에 다녔고 잘 지냈다. 미술용품 상점에서 일자리를 얻었는데 주인은 그의 정리 능력에 깊은 인상을 받았다. '새뮤얼'은 종교적인 유대인으로, 빌리의 아버지도 유대인이었다는 사실을 알게 되었다. 마이애미에 사는 다른 유대인들처럼 그도 뮌헨올림픽 선수촌에서 이스라엘 선수 11명이 죽었다는 뉴스에 분개했다. 새뮤얼은 금요일 저녁 예배에 가서 그들의 영혼과 빌리 아버지의 영혼을 위해 기도했다. 또한 앨런이 무죄 판결을 받게 해달라고 주님께 부탁했다.

10월 20일, 밀리건이 피커웨이 군에 돌아왔을 때, 그는 평가를 받기 위해 오하이오 주 청소년위원회에 넘겨졌다. 그는 1972년 11월부터 열여덟 번째 생일 이틀 후인 1973년 2월 16일까지 피커웨이 군 감옥에 수감되다. 유치장에 있는 동안 열여덟 살이 되었지만, 판사는 그가 청소년 재판을 받아야 한다는 데 동의했다. 어머니가 고용한 변호사, 조지 켈너는 무슨 판결이 나든 이 젊은이의 가정환경이 해롭기 때문에 가정으로 돌려보내서는 안 된다고 판사에게 말했다.

판사는 유죄 판결을 내렸고 윌리엄 S. 밀리건을 오하이오 주 청소년위원회 시설에 무기한 수감하라고 명령했다. 3월 12일, 앨런이 오하이오 주 제인스빌의 소년캠프로 떠나던 날, 도로시와 챌머 밀리건의 이혼은 법원에서 확정 판결을 받았다.

레이건은 새뮤얼을 비웃으며 신은 없다고 말했다.

12장

둘도 없는 친구의 죽음

1

아서는 제인스빌 소년캠프에서는 아이들이 자리에 나와도 된다고 결정했다. 소년캠프에서는 보통 어린이가 할 수 있는 경험을 제공한다. 하이킹, 수영, 승마, 캠핑, 스포츠.

아서는 오락 지도사인 딘 휴즈가 괜찮은 사람이라고 결론을 내렸다. 그는 키가 큰 흑인으로, 머리를 바짝 자르고 끝이 뾰족한 턱수염을 길렀다. 그는 동정심이 강하고 믿을 만한 젊은이로 보였다. 전체적으로 이곳은 별로 위험하지 않아 보였다.

레이건도 동의했다. 하지만 타미는 규칙에 짜증을 냈다. 머리를 잘라야 하는 것도 싫었고 주에서 지급한 옷을 입어야 하는 것도 마음에 안 들었다. 서른 명의 소년범과 여기서 지낸다는 것 자체가 싫었다.

사회복지사 찰리 존스는 새로 온 소년들에게 캠프의 구조를 설명해주었다. 캠프는 네 군데의 향상 지대로 나뉘어 있었고, 소년들은 매달 다른 지대로 이동하게 되어 있었다. 1지대와 2지대는 T자 모양의 건물 왼쪽에 있는 기숙사였다. 3지대와 4지대는 건물 오른쪽에 있었다.

1지대가 "최악"이라는 것은 찰리 존스도 인정했다. 모두들 괴롭힐 거고, 머리를 바짝 잘라야 한다. 2지대에 가면 머리를 기를 수 있었다. 3지대에서는 하루 일과가 끝나면 주에서 지급한 옷 대신에 사복을 입을 수 있었다. 4지대로 가면 기숙사에 사는 대신에 개인 칸막이 침실을 가질 수 있었다. 4지대에 있는 소년들은 대부분이 모범수였고 규칙적인 일과를 따를 필요가 없었다. 시오토 마을에 있는 소녀캠프로 포크댄스를 하러 갈 필요도 없었다. 남자애들은 여자애들과의 댄스를 비웃었다.

1지대에서 4지대로 이동할지는 점수제로 결정한다고 존스는 설명했다. 매달 모든 소년들은 120점을 받고 시작하는데, 다음 지대로 이동하려면 130점을 받아야 했다. 특별한 일을 하거나 바른 행동을 하면 점수를 얻고 명령에 따르지 않거나 반사회적 행동을 하면 점수가 깎였다.

점수 관리는 직원들이나 4지대에서 온 모범 원생 중 한 명이 했다. 이들 가운데 누구라도 "어이!"라고 말하면 1점이 깎인다. "어이, 진정해!"라고 말하면 2점 감점. "어이, 진정해. 침대로!"라고 말하면 2점이 추가로 깎이고, 나쁜 행위를 저지른 소년은 방 안 침대에 두 시간 동안 있어야 한다. 소년이 자기 침대를 떠나서 누가 "어이, 진정해. 침대로! 어이, 진정해!"라고 말하는 일이 생기면 3점 감점. "어이, 진정해. 침대로! 어이, 진정해! 군 행이야!"라고 말하면 4점 감점에 해당된다. "군 행이야!"라는 말은 군 감옥에 가서 성질을 가라앉히게 될 거라는 의미였다.

타미는 구역질이 나려고 했다.

그곳에서는 해야 할 일도 많다고 찰리 존스는 말했다. 그는 소년들에게 시간을 잘 지키고 얌전하게 행동하길 바란다고 했다.

"너희 중 누구라도 자기가 여기 있기엔 너무 착하거나 똑똑하다고 생각해서 도망치려 한다면 오하이오 주에서 다른 곳을 마련해줄 것이다. 센트럴 오하이오 훈련기관이라는 곳으로 줄여서 TICO(Training Institution of

Central Ohio)라고 부르지. TICO로 가게 되면 여기 가만히 있을걸 하는 생각이 간절해질 거다. 자, 됐어. 이제 창고로 가서 자기 침구를 챙기고 식당으로 가서 급식을 받아라."

그날 저녁, 타미는 간이침대에 앉아 누가 이런 곤경에 자기를 몰아넣었으며 어째서 여기 있는지에 대해 생각했다. 타미는 점수나 규칙, 지대 같은 것에는 눈곱만큼도 관심이 없었다. 기회만 얻으면 탈출하리라. 이곳에 들어올 때 자리에 있지 않았기 때문에 나가는 길을 알 수 없었지만, 타미는 캠프 주변에 전기 철조망이나 벽은 없고 단지 숲뿐임을 눈치 챘다. 도망가기는 어렵지 않아 보였다.

식당을 지나쳐 가는 동안 타미는 군침이 도는 음식 냄새를 맡았다. 제길. 일단 프라이팬에 뭐가 있는지 볼 때까지 불에 뛰어들 생각은 말자.

1지대에 새로 온 소년들 중 하나는 열넷이나 열다섯 살밖에 안 되어 보이는 안경 낀 어린애였다. 타미는 줄에 서 있을 때 그 애를 보고, 바람만 불어도 날아가겠군 하고 생각했다. 그 애가 매트리스와 침구의 무게에 깔려 비틀거리고 있는데 머리가 길고 역도선수처럼 근육이 우락부락한 키 큰 남자애가 발을 걸었다. 그 애가 배를 들이받자 근육질 남자애가 나가떨어졌다.

근육질 남자애는 주먹을 불끈 쥔 채 앞에 버티고 선 꼬마를 놀랍다는 듯 바라보았다. 근육질이 말했다.

"좋아, 꼬맹이 자식. 어이!"

"똥이나 먹으시지!" 소년이 욕설을 내뱉었다.

"어이, 진정해!"

근육질이 일어서서 먼지를 털며 호통을 쳤다. 소년은 눈에 눈물을 머금고 말했다.

"자, 어서 덤벼. 이 덩치만 큰 개자식아."

"어이, 진정해. 침대로!"

말랐지만 더 키가 크고 꼬마보다 두세 살은 더 많아 보이는 소년이 꼬마를 한쪽으로 밀어냈다.

"물러서, 토니. 넌 벌써 2점을 두 번이나 잃었어. 침대에서 두 시간 동안 있어야 돼."

토니는 얌전해지더니 자기 매트리스를 들었다.

식당에서 타미는 조용히 음식을 먹었다. 음식은 그다지 나쁘지 않았다. 하지만 타미는 이곳에 대해 걱정이 되기 시작했다. 만약 큰 애들이 저렇게 마음대로 휘두르며 감점하게 놔두는 곳이라면, 성질을 드러내지 않도록 조심해야만 했다.

기숙사로 돌아온 타미는 고디라고 하는 마른 소년이 옆 침대를 쓰고 있고, 꼬마를 위해 자기 몫의 음식을 조금 챙겨 왔다는 걸 알았다. 두 사람은 앉아서 이야기를 나누었다.

타미는 간이침대에 앉아 망을 보았다. 규칙 중 하나는 기숙사 안에서 군것질 금지였다. 곁눈질로 보니 근육질이 문 안으로 들어오고 있었다.

"조심해! 저 덩치 큰 자식이 온다."

토니라고 하는 애는 자기 접시를 침대 밑에 밀어 넣고는 뒤로 기댔다. 근육질은 방을 점검하고 꼬마가 침대 위에 있는 걸 확인한 후 떠났다.

"고마워." 꼬마가 말했다. "난 토니 비토라고 해. 넌 이름이 뭐야?"

타미는 그의 눈을 똑바로 바라보았다.

"사람들은 나를 빌리 밀리건이라고 불러."

"여기는 고디 케인이야."

토니가 마른 남자애를 가리키며 말했다.

"얘는 마리화나 팔다가 잡혀 들어왔어. 넌 뭣 때문에 여기 왔냐?"

"성폭행. 하지만 나는 그런 짓 저지르지 않았어."

타미는 애들이 은근히 미소 짓는 모습을 보고 둘 다 자기 말을 믿지 않는다는 걸 알 수 있었다. 뭐, 어쨌거나 신경 안 쓴다.

"애들 괴롭히는 저 자식은 누구야?" 타미가 물었다.

"조던. 4지대 소속이야."

"조만간 단단히 갚아줘야겠군."

타미는 대부분의 시간 동안 자리를 차지했고 빌리의 어머니가 면회하러 오면 이야기도 나누었다. 타미는 도로시를 좋아했고 미안한 마음도 느끼고 있었다. 그래서 도로시가 챌머와 이혼했다는 소식을 전하자, 타미는 기뻐했다.

"그자는 나도 괴롭혔어요."

"알아. 네가 하는 일마다 트집을 잡곤 했지. 하지만 내가 어떻게 할 수 있었겠니? 당장 목구멍이 포도청인데. 내 아이 셋에, 친딸 같은 칼라까지. 하지만 이제 챌머는 가버렸단다. 착하게 사람들이 하라는 대로만 하면 곧 집에 올 수 있을 거야."

타미는 도로시가 떠나는 모습을 보면서 이제껏 본 엄마 중에 가장 아름답다고 생각했다. 타미는 도로시가 친엄마이기를 바랐다. 타미는 자신의 친어머니는 누구며, 어떻게 생겼는지 궁금했다.

2

오락 지도사인 딘 휴즈는 밀리건이 하루의 대부분을 그냥 누워서 책을 읽거나 환각 상태에 빠져서 보낸다는 사실을 알아챘다.

어느 날 오후, 휴즈가 그를 찾아왔다.

"너, 여기 있었구나." 휴즈가 말을 걸었다. "최선을 다해야지. 이런저런 일에도 참여하고. 넌 좋아하는 게 뭐지?"

"난 그림그리기 좋아해요." 앨런이 대답했다.

다음 주, 딘 휴즈는 자비를 들여서 밀리건에게 물감과 붓, 캔버스를 사주었다.

"내가 그림을 그려줬으면 좋겠어요?" 앨런은 캔버스를 탁자 위에 세우면서 물었다. "뭘 그려줄까요?"

"오래된 마구간으로 하자. 창문은 깨져 있고, 오래된 나무에는 타이어가 걸려 있고. 오래된 시골길도. 막 비가 내린 풍경처럼 그려줘."

앨런은 하루 종일 낮밤을 가리지 않고 그림을 그렸고 마침내 완성했다. 다음 날 아침, 앨런은 그림을 딘 휴즈에게 주었다.

"와, 잘 그렸는데. 그림으로 돈 많이 벌 수도 있겠다."

"뭐 그럴 수도 있겠죠. 난 그냥 그림 그리는 게 좋을 뿐이에요."

휴즈는 밀리건을 환각 상태의 행동에서 빼내려면 좀 더 공을 들여야 함을 알았다. 어느 토요일 아침, 휴즈는 그를 데리고 블루록 주립공원에 갔다. 휴즈는 그가 그림을 그리는 동안 감독했다. 사람들이 오가며 구경했고 휴즈는 몇 명에게 그림을 팔기도 했다. 휴즈는 밀리건을 다음 날도 데리고 나왔고, 일요일 밤까지 그림을 팔아 챙긴 돈이 400달러에 달했다.

월요일 아침, 캠프 책임자는 휴즈를 사무실로 불러 밀리건은 주의 보호 아래 있는 미성년자이므로 미술품을 파는 것은 규칙에 어긋난다고 주의를 주었다. 휴즈는 사람들에게 연락을 해서 환불해주고 그림을 도로 찾아와야 했다. 휴즈는 그런 규칙에 대해서는 알지 못했지만, 환불해주는 데는 동의했다. 나가는 길에 휴즈가 물었다.

"그런데 그림을 팔고 있다는 건 어떻게 아셨죠?"

"사람들이 계속 전화를 하니까. 밀리건의 그림을 더 사고 싶다는 거야."

4월은 빨리도 지나갔다. 날씨가 따뜻해지자, 크리스틴은 정원에 나가 놀았다. 데이비드는 나비를 잡으러 다녔고, 레이건은 체육관에서 운동했다.

대니는 아직도 생매장당할지 모른다는 생각에 야외를 무서워했으므로 실내에서 정물화를 그렸다. 열세 살인 크리스토퍼는 승마를 했다. 아서는 대부분의 시간을 도서관에 앉아 오하이오 주 개정법을 읽으면서 보냈다. 아서는 폴로를 할 때 말고는 말을 타지 않는다고 말했다. 2지대로 진급하게 되자 모두들 기뻐했다.

밀리건과 고디 케인은 세탁실 일을 배정받았다. 타미는 세탁실에서 오래된 세탁기와 가스불로 가동되는 건조기를 손보는 작업을 좋아했다. 그는 3지대로 진급할 날을 손꼽아 기다렸다. 그렇게 되면 저녁에는 사복을 입을 수 있게 된다.

어느 날 오후, 약한 애를 괴롭히는 프랭크 조던이 세탁물을 한 아름 안고 들어왔다.

"이거 당장 빨아줘. 내일 누가 면회 오기로 했거든."

"잘 됐네." 타미는 자기 일에만 정신을 팔면서 말했다.

"내 말은 지금 당장 빨라는 거야."

타미는 그를 무시했다.

"난 4지대 소속 모범 원생이야, 멍청아. 점수 깎이고 싶나? 그러다간 3지대로 진급 못 할걸."

"이거 봐. 네가 중간 지대에서 온 외계인이라고 해도 난 눈곱만큼도 신경 안 써. 그리고 네 사복을 내가 빨아줄 의무는 없어."

"어이!"

타미는 격노해서 조던을 올려다보았다. 이 도둑 같은 새끼가 무슨 권리로 내 점수를 빼겠다는 거야?

"입 닥쳐!" 타미가 말했다.

"어이, 진정해!"

타미는 주먹을 쥐었지만, 조던은 담당자에게 밀리건이 2점 감점당했다고 알리러 세탁실을 나가버렸다.

기숙사로 돌아온 타미는 조던이 케인과 비토에게도 2점 벌점을 주었다는 것을 알게 되었다. 서로 친구 사이라는 이유에서였다.

"어떻게든 해야겠어." 케인이 말했다.

"내가 손 좀 봐주지." 타미가 대답했다.

"뭘?" 비토가 물었다.

"신경 쓰지 마. 생각이 있으니까."

타미는 침대에 누워 그 일을 생각해보았다. 생각하면 생각할수록 열 받았다. 결국 자리에서 일어난 타미는 뒤로 돌아가 각목으로 막아놓은 구역을 찾아내 4지대로 들어갔다.

아서는 앨런에게 상황을 설명하고 타미가 말썽을 일으키기 전에 앨런이 들어가는 게 좋겠다고 말했다.

"하지 마, 타미." 앨런이 말했다.

"헛소리 마. 저렇게 덩치만 믿고 까부는 개자식이 내 점수를 까고 3지대로 올라가지 못하게 하는데 그걸 어떻게 가만 놔두냐."

"너, 섣부르게 굴면 오히려 다친다."

"저 백치 같은 개새끼가 섣불리 덤비다가 나한테 다치겠지."

"어이, 타미. 진정해!"

"그 말 나한테 하지 마!" 타미가 고함을 질렀다.

"미안해. 하지만 네가 엇나가려고 하니까 그렇지. 내가 처리할게."

"헛소리 마."

타미는 나무막대기를 던져버렸다.

"넌 네 엉덩이 하나도 제대로 못 닦으면서."

"너, 참 말본새 한번 곱다. 꺼져."

타미는 자리를 떠났다. 앨런은 막사로 돌아와 케인과 비토 옆에 앉았다.

"자, 이렇게 해보자." 앨런이 말했다.

"망할 놈의 사무실을 폭파해버리자." 케인이 제안했다.

"안 돼. 사실과 정확한 횟수를 모아서 내일 존스 씨의 사무실로 당당히 가는 거야. 우리 동료가, 우리와 마찬가지로 범죄자인 애가 우리를 판단하는 위치에 선다는 게 얼마나 불공정한 일인지 설명해야 해."

케인과 비토는 입을 떡 벌리고 앨런을 뚫어져라 쳐다보았다. 두 사람은 밀리건이 이처럼 유창하게 말하는 것을 이전에는 본 적이 없었다.

"나한테 종이하고 연필 좀 줘봐. 적절히 해결하도록 하자."

다음 날 아침, 세 사람은 앨런을 대변인으로 삼아 사회복지사인 찰리 존스에게 갔다. 앨런이 입을 열었다.

"존스 씨, 저희가 여기 들어올 때 저희 의견을 떳떳하게 얘기할 수 있다고 하셨죠?"

"그렇지."

"그럼, 동료가 우리 점수를 감점하는 제도에 대해 불만을 제기하고 싶어요. 여기 제가 그려온 도표를 보시면, 그 제도가 얼마나 불공정한지 아실 거예요."

앨런은 프랭크 조던이 세 사람에게 준 벌점을 세세히 기록한 표를 보여주고 모두가 조던의 개인적 원한이나 잡일과 심부름을 해주지 않은 결과임을 설명했다.

"우리는 이 제도를 오랫동안 써왔다, 빌리." 존스가 말했다.

"그렇다고 이 제도가 옳다는 뜻은 아니잖아요. 우리를 훈련시켜서 사회에 다시 내보내려는 게 목적 아닌가요. 이렇게 사회가 불공정하다는 걸 보여준다면 어떻게 되겠어요? 여기 있는 비토 같은 애를 프랭크 조던처럼 약자를 괴롭히는 애의 손에 맡기는 게 옳은 일인가요?"

존스는 귀 기울여 들으면서 이 말에 대해 생각해보았다. 앨런이 제도의 불공정함에 대해 되풀이해서 강조하는 동안 비토와 케인은 대변인의 유창한 말솜씨에 놀라서 입을 꾹 다물고 있었다. 존스는 결국 이렇게 말했다.

"자, 그럼 이렇게 하자. 이 일에 대해 생각해보지. 월요일에 다시 와라. 그때 내 결정을 말해주마."

일요일 저녁, 케인과 비토는 케인의 침대에서 카드게임을 하고 있었다. 타미는 가만히 누워서 케인과 비토가 한 말을 바탕으로 존스 씨의 사무실에서 일어났던 일을 짜 맞추었다.

케인이 흘긋 올려다보면서 말했다. "야, 쟤 꼬락서니 좀 봐."

프랭크 조던이 비토에게 다가오더니 카드 위에다 흙투성이 신발 한 켤레를 떨어뜨렸다.

"오늘 밤에 신을 테니까 이 신발 닦아놔."

"네가 직접 하지 그래. 그 거지 같은 신발을 내가 닦아줄 이유는 없어."

비토가 응수했다. 프랭크는 비토의 옆머리에 주먹을 날려 침대에서 떨어뜨렸다. 비토는 울기 시작했다. 프랭크가 가버리자, 타미는 재빨리 움직였다. 프랭크가 복도를 반쯤 지나갔을 때 타미는 프랭크의 어깨를 톡톡 쳤다. 프랭크가 뒤돌아보자, 타미는 훅을 크게 휘둘러 프랭크의 코를 정통으로 가격하고는 벽에다 쿵 밀어붙였다.

"널 군 감옥으로 보낼 테다, 개자식!"

케인이 옆으로 다가와서는 발로 프랭크의 다리를 세게 걷어차서 침대 사이로 넘어뜨려버렸다. 두 사람은 그 위에 올라타고 주먹을 날렸다.

레이건은 타미가 싸우는 동안 위험한 상황에 처하지 않는지 지켜보았다. 신변에 큰 위협이 있을 것 같으면 끼어들 작정이었다. 레이건은 타미처럼 화가 나서 마구잡이로 주먹을 휘두르지는 않았다. 그는 어디를 때릴지, 어떤 뼈를 부러뜨릴지 계획하면서 움직였다. 하지만 이 경우는 그가 상관할 일이 아니었고 필요하지도 않았다.

다음 날 아침, 앨런은 프랭크 조던이 먼저 이 사건을 이르기 전에 찰리 존스에게 가서 말하는 편이 낫겠다는 결론을 내렸다.

"여기 비토 머리 좀 보세요. 많이 부어올랐죠. 시비도 안 걸었는데 프랭크가 애를 먼저 때렸어요. 걔는 항상 벌점 제도를 이용해서 비토 같은 애들을 맘대로 부려먹으려고 해요. 전에 말씀드렸듯이, 그런 권력을 범죄자에게 맡기는 건 잘못된 일이고 나중에는 위험한 일이 생길 수도 있어요."

수요일, 존스는 앞으로 벌점은 전문 직원들만이 주도록 하겠다고 알렸다. 프랭크 조던이 다른 애들에게서 부당하게 빼앗은 벌점은 모두 돌려주었다. 조던은 1지대로 굴러 떨어졌다. 비토, 케인, 밀리건은 점수를 모아 3지대로 진급했다.

3

4지대의 혜택 중에는 시험적으로 집에 갈 수 있는 권리도 포함되어 있었다. 타미는 휴가를 손꼽아 기다렸다. 마침내 그때가 오자, 타미는 가방을 챙겨서 도로시가 데리러 오기를 기다렸다. 하지만 여길 나간다는 생각을 하면 할수록 더욱더 혼란스러운 기분이 들었다. 타미는 이곳을 좋아했기 때문이다. 하지만 챌머가 더 이상 같이 살지 않는다는 사실을 알고 나서는 스프링 가의 집에서 살고 싶어졌다. 이젠 자기와 칼라와 캐시뿐이다. 이제 집에는 좋은 시절이 찾아올 것이었다.

도로시가 빌리를 데리러 왔고 두 사람은 별 대화 없이 랭커스터로 돌아갔다. 도착한 지 얼마 안 되어서 처음 보는 남자가 찾아오는 바람에 빌리는 깜짝 놀랐다. 떡 벌어진 가슴에 덩치가 크고 얼굴이 뒤룩뒤룩 살찐 남자였다. 게다가 계속 줄담배를 피워댔다. 도로시가 그를 소개했다.

"빌리, 이쪽은 델 무어 씨야. 내가 예전에 서클빌에 있을 때 노래했던 볼링장과 라운지 주인이셔. 저녁식사를 하러 오셨단다."

타미는 두 사람이 서로를 쳐다보는 모습을 보고 둘 사이에 뭔가 있음을 직감했다. 제길! 챌머가 집에서 나간 지 두 달밖에 안 되었는데, 벌써 다른 남자가 주위를 얼쩡대고 있다니.

그날 저녁식사 자리에서 타미는 알렸다.

"제인스빌에는 안 돌아갈래요."

"너 무슨 소리 하는 거니?"

"더 이상 거기 있긴 싫어요."

"글쎄, 그건 좋은 생각이 아닌 것 같구나, 빌리." 델이 말했다. "엄마가 그러시는데, 이제 겨우 한 달 남았다더구나."

"그거야 내가 알아서 할 일이죠."

"빌리!" 도로시가 외쳤다.

"나는 이제 너희 집안의 친구란다. 엄마를 너무 많이 걱정하게 하면 안 되지. 이제 복역기간이 얼마 안 남았잖아. 끝까지 버티지 않으면 이 아저씨한테 혼날걸." 델이 말했다.

타미는 아무 말 없이 접시만 내려다보며 식사를 마쳤다. 나중에 타미는 캐시에게 물었다.

"이 아저씨는 뭐냐?"

"엄마의 새 남자친구야."

"염병할. 나한테 이래라 저래라 할 권리가 있는 것처럼 군단 말이야. 여기 드나든 지 오래됐니?"

"아저씨는 시내에 방을 얻어 살고 있어. 동거하는 건 아니야. 하지만 나도 눈이 있거든."

다음 주말 휴가 동안, 타미는 델 무어의 아들인 스튜어트를 만나 첫눈에 좋아하게 되었다. 스튜어트는 빌 또래로, 미식축구 선수였고 운동이라면 뭐든지 잘했다. 하지만 타미가 스튜어트에게서 가장 마음에 든 점은 오토바이 솜씨였다. 스튜어트는 오토바이로 타미가 이제까지 한 번도 본 적이 없는 묘기를 부렸다.

앨런도 스튜어트를 좋아했다. 레이건은 스튜어트의 운동 능력과 기술, 대담함을 존경했다. 정말 흥미진진한 주말이었다. 두 사람은 새 친구와 좀 더 많은 시간을 보낼 수 있기를 고대하게 되었다. 새 친구는 그들의 이상한 행동에 대해 절대 질문하지 않았다. 스튜어트는 빌리를 나사가 풀렸다거나 거짓말쟁이라고 하지 않았다. 타미는 자기도 언젠가는 스튜어트처럼 될 거라고 생각했다.

타미는 스튜어트에게 캠프에서 나와도 더 이상 집에서는 살 수 없을 것 같다고 털어놓았다. 델이 자기 집에서 시간을 너무 많이 보내기 때문에 집에서 살면 안 될 것 같다고 했다. 스튜어트는 때가 되면 아파트를 구해서 같이 살자고 했다.

"진심이야?"

"아빠한테 말한 적도 있었어. 아빠는 좋은 생각이라고 하시던데. 우리가 서로 감시할 수 있다고 생각하시나 봐."

하지만 제인스빌에서 출소하기 몇 주 전, 타미는 도로시가 정기 면회를 못 오게 되었다는 소식을 들었다. 1973년 8월 5일, 스튜어트 무어는 오토바이를 타고 서클빌을 달려가고 있었다. 그는 모퉁이를 빠르게 돌아가다가 트레일러 뒤에 연결된 보트에 부딪쳤다. 충돌로 인해 오토바이와 보트에 불이 붙었다. 스튜어트는 즉사했다.

이 소식을 듣고, 타미는 충격에 빠졌다. 스튜어트, 용감하고 웃음 가득한 친구, 언젠가 세상을 정복해야 할 남자가 불길에 휩싸이다니. 타미는 더 이상 참을 수 없었다. 이제 더 이상 이곳에 있고 싶지 않았다. 그때 데이비드가 나와 스튜어트의 고통을 느끼고 타미 대신 울어주었다.

13장

말린과의 첫 만남

1

스튜어트가 죽은 지 한 달 후, 빌리 밀리건은 제인스빌 청소년캠프를 나왔다. 돌아온 지 며칠 후, 앨런이 방 안에서 책을 읽고 있는데 델 무어가 들어와서 같이 낚시하러 가지 않겠느냐고 물었다. 앨런은 델이 도로시에게 점수 딸 기회를 찾고 있다는 것을 알았다. 캐시는 두 사람이 곧 결혼할 가능성이 높다고 했다.

"그래요. 저도 낚시 좋아해요."

델은 모든 준비를 했다. 그는 다음 날 회사에 하루 휴가를 내고는 빌리를 데리러 왔다. 타미는 구역질난다는 표정으로 그를 바라보았다.

"낚시라뇨? 무슨 말씀인지. 난 낚시 가고 싶지 않아요."

타미가 방에서 나가자, 도로시가 그의 생각 없는 행동을 탓했다. 처음에는 델과 낚시하러 간다고 해놓고, 금방 마음을 바꾸다니. 타미는 놀라서 두 사람을 바라보았다.

"세상에! 아저씨는 나한테 낚시하러 가자고 물어본 적도 없어요!"

델은 빌리가 세상에서 제일 못된 거짓말쟁이라고 욕하며 뛰쳐나갔다.
"난 더 이상 참을 수가 없어."
앨런은 방 안에 혼자 있게 되자 아서에게 말했다.
"여기서 나가야 해. 델이 항상 주위에 얼씬거리니까 내가 방해자가 된 기분이야."
"동감이야. 도로시는 나한테 엄마나 다름없는 사람이지만, 델이랑 결혼하면 내가 나가야지." 타미도 말했다.
"알았다. 일거리를 찾아서 돈을 좀 저금해놓은 뒤 우리 아파트를 구하도록 하자."
모두들 그 생각에 박수를 보냈다.

1973년 11월 11일, 앨런은 랭커스터 전기도금회사에 일자리를 얻었다. 월급도 적고 일도 힘들어서 아서가 마음에 두고 있던 일자리는 아니었다.
타미는 머리 위에서 움직이는 사슬에 달려 있는 우리를 내려서 도금용 산에 적시는 아연 탱크를 작동하는 지루한 작업을 맡았다. 타미는 볼링장만 한 길이에 줄지어 서 있는 네모난 탱크들 사이를 이동하면서 일했다. 우리를 내렸다가 올린다. 이동하고 내리고 기다린다.
그런 육체노동을 비웃는 아서는 다른 문제에 관심을 돌렸다. 그는 각각의 사람들이 혼자 자립할 수 있도록 준비시켜줘야 했다.
제인스빌에 있는 동안, 아서는 사람들을 자리에 올라가게 하고는 행동을 관찰했다. 그는 사회에서 살아가기 위해서는 자제심이 중요한 열쇠라는 것을 깨달았다. 규칙이 없다면 혼돈이 생길 뿐이며, 모두가 위험해진다. 아서는 캠프의 규칙이 건전한 효과를 가져왔다고 생각했다. 끊임없이 1지대나 2지대로 떨어질 수 있다고 위협함으로써 걷잡을 수 없이 제멋대로인 소년들이 항상 긴장하게 할 수 있었다. 우리끼리만 있을 때도 이런 규칙이 필요하다.

아서는 자신의 행동 규칙을 레이건에게 설명했다.

"누구든지 평판이 나쁜 여자들하고 얽히면, 이미 피커웨이 주에서 두 여자를 강간했다는 누명을 썼기 때문에 다시 감옥에 가게 될 거야. 그런 일이 다시는 없어야 돼."

"그걸 어떻게 막을 건데?"

아서는 방 안을 오락가락했다.

"난 누군가 자리에 나가려고 하면 막을 수 있어. 너는 애들이 자리를 교대하고 약해지면 쳐서 넘어뜨릴 수 있잖아. 우리 둘이 의식을 조절해야 돼. 나는 불량한 애들을 영원히 자리에서 몰아내기로 결정했어. 우리 나머지는 행동 규범에 따라 살면 되고. 가족과 같다고 생각하면 돼. 엄격해져야 돼. 한 가지라도 위반하면 다 불량자들로 구분해버리자."

레이건의 동의를 받아 아서는 이 규칙을 다른 애들에게 알렸다.

첫째, 절대 거짓말하지 말 것. 그 동안 우리는 다른 사람이 했던 일들을 부인하는 바람에 병적인 거짓말쟁이라고 부당한 비난을 당했다.

둘째, 여자와 어린이에게는 예의바르게 행동할 것. 욕하지 않고 문을 열어주는 것 같은 적절한 에티켓을 갖추는 것까지 포함한다. 어린이들은 식탁에 똑바로 앉아 냅킨을 무릎에 깔 것. 여자와 어린이는 항상 보호하고, 모두 그들의 안전을 지켜줄 것. 만약, 여자나 아이가 남자에 의해 고통 받고 있으면, 즉시 자리에서 물러나 레이건이 그 상황을 처리하도록 한다.(만약 우리 중 한 사람이 신체적 위협에 처해 있으면, 그럴 필요가 없다. 레이건이 자동적으로 이 자리를 차지하게 된다.)

셋째, 금욕을 지킬 것. 남자들은 절대로 강간 혐의를 받을 수 있는 상황을 만들어서는 안 된다.

넷째, 자기 향상을 위해 항상 노력할 것. 만화책이나 텔레비전을 보면서 시간을 낭비해서는 안 되고, 자기 특기를 살리기 위해 공부해야 한다.

다섯째, 가족 개개인의 사적 재산을 존중해줄 것. 그림을 팔 때 특히 엄격하게 적용된다. 서명이 없거나 '빌리' 혹은 '밀리건'이라고 서명된 그림은 팔아도 된다. 하지만 타미나 대니, 앨런이 그린 그림은 개인 소유고, 남이 가진 물건을 팔아도 안 된다.

이 규칙을 위반한 사람은 영원히 자리를 차지하지 못하며, 다른 불량자들과 함께 그늘 속으로 떨어진다.

레이건은 이 규칙에 대해 생각해본 후 말했다.

"이 사람들은 누구야? 네가 불량자라고 말한 사람들 말이야."

"필립과 케빈. 둘 다 반사회적이고 범죄형인 게 분명해서 자리에서 추방했어."

"타미는 어때? 걔도 가끔 반사회적이잖아."

"그렇지. 하지만 타미의 호전적인 성격이 필요할 때가 있어. 어린애들 중 몇몇은 고분고분해서 낯선 사람이 하라는 대로 자해할 가능성이 있어. 다른 규칙을 위반하거나 범죄를 저지를 목적으로 탈출 기술이나 자물쇠 따는 능력을 쓰지 않는 한, 타미는 자리에 올라와도 돼. 하지만 가끔 우리가 감시하고 있다는 걸 보여줘야겠지."

"나는 어떻고. 나도 범죄자에 폭력적이고 반사회적이야."

"법을 위반해서는 안 돼." 아서가 못 박았다. "피해자가 없는 범죄라도 어떤 이유에서든 용납할 수 없어."

"자기 방어를 위해 범죄가 필요한 상황이 있다는 것 정도는 너도 알 텐데. 생존을 위해서 말이야. 급한데 법을 따질 틈이 어딨어."

아서는 몇 초 동안 손가락을 맞대고 레이건의 주장을 고려해보았다. 그러고 나서 고개를 끄덕였다.

"너는 규칙에서 제외하기로 하지. 넌 힘이 세고 강하니까 다른 사람을 해쳐도 된다는 권리를 주겠어. 하지만 자기를 보호하거나 여자나 어린이

"아서". 앨런의 연필 스케치

"크리스틴을 안고 있는 레이건". 앨런의 연필 스케치(크리스틴은 자기 이름에 e자를 넣어 Christene 이라고 쓰곤 했지만, 다른 인격들은 보통대로 'i'를 넣어 Christine 이라고 썼다.)

"숀". 앨런이 그린 유화

"데이비드". 앨런이 그린 유화

"에이들라나". 앨런이 그린 유화

"음탕한 계집: 에이프릴의 초상".
앨런이 그린 유화

"크리스틴". 앨런의 연필 스케치

"크리스틴의 누더기 앤 인형". 레이건이 프랭클린 군 교도소에서 그린 그림 (위의 스케치에서는 크리스틴이 이 누더기 앤 인형을 안고 있는 모습이 그려졌다.)

크리스틴이 주디 스티븐슨
변호사에게 보낸 쪽지

어째서 내가 우리 안에 가쳐서 놀
러 나가면 안 돼나요?
선생님은 아스쿠림 좋아하세요?
난 선생님이 좋아요.
아터는 선생님이 우릴 도와줄 거라
고 했어요.
주디 선생님께 포옹과 키스를 보내
줄게요.
　　　　　　크리스틴으로부터

Why do I gots to stay in A CAGe ANd cANt
got out AN pLay
Do you Like IcreAM
I Love you
Mr AntFer say you going to help us
A greAt big hug AN A Kiss For Miss Judey

FroM
CHristeNe

"데이비드 박사님". 앨런이 그린
유화

"풍경". 타미가 그린 유화

"우아한 캐슬린". 레바논 교도소에 수감되어 있을 때 앨런과 대니가 빌리의 감방에서 그린 유화(원래 서명은 빌리라고 되어 있었으나, 후에 앨런과 대니가 오른쪽 아래 모서리에 각자 이름을 서명해놓았음)

왼쪽에서 오른쪽으로: 짐, 캐시, 빌리.
아래 가운데: 도로시

1965년 열 살일 때의 빌리

1981년 2월 20일, 데이튼 법의학센터에 있었을 때의 빌리

를 지켜야 할 때뿐이야. 가족의 보호자로서 너는 피해자 없는 범죄나 생존을 위한 범죄를 저질러도 돼."

"그럼 이 규칙을 받아들이지." 레이건이 부드러운 목소리로 말했다. "하지만 시스템이 항상 잘 돌아가는 건 아닐 거야. 혼란의 시기에는, 사람들이 시간을 훔치잖아. 그러면 무슨 일이 있었는지 아무도 모르지. 너도 모르고, 나도 모르고."

"그 말은 맞아. 하지만 최선을 다해봐야지. 가족을 안정적으로 유지하고 혼란의 시기가 오지 않도록 막는 것도 도전의 일부분이야."

"어려울걸. 다른 애들하고 얘기해봐. 난 애들을 다는 모르니까. 뭐라고 그랬지? 우리 가족이라고 했나. 언제 왔나 싶으면 곧 나가버리니까, 가끔은 누가 우리 사람이고 누가 바깥 사람인지도 모르겠어."

"그건 자연스러운 거야. 병원이나 소년캠프에 있는 거랑 비슷해. 내가 우리 애들하고 하나하나 얘기해보고 뭐가 필요한지 얘기해주겠어."

레이건은 곰곰이 새겨들었다.

"난 힘이 세지만 이제 보니 네 쪽이 훨씬 힘을 많이 갖고 있군."

아서가 고개를 끄덕였다.

"그래서 내가 너를 체스에서 이긴 거야."

아서는 다른 사람들과 하나하나 접촉하여 뭘 해야 하는지 말해주었다. 행동 규범에 더해, 자리에 올라가는 사람들이 수행해야 할 다른 책임들도 있었다.

크리스틴은 세 살에 머물러 있었고 다른 사람들이 당황할 만한 일을 끊임없이 저질렀다. 하지만 레이건은 크리스틴이 가족 내에서 첫째로 태어났을 뿐 아니라 아직도 아기이므로 결코 불량자로 분류되어 제거되면 안 된다고 주장했고, 모두들 동의했다. 남과 의사소통을 할 수 없고 무슨 일이 일어나는지 모르는 사람이 자리에 올라갈 필요가 있을 때 유용할 수도 있었다. 하지만 크리스틴도 자기 목적을 성취하기 위해 공부를 해야 했다. 아서의 도움을 받아, 크리스틴은 읽고 쓰기를 배우고 난독증을 극복하려는 노력을 해야 했다.

타미는 전자제품에 대한 흥미를 계발하고 기계 다루는 능력을 강화해야 했다. 타미에겐 자물쇠를 따고 금고를 털 능력이 있었지만 그런 능력은 오직 한 가지 목적을 위해서만 써야 했다. 뚫고 들어가는 게 아니라 탈출이 목적일 때였다. 남이 도둑질하는 것을 도와줘도 안 되었다. 그리고 여가 시간에는 테너 색소폰을 연습하고 풍경화 그리는 재능을 갈고 닦아야 했다. 호전적인 태도를 조절해야 하지만 필요할 때는 다른 사람을 대할 때 쓸 수 있었다.

레이건은 가라테와 유도 수업을 받고 조깅을 해서 완전한 몸 상태를 유지해야 했다. 아드레날린 흐름을 조절해서 스트레스나 위험이 닥쳐오면 에너지를 집중할 수 있도록 연습해야 했다. 또 화기와 총기에 대해서도 계속 공부해야 했다. 다음 달 월급을 받으면 일부분은 레이건이 사격 연습을 할 수 있도록 총을 사는 데 쓰기로 했다.

앨런은 말솜씨를 갈고 닦고 초상화 연습에 집중해야 했다. 과도한 긴장을 해소하기 위해 드럼을 연주할 수는 있었다. 필요할 때는 다른 사람들을 구워삶기 위해 간판 노릇을 해야 했다. 가장 사교적인 성격을 가진 앨런에게는 밖에 나가서 사람들을 만나는 게 중요했다.

에이들라나는 계속 시를 쓰고 나중에 집을 나가 독립할 경우에 대비해서 요리 솜씨를 더 키워야 했다.

대니는 정물화에 집중하고 스프레이로 칠하는 기법을 배워야 했다. 대니는 아직 십대이므로 더 어린애들을 돌봐줘야 했다.

아서는 과학 연구에 집중하고, 특히 의학 기술을 배우기로 했다. 아서는 벌써 임상 혈액학 기초 통신교육을 신청해놓았다. 또한 논리력과 명확한 추론을 사용해서 법 공부를 하기로 했다.

모두가 자기를 향상시키고 지식을 확장하기 위해 시간을 사용해야 할 필요성을 인식하게 되었다. 아무도 가만히 있어서는 안 되고, 시간을 낭비해서도 안 되고, 정신이 제자리걸음을 하도록 해서도 안 된다고 아서는 경고했다. 가족의 일원은 모두 자기 목적을 성취하기 위해 노력해야 했고 동시에 지식과 교양을 익혀야 했다. 심지어 자리에서 벗어났을 때조차도 이런 점들을 생각하고 있다가 의식을 잡으면 집중적으로 연습해야 했다.

어린애들은 절대 차를 몰아서는 안 되었다. 누구든지 자리에 나갔을 때 운전대를 잡게 되면 조수석으로 가고, 더 나이 든 사람이 나와서 운전을 할 때까지 기다려야 했다.

모두 아서가 아주 철저하게 규범을 만들었고 모든 일을 논리적으로 생각했다는 데 동의했다.

'새뮤얼'은 구약성서를 읽고 유대교에서 허락하는 정결한 음식만을 먹었으며 사암 조각과 목각을 좋아했다. 9월 27일, 유대교의 새해인 로쉬 하샤나에 자리에 나온 새뮤얼은 빌리의 유대인 아버지를 추모하는 뜻에서 기도를 외웠다.

새뮤얼은 그림을 파는 것과 관련해 아서가 정한 엄격한 규칙을 알고 있었다. 그러나 어느 날 돈이 필요해지고 충고를 하거나 무슨 일이 일어나는지 말해줄 가족이 주위에 없어서 그냥 앨런 이름이 적힌 누드화를 팔아버렸다. 누드화는 새뮤얼의 종교적 감수성에도 어긋났고, 자기 눈앞에 놔두고 싶지도 않았다. 새뮤얼은 그림을 사 간 사람에게 이렇게만 말했다.

"내가 그린 건 아니지만, 그린 사람을 알고 있어요."

그런 다음 새뮤얼은 타미가 그린 마구간 그림도 팔아버렸다. 마구간 주위에 으스스한 기운이 선명히 나타난 그림이었다.

새뮤얼이 한 짓을 알게 된 아서는 불같이 화를 냈다. 새뮤얼은 다른 사람들이 소중히 간직하고 있던 그림을 팔아버렸다. 그 그림들은 개인적이어서 낯선 사람들 눈에 보이고 싶지 않은 것들이었다. 아서는 타미에게 새 뮤얼이 가장 아끼는 작품을 찾아오라고 했다. 큐피드에게 둘러싸인 비너스 석고상이었다.

"부숴버려."

아서가 명령했다. 타미는 석고상을 끌어내서 망치로 부숴버렸다.

"다른 사람의 작품을 팔아버리는 끔찍한 죄를 저질렀으니, 새뮤얼은 앞으로 불량자다. 그러므로 이제 자리에서 추방한다."

새뮤얼은 자기 운명에 대해 항변했다. 자신이 가족 중에서 유일하게 신을 믿는 사람이니까 추방당해서는 안 된다고 아서에게 따졌다.

"신은 미지의 것을 두려워하는 사람들이 만들어낸 허상일 뿐이야." 아서가 말했다. "사람들이 예수 그리스도 같은 인물을 숭배하는 건 단지 죽은 다음 무슨 일이 생길지 두려워하기 때문이지."

"맞는 말이야. 하지만 작은 보험을 들어놓는 게 나쁜 생각은 아니잖아? 죽은 다음에 정말로 주님이 있다는 걸 알게 되면, 우리 중 한 명이 주님을 믿는다는 게 도움이 되지 않겠어? 이런 식으로 우리 중 한 명의 영혼이 천당에 가는지 안 가는지 시험해보는 거지."

"영혼이 있다면."

"그렇게 섣불리 도박할 건 뭐야? 나한테 기회를 한 번 더 준다고 돈이 드는 것도 아니잖아."

"난 규칙을 만들었어. 그리고 내 결정은 그대로야. 10월 6일은 유대교의 축일이지, 속죄일. 자, 속죄일을 맞아 오늘부터 넌 추방이야."

후에 아서는 홧김에 그런 판결을 내렸고 실수했다고 타미 앞에서 인정했다. 신이 있는지 없는지 확실히 모르기 때문에, 식구 중에서 유일하게 신을 믿는 자를 자리에서 그렇게 성급하게 추방해버리지 말았어야 했다고 후회했다.

"지금이라도 바꾸면 되지. 새뮤얼더러 가끔 자리에 나와도 된다고 하면 되잖아." 타미가 말했다.

"내가 의식을 잡고 있는 동안은 안 돼. 감정 때문에 결단을 그르쳤다는 건 인정해. 하지만 일단 결정한 이상, 바꿀 순 없어."

천당과 지옥에 대해 생각하니 타미는 기분이 언짢아졌다. 그는 지옥에 가면 탈출할 방법이 있을지 궁금했다.

2

며칠 후, 앨런은 시내에서 학교 동창과 마주쳤다. 앨런은 희미하게나마 배리 하트가 자기가 아는 사람의 친구라는 것을 기억하고 있었다. 그는 지금은 머리가 길어서 히피처럼 보였다. 배리 하트는 자기 집에서 맥주나 한 잔 하며 이야기하자고 그를 초대했다.

하트의 집은 크고 낡은 아파트였다. 앨런이 부엌에 앉아 하트와 이야기하는 동안 사람들이 드나들었고 앨런은 여기서 대규모의 마약 거래가 벌어지고 있다는 인상을 받았다. 앨런이 일어서서 가려 하자, 하트는 토요일 밤에 친구들을 많이 불러 파티를 할 계획이라면서 앨런을 초대했다.

앨런은 초대를 받아들였다. 아서의 지시대로 나가서 사람들과 어울리려면 이보다 더 좋은 방법이 뭐가 있겠나?

하지만 앨런이 토요일 밤 도착해서 보니 거기서 벌어지는 광경이 그리 마음에 들지 않았다. 한창 마약 파티가 벌어지고 있었다. 사람들은 술을 마시고 마리화나를 피우거나 알약을 삼켰다. 앨런이 보기에 바보 같은 짓거리를 하고 있었다. 앨런은 조금만 더 있으면서 맥주나 한 병 마시기로 했다. 하지만 몇 분 후 몸이 불편해져서 앨런은 자리를 떴다.

아서는 주위를 둘러보고는 혐오감이 치밀었다. 하지만 그는 뒤로 물러앉아 천한 생명체들을 관찰하기로 했다. 여러 사람들이 약을 먹고 바보짓을 하는 모습을 보는 건 흥미로웠다. 알코올을 마시고 과격한 짓을 하는 사람도 있었고, 마리화나를 피우고 킬킬대는 사람도 있었다. 암페타민을 복용하고 환각 상태에 빠지거나 LSD를 먹고 비틀거리는 사람들도 있었다. 이곳은 마약 남용의 실험실 같았다.

아서는 자기처럼 떨어져 있는 남녀 한 쌍을 보았다. 여자는 키가 크고 날씬했으며, 긴 검은 머리에 도톰한 입술을 하고 눈두덩에는 짙은 아이섀도를 바르고 있었다. 여자는 계속 이쪽을 바라봤다. 아서는 여자가 곧 말을 걸어올 것 같다는 인상을 받았다. 그런 생각을 하니 짜증스러웠다.

여자와 함께 온 남자가 먼저 말을 붙였다.

"하트의 파티에 자주 와요?"

아서는 앨런이 다시 자리를 차지하도록 했다. 앨런은 어지러운 듯 주위를 둘러보았다.

"뭐라고 했죠?"

"내 친구가 당신을 전에 파티에서 본 것 같다고 해서." 젊은 남자가 말했다. "나도 전에 본 것 같아요. 이름이 뭐죠?"

"사람들은 빌리 밀리건이라고 불러요."

"칼라의 오빠? 아, 난 월트 스탠리라고 해요. 전에 당신 동생을 만난 적이 있죠."

젊은 여자가 다가오자 스탠리가 말했다.

"말린, 여긴 빌리 밀리건."

스탠리가 가버리자, 말린은 거의 한 시간 동안 방 안에 있는 다른 사람들에 대해 품평하면서 앨런과 이야기를 나누었다. 앨런이 보기에 말린은 재미있고 따뜻한 사람이었다. 고양이 같은 검은 눈은 기묘한 느낌을 주었고, 앨런은 그녀에게 끌렸다. 말린도 확실히 그에게 끌리는 것 같았다. 하지만 아서의 규칙 때문에 아무 일도 일어나서는 안 되었다.

"야, 말린!" 스탠리가 방 건너편에서 불렀다. "이거 나눠 필래?"

말린은 그를 무시했다.

"남자친구가 부르는데."

앨런이 말했다. 말린은 미소 지었다.

"아, 쟨 내 남자친구 아냐."

말린은 점점 앨런을 초조하게 했다. 억울하게 강간 누명을 쓰고 제인스빌 소년원에 갔다 왔는데, 이번에는 이 여자애가 접근해오고 있었다.

"유감이지만, 난 가봐야겠다."

말린은 놀란 표정을 지었다.

"다음에 또 만나자."

앨런은 황급히 자리를 떴다.

다음 주 일요일, 앨런은 골프하기에는 좋은 가을날이라고 생각했다. 그는 골프채를 차에다 싣고 랭커스터 컨트리클럽으로 가서 전기 카트를 하나 빌렸다. 그는 몇 홀을 돌았지만, 경기 결과는 형편없었다. 모래 벙커에서 세 번째 샷을 날리는데 갑자기 속이 안 좋아서 자리를 떴다.

'마틴'이 눈을 떠보니 손에 샌드웨지가 들려 있으며 막 벙커에서 공을 쳐내려는 찰나였다. 네 번째 홀에서 파를 달성하기 위해서는 몇 번을 더 쳐야 할지 몰랐지만 마틴은 버디를 세 개나 잡고 점수를 냈다.

다음 티오프할 자리로 간 마틴은 사람들이 너무 늦게 쳐서 자기처럼 훌륭한 선수에겐 불리하다고 큰 소리로 불평했다.

"난 뉴욕 출신입니다."

마틴은 자기보다 먼저 와서 네 명의 사람과 한 그룹에 속해 있는 중년 남자에게 말했다.

"그리고 이것보다는 특별히 맞춘 개인 골프채에 손이 익어서. 특히 갤러리 수준도 신경 쓰죠."

남자가 어리둥절한 표정을 짓자, 마틴은 앞으로 한 발짝 나갔다.

"내가 먼저 쳐도 괜찮겠죠?"

대답도 기다리지 않고 마틴은 티오프를 해서 공을 오른쪽 러프에 올려 놓았다. 그는 골프 카트를 타고 앞으로 갔다.

마틴은 세 명이 한 팀인 앞 일행보다도 앞질러 공을 쳤지만, 공이 물에 빠졌다. 그는 골프 카트를 연못 가까이에 세우고, 공을 꺼낼 수 있는지 보았다. 공을 찾을 수 없자 두 번째 공을 연못 건너편으로 쳐 보내고 카트를 돌렸다. 하지만 카트에 타다가 모서리에 무릎을 부딪쳤다.

데이비드가 아픔을 대신하러 나왔다. 데이비드는 여기가 어디고 왜 이 작은 차를 타고 있는지 궁금했다. 아픔이 가라앉자 데이비드는 입으로 붕붕 소리를 내면서 운전대를 돌리고 페달을 밟는 흉내를 내면서 놀았다. 그때 브레이크가 풀리면서 카트가 스르륵 굴러가더니 앞바퀴가 연못에 빠졌다. 겁에 질린 데이비드가 자리를 떴고 마틴이 돌아와서 무슨 일인지 의아하게 생각했다. 마틴은 30분 동안 카트를 앞뒤로 움직여서 진흙탕에서 앞바퀴를 꺼낼 수 있었다. 뒤에 온 사람들이 먼저 경기를 하자 마틴은 불같이 화를 냈다.

카트가 마른 땅에 다시 올라서자, 아서가 자리를 차지하고서는 마틴을 불량자로 분류해서 추방해야겠다고 레이건에게 말했다.

"골프 카트를 연못에 빠뜨린 벌치고는 너무 심한데."

"그런 이유 때문이 아냐. 마틴은 쓸모없는 허풍쟁이야. 제인스빌에 있었을 때 이후로, 마틴 머릿속에는 번드르르한 옷가지 챙기는 거나 큰 차 모는 것밖에 없지. 얘는 너무 잘난 척해. 자기 발전이나 창조성 계발을 위해서는 아무 노력도 안 해. 사기꾼에 위선자. 무엇보다 최악은 속물이라는 거지."

레이건은 미소 지었다.

"속물이라는 이유만으로 불량자로 분류되는지는 몰랐는데."

"이 봐, 친구."

아서는 레이건이 암시하는 바가 뭔지 알아차리고 차갑게 말했다.

"사람은 아주 지적이지 않는 한 속물이 될 권리가 없는 거야. 나는 권리가 있지. 마틴은 아니야."

아서는 직접 나머지 네 홀을 돌았고 파로 경기를 마쳤다.

1973년 10월 27일, 챌머 밀리건과 결혼했던 날로부터 정확히 10년이 지난 그날, 도로시는 네 번째 남편을 맞았다. 델모스 A. 무어였다.

델은 빌리와 여자애들에게 아버지처럼 대해주려 했지만 그들은 그를 원망했다. 델이 규칙을 세우려 하면 아서는 비웃었다.

도로시는 막내아들이 오토바이를 타지 못하게 했다. 타미는 스튜어트 때문임을 알고 있었지만 다른 사람에게 일어난 일 때문에 자신의 권리를 빼앗는 것은 부당하다고 생각했다.

어느 날, 타미는 친구에게서 야마하 360 오토바이를 빌려 타고 집 앞을 빠르게 지나갔다. 스프링 가로 향하던 타미가 문득 아래를 내려다보니, 배기관이 헐렁해진 게 보였다. 만약 배기관이 땅에 부딪치기라도 하면······.

레이건은 오토바이에서 뛰어내렸다. 청바지에 붙은 먼지를 털어낸 레이건은 오토바이를 끌고 집 마당으로 갔다. 그는 집으로 들어가서 이마에 묻은 피를 닦아냈다. 레이건이 욕실에서 나오자, 도로시는 그를 보고 비명을 질러댔다.

"오토바이 타지 말라고 말했잖아! 엄마 괴롭히려고 이러는 거니!"

델이 마당에서 들어와서 고함을 질렀다.

"일부러 그런 거냐! 내가 오토바이를 보면 어떤 심정인지 알면서! 그 사건 이후로······."

레이건은 고개를 저으며 자리를 떴다. 레이건은 타미를 내보내 배기관에 대해 설명하도록 했다.

타미가 고개를 들자 도로시와 델이 그를 쏘아보고 있었다.

"일부러 그런 거지, 안 그래?" 델이 호통 쳤다.

"말도 안 되는 소리 마세요."

타미는 어디 멍들은 데 없나 살폈다.

"배기관이 빠져서……."

"또 거짓말을 하는구나. 내가 나가서 저 오토바이를 살펴봤다. 배기관이 반으로 구부러지지 않는 한 그게 빠져서 오토바이가 넘어진다는 건 금시초문이야. 저 배기관은 구부러지지도 않았더라."

"제가 거짓말쟁이라는 거예요?" 타미가 외쳤다.

"넌 새빨간 거짓말쟁이야!" 델이 맞받아쳤다.

타미는 방에서 뛰쳐나갔다. 배기관이 구부러지지 않은 건 레이건이 헐렁해진 배기관을 보고 교통사고를 피하기 위해 딱 시간 맞춰 뛰어내렸기 때문이라고 설명해봤자 무슨 소용이 있을까? 아무리 설명해봤자 엄마와 새아버지는 거짓말이라고 할 것이었다.

화가 점점 쌓여 더 이상 통제할 수 없을 정도로 강해지는 느낌이 들자, 타미는 자리를 포기했다.

도로시는 아들의 분노를 감지하고 창고로 가는 그를 따라갔다. 도로시는 밖에 서서 눈에 띄지 않게 창문 너머로 아들을 바라보았다. 도로시는 아들이 분노로 무시무시한 얼굴을 하고 목재 더미 위로 올라가는 모습을 보았다. 빌리는 각목을 집어 들어 반으로 뚝 꺾었다. 빌리는 깊고 격렬한 분노를 터뜨리면서 자꾸자꾸 각목을 꺾었다.

아서는 결정을 내렸다. 그들은 집에서 나가서 독립해야 했다.

며칠 후, 앨런은 브로드 가 808번지의 하얀 목조건물에 있는 방 두 개 반짜리 아파트를 싼 가격에 얻었다. 도로시가 살고 있는 집에서 동쪽 방향으로 조금 떨어진 곳이었다. 거의 무너져가는 집이었지만, 냉장고와 오븐도 있었다. 그는 매트리스 하나와 의자 두 개, 탁자 하나를 들여놓았다. 도로시는 아들이 폰티액 그랑프리를 살 수 있도록 명의를 빌려주었다. 그가 할

부금을 갚는다는 조건이었다.

레이건은 9연발 탄창이 달린 30구경 카빈 소총과 25구경 반자동권총을 구입했다.

처음에는 자기 아파트를 얻었다는 생각에 신이 났다. 귀찮게 구는 사람 없이 원하는 대로 그림을 그릴 수 있었다.

아서는 아스피린이나 다른 구급약은 안전 뚜껑이 달린 병으로 구입해서 어린아이들이 손을 대지 못하도록 했다. 아서는 레이건에게 보드카 병도 안전 뚜껑을 맞춰서 달고 총도 항상 금고 속에 넣어두라고 단단히 주의를 주었다.

부엌에서는 에이들라나와 '에이프릴' 사이에 라이벌 의식이 생겨났다. 아서는 말썽이 생길 것 같다는 예감이 들었지만, 누구의 편도 들지 않기로 했다. 공부를 하고 미래 계획을 짜는 데만도 시간이 빠듯했기 때문에 아서는 여자애들이 말싸움을 하든 말든 신경 쓰지 않으려 했다. 그러나 다툼이 너무 심해지자, 아서는 에이들라나는 요리를 하고 에이프릴은 바느질과 세탁을 하라고 일을 분담해주었다.

아서는 처음에 다른 사람들 사이에서 에이프릴을 발견했을 때 마음이 끌렸다. 에이프릴은 마른 몸매에 검은 머리카락과 갈색 눈을 가진 여자애였다. 에이프릴은 못생겼다고 할 수 있을 정도로 평범한 외모를 가진 에이들라나보다 훨씬 매력적이고 지적이었다. 타미나 앨런만큼 영리했고, 어쩌면 아서와 엇비슷할 수도 있었다. 그리고 아서는 처음에 에이프릴의 보스턴 억양에 마음이 동했다. 하지만 에이프릴이 무슨 생각을 하는지 알고 나서는 흥미를 잃어버렸다. 에이프릴은 챌머를 고문하고 죽여야겠다는 생각에 사로잡혀 있었다.

에이프릴은 마음속에서 계획을 차근차근 꾸며가고 있었다. 챌머를 아파트로 유인한 다음, 그를 의자에 묶고 토치로 그의 몸을 여기저기 지진다. 암페타민을 주어 정신을 잃지 않도록 한 뒤, 토치로 발가락과 손가락을 다

끊어내고 지져서 피가 흐르지 않도록 한다. 에이프릴은 챌머가 지옥에 떨어지기 전 여기서 고통 받기를 원했다.

에이프릴은 일을 꾸미기 위해 레이건에게 접근했다. 그녀는 레이건의 귀에 속삭였다.

"챌머를 죽여야 해. 총 하나를 가져와서 그 인간을 쏴버려."

"난 살인자가 아냐."

"이런 건 살인이 아냐. 그가 한 짓에 대한 정당한 처벌이지."

"나는 판사가 아냐. 정당한 처벌은 법정에서 내려야지. 나는 아이들하고 여자애들을 지키기 위해 내 힘을 쓸 뿐이야."

"난 여자잖아."

"넌 미친 여자지."

"너는 그냥 엽총을 가지고 와서 그자가 새 부인이랑 사는 집 건너편 언덕에 숨어 있기만 하면 돼. 그러면 쉽게 잡을 수 있어. 누가 그랬는지 아무도 모를 거야."

"카빈 소총에는 렌즈가 안 달려 있어. 거리가 너무 멀어. 그리고 망원경 살 돈도 없고."

"넌 천재야, 레이건." 에이프릴이 속삭였다. "우리 집에는 망원경이 하나 있잖아. 그걸 고쳐서 십자선만 붙이면 되지."

레이건은 에이프릴의 제안을 떨쳐버렸다. 하지만 에이프릴은 계속 달라붙어 챌머가 한 짓, 특히 어린아이들에게 한 짓을 생각해보라고 레이건을 꼬드겼다. 레이건이 크리스틴을 얼마나 아끼는지 알고 있는 에이프릴은 크리스틴이 받은 학대를 생각해보라고 정곡을 찔렀다.

"그럼, 그렇게 하지."

레이건은 승낙했다.

레이건은 머리카락 두 올을 뽑아 조심스럽게 적셔 접안경 안쪽에 댔다. 그는 지붕에 올라가 렌즈를 들여다보며 땅 아래에 있는 작고 검은 점에

BB탄을 쏘았다. 그 일을 해치울 만큼 정확하다는 느낌이 들자, 십자선을 풀로 붙이고 렌즈를 카빈 소총에 달고 시험 삼아 숲 속으로 나갔다. 챌머의 집 건너편 둔덕에서 챌머를 맞출 수 있을 것 같았다.

다음 날 아침, 챌머가 십장으로 일하고 있는 콜럼버스의 작업장으로 출근하기 한 시간 전, 레이건은 그 동네로 가서 차를 세우고 집 건너 나무가 우거진 지역에 슬쩍 숨어들었다. 그는 렌즈를 문에 맞추었다. 차에 타려면 챌머는 그 문으로 나오게 되어 있었다.

"하지 마." 아서가 큰 소리로 말했다.

"저 인간은 죽어야 돼." 레이건이 말했다.

"이 일은 생존을 위해 필요한 일 항목에 들지 않아."

"여자애들과 어린애들을 보호한다는 항목에는 들잖아. 저놈은 어린애들을 괴롭혔어. 목숨으로 그 대가를 치러야 돼."

말싸움해봤자 소용없음을 안 아서는 크리스틴을 자리 바깥으로 밀어서 레이건이 무슨 짓을 하려는지 보여주었다. 크리스틴은 울고 발을 동동 구르며 나쁜 짓은 하지 말라고 애원했다.

레이건은 이를 악물었다. 챌머가 문으로 나오고 있었다. 레이건은 손을 뻗어 9연발 탄창을 떼어냈다. 라이플 약실이 비자, 레이건은 렌즈를 통해 챌머를 십자선 가운데에 맞추고 조용히 방아쇠를 당겼다. 그는 라이플을 어깨에 둘러메고 차로 돌아가 새 아파트로 돌아왔다.

그날 아서가 말했다.

"에이프릴은 미쳤고, 우리 모두에게 해만 끼쳐."

그러고는 에이프릴을 자리에서 추방했다.

3

초인종이 울렸을 때 케빈은 아파트 안에 혼자 있었다. 문을 열어보니 아름다운 젊은 여자가 미소를 짓고 있었다.

"배리 하트에게 전화해봤어." 말린이 말했다. "네가 독립했다고 하더라. 그날 파티에서 너랑 얘기가 잘 통하는 것 같아서 어떻게 지내는지 보러 온 거야."

케빈은 이 여자가 무슨 말을 하는지 전혀 몰랐지만, 들어오라고 했다.

"그렇지 않아도 기분이 조금 우울하던 참인데." 케빈이 말했다. "문을 열기 전까지는 말이야."

말린은 그날 저녁 그와 함께 시간을 보내며 그림을 구경하거나 아는 사람에 대해 이야기했다. 말린은 먼저 용기를 내어 그를 만나러 오기를 잘했다고 생각했다. 그와 아주 가까워진 것 같은 기분이 들었다.

말린이 일어나서 나가려 할 때, 케빈은 다시 만나러 와줄 수 있느냐고 물었다. 말린은 그가 원하면 그렇게 하겠다고 했다.

1973년 11월 16일은 밀리건이 오하이오 주 청소년위원회의 감찰에서 공식적으로 풀려나는 날이었다. 케빈은 동네의 바에 앉아 제인스빌 소년원을 떠나던 날 고디 케인이 했던 말을 떠올렸다.

"만약 마약 조직에 연줄이 필요하면, 날 찾아와."

지금 케빈은 막 그렇게 하려 하고 있었다.

그날 오후 늦게, 케빈은 콜럼버스의 동쪽에 있는 레이놀즈버그로 차를 몰고 갔다. 케빈이 갖고 있는 케인의 주소에는 비싸 보이는 목장풍의 집이 세워져 있었다. 고디 케인과 그의 어머니는 밀리건을 보고 반가워했다. 줄리아 케인은 섹시하게 목에 걸리는 목소리로 언제든지 집에 놀러 오라고 반겨주었다.

줄리아가 차를 준비하느라고 바쁜 동안, 케빈은 고디에게 마약을 사서 거래를 시작하게 돈을 좀 빌려줄 수 있느냐고 부탁했다. 현재는 빈털터리지만 곧 갚겠다고 했다.

케인은 케빈을 그 동네에 있는 어떤 집으로 데리고 갔다. 케인과 알고 지내는 남자가 350달러어치의 마리화나를 팔아주었다.

"이걸로 천 달러 정도는 벌어야 돼." 케인이 말했다. "돈은 물건 판 다음에 갚아도 돼."

케빈은 손이 떨렸고 멍한 표정이었다. 그는 케인에게 물었다.

"넌 무슨 약을 하냐?"

"모르핀. 얻을 수 있으면."

그 주가 반 이상 지났을 때, 케빈은 랭커스터에 있는 하트의 친구들에게 마리화나를 팔아 700달러를 챙겼다. 케빈은 아파트로 돌아가 마약을 피우면서 말린에게 전화했다. 케빈의 집으로 온 말린은 배리에게 들은 얘기 때문에 걱정이 된다고 말했다. 밀리건이 마약 거래를 한다는 것이었다.

"내가 무슨 짓을 하고 있는지는 나도 알아."

케빈은 말린에게 키스하며 불을 끄고 그녀를 매트리스 위에 눕혔다. 두 사람의 몸이 닿자마자 에이들라나는 케빈이 자리에서 내려오기를 바랐다. 이런 손길이 필요한 사람은 에이들라나였다. 포옹과 부드러움.

에이들라나는 금욕을 요구하는 아서의 규칙을 알고 있었다. 아서가 남자애들에게 한 번이라도 위반하면 당장 불량자로 분류될 거라고 위협하는 말도 들었다. 하지만 점잔빼는 영국 신사인 아서는 여자인 에이들라나에게 섹스에 대해 주의를 줘야 한다는 생각까지는 미처 하지 못했다. 에이들라나는 아서의 금욕적인 규칙에 절대 동의하지 않았고 아서는 의심조차 하지 않을 것이었다.

다음 날 아침 잠에서 깬 앨런은 밤새 무슨 일이 있었는지 전혀 알 수가 없었다. 서랍 속에 돈이 있는 것을 보고 걱정이 되었지만 타미나 레이건

혹은 아서, 누구든 설명해줄 수 있는 사람과 접촉할 수가 없었다.

배리 하트의 친구들이 그날 오후 마약을 사러 왔다. 앨런은 그들이 무슨 얘기를 하는 건지 이해가 되지 않았다. 그들 중 몇 명은 과격해서 앨런의 얼굴에 돈을 들이댔다. 앨런은 가족 중 누군가가 마약을 팔고 있다고 의심하기 시작했다.

얼마 후 앨런이 하트의 집에 갔을 때 남자들 중 한 명이 그에게 38구경 스미스앤웨슨을 보여주었다. 앨런은 그 총을 왜 갖고 싶은지 알 수 없었지만 남자에게 50달러를 주고 샀다. 총알을 몇 개 장전해주겠다는 제안까지도 받아들였다. 앨런은 총을 차로 가지고 가서 좌석 밑에 숨겼다…….

레이건은 손을 내려서 38구경 권총을 잡았다. 레이건은 앨런이 총을 사기를 바랐다. 자기가 가장 좋아하는 무기는 아니었다. 9밀리미터짜리면 더 좋을 뻔했다. 하지만 자신의 무기 수집품에 추가할 정도는 되는 좋은 물건이었다.

앨런은 이 지저분한 아파트에서 벗어나기로 결심했다. 《랭커스터 이글 가제트》에 난 아파트 광고를 훑어보다가 앨런은 눈에 익은 전화번호를 발견했다. 그는 주소록을 뒤져 전화번호와 그 번호의 주인을 찾아냈다. 조지 켈너. 재판에서 유죄 협상을 해서 자기를 제인스빌로 보낸 변호사였다. 앨런은 도로시를 시켜서 그에게 전화하여 아파트를 아들에게 세 달라고 부탁하게 했다. 켈너는 월세 80달러에 그 집을 세주는 데 동의했다.

루즈벨트 로, 803 1/2번지에 있는 아파트는 침실이 한 개 딸린 깨끗한 이층 아파트였다. 앨런은 일주일 후 그 집으로 이사 갔다. 이제 마약에서 손을 떼자고 그는 다짐했다. 그런 사람들로부터 멀리 떨어져야지.

앨런은 말린이 어느 날 찾아와서 자기 집처럼 편하게 굴자 깜짝 놀랐다. 앨런은 배리 하트의 파티 이후로 말린을 본 적이 없었다. 다른 사람들 중에 누가 말린과 데이트를 하고 있는지는 전혀 짐작할 수 없었지만, 말린은 자기 타입의 여자가 아니었고 별로 관계를 맺고 싶지도 않았다.

말린은 퇴근 후에 들러서 음식도 만들어주며 저녁 시간을 보내다가 집에 갔다. 말린은 실질적으로 그 집에 사는 거나 다름없었고 앨런이 참을 수 있는 이상으로 상황이 훨씬 더 복잡해졌다. 말린이 애정을 표시할 때마다 앨런은 자리를 떴다. 누가 들어오는지는 몰랐고, 눈곱만큼도 관심이 없었다.

말린은 아파트가 근사하다고 생각했다. 처음에는 빌리가 주기적으로 욕을 하거나 화를 터뜨리는 것 때문에 충격을 받았지만, 점점 그의 변덕스러운 기질에 익숙해졌다. 한순간 부드럽고 다정했다가 다음 순간에는 화를 내고 방 안을 오락가락했고 그 다음 순간에는 재미있고 똑똑하고 말을 잘하는 사람으로 변했다. 가끔 신발짝도 제대로 못 찾아 신는 어린아이처럼 서툴고 멍청해질 때도 있었다. 말린은 빌리를 누군가가 돌봐줘야 한다고 확신했다. 모두 다 마약과 같이 어울리는 무리들 때문이었다. 만약 배리하트의 친구들이 단지 그를 이용할 뿐이라는 사실을 확실히 이해시켜준다면 빌리는 더 이상 그 애들과 함께 어울릴 필요가 없음을 깨닫게 될지도 몰랐다.

가끔 빌리의 행동으로 인해 겁을 먹을 때도 있었다. 그는 다른 사람들이 나타나서 말린이 함께 있는 것을 보면 문제를 일으킬 수도 있다고 걱정했다. 빌리는 넌지시 그 사람들이 "가족"이라고 돌려 말했기 때문에, 말린은 그가 마피아와 함께 일하는 것처럼 허풍을 떠는 거라고 짐작했다.

빌리가 그녀와 사랑을 할 때는, 처음에는 욕과 거친 말로 시작했다가 나중엔 항상 다정한 애무로 바뀌었다. 그가 사랑을 하는 방식에는 뭔가 거슬리는 점이 있었다. 그는 강하고 남성적이긴 했지만, 항상 열정을 가장하는 듯했고 절대로 절정에 이르는 것 같지 않았다. 말린은 확신할 수 없었지만 그를 사랑했고 시간을 들여 이해하면 모두 다 해결될 거라고 믿었다.

어느 날 저녁, 에이들라나가 빠져나가고 데이비드가 자리에 들어와서 겁에 질려 훌쩍이기 시작했다.

"난 남자가 우는 건 본 적이 없어." 말린이 속삭였다. "무슨 일 있어?"

데이비드는 아이처럼 웅크리고 앉았다. 눈물이 그의 뺨 위에 흘러내렸다. 그녀는 빌리가 이처럼 연약해질 때마다 마음이 찡하고 그가 더욱 가깝게 느껴졌다. 말린은 그를 품안에 안고 다독였다.

"나한테 말해줘, 빌리. 무슨 일인지 안 알려주면 도와줄 수가 없잖아."

무슨 말을 해야 할지 몰라, 데이비드는 자리를 떴다. 타미는 자신이 아름다운 여인의 품안에 안겨 있음을 깨달았다. 그는 밀쳐버렸다.

"그런 식으로 행동할 거면, 난 집에 가는 편이 낫겠네."

타미는 그녀가 욕실로 걸어가는 모습을 바라보았다. "제기랄!" 타미는 겁에 질려 주위를 둘러보며 속삭였다. "아서가 날 죽일 텐데!"

침대에서 뛰어내려 청바지를 입은 타미는 방 안을 왔다 갔다 하며 이게 도대체 어떻게 된 일인지 알아내려고 애썼다.

"도대체 이 여자는 누구지?"

타미는 거실에 있는 의자에서 여자의 지갑을 보고 재빨리 뒤졌다. 그는 말린이라는 이름을 운전면허증에서 보고 도로 지갑에 넣어두었다.

"아서?" 타미는 속삭였다. "내 말 들리면 내가 이 일과 아무 상관 없다는 사실을 알아줬으면 좋겠어. 난 저 여자 안 건드렸어. 내 말 믿어줘. 규칙을 깬 사람은 내가 아냐."

타미는 이젤로 다가가 붓을 집어 들고 그리다 만 풍경화를 다시 그리기 시작했다. 그렇게 하면 아서는 타미가 자기 할 일, 재능을 갈고 닦는 일을 하고 있음을 알게 될 것이었다.

"나보다 그림이 더 좋은가 봐."

타미가 고개를 돌리니 옷을 입은 말린이 머리를 빗고 있었다. 그는 아무 말 없이 계속 그림을 그렸다.

"그림, 그림, 네 머릿속엔 그 지겨운 그림뿐이지. 말해봐, 빌리."

여자에게 예의바르게 굴라는 아서의 규칙을 기억해낸 타미는 붓을 내려놓고 여자 건너편 의자에 앉았다. 여자는 아름다웠다. 이제는 옷을 다 갖춰 입고 있었지만, 그녀의 날씬한 몸과 곡선, 오목한 곳이 구석구석까지 눈에 어른거렸다. 이전에는 누드화를 시도한 적이 없었지만 타미는 그녀를 그려보고 싶었다. 하지만 타미는 누드를 그리지 않는다. 사람을 그리는 건 앨런이었다.

타미는 말린과 잠깐 동안 이야기를 나누었다. 그는 그녀의 검은 눈동자와 도톰하게 튀어나온 입술, 긴 목에 매혹되었다. 그 여자가 누구든, 여기 왜 왔든, 타미는 그녀에게 홀딱 반했다.

4

아무도 왜 빌리 밀리건이 가끔 일을 빼먹거나 서툴고 멍청하게 행동하는지 이해할 수 없었다. 한번은 탱크 위에 사슬을 고치러 올라갔다가 산성 용액통에 빠진 적도 있었다. 그날은 일찍 조퇴해야만 했다. 어느 날 일터에서 그냥 걸어 나간 적도 있었다. 결국 1973년 12월 21일, 빌리 밀리건은 랭커스터 전기도금회사에서 해고되었다. 그는 며칠 동안 집에 틀어박혀 그림을 그렸다. 그러던 어느 날, 레이건은 총을 들고 숲으로 가서 과녁 연습을 했다.

이때까지 레이건은 꽤 많은 총을 사 모아놓고 있었다. 30구경 카빈, 25구경 반자동 권총, 38구경 스미스앤웨슨 이외에도 375구경 매그넘, M-14, 44구경 매그넘과 M-16을 가지고 있었다. 그는 작고 소음이 적은 이스라엘 기관단총을 좋아했다. 또 수집가용 물품이라고 생각하는 45구경 톰슨 총신 탄창도 구입했다.

혼란의 시기가 최고조에 이르렀을 때, 케빈은 고디 케인에게 조직에 자기를 소개해달라고 부탁했다. 케빈은 이제 전업으로 마약을 팔 준비가 되어 있었다. 케인은 한 시간 후에 전화해서 블랙릭 우즈로 가는 방향을 알려주었다. 콜럼버스 동쪽, 레이놀즈버그 근처에 있는 곳이었다.

"너에 대해 말해뒀어. 네가 얼마나 되는 그릇인지 보게 혼자 오라는데. 그 사람이 널 마음에 들어 하면 넌 된 거야. 그 사람은 브라이언 폴리라는 이름으로 통하고 있어."

케빈은 조심스럽게 지시 사항을 따라 차를 몰고 갔다. 이 지역에는 와본 적이 없었지만, 속도를 내어 다리 근처의 약속 장소에 10분 먼저 도착했다. 케빈은 차를 세워놓고 안에서 기다렸다. 30분쯤 지나자 벤츠 한 대가 오더니 남자 두 명이 내렸다. 한 명은 키가 크고 얼굴에 얽은 자국이 있었으며 갈색 재킷을 입고 있었다. 다른 한 명은 턱수염을 기르고 가는 줄무늬가 있는 양복을 입고 있었다. 누군가 뒷좌석에 앉아 지켜보고 있었다. 케빈은 그게 마음에 들지 않았다. 전혀 마음에 들지 않았다. 케빈은 운전대 뒤에 앉아 식은땀을 흘렸다. 이 일에 끼어들어야 하는 건지, 아니면 여기서 꽁무니 빼고 도망가야 하는 건지 감이 서지 않았다.

얼굴에 곰보 자국이 있는 키 큰 남자가 차창에 몸을 기대고 그를 보았다. 꽉 끼는 재킷 때문에 겨드랑이 아래에 뭔가 불룩한 물건을 차고 있는 게 눈에 띄었다.

"당신이 밀리건?"

케빈은 고개를 끄덕였다.

"폴리 씨가 이야기 좀 하자시는데."

케빈은 운전석에서 나왔다. 폴리가 벤츠 뒷좌석에서 나와 문에 기대고 서 있었다. 그는 열여덟 살 정도로 케빈 나이 또래밖에 안 되어 보였다. 금발 머리는 어깨까지 내려와 낙타털 코트와 목에 묶인 비슷한 색깔의 목도리와 섞였다.

케빈이 폴리 쪽으로 다가가려 하는 순간 갑자기 그의 몸이 빙그르르 돌았다. 남자들이 케빈을 차에 바짝 밀어붙였다. 키 큰 남자가 자동권총을 그의 머리에 댔고 턱수염을 기른 남자는 몸을 수색했다. 그러자 케빈은 사라졌다…….

레이건은 턱수염 기른 남자의 손을 잡아 한 바퀴 돌리고는 총을 든 남자 앞으로 홱 밀었다. 이번에는 남자에게 덤벼들어 총을 빼앗고는 그를 방패 삼아 폴리에게 총을 겨냥했다. 폴리는 벤츠에 앉아 이 광경을 지켜보고 있었다.

"움직이면 재미없을걸." 레이건은 침착하게 말했다. "발걸음도 떼기 전에 두 눈 사이에 총알을 세 방 박아줄 테니까."

폴리가 손을 들었다.

"당신!" 레이건은 턱수염을 기른 남자를 가리켰다. "손가락 두 개로 옷 속에서 총을 꺼내서 땅바닥에 놔."

"시키는 대로 해."

폴리가 명령했다. 남자가 천천히 움직이자 레이건이 말했다.

"빨리 안 하면 머리를 소매 속에 처박아줄 테다."

남자는 재킷을 열고 총을 꺼내 땅바닥에 놓았다.

"자, 그럼 이제 발로 총을 이쪽으로 차."

턱수염을 기른 남자가 총을 레이건 쪽으로 차 보냈다. 레이건은 포로로 잡고 있던 남자를 놔주고 두 번째 총을 집어 세 명을 모두 겨냥했다.

"손님을 이런 식으로 맞다니 예의가 없군."

레이건은 총 두 개 다 탄창을 빼고 빙그르르 돌려서 총신을 잡아 주인들에게 돌려주었다. 그는 그들에게 등을 돌리고 폴리 쪽으로 걸어갔다.

"이 사람들보다는 좀 더 괜찮은 경호원을 둬야겠어."

"총을 치워. 그리고 차 옆에 가서 서. 밀리건 씨와 할 말이 있으니까."

폴리는 레이건에게 고갯짓으로 자기 옆 뒷좌석에 타라고 신호를 보냈다. 그가 단추를 누르자 여행용 바가 열렸다.

"뭘 마시지?"

"보드카."

"억양을 듣고 그럴 줄 알았지. 그래, 당신은 아일랜드인이 아니군. 이름을 보고 그럴 줄 알았는데."

"난 유고슬라비아인이야. 이름은 아무 의미도 없지."

"손처럼 총을 자유자재로 쓸 수 있나?"

"시범을 보여줄까?"

폴리는 좌석 밑에서 45구경 총을 꺼내서 레이건에게 건네주었다.

"좋은 무기군." 레이건은 총의 무게와 균형을 시험해보면서 폴리에게 말했다. "9밀리미터 쪽이 나한테는 더 좋지만, 이것으로도 어떻게 되겠지. 과녁을 골라봐."

폴리는 버튼을 눌러 창문을 내렸다.

"저기 길 건너편에 맥주 깡통이 있군. 저기 가까이에……."

폴리의 말이 채 끝나기도 전에 총이 불을 뿜었다. 깡통이 흔들렸다. 레이건은 깡통이 넘어질 때까지 두 번 더 쏘았다. 폴리는 미소 지었다.

"자네 같은 남자라면 일을 맡길 수 있겠군. 밀리건, 아니 자네 이름이 뭐든 말이야."

"난 돈이 필요해. 당신한테 일거리가 있으면 하지."

"법을 위반하는 데 거부감이 있나?"

레이건은 고개를 저었다.

"한 가지 경우는 빼고. 나는 내 목숨이 위험하지 않는 한 남한테 손을 안 대고, 여자들은 괴롭히지 않아."

"그 정도면 됐어. 이제 당신 차로 돌아가서 우리를 바짝 따라와. 우리 집으로 가서 사업 얘기를 하지."

두 명의 경호원이 이글거리는 눈빛으로 쏘아보았지만 레이건은 그들을 쓱 지나쳐 차에 탔다.

"한 번 더 그러면 죽을 줄 알아."

키 큰 남자가 말했다. 레이건은 그를 잡아 비틀어 차 쪽으로 밀었다. 팔을 위로 꺾어 올려 곧 부러뜨릴 기세였다.

"그러자면 지금보다 머리든 몸이든 좀 더 빨리 쓸 줄 알아야겠는데. 조심해. 난 그렇게 만만하지 않아."

"머리, 빌어먹을 새끼, 이리로 와. 밀리건은 가만 놔두고. 이제 내 밑에서 일할 거니까."

다들 차에 타자 레이건은 차를 바짝 붙였다. 도대체 이게 무슨 일인지, 왜 여기 왔는지 궁금했다. 레이건은 차가 레이놀즈버그에서 멀지 않은 화려한 영지로 들어가자 놀랐다. 주위에는 바람막이용 울타리가 쳐져 있었고, 울타리 사이에는 도베르만 경비견 세 마리가 지키고 있었다. 폴리의 집은 거대한 빅토리아 풍의 건물로, 두터운 양탄자가 깔려 있었고 그림과 작은 오브제들로 단순하면서도 현대식으로 장식되어 있었다. 폴리는 레이건에게 집 구경을 시켜주었다. 자기 재산을 자랑스러워하는 빛이 역력했다. 그러고는 개인실에 있는 바로 데리고 가서 보드카를 따라주었다.

"자, 밀리건 씨."

"사람들은 보통 빌리라고 하지." 레이건이 말했다. "난 밀리건이라는 이름을 좋아하지 않으니까."

"알았어. 그 이름이 본명이 아닌 줄 알았지. 그래, 빌리. 당신 같은 남자는 쓸모가 있어. 민첩하고 똑똑하고 강하고 총에도 아주 능하고. 나를 위해 총을 들고 차에 타줄 사람이 필요해."

"총을 들고 차에 탄다는 게 무슨 뜻이지?"

"나는 운송 업무에 종사해. 그래서 경호원들의 보호가 필요해."

레이건은 고개를 끄덕였다. 가슴속에서 따뜻한 보드카가 퍼져나갔다.

"난 원래 보호하는 역할을 하지."

"좋았어. 연락처가 필요한데. 배달 하루나 이틀 전엔 여기서 자게 될 거야. 방은 많으니까. 배달할 물건이 뭔지, 배달할 곳이 어딘지는 도로에 나가기 전까지 알 필요 없어. 그렇게 해야 말이 새어나갈 위험이 적겠지."

"말은 좋군."

레이건은 하품을 했다. 랭커스터로 돌아오는 길에 레이건은 잠이 들었다. 앨런은 차를 몰며 도대체 그 동안 어디서 뭘 하고 있었는지 궁금하게 생각했다.

그 다음 몇 주 동안, 레이건은 콜럼버스 근처의 여러 마약상과 고객에게 마약을 배달하는 차 경호 업무를 맡았다. 레이건은 신문에서 이름을 여러 번 보았던 저명한 사람들에게도 마리화나와 코카인이 배달된다는 것을 알고 속으로 웃었다. 그는 웨스트버지니아에 있는 흑인 단체에게 M-1을 배송해줄 때도 경호 업무를 맡았다. 도대체 그 사람들이 뭣 때문에 그 총이 필요한지는 알 수 없었다.

레이건은 몇 차례 아서와 연락을 하려 했지만, 아서가 고집을 부리며 그의 일에 끼어들고 싶지 않은 건지, 아니면 심한 혼란의 시기가 온 탓인지 연락이 되지 않았다. 레이건은 필립과 케빈이 시간을 훔친다는 사실을 알게 되었다. 간혹 집에 있는 상자 안에서 바르비투산염이나 암페타민 같은 것을 발견했기 때문이다. 한번은 자기 총이 서랍장 위에 나와 있는 것을 본 적도 있었다. 누군가의 부주의로 인해 아이들이 다칠 수도 있기 때문에 레이건은 역정을 냈다.

레이건은 다음번에 불량자들이 자리에 나오면 기민하게 그자들을 벽으로 밀어붙이고 교훈을 톡톡히 알려줘야겠다고 생각했다. 마약은 몸에 나쁘다. 보드카와 대마초는 자연 성분으로 되어 있기 때문에 알맞게 쓰면 해롭지 않다. 하지만 더 독한 마약은 손에 대고 싶지 않았다. 그는 필립이나 케빈이 LSD를 복용했을지도 모른다고 의심했다.

일주일 후, 인디애나에 있는 자동차 중개상에게 마리화나를 배달하고 돌아온 레이건은 저녁식사를 하러 콜럼버스에 들렀다. 차에서 나오는데 나이가 지긋한 남자와 여자가 공산당 선전물을 나눠주고 있는 모습이 눈에 띄었다. 주위에는 몇몇 사람이 둘러서서 야유를 보내고 있었다. 레이건은 남자와 여자에게 도움이 필요하느냐고 물었다.

　"우리와 대의를 같이하는 동지인가요?" 여자가 물었다.

　"그렇습니다. 난 공산주의자요. 나도 노동 착취 업체나 공장에서 노예노동 하는 사람들을 보았습니다."

　남자는 레이건에게 공산당의 철학을 설명하고 독재자를 지지하는 미국을 공격하는 내용의 선전물 한 뭉치를 건네주었다. 레이건은 브로드 가를 오르락내리락하며 행인들에게 선전물을 나눠주었다.

　마지막 선전물 한 장이 남자, 레이건은 자기가 보관하기로 했다. 노부부를 찾아보았지만 그들은 가고 없었다. 레이건은 그들을 찾아서 몇 블록이나 헤매고 다녔다. 어디서 회합이 열리는지만 안다면 공산당에 참가하고 싶었다. 그는 타미와 앨런이 랭커스터 전기도금회사에서 일하는 모습을 보았고 학대받는 노동계급은 오직 인민의 혁명을 통해서만 향상될 수 있다고 생각했다.

　그때 자기 차의 범퍼에 붙은 스티커를 보았다. "전 세계의 노동자여, 단결하라!" 노부부가 거기에 붙여놓은 게 틀림없었다. 이 말은 전율처럼 그를 뚫고 지나갔다. 그는 스티커 오른쪽 아래 모서리에서 인쇄소의 이름을 찾아냈다. 거기에 가면 이 지역의 공산당 회합이 어디에서 열리는지 알 만한 사람이 있을지도 몰랐다.

　레이건은 주소를 전화번호부에서 찾아보고 인쇄소가 그다지 멀지 않은 곳에 있음을 알아냈다. 그는 차를 몰고 그리로 가서 몇 분 동안 차 안에서 가게를 관찰했다. 그 블록 위에 있는 공중전화기로 가서는 절단기를 이용해 전선을 잘라냈다. 그는 두 블록 떨어져 있는 공중전화기에도 같은 짓을 했다. 그러고는 가게로 돌아왔다.

인쇄소 주인은 두꺼운 안경에 백발이 성성한 60대의 노인으로 공산당을 위해 범퍼 스티커를 제작한 적이 없다고 잡아뗐다.

"북 콜럼버스의 인쇄업자가 주문한 거로구만."

주인이 말했다. 레이건은 주먹으로 카운터를 쾅 내려쳤다.

"주소를 내놔요."

주인은 초조한 듯 망설였다.

"신분증 같은 거 있소?"

"없어요!"

"FBI 요원이 아닌 줄 어떻게 안단 말이오?"

레이건은 인쇄소 사장의 멱살을 잡고 가까이 끌어당겼다.

"노인장, 난 어디다 이 범퍼 스티커를 보냈는지 알고 싶다 이거요."

"왜요?"

레이건은 총을 꺼냈다.

"우리 동지를 찾고 있는데 찾을 수가 없으니까 그렇지. 정보를 주지 않으면 몸에 구멍이 날 줄 아쇼."

주인은 안경 너머로 초조하게 넘겨다보았다.

"알았소."

주인은 연필을 집어 주소를 썼다.

"이 주소가 맞는지 기록을 확인하고 싶은데."

주인은 책상 위에 놓인 주문 장부를 가리켰다.

"기록은 저기 있소이다. 그렇지만……"

"공산당 고객 전화번호는 거기 없다는 거군."

레이건은 총을 다시 주인에게 겨누었다.

"금고를 열어."

"지금 내 금고를 털겠단 거요?"

"난 정확한 정보를 원할 뿐이야."

남자는 금고를 열어 종이 한 장을 꺼낸 뒤 카운터 위에 놓았다. 레이건은 종이를 확인했다. 맞는 주소임을 알고 만족한 레이건은 전화 코드를 벽에서 뽑았다.

"내가 거기 가기 전에 전화를 하고 싶으면 두 블록 위에 있는 공중전화를 이용해야 할 거요."

레이건은 차로 걸어 나갔다. 그는 인쇄소 주위 6.5킬로미터 정도를 대충 계산해보았다. 노인이 전화선이 잘리지 않은 공중전화를 찾기 전에 도착할 수 있을 정도로 시간은 충분했다.

주소에 있는 집은 일층에 '인쇄'라고 쓰인 작은 간판이 달린 가정집이었다. 안에 들어가자, 레이건은 영업은 정면 거실에서 하고 있다는 것을 눈치 챘다. 안에는 긴 책상 하나, 작은 수동 인쇄기, 등사판 인쇄기 한 대가 있었다. 레이건은 망치와 낫이 그려진 포스터가 한 장도 붙어 있지 않은 것을 보고 놀랐다. 사업은 단출한 듯 보였다. 하지만 방 밑에서 울리는 진동음으로 보아 지하에서도 인쇄기가 돌아가고 있음을 알 수 있었다.

문으로 나온 남자는 쉰다섯 살쯤 되어 보였고, 건장한 몸에 끝을 뾰족하게 다듬은 수염을 기르고 있었다.

"칼 보토르프요. 무슨 일로 오셨소?"

"혁명을 위해 일하고 싶어 왔수다."

"왜요?"

"나는 '미국 정부'가 '마피아'와 다름없는 놈들이라고 믿고 있습니다. 그들은 노동자를 착취하고 독재자를 지지하기 위해 돈을 쓰죠. 나는 평등을 믿습니다."

"들어오쇼, 젊은 양반. 잠깐 애기 좀 해봅시다."

레이건은 그를 따라 부엌으로 들어가서 식탁에 앉았다.

"어디 출신이오?" 보토르프가 물었다.

"유고슬라비아."

"슬라브인인 줄은 알았지. 물론 여러모로 확인해봐야겠지만 당신이 우리 대의를 돕기 위해 참가하지 못할 이유는 없을 것 같군."

"언젠가는 쿠바에 가고 싶어요. 카스트로 박사를 아주 존경하죠. 박사는 폭도들 무리를 사탕수수밭에서 산으로 데리고 들어가 혁명을 완수해낸 분 아닙니까. 이제 쿠바에선 모두가 평등하죠."

두 사람은 잠시 이야기를 나누었고 보토르프는 그날 오후 지역의 공산당 조직이 모임을 갖는 자리에 참석하라고 레이건을 초대했다.

"여기서 열립니까?"

"아니, 웨스터빌에서 가깝소. 차로 내 뒤를 따라오시오."

레이건은 칼 보토르프를 따라 부유한 동네로 갔다. 레이건은 실망했다. 그는 공산당 모임은 빈민가에서 열리는 줄 알았다.

그는 "유고슬라비아인"으로 몇몇 정체를 알 수 없는 사람들에게 소개되었고, 뒷자리에 앉아 모임을 관찰했다. 하지만 강사들이 비현실적인 관념과 슬로건을 단조롭게 늘어놓자 그는 점점 딴 데 정신을 팔게 되었다. 잠깐 졸다가, 그는 다시 정신이 들었다. 이제 동지들을 찾았다. 그는 항상 이들의 일부가 되어 억압적인 자본주의 체제에 대항하는 투쟁에 동참하고 싶었다. 그는 머리를 끄덕였다…….

아서는 몸을 꼿꼿이 펴고 앉아 초조한 마음으로 정신을 차렸다. 그는 레이건의 행적 중 마지막 부분만을 보았고 레이건이 다른 차를 쫓아가는 광경을 넋을 잃고 바라보았다. 하지만 이렇게 똑똑한 남자가 이 모든 일에 끌려들고 있다는 사실이 놀라울 뿐이었다. 진짜 공산주의라니! 아서는 벌떡 일어나서 이 영혼 없는 로봇들에게 소련은 절대로 인민에게 정권을 이양하지 않는 획일적 독재집단이라는 것을 말해줄 용의가 충분히 있었다. 자본주의는 전 세계 사람들에게 공산주의가 절대로 줄 수 없는 양심의 자유와 기회를 주는 체제였다. 이 유고슬라비아인은 은행을 털고 마약 매매에서 떡고물을 얻어먹고 살면서도 자기가 인민 해방에 참여하고 있다고 생각하다니 얼마나 비일관적인가.

아서는 일어서서 집회에 모인 사람들을 매서운 눈길로 한 번 쏘아보고는 감정이 섞이지 않은 평정한 어조로 말했다.

"허튼소리들 하고 있군."

다른 사람들이 몸을 돌려 놀란 눈으로 쳐다보는 동안 아서는 그곳을 나왔다. 아서는 차를 찾아내어 잠시 앉아 있었다. 그는 우측통행 운전을 싫어했다. 하지만 노력을 해봐도 대신 나와서 운전할 만한 사람과 접촉할 수 없었다.

"짜증나는 시간 혼란 같으니!"

운전대를 잡은 아서는 긴장한 채 시속 36킬로미터의 속력으로 차를 몰았다.

아서는 도로 표지판을 확인했다. 선베리 길은 후버댐 근처에 있다는 생각이 문득 떠올랐다. 그는 길가에 차를 대고 고속도로 지도를 꺼내어 좌표점을 찍어보았다. 실제로 아서가 오랫동안 방문하려고 마음먹고 있었던 댐 가까이에 있었다.

아서는 미 공병단이 그 댐을 건설한 이래로 구조물에 침전물이 계속 쌓였다는 소리를 들은 적이 있었다. 아서는 다양한 미생물체가 사는 이 침전물 지역이 모기들이 번식하기에 적당한 서식처인가 하는 문제와 오랫동안 씨름해왔다. 만약 실제로 이 지역에 모기들이 들끓는다면 당국에 알려서 당장 조치를 취하게 해야 할 터였다. 아서는 침전물 찌꺼기를 긁어모아 집에 가서 그것을 현미경으로 검사해보고 싶었다. 그리 대단한 계획은 아니지만, 누군가는 해야 할 일이었다.

아서가 생각에 골몰한 채 천천히 조심스럽게 운전하고 있는데, 트럭 한 대가 옆을 지나며 차선으로 끼어들더니 아서의 앞에 있던 차를 길에서 밀어내고 추월해서 가버렸다. 앞차는 가드레일을 들이받고 도랑 아래로 처박혔다. 아서는 재빨리 벼랑길에 차를 댔다. 그는 침착하게 차에서 내려 아래로 내려갔다. 한 여자가 차 안에서 기어 나오고 있었다.

"자, 더 이상 움직이지 마세요. 제가 도와드리죠."

여자가 피를 흘리고 있어서 아서는 피를 멈추기 위해 상처 부위를 직접 압박했다. 여자는 목이 막히기 시작했다. 여자는 이가 몇 대 부러져 있었고 질식 직전이었다. 기관지 절개술을 하는 대신, 아서는 기도를 만들어주기로 했다. 주머니를 뒤적여 플라스틱 볼펜을 찾아낸 그는 잉크 덮개를 벗겨내고 파이프라이터로 녹여 플라스틱 볼펜대를 부드럽게 한 후에 구부렸다. 볼펜을 여자의 목에 넣어 숨 쉴 수 있게 하는 한편 머리를 옆으로 돌려 피가 입에서 흘러나오도록 했다.

아서가 잠깐 검사를 해보니 여자의 턱뼈와 손목이 부러져 있었다. 옆구리가 찢어져 있어서 갈빗대도 부러진 게 아닐까 의심스러웠다. 아마 운전대에 부딪친 모양이었다.

구급차가 도착하자, 아서는 재빨리 운전수에게 사건 경위와 자신이 행한 응급조치를 설명해주었다. 그러고는 몰려든 사람들 틈으로 사라져버렸다.

아서는 후버댐에 가겠다는 생각을 버렸다. 다소 늦은 시간이기도 했거니와, 어두워지기 전에 집에 가야 했다. 늦은 밤에 익숙지 않은 방향으로 운전을 하는 것도 영 마음에 안 들었다.

14장

아서, 런던으로 도망치다

1

아서는 점점 더 일이 돌아가는 상황에 대해 짜증이 남을 느꼈다. 앨런은 최근 직장에서 해고되었다. J. C. 페니 백화점의 물류센터에서 운송장을 작성하고 트럭에 짐을 싣는 일이었는데 데이비드가 예기치 않게 자리로 들어와서 포클레인을 강철 기둥에 박아버렸기 때문이었다. 타미는 새 일자리를 구하러 랭커스터와 콜럼버스 일대를 돌아다녔지만 허탕만 쳤다. 레이건은 정기적으로 폴리를 도와 총기와 마약 밀매에서 경호 일을 하고 있었고, 보드카를 과하게 들이키고 마리화나도 너무 많이 피웠다. 레이건은 인디애나폴리스에서 나흘 동안 압수된 총기를 추적하다가 데이튼에까지 이르렀다. 누군가 진정제를 과용한 탓에, 타미는 70번 주간(州間) 고속도로에서 어지러움과 구토증을 느끼고 자리를 데이비드에게 물려주었다. 데이비드는 모텔 주인에게 고소당해 체포되었다. 데이비드는 병원에 가서 위세척과 진정제 과용 치료를 받았다. 경찰은 그를 풀어주려 했지만, 모텔 주인은 고소를 취하하려 하지 않았다. 앨런이 랭커스터로 돌아오자 말린이 그와 함께 있어주었다. 불량자들 중 한 명, 브루클린 억양으로 보아 필립인 듯한 이는 빨간 캡슐을 너무 과용했다. 말린은 구급대를 부르고 병원까지 따라왔다. 한 번 더 위세척을 한 후에도 말린은 남아 그를 극진하게 보살폈다.

말린은 그가 나쁜 사람들이랑 어울려 다니는 걸 알게 되었다면서 그가 문제에 휘말릴까 봐 두렵다고 했다. 하지만 문제에 휘말리면 옆에 남아 응원해주겠다고 했다. 아서는 그 생각을 하니 기분이 나빠졌다. 자기들 중 한 명이 이처럼 무력하고 연약해지면 말린의 모성 본능이 자극된다는 것을 안 아서는 도저히 참을 수가 없었다.

점점 더 말린이 아파트에서 보내는 시간이 많아졌고 그들의 삶은 더욱 고달파졌다. 아서는 말린이 비밀을 발견하지 못하도록 끊임없이 경계심을 늦추지 않았다. 아서가 설명할 수 없는 혼란의 시기가 점점 더 길어졌다. 분명 누군가는 마약을 팔고 있었다. 아서는 보석금 영수증을 주머니에서 찾아냈다. 그리고 한 명은 불법으로 마약 처방을 써주었다가 체포되었다는 것도 알게 되었다. 또한 누군가는 말린과 섹스를 하고 있다는 사실도 분명했다.

아서는 오하이오에서 벗어날 필요가 있다고 결정했다. 그는 레이건과 연결되어 있는 지하조직의 연줄을 통해 구입해놓은 위조 여권을 사용할 때가 왔다고 말했다.

아서는 두 개의 여권을 면밀히 살폈다. 하나는 폴리를 통해 구입한 것으로 레이건 바다스코비니치의 이름으로 되어 있었고, 하나는 아서 스미스의 이름으로 되어 있었다. 둘 다 도난 여권이든가 일급 위조자에 의해 변형된 것인 듯했다. 하지만 자세히 들여다보면 티가 나기는 했다.

아서는 팬아메리칸 항공사에 전화를 걸어 런던까지 가는 편도 티켓을 예약해놓고 벽장과 서랍, 책들 사이에서 찾을 수 있는 돈은 모두 찾아 가방을 쌌다. 이제 고향으로 돌아가게 되는 것이었다.

케네디 공항으로 가서 비행기를 타고 대서양을 건너는 동안에는 별다른 일이 생기지 않았다. 그가 히스로 공항 검색대에 가방을 놓자 세관원이 손짓 한 번으로 통과시켜주었다. 런던에서 아서는 호프웰 플레이스에 있는 술집 위, 작은 호텔 방에 들었다. 호프웰(Hopewell) 플레이스라는 이름이 자신의 앞날을 예언해주는 것 같았다. 그는 작지만 고급스러운 레스토랑에서 혼자 점심을 먹은 후 택시를 타고 버킹검 궁전으로 갔다. 근위병 교대식을 놓쳤지만 다른 날 보기로 했다. 그는 런던의 거리를 헤매고 다니면서 편안한 기분을 느꼈고 지나가는 행인들에게 "날이 정말 좋습니다." 내지는 "근사한 오후네요."라고 인사했다. 그는 내일은 모자와 우산을 사리라고 마음먹었다.

아서가 기억하는 한 처음으로 주변 사람들이 아서처럼 말하고 있었다. 거리의 교통은 올바른 방향으로 흘러갔고, 런던 경찰들은 그에게 안정감을 주었다.

아서는 런던탑과 대영박물관을 둘러본 후 피시앤칩스와 뜨뜻한 영국 맥주로 저녁식사를 했다. 그날 밤 방에 돌아간 아서는 자기가 가장 좋아했던 셜록 홈스 영화를 떠올리고는 다음 날엔 베이커 가 221b번지를 방문해야겠다고 마음속에 적어두었다. 셜록 홈스가 살던 집을 잘 살펴보고 명탐정에게 적합한 기념관으로 보존되어 있는지 확인해보리라. 아서는 마침내 고향에 왔다는 느낌이 들었다.

다음 날 아침, 앨런이 들은 첫 번째 소리는 요란하게 똑딱대는 벽시계 소리였다. 앨런은 눈을 뜨고 주위를 둘러보았다. 그는 침대에서 뛰어내렸다. 소용돌이 무늬의 벽지를 바른 방에는 철제 침대가 놓여 있었고, 바닥에는 올이 풀려 너덜너덜한 깔개가 깔려 있었다. 홀리데이인 호텔이 아닌 건 분명했다. 그는 욕실을 찾았지만 욕실은 딸려 있지 않았다. 앨런은 바지를 입고 복도를 슬쩍 내다보았다.

도대체 지금 어디에 있는 거지? 앨런은 방으로 돌아와서 옷을 입고 주위에 알아볼 만한 게 있는지 살피러 아래층으로 내려갔다. 그는 계단참에서 쟁반을 들고 오는 한 남자와 맞닥뜨렸다.

"아침식사 드시겠습니까?" 남자가 물었다. "정말 아름다운 날이군요."

앨런은 거리로 나가 주위를 둘러보았다. 그는 커다란 번호판을 단 검은 택시와 펍의 간판, 반대 방향으로 이동하는 차들을 보았다.

"빌어먹을, 대체 무슨 일이야? 나한테 무슨 일이 생긴 거야?"

앨런은 오르락내리락 뛰어다니며 고함을 질렀다. 무섭기도 했고 화가 나기도 했다. 지나가던 사람들이 쳐다보았지만 신경 쓰지 않았다. 항상 잠에서 깨어나면 다른 곳에 있다는 것 때문에 자기 혐오감까지 들었다. 앨런은 더 이상 참을 수가 없었다. 죽고 싶었다. 그는 무릎을 꿇고 주먹으로 갓돌을 내리쳤다. 눈물이 뺨 위에 흘렀다.

문득 경찰이 오면 정신병원으로 끌려갈지도 모른다는 생각이 들자, 앨런은 일어섰다. 방으로 다시 돌아간 그는 여행 가방을 뒤져서 아서 스미스란 이름으로 되어 있는 여권을 찾아냈다. 그 안에는 런던 행 편도 티켓의 영수증이 들어 있었다. 그는 침대 위에 푹 쓰러졌다. 도대체 아서는 무슨 생각을 하는 거지? 미친 자식 같으니!

앨런은 주머니를 뒤져서 75달러를 찾아냈다. 집에까지 갈 돈을 어디서 구한담? 돌아가는 표는 아마 삼사백 달러 정도는 될 것이다.

"제기랄! 빌어먹을! 재수 옴 붙었네!"

앨런은 호텔을 나가기 위해 아서의 옷가지를 챙기다가 갑자기 멈췄다.

"이 따위는 집어치우자. 아서에게 쓴맛을 보여줘야지."

앨런은 짐과 옷가지를 그대로 두고 떠났다. 그는 여권을 손에 쥐고 숙박비도 내지 않은 채 호텔을 나가 택시를 불러세웠다.

"국제공항으로 가주세요."

"히스로요, 아니면 갯윅요?"

앨런은 여권을 뒤져서 편도 티켓을 찾아냈다.

"히스로요."

공항까지 가는 길에 앨런은 어떻게 일을 처리할지 방법을 찾아냈다. 75달러로는 멀리까지 갈 수 없다. 하지만 재치 있게 말만 잘한다면 다시 고향으로 가는 비행기에 탈 수도 있을 것이다. 공항에 도착하자 그는 운전수에게 돈을 주고 터미널 안으로 들어갔다.

"세상에!" 앨런은 고함을 질렀다. "무슨 일인지 당최 모르겠어요. 비행기를 잘못 내렸나 봐요! 누군가 약을 먹였어요. 지갑도, 짐도 모두 다 비행기 안에 놓고 내렸어요. 아무도 내가 어디서 내려야 할지 알려주지 않았죠. 분명 내 음식이나 음료에 뭘 탄 겁니다. 잠을 자다가 일어나서 다리 운동 좀 하려고 내렸는데, 비행기 안에서 내리면 안 된다는 말을 아무도 안 하더라고요! 비행기 표와 여행자 수표 모두 다 사라졌어요."

경비원은 그를 진정시키고 여권 관리소로 데리고 갔다.

"비행기에서 잘못 내렸어요!" 앨런은 다시 외쳤다. "파리에 갈 예정이었는데 잘못 내린 거죠. 난 어지러운 상태에서 헤매고 다녔어요. 음료에 뭔가 들어 있었던 게 분명해요. 전적으로 항공사의 잘못입니다. 짐이 다 비행기에 있고 주머니엔 몇 달러밖에 없고, 어떻게 미국에 돌아가겠어요? 나 참 기가 막혀서, 정말 무일푼에 오도 가도 못 하는 신세예요. 집에 가는 비행기 표 살 돈도 없다고요! 난 비렁뱅이가 아닙니다. 여기 들렀다 가려고 사기 친 게 아니라 런던에 하루도 안 있었어요. 집에 가게 도와주세요."

동정심이 많은 젊은 여직원은 앨런의 호소를 다 들어주고 어떻게 도와줄 수 있는지 알아보겠다고 말했다. 앨런은 라운지에서 줄담배를 피우며 여직원이 전화를 몇 통 거는 모습을 바라보았다.

"저희가 해드릴 수 있는 일은 하나뿐이에요. 미국으로 돌아가는 비행기 대기자 명단에 올려드릴게요. 일단 댁에 도착하시면 비행기 표 값을 환불해주셔야 합니다."

"물론이죠! 표 값을 떼먹을 생각은 전혀 없어요! 집에 가면 돈이 있으니까요. 바로 갚아드리겠습니다."

그는 자기 말을 들어주는 사람이면 누구든지 붙들고 계속 지껄여댔다. 사람들이 그를 필사적으로 떨쳐버리고 싶어 할 정도였다. 앨런이 계산한 게 바로 이 점이었다. 마침내 항공사에서는 그를 미국으로 돌아가는 747 비행기 편에 태워줬다.

"다행이다!" 앨런은 의자에 푹 주저앉아 안전벨트를 매면서 조그맣게 속삭였다. 잠이 들면 어떻게 될지 모르기 때문에, 잠을 자지 않고 비행기 안에 있는 잡지를 다 읽었다. 콜럼버스에 돌아가자, 경비원 한 명이 그를 랭커스터까지 데려다주었다. 앨런은 청소 도구를 넣어두는 벽장 안 판자 뒤에 숨겨두었던 그림 판 돈을 찾아내서 표 값을 지불했다.

"고맙습니다." 그는 데려다준 경비원에게 말했다. "팬암 항공사는 아주 이해심이 많군요. 기회가 되면 회사 사장님께 편지를 써서 여러분들이 정말 일을 잘해주셨다고 알려드리겠습니다."

아파트에 혼자 남게 되자, 앨런은 아주 우울해졌다. 그는 아서와 의사소통을 해보려고 애썼다. 한참 지나자 아서가 나와서 주위를 둘러보았다. 더 이상 런던에 있지 않다는 사실을 알게 되자, 아서는 아무하고도 관계를 맺지 않으려 했다.

"다 쓸모없고 지긋지긋한 자식들뿐이야."

아서는 툴툴거렸다. 그러고는 부루퉁해서 등을 돌려버렸다.

2

9월 말이 되자, 앨런은 앵커 호킹 유리주식회사라는 큰 회사에 자리를 얻었다. 빌리의 여동생 캐시가 한때 일한 곳이었다. 앨런이 할 일은 여자들이 컨테이너 벨트에서 유리 제품을 내리면 그걸 싸는 것이었다. 하지만 불량품 검사관으로도 일할 때가 있어서 벨트에서 내린 제품을 검사하기도 했다. 거기 서서 하는 일은 고통스러웠다. 화염방사기와 전기용접기가 내는 굉음에 귀가 멀 정도였고 뜨거운 유리를 집어서 결함이 있나 검사한 뒤 포장하는 사람이 싸도록 제품 운반 쟁반 위에 올려놓아야 했다. 타미와 앨런, 필립과 케빈은 계속 자리를 교대해야 했다.

아서의 동의를 얻어, 앨런은 랭커스터 북동부 지구 서머포드 스퀘어, 셔리단 드라이브 1270K번지에 있는 집을 얻었다. 두 채가 마주보고 있는 형태로 방이 세 개 딸린 아파트였다. 모두들 그 집을 좋아했다. 앨런은 오래되어 바랜 회색 울타리가 주차장과 도로에서 아파트를 가려준다며 좋아했다. 타미는 전기 장치를 놓아둘 수 있는 방과 스튜디오로 쓸 수 있는 방을 가질 수 있었다. 레이건은 위층의 침실 중 하나에 있는, 사람이 들어갈 정도로 크고 잠글 수 있는 벽장을 마음에 들어 했다. 그는 거기에 9밀리미터 자동권총을 제외한 모든 총을 보관했다. 9밀리미터 자동권총은 아이들 손이 닿지 않도록 냉장고 위 뒤편에 올려놓았다.

말린은 헥스 백화점에서의 일과가 끝나면 매일 저녁 아파트에 왔다. 그가 야간근무를 할 때면 말린은 자정 무렵까지 그가 퇴근하기를 기다렸다가 함께 밤을 보냈다. 아침이 되기 전에는 항상 부모님의 집으로 돌아갔다.

말린이 보기에 빌리는 이전보다 더 음울해지고 속을 알 수가 없어졌다. 때때로 아파트 안을 쿵쾅거리며 돌아다니면서 닥치는 대로 물건을 부수곤 했다. 환각 상태에 빠져 벽만 멍하니 쳐다보고 있거나 화를 내며 이젤 앞으로 가서 그림을 그리기도 했다. 사랑을 나눌 때는 언제나 말투가 부드러웠고 사려가 깊었다.

타미는 말린에게 상황이 점점 더 불안해지고 있다는 말은 하지 않았다. 그는 일을 빼먹고 있었다. 시간도 잃어버리고 있었다. 여러 가지 일들이 한데 뭉쳐서 일어나는 듯했다. 또 한 번 심각한 혼란의 시기에 빠져들고 있었다. 아서가 통제를 해야 하지만, 어떤 이유에선가 그는 지배력을 잃고 있었다. 아무도 회사 일에는 신경 쓰지 않았다.

아서는 이 혼란의 원인을 말린에게 돌리면서 관계를 끊어야 한다고 주장했다. 타미는 심장이 쿵 내려앉는 기분이었다. 그는 항의하고 싶었지만, 말린과 사랑에 빠졌냐고 아서가 말할까 봐 두려웠다. 이미 타미는 불량자로 분류될 만큼 몇 번이나 규칙 위반에 가까운 짓을 저질렀다. 그때 에이들라나의 목소리가 들렸다.

"그건 공정치 않아." 에이들라나가 말했다.

"난 항상 공정했어." 아서가 말했다.

"우리와 바깥 사람들 사이에 애정 관계를 맺고 끊는 일을 네가 다 결정하는 건 옳지 않아."

에이들라나 말이 맞아. 타미는 이렇게 생각했지만 밖으로 말하지는 않았다.

"말린은 우리의 재능과 기술을 억누르고 있어. 항상 비난을 하고 바보 같은 싸움으로 시간을 빼앗는 바람에 우리 마음이 확장되는 것을 간섭하고 있지." 아서가 말했다.

"말린을 쫓아내는 건 옳지 않다고 생각해. 정말 다정한 사람이야." 에이들라나가 주장했다.

"어처구니없군! 타미와 앨런은 여전히 그 힘든 공장에서 일하고 있어. 몇 달만 일하면 될 줄 알았는데. 그 애들의 기술을 이용하고 발전할 수 있도록 더 점잖고 전략적인 일이나 기술적인 직업을 얻을 때까지만 발판으로 삼아야지. 누구도 그 애들의 정신을 확장시켜주지 않고 있잖아."

"뭐가 더 중요해? 네 정신을 확장시키는 것과 감정을 표출하는 것 중에서 말이야. 아, 질문이 잘못되었는지도 모르겠네. 너는 감정이라곤 없으니까. 감정을 억누르고 논리에 따라 살면 생산적이고 뛰어난 사람이 될 수 있을지도 모르지. 하지만 아무에게도 가치 없는 외톨이가 되고 말 거야."

"말린과는 헤어진다."

아서는 에이들라나와 말싸움해봤자 자기 품위만 떨어진다고 생각하고 논쟁을 일축했다.

"누가 말을 할지 상관은 안 하겠지만, 이 관계는 끝내야 해."

말린은 두 사람이 헤어지기 전날 저녁에 일어났던 사건을 나중에 이렇게 표현했다. 두 사람은 말싸움을 했다. 그는 이상하게 행동했고, 말린은 그가 약에 취했다고 생각했다. 그는 바닥에 누워서 어떤 일에 대해 말린에게 화를 냈다. 말린은 도대체 무슨 일인지 영문을 알 수가 없었다. 그는 손에 총을 들고 손가락으로 돌리면서 자기 머리를 겨냥했다. 빌리가 자기에게 총을 겨누지는 않았지만, 말린은 빌리 때문에 겁이 났다.

말린은 빌리가 어느 날 저녁엔가 집으로 가져온 램프를 쳐다보는 모습을 보았다. 그는 벌떡 일어나더니 램프를 향해 총을 쏘았다. 램프는 산산조각 났다. 벽에는 구멍이 생겼다.

빌리가 총을 바에 놓고 몸을 돌리자 말린은 총을 잡아채 아파트 밖으로 뛰어나갔다. 말린은 빌리가 잡으러 오기 전에 차에 올라탔다. 막 길을 빠져나가려는데, 그가 후드 위에 뛰어 올라 분노 어린 표정을 띠고 앞창문 너머로 말린을 쏘아보았다. 빌리는 손에 스크루드라이버처럼 보이는 것을 들고서 창문을 내리쳤다. 말린은 차를 멈추고 내려서 그에게 총을 도로 주었다. 그는 총을 받아 아무 말 없이 집 안으로 들어갔다. 말린은 이제 두 사람의 관계는 끝났다고 생각하며 집으로 돌아갔다.

그날 저녁 늦게, 앨런은 그릴리 식당에 가서 뜨거운 스트롬볼리 히어로 샌드위치를 포장해달라고 주문했다. 이탈리안 소시지와 프로볼로네 치즈를 끼우고 토마토소스를 많이 뿌린 샌드위치였다. 그는 식당 점원이 모락모락 김이 나는 샌드위치를 알루미늄 포일에 싸서 하얀 종이봉투에 넣는 모습을 지켜보았다.

아파트로 돌아온 앨런은 종이봉투를 카운터 위에 올려놓고 침실로 가서 옷을 갈아입었다. 오늘 밤에는 그림을 그리고 싶었다. 그는 신발을 벗어던지고 벽장으로 가서 슬리퍼를 찾으려고 윗몸을 굽혔다. 일어나다가 선반에 머리를 부딪치는 바람에 털썩 주저앉았다. 화가 나고 머리가 울렸다. 벽장문이 등 뒤로 닫혔다. 문을 밀어서 열려 했지만 꼼짝도 하지 않았다.

"젠장!"

앨런은 중얼거리며 벌떡 일어서다가 다시 머리를 부딪쳤다…….

레이건은 눈을 떴다. 자기가 머리를 부여잡고 신발이 널려 있는 바닥 한가운데 앉아 있었다. 그는 일어서서 문을 발로 차 열고 주위를 둘러보았다. 화가 났다. 이런 혼란의 시기에는 일상생활이 점점 더 뒤죽박죽이 되었고 점점 더 짜증스러워졌다. 하지만 적어도 그 여자를 떨쳐버리기는 했다.

레이건은 아파트를 돌아다니면서 여러 가지 일을 정리했다. 아서와 연락만 된다면 무슨 일이 일어나고 있는지 알아낼 수 있을 터였다. 지금 당장 필요한 건 술이었다. 레이건은 부엌으로 갔다가 카운터 위에 놓인 하얀 종이봉투를 보았다. 전에 그 봉투를 거기서 보았는지 기억이 나지 않았다. 그는 의심스러운 눈길로 봉투를 보다가 바 아래서 보드카를 꺼냈다. 얼음을 넣은 잔에 술을 따르는 동안 봉투 안에서 기묘한 소리가 났다. 레이건이 뒤로 물러서 바라보고 있으니 봉투가 천천히 한쪽으로 기울었다.

봉투가 다시 움직이자, 레이건은 숨을 천천히 내쉬면서 뒤로 물러났다. 그는 언젠가 종이봉투에 이를 뺀 코브라를 넣어 빈민가의 구두쇠 집주인의 문간에 놔두고 온 적이 있었다. 이번 것은 독니를 빼지 않았는지도 모른다. 그는 냉장고 위에 손을 뻗어 더듬더듬 총을 찾았고, 재빨리 총을 꺼내 봉투를 겨냥하고 쐈다.

종이봉투는 카운터를 넘어 벽까지 날아갔다. 그는 바 뒤에 고개를 숙이고 있다가 총을 봉투에 겨눈 채로 그 속을 슬쩍 들여다보았다. 봉투는 바닥에 떨어져 있었다. 아주 조심스럽게 레이건은 바를 돌아가 총신을 이용해서 봉투 위쪽을 들춰보았다. 그 안에서 피범벅이 된 덩어리를 보고 뒤로 물러선 그는 두 번째로 총을 쏘며 외쳤다.

"다시 잡았다, 이 개자식아!"

레이건은 봉투를 몇 번 발로 걷어찼다. 봉투를 열어보니 그 안에는 토마토소스가 뿌려진 치즈 샌드위치가 들어 있었다. 샌드위치에는 커다란 구멍이 나 있었다.

레이건은 믿기지 않는다는 듯 그것을 바라보다가 웃음을 터뜨렸다. 알루미늄 포일에 싸인 스트롬볼리 샌드위치가 열로 인해 움직인 것이었다. 총알을 두 방이나 샌드위치에 낭비하다니 바보 같다고 생각하면서, 그는 총을 냉장고 위에 올려놓았다. 그러고는 보드카를 마셨다. 그는 보드카 한 잔을 더 따라서 거실로 들고 가 텔레비전을 켰다. 뉴스를 할 시간이었고, 뉴스를 보면 오늘이 무슨 요일인지 알 수 있을 것 같았다. 뉴스가 끝나기 전, 그는 잠이 들었다…….

앨런은 깨어나서, 어떻게 벽장에서 나왔는지 궁금하게 여겼다. 그는 머리를 더듬어보았다. 작은 혹이 느껴졌다. 젠장, 계획했던 대로 빌리의 여동생 캐시의 초상화나 그리는 게 나을 듯했다. 그는 스튜디오로 가려다가 자기가 끼니를 걸렀다는 게 생각났다.

바 뒤로 가서 앨런은 콜라 한 잔을 따른 후 샌드위치를 찾아보았다. 분명히 바 위에 올려놓았는데 없었다. 그때 카운터 위에서 봉투를 발견했다. 빌어먹을 봉투가 마구 구겨져 있었다. 대체 어떻게 된 거야? 샌드위치는 알루미늄 포일이 갈기갈기 찢긴 채 엉망이 되어 있었고 토마토소스가 여기저기 흩뿌려져 있었다. 저게 무슨 스트롬볼리 샌드위치야?

그는 수화기를 들고 그릴리에 전화를 걸어 매니저를 찾은 다음 호통을 쳤다.

"샌드위치를 하나 샀는데, 이게 다 뒤섞여버렸지 뭡니까? 꼭 믹서에 들어갔다 나온 꼴이네요."

"죄송합니다, 손님. 도로 가지고 오시면 하나 새로 만들어드리겠습니다."

"됐어요. 이제 손님 하나 떨어졌다는 것만 알아두세요."

그는 수화기를 쿵 내려놓고 부엌으로 가서 달걀프라이를 만들었다. 그 릴리에는 절대 가지 않을 작정이었다.

2주일 후, 타미는 혼란의 시기의 이점을 이용해 말린에게 전화를 걸었다. 아파트 안에 남기고 간 물건이 있으니 와서 가져가라고 했다. 말린은 퇴근 후에 들렀고 두 사람은 저녁 내내 앉아서 이야기를 했다. 말린은 다시 정기적으로 들르기 시작했다.

상황은 이전으로 돌아갔다. 레이건은 이 모든 일이 아서가 가족을 통제할 능력이 없어서 생겼다며 그를 비난했다.

15장

케빈과 필립, 완전범죄를 꿈꾸다

1

12월 8일 오후 늦게, '월터'는 아파트에서 잠을 깼다. 사냥하러 가고 싶어 좀이 쑤셨고, 사냥감 몰이의 흥분을 갈망하고 있었다.

월터는 자리에 자주 나오지 않았지만, 특출한 방향감각이 필요할 때는 불려나왔다. 고향 오스트레일리아의 덤불숲 속에서 사냥하면서 얻은 특별한 기술이었다. 마지막으로 나왔던 때는 몇 년 전으로 빌리와 그의 형, 짐이 민간 항공 초계부대에 여름 야영을 갔을 때였다. 길 찾기 능력 덕에, 월터는 관측병으로 뽑히기도 했다.

사냥을 하지 못한 지도 오래되었다. 그래서 오늘 오후, 월터는 냉장고 위에 있는 레이건의 권총을 빌려서 나가기로 했다. 라이플을 대신할 수는 없지만 아무것도 없는 것보다야 나았다. 그는 일기예보를 들었다. 날씨가 춥다는 얘기를 듣고 체크무늬 담요와 장갑을 가져가기로 했다. 챙을 위로 젖힐 수 있는 오스트레일리아 식 모자는 찾을 수 없었기 때문에 대신 스키 마스크에 만족했다. 월터는 점심을 싸서 664번 도로 남쪽을 향해 떠났다.

그는 본능적으로 어느 방향으로 가야 할지 알았다. 남쪽으로 가다 보니 사냥을 할 수 있을 만한 숲지대가 나왔다. 그는 고속도로에서 벗어나 호킹 주립공원으로 향하는 표지판을 따라갔다. 어떤 사냥감을 찾을 수 있을지 궁금했다.

월터는 숲으로 들어가 차를 세웠다. 숲속으로 깊숙이 들어가자 발밑에 미끄러운 솔잎이 밟혔다. 그는 깊이 숨을 들이마셨다. 자리에 나와 고요한 숲속을 걷고 있으니 기분이 좋았다.

월터는 거의 한 시간 정도 걸어 들어갔다. 가끔 풀썩대는 소리가 들려 주위에 다람쥐가 있음을 알 수 있었지만, 사냥감은 흔적도 보이지 않았다. 벌써 땅거미가 어둑어둑 내리고 있었다. 점점 짜증이 치솟고 있는데, 가문비나무 가지에 앉아 있는 커다란 까마귀가 보였다. 그는 재빨리 조준하고 총을 쏘았다. 새는 아래로 떨어졌다. 갑자기 어지럼증이 몰려왔고 월터는 자리를 떴……

"야만인 같으니. 동물을 죽이는 건 규칙 위반이야." 아서가 말했다.

"이 자식, 어째서 내 총을 가져간 거지?" 레이건이 따졌다.

"아무데나 허술하게 놔두니까 그렇잖아. 그것도 규칙 위반이야."

"그렇지 않아. 침입자가 들어올 경우에 대비해서 무기 하나 정도는 손닿는 곳에 놓아두자고 합의했었잖아. 애들 손에만 닿지 않으면 되지. 월터는 그 총을 가져갈 권리가 없어."

아서는 한숨지었다.

"이 친구는 정말 마음에 들었는데. 정력적이고 믿을 만한 젊은이였지. 방향감각도 좋았고. 항상 오스트레일리아에 대한 책을 읽었어. 어쨌거나 오스트레일리아도 대영제국의 일부니까. 언젠가 한번은 나보고 캥거루의 진화를 연구해보라고 하더군. 하지만 이젠 불량자로 분류해야겠어."

"까마귀 한 마리 죽인 것치고는 너무 가혹한 처벌 아닌가."

레이건이 말하자 아서는 그에게 냉정한 눈길을 보냈다.

"자기 방어를 위해서라면 사람을 죽일 수도 있겠지만, 불쌍하고 말 못 하는 동물의 생명을 빼앗는 일은 관대하게 봐줄 수 없어."

아서는 까마귀를 잘 묻어주고 차로 돌아갔다. 이 대화의 끝부분을 듣고 있던 앨런이 자리로 들어와 운전대 앞에 앉았고 집으로 차를 몰았다.

"말 못 하는 까마귀를 죽이면서 대단한 사냥꾼인 양 으스대다니, 멍청한 얼간이 자식!"

2

밤에 랭커스터로 돌아오면서 앨런은 기진맥진한 기분이었다. 그는 홀짝홀짝 마시고 있던 펩시콜라 병을 내려놓았다. 헤드라이트 불빛에 휴게소 표지판이 비치자, 잠깐 차를 세우는 편이 좋겠다고 생각했다. 그는 남자화장실 근처에 주차한 후, 머리를 흔들며 눈을 감았다…….

대니는 고개를 들고 자기가 왜 운전석에 앉아 있는지 어리둥절해했다. 아서의 지시를 기억하고, 대니는 조수석으로 가서 누군가 나와서 운전하기를 기다렸다. 그때 자기가 이전에도 여러 번 와봤던 고속도로 휴게소에 있다는 사실을 깨달았다. 옆에 사람들이 탄 차가 두 대 더 있었다. 차 한 대에는 팔랑팔랑 펄럭이는 모자를 쓴 여자가, 다른 차에는 어떤 남자가 타고 있었다. 그들은 그냥 차 안에 앉아 있는 채였다. 아마 그들도 자리를 교대했기 때문에 집에까지 운전해줄 사람을 기다리는지도 몰랐다.

대니는 누군가 나타나기를 기다렸다. 정말 피곤했고 화장실에도 가고 싶었다. 대니가 차에서 내려 남자 화장실로 갈 때 옆 차의 여자도 내렸다.

대니는 아동용 소변기에 서서 지퍼를 내리며 차가운 12월의 공기에 몸을 부르르 떨었다. 그때 발짝 소리가 들리더니 문이 끼익 열렸다. 여자가 들어왔다. 깜짝 놀란 대니는 얼굴을 붉히며 소변보는 모습이 보이지 않도록 몸을 돌렸다.

"안녕, 자기. 당신 게이예요?"

여자가 물었다. 여자의 목소리가 아니었다. 여자처럼 옷을 입은 남자로 하늘하늘한 모자를 쓰고 립스틱을 포함해서 화장을 진하게 했으며 턱에는 검은 점이 있었다. 그는 영화에 나오는 매 웨스트(1930년대 할리우드 최고의 섹스 심벌로 통했던 배우—옮긴이)처럼 보였다.

"이 봐요. 내가 당신 물건 빨아줄게."

남자 같은 여자가 말했다. 대니가 고개를 저으며 옆으로 비켜서려 할 때 다른 남자도 안으로 들어왔다.

"어이, 이번 애는 잘생겼는걸. 자, 파티 한 번 열어볼까."

남자는 대니의 멱살을 잡고 벽에다 밀어붙였다. 여자처럼 옷을 입은 남자는 그의 재킷을 잡고 앞지퍼를 움켜쥐었다. 대니는 거친 행동에 공포심을 느꼈고 눈을 감아버렸다……

레이건은 남자의 손을 잡아 꺾은 뒤 벽에 내동댕이쳤다. 그는 남자가 주저앉자 가슴을 무릎으로 찍으며 목덜미를 가라테 식으로 내려쳤다.

레이건은 몸을 돌려 여자를 바라보고는 멈칫했다. 여자를 때려본 적은 없었다. 하지만 "세상에, 개새끼!"라고 욕하는 소리를 듣자 그가 여자가 아니라 여자 옷을 입은 남자라는 것을 눈치 챘다. 레이건은 손을 뻗어 그의 몸을 비튼 뒤 벽에다 밀어붙이고 팔꿈치로 꼼짝 못하게 했다.

"당신 친구 옆 바닥에 앉아!"

레이건은 여장 남자의 배를 주먹으로 세게 치면서 말했다. 여장 남자는 앞으로 몸을 구부리며 바닥으로 쓰러졌다. 레이건은 그들의 지갑을 빼앗았다. 그가 신분증을 가지고 가려 하자 여장 남자가 벌떡 뛰어올라 그의 허리띠를 잡았다.

"도로 줘, 개새끼야!"

레이건은 몸을 빙그르르 돌려 여장 남자의 사타구니를 발로 찼다. 그가 쓰러지자 이번에는 다른 발로 얼굴을 박살냈다. 여장 남자의 코에서 피가 터졌다. 그는 부러진 잇새로 숨을 헐떡였다.

"죽진 않을걸. 난 아무 뼈나 부러뜨리진 않거든."

레이건은 냉정하게 말했다. 그는 바닥에 넘어져 있는 다른 남자도 바라보았다. 그 남자는 얼굴을 얻어맞지도 않았는데, 입에서 핏방울이 똑똑 떨어졌다. 레이건은 때릴 때 계산을 하기 때문에, 명치에 가한 일격은 후두개에 압박을 주었고 혈관을 터뜨렸다. 그 사람도 죽진 않을 것이다. 레이건은 남자의 손에서 세이코 시계를 풀어냈다.

밖으로 나간 레이건은 빈 차 두 대를 발견했다. 그는 돌멩이를 집어 헤드라이트를 깼다. 라이트 없이는 고속도로에서 추적이 불가능했다. 차를 몰아 아파트에 도착한 레이건은 주위를 둘러보며 모든 게 안전한지 확인을 하고는 자리를 떴다…….

눈을 뜬 앨런은 화장실에 갈까 말까 망설였다. 그는 자신이 집에 돌아와 있다는 것을 알고 고개를 저었다. 주먹에는 멍이 들어 있었다. 오른쪽 신발에 묻은 건 뭐지? 앨런은 손으로 만져보았다.

"이크! 이게 누구 피야? 누가 싸움질을 한 거지? 알아봐야겠어. 무슨 일이 일어나는지 나도 알 권리가 있다구!"

"레이건은 대니를 보호하려 했을 뿐이야." 아서가 말했다.

"무슨 일이 있었는데?"

아서는 모두에게 설명해주었다.

"어린애들한테 고속도로 휴게소가 밤에는 아주 위험한 곳이라는 걸 꼭 알려줘야 해. 동성애자들이 밤에 그런 곳에 자주 출몰한다는 건 널리 알려진 사실이지. 앨런이 대니를 위험한 상황에 몰아넣었기 때문에 레이건이 꺼내줘야만 했어."

"잠깐, 그게 어째서 내 잘못이야. 난 대니더러 들어오라고 한 적이 없어. 누가 들어오고 나가는지, 혼란의 시기 동안 남이 뭘 하는지 어떻게 알아?"

"이 몸이 그 자리에 있었어야 했는데. 그 호모 새끼들 손 좀 봐주고 싶거든." 필립이 말했다.

"그러다 네가 당할걸." 앨런이 말했다. "아니면 바보 같은 짓을 저지르겠지. 그자들 중 한 명을 죽여버린다거나. 그럼 우린 살인죄로 잡혀갈 거고."

"넌 자리에 나갈 수 있도록 허락받지 않았다는 걸 명심해." 아서는 단호하게 말했다.

"나도 알아. 하지만 그 자리에 있었으면 좋겠다는 생각도 못 해보나."

"난 네가 시간을 계속 훔치고 있다는 의심이 들기 시작했어. 혼란의 시기를 이용해서 너의 반사회적 사업을 하고 다니느라 말이지."

"누구, 내가? 절대 아니야."

"네가 밖에 나와 있었다는 거 알아. 너는 마약 중독자에다가 몸과 정신을 네 마음대로 혹사했어."

"지금 나보고 거짓말쟁이라는 거야?"

"너의 특성 중 하나지. 넌 결함 있는 안드로이드 같아. 나쁜 행동을 금지할 권리가 내게 있는 한, 넌 결코 다시 의식을 잡지 못할 거다."

필립은 암흑 속으로 스르륵 물러나면서 안드로이드가 뭘까 생각했다. 그렇다고 아서에게 물어볼 마음은 없었다. 그 못마땅한 영국인 새끼가 자기 일에 끼어들어 만족하는 꼴을 보고 싶지 않았다. 그는 기회만 생기면 다시 나올 작정이었다. 필립은 제인스빌에 있었을 때 이후로 아서의 지배력이 약해졌다는 것을 알고 있었다. 마리화나나 스피드나 LSD가 있는 한, 슬쩍 빠져나와서 아서의 엉덩이를 뻥 차줄 수 있었다.

다음 주, 자리에 나온 필립은 마약 고객 중 한 명인 웨인 루프트에게 랭커스터 고속도로 휴게소에서 있었던 일을 말해주었다.

"얼빠진 놈, 넌 고속도로 휴게소에 게이들이 들끓는 걸 몰랐냐?"

"간 떨어질 뻔했지. 호모 같은 자식들은 딱 질색이야."

"나만큼 싫어하겠냐."

"몇 놈 손 좀 봐주자." 필립이 말했다.

"어떻게?"

"그 자식들은 항상 밤에 고속도로 휴게소에서 죽치고 있잖아. 거기 가서 혼 좀 내주자구. 쓰레기장을 청소해야지."

"그 자식들한테 돈도 뜯을 수 있겠군. 크리스마스에 쓸 돈도 벌고 호모들도 다 없애버리자. 점잖은 사람들이 안전하게 살 수 있는 동네를 만들어야지." 루프트가 말했다.

"그래. 우리 같은 사람들 말이지."

필립이 웃어댔다. 루프트는 고속도로 지도를 가지고 와서 페이필드와 호킹 군에 있는 고속도로 휴게소에 표시했다.

"내 차를 쓰자. 빠르니까."

필립이 말했다. 그는 아파트에서 찾아낸 장식칼도 들고 왔다.

호킹 주 록브리지 가까이에 있는 고속도로 휴게소에서, 두 사람은 사람 두 명이 탄 폭스바겐 비틀 자동차를 발견했다. 차는 바로 남자 화장실 앞에 주차되어 있었다. 필립은 고속도로 건너편에 주차하고 루프트가 건네준 각성제를 삼켰다. 그들은 폭스바겐을 지켜보면서 반시간 정도 앉아 있었다. 아무도 오고 가지 않았다.

"두 사람은 커플일 거야. 누가 새벽 두 시에 남자 화장실 앞에 차를 주차해놓고 앉아 있겠냐?" 루프트가 말했다.

"내가 먼저 들어가지. 저 자식들이 나를 따라오면, 총을 들고 덮쳐."

필립은 고속도로를 건너면서 기분이 유쾌했다. 그는 칼을 코트 밑에 숨기고 남자 화장실로 들어갔다. 기대했던 대로 두 남자가 따라 들어왔다.

두 남자가 접근하자 피부가 근질근질했다. 이 흥분이 남자들 때문인지 스피드 때문인지 알 수 없었지만, 그는 칼을 획 꺼내고 여장 남자를 붙들었다. 그에게 잡힌 남자는 뚱뚱하고 동작이 굼떴다. 루프트가 들어와서 남자의 등에 총을 들이대자 여장 남자는 입을 떡 벌린 채로 서서 사시나무처럼 몸을 떨었다.

"됐어, 호모 새끼들!" 루프트가 소리를 질렀다. "씨팔, 바닥에 누워."

필립은 뚱뚱한 남자에게서 지갑과 반지, 시계를 빼앗았다. 루프트가 다른 쪽에서도 똑같이 털었다. 그러고는 차로 들어가라고 명령했다.

"우리를 어디로 데리고 가려고?" 뚱뚱한 남자가 흐느꼈다.

"숲으로 잠깐 산책 좀 하자 이거지."

두 사람은 고속도로를 달려 인적이 드문 시골까지 가서는 두 남자를 차에서 내려놓았다.

"이거 참 쉬운걸." 루프트가 말했다.

"별거 아니네. 완전범죄라구."

"얼마나 뜯었어?"

"재미가 쏠쏠한데. 현금을 많이도 가지고 다니네. 신용카드도 있고."

"젠장, 일자리를 집어치우고 이걸 본업으로 할까 부다."

"공공봉사지." 필립은 히죽 웃으면서 말했다.

아파트로 돌아온 필립은 케빈에게 완전범죄에 대해 말해주었다. 필립은 점점 마약 기운이 떨어져가는 것을 느꼈다. 그는 부드럽게 땅에 내려앉도록 해주는 진정제를 두 알 삼켰다…….

3

타미는 크리스마스트리를 세우고 전구를 감은 후 말린과 식구들을 위해 만든 선물을 놓았다. 그는 엄마, 델, 캐시와 그녀의 남자친구 롭을 만나러 간다는 생각에 한껏 부풀어 있었다.

스프링 가의 집에서 아침 시간은 무난하게 잘 지나갔다. 하지만 롭과 캐시가 부엌으로 들어왔을 때 케빈이 자리에 끼어들었다.

"어, 참 멋진 가죽점퍼군. 새 세이코 시계까지 찼네?" 롭이 말했다.

"명품이지." 케빈이 말했다.

"나도 그게 궁금하던 참이야, 빌리 오빠. 앵커 호킹 유리회사에서 주는 월급은 별로 많지 않잖아. 어디서 그 돈이 난 거야?"

케빈은 미소를 지었다.

"완전범죄를 알아냈지."

캐시는 휙 고개를 들어 오빠를 바라보았다. 뭔가 다른 느낌이 들었다. 코웃음이나 냉혹한 태도가 평소의 오빠와 달랐다.

"무슨 얘기 하는 거야?"

"고속도로 휴게소에서 호모들을 털었어. 누가 그랬는지 알 길이 없지. 지문이나 증거물도 안 남겼으니까. 그자들은 경찰에 신고도 못 할걸. 돈하고 신용카드를 챙기는 거지."

캐시는 방금 들은 말을 믿을 수가 없었다. 그런 식으로 말하다니, 빌리 답지 않았다.

"농담이지?"

그는 미소 지으며 어깨를 으쓱했다.

"그럴 수도 있고, 아닐 수도 있고."

델과 도로시가 들어오자, 캐시는 방에서 나가 복도에 있는 벽장으로 갔다. 새 가죽 재킷에서 아무것도 나오지 않자 캐시는 차로 갔다. 아니나 다를까, 소지품함에 지갑이 들어 있었다. 신용카드와 운전면허증, 남자 간호사 신분증도 나왔다. 그러니 결국 농담이 아니었던 것이다. 캐시는 잠시 차에 앉아서 어떻게 할지 고민했다. 그녀는 지갑을 자기 가방에 넣고는 누군가와 이야기를 나눠봐야겠다고 생각했다.

빌리가 떠난 후, 캐시는 어머니와 델에게 지갑을 보여주었다.

"어머나, 세상에. 믿을 수가 없구나."

도로시가 탄식했다. 델은 지갑을 쳐다보았다.

"못 믿을 건 뭐야? 그러고도 남겠군. 이제 빌리가 그 물건들을 다 무슨 돈으로 샀는지 알게 되었군."

"짐 오빠한테 전화를 해보세요. 짐 오빠가 집에 와서 빌리 오빠를 제대로 잡아줄 수 있는지 알아봐야죠. 제 통장에 돈이 조금 있어요. 오빠 비행기 표 값은 제가 낼게요."

도로시는 장거리 전화를 걸어 짐에게 비상 휴가를 내서 집으로 와달라고 부탁했다.

"네 동생이 사고를 쳤단다. 아주 나쁜 일에 연루되어 있나 봐. 걔가 스스로 일을 바로잡지 않으면, 우리가 경찰에 가야 해."

짐은 공군에 비상 휴가를 신청했고 크리스마스 이틀 전에 집에 돌아왔다. 델과 도로시는 그에게 지갑과 고속도로 휴게소 강도사건에 관한 《랭커스터 이글 가제트》 기사를 보여주었다.

"그 애를 어떻게 해야 할지 모르겠다." 델이 짐에게 말했다. "정말 하늘에 맹세코, 난 그 애에게 아버지처럼 대해주려고 노력했다. 빌리가 제인스빌에서 나온 후에 하늘에 간 내 친자식 대신이라고 생각했건만, 빌리는 누구 말도 들으려 하지 않더라."

지갑을 살펴본 짐은 간호사 신분증에 있는 번호로 전화를 걸었다. 먼저 직접 확인해봐야 했다.

"절 모르시겠지만,"

어떤 남자가 전화를 받자, 짐은 이렇게 운을 뗐다.

"중요할 수도 있는 물건을 제가 가지고 있어서요. 가상의 상황을 전제하고 제가 질문 하나 드리겠습니다. 선생님 신분증을 보고 선생님이 남자 간호사라는 것을 알 만한 사람이 있다면 그 사람이 누구겠습니까?"

잠시 후, 목소리가 대답했다.

"내 지갑을 가져간 사람이겠죠."

"알았습니다. 그러면 지갑이 어떻게 생겼고, 그 안에 뭐가 들었는지 말씀해주실 수 있겠습니까?"

남자는 지갑 모양과 내용물을 설명해주었다.

"어쩌다 지갑을 잃어버리셨습니까?"

"애슨스와 랭커스터 사이에 있는 고속도로 휴게소에 친구와 같이 있었습니다. 두 남자가 화장실로 들어오더군요. 한 남자는 권총을 가지고 있었어요. 다른 남자는 칼을 들고 있었죠. 남자들은 우리 지갑과 시계, 반지를 빼앗아 갔습니다. 우리를 숲 한가운데 내버려두고 도망갔어요."

"무슨 종류의 차였죠?"

"칼을 가진 남자는 파란색 폰티액 그랑프리를 운전하고 있더군요."

남자는 짐에게 차량 번호까지 알려주었다.

"어떻게 그 차와 번호를 그렇게 확실히 알고 계시죠?"

"얼마 전 그 차를 시내에 있는 가게에서 봤어요. 칼을 갖고 있던 남자와 1미터 반도 떨어지지 않은 데 서 있었죠. 난 차까지 그 남자를 따라갔어요. 동일인이더군요."

"어째서 그 사람을 신고하지 않았죠?"

"난 동성애자니까요. 내가 이 사건을 신고하면 나뿐 아니라 친구들의 신분까지 노출되죠."

"알겠습니다. 이 사건을 신고하지 않고 본인과 친구들의 신분을 노출하지 않겠다는 약속 하에, 지갑과 소지품을 돌려드리겠습니다. 익명으로 하도록 하죠. 우편으로 보내겠습니다."

짐은 전화를 끊고 난 뒤, 의자에 등을 기대고 깊은 숨을 들이마셨다. 그는 어머니와 델, 캐시를 쳐다보았다.

"빌리가 사고를 쳤어요."

짐은 다시 수화기를 들었다.

"지금 누구한테 전화를 거는 거야?" 캐시가 물었다.

"빌리한테 내일 찾아가서 집 구경 좀 하겠다고 말하려고."

캐시가 거들었다.

"나도 같이 갈게."

다음 날 저녁 크리스마스 이브, 타미는 맨발로 문간에 서서 캐시와 짐을 맞았다. 그의 뒤로 선물이 주위에 가득 놓인 크리스마스트리가 빛을 발하고 있었다. 벽에는 장식용 검이 십자로 엇갈린 모양으로 걸려 있었다.

짐과 타미가 이야기를 나누는 동안, 캐시는 슬쩍 나와 이층으로 올라갔다. 빌리가 무엇을 하는지 증거를 더 확보할 생각이었다.

"한 가지만 물어보자." 단둘이 있게 되자 짐이 물었다. "이런 거 살 돈 다 어디서 나는 거야? 아파트, 선물, 옷이며 저 시계는 어떻게 된 거지?"

"여자 친구가 일하니까." 타미가 대답했다.

"말린이 다 돈을 냈다고?"

"뭐, 신용카드로 산 것도 많고."

"조심하지 않으면 신용불량자 된다. 너무 깊이 빠져들지는 마."

짐은 공군에서 심문 기술 수업을 들었던 참이라, 이제 배운 솜씨를 동생을 구하기 위해 쓰기로 했다. 동생으로 하여금 자기 죄를 털어놓고 잘못을 인정하게 하면 감옥에 가는 일만은 막을 수 있을 것 같았다.

"신용카드를 여기저기 갖고 다니면 위험해. 도둑이나 강도를 맞을 수도 있어. 그렇게 되면 네가 물어야 하고."

"오십 달러 책임부담금이 있어. 그 다음엔 카드회사가 내는 거지."

"신문에서 읽었는데, 요새 고속도로 휴게소에서 강도를 만나 신용카드를 빼앗긴 사람이 많다더라. 내 말은, 너한테도 일어날 수 있다는 거야."

짐은 빌리의 눈에 떠오른 이상한 표정을 보았다. 구름이 가린 듯 아련했으며 환각에 빠진 듯했다. 짐은 챌머 밀리건이 발작적으로 분노를 터뜨리기 전에 그런 표정을 지었던 것을 떠올렸다.

"야, 괜찮아?"

케빈은 고개를 들어 짐을 보았다. 짐이 여기서 무엇을 하고 있으며, 얼마나 오래 아파트에 머물렀는지 의아했다. 케빈은 새 시계를 슬쩍 쳐다보았다. 9시 45분이었다.

"뭐?" 케빈이 물었다.

"괜찮냐고 물었잖아."

"그럼. 괜찮지 않을 이유가 뭐 있어."

"신용카드를 조심해서 써야 한다는 얘기를 하고 있었잖아. 고속도로 휴게소에 일어난 강도사건도 얘기하고."

"아, 신문에서 봤어."

"거기서 강도당한 사람 중 몇 명은 동성애자라고 하던데."

"그래. 강도당해도 싸군."

"무슨 뜻이야?"

"그런 호모 자식들이 돈 가지고 있어봤자 뭘 하겠어?"

"누가 그런 짓을 했든 조심해야 할걸. 그런 범죄는 형기도 길어."

케빈은 어깨를 으쓱했다.

"그러자면 경찰이 먼저 범인을 찾아야겠지. 범죄도 증명해야 하고."

"벽에 걸린 저 칼이랑 피해자가 묘사한 칼의 모양이 비슷한데."

"경찰이 저 칼이랑 범죄 현장에 있었던 칼을 한데 묶지는 못할걸."

"그럴지도 모르지. 하지만 강도사건에는 총도 쓰였으니까."

"어이, 난 총은 안 들고 다녀."

"그렇겠지. 하지만 공범을 잡아내면 누가 그 사람과 같이 했든 똑같은 벌을 받게 될 거야."

"나를 그 건과 연결시킬 순 없어." 케빈은 우겼다. "호모들은 그런 일로는 신고 안 해. 지문 같은 것도 없으니까."

캐시가 아래층으로 내려와서 오빠들 옆에 잠깐 앉았다. 빌리가 위층 욕실로 올라가자, 캐시는 짐에게 찾아낸 물건을 건네주었다.

"어처구니가 없다." 짐이 중얼거렸다. "이게 다 다른 사람 신용카드란 말이지. 어떻게 쟤를 이 일에서 손 떼게 하지?"

"우리가 도와줘야 해, 이건 빌리 오빠답지 않아."

"알아. 직접 대놓고 말하는 게 좋겠다."

케빈이 아래층으로 내려오자 짐은 신용카드를 보여줬다.

"이게 내가 말한 거야, 빌리. 이거 모두 강도질해서 얻은 것 아냐? 네 아파트에 이렇게 버젓이 증거물이 있어."

케빈은 불같이 화를 내며 고함을 질렀다.

"내 집에 들어와서 내 물건을 뒤질 권리는 없어!"

"오빠, 우리는 도와주려고 하는 거야."

"이건 내 재산이야. 그런데 너희는 영장도 없이 여기 와서 집을 뒤졌어."

"난 네 형이야. 캐시는 네 동생이고. 우리는 그저……."

"수색영장 없이 얻은 증거는 법원에 제출할 수 없어."

짐은 캐시에게 주먹싸움이 벌어질지 모르니 차에 가서 기다리라고 말했다. 짐이 다시 맞서자, 케빈은 부엌으로 걸어 들어갔다.

"빌리, 이 물건들 다 신용카드로 산 거 아냐? 경찰들이 그걸로 널 잡을 수 있어."

"경찰은 몰라." 케빈은 우겼다. "나는 한두 가지 물건만 사고 카드는 갖다 버려. 그리고 게이나 다른 사람들을 괴롭히는 사람들만 턴단 말이야."

"이건 범죄야, 빌리."

"그건 내가 알아서 할 일이야."

"하지만 점점 곤경에 빠지게 될 거야."

"야, 네가 내 일에 이래라 저래라 끼어들 권리는 없어. 난 독립한 성인이야. 집에서도 나왔어. 내 일은 내가 알아서 해."

"맞아. 하지만 우리 모두 너를 걱정하고 있어."

"여기 와달라고 부탁한 적 없어. 지금 당장 나가줬으면 좋겠어."

"빌리, 이 문제를 해결할 때까지 난 안 나갈 거다."

케빈은 가죽 코트를 집어 들었다.

"엿이나 먹어. 네가 안 가면 내가 가지."

짐은 동생보다 힘이 셌고 공군에서 무술 훈련도 받았다. 그는 케빈과 문 사이를 가로막고는 케빈을 잡아 뒤로 내던졌다. 너무 세게 폭력적으로 굴 작정은 아니었지만 케빈은 크리스마스트리로 나가 떨어졌다. 나무가 넘어져 벽에 부딪쳤다가 선물 위로 떨어졌다. 상자들이 부서졌다. 전구가 깨졌다. 전선이 콘센트에서 빠져 불이 나가버렸다.

케빈은 일어서서 다시 문으로 향했다. 그는 싸움꾼이 아니었고 짐과 싸울 생각도 없었지만 여기서 나가야 했다. 짐은 케빈의 셔츠 자락을 잡고 다시 바 쪽으로 내던졌다. 케빈은 자리에서 떨어져 나갔다…….

레이건은 바에 부딪치면서, 영문도 모른 채 누가 자기를 공격했는지 잽싸게 쳐다보았다. 레이건은 짐을 좋아한 적이 한 번도 없었다. 짐이 집을 혼자 떠나버렸기 때문에, 여자애들과 빌리를 챌머의 손아귀에 놔둔 채 떠나버렸기 때문에 레이건은 짐을 절대 용서하지 않았다. 레이건은 손을 뒤로 뻗어 바 위에 있는 칼을 집어 들고 무서운 기세로 던졌다. 칼은 짐의 머리 옆 벽에 꽂혔다.

짐은 얼어붙었다. 그는 빌리의 얼굴에서 그렇게 차가운 증오를 본 적이 없었다. 그가 그렇게 민첩하고 폭력적으로 대응하는 모습도 본 적이 없었다. 칼은 짐의 머리에서 몇 센티미터쯤 떨어진 벽에 꽂혀 바르르 떨리고 있었다. 짐은 동생이 자기를 정말 죽이고 싶을 만큼 싫어한다는 것을 깨달았다. 짐은 한 걸음 옆으로 물러났고, 레이건은 맨발인 채로 말없이 형을 지나쳐 눈 속으로 나갔다.

밖에 나와 있음을 깨달은 대니는 자기가 왜 찢어진 셔츠에 신발이나 장갑도 없이 이 추운 거리를 걸어 다니고 있는지 궁금해졌다. 그는 몸을 돌려 집으로 돌아가다가 짐이 문간에 서서 미친 사람 보듯이 쳐다보고 있는 모습을 보자 충격을 받았다.

대니는 짐의 뒤쪽을 쳐다보았다. 쓰러진 크리스마스트리와 부서진 선물 상자들이 보였다. 대니는 공포심을 느꼈다.

"네 트리를 쓰러뜨릴 생각은 아니었어."

짐은 동생의 얼굴이 갑작스럽게 또다시 변하자 화들짝 놀랐다. 차가운 분노가 사라지고 이제 빌리는 겁에 질린 채 부들부들 떨고 있었다.

"내 크리스마스트리를 부쉈어."

대니는 훌쩍였다.

"미안해."

차에서 기다리고 있던 캐시가 뛰쳐나왔다. 얼굴이 창백했다.

"경찰이 오고 있어."

몇 초 후, 문을 두드리는 소리가 났다. 캐시는 짐과 어린아이처럼 울고 있는 빌리를 쳐다보았다.

"어떻게 하지? 만약 경찰이……." 캐시가 물었다.

"일단 들어오게 하는 게 좋겠다."

짐이 말했다. 그는 문을 열고 순경 두 명을 들여보냈다.

"소란이 있다는 신고가 들어왔는데요."

경찰 한 명이 짐을 지나쳐 거실 안으로 들어오면서 말했다.

"이웃 사람들이 신고를 했어요."

"죄송합니다, 경찰관님."

"크리스마스이브니까요. 어린이들도 집에 있고 해서. 무슨 일이죠?"

"그냥 집안 싸움이죠. 끝났어요. 그렇게 소란스러운 줄은 몰랐네요."

"그래요, 진정하시고 조용히 해주세요."

경찰들이 가자 짐이 자기 코트를 집었다.

"알았다, 빌리. 이제 작별인사를 해야겠구나. 나는 랭커스터에는 이틀 정도만 더 머물다가 기지로 귀대한다."

그들의 동생이자 오빠인 빌리는 계속 울고 있었다.

문이 쾅 닫히자, 타미는 화들짝 놀라 주위를 둘러보았다. 손에서는 피가 흐르고 있었다. 캐시와 짐은 어디로 갔으며 집 안은 왜 이렇게 엉망진창이 되었는지 알 수가 없었다. 크리스마스트리를 정말 공들여 꾸며놨는데 이제는 꼴이 말이 아니었다. 타미와 다른 애들이 모든 선물을 손수 만들었고 산 것은 하나도 없었다. 위층에는 짐을 위해 그린 그림도 있었다. 바다 풍경을 그린 그림으로 짐이 좋아할 것 같아서 꼭 주고 싶었다.

타미는 나무를 일으켜 세우고 다시 제대로 모양을 만들어보려 했지만 장식품이 대부분 깨져버렸다. 정말로 아름다운 크리스마스트리였는데. 그는 말린이 오기 전에 가까스로 그녀에게 줄 선물을 준비할 수 있었다.

말린은 엉망진창이 된 아파트를 보고 충격을 받았다.

"무슨 일이 있었던 거야?"

"나도 잘 모르겠어. 솔직히 말하면 신경도 안 써. 그냥 내가 아는 건 너를 사랑한다는 것뿐이야."

말린은 그에게 키스하고 그를 침실로 이끌었다. 말린은 때때로 이처럼 그의 마음이 뒤죽박죽일 때 가장 자기를 필요로 한다는 사실을 알고 있었다. 타미는 얼굴을 붉히고 눈을 감았다. 그는 말린을 따라가면서 어떻게 매번 침실 문만 넘으면 의식에서 빠져나가게 되는지 궁금했다.

크리스마스 날, 전날 밤에 무슨 일이 일어났는지 꿈에도 모르는 앨런은 거실의 난장판을 치우려다가 포기해버렸다. 그는 머릿속에서 여기저기 묻고 다녔지만 아무도 대답하지 않았다. 제길. 정말 혼란의 시기는 딱 질색이야. 그는 할 수 있는 한 선물들을 되살렸고 찢어진 포장을 다시 해서 타미가 짐을 위해 그린 그림과 함께 차에 실었다.

스프링 가에 도착하자 앨런은 전날 밤 일어난 일들을 재빨리 조합하기 시작했다. 짐은 동생이 칼을 던졌다며 엄청나게 언짢아하고 있었고 캐시와 델, 도로시는 그에게 덤벼들어 강도사건에 대해 따졌다.

"네가 이 고속도로 휴게소 강도사건을 저질렀다면서?" 델이 고함을 버럭 질렀다. "게다가 엄마 명의로 된 차를 이용하다니!"

"무슨 말씀 하시는지 모르겠네요."

앨런은 영문을 모르겠다는 듯 소리를 질렀다. 넌더리가 난 그는 손을 휘두르면서 위층으로 올라갔다. 앨런이 나가자 델은 그의 재킷 주머니를 뒤져서 차 열쇠를 찾아냈다. 델과 캐시, 짐, 도로시는 바깥으로 가서 차의 트렁크를 살폈다. 신용카드와 운전면허증 몇 장, 고속도로 지도가 나왔다. 33번 도로에 있는 휴게소들에는 다 X자 표시가 되어 있었다. 식구들이 뒤로 도는 순간, 문간에 서서 그들을 바라보는 빌리와 마주쳤다.

"네가 했구나."

델이 그의 얼굴 앞에 증거물을 흔들어댔다.

"걱정할 거 없어요." 케빈이 말했다. "난 잡히지 않을 테니까. 완전범죄죠. 지문은 물론 아무것도 남기지 않았고 게이들은 신고도 안 할 거예요."

"머저리 같은 녀석! 짐이 네가 지갑을 훔친 남자에게 전화를 걸어봤다. 너를 시내에서 봤다더라. 너 때문에 우리 가족 모두가 그 빌어먹을 '완전범죄'에 휘말리게 되었단 말이야."

델이 날카롭게 소리를 질렀다. 그때 식구들은 빌리의 얼굴이 변하는 모습을 보았다. 공포가 냉정을 대신해서 들어섰다.

식구들은 빌리가 증거물을 인멸할 수 있도록 도와주기로 했다. 짐이 그랑프리를 스포케인으로 몰고 가고 할부금을 내기로 했다. 빌리는 메이우드 로에 있는 더 작은 아파트로 이사를 해야 했다.

이런 일이 진행되는 동안 대니는 가만히 들으면서 도대체 이들이 무슨 이야기를 하는지, 언제 다들 선물을 뜯어볼 건지 궁금하게 여겼다.

16장

강도 혐의로 체포되다

1

1월 8일, 타미는 메모리얼 플라자 쇼핑센터에서 말린을 만나 점심을 함께 먹던 중, 그레이 드럭스토어에 배달 트럭이 멈춰서는 것을 보았다. 배달원이 커다란 상자를 가지고 상점으로 들어가는 모습을 보면서 타미는 중얼거렸다.

"마취약 배달이군. 약사는 오늘 밤 늦게까지 일하겠네."

말린이 이상하다는 듯 타미를 바라보았다. 타미는 자기가 왜 그런 말을 하는지도 모르고 있었다.

케빈은 드럭스토어를 털 계획을 세웠다. 그는 웨인 루프트와 다른 친구, 로이 베일리를 불러 모아 준비한 계획을 내놓았다. 강도질을 실행하고 돈과 약을 세 사람 분으로 나누되, 계획을 세운 대가로 케빈이 20퍼센트를 더 받기로 했다.

그날 밤, 그들은 케빈의 지시에 따라 새벽 한 시 반까지 대기하고 있다가 약사에게 총을 들이대고 다시 가게 안으로 들어간 후 금고와 약장을 털었다. 그들은 숲 속으로 차를 타고 들어가서 하얀 닷지 스테이션왜건을 검은색 스프레이 도료로 칠하고, 다시 몰고 나와 케빈을 태웠다. 베일리의 집으로 돌아간 후 케빈은 약의 종류를 확인했다. 리탈린, 프렐루딘, 데메롤, 세코날, 쿠알루드, 딜로디드 등이 있었다.

거리에서 약을 팔면 3만에서 3만 5,000달러 정도 받을 수 있을 것 같다고 케빈이 말하자 다른 두 사람의 얼굴이 호기심에서 탐욕으로 변했다. 밤이 깊어가자 모두들 약에 취했고, 루프트와 베일리는 각각 케빈에게 접근해 둘이서 팀을 짜서 다른 한 사람을 따돌리자고 제안했다. 아침이 되자, 베일리와 루프트가 추운 바깥에 나가 있는 동안 케빈은 돈과 약을 여행가방 두 개에 집어넣고 혼자 콜럼버스로 떠났다. 둘 중 누구도 케빈에게 맞설 용기는 내지 못할 것이다. 둘 다 그를 두려워했다. 간혹 가다 두 사람은 케빈이 참 이상하다고 했고, 주먹으로 문을 깨거나 기관총으로 어떤 남자의 차를 쏴버린 이야기를 수군댔다.

이자들이 나를 신고할지도 모르지, 케빈은 이렇게 생각했다. 하지만 일단 약을 처리해버리면 그들도 속수무책이다. 약사는 그들의 얼굴을 보았지, 케빈의 얼굴을 보진 않았다. 강도와 케빈을 연관시킬 수 있는 증거는 아무것도 없었다.

다음 날 말린은 《랭커스터 이글 가제트》를 한 부 샀다가 그레이 드럭스토어 강도사건에 대한 기사를 읽었다. 심장이 덜컹 내려앉는 느낌이었다.

며칠 후, 타미가 점심시간에 말린을 만나러 왔다. 말린은 타미가 낡은 닷지를 검은색으로, 그것도 촌스럽게 칠한 걸 알고 놀랐다.

"자기가 했어? 그래?" 말린이 속삭였다.

"뭐, 차 칠한 거?" 타미는 순진하게 되물었다.

"그레이 드럭스토어를 털었잖아."

"기막혀서 정말! 나보고 지금 범죄자라는 거야? 말린, 나는 이 사건에 대해 전혀 아는 바가 없어. 맹세해!"

말린은 혼란스러웠다. 알 수 없는 이유로 그가 유죄임이 확실했지만, 빌리는 정말로 누명을 쓰고 억울하다는 표정이었다. 세계 제일의 배우가 아니라면, 빌리가 이 사건을 저지르지 않았다는 건 진실처럼 보였다.

"자기가 이 일하고 관련이 없길 바랄 뿐이야."

말린과 헤어지고 나서, 앨런은 말린의 의심에 신경이 쓰였다. 뭔가 잘못되었다는 느낌이 들었다. 일터로 돌아가면서, 앨런은 도움을 받아야겠다고 결정했다.

"얘들아. 우리, 문제가 생겼어." 앨런이 큰 소리로 말했다.

"괜찮아, 앨런. 계속 운전해." 아서가 말했다.

"네가 자리를 이어받지 않을래?"

"난 미국 도로에서는 침착하게 운전할 수가 없어. 그냥 가."

"무슨 일이 일어나고 있는지 아는 거 있어?" 앨런이 물었다.

"혼란의 시기 동안 난 내 연구에만 정신을 쏟고 있었기 때문에 잘은 몰라. 하지만 몇몇 불량자들이 시간을 훔치고 범죄를 저지르지 않았나 하는 의심이 드는군."

"너랑 얘기를 하려고 시도했어."

"우리에겐 레이건이 필요해. 레이건을 찾을 수 있겠어?"

"노력은 해봤어. 근데 걔는 필요할 때는 옆에 없더라."

"내가 해보지. 넌 그냥 운전에만 계속 집중해."

아서는 마음속의 자리 너머 어둠 속을 들여다보았다. 그는 다른 사람들의 이미지를 보았다. 몇 명은 침대에서 자고 있었고, 몇몇은 어둠 속에 앉아 있었다. 불량자들은 그를 보려 하지 않았다. 자리에서 추방당한 이후로, 아서는 더 이상 그들에게 지배력을 행사할 수 없었다. 마침내 아서는 레이건을 찾아냈다. 그는 크리스틴과 함께 놀고 있었다.

"네가 필요하다, 레이건. 누군가 한 건 이상의 범죄를 저지른 것 같아. 어쩌면 우린 위험에 빠져 있는 건지도 몰라."

"그건 내 문제가 아냐. 내가 범죄를 저지른 건 아니니까."

"그 말도 맞겠지만, 우리 중 한 명이라도 감옥에 가면 어린이들도 감옥에 간다는 사실을 기억하도록. 크리스틴이 그런 환경에 있다고 상상해봐. 귀여운 여자애가 온갖 섹스광들과 변태들과 함께 갇혀 있다고 생각해봐."

"그 말은 맞아. 넌 내 약한 곳을 알고 있군."

"도대체 무슨 일이 일어나고 있는지 알아내야만 해."

아서는 탐문을 시작했다. 한 사람씩 돌아가며 마음속에 있는 여러 사람들에게 질문을 했다. 물론 몇몇 불량자들이 거짓말을 하고 있는 게 분명했지만, 아서는 점점 그림을 짜 맞출 수 있게 되었다. 타미는 그레이 드럭스토어 강도사건에 관련되어 있다고 말린이 의심하더라는 이야기를 전했고, 이전에 약을 배달하는 모습을 본 적이 있다고도 했다.

월터는 까마귀를 쏴서 자리에서 추방된 이후로 레이건의 총을 만진 적이 없다고 말했다. 그러나 브루클린 억양을 가진 목소리가 고속도로 휴게소에서 완전범죄를 저질렀다고 떠들어대는 소리를 들은 기억은 난다고 했다. 필립은 결국 고속도로 휴게소 강도사건은 인정했지만, 그레이 드럭스토어 강도사건과의 관련성은 부인했다.

그때 케빈이 자신이 강도 사건을 계획했다고 자백했다.

"하지만 내가 직접 하진 않았어. 그냥 계획만 짰고 그 두 자식을 벗겨먹은 것뿐이지. 모두 계획된 사기였어. 그게 다야. 그 자식들이 경찰에 흘릴 수도 있겠지만, 난 깨끗해. 경찰이 나를 그 강도사건에 연관시킬 수 있는 방법은 없어."

아서는 앨런과 레이건에게 보고했다.

"자, 이제 둘 다 생각해봐. 경찰이 우리를 사건에 연관시켜서 체포할 수 있는 근거가 있다고 생각해?"

그들이 아는 한, 아무 근거도 없었다.

며칠 후, 빌리 밀리건은 콜럼버스에 사는 장물아비에게 밀고를 당했다. 마약 단속반 소속 형사가 이전에 편의를 봐주었기 때문에 장물아비에게는 갚아야 할 빚이 있었다. 그는 그레이 드럭스토어에서 도난당했다고 하는 약과 같은 것을 빌리 밀리건에게서 샀다고 신고했다. 이 신고는 랭커스터 경찰서로 전달되었다. 빌리의 체포영장이 발부되었다.

2

월요일 퇴근 후에 말린이 아파트로 오자, 타미는 그녀에게 약혼반지를 주었다. "이걸 받아줬으면 해, 마빈." 타미는 그녀의 애칭을 부르며 말했다. "나한테 무슨 일이 생겨도 이것만은 알아줘. 난 항상 너를 사랑할 거야."

말린은 타미가 반지를 손가락에 끼워주자 믿을 수 없다는 듯 바라보았다. 오랫동안 꿈꾸어온 순간이었지만 마음이 아팠다. 그는 자신의 신상에 무슨 일인가 생길지도 모른다는 예감을 하고는 나가서 이 반지를 사 왔단 말인가? 눈물이 나려 했지만 말린은 감정을 드러내지 않으려고 애썼다. 그가 무슨 짓을 저질렀든, 경찰이 그에게 어떻게 한들, 그의 곁에 남으리라.

1975년 1월 20일, 말린은 달력에다 이렇게 썼다.

"약혼했다. 정말로 깜짝 놀라 죽는 줄 알았다."

다음 날 경찰이 대니를 체포했다. 경찰은 대니를 경찰차에 몰아넣고 페어필드 군 감옥으로 보냈다. 경찰들은 그에게 피의자의 권리를 읽어주고 심문을 시작했다. 대니는 그들이 무슨 말을 하고 있는지 영문을 몰랐다.

심문은 몇 시간 동안이나 계속되었다. 형사들의 말을 들으며 대니는 차츰 그림을 짜 맞출 수 있었다. 웨인 루프트가 음주운전으로 적발되어 심문을 당하던 중, 밀리건과 로이 베일리가 드럭스토어를 털었다고 자백했다고 했다. 대니는 어지러운 머리로 경찰들을 쳐다보았다. 경찰들은 대니가 자발적으로 진술해주기를 원했다. 경찰들이 질문을 던질 때, 대니는 머릿속에서 대답할 말을 그대로 알려주는 앨런의 목소리를 들었다. 심문이 끝나자, 대니는 진술서에 서명해야 했다. 힘들게, 혀를 이로 깨물며 대니는 연필로 꾹꾹 '윌리엄 스탠리 밀리건'이라고 서명했다.

"이제 집에 가도 돼요?"

"만 달러 보석금을 낼 수 있다면."

대니는 여전히 뭐가 뭔지 알지 못한 채로 고개를 저었다. 경찰들은 대니를 다시 유치장으로 데려갔다.

그날 오후, 말런은 보석을 받기 위해 보증인을 구했다. 타미는 도로시와 델과 함께 지내게 되었다. 두 사람은 2년 전 피커웨이 군에서 있었던 강간 사건 때 밀리건을 변호해주었던 조지 켈너 변호사에게 다시 연락했다.

재판을 기다리던 중, 아서는 밀리건에게 다른 혐의도 걸려 있음을 알게 되었다. 피해자 두 명이 고속도로 휴게소에서 습격했던 강도 중 한 명으로 그를 지목했다. 1975년 1월 27일, 주 고속도로 순찰대는 페어필드와 호킹 군의 고속도로 휴게소에서 가중 처벌법에 의한 강도 행위를 저지른 혐의로 추가 기소했다.

밀리건은 다시 페어필드 군 감옥에 수감되었다. 제인스빌 소년캠프에 갔다 온 지 2년이 되던 때였다.

3

앨런은 자기변호를 하기 위해 증인석에 서고 싶어 했다. 아서는 자신이 직접 사건을 맡아 강도사건이 있던 날 그레이 드럭스토어 근처에 간 적도 없음을 증명하려고 했다.

"고속도로 휴게소 습격사건은 어쩌고?" 앨런이 물었다.

"레이건이 했잖아. 하지만 그건 정당방어였지."

"경찰들 말로는 다른 것도 있대. 강도 말이야."

"사실이 아냐." 레이건이 우겼다. "난 고속도로 휴게소에서 다른 사람은 털지 않았어."

"그럼 누군가 그랬겠지." 앨런이 말했다.

"경찰이 증명할 수 있어?" 레이건이 물었다.

"내가 어떻게 알아? 보지도 못했는데."

"그럼 어떻게 한다지?"

"정말 엉망진창이군." 아서가 말했다. "이 변호사를 그냥 믿어보자. 2년 전에도 오하이오 주 청소년위원회가 우리를 제인스빌 감옥에 보내지 않도록 해줬잖아."

"이번에도 우리가 유죄 협상을 할 수 있대. 그레이 드럭스토어 사건에 유죄를 인정하면, 충격 집행유예를 받을 수 있고 감옥에 안 갈 수도 있대." 앨런이 말했다.

"'충격' 집행유예라는 게 뭔데?"

"얼마나 오래 있을지 말해주지 않고 감금하고 있다가 어느 날 갑자기 풀어주는 거래."

"흠, 그런 경우라면, 변호사의 충고를 따르도록 하지. 그러라고 그 사람에게 돈을 주는 거니까." 아서가 말했다.

"좋았어. 그럼 다 된 거다. 집행유예로 나오는 조건으로 유죄를 인정하자." 앨런이 말했다.

1975년 3월 27일, 윌리엄 스탠리 밀리건은 기소된 대로 강도 혐의와 특수강도 혐의를 인정했다. 두 달 후, 앨런은 법원이 고속도로 휴게소 습격

사건에 대해서만 충격 집행유예를 주었을 뿐, 더 가벼운 죄목에 대해서는 주지 않기로 했다는 것을 알았다. 그는 그레이 드럭스토어 강도 사건으로 2년에서 5년을 복역해야 했다. 모두들 아연실색했다.

6월 9일, 맨스필드 소년원에서 45일을 보낸 후에 앨런은 짝을 지어 수갑을 채운 다른 수감자 49명과 함께 오하이오 주 소년원 버스를 타고 레바논 교도소로 이송되었다.

앨런은 버스 앞 철창 안에 앉아 있는 무장 경비원의 눈을 피하려 했다. 2년 동안 도대체 어떻게 살아남지? 버스가 교도소 앞에 멈추자 공포심이 마음속에 퍼져나갔다. 앨런은 전기 철조망과 레바논 교도소 담장 주위의 경비탑을 바라보았다.

죄수들은 버스에서 내려 교도소로 들어가는 입구로 열 맞춰 걸어갔다. 원격조종되는 문 두 개 중 첫 번째 문이 스윽 열렸다가 다시 닫혔다. 문소리를 듣자 앨런은 챌머가 식식거리던 소리가 떠올랐다. 뱃속에서 공포심이 폭발했다…….

레이건은 두 번째 문이 식식거리며 열리는 소리를 들었다. 그는 수갑을 찬 죄수들 줄에 서서 발을 질질 끌며 감방까지 갔다. 이제 아서는 더 이상 지배력이 없었다. 여기서는 레이건이 지배하게 되었다. 그가, 오직 그만이 다음 2~5년 동안 누가 자리에 들어왔다가 나갈지 결정하게 될 것이었다. 레이건 바다스코비니치는 등 뒤에서 강철문이 쩔겅 닫히는 소리를 들었다.

17장

추방된 불량자들

1

 레이건은 레바논 교도소가 맨스필드 소년원에 비하면 훨씬 좋은 곳임을 알게 되었다. 새 건물이라서 더 깨끗하고 밝았다. 첫날 교도소 적응 훈련에서, 레이건은 규칙과 규정에 대한 강의와 교도소 학교와 직업 훈련에 대한 설명을 들었다. 무거운 턱에 축구선수처럼 두터운 목을 가진 덩치 큰 남자가 일어서서 팔짱을 낀 채 몸을 앞뒤로 까닥거렸다.
 "좋다. 난 교도소 경비대장인 리치다. 그래, 너희는 자기가 꽤나 잘난 놈이라고 단단히 착각들 하는 모양인데, 이제부터 너희는 내 소관이다. 길거리에서 어떤 깽판을 치고 돌아다녔는지 모르지만, 여기 온 이상 정신 바짝 차리게 될 거다. 너희 머리들을 완전히 박살내주마. 시민권이니 인권이니 이런 건 말짱 헛소리다. 여기 온 이상 너희들은 고깃덩이 이상도 이하도 아니다. 조금이라도 어긋나는 사람이 있으면 바짝 갈아주지……."
 리치는 장장 15분 동안이나 호통을 쳐댔다. 레이건은 이 작자가 말로 채찍질해서 말을 듣게 하는 유형의 인간이라는 결론을 내렸다. 그저 허풍만 가득할 뿐이었다. 레이건은 심리학자도 같은 전략을 쓴다는 걸 깨달았다. 모래 빛 머리카락에 안경을 쓴 마른 남자였다.

"여러분은 여기선 아무것도 아닙니다. 단지 숫자일 뿐이죠. 정체성도 없습니다. 여러분이 누군지도 신경 안 쓰고 여기 있다는 사실 자체에도 관심이 없죠. 여러분은 범죄자이고 죄수일 뿐입니다."

그 조그만 남자가 죄수들을 모욕하자, 새로 온 죄수들 몇몇이 화를 내며 소리를 질러대기 시작했다.

"당신은 뭐 하는 작자인데 우리한테 그딴 소리나 하는 거야?"

"별 오만 잡소리를 다 듣겠네!"

"난 숫자가 아냐!"

"머리가 뱅뱅 돈 자식 같으니!"

"헛소리 말고 꺼져, 망할 놈의 의사!"

레이건은 언어폭력에 대한 수감자들의 반응을 관찰했다. 심리학자가 의도적으로 수감자들을 도발하는 게 아닌가 하는 의심이 들었다.

"봤죠?" 심리학자가 집게손가락으로 수감자들을 가리키며 말했다. "지금 어떤 일이 일어났습니까. 압박이 있는 상황에 놓이면 어떻게 조절할지 모르니까 사회에 적응할 수 없는 거죠. 여러분은 세련되지 못한 적대감과 폭력으로 언어적 표현을 받아칩니다. 여러분이 적응하는 법을 배울 때까지 사회가 여러분을 철창에 가둬놓고 싶어 하는 이유를 알겠죠?"

심리학자가 교훈을 가르치려 했음을 깨달은 남자들은 뒤로 물러나 앉아 서로를 바라보며 멋쩍게 웃었다. 새 수감자들이 적응훈련실에서 나오자 복도에 있는 고참 수감자들이 쳐다보며 야유를 보냈다.

"어이, 신참내기!"

"어이, 계집애들, 나중에 보자구."

"쟤는 예쁘게 생겼는데. 내가 찜했어."

"웃기네. 내가 먼저 봤어. 내 계집이라구."

사람들이 자기를 가리키고 있음을 안 레이건은 그들을 냉정하게 쏘아보았다.

그날 밤 감방에서 레이건은 아서와 이 상황에 대해 의논했다.

"여기서는 네가 책임을 맡아. 하지만 대부분의 놀림이나 농담은 단지 죄수들이 압력솥처럼 답답한 상황에서 스트레스를 발산하는 행위에 지나지 않는다는 걸 지적하고 싶군. 웃음을 이끌어내려는 짓이라면 뭐든 하지. 넌 교도소 코미디언과 정말로 위험한 사람들 사이에 구분을 둬야 할 거야."

아서의 말에 레이건은 고개를 끄덕였다.

"나도 바로 그렇게 생각했어."

"제안이 한 가지 더 있어."

레이건은 반쯤 미소 지으며 들었다. 아서가 명령하는 대신 제안을 한다고 말하니 우스웠다.

"아까 보니까 녹색 병원 제복을 입은 수감자들이 경비병 말고는 유일하게 중앙 복도로 들어가도록 허락받은 사람들 같더군. 작업을 배정하는 때가 오면 앨런에게 말해서 교도소 병원 일에 배정해달라고 요청하게 해."

"뭣 때문에?"

"병원에서 일하면 안전하게 지낼 수 있는 여지가 생기지. 특히 아이들한테는. 알겠지만 교도소 사회에서도 의료 요원은 존경받아. 수감자 모두 언젠가 응급치료가 필요하다는 것 정도는 알고 있으니까. 일은 내가 하겠어. 의사소통은 앨런이 하고."

레이건은 좋은 생각이라며 찬성했다.

다음 날 아침, 교도관이 새 수감자들에게 직장 경력과 이전의 전공 분야에 대해 묻자, 앨런은 교도소 병원에서 일하고 싶다고 말했다.

"훈련은 받았나?"

앨런은 아서가 지도한 대로 말했다.

"해군에 있을 때 그레이트 레이크스 해군기지에 약학 학교가 있었는데,

거기 병원에서 일했습니다."

새빨간 거짓말은 아니었다. 그 동안 아서는 혼자 그 분야에 대해 공부를 해왔기 때문이다.

다음 주, 교도소 병원의 책임자인 해리스 스타인버그 박사가 밀리건을 만나고 싶다며 호출했다. 널따란 복도를 걸어가며 앨런은 레바논 교도소가 다리가 아홉 개 달린 게와 같은 모양으로 설계되었음을 알아챘다. 중앙 복도에는 사무실이 줄지어 있고, 띄엄띄엄 감방들이 있는 복도가 이어져 사방팔방으로 뻗어가는 모양이었다. 병원에 들어선 앨런은 경화유리 칸막이로 나뉘어 있는 다른 방에서 기다리면서 스타인버그 박사를 바라보았다. 박사는 나이가 지긋한 백발의 노인으로, 친절해 보이는 불그스레한 얼굴에 상냥한 미소를 띠고 있었다. 사무실 벽에는 그림들이 걸려 있었다.

스타인버그 박사가 사무실로 들어오라고 손짓했다.

"그래, 자네는 실험실에서 일한 경력이 있다지?"

"의사가 되는 게 제 꿈이었어요. 이렇게 수감자가 많은 감옥이라면 혈액을 채취하고 소변 검사를 할 사람이 필요할 거라고 생각했죠."

"예전에 그런 일을 한 적이 있나?"

앨런은 고개를 끄덕였다.

"물론이죠. 오래전에 해봐서 이젠 많이 까먹었을지도 모르지만, 다시 배울 수 있어요. 저는 뭐든 빨리 배우거든요. 그리고 말씀드렸듯이, 집에서 혼자 의학 책으로 공부했어요. 특히 혈액학에 관심이 많아요. 기회만 주시면 열심히 해볼게요."

스타인버그가 자신의 번지르르한 말에 별로 감명을 받지 않았음을 눈치챈 앨런은 의사에게 좋은 인상을 줄 수 있는 다른 방법을 찾았다.

"그림들이 정말 멋지네요."

앨런은 벽을 휙 둘러보았다.

"저는 아크릴화보다 유화를 좋아하지만, 그린 사람이 누군지 몰라도 세세한 부분까지 잘 잡아냈는데요."

앨런은 스타인버그 박사의 관심 어린 표정을 놓치지 않았다.

"자네도 그림을 그리나?"

"줄곧 그려왔어요. 의학은 제가 직업으로 선택했지만, 어렸을 때부터 그림에 선천적인 재능이 있다는 말을 많이 들었어요. 기회를 주시면 나중에 박사님 초상화도 그려보고 싶어요. 얼굴이 참 강해 보이세요."

"난 미술품을 수집하네. 직접 그리기도 하고."

"미술과 의학은 서로 보완작용을 한다고 생각해요."

"자네 그림을 판 적도 있나?"

"아, 꽤 팔았죠. 풍경화, 정물화, 초상화. 제가 여기 있는 동안 그릴 기회가 있으면 좋겠어요."

스타인버그는 펜을 놀렸다.

"좋아, 밀리건. 실험실에서 일할 기회를 주지. 바닥 걸레질부터 시작하게. 그 일이 끝나면 실험실 정리를 하고. 담당 간호사 스토미와 일하게 될 거야. 그 친구가 일의 요령을 알려줄 거네."

2

아서는 기뻤다. 혈액 검사를 하러 다른 죄수들보다 더 일찍 일어나야 하는 번거로움도 마다하지 않았다. 아서는 의료 기록 체제가 부적절하게 되어 있는 데 실망한 나머지, 열네 명의 당뇨병 환자에 대해서는 자체적으로 차트를 만들기 시작했다. 곧 그는 이들을 자신의 환자로 생각하게 되었다. 그는 하루 대부분의 시간 동안 실험실에 눌러앉아 현미경을 들여다보고 슬라이드를 준비했다. 피곤하지만 행복한 마음으로 오후 3시 반에 감방에 돌아가면, 새 감방 동료에게는 별 신경을 쓰지 않았다. 그는 체구가 작고 말이 없는 사람이었다.

에이들라나는 휑한 감방에다 무늬가 있는 수건을 바닥에 깔거나 벽에 걸어서 장식했다. 앨런은 곧 장사 수완을 발휘하기 시작했다. 꽃무늬 수건을 담배 열 갑들이 한 상자와 교환한 후, 담배를 하나 빌려주고 이자 붙여 두 개비를 돌려받는 방식으로 주말까지 담배 스무 갑을 모을 수 있었다. 앨런은 물물교환을 피라미드 식으로 점점 늘려갔다. 어머니와 말린이 넣어준 사식과 함께 구내매점에서 음식을 사먹을 수 있게 되자 저녁에는 식당에 가지 않았다. 그는 실험실에서 빌린 고무마개로 개수대를 막아 뜨거운 물을 채운 후 닭고기와 만두가 든 깡통이나 수프, 쇠고기 스튜 깡통을 입에 맞게 따뜻해질 때까지 데워 먹었다.

앨런은 초록색 작업복을 자랑스럽게 입었다. 바퀴벌레처럼 벽에 붙어서 몰래 들어가는 대신, 당당하게 주 복도로 걸어 내려갈 수 있는 특권을 지녔다는 게 기뻤다. 사람들이 "의사 선생"이라고 불러주는 것도 좋았다. 그는 말린에게 몇몇 의학 서적의 이름을 일러주고 보내달라고 했다. 아서는 의학 공부에 진지하게 임했다.

타미는 다른 죄수들 대부분이 여자친구를 사실혼 관계의 아내처럼 면회객 명단에 올려놓고 면회 허락을 받는다는 사실을 알게 되자, 레이건에게 말린을 아내로 올려놓고 싶다고 말했다. 아서는 처음에 반대했지만, 레이건은 묵살해버렸다. 밀리건의 아내가 되면 말린은 교도소에 물건을 가져올 수 있게 된다.

"그 여자한테 오렌지를 가져오라고 편지를 써." 레이건이 말했다. "그전에 피하주사기로 보드카를 오렌지 안에 넣으라고 해. 맛이 참 좋거든."

'리'는 레바논 교도소에서 처음으로 자리를 차지했다. 재치가 넘치고 현실적인 재담꾼인 리는 웃음이 대부분의 수감자들이 좋아하는 안전장치라는 아서의 이론을 증명해 보였다. 처음에는 다른 수감자들의 놀림으로 인해 대니는 겁을 먹고 레이건은 화를 냈지만, 이제는 리가 다른 수감자들에게 똑같이 하고 있었다. 레이건은 빌리의 아버지가 "음악 반, 농담 반"이라고 선전하던 스탠딩 코미디언이자 MC라는 얘기를 들어서 알고 있었다. 레이건은 리가 교도소에서 자기 몫을 하도록 놓아두기로 했다.

하지만 리는 단순히 우스운 농담을 하는 수준을 넘어 도가 지나쳤다. 그는 성냥에서 황을 긁어내고 성냥개비를 설탕물에 적셔 황에 굴린 후 담뱃가루에 묻어놓는 방식으로 앨런의 담배에 장난질을 쳤다. 그는 앨런의 담뱃갑에 이런 담배를 두어 개 넣고 다니다가 수감자들이 한 개비 달라고 청하면 장난을 쳐놓은 담배를 건네주었다. 그가 복도를 내려가거나 식당을 떠날 즈음에는, 담배가 확 타오르는 바람에 깜짝 놀란 죄수들이 화가 나 버럭버럭 고함을 지르는 소리가 들려왔다. 담배 몇 개비는 앨런의 얼굴 앞에서 폭발하기도 했다.

어느 날 아침, 혈액 검사를 마친 아서는 흑인 수감자들 중 겸상 적혈구 빈혈의 발병률에 대해 생각하면서 자리를 떠났다. 리는 달리 할 일이 없자 못된 장난을 쳐보기로 했다. 그는 양파기름 추출물이 담긴 단지를 열고 면봉에 기름을 적신 후 현미경 접안대 주위에 기름을 발랐다.

"안녕하세요, 스토미."

리는 간호사에게 슬라이드를 건넸다.

"스타인버그 박사님이 이 백혈구 수치를 빨리 검사해달래요. 현미경 아래에 놓고 확인해보는 게 좋을 거예요."

스토미는 현미경 대물대 위에 슬라이드를 올려놓고 초점을 맞췄다. 갑자기 그가 고개를 바짝 쳐들었다. 그의 눈에 눈물이 줄줄 흐르고 있었다.

"무슨 일 있어요? 그렇게 슬픈가요?"

리는 짐짓 천진무구하게 물었다. 스토미는 어쩔 줄 모르고 괴성을 지르면서 눈물을 흘리며 웃었다.

"개자식 같으니. 넌 진짜 재미있는 개자식이야."

스토미는 싱크대로 가서 눈을 씻어냈다. 얼마 후, 리는 한 죄수가 들어와서 스토미에게 5달러를 주는 장면을 목격했다. 스토미는 11-C라는 라벨이 붙은 플라스크를 물건들이 꽉 들어차 있는 선반에서 내려 남자에게 주었다. 남자는 병에 든 액체를 한 모금 쭉 들이켰다.

"저게 뭔가요?" 죄수가 떠나자 리가 물었다.

"집에서 양조한 위스키. 내가 만들었지. 한 번 마실 때마다 5달러씩 받고 있어. 내가 없을 때 손님이 오면 네가 나 대신 처리해줘. 그럼 1달러씩 떼어줄 테니까."

리는 기꺼이 그렇게 하겠다고 말했다. 스토미는 계속 말을 이었다.

"스타인버그 박사가 구급약장을 정리하라고 하신다. 네가 할래? 나는 할 일이 있어서."

리가 구급약장을 정리하는 동안, 스토미는 11-C 플라스크를 선반에서 내려 알코올을 비커에 비우고 플라스크에 물을 채웠다. 그러고는 달콤하면서도 씁쓸한 농축액으로 플라스크 가장자리를 닦았다.

"일 때문에 스타인버그 박사님 좀 보고 올게. 가게 잘 지켜라, 알았지?"

스토미가 리에게 지시했다. 10분 후, 덩치 큰 흑인 죄수가 실험실로 들어와서 말했다.

"11-C 줘, 친구. 두 번 마시는 대가로 스토미한테 10달러 줬지. 그게 어디 있는지 네가 안다면서?"

리는 플라스크를 건네주었다. 흑인은 플라스크를 급히 입에 갖다 대고 위로 기울였다. 갑자기 그가 마신 액체를 퉤퉤 뱉으며 꺽꺽거렸다.

"망할 흰둥이 새끼! 나한테 무슨 허튼수작을 하는 거야?"

흑인은 계속 입술을 이상하게 움직이면서 입을 오므렸다. 그는 소매로 입을 닦아내고는 플라스크 목을 잡아 책상 모서리에 세게 내리쳤다. 플라스크 안에 들어 있던 액체가 리의 녹색 작업복에 튀었다. 흑인은 깨진 플라스크를 휘둘렀다.

"흰둥이 새끼, 목을 그어버리겠어."

리는 문 쪽으로 물러섰다. "레이건." 리는 속삭였다. "야, 레이건."

리는 공포심이 점점 쌓여가는 것을 느끼며 레이건이 나와 방어해주기를 바랐다. 하지만 아무도 나오지 않았다. 그가 문 밖으로 뛰어나가 복도로 도망치자 흑인이 뒤에서 쫓아왔다. 레이건이 자리를 차지하려 하자 아서가 만류했다.

"리는 이 기회에 톡톡히 혼나야 정신 차릴 거야."

"그렇다고 쟤가 목 잘리게 놔둘 순 없잖아."

"억제하는 법을 배우지 않으면, 나중에 더 큰 위험 요소가 될 수 있어."

레이건은 아서의 제안을 받아들여 이 일에 끼어들지 않기로 했다. 리는 복도를 뛰어 내려가며 겁에 질려 소리 질렀다.

"대체 어디 있는 거야, 레이건?"

리가 충분히 혼난 듯하고 상황이 점점 위험해지자, 레이건은 리를 자리에서 밀어냈다. 흑인 남자가 바퀴 달린 침대와 일직선이 되는 위치까지 쫓아오자, 레이건은 뛰어가다 말고 침대를 흑인이 쫓아오는 길 앞으로 밀었다. 덩치 큰 남자는 침대와 함께 나가떨어지며 깨진 병 위로 넘어져서 팔을 베였다.

"다 끝났어!"

레이건이 포효했다. 흑인은 분노로 부들부들 떨면서 벌떡 일어섰다. 레이건은 그를 붙잡아 방사선실로 던져 넣고 벽에다 쾅 밀어붙였다.

"끝났다고 했잖아. 여기서 그만 안 두면, 내가 끝장내주겠어."

남자는 갑작스러운 변화에 눈을 동그랗게 떴다. 겁에 질린 백인 소년은 사라지고, 러시아 억양으로 말하고 야성적인 눈빛을 띤 미친 남자가 자기를 구석으로 몰아넣고 있었다. 레이건이 뒤에서 팔을 목 뒤까지 비틀고 있어 흑인은 꼭 갇힌 듯 꼼짝도 할 수 없었다.

"이제 그만둬. 이걸 치워야 하니까." 레이건이 흑인의 귀에 속삭였다.

"알았어, 친구. 좋아, 좋다구······."

레이건이 풀어주자 흑인은 서둘러 방을 나갔다.

"상황을 정리하기엔 좀 야만적인 방식 아니었나?" 아서가 말했다.

"너라면 어떻게 할 건데?"

레이건이 묻자 아서는 어깨를 으쓱했다.

"너만큼 힘이 있다면, 나도 똑같이 했겠지."

레이건은 고개를 끄덕였다.

"리는 어때? 네 결정에 달렸어." 아서가 물었다.

"걔는 불량자야."

"그래. 인생이 농담으로 가득 찬 애가 무슨 소용 있겠어? 쓸모없는 안드로이드일 뿐이지."

리는 추방당했다. 그는 자리 주변에서 어슬렁거리며 농담도 못 하고 장난도 못 치는 존재로 살아가느니 완전히 사라져버리는 방법을 택했다.

오랫동안, 아무도 웃지 않았다.

3

타미의 편지에 변덕스러운 감정의 기복이 나타나기 시작했다. 말린에게 쓴 편지에는 "주먹이 부어올랐다"며 자기 우표를 훔친 수감자들과 싸웠다는 설명이 들어 있었다. 8월 6일, 타미는 자살을 해버리겠다고 공언했다. 닷새 후, 그는 말린에게 편지를 써서 그림을 다시 시작하게 아크릴 물감을 보내달라고 했다.

아서는 생쥐 네 마리를 잡아 애완동물로 키웠다. 그는 생쥐의 행태를 관찰해서 생쥐의 피부를 화상 환자에게 이식할 수 있는지에 대해 긴 보고서를 썼다. 어느 날 오후 아서가 실험실에서 노트를 적고 있는데, 세 명의 수감자가 들어왔다. 한 명은 경비를 섰고 나머지 두 명이 그와 대적했다. 그중 한 명이 말했다.

"꾸러미 내놔. 네가 갖고 있는 거 아니까 우리한테 순순히 넘기시지."

아서는 고개를 저으며 계속 노트를 적었다. 두 명의 죄수가 책상 너머로 돌아와 그를 잡았다…….

레이건은 두 남자를 밀쳐내고 한 명씩 차례로 발로 찼다. 실험실 밖에서 망을 보던 죄수가 칼을 갖고 덤비자, 레이건은 그의 손목을 부러뜨렸다. 도망치면서 그들 중 한 명이 외쳤다.

"너 죽었어, 밀리건. 네 엉덩이는 내가 맡아놨으니 조심하라구!"

레이건은 아서에게 무슨 일인지 아는 바 있느냐고 물었다.

"그자들 행동으로 봐선 약을 말하는 것 같은데."

아서는 실험실과 의무실을 수색했다. 그는 꼭대기 선반의 책과 서류 뒤에서 하얀 가루가 든 비닐봉지를 찾아냈다. 앨런이 물었다.

"헤로인인가?"

"확인하려면 실험을 해봐야겠지."

아서는 무게를 달아보았다.

"500그램은 되겠는데."

아서는 약이 코카인임을 알아냈다.

"그 약을 어떻게 하지?"

아서는 꾸러미를 뜯어 하얀 가루를 변기에 흘려보냈다.

"어떤 녀석은 성질 좀 부리겠는데."

앨런이 말했다. 하지만 아서는 이미 피부 이식 보고서를 어떻게 쓸까 생각하느라 여념이 없었다.

아서는 주립교도소 우울증에 대해 들은 바 있었다. 대부분의 죄수들이 교도소에 적응하는 과정에서 불안한 시기를 겪는다고 했다. 수감자들이 독립과 정체성을 잃어버리고 억압을 받아들여야 할 처지에 놓이면, 이런 외적 변화는 종종 우울증과 감정 폭발로 이어진다. 밀리건의 경우에는 혼란의 시기가 왔다.

말린에게 보내는 편지에도 변화가 생겼다. 필립과 케빈은 음담패설을 쓰고 포르노에 가까운 만화를 그려서 보냈지만 이젠 편지를 쓰지 않았다. 편지에는 광기에 대한 공포가 담겨 있었다. 타미는 편지에서 이상한 환각을 본다고 했다. 또한 밤이고 낮이고 의학 공부를 한다고도 썼다. 타미는 가석방을 받으면 의학 공부를 하겠다고 말했다. "15년이나 걸리더라도 말이야." 그는 또한 결혼해서 집을 장만하고 자기는 연구를 해서 전문가가 되겠다고 했다. "괜찮지? 밀리건 박사 부부."

10월 4일, 코카인 사건 때문에 밀리건은 C블록으로 이감되어 보호 독방에 격리되었다. 의학책과 휴대용 TV는 압수됐다. 레이건은 강철 침대틀을 벽에서 떼어내어 문에다 쑤셔 넣었다. 간수들은 그를 감방에서 꺼내기 위해 인부들을 불러 문을 뜯어내야 했다.

그는 불면증에 잦은 구토, 눈앞이 어른거리는 증세가 있다며 불만을 털어놓았다. 스타인버그 박사는 가끔 그를 진찰하고 진정제나 진경제를 처방해주었다. 박사는 밀리건의 문제가 본질적으로 심리적인 것이라고 짐작했다. 그러나 10월 13일, 치료를 위해 밀리건을 레바논에서 콜럼버스 의학센터로 이송하라는 명령을 내렸다.

거기 있는 동안 앨런은 미국시민자유연합에 도움을 요청하는 편지를 썼지만 아무 답장도 받지 못했다. 콜럼버스 의학센터에 간 지 열흘 후, 그에게 소화성 궤양이 있다는 사실이 발견되었다. 그는 시피 다이어트(의사 버트램 W. 시피의 이름을 딴 소화성 궤양 치료방법—옮긴이)를 받고 다시 레바논 독방으로 돌려보내졌다. 그는 1977년 4월까지 가석방 신청을 할 수 없다는 사실을 알게 되었다. 앞으로 1년하고도 반이 더 남아 있었다.

4

크리스마스와 새해가 지나갔다. 1976년 1월 27일, 앨런은 다른 수감자들과 함께 단식 투쟁에 돌입했다. 그는 형에게 이런 편지를 썼다.

짐에게.
여기 감방 안에 누워 있으니까, 어렸을 때 일이 생각났어. 세월이 지나면서 내 영혼에는 삶에 대한 증오만이 쌓여갔지. 형네 가정이 깨진 건 다 내 잘못이고 미안하게 생각하고 있어. 나는 한 번도 그 가정의 일원인 적이 없었어. 형은 목표가 많이 있고 앞길도 창창하게 밝아. 나처럼 인생을 날려버리지 마. 나를 싫어하고 있다면 미안해. 하지만 나는 바람과 태양을 존경하듯이 아직도 형을 존경하고 있어. 짐, 하늘에 맹세코 난 죄를 저지르지 않았어. 하느님은 모든 이에게 어울리는 자리와 운명을 주셔. 이게 내 자리이고 운명인가 봐! 형과 주위 사람들에게 부끄러움만 안겨줘서 정말 미안해.

타미는 말런에게도 편지를 썼다.

나의 마빈에게.
좋아, 마브. 단식 투쟁과 대규모 폭동이 시작되고 있어. 만약 죄수들이 이길 경우에 대비해서 이 편지를 쓴다. 교도소 측이 이긴다면 이 편지는 밖으로 못 나갈 거야. 사람들의 비명과 유리 깨지는 소리가 점점 커지고 있어. 카트에서 음식 하나만 집어도 죽을지도 몰라.
누군가 불을 질렀어! 하지만 교도소 측에서 곧 껐어. 간수들이 사람들을 질질 끌고 다녀. 폭동은 느리게 진행되고 있지만 다음 주 중반쯤 되면 죄수들이 이길지도 몰라. 경찰들은 엽총을 들고 밖에 서 있지만 이 사람들을 말리지는 못할 거야. 네가 정말 보고 싶다, 마빈. 나는 그냥 죽고 싶을 뿐이야.

상황이 점점 나빠지고 있어. 다음 며칠 동안, 이 사건이 6시 뉴스에 나갈지도 몰라. 지금은 신시내티 라디오에만 나오고 있지만 말이야. 폭동이 본격적으로 커지면 여기 오지 마. 사람들이 밖에 수천 명은 모여 있는 것 같던데 너는 앞문으로 들어오지도 못할 거야. 널 사랑하고 보고 싶다, 마빈. 내 소원 하나만 들어줘. 주위 사람들이 이 편지를 고향에 있는 라디오 방송국에 보내라고 해. 우리가 원하는 것을 얻기 위해서는 대중의 지지가 필요하대. 이 편지를 W.H.O.K. 라디오 방송국에 보내줘. 모두들 고마워할 거야. 그럼 마브, 내가 너무 너무 너무 사랑하는 거 잊지 말고, 잘 지내.
사랑하는 빌.

사태가 잠잠해지면 코코아를 가지고 와줘.

'바비'는 독방의 철제 침대에 자기 이름을 새겼다. 거기서는 멋대로 공상을 즐길 수 있었다. 그는 영화나 TV에 나오는 배우가 되어 먼 곳을 여행하며 영웅적 모험을 펼치는 모습을 상상했다. 그는 다른 사람들이 "로버트"라고 부르는 것을 싫어했고 항상 "난 바비야!"라고 우겼다.

바비는 열등감으로 가득 차 있었고 야망은 없었다. 그는 스펀지처럼 다른 사람의 착상이나 생각을 흡수해서 자기 것인 양 행세하며 살았다. 하지만 다른 사람이 무슨 일을 하라고 하면 "난 못 해!"라고 말하곤 했다. 혼자 계획을 실행할 능력에 대한 자신감이 부족했다.

처음 단식 투쟁에 대한 이야기를 들었을 때, 바비는 자기가 앞장서서 다른 죄수들에게 모범을 보이는 모습을 상상했다. 인도의 위대한 성인 마하트마 간디처럼 금식함으로써 억압적인 당국자들을 자기 앞에 무릎 꿇게 하고 싶었다. 일주일 후에 단식 투쟁이 끝났지만, 바비는 멈추지 않고 계속 하기로 결심했다. 몸무게가 많이 빠졌다.

어느 날 저녁, 교도관 한 명이 식판을 들고 감방 문을 열자 바비는 식판을 도로 밀어버리고는 자기 배설물을 교도관의 얼굴에 던져버렸다.

아서와 레이건은 바비의 환상이 오랜 감옥 생활 동안 생존하는 데 도움을 줬다손 치더라도 금식은 몸을 약하게 한다는 데 동의했다. 레이건은 바비를 불량자로 선언했다.

어느 날 오후, 타미는 면회실에서 걸어 나왔다. 아들의 스물한 번째 생일을 축하하기 위해 온 빌리의 엄마를 만나고 나오는 길이었다. 타미는 창문 너머로 이제까지 한 번도 알아채지 못했던 광경을 보았다. 면회실 여기저기에 죄수들이 자기 여자친구나 부인과 앉아 있었다. 사람들의 손은 작은 사각 탁자 뒤에 있어 보이지 않았다. 그들은 서로 이야기를 나누거나 쳐다보지도 않았다. 태연하게 똑바로 앞만 보고 있을 따름이었다. 그들의 눈은 가짜 눈처럼 흐리멍덩했다.

타미가 옆방 죄수인 존시에게 이 이야기를 해주자 존시가 웃음을 터뜨렸다.

"야, 넌 진짜 아무것도 몰랐냐? 병신, 오늘은 밸런타인데이잖아. 걔네들은 손으로 그 짓을 하는 거야."

"믿을 수 없어."

"그 여자들은 바지 대신 치마를 입고 와. 치마 속엔 속옷도 안 입지. 다음번에 면회 오면 우리 자기 엉덩이를 보여주지."

다음 주 타미가 빌리의 엄마를 만나러 면회실에 갔을 때, 마침 존시와 그의 아름다운 빨간 머리 여자친구가 밖으로 나왔다. 존시는 눈을 찡긋하며 여자의 치마를 홱 젖혀 맨엉덩이를 보여주었다. 타미는 얼굴을 붉히며 도망갔다.

그날 밤, 타미가 말린에게 편지를 쓰던 도중 필적이 갑자기 바뀌었다. 필립은 이렇게 썼다.

"자기가 나를 사랑하면 다음번엔 치마를 입고 와. 속옷은 입지 말고."

5

 1976년 3월, 앨런은 6월에 가석방을 받을 수 있지 않을까 하는 희망을 품기 시작했지만, 가석방위원회가 심사 청문회를 두 달 더 연기하자 걱정이 되었다. 교도소 소식통을 통해 들은 바로는, 가석방 심사를 확실히 보장받으려면 중앙 사무실에서 지원서를 접수하는 직원에게 뇌물을 줘야 한다고 했다. 앨런은 장사 수완을 발휘해서 연필과 목탄으로 스케치를 한 후 거래할 만한 물건을 갖고 있는 죄수들과 교도관들에게 그것을 팔았다. 그는 말린에게 다시 편지를 써서 한 번만 더 알코올 농도 50%의 보드카를 주사한 오렌지들을 갖다 달라고 부탁했다. 하나는 레이건에게 먹으라고 주고 나머지는 팔기 위해서였다.

 6월 21일, 보호 독방에 갇힌 지 여덟 달이 지났을 때, 타미는 말린에게 편지를 써서 가석방 청문회 연기는 일종의 심리 테스트임이 분명하다고 했다. "아니면 내가 완전히 정신이 돌아버려서, 혼자 미친 짓거리를 하는 데 모르는 것일 수도 있겠지." 여전히 고립된 상태에서 타미는 C블록의 '이상 구역'으로 옮겨졌다. 정신적인 문제가 있는 죄수들을 가두는 감방 열 개가 따로 모여 있는 구역이었다. 대니가 그 직후 자해를 하고 치료를 거부하자 그는 다시 콜럼버스에 있는 중앙의료센터로 보내졌다. 그 곳에 잠시 머물다가 그는 레바논으로 돌아갔다.
 C블록에 머무르는 동안 앨런은 계속 달만 교도소장에게 '연'을 날렸다. '연'은 쪽지나 공식 서신을 뜻하는 교도소 속어였다. 앨런은 원래 독방 수감은 자발적 신청에 의해서만 이루어진다고 들었다며 항의했다. 그는 자신의 법적 권리가 침해당하고 있으므로 모두 고소해버리겠다고 협박했다. 몇 주 후, 아서가 전술을 바꿔보라고 제안했다. 즉, 침묵하라는 것이었다. 수감자가 되었든 간수가 되었든 누구와도 말을 하지 말라고 했다. 그러면

사람들이 불안해한다는 것을 아서는 알고 있었다. 그리고 어린아이들은 식사를 거부했다.

보호 독방 상태에서 지낸 지 열한 달째인 8월, 이상 구역을 오고 가는 생활을 반복하던 중에 그는 동료 수감자들이 있는 곳으로 돌아갈 수 있는 방법이 있다는 말을 들었다.

"별로 위험하지 않은 일을 주도록 하지."

달만 교도소장이 말했다. 그는 감방 벽 여기저기에 그려진 연필 스케치들을 가리켰다.

"자네의 예술적 재능은 익히 들었네. 라이너트 선생의 미술 수업에서 일하면 어떻겠나?"

앨런은 행복하게 고개를 끄덕였다.

다음 날, 타미는 그래픽 미술 작업실로 갔다. 그곳은 실크스크린이나 문자 도안, 카메라와 인쇄기기로 작업하는 사람들로 넘쳐났다. 라이너트 선생이라고 하는 마르고 깐깐해 보이는 남자가 타미를 곁눈질로 훑어보았다. 처음 며칠 동안 타미는 주변에서 일어나는 일에 전혀 관심을 보이지 않고 그냥 여기저기 앉아 있기만 했다.

"뭘 하고 싶지?" 라이너트가 물었다.

"그림을 그리고 싶어요. 전 유화를 잘 그려요."

라이너트는 머리를 위로 젖히고 그를 올려다보았다.

"죄수 중에 유화를 하는 사람은 없는데."

타미는 어깨를 으쓱했다.

"저는 하는걸요."

"알았다, 밀리건. 날 따라와라. 어디 가면 재료를 얻을 수 있는지 알 것 같다."

타미는 운이 좋았다. 칠리코더 교정 시설의 그래픽 미술 프로젝트가 최근 문을 닫아서 유화 물감과 캔버스, 캔버스 틀을 레바논으로 보내놓았기 때문이다. 라이너트는 타미가 이젤을 세울 수 있게 도와주고 그림을 그려 보라고 했다. 30분 후 타미가 풍경화를 가져오자 라이너트는 입이 떡 벌어지도록 놀랐다.

"이렇게 빨리 그리는 사람은 본 적이 없어. 그림 솜씨도 훌륭하고."

타미는 고개를 끄덕였다.

"그림을 어떻게든 마치고 싶으면 빨리 그리는 법을 배워야 했거든요."

유화는 프로그램에 들어 있지 않았지만, 라이너트는 밀리건이 손에 붓을 들고 있을 때 가장 편안해한다는 것을 깨달았다. 그래서 월요일부터 금요일까지, 라이너트는 밀리건이 마음대로 그림을 그릴 수 있게 해주었다. 죄수들과 교도관들, 심지어 행정 직원들까지도 타미의 풍경화에 찬사를 보냈다. 타미는 부탁을 받으면 그림을 빨리 그려서 '밀리건'이라는 이름으로 서명한 후 물물교환을 했다. 다른 때에는 자기 자신을 위해 그림을 그렸고, 당국의 허락을 받아 면회 온 빌리의 엄마나 말린을 통해 교도소 밖으로 내보냈다.

스타인버그 박사는 가끔 그래픽 미술반에 들러서 자기 그림에 대한 밀리건의 의견을 묻곤 했다. 타미는 박사에게 시점을 조절하는 법이나 바위를 물속에 있는 듯 보이게 칠하는 방법을 보여줬다. 박사는 주말에도 시간을 내서 교도소에 들렀고, 밀리건을 감방에서 데리고 나와 둘이 함께 그림을 그렸다. 밀리건이 교도소 음식을 싫어한다는 것을 안 박사는 항상 기다란 샌드위치나 크림치즈와 훈제연어를 끼운 베이글을 가져다주곤 했다.

"감방에서 그림을 그릴 수 있으면 좋겠어요."

어느 주말, 타미는 이렇게 말했다. 라이너트는 고개를 저었다.

"감방 하나에 죄수 두 명이 있기 때문에 안 돼. 규칙에 어긋나."

하지만 이 규칙은 오래 적용되지 않았다. 며칠 후 저녁, 교도관 두 명이 밀리건의 감방을 뒤져 마리화나를 찾아냈다.

"내 것이 아니에요."

타미는 교도관들이 자신의 말을 믿지 않고 '구멍'에 보낼까 봐 두려웠다. 구멍이란 삭막한 체벌용 독방이었다. 하지만 교도관들이 밀리건의 감방 동료를 심문하자, 그 젊은이는 아내가 고무신을 꺾어 신는 바람에 마음이 울적해서 마리화나를 피웠다고 자백했다. 그는 독방에 보내졌고 밀리건은 잠시 동안 감방을 독차지할 수 있었다.

라이너트는 감방 책임자인 모레노에게 다른 죄수가 올 때까지 밀리건이 감방에서 그림을 그릴 수 있게 해주면 어떻겠느냐고 부탁했다. 모레노는 동의했다. 그래서 그래픽 미술실이 세 시 반에 문을 닫으면 밀리건은 감방으로 돌아가서 잠들 때까지 그림을 그렸다. 하루하루가 빠르게 지나갔다. 시간을 보내기가 훨씬 수월해졌다.

그러던 어느 날, 교도관 한 명이 새 죄수가 감방에 올 예정이라고 알려줬다. 앨런은 모레노의 사무실에 들렀다.

"모레노 씨, 제 감방에 누가 들어오면 전 그림을 그릴 수가 없어요."

"다른 데서 그리면 되잖아."

"제가 한 가지 설명해드릴 게 있는데요."

"이따가 다시 와봐. 그때 얘기하지."

점심식사 후, 앨런은 타미가 막 끝낸 그림 하나를 들고 미술실에서 돌아왔다. 모레노는 그 그림을 응시했다.

"네가 저걸 그렸단 말이야?"

모레노가 물었다. 그는 그림을 들고 강이 심연으로 굽이쳐 흘러가는 진녹색의 풍경을 바라보았다.

"나도 이런 그림 하나 갖고 싶은데."

"하나 그려드릴게요. 더 이상 감방에서 그림을 그릴 수는 없지만요."

"아…… 잠깐만 기다려봐. 나한테 그림을 그려주겠다고?"

"공짜로요."

모레노는 부관을 불렀다.

"케이시, 밀리건의 감방에 배정하기로 했던 친구 이름을 지워버려. 그냥 X라고 적어."

그러고는 앨런에게로 돌아섰다.

"걱정 마. 가석방 청문회에 나갈 때까지는 누구도 안 들여보낼 테니까."

앨런은 기뻤다. 타미와 대니, 앨런은 짬짬이 그림을 그렸지만, 어떤 그림도 제대로 끝내지 않으려고 애썼다.

"조심해." 아서가 충고했다. "모레노가 그림을 손에 넣으면 약속을 도로 물릴지도 몰라."

앨런은 2주 동안 모레노를 기다리게 한 뒤 사무실로 가서는 보트들이 정박해 있는 선착장 그림을 선물로 주었다. 모레노는 기쁨에 넘쳤다.

"이걸 드리면 약속을 지키실 거죠?"

"막 처리해놨어. 가서 확인해봐도 좋아."

앨런은 보안실로 가서 자기 이름 아래 "밀리건의 감방에 수감자를 들이지 말 것"이라고 쓰인 쪽지가 끼워져 있는 것을 확인했다. 투명 테이프로 붙여져 있어서 영구적인 조치처럼 보였다.

밀리건은 광적인 생산력으로 그림을 그려냈다. 교도관이나 행정 직원을 위해서도 그림을 그렸고 엄마나 말린이 집에 가져가서 팔 그림도 그렸다. 어느 날 현관 로비에 걸 그림을 그려달라는 부탁을 받은 타미는 안내 데스크 뒤에 걸 수 있도록 큰 캔버스 위에 그림을 그렸다. 그는 그 위에 자기 이름을 서명하는 실수를 저질렀다. 하지만 타미가 그림을 내기 전 앨런이 실수를 발견하고 이름을 지운 후 '밀리건'이라고 서명했다.

이런 그림들 대부분은 그의 눈에 차지 않았다. 그저 빨리 팔아넘기기 위해 그린 것들일 뿐이었다. 하지만 어느 날, 그는 자신에게 아주 중요한 그림을 그리는 데 몰두하게 되었다. 미술책에서 본 작품을 자기 나름대로 각색한 것이었다.

앨런과 타미, 대니는 교대로 〈우아한 캐슬린〉 작업을 진행했다. 원래는 만돌린을 들고 있는 17세기 귀족 부인을 그릴 계획이었다. 앨런이 얼굴과 손을 그렸다. 타미는 배경을 그렸다. 대니는 세부묘사를 완성했다. 손에 만돌린을 그릴 때가 왔을 때, 대니는 자기가 어떻게 만돌린을 그리는지 모른다는 것을 깨닫고 대신 악보를 그렸다. 48시간 동안 쉬지 않고 셋이 돌아가면서 작업했다. 마침내 일이 다 끝나자, 밀리건은 침대에 쓰러지듯 누워 잠이 들었다.

'스티브'는 레바논 교도소에 오기 전에는 자리를 차지해본 적이 거의 없었다. 자동차 전문가에 대담한 운전자인 스티브는 어렸을 때 몇 번 운전대를 잡고 세상에서 제일가는 운전사라고 뽐내기도 했었다. 레이건은 리가 추방당한 후 스티브가 자리에 나올 수 있게 해주었다. 스티브 또한 사람들을 웃기는 재주가 있었기 때문이다. 스티브는 자기가 세상에서 제일가는 성대모사꾼이라고 뽐냈다. 그는 누구든지 흉내를 잘 냈고 수감자들은 배를 잡고 웃어댔다. 흉내는 그가 사람들을 조롱하는 방법이었다. 스티브는 말썽쟁이였고 시종일관 남을 속이려 들었다.

스티브가 레이건의 유고슬라비아 억양을 흉내 내자 레이건의 분노에 불이 붙었다. 스티브가 하류층 영국인의 억양으로 아서를 조롱하자 아서도 분노했다.

"난 그런 식으로 말하지 않아. 난 코크니(흔히 런던에 거주하는 노동계급이나 그들이 쓰는 속어를 이르는 말―옮긴이)가 아니거든."

어느 날 오후, 스티브는 복도에서 리치 경비대장의 뒤에 서서 팔짱 낀 채 발꿈치를 대고 앞뒤로 까닥까닥하는 그의 모습을 흉내 냈다. 리치가 뒤를 돌아보는 바람에 스티브는 그 자리에서 걸렸다.

"좋아, 밀리건. 구멍에서 연기 연습이나 할 수 있게 해주지. 열흘 동안 독방에 갇혀 있으면 뭔가 배우는 게 있을 거다."

"뭔가 일이 생길 거라고 앨런이 경고했었지." 아서가 레이건에게 말했다. "스티브는 무용지물이야. 야망도 없고 재능도 없어. 걔가 하는 일이라곤 사람들을 비웃는 것뿐이야. 옆에서 보는 사람들이야 그저 비웃고 말겠지만, 걔한테 조롱당한 사람들은 우리 적이 되고 말아. 물론 여기서 지배하는 사람은 너야. 하지만 더 이상 적을 만들어선 안 된다는 사실을 말해 두고 싶군."

레이건은 스티브를 불량자로 분류해야 한다는 데 동의하고 그를 추방하기로 했다. 그러나 스티브는 자리에서 내려가려 하지 않았고 레이건의 억양을 흉내 내며 으르렁거렸다.

"무슨 뜻이지? 넌 존재하지 않잖아. 너희 다 존재하지 않아. 모두 다 내 상상의 산물이야. 나만 진짜 사람이지. 너희들은 다 환각이라구."

레이건은 스티브의 이마에서 피가 나도록 그를 벽에다 쿵 내던져버렸다. 그때서야 스티브는 자리를 떠났다.

아서의 재촉으로 앨런은 지역 전문대학의 셰이커 밸리 분교에서 나온 강사들이 교도소에서 하는 강좌에 등록했다. 그는 영어와 산업디자인, 기초수학과 산업광고 과목을 신청했다. 앨런은 미술 관련 과목에서는 A를 받고 영어와 수학에서는 B+를 받았다. 그래픽 미술에서는 "특출한 재능", "아주 생산적임", "빨리 배우는 학생", "아주 믿을 만함", "사교성이 좋음", "동기가 높음" 등 최고 수준의 평가를 받았다.

1977년 4월 5일, 앨런은 가석방위원회에 나갔고 3주 이내 석방이라는 판결을 받았다.

마침내 석방 통지서를 받았을 때 앨런은 너무 기뻐서 가만히 앉아 있을 수 없었다. 그는 감방에서 이리저리 왔다 갔다 했다. 그는 통지서로 종이비행기를 만들었다. 예정된 석방 전날, 리치 경비대장의 사무실 앞을 지나면서 앨런은 휘파람을 불었다. 리치가 고개를 들자, 앨런은 통지서로 만든 종이비행기를 그쪽으로 날려 보내고는 웃으면서 지나갔다.

4월 25일, 레바논에서의 마지막 날은 영원히 지속되는 듯했다. 앨런은 전날 새벽 세 시까지 잠을 못 이루고 감방 안을 걸어 다녔다. 앨런은 아서에게 이제 다시 사회에 나가니까 누가 자리에 들어가고 나갈지에 대해 자기도 발언권을 더 가져야 할 것 같다고 말했다.

"사람들을 대해야 하는 사람은 나잖아. 어려운 상황에서 빠져나오기 위해 말로 처리해야 하는 사람도 나지."

"그래도 레이건에게 지배권을 내놓으라고 하긴 어려울걸. 2년 동안이나 그가 절대 통제권을 가졌으니까. 삼두체제를 기분 좋게 받아들이진 않을 거야. 레이건이 계속 지배하려는 속셈을 품고 있다는 생각이 드는데."

"글쎄, 우리가 이 문을 나가면 네가 대장 아닌가. 일거리를 찾고 사회에 재적응해야 하는 사람은 나야. 나는 더 강한 발언권이 필요해."

아서는 입술을 오므렸다.

"비합리적인 요청은 아니군, 앨런. 레이건에게 내가 직접 요구할 수는 없지만 지지는 해주지."

　아래층에 내려가니 교도관이 새 양복을 건네주었다. 앨런은 양복의 질이 좋고 몸에 딱 맞아 기분이 좋았다.

"어머니가 보내주신 거야. 원래 자네 거였다는군." 교도관이 말했다.

"아, 네." 앨런은 기억나는 척하면서 말했다.

다른 교도관이 전표를 들고 와서 서명하라고 했다. 감방에서 잃어버린 플라스틱 컵 대금으로 30센트를 지급해야 했다.

"나를 독방으로 옮기면서 빼앗아간 거예요. 그러곤 다시 주지 않았어요." 앨런이 설명했다.

"그건 내가 모르는 일이야. 아무튼 지불해야 해."

"이렇게 나오시면 나도 버틸 수밖에요. 돈은 못 내요!"

교도관들은 앨런을 행정 담당자인 던의 사무실로 데려갔다. 던은 왜 마지막 날에 말썽을 피우냐고 물었다.

"교도관님들이 나한테서 플라스틱 컵을 가져가놓고 그 값을 내라잖아요. 그 물건이 없어진 거랑 저랑은 전혀 상관이 없어요."

"자넨 30센트를 지불해야 해."

"어디 내가 내나 보시죠!"

"돈을 낼 때까지는 나갈 수 없어."

"여기서 밤새죠, 뭐. 내가 하지 않은 일에 돈을 낼 순 없어요. 그게 세상일의 원칙이죠."

던은 결국 앨런을 보내줬다. 그는 어머니와 말린, 캐시가 데리러 오기로 되어 있는 면회실로 걸어갔다. 그때 아서가 물었다.

"꼭 그럴 필요가 있었을까?"

"던에게 말한 대로 그게 원칙이야."

밥 라이너트가 그를 배웅하러 왔고, 스타인버그 박사도 와서 그림 값 잔액이라며 돈을 좀 찔러주었다. 앨런은 빨리 문 밖으로 나가고 싶어 안달이 난 상태였기 때문에, 어머니가 스타인버그 박사와 이야기하느라 시간을 끌자 짜증을 냈다.

"빨리 가요."

"잠깐 기다려라, 빌리. 선생님과 얘기하는 중이잖니."

그는 도로시가 계속 수다를 떠는 모습을 속이 타서 바라보았다.

"이제 가시죠?"

"알았어. 잠깐이면 된단다."

앨런은 어머니가 계속 말을 하자 투덜거리며 앞뒤로 걸어 다녔다. 더 이상 참지 못한 그가 고함을 질렀다.

"엄마, 난 이제 가요. 여기 있고 싶으면 그렇게 하세요."

"오, 그래. 안녕히 계세요, 스타인버그 박사님. 우리 빌리에게 잘해주셔서 정말 감사드립니다."

앨런이 문으로 향하자 도로시가 그 뒤를 따랐다. 강철문이 그들 뒤로 휙 닫혔다. 캐시가 차를 가지고 올 때까지도 앨런은 여전히 화가 나 있었다. 감옥에서 나올 때에는 그냥 문을 열고 뛰어나오면 된다. 잡담이나 하고 서서 잡아두면 안 되는 것이다. 법에 의해 잡혀 있는 것만도 지겨운데 수다스러운 어머니까지도 잡아두다니, 너무 지나치다. 앨런은 차 안에서도 부루퉁해 있었다.

"근처 은행으로 가줘." 결국 그가 입을 열었다. "감옥에서 받은 수표를 여기서 현금으로 바꾸는 게 좋겠어. 랭커스터에 가서 현금으로 바꾸면 내가 막 출소했다는 걸 사람들에게 광고하는 셈이 되니까."

앨런은 안으로 들어가서 수표에 이서하고 카운터에 놓았다. 계원이 50달러를 건네주자, 그는 지폐를 스타인버그 박사가 준 돈과 함께 지갑에 넣었다. 그는 여전히 화가 나 있었고, 자기가 화나 있다는 사실로 인해 점점 더 화가 치밀었다. 앨런은 이런 분노를 처리하고 싶지 않았다…….

타미는 주위를 둘러보고 도대체 은행 안에서 자기가 무엇을 하고 있는지 궁금해졌다. 안으로 들어가는 길이었나, 나가는 길이었나? 그는 지갑을 열었다가 200달러 가까이 들어 있는 걸 보고 도로 주머니에 쑤셔 넣었다. 밖으로 나가는 중이었다는 생각이 들었다. 커다란 창문 너머로 내다보니 어머니와 말린이 차 안에서 기다리고 있었고 운전대 앞에는 캐시가 앉아 있었다. 오늘이 며칠인지 궁금했다. 타미는 예금 카운터에 놓인 달력을 확인했다. 오늘은 마침내 석방되는 날이었다.

타미는 손에 무언가 움켜쥔 척하며 은행 문으로 뛰어나갔다.

"서둘러, 빨리 나가야 해. 나 좀 숨겨줘. 숨겨줘."

그는 말린을 으스러지게 껴안고 웃어댔다. 기분이 좋았다.

"빌리, 너도 참. 언제나처럼 변덕스럽다니까."

식구들은 랭커스터에서 지난 2년 동안 일어났던 사건들을 얘기하며 시간의 공백을 채우려 했다. 그러나 타미는 그런 얘기엔 전혀 관심이 없었다. 그는 오로지 말린과 단둘이 지낼 수 있는 시간이 오기만을 고대하고 있었다.

랭커스터에 도착하자, 말린이 캐시에게 말했다.

"플라자 쇼핑센터 앞에 내려줘. 일하러 가야 해."

타미는 말린을 쳐다보았다.

"일하러 간다구?"

"그래, 아침 근무는 빠질 수 있었지만 이젠 가봐야지."

타미는 어지러웠고 상처 받았다. 적어도 감옥에서 나온 첫날에는 말린이 자기와 함께 있고 싶어 할 줄 알았다. 그는 아무 말 없이 눈물을 삼켰다. 마음속의 공허가 너무 고통스러워서 그는 자리를 떠났다…….

자기 방에 다시 돌아오자 앨런이 큰 소리로 말했다.

"어쨌거나 그 여자가 개한테 전혀 도움이 안 될 줄 알고 있었어. 정말 그 여자가 타미한테 신경 썼다면 하루 정도는 휴가를 냈을 거야. 우린 이제 그 여자랑 관계를 끊어야 해."

아서가 대답했다.

"그게 처음부터 내 입장이었지."

18장

말린에게 결별을 선언하다

1

빌리가 가석방되기 며칠 전, 캐시는 랭커스터의 집으로 이사 와서 앵커 호킹 유리회사의 옛날 일자리로 돌아갔다. 그 일자리가 그래도 참을 만했던 건 새 친구 베브 토머스 덕분이었다. 두 사람은 품질 검사 및 포장 부서에서 함께 일했다. 컨베이어 벨트를 따라 이동하는 유리 제품을 검사하면서 그들은 도란도란 이야기를 나누었다. 캐시가 애슨스에 있는 오하이오 대학교에 다니기 위해 앵커 호킹 유리회사를 그만둔 후에도 두 여자는 우정을 유지했다.

이혼한 적이 있는 베브는 빌리 또래의 나이로, 갈색 금발에 푸른 눈을 가진 매력적인 여성이었다. 그녀는 독립심이 강하고 마음이 넓으며 무던한 성격의 소유자였다. 베브는 심리학에 관심이 있어서 사람들의 비열한 행위와 그 배경에 대해 이해하고 싶어 했다. 캐시는 자기 식구, 그 중에서도 특히 빌리가 챌머의 폭력으로 고통 받았다는 이야기를 해주었다. 캐시는 베브를 어머니의 집에 초대해서 빌리의 그림을 보여주고 감옥에 가게 된 범죄에 대해서도 얘기했다. 베브는 빌리를 만나보고 싶다고 했다.

캐시는 빌리가 집에 돌아온 직후 함께 드라이브하러 갈 계획을 짰다. 늦은 오후, 베브가 하얀 머큐리 몬테고를 몰고 스프링 가의 집 앞에 서자, 캐시는 폭스바겐을 손질하고 있던 빌리를 불렀다. 캐시가 베브를 소개해주었지만, 빌리는 그저 고개만 끄덕이고는 하던 일로 돌아갔다.

"그러지 마, 빌리 오빠. 드라이브 가자고 약속했었잖아."

빌리는 베브와 폭스바겐을 번갈아 보더니 고개를 저었다.

"아, 그렇지만 정말 운전대를 잡을 자신이 없다는 말을 해야겠다. 아직은 안 되겠어."

캐시가 웃었다.

"오빠 다시 영국인 기분인가 봐. '말을 해야겠다' 라니."

그가 오만한 표정을 지으며 두 여자를 쏘아보자 캐시는 기분이 언짢아졌다. 캐시는 베브가 자기 오빠를 건방지다고 생각하지 않았으면 했다.

"왜 그래?" 캐시가 우겼다. "약속을 어기면 오빠 꼴이 우습잖아. 2년 정도 운전을 쉬었다고 실력이 어디 가나. 금방 찾을 거야. 오빠가 운전하기 싫으면 내가 할게."

"아니면 제 차를 가지고 가도 돼요." 베브가 선뜻 제안했다.

"내가 운전하지."

결국 그는 승낙하고 두 여자를 위해 폭스바겐의 뒷문을 열어주었다.

"오빠가 감옥에서 예의를 잊어버리진 않은 것 같아."

캐시가 뒤에 타고 베브가 앞에 탔다. 운전석에 올라탄 빌리가 시동을 걸었다. 그가 클러치를 너무 빨리 놓는 바람에 폭스바겐이 앞으로 기울어지더니 엉뚱한 방향으로 나아갔다.

"내가 운전해야 할까 봐."

캐시가 말했다. 빌리는 차를 오른쪽으로 빼서 천천히 운전했다. 아무 말 없이 몇 분 동안 운전하다가 그는 차를 주유소 앞에 세웠다.

"휘발유가 좀 필요한 것 같습니다만."

그가 주유원에게 말하자 베브가 캐시에게 살짝 물었다.

"너희 오빠 괜찮니?"

"괜찮을 거야. 가끔 저래. 태도가 딴사람처럼 바뀌어."

두 사람이 바라보고 있는 동안 그의 입술이 소리 없이 움직였다. 그는 뒷자리에 앉아 있는 캐시를 보고는 고개를 끄덕이며 미소 지었다.

"안녕. 드라이브하기에 좋은 날씨지."

"지금 어디 가는 거야?"

그가 갑자기 자신감 있는 태도로 부드럽게 운전하자 캐시가 물었다.

"클리어 크릭에 가볼까 해. 지난 2년 동안 거기 가는 꿈을 여러 번 꾸었거든. 그러니까 내가 거기 있었을 때……."

캐시가 끼어들었다.

"베브는 알고 있어. 오빠가 한 일을 다 설명해줬어."

그는 생각에 잠겨 베브를 바라보았다.

"방금 가석방된 전과자와 드라이브 가려고 하는 사람은 많지 않은데."

그의 눈을 똑바로 들여다보며 베브가 대답했다.

"나는 사람들을 그런 식으로 판단하진 않아요. 나도 그런 식으로 판단되고 싶지 않거든요."

뒷거울을 통해 캐시는 빌리가 눈썹을 치켜떴다가 입술을 오므리는 것을 보았다. 베브의 말이 그에게 좋은 인상을 주었음을 알 수 있었다.

그는 클리어 크릭으로 차를 몰았다. 이전에 자주 캠핑하러 갔던 곳인데도, 그는 처음으로 그 풍경을 보는 것처럼 시냇물을 똑바로 응시했다. 캐시는 나뭇잎 사이로 스며든 햇살이 물 위에 반짝이는 광경을 보며 오빠가 그곳을 왜 그렇게 좋아하는지 알게 되었다.

"이곳을 다시 그림으로 그려야겠어. 하지만 이젠 다르게 그려야지. 내가 알던 곳들을 모두 다시 그리고 싶어."

"이곳은 변하지 않았어요." 베브가 말했다.

"하지만 내가 변했죠."

두 시간 정도 그 일대를 드라이브한 후, 베브는 이따가 저녁에 자신의 이동식 주택으로 식사하러 오라고 두 사람을 초대했다. 그들은 다시 스프링 가로 갔고 베브는 거기 세워두었던 자기 차를 타고 집으로 갔다. 그녀는 모리슨 트레일러 단지로 오는 길을 알려주었다.

캐시는 빌리가 저녁식사에 가기 위해 새로 산 줄무늬 정장을 입고 있는 모습을 보고 기뻤다. 정장을 입고 수염을 손질하고 머리를 뒤로 넘기니 멋지고 점잖아 보였다. 트레일러에 도착하자 베브는 빌리에게 자기 아이들을 소개했다. 다섯 살 난 브라이언과 여섯 살 난 미셸이었다. 빌리는 아이들을 각각 무릎에 앉히고 농담을 하며 자기도 아이인 양 함께 놀아주었다.

베브는 아이들을 먹이고 재운 후 빌리에게 말했다.

"아이들을 잘 보시네요. 미셸과 브라이언이 보자마자 정들었나 봐요."

"난 애들을 좋아해요. 그리고 이 집 아이들은 특히 더 귀엽네요."

캐시는 빌리의 기분이 사람에게 호감을 주는 태도로 바뀐 것을 보고 기분이 좋아서 미소 지었다.

"저녁식사에 다른 친구도 초대했어요." 베브가 말했다. "스티브 러브도 이 트레일러 단지에 살고 있어요. 하지만 아내랑 별거 중이죠. 우린 좋은 친구 사이예요. 스티브는 빌리보다 두 살 정도 어리고 반은 체로키족 혈통인데 진짜 좋은 남자예요."

잠시 후 스티브 러브가 왔다. 캐시는 그의 잘생긴 검은 낯빛과 더부룩한 머리카락과 콧수염, 이제까지 본 어떤 사람보다도 진한 푸른 눈에 사로잡혔다. 그는 빌리보다 키가 컸다.

저녁식사를 하는 동안 캐시는 빌리가 베브와 스티브 둘 다 마음에 들어한다는 것을 알아챘다. 베브가 레바논 교도소 생활에 대해 물어보자, 그는 스타인버그 박사와 라이너트 씨의 도움으로 그림을 그릴 수 있었고 그 덕분에 감옥 생활을 견뎌낼 수 있었다고 말했다. 식사 후, 빌리는 그 동안 자신을 곤란하게 만들었던 여러 가지 일에 대해 이야기했다. 캐시는 오빠가 허풍을 떤다는 느낌을 받았다. 갑자기 빌리가 벌떡 일어나서 말했다.

"드라이브 가자."

"이 시간에? 자정이 넘었어." 캐시가 말했다.

"좋은 생각이야." 스티브가 말했다. "이웃 사람 조카딸한테 아이를 봐달라고 할게. 언제든지 아이들을 봐주거든."

"어디로 갈 건데?" 캐시가 물었다.

"근처 놀이터를 찾아보자. 그네를 타고 싶거든." 빌리가 말했다.

아이를 봐주는 사람이 도착하자, 일행은 폭스바겐에 끼어 탔다. 캐시와 스티브는 뒷자리에, 베브는 빌리 옆에 앉았다.

네 사람은 작은 학교 놀이터로 갔다. 새벽 두 시에 그들은 술래잡기를 하고 그네를 타며 놀았다. 캐시는 빌리가 재미있는 시간을 보내는 것 같아 기뻤다. 오빠가 새 친구를 만나서 감옥 가기 전에 엮였던 사람들과 다시는 어울리지 않게 해야 했다. 그것은 가석방 담당관이 가족들에게 강조한 사항 중 하나이기도 했다.

새벽 네 시쯤, 다시 베브와 스티브를 트레일러 단지에 내려준 후, 캐시는 빌리에게 오늘 저녁에 어땠냐고 물었다.

"정말 좋은 사람들이야. 친구들을 사귄 느낌이야. 그리고 애들, 애들도 귀엽더라."

"오빠도 언젠가는 좋은 아빠가 될 거야."

그는 고개를 저었다.

"그건 육체적으로 불가능해."

말린은 빌리에게서 변화를 감지했다. 그는 이제 딱딱해진 태도를 보이며 완전히 다른 사람이 되어버렸다. 그녀를 피하고 싶다는 듯 멀어지려고만 했다. 정말 가슴 아픈 일이었다. 빌리가 레바논에 있는 동안, 말린은 그에게만 헌신했을 뿐 다른 사람과 데이트한 적도 없었다.

석방된 지 일주일이 지난 어느 날 저녁, 빌리가 퇴근 시간에 말린을 데리러 왔다. 예전처럼 부드러운 말씨와 예의를 갖춘 빌리다운 모습이어서 말린은 기뻤다. 두 사람은 좋아하는 드라이브 코스인 클리어 크릭으로 갔다가 다시 스프링 가로 돌아왔다. 도로시와 델이 외출하고 없어서 두 사람은 그의 방으로 갔다. 그가 돌아온 이래로 말싸움하지 않고 단둘이 지내는 시간은 이번이 처음으로, 서로 안을 수 있는 기회도 처음이었다. 너무 오랜만이라 말린은 겁에 질렸다.

빌리도 그녀의 공포를 분명히 느낀 것 같았다. 그가 말린을 밀어버렸기 때문이다.

"문제가 뭐야, 빌리?"

"너야말로 문제가 뭐야?"

"난 두려워. 그게 다야."

"뭐가?"

"우리가 사귄 지 2년이 넘었잖아."

빌리는 침대에서 일어나 옷을 입었다. 그는 낮게 투덜거렸다.

"그래, 그건 정말 김이 빠진다."

헤어짐은 갑작스럽게 닥쳐왔다.

빌리가 어느 날 오후 가게에 들르자 말린은 깜짝 놀랐다. 그는 애슨스로 드라이브를 가서 그날 밤을 거기서 보내자고 했다. 다음 날 아침 학교에서 캐시를 태워서 랭커스터로 오면 된다는 것이었다. 그러나 말린은 별로 가고 싶지 않다고 말했다.

"혹시 나중에 마음이 바뀔지도 모르니까 나중에 전화할게."

하지만 그는 전화하지 않았다. 며칠 후, 말린은 그가 베브 토마스와 함께 갔다는 사실을 알았다. 화가 머리끝까지 난 말린은 빌리에게 전화해서 이런 식으로는 더 이상 관계를 계속할 수 없다고 말했다.

"그냥 잊어버리는 게 좋겠어. 이제 우리 사이엔 아무것도 없어."

말린의 말에 빌리도 동의했다.

"난 네가 상처 받을지 몰라 두려웠어. 네가 다시 상처 받는 모습을 보고 싶지 않아."

말린은 이제 그의 말을 받아들여야 한다는 것을 알았다. 그러나 2년 넘게 기다렸던 사람과 헤어져야 하는 아픔이 너무 컸다.

"그래. 끝내자."

말린은 결국 이렇게 말했다.

델 무어의 마음에 가장 걸린 건 빌리가 거짓말을 한다는 점이었다. 이 아이는 어리석거나 정신 나간 일을 저질러놓고서는 여파를 피하기 위해 거짓말을 하곤 했다. 스타인버그 박사는 빌리가 더 이상 거짓말로 빠져나가지 못하게 하라고 조언했다.

델은 도로시에게 말했다. "그래, 그 애는 머리가 나쁘진 않아. 너무 똑똑해서 그렇게 멍청한 짓을 하는 거지."

도로시로부터 들을 수 있는 대답은 언제나 똑같았다.

"그건 내 아들 빌이 아니에요. 다른 빌이지."

델이 보기에 빌리는 그림 말고는 어떤 종류의 기술이나 적성도 없어 보였다. 게다가 어떤 충고도, 지시도 받아들이지 않았다. 델은 말했다.

"빌리는 자기에게 호의를 품고 있는 사람 말을 듣기보다는 오히려 듣도 보도 못한 낯선 사람 말에 혹하는 편이지."

델이 정보나 충고를 주는 사람이 누구냐고 물어보면 빌리는 항상 이렇게 말하고는 했다.

"제가 아는 사람이 말했어요."

'그들'이 누군지, 어디서 '그들'을 만났는지 이름을 대거나 설명하는 법이 없었다. 빌리가 가끔 간단한 질문에도 대답하지 않고 가만히 방을 나가거나 등을 돌리는 것도 짜증났다. 델은 점점 빌리의 두려움과 공포증에 화가 났다. 예를 들어, 빌리는 총에 대해 아는 게 하나도 없었지만 총을 두려워했다. 델이 아는 한 빌리는 무엇에 대해서도 아는 게 하나도 없었다.

그러나 빌리에 관해서는 절대 설명할 수 없는 점이 하나 있었다. 델은 자기가 빌리보다 훨씬 힘이 세다고 생각했다. 그러던 어느 날 저녁 팔씨름에서 빌리가 이기자 델은 깜짝 놀랐다.

"한 번만 더 하자. 이번엔 오른손으로 해봐."

빌리는 아무 말 없이 이겨버리고는 나가려고 일어섰다.

"너같이 크고 힘이 센 애는 일을 해야지. 언제쯤 일자리를 구할 거냐?"

빌리는 무슨 말을 하는지 모르겠다는 듯 델을 바라보며 계속 일자리를 찾고 있었다고 대답했다.

"거짓말 좀 하지 마. 네가 정말 진지하게 일자리를 구했다면 얻을 수 있었을 거다."

델은 고함을 질렀고, 말싸움은 한 시간 동안 계속되었다. 빌리는 옷가지와 물건들을 챙겨 들고 집에서 뛰쳐나갔다.

2

베브 토머스는 이제 스티브 러브와 함께 살고 있었다. 빌리네 집에 말썽이 있었다는 말을 들은 베브는 빌리에게 자기들과 같이 살자고 제안했다. 빌리는 가석방 담당관에게 확인해보고 허락을 받았다.

베브는 두 남자와 살게 되어 기뻤다. 성적인 관계는 없다고 하면 아무도 믿으려 하지 않았지만 그들은 그저 좋은 친구 사이일 뿐이었다. 그들은 어디든 함께 다니고 모든 일을 함께 하며 전보다 더 즐겁게 지냈다.

빌리는 미셸과 브라이언에게도 자상하게 대했다. 아이들을 수영장에 데리고 가거나 아이스크림을 사주거나 동물원에 데려다주는 등, 마치 자기 자식인 양 아이들을 사랑해주었다. 항상 베브가 퇴근해서 돌아오기 전에 집을 깨끗하게 치워놓는 점도 베브의 마음에 들었다. 그런데 빌리는 설거지는 하지 않았다. 설거지를 한 적은 한 번도 없었다.

가끔 빌리가 너무 여성적으로 행동해서, 베브와 스티브는 혹시 그가 게이가 아닐까 궁금하게 여기기도 했다. 베브와 빌리는 가끔 같은 침대에서 잤지만, 그는 손도 대지 않았다. 어느 날 베브가 그 점에 관해 물어보자, 그는 자기가 성적 불능자라고 말했다.

그런 점은 베브에게 중요하지 않았다. 베브는 그를 좋아했다. 버 오크 산장에서 사흘 동안 묵었던 것이나 캠핑 여행, 정크푸드를 50달러어치나 먹었던 것 등 함께 하는 모든 것이 좋았다. 한밤중에 클리어 크릭의 숲을 하이킹할 때, 빌리는 손전등을 들고 제임스 본드 흉내를 내며 마리화나를 숨겨놓은 비밀 저장소를 찾으려 했다. 빌리가 영국인 억양으로 모든 식물의 라틴어 학명을 댈 때도 재미있었다. 모두 미친 짓이라 할 만했지만, 베브는 이 멋진 남성들과 함께하면서 오랜만에 자유와 행복을 느낄 수 있었다.

어느 날 베브가 퇴근하고 돌아와 보니, 빌리의 녹색 폭스바겐이 검은색 바탕에 어지러운 은색 무늬가 그려진 형태로 바뀌어 있었다.
"세상에 이런 폭스바겐은 없을걸." 빌리가 말했다.
"그런데 왜, 빌리?" 베브와 스티브가 동시에 물었다.
"그게, 어쨌든 보안관 사무실에서 나온 사람들이 나를 계속 감시할 테니까. 이렇게 하면 그 사람들 일이 더 쉬워질 거 아냐."

빌리가 말하지 않은 점이 하나 있었다. 앨런은 누가 차를 어디에 세웠는지 기억하지 못할 때마다 공포에 질리는 게 이제 진절머리가 나도록 지긋지긋했다. 눈에 띄는 모양이라면 훨씬 더 찾기 쉬울 터였다.

며칠 후 빌리는 스티브의 동생인 빌 러브를 만났다가 그의 트럭을 보고는 폭스바겐을 트럭과 바꾸었다. 그 다음에는 트럭을 스티브에게 주고 오토바이를 받았다. 오토바이는 움직이지 않았지만, 오토바이 수리에 일가견이 있는 스티브가 잘 달리도록 고쳐주었다.

스티브는 가끔 빌리가 악마처럼 오토바이를 탈 때도 있지만 다른 때에는 겁이 나서 타지 못한다는 걸 알았다. 어느 날 오후, 두 사람은 오토바이를 타고 가다가 바위가 많은 가파른 오르막길을 지나게 되었다. 스티브가 오르막길을 돌아 앞으로 가자 머리 위에서 엔진이 울부짖는 소리가 들렸다. 고개를 들어보니 빌리가 벼랑 끝에 서 있었다.

"거기까지 어떻게 올라갔어?"

"오토바이를 타고 왔지!"

"말도 안 돼!"

몇 초 후, 스티브는 빌리가 딴판으로 변해서 오토바이를 어떻게 타는지 모르는 사람처럼 내려오려 애쓰는 모습을 보았다. 스티브는 깎아지른 듯한 언덕길을 올라가 빌리가 오토바이를 타고 내려올 수 있게 도와주었다.

"거길 오토바이로 올라갔다니 믿어지지 않는다. 다른 길도 없는데."

스티브가 뒤를 흘긋 돌아보며 말했다. 그러나 빌리는 스티브가 대체 무슨 말을 하는지 영문을 모르겠다는 표정을 지었다.

언젠가 스티브는 빌리와 단둘이 숲속으로 산책을 나간 적이 있었다. 두 시간 정도 언덕을 올랐는데도 아직 정상은 저 위에 있었다. 스티브는 자기가 빌리보다 더 힘이 세고 운동신경도 좋은 편이라고 생각했지만 그에게도 너무 벅찬 등산이었다.

"절대 못 올라가겠다, 빌리. 여기서 쉬다가 그냥 돌아가자."

그가 지쳐서 나무에 등을 기대고 있을 때, 빌리가 갑자기 믿을 수 없는 에너지로 전속력을 내어 가파른 언덕 정상까지 올라갔다. 뒤처지고 싶지 않아서 스티브도 민첩하게 올라갔다. 벌써 정상에 올라간 빌리는 발아래 펼쳐진 광경을 내려다보면서 팔을 뻗어 흔들고 있었다. 그는 스티브가 이해할 수 없는 이상한 말로 말하고 있었다.

스티브가 정상에 올라 그 옆에 서자, 빌리는 스티브를 처음 본다는 듯이 훑어보고는 아래에 있는 연못을 향해 도로 뛰어 내려갔다.

"빌리!" 스티브가 외쳤다. "대체 어디서 그런 힘이 나는 거야?"

빌리는 계속 뛰어가면서 외국어로 뭔가 소리쳤다. 그는 옷을 입은 채 물속으로 곧장 뛰어들더니 빠르게 헤엄쳐서 연못을 건넜다. 스티브가 빌리를 따라잡았을 때, 빌리는 이미 건너편 둑 바위 위에 앉아 귀에서 물을 털어내려는 듯 고개를 흔들고 있었다. 스티브가 다가가자 빌리는 그를 탓하는 어조로 말했다.

"어째서 나를 물속에 집어던진 거야?"

"무슨 말이야?"

빌리는 물이 뚝뚝 떨어지는 옷을 내려다보았다.

"나를 물속으로 떠밀어 넣을 필요까지는 없었잖아."

스티브는 그를 쳐다보고 고개를 저었다. 말싸움하고 싶지는 않았다. 오토바이로 돌아갔을 때 빌리는 초보자처럼 서툴게 오토바이를 탔다. 스티브는 이 친구를 잘 지켜봐야겠다고 속으로 중얼거렸다. 빌리는 분명 정신이 나간 것 같았다.

"언젠가 내가 해보고 싶은 일이 뭔지 알아?"

연못과 언덕길 사이의 길에 이르렀을 때쯤 빌리가 말했다.

"저 길 양쪽의 느릅나무 사이에 차들이 밑으로 지나갈 수 있을 정도로 캔버스를 높이 세우고 싶어. 거기에 덤불이나 나무가 있는 산이 있고 그 가운데에 터널이 나 있는 것처럼 보이게 그림을 그리는 거야."

"넌 가끔 이상한 생각을 하더라."
"알아. 하지만 해보고 싶어."

베브는 식대와 오토바이, 자동차 유지비로 자기 돈이 술술 빠져나가고 있음을 알았다.(빌리는 낡은 포드 갤럭시를 한 대 구입했다.) 그래서 스티브와 빌리에게 이제 슬슬 직업을 찾아봐야 하지 않겠냐고 넌지시 말했다. 두 사람은 랭커스터 주변의 여러 공장에 지원서를 냈다. 5월 셋째 주, 빌리가 라이콜드 화학회사에 있는 사람들을 잘 구슬려서 두 사람 모두 일자리를 얻을 수 있었다.

힘든 일이었다. 섬유유리로 된 실이 큰 통에서 나와 넓은 매트 위에서 돌돌 감기면, 유리실 두루마리가 일정한 크기가 되었을 때 매트를 잘라내는 일이었다. 그 다음에는 45킬로그램이나 나가는 유리실 두루마리를 들어서 수레에 싣고 새 두루마리를 만들어야 했다.

어느 날 차를 타고 집으로 가는 길에 빌리는 히치하이커 한 명을 태워주었다. 그는 목에 아마추어용 소형 카메라를 매고 있었다. 시내로 차를 몰면서 빌리는 그에게 스피드 세 알과 카메라를 바꾸지 않겠냐고 제안했다. 스티브는 빌리가 주머니에서 비닐봉지로 싼 하얀 알약 세 알을 꺼내는 것을 보았다.

"난 스피드 안 해요."
"한 알에 8달러 받고 팔 수 있는데. 돈 벌기 쉽죠."

히치하이커는 재빨리 암산을 해보더니 비닐봉지와 카메라를 교환했다. 남자가 랭커스터에서 내리자 스티브가 빌리에게 물었다.

"네가 약을 하는 줄은 몰랐어."
"난 안 해."
"스피드를 어디서 얻었어?"

빌리가 웃었다.

"저건 아스피린이야."

"맙소사, 너한테 그런 면이 있는지 몰랐는데." 스티브가 허벅지를 치면서 말했다.

"예전에 가짜 약을 가방 한 가득 판 적도 있어. 다시 시작할 때가 됐나 봐. 이번엔 LSD를 만들어볼까?"

빌리는 드럭스토어에 가서 젤라틴과 다른 재료를 몇 개 샀다. 트레일러로 돌아온 빌리는 베브의 냄비에 젤라틴을 넣고 녹여서 16분의 1인치 두께로 동글납작하게 만들었다. 젤라틴이 굳어서 마르자, 4분의 1인치 길이의 네모로 잘라 테이프 위에 놓았다.

"LSD 하나에 몇 달러는 받을 수 있어."

"그걸로 뭐 하는 건데?" 스티브가 물었다.

"기분을 좋게 하는 거지. 환각도 보고. 하지만 이것의 이점은 가짜 약을 팔다가 걸려도 마약과는 상관이 없다는 거지. 그리고 이 약을 속아서 산 사람이 어쩌겠어? 경찰에 신고할 수 있겠어?"

빌리는 다음 날 콜럼버스로 갔다. 빌리가 돌아왔을 때 가방은 비어 있었다. 아스피린과 가짜 LSD를 팔아 돈을 한 다발 벌어온 것이었다. 하지만 스티브는 빌리가 겁에 질린 얼굴을 하고 있음을 알아챘다.

다음 날, 빌리와 스티브가 빌리의 오토바이를 고치고 있는데 이웃인 메리 슬레이터가 제발 시끄럽게 하지 말라면서 고함을 질러댔다. 빌리는 스크루드라이버를 메리의 트레일러 옆으로 던졌다. 스크루드라이버가 금속에 가 꽂히는 소리는 마치 총이 발사될 때 나는 소리 같았다. 메리 슬레이터는 경찰에 신고했고 경찰은 빌리를 불법 침입으로 체포했다. 델이 보석금을 내야 했다. 기소는 취소되었지만, 가석방 담당관은 빌리에게 다시 집으로 돌아가라고 명령했다.

"너희들을 그리워할 거야. 애들도 그리울 거고."

"우리도 여기 더 오래 머물지는 못할 것 같아. 단지 관리인이 우리를 몰아내려 한다는 말을 들었거든." 스티브가 대답했다.

"그럼 어떻게 하려고?"

"시내에 살 곳을 찾고 트레일러를 팔아야지. 너만 좋다면 와서 우리랑 같이 살아도 돼."

베브의 말에 빌리는 고개를 저었다.

"난 이제 너희들에게 필요 없는 존재야."

"그렇지 않아, 빌리. 우리는 삼인조잖아."

"언젠가 다시 보게 되겠지. 어쨌든 지금은 집에 돌아가야만 해."

그가 떠날 때 베브의 아이들은 울음을 터뜨렸다.

3

앨런은 라이콜드 화학회사의 일자리에 질려버렸다. 특히 스티브 러브가 그만둔 탓이 컸다. 그는 작업감독에게도 신물이 났다. 작업감독은 밀리건이 어느 날은 일을 제대로 하다가도 다음 날은 서투르다며 계속 불평을 해댔다. 아서는 자신들의 존엄성을 해치는 단순노동을 한다면서 앨런에게 잔소리를 했다.

6월 중순, 앨런은 작업 불만 배상 요구서를 받고 직장을 그만두었다.

델은 빌리가 라이콜드 화학회사를 그만두었음을 눈치 채고 회사에 전화해서 확인했다. 빌리가 거짓말을 하면 직접 얼굴을 맞대고 지적해주라는 스타인버그 박사의 충고에 따라, 델이 물었다.

"너, 직장 그만두었구나. 그렇지?"

"그건 제가 알아서 할 일인데요." 타미가 대답했다.

"네가 내 지붕 아래 살고 생활비도 다 내가 내는 한 내 일도 된다. 돈은 땅 파서 나오는 줄 아니. 그런데 너는 단순한 일자리 하나도 제대로 붙어 있지 못하는구나. 게다가 거짓말까지 하고. 우리에겐 말도 안 했지. 뭐 하나 제대로 하는 게 없어."

두 사람은 한 시간 가까이 말다툼을 했다. 델은 이전에 챌머가 썼던 냉혹한 표현들을 그대로 써서 그를 꾸짖었다. 타미는 빌리의 어머니가 자기편을 들어주지 않을까 기대했지만 그녀는 아무 말도 하지 않았다. 타미는 거기서 더 이상 살 수 없겠다고 생각했다.

타미는 방으로 가서 가방을 싸고 차에다 실었다. 그러고는 포드 차에 그냥 앉아, 이 빌어먹을 집구석에서 자기를 데리고 나가줄 사람이 나오기를 기다렸다. 앨런은 타미가 언짢은 얼굴로 앉아 있는 것을 보고 무슨 일이 생겼음을 알아차렸다.

"괜찮아." 앨런은 차를 몰고 나가며 말했다. "랭커스터를 떠날 때가 된 거 같다."

그들은 엿새 동안 오하이오 주변을 돌면서 일자리를 찾아다녔고, 밤에는 도로에서 벗어나 숲속에 주차해놓고 잠을 잤다. 레이건은 신변 보호를 위해 총 하나는 좌석 밑에 넣어두고 다른 하나는 차 소지품함에 넣어두어야 한다고 우겼다.

어느 날 밤, 아서는 앨런에게 아파트 관리직을 알아보면 어떻겠냐고 제안했다. 전기 시설이나 기계 장비, 온방 장치를 고치는 일이나 수도관을 수리하는 일은 타미가 손쉽게 할 수 있는 일이었다. 아서는 그런 직업을 얻으면 아파트 집세가 무료인 데다 시설 이용비도 내지 않아도 된다고 설명했다. 아서는 레바논에서 한 번 도와준 적이 있는 감방 동료에게 연락해 보라고 했다. 그는 리틀 터틀이라고 하는 콜럼버스 교외에서 아파트 관리인으로 일하고 있었다.

"아마 그자는 자리가 있는지 알고 있겠지. 전화해봐. 시내에 와 있으니까 찾아가겠다고 해."

앨런은 투덜거렸지만 아서의 지시를 따랐다. 네드 버거는 기뻐하며 그를 집으로 초대했다. 버거는 리틀 터틀에서는 사람을 구하지 않고 있지만 빌리 밀리건이라면 자기 집에서 며칠간 묵어도 환영이라고 말했다. 두 사람은 한데 어울려 감옥 생활에 대한 이야기를 즐겁게 나눴다.

사흘째 되는 날 아침, 버거가 채닝웨이 아파트 단지에서 야외 관리직을 구한다는 광고를 냈다는 소식을 전했다.

"전화해봐. 어떻게 알았냐고 물으면 모르는 척하고."

켈리&레먼 부동산 관리회사의 인사 담당자인 존 위머는 명랑한 청년으로, 빌리 밀리건에게서 좋은 인상을 받았다. 이제까지 구인광고를 보고 찾아온 사람 중에서 밀리건의 자격이 가장 뛰어나고 용모도 단정했다. 1977년 8월 15일, 첫 번째 면접 때 밀리건은 위머에게 정원 관리나, 목공, 전기 시설 유지부터 수도관 수리까지 다 할 수 있다고 자신 있게 말했다.

"전기나 연소에 의해 작동하는 기계라면 뭐든지 고칠 수 있습니다. 모르는 경우에는 배워서 하면 되고요."

두 번째 면접 후, 위머는 밀리건을 윌리엄스버그 스퀘어 아파트 단지의 야외 관리원으로 고용했다. 윌리엄스버그 스퀘어는 채닝웨이에 붙어 있었고 두 단지 다 켈리&레먼에서 관리했다. 밀리건은 당장 일을 시작할 수 있었다.

존 위머가 밀리건을 고용하기는 했지만 밀리건의 직속 상사는 섀런 로스였다. 로스는 창백한 피부에 검은 머리를 길게 기른 젊은 여자였다.

로스는 새 직원이 지적이고 잘생긴 청년이라고 생각했다. 로스는 밀리건에게 다른 여직원들을 소개하고 업무 절차를 설명해주었다. 그는 매일 윌리엄스버그 스퀘어의 사무실에 와서 섀런이나 캐롤, 캐시가 작성해놓은 작업명령서를 가지고 가게 되어 있었다. 일이 끝나면 명령서에 서명해서 섀런에게 돌려주면 되었다.

첫 주에 밀리건은 일을 잘 해냈다. 셔터를 올리고 울타리와 보도를 고치고 잔디를 깎았다. 모두들 입을 모아 그가 열심히 일하는 야심찬 일꾼이라고 말했다. 그는 윌리엄스버그 스퀘어 아파트에 사는 네드 앳킨스의 집에서 잠을 잤다. 네드도 관리인 중 한 명이었다.

두 번째 주의 어느 날 아침, 밀리건은 인사과에 들러 존 위머와 아파트 임대 건에 대해 의논했다. 위머는 전기 배선이나 상수도관 및 설비 수리에 뛰어난 그를 24시간 대기하는 실내 관리인으로 써보기로 했다. 밤에도 비상 요청이 있으면 언제든지 가야 한다는 조건을 붙이는 대신에 아파트를 무료로 제공하기로 했다.

빌리의 새 아파트는 아름다웠다. 벽난로가 있는 거실에 침실 하나, 작은 식당과 부엌이 있었다. 타미는 전기장치를 넣어두기 위해 사람이 들어갈 수 있을 만큼 큰 벽장을 하나 차지하고는 아이들이 그 안에 들어가지 못하도록 잠가놓았다. 앨런은 작은 식당 공간을 화실로 만들었다. 에이들라나는 청소와 요리를 맡았다. 레이건은 동네에서 조깅을 하면서 몸을 단련했다.

아서는 모두들 안정을 찾은 것에 기뻐했다. 이제는 관심을 오로지 의학책과 연구에만 쏟을 수 있게 되었다.

4

채닝웨이로 이사한 지 2주 후, 레이건은 근처의 가난한 동네를 조깅하다가 흑인 아이 두 명이 신발도 신지 않은 채 보도에서 놀고 있는 모습을 보았다. 멋지게 옷을 차려입은 한 남자가 어느 집에서 나오더니 하얀 캐딜락 쪽으로 걸어갔다. 그는 이 남자가 포주일 거라고 생각했다.

레이건은 재빨리 움직여 남자를 차에다 내던져버렸다.

"당신 왜 이래? 미쳤어?"

레이건은 허리띠에 손을 넣어 총을 꺼냈다.

"지갑 내놔."

남자가 지갑을 건네자 레이건은 지갑을 비우고 도로 던져주었다.

"자, 운전해."

차가 빠져나가는 동안, 레이건은 흑인 아이들에게 200달러 이상을 건네주었다.

"옜다, 가서 신발이랑 식구들 먹을 음식을 사렴."

아이들이 돈을 들고 뛰어가는 뒷모습을 바라보며 레이건은 흐뭇하게 미소 지었다. 그러나 나중에 아서는 그날의 행동에 대해 레이건을 나무랐다.

"콜럼버스 같은 도시에서 로빈 후드 행세를 하고 다니면 안 돼. 부자 돈을 빼앗아 가난한 어린애들에게 주다니."

"즐거운 일이잖아."

"총기 소지가 가석방 조건에 위배된다는 건 너도 잘 알고 있잖아."

레이건은 어깨를 으쓱했다.

"밖에 있다고 감옥보다 더 낫지도 않구만."

"그건 어리석은 말이야. 여기서는 자유가 있으니까."

"자유로 뭘 할 건데?"

아서는 앨런의 예감이 맞는 게 아닌가 의심하고 있었다. 레이건은 자기가 자리를 지배할 수 있는 환경을 더 좋아했다. 그곳이 설사 감옥이라고 해도 말이다.

레이건은 콜럼버스의 동부, 노동계급이 거주하는 지역을 더 많이 보면 볼수록 인민들이 부유한 재벌의 번쩍번쩍한 사무실 건물 그림자 속에서 생존을 위해 투쟁해야 하는 현실에 화가 났다.

어느 날 오후, 남루한 포치가 달린 무너져가는 집 앞을 지나던 레이건은 커다란 푸른 눈에 아름다운 금발 머리를 한 아이가 세탁물 바구니 속에 앉아 있는 광경을 목격했다. 소녀의 한쪽 다리는 일그러져 이상한 각도로 굽어 있었다. 문간에 서 있던 노파가 포치로 나오자 레이건이 물었다.

"어째서 저 아이는 보호기를 안 하는 거죠? 아니면 휠체어라도?"

노파가 그를 쳐다보았다.

"젊은 양반, 그런 게 돈이 얼마나 드는지 아슈? 2년 동안이나 사회복지 부서에 가서 애걸복걸했지만 낸시에게 그런 걸 얻어다줄 수는 없었다우."

그날 저녁, 레이건은 아서에게 아동용 휠체어나 보호기를 파는 의료기기 상점이 어디에 있는지 알아봐달라고 말했다. 독서를 방해받았을 뿐 아니라 레이건이 명령하는 투로 말해서 기분이 상했지만, 아서는 기분을 가라앉히고 의료기기 도매상 몇 군데에 전화를 걸었다. 그는 켄터키 주에 있는 회사에 레이건이 원하는 물건이 있다는 걸 알아냈다. 그는 레이건에게 모델 번호와 상점 주소를 알려주면서 물었다.

"그런데 이런 정보가 왜 필요한 건데?"

레이건은 별로 대답할 필요를 느끼지 않았다.

그날 저녁, 레이건은 차에 연장과 나일론 밧줄을 싣고 루이빌을 향해 남쪽으로 출발했다. 그는 의료기기 상점을 찾아낸 후 모두 퇴근한 게 확실해질 때까지 기다렸다. 상점에 침입하기란 어렵지 않았다. 타미의 도움도 받을 필요가 없었다. 연장을 끈으로 묶고 철조망을 넘은 후, 레이건은 거리에서 안 보이는 건물의 옆을 돌아 하수관 옆에 쌓인 벽돌들을 조사했다.

레이건이 본 TV 프로그램에서 밤도둑들은 언제나 지붕을 넘기 위해 커다란 갈고리를 가지고 다녔다. 레이건은 그런 장치를 비웃었다. 그는 가방에서 강철 말굽을 꺼내고 왼쪽 운동화 끈을 풀었다. 말굽의 꺾인 끝이 신발코에 가까운 아래쪽을 향하도록 묶어서, 등산용 스파이크처럼 쓸 수 있는 갈고리를 만들었다. 그는 그것을 지붕에 고정시키고는 밧줄을 타고 건물 안으로 들어갔다. 몇 년 전 짐과 함께 산에 올라갔을 때 생각이 났다.

레이건은 한 시간 가까이 상점을 뒤져서 원하는 물건을 찾아냈다. 아동용 다리 보호기 한 벌과 접을 수 있는 작은 휠체어 한 대였다. 그는 모든 물건을 차에 싣고 콜럼버스로 돌아왔다.

다음 날 아침, 레이건은 낸시의 집에 차를 대고 문을 두드렸다.

"귀염둥이 낸시에게 선물 가져왔수다."

노파가 창문 틈으로 내다보았다. 그는 휠체어를 차에서 가지고 와서 어떻게 작동하는지 보여주었다. 보호기를 어떻게 끼우는지도 알려주었다.

"이것들의 사용법을 배우려면 오래 걸릴 겁니다."

노파가 울음을 터뜨렸다.

"나는 이 물건들을 살 돈이 없는데."

"돈은 무슨. 그냥 부유한 의료기기 회사에서 도움이 필요한 아이들에게 기부하는 겁니다."

"아침식사를 만들어드릴까?"

"커피면 됩니다."

"아저씨 이름은 뭐예요?"

할머니가 부엌에 갔을 때 낸시가 물었다.

"그냥 레이건 삼촌이라고 부르렴."

낸시는 그를 안아주었다. 노파는 커피와 이제까지 먹어본 것 중에 제일 맛있는 파이를 가져왔다. 레이건은 몽땅 먹어치웠다.

그날 저녁, 레이건은 침대에 앉아 있다가 낯선 목소리를 들었다. 한 명은 브루클린 억양을 쓰고 있었고 다른 한 명은 그냥 입이 거칠었다. 레이건은 은행을 털어서 돈을 나누자는 이야기를 들었다. 그는 총을 들고 문이라는 문은 다 열어보았다. 벽에도 귀를 대보았지만, 말싸움은 바로 이 아파트 안에서 일어나고 있었다. 그는 몸을 돌려 소리쳤다.

"움직이지 마. 둘 다 죽여버리겠다."

목소리가 그쳤다. 그때 레이건은 머릿속에서 어떤 목소리를 들었다.

"대체 너는 뭐 하는 자식인데 나보고 입을 다물라는 거야?"

"안 나오면 쏴버리겠다."

"뭘 쏴?"

"어디 있냐?"

"내가 말해줘도 못 믿을걸."

"무슨 말이야?"

"내가 어디 있는지 볼 수가 없어. 내가 어디 있는지 전혀 모르겠다구."

"누구랑 얘기하고 있었지?"

"케빈이랑 말다툼 좀 하는 중이었어."

"케빈이 누구지?"

"나랑 얘기하던 애가 케빈이야."

레이건은 잠시 생각했다.

"네 주변을 묘사해봐. 뭐가 보이냐?"

"노랑 전등이 있군. 문 가까이엔 빨간 의자가 있고 TV는 켜져 있는데."

"어떤 종류의 TV지? 무슨 프로그램이 나오고 있지?"

"흰색 틀에 커다란 컬러 TV. 〈모두 다 한 가족〉이 나오고 있어."

레이건은 TV를 보고 이 낯선 사람들이 모습은 보이지 않지만 방 안에 있다는 것을 알았다. 그는 아파트를 다시 수색했다.

"구석구석 찾아봤어. 너희들은 대체 어디 있는 거지?"

"바로 네 옆에 있잖아." 필립이 말했다.

"무슨 말이야?"

"난 항상 여기 있었다구. 항상 있었지."

레이건은 고개를 저었다.

"알았어. 더 이상 말을 말자."

자기가 알지 못하는 사람이 아직도 있다는 데 놀란 레이건은 안락의자에 앉아 밤새 앞뒤로 까닥거리면서 상황을 파악하려 애썼다.

다음 날 아침, 아서는 레이건에게 케빈과 필립에 대해 이렇게 설명했다.

"내 생각으로는 그 애들은 네 마음의 산물이야."

"무슨 뜻이지?"

"먼저 논리적인 면을 설명해주지. 증오를 지키는 자로서 너는 네가 지닌 파괴적인 힘을 알고 있을 거야. 증오는 폭력을 통해 많은 것을 정복할 수 있을지 몰라도, 관리할 수는 없어. 자, 생각해봐. 네가 증오의 물리적 힘은 그대로 유지하되 악한 면을 제거하고 싶다고 해도, 여전히 나쁜 특성을 가진 증오가 남아 있을 거야. 우리의 마음은 너의 폭력성을 조절하고 싶어 했어. 분노를 선별해서 관리할 수 있도록 말이야. 화를 내지 않고도 강함을 유지할 수 있도록 악한 면을 제거해버렸더니, 너의 악의 일부분을 깎아내서 필립과 케빈을 만들어낸 거지."

"그자들이 나와 같다고?"

"그 애들은 범죄자야. 목표를 달성하기 위해서라면 물불을 안 가릴 거야. 하지만 무기를 지니고 있을 때뿐이지. 그 애들의 힘은 무기에서 나오는 거야. 무기를 갖고 있음으로써 자기들도 너와 같은 수준에 올라설 수 있다고 생각하지. 나는 제인스빌 시절 이후로 그 애들을 불량자로 선언해버렸어. 쓸데없는 범죄를 저질렀으니까…… 레이건, 너는 선한 면을 보여줬지만, 그래도 천성에는 악한 면이 남아 있어. 증오를 완전히 씻어버릴 수는 없어. 힘과 공격성을 유지하는 대신 우리가 치러야 할 대가지."

"네가 자리를 적절하게 통제하면 혼란의 시기가 오지 않을 거 아냐. 감옥에 있을 때 내가 훨씬 더 잘한 것 같은데."

"감옥에서 네가 지배하고 있을 때도 혼란의 시기는 있었어. 네가 나중에도 알아차리지 못하는 일이 많아서 그렇지. 필립과 케빈 그리고 다른 불량자들이 시간을 훔쳤어. 이제 중요한 건 그 애들이 콜럼버스나 랭커스터에 있는 다른 범죄자 친구들과 연락하지 않도록 하는 거야. 그러면 가석방 조건을 위반하게 될 테니까."

"그 말은 맞네."

"새 친구를 만들어서 새 인생을 시작해야 해. 채닝웨이에서 일하게 된 건 정말 좋은 기회야. 우리도 사회에 적응해야지."

아서는 주위를 둘러보았다.

"먼저, 아파트부터 수리해야겠군."

9월이 되자, 그는 가구를 샀다. 가격은 모두 합해 1,562달러 21센트였다. 첫 번째 할부금은 다음 달부터 갚기로 했다.

처음에는 모든 일이 무난히 흘러가는 듯했으나, 앨런과 섀런 로스 사이에는 문제가 있었다. 이유는 알 수 없었지만, 섀런은 그를 귀찮게 했다. 그녀는 말린과 많이 닮았고 그만큼 남을 휘두르기를 좋아하며 뭐든지 아는 척했다. 앨런은 섀런이 자기를 좋아하지 않는다는 것을 느낄 수 있었다.

9월 중순, 혼란이 이전보다 훨씬 심해져서 모두들 뒤죽박죽이 되었다. 앨런은 사무실에서 작업명령서를 받아 작업 장소로 돌아와서 타미가 나와서 일을 하기를 기다렸다. 하지만 점점 더 자주 타미는 나오려고 하지 않았다. 아무도 그를 찾을 수 없었고 타미 이외에는 일을 처리할 수 없었다. 앨런은 배관이나 온방 장치 수선을 하는 법을 알아낼 수 없었다. 장비에 손을 댔다가 진짜 솜씨가 드러날까 봐 두려웠다.

앨런은 타미가 모습을 드러낼 때까지 기다렸다. 타미가 오지 않을 때에는 작업명령서에 '완료'라고 쓰거나 아파트 문이 자물쇠로 단단히 잠겨 있어서 들어갈 수 없었다고 썼다. 하지만 세입자 몇몇이 전화를 다시 걸어 수리 보수가 제대로 되지 않았다고 불평했다. 섀런은 그런 전화를 네 통이나 받자, 빌리와 함께 직접 아파트로 가서 문제가 뭔지 보기로 했다.

"빌리, 이번엔 당신이 어떻게 수리하는지 볼 수 있겠네요."

섀런이 물이 나오지 않는 식기 세척기를 들여다보며 말했다.

"이런 가전제품 정도는 고칠 수 있겠죠?"

"고쳤는데요. 배수 선을 바꿨어요."

"글쎄요, 그럼 거기가 문제가 아니었나 보죠."

도로 사무실에 내려줬을 때, 섀런은 화가 난 기색이 역력했다. 그는 섀런이 자기를 해고하려 하는 게 아닌가 싶어 걱정이 되었다.

앨런은 해고를 당하지 않으려면 존 위머와 섀런 로스의 마음을 잡을 수 있는 물건을 갖다줘야겠다고 타미에게 말했다. 타미가 첫 번째로 해낸 생각은 존 위머의 차에 소형 전화기를 달아 몰래 연결해준다는 것이었다.

"만드는 방법은 간단해요." 앨런은 위머에게 말했다. "그러면 전화회사 모르게 자동차 전화를 쓸 수 있죠."

"그건 불법 아닌가?"

"전혀 아니에요. 공중파는 공짜니까요."

"정말 할 수 있겠어?"

"재료 값만 대세요. 제가 하나 만들어드릴 테니."

위머는 전자공학에 대한 밀리건의 지식에 놀라 꼬치꼬치 캐물었다.

"뭔지 좀 살펴보고 싶은데. 하지만 흥미로운 얘기 같군."

며칠 후, 타미는 전자기기 상점에서 재료를 살펴보다가 녹음 도청기를 발견했다. 전화기에 끼워놓으면 전화벨이 울릴 때 작동되는 장치였다. 타미는 회사 사무실에 전화를 건 뒤 잘못 건 척하고 끊기만 하면 된다. 그러면 테이프 녹음기가 작동된다. 로스나 위머의 사무실에서 일어나는 대화를 녹음하면 어떤 불법 행위가 일어나고 있는지 알 수 있고, 나중에 해고당할 때 협박하는 용도로 쓸 수 있을지도 몰랐다.

타미는 도청기를 구입하면서 다른 전자제품 재료들과 함께 켈리&레먼 앞으로 비용을 청구했다. 그날 밤, 그는 임대 사무실로 몰래 들어가 로스의 전화기에 녹음장치를 끼워두었다. 위머의 사무실에도 그렇게 했다.

그때 앨런이 자리를 차지해서 서류함을 뒤지며 뭔가 유용한 정보가 없나 찾아보았다. 폴더 하나가 그의 눈길을 끌었다. 본사에서 "우량 투자자"라고 부르는 주주들의 명단으로, 비밀리에 관리되는 문건이었다. 그들은 켈리&레먼에 아파트 단지 관리를 맡긴 사람들이었다. 앨런은 그 이름들을 복사해두었다. 전화기에 도청장치를 끼우고 주머니에 명단을 챙겨 넣으니 무슨 일이 생기든 자신의 일자리는 안전할 것 같았다.

해리 코더는 빌리 밀리건이 망가진 블라인드를 갈아주러 갔을 때 그를 처음 만나게 되었다.

"새 온수기도 쓸 수 있어요. 하나 가져다드리죠." 밀리건이 말했다.

"가격이 얼마나 들죠?" 코더가 물었다.

"비용은 없어요. 켈리&레먼 사에서는 그런 물건이 있는지도 모를걸요."

코더는 어째서 밀리건이 이처럼 선심을 쓰는지 몰라 그를 쳐다보았다. 밀리건은 코더가 콜럼버스 시 경찰관이며 채닝웨이에서 시간제 경비원으로 근무한다는 사실을 알고 있었다.

"생각해보죠." 코더가 말했다.

"언제라도 연락 주세요. 공짜로 설치해드릴게요."

밀리건이 떠나자, 코더는 그를 면밀히 관찰해봐야겠다고 생각했다. 채닝웨이와 윌리엄스버그 스퀘어 아파트 단지에서 강도사건이 급격히 증가하고 있었다. 정황으로 봐서 범인은 관리자 열쇠를 지닌 사람이었다.

존 위머는 밀리건과 비슷한 시기에 채용한 관리인으로부터 전화를 받았다. 남자는 위머에게 밀리건에 대해 알아야 할 사실이 있다고 말했다. 위머는 그에게 사무실로 오라고 했다.

"이런 말을 하는 게 좀 꺼림칙하긴 하지만, 밀리건은 정신병자입니다." 관리인이 말했다.

"무슨 뜻이죠?"

"밀리건은 임대 사무실 여직원들 대화를 훔쳐듣고 있어요."

"훔쳐 듣는다는 게 그냥 일반적인 뜻입니까, 아니면……."

"전자 도청을 하고 있다는 거죠."

"아, 이제 알겠군요."

"진짭니다."

"증거가 있어요?"

관리인은 초조하게 방 안을 둘러봤다.

"밀리건이 자기 입으로 말했어요. 그리고 임대 사무실에서 캐롤과 새런이 나누는 걸 들었던 대화를 토씨 하나도 안 틀리고 되풀이하더군요. 그땐 우리 셋밖에 없었는데 말입니다. 밀리건은 여자들이 자기들끼리 있을 때는 라커룸에 있는 남자애들보다 입이 더 거칠다고 말하기도 했죠."

위머는 생각에 잠긴 채 책상을 톡톡 두드렸다.

"빌리는 왜 그런 짓을 하는 거죠?"

"새런과 캐롤에 대해 충분히 알아두었다가 자기가 해고되면 그 여자들에게도 똑같은 맛을 보여주겠다고 하더군요. 자기가 망하면 켈리&레먼 사는 물론 모두 다 같이 망할 거라나요."

"그것 참 바보 같은 말이군. 어떻게 그럴 수 있다는 거죠?"

"빌리가 위머 씨한테 공짜로 자동차 전화를 달아주겠다고 했다면서요?"

"그래요. 하지만 난 달지 않기로 했는데."

"밀리건은 자동차 전화를 도청해서 위머 씨의 비밀도 캐낼 계획이라고 했어요."

남자가 나가자, 위머는 새런에게 전화를 걸었다.

"밀리건에 대해서는 당신 의견이 맞았어요. 그 친구를 해고하는 게 낫겠습니다."

그날 오후, 새런은 빌리를 임대 사무실로 불러 그에게 해고하겠다고 통보했다. 그러자 빌리는 이렇게 말했다.

"내가 가면, 당신도 가는 거야. 당신이라고 오래 붙어 있을 줄 알아?"

그날 오후 늦게, 새런은 집에 있었다. 그녀는 아파트 초인종이 울리는 소리에 문을 열러 나갔다가 빌리의 모습을 보고 화들짝 놀랐다. 빌리는 파란 정장에 조끼를 입고 있어 마치 회사 사장 같은 모습이었다.

"내일 한 시까지 지방검사 사무실로 출두하라는 말을 하려고 잠시 들렀수다." 빌리는 계속 말했다. "그리고 존 위머도 만나봐야 하니까. 만약 검사 사무실에 자진출두하지 않으면 차를 보내서 당신을 데리러 올 거요."

빌리가 떠난 후, 새런은 말도 안 되는 얘기라고 생각했지만 겁에 질렸다. 도대체 그 사람이 무슨 얘기를 하는지, 왜 지방검사가 자기를 보자고 하는지 알 수가 없었다. 밀리건은 그 일과 무슨 상관이 있을까? 그는 누구이며 무엇을 원하는 것일까? 하나만은 확실했다. 그는 평범한 아파트 관리인이 아니었다.

오후 다섯 시 반, 타미는 문이 잠긴 관리 사무실에 침입해서 도청장치를 전화에서 제거했다. 사무실을 떠나기 전, 그는 캐롤에게 쪽지를 남기기로 했다. 위머에게 정보를 넘기면 그녀도 곧 해고될 거라고 타미는 생각했다. 그는 두 여자가 같이 쓰는 책상 위에 놓인 달력을 넘겨 그 다음으로 일하는 날인 1977년 9월 26일 월요일을 찾아냈다. 그 위에 그는 이렇게 또박또박 적었다.

오늘도 새로운 하루!
즐길 수 있을 때
즐기는 게 좋겠죠!

그러고는 다시 페이지를 금요일로 넘겨놓았다.

같은 날 존 위머가 퇴근한 후, 타미는 그 사무실에 침입해서 도청장치를 제거했다. 나가는 길에 그는 켈리&레먼 사의 구역 감독관인 테리 터녹과 우연히 마주쳤다.

"여기서 뭐 하는 거지, 밀리건? 자네는 해고당한 줄 알았는데?"

"존 위머를 만나러 왔어요. 이 회사에서 뭔가 벌어지고 있는데 그걸 내가 대중에 공표할 생각이거든요. 내가 당국자들이나 투자자들에게 알리기 전에 존이 이 문제를 해결할 수 있는 기회를 주고 싶었죠."

"대체 무슨 말을 하는 거지?"

"음, 존의 상사로서 터녹 씨가 먼저 들어볼 필요가 있겠네요."

존 위머는 퇴근한 후 집에서 막 쉬려던 차에 테리 터녹으로부터 사무실로 급히 와달라는 전화를 받았다.

"뭔가 이상해. 밀리건이 여기 와 있어. 자네가 여기 와서 그 친구가 뭐라고 하는지 들어봐야 할 것 같아."

위머가 도착하자, 터녹은 밀리건이 자기 집에 갔다가 몇 분 후 돌아와서 두 사람과 얘기를 나누겠다고 하더라는 말을 전했다.

"그 친구가 뭐랍디까?"

"뭔가 고발을 하려는 거 같아. 자네가 들어보는 게 좋겠어."

"이 친구에 대해서는 이상한 느낌이 들어요."

위머가 책상 서랍을 열었다.

"이 대화를 녹음해야겠어요."

위머는 새 테이프를 꺼내어 작은 녹음기에 집어넣은 후 서랍을 조금 열어놓았다. 밀리건이 문으로 들어오자 위머는 깜짝 놀랐다. 항상 작업복을 입고 다녔던 밀리건이 지금은 스리피스 정장에 넥타이까지 매고 있었다. 그 모습이 확 눈에 띄었고 권위까지도 느껴졌다.

밀리건은 자리에 앉아 엄지손가락을 조끼에 찔러 넣었다.

"현재 이 회사 안에서 일어나고 있는 일을 아셔야 할 것 같네요."

"무슨 일?" 터녹이 물었다.

"대부분 불법적인 일들이죠. 지방검사에게 가기 전에 이 문제를 해결할 수 있는 기회를 드리고 싶습니다만."

그 후 한 시간 반 동안, 앨런은 임대 사무실에 있는 기록들이 어떻게 조작되었으며, 채닝웨이와 윌리엄스버그 스퀘어의 투자자들이 어떻게 사기를 당했는지 설명했다. 사람이 살지 않는 것으로 보고된 아파트에 실제로는 직원들의 친구가 살고 있으며, 직원들이 그들에게서 돈을 받아 챙기고 있다고 했다. 또한 켈리&레먼 사가 전기회사에 사기를 쳐서 불법으로 전기선을 활용하고 있음을 증명할 수도 있다고 했다.

그는 위머가 이런 사기와 횡령에 연루되었다고는 믿지 않지만, 회사의 다른 직원들 거의 모두가 친구들을 이 아파트에서 살게 해주고 있다고 말했다.

"이 고발에 대해 조사해볼 시간을 드리겠어요, 존. 범법자들이 법의 심판을 받게 하세요. 하지만 당신이 할 수 없다면 내가 이 문제를 《콜럼버스 디스패치》에 투고해서 대중에게 알리겠어요."

위머는 걱정이 되었다. 언제나 부정직한 직원들이 추문을 일으킬 소지는 있었다. 밀리건이 말하는 바로 봐서는 섀런 로스가 이 모든 일의 배후에 있다고 고발하고 있음이 명백했다. 위머는 앞으로 몸을 숙였다.

"그럼 당신은 누구요, 빌?"

"그냥 관련자죠."

"당신, 사립탐정이오?" 터녹이 물었다.

"지금 내 정체를 완전히 드러낼 이유는 없다고 생각해요. 우량 투자자들의 이익을 위해서라고만 말해두죠."

"당신이 보통 관리인이 아닌 줄은 일찌감치 짐작하고 있었지. 너무 영리한 사람 같더라고. 그래, 투자자들을 위해 일한다 이거죠. 어느 쪽인지 얘기해줄 수 있겠소?"

밀리건은 입술을 오므리고 고개를 치켜세웠다.

"투자자들을 위해 일한다고 말한 적은 없는데요."

"그게 아니라면, 라이벌 부동산 관리회사에서 켈리&레먼의 신뢰도를 낮추기 위해 잠입한 거로구만." 터녹이 말했다.

"아, 그래요? 어째서 그런 생각을 하셨죠?"

밀리건은 손가락 끝을 맞대고 톡톡 두드렸다. 위머가 다시 물었다.

"누구 밑에서 일하는지 말해주겠소?"

"지금 내가 할 수 있는 말은 섀런 로스를 여기 데리고 와서 내가 한 얘기에 대해 물어보는 게 좋을 거라는 정도죠."

"당신이 고발한 사항은 물론 조사해볼 작정이오, 빌. 나한테 먼저 알려줘서 고맙소. 분명히 말해두지만, 만약 켈리&레먼에 부정한 직원이 있다면 반드시 처리할 거요."

밀리건은 왼팔을 뻗어 자기 소매 밑에 감아놓은 작은 마이크로폰을 위머와 터녹에게 보여주었다.

"우리 대화가 녹음되고 있다는 사실을 알려드리고 싶네요."

"거 참, 대단하군." 위머가 웃으며 열려 있는 책상 서랍을 가리켰다. "나도 녹음하고 있었거든."

밀리건도 따라 웃었다.

"좋아요, 존. 월요일부터 사흘을 주죠. 그 동안 이 상황을 다 정리하고 죄가 있는 사람들을 해고하세요. 그렇지 않으면 이 정보를 대중에게 공개하겠어요."

잠시 후 밀리건이 떠나자, 위머는 섀런 로스의 집에 전화를 걸어 고발사항에 대해 알렸다. 섀런은 거짓말이라고 펄쩍 뛰며 임대 사무실에 있는 직원은 누구도 횡령하지 않았다고 맹세했다. 밀리건이 자기 사무실을 도청했다는 게 마음에 걸린 섀런은 일요일에 사무실을 수색해보기로 했다. 하지만 아무것도 찾을 수 없었다. 그가 슬쩍 들어와서 없애버렸거나 모두 사기임이 분명했다. 그녀는 책상 달력을 보고 무심코 페이지를 금요일에서 월요일로 넘겼다. 그때 달력에 적힌 메모가 눈에 띄었다.

오늘도 새로운 하루!
즐길 수 있을 때
즐기는 게 좋겠죠!

맙소사! 해고당했다고 나를 죽이려 하는구나! 섀런은 겁에 잔뜩 질려서 테리 터녹에게 그 메모를 가져다주었다. 두 사람은 메모를 밀리건의 필적 견본과 비교했다. 서로 일치했다.

다음 주 월요일 2시 30분, 밀리건은 섀런에게 전화를 걸어서 목요일 오후 1시 반까지 프랭클린 군 지방검사 사무실에 출두하라는 말을 전했다. 이 전갈을 무시할 경우 경찰을 불러서 그녀를 체포할 수밖에 없다고 했다. 그렇게 되면 꼴이 좋지 않을 거라고도 했다.

그날 저녁, 해리 코더가 밀리건에게 전화를 걸어 임대 사무실의 여직원들을 괴롭히는 일에서 물러서라고 말했다.

"물러서라니, 무슨 말이죠? 나는 아무 짓도 하지 않았는데?"

"이 봐요, 빌. 여직원들을 정말 지방검사 사무실에 출두시키려면 소환장이 있어야 해요."

"그게 당신이랑 무슨 상관이죠?"

"직원들은 내가 경찰관인 걸 알고 있어요. 알아봐달라고 부탁합디다."

"그 사람들이 무서워하던가요?"

"아뇨, 빌. 그 사람들은 단지 괴롭힘을 당하고 싶지 않은 거죠."

앨런은 당분간 이 문제에서 손을 떼기로 했지만, 조만간 섀런 로스가 파면되도록 할 계획이었다. 그 동안 그는 여전히 아파트에 살고 있었다. 그러나 곧 구직활동을 시작해야 했다.

이후 2주 동안, 앨런은 일거리를 구하러 다녔지만 괜찮은 자리를 구할 수 없었다. 할 일도 없었고 얘기할 사람도 없었다. 그는 계속 시간을 잃어버렸고 우울증은 점점 깊어만 갔다.

1977년 10월 13일, 존 위머로부터 퇴거 통지서가 왔다. 그는 미친 듯이 아파트 안을 돌아다녔다. 어디로 간단 말인가? 무엇을 한단 말인가?

방 안을 왔다 갔다 하다가, 앨런은 레이건이 벽난로 위에 잘 보이게 놓아둔 9밀리미터 스미스앤웨슨을 발견했다. 아니, 대체 어떻게 된 거지? 저 총과 벽장에 있는 25밀리미터 이태리제 총이 발각되면 가석방 위반으로 다시 감옥에 갈 수도 있는데.

앨런은 걸음을 멈추고 숨을 깊이 들이마셨다. 아마 레이건은 자기도 모르게 감옥에 다시 돌아가기를 깊이 원하고 있는지도 모른다. 위험한 곳. 그러면 레이건은 다시 자리를 지배할 수 있다!

"더 이상 감당할 수 없어, 아서." 앨런은 크게 말했다. "너무 힘들어."

그는 눈을 감고 떠나버렸다…….

레이건의 머리가 딱 꺾였다. 그는 주위를 재빨리 살펴보고는 자기 혼자임을 확인했다. 그는 탁자 위에 놓인 청구서를 통해, 들어온 월급이 없어서 모두가 지독한 곤경에 빠졌음을 알아차렸다.

"괜찮아." 레이건은 큰 소리로 말했다. "꼬맹이들 겨울옷과 음식이 필요하지. 강도질을 할 수밖에 없겠군."

10월 14일 금요일 이른 아침, 레이건은 스미스앤웨슨을 겨드랑이 밑 권총집에 넣고 갈색 터틀넥 스웨터에 갈색 조깅 재킷, 청바지와 윈드브레이커를 입고 하얀 운동화를 신었다. 그는 바이페타민 20을 세 알 먹고 보드카를 좀 들이킨 후 새벽이 되기 전에 집을 나섰다. 그는 서쪽, 오하이오 주립대학 캠퍼스 쪽으로 천천히 달려갔다.

19장

대학가 성폭행사건의 내막

1

레이건은 콜럼버스 시를 18킬로미터 정도 가로질러 가서는 금요일 아침 7시 30분쯤, 오하이오 주립대학 동쪽 벨몬트 주차장에 도착했다. 딱히 짜 놓은 계획은 없었다. 누군가 돈을 빼앗을 만한 사람을 골라야겠다는 생각뿐이었다. 레이건은 의과대학과 주차장 사이에서 한 젊은 여자가 금색 도요타 자동차를 주차하는 모습을 보았다. 여자가 차 밖으로 나올 때, 그는 여자가 단추를 잠그지 않은 가죽 코트 밑에 진자주색 바지를 입고 있는 것을 보았다. 그는 다른 사람을 찾으러 고개를 돌렸다. 여자의 돈을 빼앗을 생각은 없었다.

그렇지만 계속 지켜보고 있던 에이들라나는 레이건이 여기에 왜 왔는지 알고 있었다. 그녀는 레이건이 도시를 횡단해서 달리느라 지쳤고 암페타민과 보드카 기운이 슬슬 올라오고 있다는 것을 알고 있었다. 에이들라나는 레이건이 자리를 떠나기를 바랐다…….

차에서 책과 서류를 꺼내기 위해 몸을 숙이고 있는 여자에게 다가간 에이들라나는 총집에서 레이건의 총을 꺼내어 그녀의 팔에 갖다 댔다. 여자는 돌아보지도 않고 웃었다.

"야, 그만둬. 장난치지 마."

"차에 타요." 에이들라나가 말했다. "잠깐 드라이브를 해야 하니까."

캐리 드라이어가 뒤를 돌아보니 친구가 아니라 전혀 모르는 사람이 서 있었다. 남자의 장갑 낀 손에 들려 있는 총으로 보아, 장난치는 것 같지는 않았다. 남자가 손짓으로 조수석으로 가라고 하자 캐리는 자동차 스틱을 넘어 옆자리로 기어갔다. 처음에 남자는 비상 브레이크를 푸느라 쩔쩔맸지만, 결국 차를 주차장에서 빼냈다.

캐리 드라이어는 남자의 외모를 조심스레 관찰했다. 붉은 빛이 도는 갈색 머리, 단정히 자른 콧수염, 왼쪽 뺨에 있는 사마귀. 잘생긴 얼굴에 체격도 좋았다. 키는 178센티미터, 몸무게는 82킬로그램 정도 되어 보였다.

"어디로 가는 거죠?"

"그냥 드라이브하는 거예요. 난 콜럼버스 주변 지리는 잘 몰라요."

캐리가 묻자 그는 부드럽게 말했다.

"나한테 뭘 원하는지 모르지만 오늘 시력 측정술 시험을 봐야 해요."

남자는 어떤 공장 주차장으로 들어가더니 차를 세웠다. 캐리는 남자의 눈이 마치 안진증에 걸린 사람의 눈처럼 좌우로 움직이고 있음을 발견했다. 이 점을 기억해두었다가 경찰서에 가서 알려줘야 했다.

남자는 캐리의 지갑을 뒤져 운전면허증과 다른 신분증을 꺼냈다. 그의 목소리는 거칠게 변해 있었다.

"경찰에 신고하면 당신 식구들도 무사하지 못할 줄 알아."

남자는 수갑 한 벌을 꺼내서 여자의 오른손을 도요타 자동차 문손잡이에 묶었다.

"시험을 봐야 한다고 했지." 남자는 웅얼거렸다. "내가 운전하는 동안 조용히 시험 공부 하고 싶으면 해도 괜찮아."

그들은 오하이오 주립대학 캠퍼스 북쪽으로 갔다. 잠시 후 신호기가 있는 철도 선로 위에 차가 올라섰다. 기차가 천천히 선로를 따라 내려오고 있었다. 그는 차에서 뛰어내려 트렁크 쪽으로 돌아갔다. 캐리는 남자가 기차가 다가오는 선로 위에 자기를 수갑을 채워둔 채로 내버려두고 가버리는 줄 알고 겁에 질렸다. 이 남자가 미친 게 아닌가 하는 생각이 들었다.

차 밖에서는 에이들라나에게서 자리를 빼앗은 케빈이 차 뒤로 가서 타이어를 점검하고 있었다. 케빈은 선로 위에서 타이어가 쿵쿵거리는 소리를 들었다고 생각했다. 만약 타이어가 펑크 났다면 도망갔을 테지만 모든 게 말짱해 보이자 케빈은 다시 차에 올라타 차를 뺐다.

"바지 벗어." 케빈이 말했다.

"뭐라고요?"

"아, 바지 빨리 벗으라구!"

그가 고함을 질렀다. 캐리는 남자의 갑작스러운 변화에 놀라고 무서워서 시키는 대로 했다. 그녀는 도망가지 못하게 하려고 바지를 벗기는 거라고 짐작했다. 사실 그랬다. 수갑을 차고 있지 않더라도 캐리는 바지를 입지 않고서는 도망갈 수 없었다.

캐리는 남자를 기분 나쁘지 않게 하기 위해 시력 측정술 책에만 눈을 두려고 애썼다. 차는 킹 대로(大路) 서쪽으로 가더니 올렌텐지 강변길 북쪽으로 꺾어들었다. 그는 때때로 혼잣말을 중얼거렸다.

"오늘 아침에 막 탈출했는데…… 야구방망이로 때려 눕혀버렸지……."

차는 옥수수밭을 지나 길 한가운데에 서 있는 바리케이드에 맞닥뜨렸다. 그는 우회해서 숲이 우거진 곳으로 들어갔다. 좌석과 스틱 조종간 사이의 공간에 가위를 놓아두었음을 기억해낸 캐리는 가위로 그를 찔러야겠다고 생각했다. 하지만 캐리가 가위를 흘긋 쳐다보자 남자가 말했다.

"이상한 짓 할 생각 마."

그러고는 접는 칼을 휙 꺼냈다. 그는 차를 주차하고 수갑을 문에서 풀었지만 캐리의 오른쪽 손목에 걸린 수갑은 풀어주지 않은 채로 놔두었다. 그는 진흙탕 바닥에 소가죽 코트를 깔았다.

"팬티를 벗고 누워."

남자가 속삭였다. 캐리 드라이어는 그의 눈이 좌우로 움직이는 것을 보았다…….

에이들라나는 여자 옆에 등을 깔고 누워 나무를 올려다보았다. 에이들라나는 왜 계속 필립과 케빈에게 자리를 빼앗기는지 알 수가 없었다. 에이들라나가 운전대를 잡고 있는 동안 두 번이나 빼앗겼다. 그녀는 두 사람이 자리에서 내려가기를 바랐다. 모든 게 뒤섞여버렸다.

"외롭다는 게 어떤 건지 알아요?"

에이들라나는 옆에 누워 있는 여자에게 물었다.

"오랫동안 아무도 안아주지 않는다는 게 어떤 건지, 사랑의 의미를 모른다는 게 어떤 건지?"

캐리는 대답하지 않았다. 에이들라나는 말린을 안듯이 그녀를 안았다. 하지만 이 젊은 여자는 너무 작았고 뭔가 문제점이 있었다. 에이들라나가 아무리 노력을 해도, 매번 안으로 들어가려고 시도할 때마다 캐리의 근육이 경련을 일으켜 에이들라나를 밀어냈다. 이상하고 겁이 나는 일이었다. 당황해서 에이들라나는 자리를 잃어버렸다…….

캐리는 눈물을 흘리면서 원래 문제가 있어서 산부인과에 다니고 있다고 설명했다. 누군가와 관계를 하려 할 때마다 이런 경련을 일으킨다고 했다. 캐리는 남자가 다시 안진증을 일으키는 모습을 보았다. 갑자기 그가 화를 버럭 내며 불쾌한 태도를 취했다.

"콜럼버스에 계집년들이 넘치고 넘치는데, 아무짝에도 쓸모없는 여자를 찍다니!"

남자는 여자에게 바지를 입고 차에 타라고 했다. 캐리는 남자가 또 변했다는 것을 알아챘다. 그는 손을 뻗어 캐리에게 종이 수건을 건네주고는 상냥하게 말했다.

"자, 코를 풀어요."

에이들라나는 이제 불안해졌다. 레이건이 원래 집을 나선 이유를 알고 있었고 빈손으로 돌아가면 레이건이 놀라리라는 생각도 들었다.

캐리는 성폭행범의 걱정 어린 얼굴을 바라보았다. 도대체 어떻게 된 건지 궁금하기도 했고 이자가 안쓰럽다는 생각도 들었다.

"나는 돈을 좀 가져가야 해요. 아니면 누군가 아주 화를 낼 테니까."

"지금은 돈을 안 가지고 있어요."

캐리는 다시 울음을 터뜨렸다.

"너무 힘들어하지 말아요." 그는 여자에게 종이 수건을 한 장 더 주며 말했다. "내가 말하는 대로만 하면 다치는 일은 없을 거예요."

"뭐든지 하라는 대로 하겠어요. 하지만 저희 식구만은 해치지 마세요. 제가 가진 돈을 다 가져도 좋지만 식구들은 가만 놔주세요."

그는 차를 세우고 지갑을 막 뒤져 여자의 수표첩을 찾아냈다. 예금 잔고가 460달러 남아 있었다.

"이번 주 생활비가 얼마나 들죠?"

남자가 묻자 캐리는 눈물을 흘리며 코를 풀었다.

"오륙십 달러 정도 들어요."

"좋아요. 그럼 육십 달러는 잔액으로 남기고 나한테 사백 달러짜리 수표 한 장 써줘요."

그 돈을 줘버리면 책값과 등록금을 달리 구할 도리가 없었지만, 캐리는 그래도 놀랍고 기뻤다.

"자, 이제 은행을 털러 가자구."

"싫어요!"

남자의 갑작스러운 말에 캐리는 강하게 저항했다.

"나한테는 당신 멋대로 해도 되지만, 당신을 도와서 은행 강도짓을 할 수는 없어요."

"내 말은 은행에 가서 수표를 현금으로 바꾸자는 거야."

곧 남자는 생각을 고쳐먹었다.

"당신이 울면 은행 사람들이 뭔가 잘못된 걸 알게 되겠지. 당신은 지금 은행에 가서 수표를 현금으로 바꿀 만큼 정신적으로 안정이 안 되어 있어. 일을 그르칠 거야."

"나한테 뭔가 잘못된 점이 있다고는 생각 안 해요." 캐리는 여전히 울면서 말했다. "언제든 다른 사람에게 총을 겨눌 수도 있다구요."

두 사람은 브로드 가 서쪽 7700번지에 있는 오하이오 내셔널 은행 지점의 드라이브인 업무 창구로 갔다. 남자는 총을 두 사람 사이에 숨겼지만, 캐리가 신분증을 꺼낼 때는 그녀에게 총을 겨누었다. 이서하려고 수표를 뒤집으면서 캐리는 "도와주세요!"라고 쓸까 하는 생각도 해보았다. 하지만 그는 마치 캐리의 마음을 읽은 것처럼 말했다.

"수표 뒤에 뭔가 적을 생각은 하지도 마."

남자는 캐리의 수표와 신분증을 은행원에게 건네주었고, 은행원은 수표를 현금으로 바꿔주었다.

"강도당했다고 경찰에 말해서 수표 거래를 중단할 수 있어."

차를 타고 빠져나올 때 남자가 말했다.

"총으로 위협해서 강제로 현금을 바꿔줬다고 해. 그럼 결국 손해 보는 건 은행뿐이지."

브로드 가와 하이 가 사이의 시내에 도착하자 도로가 막혔다.

"자, 운전대 잡고 운전해." 남자가 말했다. "경찰에 신고하더라도 내 인상착의는 말하지 마. 신문에서 뭐라도 보게 되면, 내가 아니라 다른 사람이 와서 당신이나 당신 식구들을 손봐줄 테니까."

문을 열고 조용히 빠져나간 남자는 곧 군중 사이로 사라져버렸다.

레이건은 지금 있는 곳이 오하이오 주립대학 주차장이라고 생각하고 주위를 둘러보았다. 그러나 한낮에 라자루스 백화점 앞을 지나치는 중이었다. 시간이 어디로 가버린 거지? 그는 주머니에 손을 넣어 돈뭉치를 찾았다. 어쨌거나 해냈나 보군. 누군가를 털었지만 기억을 못 하는 것뿐이야.

그는 레이놀즈버그로 가는 버스를 탔다. 채닝웨이로 돌아오자 그는 돈과 마스터카드를 벽장 선반에 넣어두고 잠이 들었다.

30분 후, 아서는 산뜻한 기분으로 깨어나 왜 이렇게 늦잠을 잤을까 생각해보았다. 샤워를 하고 깨끗한 속옷으로 갈아입는데 돈이 선반 위에 있는 게 보였다. 도대체 이 돈이 어디서 난 거지? 누군가 꽤 바빴나 보군. 어쨌건 식료품을 사고 이번 달 요금들을 낼 수 있었다.

아서는 켈리&레먼 사의 일을 어떻게 처리할지 결정했다. 그들이 계속 퇴거 통지서를 보내게 놔두자. 그러면 법정에 가게 될 테고, 그 다음에는 앨런을 시켜 일을 처리할 작정이었다. 그들이 원래 일자리를 그만두게 하고 관리인 일에 꼭 필요한 조건이라며 자기네 아파트 단지로 이사하게 해놓고는 막상 새 가구도 신용카드로 구입하는 등 정착을 하려니까 해고하고 거리로 내몰려 한다고 판사에게 말하면 되는 것이다.

판사가 이사할 수 있는 기간으로 90일을 준다는 사실을 아서는 알고 있었다. 최종 퇴거 통지서가 온 후에도 나갈 때까지 사흘은 버틸 수 있다. 그러면 앨런이 새 직업을 구하고, 몇 달러라도 더 아껴서 새 아파트를 구하는 데 도움이 될 터였다.

그날 밤, 에이들라나는 콧수염을 밀어버렸다. 그녀는 항상 얼굴에 털이 있는 게 싫었다.

타미는 빌리의 여동생에게 토요일에 랭커스터에 가서 같이 보내기로 약속했다. 그날은 페어필드 군 축제의 마지막 날이었다. 도로시와 델은 축제에서 간이식당을 하고 있어서 가게를 정리하려면 도움이 필요했다. 타미는 서랍장에서 본 얼마 안 되는 돈을 챙기고 앨런에게 랭커스터까지 태워다달라고 했다. 그는 캐시와 즐거운 하루를 보냈다. 놀이기구를 타고 게임도 했으며 핫도그를 먹고 루트비어를 마셨다. 두 사람은 어린 시절 이야기도 나누었다. 짐이 캐나다 서부에서 새 록그룹 멤버들과 함께 어떻게 지내는지, 칼라는 공군에서 어떻게 지내고 있는지도 상상해보았다. 캐시는 오빠가 콧수염을 밀어버려서 기쁘다고 말했다.

도로시가 그릴 요리를 파는 간이식당으로 돌아가자, 타미는 살짝 도로시 뒤로 돌아가서 수갑으로 그녀의 팔목을 파이프에 묶었다.

"그렇게 하루 종일 뜨거운 불 앞에서 노예처럼 일할 거면 아예 사슬로 묶어드리죠."

타미의 말에 도로시가 웃었다.

타미는 축제가 끝날 때까지 캐시와 함께 머물렀다. 그 다음 앨런이 운전을 해서 다시 채닝웨이로 갔다.

아서는 의학 책을 읽으며 조용하게 일요일을 보냈고, 월요일 아침에는 앨런이 새 직업을 찾으러 나섰다. 앨런은 그 주 내내 여러 군데 전화를 걸고 이력서도 계속 보냈지만 일자리를 주겠다는 사람은 없었다.

2

금요일 저녁, 레이건은 침대에서 뛰어내렸다. 막 잠이 들었다 깨어난 기분이었다. 그는 서랍장으로 갔다. 돈, 자기가 언제 훔쳤는지 기억도 못 하는 그 돈은 사라지고 없었다. 그는 벽장으로 뛰어가서 25구경 자동권총을 꺼냈다. 그는 방마다 문을 발로 차 열어보면서 자기가 잠든 사이에 침입해서 돈을 훔쳐간 강도를 찾아다녔다. 하지만 아무도 없었다. 레이건은 아서와 연락을 하려고 했다. 연락이 되지 않자 화가 난 그는 돼지저금통 배를 갈라 12달러를 꺼내고는 그 돈으로 보드카를 한 병 사려고 집을 나섰다. 집에 돌아와서는 술을 마시고 마리화나를 피웠다. 여전히 돈을 내야 할 고지서가 걱정된 레이건은 자기가 그 돈을 얻기 위해 무슨 짓을 했든 다시 그 짓을 해야 할 판이라는 것을 깨달았다.

레이건은 암페타민을 몇 알 들이키고 총을 넣은 뒤 조깅용 재킷과 윈드브레이커를 입었다. 그는 아침 7시 30분경에 오하이오 주립대학의 와이즈먼 주차장에 도착했다. 저 멀리에 말굽 모양의 오하이오 주립대학 미식축구 경기장이 보였다. 그의 뒤로는 콘크리트와 유리로 된 현대식 건물이 주차장 건너편에 서 있었다. 엄햄 홀이었다.

키가 작고 통통한 간호사 한 명이 문으로 나오고 있었다. 황갈색 낯빛, 불거진 광대뼈에 기다란 검은 머리를 포니테일로 묶어 올린 여자였다. 여자가 하얀 닷선 자동차로 걸어갈 때, 레이건은 이상하게도 그녀가 낯이 익다는 인상을 받았다. 누군가(앨런일 거라고 그는 생각했다) 오래전에 캐슬이라고 하는 학생들 술집에서 그 여자를 본 듯했다.

레이건은 등을 돌리고 가려 했지만 그곳을 떠나기 전, 에이들라나는 레이건이 자리에서 내려가기를 바랐다…….

다나 웨스트는 저녁 11시부터 7시까지 정신병동에서 근무를 하고 나오는 참이라 기진맥진해 있었다. 다나는 약혼자에게 병원에서 나갈 때 전화할 테니 만나서 아침식사를 같이 하자고 했지만, 밤을 힘들게 보내고 아침 늦게까지 일하고 나니 그냥 병원에서 나가고 싶다는 생각뿐이었다. 아파트에 돌아가서 전화할 작정이었다. 주차장으로 걸어가던 중 지나가던 친구 한 명이 손을 흔들며 크게 아침 인사를 외쳤다. 다나는 언제나 엄햄 홀 첫 번째 줄에 조심스럽게 세워놓은 자기 차로 향했다.

"저기, 잠깐만 기다려요!"

누군가 소리를 질렀다. 다나가 고개를 드니 청바지와 윈드브레이커를 입은 젊은이가 주차장 건너편에서 그녀에게 손을 흔들고 있었다. 잘생긴 청년이네, 이름이 떠오르지 않는 어떤 영화배우처럼. 다나는 그렇게 생각했다. 갈색이 도는 선글라스를 낀 남자가 다가와서 다나에게 주 주차장으로 가는 길을 물었다.

"그게, 설명하기가 좀 어려운데……." 다나가 말했다. "나도 그쪽으로 돌아가는데, 내 차에 타실래요? 거기에 내려다드릴게요."

남자는 조수석에 앉았다. 그는 다나가 차를 빼는 동안 재킷 안쪽에서 총을 꺼내더니 이렇게 말했다.

"그냥 운전해."

몇 초 후 남자는 덧붙였다.

"내가 하라는 대로만 하면 무사할 거야. 하지만 잘 들어. 널 죽여버릴 수도 있으니까."

끝이다, 다나는 생각했다. 이제 죽는구나. 얼굴이 타오르고 혈관이 좁아드는 느낌이 들었다. 몸 깊숙한 곳까지 아렸다. 세상에, 왜 병원에서 나오기 전에 시드니에게 전화하지 않았을까? 아니, 시드니는 내가 전화하기로 한 걸 알고 있다. 아마 시드니가 경찰에 신고할지도 몰라.

좌석 뒤로 손을 뻗어 다나의 가방을 집어 든 남자는 지갑을 꺼내 그녀의 운전면허증을 보았다.

"그래, 다나. 북쪽 71번 주간 고속도로로 가."

남자는 다나의 지갑에서 10달러를 꺼냈다. 다나는 그가 눈에 띄게 지폐를 접어 셔츠 주머니에 집어넣는 등 돈을 가져가면서 으스댄다는 인상을 받았다. 남자는 다나의 담뱃갑에서 담배를 꺼내어 그녀의 입술에 끼워주었다.

"담배 피우고 싶지?"

그는 자동차 라이터로 담뱃불을 붙여주었다. 다나는 그의 손과 손톱 밑에 무슨 얼룩 같은 게 잔뜩 묻어 있음을 알아챘다. 먼지나 그을음도 아니고 기름때도 아니었지만 아무튼 뭔가의 얼룩이었다. 남자는 여봐란 듯 지문을 라이터에서 닦아냈다. 이 때문에 다나는 덜컥 겁이 났다. 이 남자는 아마 경찰 기록이 있는 전문가 같았다. 남자도 여자의 반응을 알아챘다.

"난 단체의 일원이야. 우리 중 몇몇은 정치적 활동에 관련되어 있지."

다나가 보기에, 남자는 직접적으로 이름을 언급하지는 않았지만 급진적 정치단체 '웨더맨'을 암시하고 있는 듯했다. 북쪽 71번 고속도로로 데리고 가려 하는 것도 클리블랜드로 탈출하려는 속셈 같았다. 다나는 그가 도시 게릴라라고 결론을 내렸다. 그래서 델라웨어 군 지역에 이르렀을 즈음, 남자가 고속도로를 빠져나가서 뒷길로 운전하게 하자 다나는 놀랐다. 남자는 이 지역을 잘 아는 듯 편안해 보였고 차들이 시야에서 사라지자 주차하라고 명령했다.

다나 웨스트는 황량한 주위 풍경을 보고는 이 납치가 정치적 목적과는 하등 상관이 없음을 비로소 깨달았다. 이제 그녀는 강간을 당하거나 총에 맞거나, 아니면 둘 다 당할 위험에 처해 있었다. 남자는 의자 뒤로 몸을 기댔고, 다나는 이제 정말 나쁜 일이 벌어지리라는 것을 예감했다.

"잠깐 앉아서 생각 좀 모아봐야겠어."

남자가 말했다. 다나는 손을 운전대 위에 두고 똑바로 앞을 보았다. 그녀는 시드니와 자기 인생을 생각하고 이제 무슨 일이 벌어질까 생각했다. 눈물이 뺨 위로 흘러내렸다.

"뭐야? 내가 너를 강간할까 봐 무서운 거야?"

남자가 물었다. 이 말과 그의 냉소적인 어조가 다나를 찔렀다. 그녀는 남자를 똑바로 보고 말했다.

"그래요, 무서워요."

"그럼 넌 정말 머저리로군. 목숨을 걱정해야 할 판에 엉덩이나 신경 쓰고 있다니."

정신이 번쩍 드는 충격적인 말이어서 다나는 울음을 뚝 그쳤다.
"맙소사, 당신 말이 딱 맞아요. 내 목숨이 걱정돼요."
남자가 선글라스를 끼고 있어서 눈이 잘 보이지 않았지만 어느 순간 그의 목소리가 부드러워졌다.
"묶은 머리 좀 풀어봐요."
그녀는 가만히 앉아서 운전대를 꽉 잡았다.
"머리 좀 내려보라고 했는데."
다나는 손을 올려 머리핀을 잡아 뺐다. 남자는 땋은 머리를 풀어 내리더니 참 예쁘다며 여자의 머리를 쓰다듬었다. 그때 남자가 갑자기 변했다. 목소리가 시끄러워지고 입이 거칠어졌다.
"넌 정말 머저리 같은 년이야. 네가 어쩌다 스스로 이런 처지에 빠졌는지 눈 뜨고 잘 보라구."
"내가 어쩌다 스스로 이런 처지에 빠졌다는 거죠?"
"네 옷을 봐. 머리 꼴 하고는. 그러면 나 같은 사람 눈길을 끌지 않겠어? 아침 일곱 시 반에 주차장에서 뭐 하고 있었어? 머저리 같으니라구."
다나는 어떤 면에서는 남자의 말이 전적으로 옳다고 생각했다. 그에게 태워주겠다고 한 건 자기 잘못이었다. 앞으로 무슨 일이 일어나든 자기 탓이었다. 하지만 그녀는 곧 마음을 붙여잡고 이 남자가 자신을 죄책감에 빠뜨리려 한다는 것을 알아차렸다. 성폭행범들이 이런 식으로 한다는 얘기를 이전에 들은 적이 있었고, 적어도 이런 속임수에 빠질 정도로 멍청하지는 않았다.
다나는 앞으로 일어날 일을 각오하고 희망을 포기했다. 이런 생각이 마음속을 스쳐갔다. 강간은 내 인생에서 일어날 수 있는 사건 중에서 최악은 아니야.
"참, 내 이름은 필이야."
남자가 불쑥 말하는 바람에, 생각에 빠져 있던 다나는 깜짝 놀랐다. 그녀는 몸을 돌려 그를 바라보지 않고 앞만 똑바로 바라보았다. 그는 다나를 향해 악을 썼다.
"내 이름은 필이라고 말했잖아!"
다나는 고개를 저었다.
"당신 이름이 뭐든 정말 상관없어요. 알고 싶지도 않아요."
남자는 다나에게 차에서 내리라고 했다. 그는 다나의 주머니를 뒤졌다.
"간호사니까 스피드 같은 약을 많이 가지고 다니겠지."
그녀는 아무 대답도 하지 않았다.
"차 뒤로 들어가."
남자가 명령했다. 다나는 차 뒤로 들어가면서도 대화로 남자의 주의를 딴 데로 돌릴 수 있지 않을까 하는 희망을 품고 빠르게 말하기 시작했다.
"미술 좋아하세요? 난 정말 미술을 좋아해요. 부업으로 도자기를 만들어요. 주로 진흙으로 작업하죠."
다나가 신경질적으로 계속 지껄여댔지만, 그는 여자가 무슨 말을 하는지 듣고 있지도 않는 듯했다. 그는 다나에게 하얀 스타킹을 내리라고 했다. 그나마 옷을 완전히 벗으라고 해서 더 모욕감을 안겨주지 않는 것만으로도 고맙게 생각할 지경이었다.
"난 병 같은 건 없어."
남자가 지퍼를 내리면서 말했다. 그가 그런 말을 하는 바람에 다나는 정말 깜짝 놀랐다. 그녀는 이 남자에게 비명이라도 지르고 싶은 기분이었다. '나는 병이 있어요. 온갖 병이라는 병은 다 있어요.' 하지만 이제 다나는 이 남자가 정신적으로 정상이 아님을 느꼈고 그를 더 이상 자극하고 싶지 않았다. 지금 그녀의 마음속에서 병 따위는 전혀 관심사가 아니었다. 단지 이 일이 빨리 끝나서 지나가기만을 바랄 뿐이었다.
남자가 순식간에 끝내버리자 다나는 놀라기도 하고 안심하기도 했다.
"당신, 정말 근사해. 나를 흥분시켰어."

남자는 차에서 내려 주변을 둘러보았다. 다나에게는 다시 운전석으로 가라고 했다.

"내가 누군가를 강간한 건 이번이 첨이야. 이젠 단순한 게릴라 이상이지. 나는 강간범이 되었으니깐."

잠시 후, 다나가 말했다.

"차에서 내려도 돼요? 소변보고 싶어요."

남자가 고개를 끄덕였다.

"누군가가 감시하고 있으면 일을 볼 수 없어요. 잠깐만 안 보이는 곳으로 가줄래요?"

남자는 다나의 부탁대로 해주었다. 다나가 돌아와 보니, 남자의 행동이 바뀌어 있었다. 그는 편안해 보였고 농담을 늘어놓았다. 그런데 그때 남자가 갑자기 또 변했다. 강간 전에 보여줬던 태도 그대로 명령조로 바뀌더니 폭력적인 말과 욕설로 다나를 겁주었다.

"차에 올라타." 남자가 딱딱거렸다. "간선도로로 나가서 북쪽으로 가. 수표를 바꿔서 나한테 돈을 줘야겠어."

익숙한 지역으로 돌아가고 싶다는 생각만 절실할 뿐이었던 다나는 머리를 빨리 굴렸다.

"돈이 목적이라면 콜럼버스로 돌아가요. 시내 바깥에서 쓴 수표는 토요일에는 현금으로 바꿀 수 없어요."

다나는 남자의 반응을 기다렸다. 그가 71번 도로 북쪽으로 가자고 계속 우긴다면 가다가 아무 차에나 부딪쳐서 둘 다 죽게 할 작정이었다. 다나는 그가 한 짓을 증오했고 자기 돈을 절대 쓰지 못하게 하리라 다짐했다.

"좋아, 71번 도로 남쪽으로 가지."

남자가 말했다. 다나는 자기가 얼마나 안심했는지 남자의 눈에 띄지 않았기를 바랐다. 그리고 한 번 더 운을 시험해보기로 했다.

"23번 도로 타지 않을래요? 23번 도로 옆에는 은행이 많으니까 정오에

문 닫기 전에 닿을 수 있을 거예요."

다시 한 번 남자는 그녀의 제안을 받아들였다. 아직 생명의 위협을 느끼기는 했지만, 다나는 계속 말을 걸어서 남자의 균형을 흩트리면 살아서 나갈 수 있지도 않을까 하는 희망을 품었다.

"당신 결혼했어?"

남자가 불쑥 물었다. 다나는 고개를 끄덕였다. 그녀가 실종되었다는 사실이 금방 파악될 수도 있다고 생각하도록 유도하는 게 중요했다.

"내 남편은 의사예요."

"남편은 어때?"

"인턴이죠."

"내가 물어본 건 그게 아니잖아."

"그럼 뭘 물어본 건데요?"

"어떤 사람이냐구?"

다나는 시드니에 대해 막 묘사하려다가, 남자가 알고 싶은 건 남편이 얼마나 성적으로 정력적인 사람인가 하는 것임을 깨달았다.

"당신이 남편보다는 더 나아요."

다나는 남자를 칭찬해주면 좀 더 친절하게 대해줄지도 모른다고 생각하고 이렇게 말했다.

"그게, 남편은 좀 문제가 있나 봐요. 그게 너무 오래 걸리거든요. 당신은 빨라서 참 좋아요."

다나는 남자가 이 말에 썩 자극을 받은 것을 보고, 그가 정신분열증 환자이며 현실감각이 전혀 없다는 사실을 더욱 확신하게 되었다. 이 사람을 계속 즐겁게 할 수만 있다면 빠져나갈 수도 있을지 몰랐다.

남자는 다나의 지갑을 다시 뒤지더니 마스터 현금카드와 대학병원 신분증, 수표첩을 꺼냈다.

"이백 달러를 가져야겠어. 돈이 필요한 사람이 있어. 현금으로 바꿀 수 있는 수표를 써서 웨스터빌에 있는 은행으로 가. 우리 둘 다 들어가지만 당신이 뭔가 이상한 움직임을 보이거나 일을 꾸미면, 내가 바로 뒤에서 총으로 쏴버릴 수도 있어."

은행으로 걸어 들어가면서 다나는 부들부들 떨었다. 수표를 건넬 때 은행원들이 이상한 낌새를 알아차리지 못하는 걸 보고 믿을 수가 없었다. 그녀는 얼굴을 찡그리고 눈알을 미친 듯 굴리면서 시선을 끌려 했다. 하지만 아무도 알아차리지 못했다. 다나가 마스터카드를 써서 각각 50달러씩 두 번 인출했을 때 영수증에 금일 인출 한계에 도달했다는 표시가 떴다.

차를 타고 떠나면서 남자는 은행 영수증을 조심스럽게 찢어 창문 너머로 날려버렸다. 다나는 뒷거울을 보다가 거의 목이 막힐 뻔했다. 경찰차가 그들 뒤에 바짝 붙어 있었다. 세상에나. 다나는 주먹 쥔 손을 관자놀이에 갖다 댔다. 쓰레기를 버렸다고 경찰에 잡히겠구나!

다나의 동요를 눈치 챈 남자가 고개를 돌려 경찰을 보았다.

"이런, 우라질! 저 돼지새끼들이 오기만 해봐. 다들 날려줄 테니까. 당신이 이런 꼴 보게 돼서 안 됐지만 일이 다 그런 거지. 저 자식들을 다 쓸어버리겠어. 그리고 수상한 짓 하면 다음엔 당신 차례인 줄 알아."

다나는 마음속으로 행운을 빌면서 차 밖으로 버린 종이를 경찰들이 보지 못했기를 바랐다. 남자는 경찰들을 쏴버리고도 남을 사람처럼 보였다.

경찰차는 그들을 무시하고 가버렸다. 다나는 떨면서 뒤로 털썩 기댔다.

"다른 은행을 찾아봐." 남자가 말했다.

여러 은행은 물론 크로거나 빅 베어 같은 대형 슈퍼마켓들도 돌아봤지만 모두 헛수고로 돌아갔다. 다나는 남자가 들어가기 전에는 불안해하고 공격적으로 행동하지만 막상 들어가면 마치 모든 게 게임인 양 명랑해진다는 것을 눈치 챘다. 레인트리 센터의 크로거 마트에 갔을 때는 다나의 팔을 잡고 남편인 양 행동했다.

"돈이 필요해요." 남자는 점원에게 말했다. "시외로 나갈 거라서요."

다나는 수표-현금교환기를 이용해 100달러를 현금으로 바꿀 수 있었다.

"저 컴퓨터들은 다 연결되어 있지 않나?"

은행이나 은행 기기들이 작동하는 방식에 대해 지식이 많은 것 같다고 다나가 말하자, 남자는 이렇게 대답했다.

"우리 단체에 유용한 정보니까 이런 걸 다 알아둘 필요가 있었지. 우리는 정보를 공유해. 모두 단체에 정보를 보태지."

남자가 웨더맨이나 다른 급진 단체에 대해 말하고 있다고 짐작한 다나는 정치나 현재 시사 문제에 대해 얘기해서 그의 정신을 딴 데로 쏠리게 해야겠다고 생각했다. 남자가 차 바닥에 떨어져 있는 《타임》을 휘리릭 넘겨보고 있을 때, 다나는 파나마 운하 협약 투표에 대한 그의 의견을 물었다. 남자는 영문을 모르겠다는 듯 당황한 표정을 지었다. 다나는 그가 신문의 머리기사나 TV 뉴스에 나온 사건들에 대해서는 깜깜하다는 것을 알아차렸다. 다나를 속이려고 꾸며대기는 했지만 남자는 정치적 행동주의자가 아니었다. 다나는 남자가 실제로 세상에 일어나는 일에 대해서는 아는 바가 거의 없다는 결론을 내렸다.

"경찰에 이 일을 신고하지는 마." 남자가 불쑥 말했다. "나나 다른 사람이 감시하고 있을 테니까. 난 알제리에 갈지도 모르지만 다른 사람이 당신을 감시하게 될 거야. 우리는 그런 식으로 일해. 모두 서로를 위해 대신 망을 봐주지. 내가 속한 단체 사람이 당신을 잡으러 갈 거야."

다나는 그에게 계속 말을 시켜서 정신을 딴 데 쏟게 하려 했지만, 더 이상 정치 얘기는 하지 말아야겠다고 생각했다.

"신을 믿으세요?"

다나는 몇 시간은 얘기할 수 있을 법한 주제를 꺼냈다.

"글쎄, 당신은 신이 있다고 믿나?"

남자가 고함을 지르며 다나의 얼굴 앞에 총을 갖다 댔다.

"신이 지금 당신을 도와줘?"

"아뇨." 다나는 숨을 헐떡댔다. "당신 말이 맞아요. 신은 지금 나를 도와주고 있지 않아요."

남자는 갑자기 침착해지더니 창문을 내다보았다.

"내가 정말 종교에 대해서는 혼란에 빠진 것 같군. 이 말 믿지 않겠지만, 나는 유대인이야."

"설마." 다나는 별 생각 없이 대답했다. "이상하네요. 유대인처럼 보이진 않는데."

"아버지가 유대인이었지."

그는 알아들을 수 없게 주절댔다. 화가 좀 가라앉은 듯 보이긴 했지만, 마침내 이렇게 말했다.

"종교는 다 허튼소리야."

다나는 침묵을 지켰다. 종교는 아무래도 적절한 화제가 아니었다.

"당신도 알겠지만, 난 당신을 정말 좋아해요, 다나. 이런 상황에서 만나서 정말 안타까워요."

그가 갑자기 부드럽게 말했다. 다나는 이 남자가 자기를 죽이려 하지는 않는다는 결론을 내리고 경찰이 그를 잡도록 도울 수 있는 방안을 생각하기 시작했다.

"다시 만날 수 있다면 정말 멋지겠네요. 전화하세요…… 편지를 쓰든가 엽서를 보내요. 본명을 적기 싫으면 '게릴라'의 G로 표시하세요……"

"남편은 어쩌고요?"

이 사람 넘어갔군, 다나는 생각했다. 다나는 그에게 거짓말을 했고 마침내 이 남자는 걸려들었다.

"남편은 걱정 마세요. 내가 알아서 처리할 테니까요. 나한테 편지를 쓰든가 전화를 하세요. 다시 소식을 듣고 싶어요."

"오늘 아침에 내가 당신을 납치한 곳까지는 얼마나 가깝죠?"

"별로 멀지 않아요."

"나를 거기까지 데려다줄 수 있겠어요?"

치과대학 근처에 오자, 남자는 차를 대라고 했다. 그는 기름 값으로 5달러를 놓고 가겠다고 우겼다. 다나가 손도 대지 않자, 그는 돈을 햇빛 가리개 아래 끼워두었다. 그러고는 부드럽게 바라보았다.

"이런 상황에서 만나게 되어 정말 미안해요." 그는 다시 속삭였다. "정말 당신을 사랑해요."

그는 다나를 꼭 껴안아준 후 차에서 뛰어나갔다.

레이건이 채닝웨이 아파트로 돌아온 것은 토요일 오후 한 시쯤이었다. 여전히 강도질에 대한 기억은 하나도 없었다. 그는 돈을 베개 밑에 넣어두고, 총은 옆 탁자 위에 두었다.

"이 돈은 내게 남아 있겠지."

그는 이렇게 말하고 잠이 들어버렸다.

그날 저녁 늦게 일어난 앨런은 베개 밑에서 200달러를 발견하고, 도대체 이 돈이 어디서 왔을까 의아하게 생각했다. 앨런은 레이건의 총을 보고 대충 사태를 짐작했다.

"뭐, 가서 재미있게 놀다 오면 되겠군."

앨런은 샤워를 하고 사흘 자란 턱수염을 면도하고는 옷을 차려입고 저녁식사를 하러 나갔다.

3

레이건은 토요일 저녁에 깨어났다. 그는 단지 몇 시간만 잤을 뿐이라고 생각했다. 재빨리 베개 밑에 돈을 넣어봤지만, 돈은 또다시 사라지고 없었다. 사라졌다. 여전히 고지서 요금도 납부하지 못했고, 자기 몫으로 아무것도 사지 못했다. 다시 한 번 마음속에 질문을 해보니 이번에는 앨런과 타미와 연락이 되었다.

"돈이 거기 있더라구. 그 돈을 쓰면 안 되는 줄 몰랐지." 앨런이 말했다.

"나는 미술용품을 좀 샀어. 재료가 필요하잖아." 타미도 말했다.

"바보들! 고지서 요금 내려고 그 돈을 훔쳤단 말이야. 음식 값도 벌고 차 할부 값도 갚고."

"아서는 어디 있지? 우리한테 말해줬어야 하지 않나?" 앨런이 물었다.

"찾을 수가 없어. 과학 공부를 한답시고 어딘가 틀어박혀 있나 본데. 돈을 벌고 고지서 요금을 내야 하는 사람은 결국 나뿐이군."

"이제 어떻게 할 거야?" 타미가 물었다.

"한 번 더 해야지. 이번이 마지막이야. 아무도 돈 건드리지 마."

"젠장. 나는 이 혼란의 시기가 싫어." 앨런이 말했다.

10월 26일 수요일 이른 아침, 가죽 재킷을 입은 레이건은 세 번째로 콜럼버스 시내를 가로질러 오하이오 주립대학으로 갔다. 그는 돈을 얻어야 했다. 누군가를 털어야 했다. 누구에게서든. 7시 30분경, 레이건은 경찰차가 서 있는 교차로에 멈췄다. 그는 총을 꼭 쥐었다. 경찰관들은 돈을 가지고 있을지도 모른다. 그가 경찰들을 향해 가려 할 때, 신호가 바뀌면서 차가 떠나버렸다.

우더러프 대로 동쪽을 걸어가고 있을 때, 매력적인 금발의 여성 한 명이 벽돌로 된 아파트 건물 차도에 파란색 콜벳을 대는 모습이 보였다. 레이건은 여자를 따라 차도를 돌아서 건물 뒤 주차구역까지 갔다. 여자는 그를 보지 못한 듯했다. 여자를 털 생각은 한 번도 한 적이 없었지만 이번에는 너무 사정이 절박했다. 아이들을 위한 일이었다.

"차에 타."

여자가 깜짝 놀라며 돌아보았다.

"네?"

"난 총을 들고 있어. 나를 어디까지 좀 태워다줘야겠어."

겁에 질려서 여자는 지시대로 따랐다. 레이건은 조수석에 올라타고 총 두 자루를 뽑았다. 이번에도 에이들라나는 레이건이 자리에서 내려갔으면 좋겠다고 생각했다…….

에이들라나는 자기가 레이건의 시간을 훔치고 있다는 사실을 아서가 발견하게 될까 봐 걱정이 되었다. 레이건이 만약 잡히기라도 하면 그가 모든 일의 책임을 다 뒤집어쓰도록 놔둘 작정이었다. 애당초 레이건이 총을 가지고 나와서 강도질을 하려 했기 때문에 누구나 레이건이 계속 자리에 나와 있었다고 믿을 것이었다. 그리고 무슨 일이 일어났는지 기억할 수 없다면 보드카와 약물의 탓으로 돌리면 될 터였다.

에이들라나는 레이건을 숭배했다. 그의 공격성뿐만 아니라 크리스틴에 대한 다정함 때문이기도 했다. 레이건에게는 그녀도 갖고 싶어 하는 자질이 있었다. 젊은 여자가 콜벳을 운전하자, 에이들라나는 마치 자기가 레이건인 양 말했다.

"저기 사무실 건물 근처에 세우지. 뒤쪽 주차장에 리무진이 있어."

리무진이 보이자, 에이들라나는 총 한 자루를 뽑아 차를 겨누었다.

"난 이 차 주인을 죽일 거야. 지금 여기 있다면 죽은 목숨이지. 저 남자는 코카인을 팔아. 어린 여자애에게 코카인을 팔아 죽게 했다는 얘기를 어쩌다 들었어. 저자는 항상 어린애들에게 그런 짓을 하고 있지. 그래서 죽이려는 거야."

재킷 주머니 안에 뭔가가 느껴져서 손을 넣어 더듬다가 에이들라나는 타미의 수갑을 발견했다. 그녀는 수갑을 차 바닥에 던졌다.

"당신 이름은 뭐지?"

"폴리 뉴턴."

"그래, 폴리. 기름이 거의 다 떨어졌는데, 저기 주유소에 대."

에이들라나는 기름 5갤런에 대한 돈을 내고 폴리에게 71번 도로 북쪽으로 가라고 했다. 오하이오 주 워팅턴에 이르렀을 때, 에이들라나는 프렌들리 아이스크림 가게에 들러 코카콜라 두 잔을 사야 한다고 말했다.

다시 차를 타고 가면서, 에이들라나는 길 오른쪽을 따라 강이 흐르고 그 위에 1차선 도로 다리가 걸쳐져 있는 풍경을 보았다. 그녀는 폴리 뉴턴이 자기 얼굴을 세심하게 관찰한다는 것을 깨달았다. 경찰에 인상착의를 대기 위해서인 듯했다. 에이들라나는 레이건인 척하면서 계속 이야기를 지어냈다. 그러면 아서와 다른 사람들이 혼란에 빠지고 자신의 흔적이 가려질 것 같았다. 아무도 에이들라나가 자리에 나가 있다는 것을 알지 못했다.

"난 세 사람을 죽였어. 하지만 전쟁터에서는 더 많이 죽였지. 나는 테러리스트 단체 웨더맨의 일원이고, 지난밤 임무를 수행하기 위해 콜럼버스에 투입되었어. 법정에서 웨더맨에게 불리한 증언을 할 사람을 처치하는 임무지. 내 임무를 완수했다고 말해주고 싶군."

폴리 뉴턴은 조용히 들으며 고개만 끄덕였다.

"난 다른 신분도 하나 더 있어." 에이들라나는 우쭐거렸다. "정장을 차려입으면 사업가지. 그리고 마세라티를 몰아."

황량한 시골길에 이르자, 에이들라나는 폴리에게 연못 가까이까지 웃자란 잡초가 무성한 들판을 헤치고 가라고 했다. 에이들라나는 폴리와 함께 내려 연못과 주변 경관을 바라보다가 다시 돌아와 차 후드 위에 앉았다.

"이십 분만 기다리면 당신을 내려주겠어."

폴리는 안심한 듯 보였다. 그때 에이들라나가 덧붙였다.

"그리고 난 당신과 섹스를 하고 싶어."

폴리가 울기 시작했다. 에이들라나는 이렇게 말했다.

"당신을 해치려는 건 아냐. 난 여자를 때리거나 내던지는 사람이 아냐.

난 여자들이 그런 일을 당했다는 얘기를 듣는 것조차 싫어해. 강간을 당할 땐 비명을 지르거나 발로 차거나 하면 안 돼. 그럼 강간범은 더 성질이 나서 난폭해지거든. 가장 좋은 건 그냥 뒤로 누워서 '계속 해요.' 라고 말하는 거야. 그럼 강간범은 당신을 해치지 않을 거야. 난 눈물에 약하거든. 하지만 당신은 선택권이 없어. 난 어쨌거나 할 테니까."

에이들라나는 차 안에 있던 목욕 수건 두 장을 가져와서 재킷과 함께 땅에 깔았다.

"여기 위에 누워. 손은 땅에 대고. 하늘을 보고 긴장을 풀어."

폴리는 시키는 대로 했다. 에이들라나는 폴리 옆에 누워 그녀의 블라우스와 브래지어를 벗겨내고 키스했다.

"임신할까 봐 걱정할 필요는 없어. 헌팅턴 무도병(유전성 중추질환으로 정신장애와 전신마비를 동반한다—옮긴이)에 걸려서 정관수술을 받았거든."

에이들라나는 조깅 바지를 무릎까지 내리고 성기 바로 위 아랫배에 난 흉터를 보여주었다. 물론 정관수술 자국은 아니었다. 그냥 배에 대각선으로 비스듬하게 나 있는 선으로, 탈장 수술을 했을 때의 흉터였다.

에이들라나가 몸 위에 올라오자 폴리가 울음을 터뜨렸다.

"제발 강간하지 마세요!"

여자가 "강간"이라는 말을 외치자 그 말이 에이들라나의 마음속 깊이 박혔다. 에이들라나는 데이비드와 대니, 빌리가 겪은 일을 기억하고 있었다. 세상에, 강간은 얼마나 끔찍한 짓이던가. 폴리의 몸에서 떨어져 나온 에이들라나는 눈에 눈물을 머금고 하늘을 바라보았다.

"빌." 에이들라나는 큰 소리로 말했다. "도대체 뭐가 잘못된 거니? 다시 정신을 차려야지."

에이들라나는 일어서서 수건을 다시 차에 갖다놓았다. 그녀는 앞좌석에서 더 큰 총을 꺼내고는 맥주병 하나를 연못에 던졌다. 처음에는 총알이 발사되지 않았다. 다시 맥주병을 향해 두 번 발사했지만 둘 다 빗나갔다.

그녀는 레이건과 달리 명사수가 아니었다.

"가는 게 좋겠어."

차를 타고 나올 때, 에이들라나는 차창을 내리고 다시 전신주를 향해 두 번 발사했다. 그러고는 손을 뻗어 여자의 핸드백을 뒤졌다.

"어떤 사람을 위해 돈을 좀 가져가야 해. 이백 달러 정도. 크로거 마트에 가서 수표를 현금으로 바꾸자."

크로거에 간 폴리는 수표 한 장을 써서 150달러를 찾을 수 있었다. 다음으로는 노스 하이 거리 북쪽에 있는 스테이트 세이빙 은행에 갔지만 수표를 현금으로 바꿔달라는 요청을 거절당했다. 드라이브인 은행 창구에서 헛된 시도를 몇 번 해본 후, 에이들라나는 폴리에게 그녀 아버지의 유니언 컴퍼니 카드로 수표를 현금으로 바꿔보자고 했다. 그레이스랜드 쇼핑센터의 유니언 마트에서는 50달러 수표를 현금으로 바꿔주었다.

"다른 수표도 현금으로 바꿀 수 있어. 그리고 그 돈은 네가 가져."

갑작스레 기분이 변한 에이들라나는 수표첩에서 수표 한 장을 찍어서 폴리를 위한 시를 썼다. 하지만 시를 다 짓자 에이들라나는 이렇게 말했다.

"이걸 당신한테 줄 수는 없어. 그럼 경찰이 내 필적을 대조해볼지도 모르니까."

에이들라나는 수표를 찢어버리고 폴리의 주소록에서도 한 장 찢었다.

"이것도 간직할게. 만약 나를 경찰에 신고하거나 정확한 인상착의를 주면 이 종이를 웨더맨에 넘길 거야. 그럼 누군가 콜럼버스로 와서 너희 가족들을 죽이겠지."

그때 경찰차가 왼쪽으로 지나갔다. 화들짝 놀라, 그녀는 빠져나가버렸다…….

필립은 자기가 움직이는 차 안에서 창밖을 내다보고 있음을 깨달았다. 몸을 돌려보니 낯선 금발 아가씨가 운전대를 잡고 있었다.

"제길, 내가 지금 여기서 뭐 하는 거야?" 그는 큰 소리로 말했다. "어디 있는 거냐, 필?"

"빌이 당신 이름인가요?"

"아니, 필이야."

그는 주위를 두리번거렸다.

"우라질, 이게 무슨 일이람. 몇 분 전만 해도 난……."

그 다음에는 타미가 나와서 폴리를 쳐다보며 왜 자기가 여기 있을까 생각했다. 아마 누군가 데이트를 하러 나왔는지도 모른다. 그는 시계를 쳐다보았다. 벌써 정오가 다 되어 있었다.

"배고파?"

타미가 묻자 폴리는 고개를 끄덕였다.

"저기 웬디스가 있다. 가서 햄버거랑 감자튀김 먹자."

폴리가 주문을 했고, 타미가 돈을 냈다. 먹는 동안 폴리가 자기 자신에 대해 이야기했지만, 그는 별로 귀 기울여 듣지 않았다. 이 여자는 그의 데이트 상대가 아니었다. 그는 누구든지 그녀와 사귀는 사람이 나와서 어디론가 데려가줄 때까지 시간을 때우기만 하면 되었다.

"어디 특별히 내려줬으면 하는 데 있어요?"

폴리가 묻자 타미는 그녀를 쳐다보았다.

"캠퍼스 지역이면 어디든 좋아."

누구의 데이트 상대이든 간에 결국 차이는군. 두 사람이 차로 돌아가자, 타미는 눈을 감았다…….

앨런은 재빨리 고개를 휙 쳐들고 운전하는 젊은 여자를 보았다. 주머니에는 총과 돈뭉치가 느껴졌다. 아, 젠장, 안 돼…….

"이 봐요." 그가 말했다. "내가 무슨 짓을 했든 미안해요. 정말 미안해. 내가 당신을 다치게 한 건 아니죠? 경찰에 내 인상착의를 말하지 말아줘요. 알겠죠?"

폴리가 그를 빤히 쳐다보았다. 앨런은 여자가 경찰에 가게 될 경우에 대비해서 문제를 더 복잡하게 만들어야겠다고 생각했다.

"경찰한테는 내가 베네수엘라에서 온 카를로스 재칼이라고 말해요."

"카를로스 재칼이 누구죠?"

"카를로스 재칼은 죽었어요. 하지만 경찰은 아직 믿지 않고 있죠. 내가 카를로스라고 말하면 경찰들은 당신 말을 믿을지도 몰라요."

그는 차에서 뛰어내려 재빨리 걸어갔다.

집에 돌아오자, 레이건은 돈을 세어놓고 다른 사람들에게 공표했다.

"아무도 돈에 손대지 마. 고지서 요금 내려고 훔친 거니까."

"서랍장에서 찾은 돈으로 이미 고지서 요금을 냈는데." 아서가 말했다.

"뭐? 왜 말 안 했어? 그런 줄 알았으면 내가 왜 강도질을 했겠어?"

"돈이 없어진 걸 보고 짐작할 줄 알았는데."

"그럼 두 번째 강도질로 얻은 돈은 어디 있지? 그 돈으로 요금을 지불한 것도 아니잖아."

"남자애들이 설명했잖아."

레이건은 바보가 된 느낌이 들었다. 화가 치솟은 그는 아파트 안을 여기저기 미친 듯 뛰어다녔다. 그는 누가 시간을 훔쳤는지 알아야겠다고 주장했다. 아서는 타미와 케빈, 필립과 연락했다. 셋 다 레이건에게서 시간을 훔치지 않았다고 했다. 필립은 차 안에서 본 금발 여자에 대해 묘사했다.

"치어리더 타입으로 보이던걸."

"넌 자리에 나오지 못하게 되어 있을 텐데."

"우라질, 내가 나가고 싶어서 나갔냐. 그냥 영문도 모르고 나가보니까 그 빌어먹을 차 안에 계집애랑 있더라. 무슨 일인지 알자마자 난 자리에서 나왔다구."

타미는 그 여자에게 웬디스에서 햄버거를 사주었다고 말했다. 여자가 누군가의 데이트 상대라고 생각했다고 했다.

"하지만 이십 분만 같이 있었어. 돈은 이미 내 주머니에 있었고."

"모두 며칠 동안 집에만 있어. 무슨 일이 일어났는지 알아야 하니까. 누가 레이건에게서 시간을 훔쳤는지 알아낼 때까지 아무도 자리를 뜨지 마."

아서의 말에 타미가 반대했다.

"음, 내일은 도로시와 델의 네 번째 결혼기념일이잖아. 캐시가 전화를 걸어서 기억을 되살려주었지. 캐시가 랭커스터에 와서 내 선물 사는 거 도와주기로 했는데."

아서가 고개를 끄덕였다.

"알았어. 캐시에게 전화해서 만나자고 해. 하지만 돈을 너무 많이 가져가진 마. 필요한 만큼만 가져가. 그리고 되도록 빨리 돌아와."

다음 날, 타미는 캐시와 만나 쇼핑하러 갔다가 선물로 예쁜 셔닐 사(絲) 침대보를 샀다. 캐시는 그날이 어머니가 챌머 밀리건과 결혼한 지 딱 14년째 되는 날이라고 알려주었다. 도로시와 델과 함께 저녁식사를 하고 캐시와 유쾌한 시간을 보낸 후, 타미는 채닝웨이로 데려다줄 앨런이 나타날 때까지 차 안에서 기다렸다.

앨런은 아파트에 돌아오자마자 침대에 털썩 누웠다…….

그리고 데이비드가 깨어났다. 그는 왜 이리 기분이 나쁜지 알지 못했다. 뭔가 잘못되어가고 있는데 그 이유가 무엇인지 알 수 없었다. 데이비드는 아파트 안을 돌아다니면서 아서나 앨런, 레이건과 접촉하려 했지만 아무도 오지 않았다. 서로가 서로에게 잔뜩 화가 나 있었다. 그때 데이비드는 소파 밑 비닐봉지에서 레이건의 총에 쓰이는 총알을, 빨간 의자 아래서는 총을 찾아냈다. 데이비드는 그게 아주 나쁜 물건임을 알고 있었다. 레이건이 항상 총을 자물쇠를 채운 벽장에 보관하고 있었기 때문이다. 데이비드는 아서가 항상 이렇게 말한 것을 기억하고 있었다.

"말썽이 생기거나 누군가 나쁜 짓을 하려고 할 때 아무에게도 연락이 안 되면, 바비를 불러."

데이비드는 바비란 아서가 영국식으로 경찰을 부르는 방식임을 알고 있었다. 아서는 경찰 연락처를 종이에 적어 전화번호부 옆에 놔두었다. 데이비드는 수화기를 들고 번호를 돌렸다. 어떤 남자가 나오자, 데이비드는 말했다.

"누가 아주 나쁜 짓을 하고 있어요. 문제가 생겼어요."

"지금 어디죠?"

"구 리빙스턴 로, 채닝웨이 아파트 단지예요. 진짜 나쁜 일이 생겼어요. 하지만 내가 전화했다고 아무한테도 말하면 안 돼요."

데이비드는 전화를 끊고 창밖을 보았다. 안개가 자욱해서 귀신이 나올 것처럼 무시무시했다. 잠시 후, 그는 자리를 떠났다. 대니가 나타나 늦은 시간이었지만 그림을 그렸다. 그 다음에는 거실에 앉아 TV를 보았다.

문을 두드리는 소리가 들리자, 대니는 깜짝 놀랐다. 문구멍으로 보니, 도미노 피자 박스를 손에 든 남자가 서 있었다. 대니는 문을 열고 말했다.

"피자 시킨 적 없는데요."

대니가 빌리를 찾는 남자를 도와주려 하는데, 한 남자가 대니를 벽에 밀어붙이고 총을 머리에 댔다. 총을 든 경찰들이 문으로 밀려들었다. 귀엽게 생긴 여자가 대니에게 묵비권을 행사할 권리가 있다고 말했다. 그들은 대니를 차에 태우고 짙은 안개 속을 천천히 몰아 경찰서로 데리고 갔다.

대니는 자기가 왜 체포되었는지, 무슨 일이 일어났는지 전혀 아는 바가 없었다. 하지만 바퀴벌레가 원을 그리며 도는 모습을 관찰하러 데이비드가 나타날 때까지 대니는 감방 안에 앉아서 기다려야 했다. 아서나 레이건, 앨런이 곧 와서 꺼내줄 것이다. 데이비드는 자기가 나쁜 아이가 아님을 알고 있었다. 나쁜 짓이라고는 한 번도 한 적이 없었다.

3 광기를 넘어서

The Minds of Billy Milligan

20장

새로운 인생을 꿈꾸다

1

　1979년 초, 몇 주 동안 작가는 애슨스 정신건강센터에 있는 빌리 밀리건을 몇 차례 방문했다. 선생이 다른 사람들이 보고 생각하고 행한 것들을 시초부터 묘사하며 과거를 설명하는 동안, 귀머거리인 숀을 제외한 모든 사람이 자신들의 역사를 듣고 배웠다.
　빌리라는 이름에 대답하면서, 선생은 점차 자신감을 얻어갔다. 작가와 얘기하지 않을 때는 아직도 가끔 다른 사람으로 바뀌기도 했지만, 빌리는 서로 융합된 상태를 이룸으로써 혼란의 시기를 야기하는 적대감과 공포로부터 자유로워져 곧 새로운 인생을 시작할 수 있으리라고 생각했다. 그림을 팔아 얻은 수익으로 병이 다 나은 후에 새로운 인생을 시작할 수 있었다.
　빌리는 의학 책을 읽고 공부에 열중했으며 체육관에서 운동하거나 조깅을 하면서 그림도 그렸다. 그는 아서, 대니와 숀, 에이들라나와 에이프릴의 얼굴을 그렸다. 그는 또한 대학 구내서점에서 분자 모형을 사서 화학과 물리학과 생물학을 독학했고, 라디오 장치를 구입해서 밤이 되면 일반 시민들에게 허용된 주파수를 이용해 방송을 했다. 아동학대와 싸우는 다른 사람들과 라디오 방송으로 이야기를 나누었다.

애슨스에 있는, 매 맞는 아내들을 위한 단체 '내 여동생의 집'이 운영비가 없어 문을 닫을지도 모른다는 지역신문 기사를 읽은 후, 빌리는 100달러를 기부했다. 하지만 그 단체에서는 누가 돈을 보냈는지 알게 되자 기부금을 거절했다.

1월 10일, 애슨스로 이동한 지 한 달쯤 지났을 무렵, 빌리는 아동학대 방지재단이라는 이름으로 구좌를 개설하고 1,000달러를 입금했다. 그 돈은 콜럼버스에 화랑을 열려고 한다는 여자로부터 빌리가 받은 수만 달러에 달하는 그림 대금의 일부였다. 그 여자는 애슨스 정신건강센터에 와서 손에 악보를 들고 있는 귀족 부인의 그림 〈우아한 캐슬린〉을 사 갔다.

그 후 빌리는 자동차 범퍼에 붙이는 스티커를 제작했다. 스티커에는 노란 바탕에 검은 글씨로 다음과 같은 메시지가 쓰여 있었다.

오늘 당신의 자녀들을 꼭 안아주세요.
"아프지 않단다."
아동 학대 방지, 당신의 힘이 필요합니다. —빌리

빌리는 젊은 여자 환자들과 종종 이야기를 나누었다. 간호사들과 정신건강 전문가들은 젊은 여자들이 빌리의 관심을 끌기 위해 앞 다투어 아양을 떨고 있음을 알았다. 팻 페리 간호사는 인류학 전공 학생이었던 메리가 빌리와 이야기를 나눌 때면 우울증에서 벗어난다는 것을 눈치 챘다. 빌리는 메리의 지성을 존경했고 종종 그녀에게 충고를 구했다. 메리도 빌리의 충고를 구하곤 했다. 빌리는 메리가 1월에 퇴원하자 안타까워했지만 메리는 면회하러 오겠다고 약속했다.

선생은 메리나 콜 박사, 작가와 이야기하지 않으면 수감 생활이 지루하고 따분했다. 그럴 경우 대니나 데이비드, 융합되지 않은 빌리의 수준으로 떨어지곤 했다. 다른 환자와 이야기할 때는 이런 방식이 더 편했다. 빌리와 친해진 직원 중 몇 명은 그가 대니나 데이비드일 때 다른 환자에게 특별한 연민을 품는다는 것을 알게 되었다. 다른 환자들이 기분이 언짢아졌거나 상처 받았을 때, 공포심을 느끼고 있을 때를 그는 쉽게 알아냈다. 젊은 여자 중 한 명이 공황이나 히스테리 상태에 사로잡혀 열린 병동을 떠나려 하면, 빌리는 어디 가면 그 환자를 찾을 수 있는지 직원들에게 말해주곤 했다.

"데이비드와 대니는 연민을 가진 나 자신의 일부분입니다."

선생은 작가에게 말했다.

"그들은 상처가 어디에서 오는지 느낄 수 있습니다. 누군가 상처를 입고 떠날 때 그 상처는 그 자리 주위에서 타오르는 햇불과도 같죠. 그래서 대니와 데이비드가 맞는 방향을 가리킬 수 있는 겁니다."

어느 날 저녁, 식사를 마친 데이비드는 거실에 앉아 있다가 여자 환자 한 명이 병동 문 밖의 계단 난간으로 돌진하는 모습을 머릿속으로 상상했다. 그것은 3층 높이의 가파른 중앙 계단이었다. 데이비드가 이런 일을 생각할 때면 항상 이상한 기분을 느끼는 레이건은 지금 데이비드가 보는 광경이 아마 지금 일어나고 있는 일일 거라고 생각했다. 데이비드에게서 자리를 빼앗은 레이건은 문을 휙 열어젖히고 넓은 복도를 달려갔다. 정신건강 전문가인 캐서린 길럿이 출구 근처의 사무실에 앉아 있다가 벌떡 일어나 그의 뒤를 따랐다. 길럿이 복도에 다다른 순간 그가 난간을 넘어 뛰어내리려는 여자를 잡아챘다. 그는 여자를 잡아 끌어올렸다. 길럿이 여자 환자를 안으로 데려가자 레이건은 빠져나갔다…….

데이비드는 팔이 욱신욱신 아픈 것을 느꼈다.

처음부터 빌리가 의식을 조절하는 힘을 기르게 하기 위해 해왔던 일반적 치료 외에도 콜 박사는 최면 치료를 이용해서 환자에게 긴장을 완화시키는 자기암시 기술을 가르쳤다. 1주일에 1회씩 다중인격 환자 두 명과 함께 하는 집단 치료를 통해, 빌리는 다중인격이 다른 사람에게 미치는 영향을 보고 자신의 상태를 더 잘 이해하게 되었다. 그는 점점 더 인격끼리 교대하는 횟수가 줄어들었고, 콜은 환자가 호전되어가고 있다고 느꼈다.

선생이 된 빌리가 자신을 억압하는 제약에 점점 더 안달을 내자, 콜 박사는 체계적으로 빌리의 권리와 자유를 확대해주었다. 처음에는 사람을 딸려서 건물을 나갈 수 있게 했고, 그 다음에는 다른 환자들처럼 병원 안에서 하는 짧은 산책이라면 이름만 적고 나갈 수 있게 했다. 빌리는 이 시간을 이용해서 호킹 강의 여러 지점에서 오염 수준을 시험했다. 그는 1979년 봄학기에는 오하이오 주립대학의 강의에 등록해서 물리학과 생물학, 미술을 공부할 계획도 세웠다. 그는 자신의 기분을 표로 기록해놓기 시작했다.

1월 중순, 빌리는 콜 박사에게 다른 환자들이 갖는 특권도 가질 수 있게 허락해달라고 졸랐다 즉, 시내로 나갈 수 있게 허가해달라는 것이었다. 그는 머리도 자르고 은행에도 가고 변호사도 만나고 미술용품과 책도 사야겠다고 말했다.

처음에 빌리는 병원 직원 두 명과 함께 간다는 조건으로 외출 허가를 받을 수 있었다. 모든 일이 잘 진행되자, 콜 박사는 직원 한 명과 함께 나가도 된다고 허락했다. 아무 문제가 없어 보였다. 빌리의 사진을 신문이나 텔레비전에서 본 몇몇 대학생들이 그를 알아보고 손을 흔들어주기도 했다. 이로 인해 빌리의 기분이 한결 좋아졌다. 세상 사람들 모두가 빌리가 저지른 짓으로 인해 그를 싫어하지는 않았다. 사회가 그를 배척하고 있는 것만은 아닌 것이다.

빌리는 콜 박사에게 다음 단계의 치료를 해달라고 부탁했다. 그는 그 동안 모범 환자로 지냈다면서 이제 주변 사람들을 신뢰하는 법을 배워야 하지 않겠느냐고 했다. 자기보다 더 심한 정신병을 앓고 있는 다른 환자들도 혼자 시내에 나갈 수 있도록 허가를 받고 있으니 자기도 같은 특권을 받고 싶다고 했다.

콜 박사는 빌리가 준비되었다는 데에는 뜻을 같이했다. 오해가 없다는 것을 확실히 하기 위해, 콜 박사는 수 포스터 관리처장과 관련 법 집행 공무원들에게 확인을 해보았다. 조건이 제시되었다. 병원 측에서는 밀리건이 동행인 없이 병원을 떠나거나 돌아올 때마다 애슨스의 경찰서와 랭커스터에 있는 성인 가석방 당국에 고지해야 했다. 빌리는 이 조건을 달게 받아들이기로 했다.

"우린 앞으로의 계획도 세워야 합니다, 빌리." 콜 박사가 말했다. "혼자 거리에 나갔을 때 맞닥뜨릴 수 있는 일들에 대해 생각해봐야죠."

"무슨 말씀이세요?"

"어떤 일이 생기면 어떻게 반응할지 생각해봅시다. 코트 가를 걷고 있는데 한 여자가 당신을 알아보고 다가와서는 뜬금없이 따귀를 때릴 수도 있습니다. 이런 일이 일어날 수 있다는 걸 이해하겠죠? 사람들은 빌리가 누군지 알아요. 그러면 어떻게 하겠어요?"

빌리는 손을 뺨에 갖다 댔다.

"그냥 한 발짝 물러서서 여자를 피해 지나가겠어요."

"좋아요. 어떤 남자가 다가와서 강간범이라고 욕하고 주먹을 날려 때려눕힌다고 칩시다. 어떻게 할 거죠?"

"콜 박사님, 저는 감옥에 가는 대신 그냥 그 자리에 누워 있는 편이 나아요. 그냥 누워서 그 남자가 저를 놔두고 지나가길 바랄 뿐이죠."

콜은 미소를 지었다.

"이제 뭔가 깨달았나 보죠. 자, 당신이 변했다는 걸 이제 다른 사람들에게도 보여줄 기회를 가져봅시다."

처음으로 시내에 혼자 나갔을 때, 빌리는 어지러움과 공포가 뒤섞인 감정을 느꼈다. 길을 건널 때는 무단횡단으로 경찰에게 걸리지 않도록 조심스럽게 건넜다. 아무도 다가와서 자신을 공격하지 않기만을 기도하며 지나가는 사람들을 의식했다. 누군가 도발을 한다고 해도 절대 반응하지 않으리라. 콜 박사님에게 말한 그대로 하리라.

그는 미술용품을 산 후 아버지 콧수염 이발관에 갔다. 노마 디숑이 미리 전화를 해서 지배인과 직원들에게 빌리 밀리건이 머리를 자르러 온다는 사실을 알려놓았다. 이발관 사람들은 그를 반겼다. "안녕, 빌리." "어떻게 지냈어요, 빌리?" "좋아 보이네요, 빌리."

바비라는 젊은 여자 미용사가 빌리의 머리를 자르고 다듬어주었다. 그녀는 빌리에게 호의적으로 대하며 돈을 받지 않으려 했다. 그리고 언제든지 예약 없이 와도 무료로 머리를 깎아주겠다고 했다. 거리에 나가자 몇몇 학생들이 그를 알아보고 손을 흔들며 미소 지었다. 그는 날아갈 듯한 기분에 젖어 병원으로 돌아갔다. 콜 박사가 각오하라고 한 끔찍한 일들은 일어나지 않았다. 모든 일들이 다 잘될 것 같았다.

2월 19일, 도로시가 혼자 아들을 면회하러 왔다. 빌리는 두 사람의 대화를 녹음했다. 자신의 유아 시절에 대해 더 알고 싶었고, 어째서 친아버지 자니 모리슨이 자살을 했는지 이해하고 싶었다.

"넌 아빠에 대해 나름대로 이미지를 갖고 있을 거야." 도로시가 말했다. "넌 가끔 나한테 이런저런 질문을 했고 나도 힘닿는 데까지 대답해줬지만 네 아빠에 대해 속속들이 말하지는 않았어. 슬픈 이야기는 하지 않았단다. 자식들에게 상처를 줘서 뭐 하겠니? 네가 나름대로 갖고 있는 이미지가 바로 네 아빠란다."

"다시 한 번 말해주세요. 플로리다에 살 때 아빠가 계속 순회공연을 할 수 있도록 아빠에게 가진 돈을 다 줘버리고 집엔 참치 깡통 하나랑 마카로니 한 상자밖에 없었던 때 이야기 말예요. 아빠는 돈을 벌어 왔나요?"

"아니. 네 아빠는 유대인 손님들을 대상으로 하는 나이트클럽들을 계속 전전했단다. 거기서 무슨 일이 생겼는지는 몰라. 아빠가 돌아왔을 때는……."

"유대인을 대상으로 하는 나이트클럽들요? 어디에 있는 건데요?"

"산 속에 있어. 뉴욕 근처 캣스킬의 유대인 지구에 있는 호텔들 안에. 거기 가서 일했지. 쇼 비즈니스라고 하는 일 말이야. 그때 아빠의 대행인에게서 편지를 받았단다. '자네가 이런 짓을 할 줄은 전혀 몰랐어, 자니.' 거기서 무슨 일이 일어났는지는 모른단다. 아빠가 돌아왔을 때는 전보다 훨씬 기가 죽어 있었지. 그리고 일이 계속 그런 식으로 흘러간 거야."

"아빠의 유서는 읽어보셨어요? 게리 쉬웨이카트한테 듣기론 유서에 사람들 이름만 죽 쓰여 있었다던데……."

"아빠가 돈을 빌린 사람들 이름이었어. 사채업자들 이름은 안 적었더라. 돈을 빌릴 때 나도 갔기 때문에 아빠가 사채업자에게도 돈을 빌린 걸 알고 있었지. 아빠가 돈을 갚으러 갈 때 나는 차에 앉아 있었어. 매번 다른 곳이었어. 아빠는 도박 빚을 갚아야 했어. 처음엔 그런 도박 빚까지도 내가 뒤집어써야 하는 줄 알았는데, 갚지 않았지. 내가 그 빚을 다 진 건 아니잖니. 어떻게든 곤경을 빠져나가려고 했는데, 엄마가 힘이 부족해서 너희가 고생할 수밖에 없었단다."

"뭐, 참치 깡통하고 마카로니 한 상자가 있었잖아요."

빌리가 킬킬거렸다.

"난 다시 일을 시작했어." 도로시가 말을 이었다. "그래서 돈을 조금이나마 더 벌 수 있었지. 그때부터 아빠한테 내 월급을 주지 않기로 했어. 집세를 내라고 돈을 주었더니, 자기가 써버리고 반만 냈지 뭐냐."

"나머지 돈은 도박하는 데 쓰고요?"

"그랬거나 사채업자들에게 갚았나 봐. 아빠가 그 돈으로 뭘 했는지는 몰라. 따져보기도 했는데, 한 번도 솔직한 대답을 듣지 못했어. 어느 날은 사채 회사에서 가구를 가져가겠다는 거야. 난 그 사람들한테 말했지. '가져가든지 말든지 마음대로 하세요.' 하지만 그렇게 하진 않더라. 내가 울고 있는 데다 그때 캐시를 임신하고 있었기 때문이겠지."

"자니 아빠는 별로 좋은 사람이 아니었네요."

도로시가 대답했다.

"그래. 그게 다야."

애슨스 정신건강센터에 있은 지 두 달 반이 지나고 시간을 잃는 일이 점점 적어지자, 빌리는 콜 박사에게 약속한 대로 다음 치료 단계를 취해달라고 졸랐다. 바로 휴가였다. 빌리보다 호전 기미가 적은 사람들을 포함하여 다른 환자들은 주말에 집에 가서 친척들과 함께 보낼 수 있었다. 콜 박사는 빌리의 행동이나 통찰력, 오랫동안 지속되는 안정적 상태로 볼 때 준비가 되었다는 데 동의했다. 빌리는 허가를 받아 몇 번의 주말 동안 애슨스에서 북서쪽으로 40여 킬로미터 떨어진 로건에 사는 캐시의 집에서 지낼 수 있게 되었다.

어느 주말, 빌리는 캐시에게 자니 모리슨의 유서 사본을 보여달라고 졸랐다. 캐시가 관선 변호인 사무실에서 그 사본을 얻었다는 사실을 빌리는 알고 있었다. 지금까지 캐시는 빌리의 마음을 어지럽힐까 봐 이 사본을 보여주지 않으려고 버텨왔다. 그러나 빌리가 나쁜 아버지 자니 모리슨 때문에 엄마가 고통을 겪어야 했다고 말하자, 캐시는 기분이 나빴다. 일생 동안 캐시는 자니의 기억을 소중하게 간직해왔다. 이제는 빌리도 진실을 알아야 할 때였다.

"여기."

캐시는 두툼한 봉투를 커피 탁자 위에 던졌다. 그러고는 빌리를 혼자 남겨두고 나갔다. 봉투에는 플로리다 주 데이드 군의 검시사무실에서 게리 쉬웨이카트에게 보낸 편지가 몇 가지 서류와 함께 들어 있었다. 이 서류들이란 네 명의 다른 사람 앞으로 보내는 지시사항 네 부, 《마이애미 뉴스》의 허브 라우 기자에게 보내는 여덟 장짜리 편지, 발견될 때는 찢겨 있었지만 나중에 경찰이 조합해서 붙인 두 장짜리 쪽지였다. 이 쪽지는 라우 기자에게 두 번째로 보내는 편지의 일부 같았는데, 끝까지 완성되어 있지는 않았다.

지시사항이란 미납된 빚이나 대부금 지불과 관련된 것으로 가장 작은 액수는 27달러, 가장 큰 액수는 180달러였다. "루이스" 앞으로 된 쪽지는 "마지막 농담. 어린 소년: 엄마, 늑대인간이 뭐예요? 엄마: 입 닥치고 네 얼굴 털이나 빗어."라는 문장으로 끝맺고 있었다.

"도로시 빈센트"에게 보내는 쪽지에는 빚을 자기 보험에서 나오는 돈으로 갚으라는 지시사항이 적혀 있었다. 마지막 문장은 다음과 같았다. "내 마지막 부탁이니 화장해줄 것. 당신이 내 무덤 위에서 춤출 생각을 하면 참을 수가 없어."

《마이애미 뉴스》의 허브 라우 기자에게 보내는 편지 사본에는 점점이 얼룩져 있어 읽을 수가 없는 부분이 있었다. 여기에서는 별표로 표기하기로 한다.

허브 라우 씨
마이애미 뉴스

기자님께:

이 편지를 쓰기란 쉬운 일이 아니었습니다. 비겁한 퇴장으로 보일지도 모르겠습니다만 제 모든 세계가 무너져버려서 이제 제겐 아무것도 남지 않았습니다. 제가 들어놓은 얼마 안 되는 보험을 타게 되면 잠깐이나마 세 아이, 제임스와 윌리엄과 캐시가 안전하게 살 수 있으리란 게 유일한 희망입니다. 가능하다면 그 애들의 어머니인 도로시 빈센트가 그 돈에 손을 대지 않게 감시해주십시오! 도로시는 지금 일하고 있는 마이애미 해변의 플레이스 피갈에서 건달들과 어울리고 있고, 그놈들이라면 기꺼이 그 여자와 보험료를 나눠 먹고도 남을 겁니다. 다들 뚜쟁이에 고리대금업자 같은 놈들이죠. 이런 놈들 때문에 도로시는 가정을 깼습니다. 그리고 제 말을 믿으실지 모르겠지만 저는 온 힘을 다해 가정을 지키려고 했습니다.

제 사연이 참 지저분하죠? 저는 온 마음을 다해 아이들을 사랑했습니다. 하지만 정식으로 결혼하지 않고 낳은 사생아라고 해서, 도로시는 아이들을 이용해 유명세를 얻어보려 하고 있습니다. 나중에 자기 커리어를 키우는 데 도움이 될 거라고 생각하는 거죠! 실상은 다음과 같습니다. 첫 애가 태어나기 전에 저는 여러 번 도로시와 결혼하려고 했습니다.(이 일은 우리가 처음 만났을 때 자기를 임신시켰다며 도로시가 저한테 따지고 들었던 다음의 일입니다.) 하지만 도로시는 핑계를 줄줄이 찾아내어 결혼을 이리저리 피했습니다.(이 일을 포함, 다음에 제가 말할 일들은 마이애미에 사는 제 변호사 M. H. 로젠하우스가 작성한 조서로 증명될 수 있습니다.) 저는 도로시를 우리 식구들에게 아내로 소개했고, 아기가 태어난 다음엔 작은 마을로 가서 도로시와 결혼함으로써 아이에게 합법적인 자격을 주려고 했습니다. 그맘때쯤 저는 우리 아기 ***에 홀딱 빠져 있었습니다.

또 한 번 도로시는 핑계를 줄줄이 댔습니다. "누군가 신문에서 결혼 소식란을 보면 우리인 줄 알 거예요." 등등. 마침내 둘째 아들이 태어났습니다. 하지만 처음 2주 동안은 아들이 살지 죽을지 오락가락하는 상황이었습니다. 하나님이 도와주셔서 우리 애는 지금은 건강히 잘 지냅니다. 이 일이 경고처럼 느껴져서 저는 다시 결혼하자고 청했습니다. 이번에도 도로시는 다른 핑계를 대더군요. 그러면서 아주 선을 넘어섰습니다. 계속 술을 마시기도 하고 클럽에서 사라지기도 했죠. 도로시가 이런 상태에 있을 때는 아이들이 그 여자랑 같이 있으면 안전하지 않았습니다. 도로시가 아이를 손바닥이 아닌 팔을 휘둘러 때린 게 한두 번이 아닙니다. 도로시를 말리려면 때리면서 위협해야 했습니다. 정말 우리의 동거 생활은 생지옥이었습니다. 이 일은 제 일에도 영향을 끼치기 시작했습니다. 저는 급격히 하락세를 탔죠. 만약 이 생활이 계속되었다면 결국엔 제가 그 여자를 죽였을 겁니다. 저는 ***를 원했지만 도로시는 저한테 참을성을 가지라고 애원하더군요. 우리는 아이들을 플로리다 주 탬파에 있는 시설 좋은 탁아소에 맡기고 다시 순회공연에 나섰습니다. 저와 함께 도로시는 나이트클럽이나 극장에서 괜찮은 일자리를 얻을 수 있었습니다. 그때 셋째 딸을 얻게 되었습니다.

우리는 마이애미로 돌아갔습니다. 셋째 아이가 태어난 뒤 도로시는 아이들을 돌봐줄 여자를 구했고, 절대 손님들과 놀아나지 않겠다는 맹세 하에 저는 도로시가 다시 플레이스 피갈로 돌아가 노래를 부르게 해줬습니다. 오래지 않아 곧 도로시는 이전 같은 기분으로 흥청망청 술을 마시고 계속 싸움질하고 다니다가 결국 간염 초기로 쓰러져서 병원에 입원하게 되었습니다. 도로시는 완쾌되지 않았습니다. 그 여자는 퇴원한 뒤에도 몇 주 동안 계속 의사의 진료를 받았습니다. 그러던 어느 날 도로시는 의사(마이애미 해변 북쪽 병원의 새파이어라는 의사였습니다)가 입원비가 점점 쌓여가고 있으니 퇴원해서 일터로 돌아가는 게 마음 편하지 않겠냐며, 이제 칵테일을 좀 마신다 해도 몸에는 해롭지 않다고 말했다고 했습니다! 제가 반대하자, 도로시는 저와 상의도 없이 계약서에 서명하고 피갈로 돌아갔습니다. 호텔에서의 일이 잘 안 풀리자 우리는 상의를 했고, 저는 뉴욕에 있는 산악지대로 가서 몇 주 동안 일하기로 했습니다! 우리는 그 전엔 헤어져서 지낸 적이 거의 없었습니다. 물론 당시 저는 그 여자가 어떤 종류의 사람들이랑 사귀고 다니는지 전혀 몰랐습니다. 주로 뚜쟁이나 레즈비언들, 사채업자들이었죠. 이러고 다니는 게 도로시한테는 "세련된" 생활방식의 상징이었습니다. 제가 집에 와 보니 도로시는 이런 옷들만 사들이고 있더군요. 남자같이 보이는 셔츠나 수수한 정장들, 투우사 타입의 팬츠 등등. 글쎄, 저는 뚜껑이 열렸습니다. 그때부터 생지옥이었죠.

도로시는 술을 끊지 않고 계속 마시다가 치질 수술을 받으러 병원에 입원했습니다. 하지만 이번에는 도로시의 간이 망가질 대로 망가져서 수술을 하지 못했습니다. 그 여자는 병원에 몇 주 동안 입원해 있었죠. 저는 낮에는 도로시와 함께 있어주고 집도 칠해주고 하느라 하룻밤에 240킬로미터씩 운전을 해서 다녀야 했습니다. 그런데도 그 여자는 새 인생을 찾는답시고 그때부터 우리 가정을 깰 계획을 세웠습니다. 수술하던 날 마취 상태에서 제가 다른 사람이라고 생각했는지, 그 속셈을 드러내기 시작하더군요. 도로시의 자백은 정말 구역질났습니다. 제가 모르는 사람으로 타락한 것 같았습니다. 저는 도로시에게 남편임을 밝히면서 얘기를 못 하게 하려 했습니다. 하지만 여전히 말이 통하지 않았고, 그 여자는 이제까지 자기가 만만한 "봉"을 하나 잡아서 갖고 놀았다며 자랑하기 시작했습니다. 저는 아이들 때문에 이 일을 그 여자에게 말하지 않았고 ***라고 빌었습니다.

도로시가 회복되기 시작하자, 저는 다시 결혼 얘기를 꺼냈습니다. 하지만 도로시는 신부님과 얘길 해보았으니 "그 일에 대해서는 걱정할 필요가 없다"고 주장했습니다. 아이들은 "신의 아이들"이라는 것입니다. 도로시는 신문에 나려고 저한테 별거 소송을 걸기까지 했습니다. 경고도 없이 도로시가 접근 금지 명령을 신청해놓는 바람에 저는 크리스마스에 아이들과 같이 지낼 수 없게 되었습니다. 게다가 섣달 그믐날은 우리 딸 캐시의 두 돌이었는데, 도로시는 제가 그 애를 볼 수 없게 막고는 전화를 걸어서 생일 파티가 참 즐거웠다고 말해주기까지 했습니다.

라우 씨, 제가 얼마나 이 여자한테 충실하고 헌신했는지 마이애미 해변에서 공연하는 사람들에게 물어보셔도 좋습니다. 하지만 이제 저는 더 이상 이 짐을 짊어질 수가 없습니다. 여기 나이트클럽 사업이라는 게 여자들의 세계라서, 도로시는 제가 일자리를 두 개나 잃도록 교묘하게 일을 꾸몄습니다. 제가 아이들 양육권을 달라고 싸우면 마이애미에서 내쫓아버릴 수도 있다고 그 여자가 얼마나 자랑했는지 아십니까. 그 여자는 한 번에 하루에서 사홀 정도 사라져버리기도 했습니다. 이제 저는 제 인생과 맞싸울 수도 없고, 우리 애들이 앞으로 무슨 일을 겪게 될지도 알 수 없는 지경에 이르렀습니다. 저는 이전에도 한 번 시도해보았지만 실패했습니다. 하지만 이번에는 성공할 거라고 생각합니다. 아이들을 지키기 위해서라면 저는 그 여자도 감수할 수 있습니다. 하지만 이런 일들을 겪으니 전능하신 주님께 제 죄를 갚는 편이 낫습니다. 마지막 부탁이니, 부디 우리 아이들을 보호해줄 수 있는 여러 기관에 이 일을 알려 조사하게 해주세요.

그러면 자비로우신 하나님 곁에서 저는 편히 눈을 감을 겁니다.

자니 모리슨.

빌리는 아버지의 유서를 읽고 화들짝 놀랐다. 그는 유서 내용을 의심하며 여러 번 읽었지만, 편지를 읽으면 읽을수록 알고 싶은 일들이 더 많아졌다. 빌리는 그때 진상을 확인해보려고 시도했던 이야기를 나중에 작가에게 털어놓았다.

로건에 있는 여동생의 집을 떠나기 전, 빌리는 플로리다 변호사협회에 전화를 걸어 자니 모리슨의 변호사를 찾아보았다. 그러나 그가 이미 죽었다는 사실밖에 알아낼 수 없었다. 빌리는 기록 보관소에 전화를 걸어 자니 모리슨이나 자니 쇼라너라는 이름으로 된 결혼증명서가 없다는 사실도 알아냈다.

빌리는 계속 전화를 걸어 마침내 자니가 일했던 나이트클럽의 옛 주인과 연락할 수 있었다. 그 남자는 이미 은퇴했지만 키 비스케인에 보트를 갖고 있어서 아직도 클럽에 해산물 납품 일을 계속 하고 있었다. 그는 언젠가 자니의 아이들 중 한 명이 아버지에 대해 물어볼 줄 알았다고 말했다. 빌리의 어머니를 나이트클럽에서 해고했는데 그녀가 데리고 들어온 사람들의 수준이 너무 떨어지기 때문이었다. 자니는 도로시가 그런 사람들과 어울리지 못하도록 노력했지만 불가능한 일이었다. 옛날 주인은 그렇게 남자를 마음대로 휘두르는 여자는 본 적이 없다고 말했다.

빌리는 다른 사람도 찾아냈다. 미젯 모텔에서 일했던 남자로, 아버지를 기억하고 있었다. 남자는 크리스마스 휴일 때 받은 전화로 인해 자니가 꽤나 우울해했다는 것을 기억해냈다. 유서에 쓰인 대로 도로시가 전화를 해서 약을 올렸다는 자니의 주장과 일치하는 면이 있었다.

병원에 돌아온 빌리는 다시 시간을 잃기 시작했다. 월요일 아침, 그는 작가에게 전화를 걸어 약속을 연기할 수 있느냐고 물었다.

작가는 수요일에 도착하자마자 즉시 선생이 사라지고 없다는 것을 알았다. 그는 융합이 되지 않은 빌리와 대면했다. 잠시 얘기를 나눈 후, 작가는 선생의 흥미를 다시 잡을 수 있을지도 모른다는 생각에 빌리에게 요새 작업하고 있는 무선전화에 대해 설명해달라고 했다. 빌리가 말을 고르며 이야기할 때, 천천히, 거의 눈치 채지 못할 정도로 그의 목소리가 강해졌고 어조는 점점 더 또렷해졌다. 선생이 돌아온 것이다.

"어째서 기분이 나쁘고 우울했죠?" 작가가 물었다.

"피곤했어요. 요샌 잠을 잘 수가 없거든요."

작가는 코디 전자공학&라디오 학교에서 보낸 책을 손짓으로 가리켰다.

"저 장치는 요새 누가 쓰고 있죠?"

"하루 중 대부분은 타미가 여기 있으니까 저 물건이 만들어진 거죠. 콜 박사님은 타미랑 계속 이야기를 나눴어요."

"당신은 지금 누구죠?"

"선생. 하지만 아주 우울한 상태예요."

"왜 떠났죠? 왜 타미가 다시 온 거죠?"

"엄마와 엄마의 현재 남편, 그리고 엄마의 과거 때문이죠. 지금 나한테는 모든 게 별로 중요하지 않아요. 너무 긴장되어 있고요. 어제는 바륨을 한 알 먹고 하루 종일 잤어요. 오늘 새벽에는 여섯 시까지 자지 않고 밤을 샜죠. 나는 어디론가 가버리고 싶었어요…… 가석방위원회 때문에도 기분이 나빠요. 그 사람들은 내가 레바논으로 돌아가기를 원해요. 가끔은 차라리 그 사람들이 나를 거기로 돌려보내게 놔두고 모두 끝내버리는 게 좋겠다고 느낄 때도 있어요. 어느 쪽이 되었든 이 사람들이 나를 가만 놔두게 해야만 해요."

"그렇지만 해체는 해답이 될 수 없어요, 빌리."

"알아요. 난 더욱 많은 것들을 성취하려고 매일매일 애쓰는 내 모습을 보아왔어요. 내 모든 인격들이 해왔던 일들을 모두 하려 들고 있지만 너무 피곤해요. 나는 여기에 그림을 그리려고 나와요. 그림을 끝마치자마자 다른 데 치워놓고 손을 씻어요. 그러곤 메모를 하면서 몇 시간씩 책을 읽죠. 책읽기를 멈추면 무선전화 작업을 해요."

"너무 지나치게 자기를 몰아세우고 있어요. 모든 일을 한 번에 다 해치울 필요는 없어요."

"하지만 충동적으로 그렇게 하게 돼요. 보충해야 할 세월이 많은데 시간이 너무 없으니까요. 나 자신을 더 몰아세워야 한다는 생각이 들어요."

그는 일어서서 창문 밖을 내다보았다.

"다른 이유가 하나 더 있어요. 언젠가는 결국 엄마와 맞서야 할 거예요. 엄마한테 뭐라고 말하게 될지 모르겠어요. 예전처럼 행동할 수는 없어요. 이젠 모든 게 달라졌으니까요. 가석방위원회에, 다가오는 정신감정 청문회에, 이제 아버지의 유서까지 읽었으니. 한 사람으로 남아 있기가 너무 어려워요. 이런 것들 때문에 나는 여러 부분으로 찢겨버렸어요."

2월 28일, 빌리는 변호사에게 전화해서 다음 날 아침 열릴 수감 재심 청문회에 어머니가 참석하지 않았으면 한다고 전했다.

21장

정치가들과 언론의 공격

1

1979년 3월 1일 재심 청문회 이후, 빌리 밀리건은 다시 여섯 달 동안 애슨스 정신건강센터에 수감되었다. 빌리와 함께 일하는 사람들은 모두 그에게 닥쳐 있는 위협을 알고 있었다. 빌리는 치료가 끝나 석방되면 가석방 위반으로 페어필드 군의 성인 가석방 당국에 체포되어, 그레이 드럭스토어 강도사건으로 받았던 형기 중 나머지 3년을 채우러 감옥으로 돌아가야만 했다. 감찰 기간 위반으로도 판결이 나면 고속도로 휴게소 강도사건에서 선고받았던 6년에서 25년형의 징역을 연이어 살아야 할 수도 있었다.

애슨스에서 빌리의 일을 맡고 있는 변호사, L. 앨런 골즈베리와 스티브 톰슨은 빌리의 유죄 인정을 취소하기 위해 페어필드 군 법원에 신청서를 제출했다. 변호사들은 1975년에 (법정에는 알려지지 않았지만) 밀리건이 다중인격 상태여서 정신적으로 정상이 아니었고 자기변호에 도움을 줄 수 없었으므로 재판이 성립되지 않는다고 주장했다.

골즈베리와 톰슨은 만약 랭커스터 판사가 유죄 인정을 무효로 해주면 빌리가 치료된 후 자유인이 될 수도 있다는 희망을 품고 있었다. 빌리도 그 희망에 의지해서 살아갔다. 캐시가 오랫동안 사귀어온 롭 바움가르트와 가을에 결혼하기로 했다는 소식도 빌리를 기쁘게 했다. 빌리는 여동생 결혼식에 갈 계획을 세우기 시작했다.

병원 운동장을 걸으며 봄이 오는 기미를 보았을 때, 빌리는 혹독한 시기가 지나가고 있다는 느낌을 받았다. 그는 점차 호전되고 있었다. 그는 주말에 휴가를 받아 캐시의 집에 묵으며, 집에 벽화를 그렸다.

도로시 무어는 자니 모리슨의 유서에 쓰인 주장이 터무니없다며 부인했다. 자니는 죽기 전에 정신병을 앓고 있었다고 도로시는 말했다. 스트리퍼인 다른 여자와 관계를 갖고 있었으며, 유서에 도로시가 어울려 다녔다고 쓴 사람들은 실은 이 여자의 친구들인데 혼동한 것 같다고 했다.

빌리는 어머니와 함께 아버지의 명복을 빌었다.

3월 30일 금요일, 다시 병동에 들어온 빌리는 사람들이 자기를 이상한 눈빛으로 훔쳐보며 수군거린다는 것을 알아차렸다.

"어제 신문 봤어요?"

여자 환자 한 명이 그에게 신문을 건네주었다.

"다시 뉴스에 났네요."

빌리는 3월 30일자 《콜럼버스 디스패치》 1면에 대문짝만 하게 난 머리기사를 보았다.

성폭행범이 마음대로 시내를 돌아다니게 의사가 허가

존 스위처 기자

지난 12월 다중인격 성폭행범으로 애슨스 정신건강센터에 수감된 윌리엄 밀리건이 낮에 감독도 없이 자유롭게 돌아다닐 수 있도록 허가를 받았다는 사실이 본지 기자의 눈에 포착되었다. (……)
밀리건의 담당 의사인 데이비드 콜은 본지와의 인터뷰에서 밀리건이 병원을 떠나 애슨스를 마음대로 돌아다닐 수 있게 허락해주었으며 심지어 주말 휴가를 받아 친척을 방문할 수 있게 했다고 말했다. (……)

애슨스 경찰서장인 테드 존스의 말도 인용되어 있었는데, 테드 서장은 그 지역 주민들로부터 우려 섞인 제보를 수없이 받았으며 자신도 "정신병자가 대학가를 마음대로 돌아다니는 데 대해 우려하고 있다"고 말했다. 기자는 또한 밀리건에게 무죄 판결을 내렸던 플라워스 판사가 "밀리건이 마음대로 돌아다니도록 하는 조치에는 찬성하지 않는다"는 의견을 표시했다고 보도했다. 기사의 끝에는 "그가 1977년 말 오하이오 주립대학 일대의 여성들에게 공포심을 안겨주었다"는 설명이 붙어 있었다.

《콜럼버스 디스패치》는 밀리건이 "마음대로 돌아다닐 수 있게 하는" 허가 조치를 개탄하는 연속 기사를 거의 매일 싣기 시작했다. 밀리건을 언급한 4월 5일자의 사설은 이런 제목을 달고 있었다.

"사회를 보호하기 위한 입법 조치 필요"

겁을 먹은 콜럼버스의 독자들과 오하이오 주립대학 애슨스 분교에 다니는 자식을 둔 학부모들이 대학 총장 찰스 핑에게 빗발치듯 전화를 했고, 총장은 병원에 전화해서 분명한 설명을 요구했다.

애슨스의 클레어 "버즈" 볼 주니어와 콜럼버스의 마이크 스틴지아노 하원의원은 병원과 콜 박사를 비난했으며, 애당초 밀리건을 애슨스로 보낸 법규 자체를 재고하는 청문회를 열라고 촉구했다. 또한 "정신이상에 의한 무죄 판결"에 관한 법 개정을 요구하기도 했다.

병원 직원들 중 빌리를 좋아하지 않는 사람들은 그가 그림을 팔아 돈을 벌고 있다는 데 분노하며, 그가 마음대로 쓸 수 있는 거액의 돈을 갖고 있다고 《콜럼버스 디스패치》, 《콜럼버스 시티즌 저널》과 《데이튼 데일리 뉴스》에 흘렸다. 빌리가 〈우아한 캐슬린〉을 팔아 얻은 수익의 일부로 그림을 운송할 수 있는 소형 마쓰다 자동차를 샀을 때, 이 소식은 그대로 신문 머리기사로 실렸다.

스틴지아노 의원과 벨 의원은 애슨스 정신건강센터에 대한 조사 청문회를 요구했다. 공격과 비난이 쌓여 연일 신문의 머리기사를 장식하자, 결국 콜 박사와 수 포스터 관리처장은 여론이 잠잠해질 때까지 휴가와 동행인 없이 혼자 병원 밖으로 나가는 권리를 포기해줄 수 없겠느냐고 빌리에게 부탁했다.

빌리는 이런 조치에는 대비하고 있지 않았다. 그는 병을 진단받고 치료가 시작된 이후로 병원 규칙에 복종했고 약속을 지켰으며 법을 위반하지도 않았다. 그런데도 그의 권리는 몰수되었다.

슬픔에 빠진 선생은 포기하고 자리를 떠났다.

11시에 마이크 루프가 근무를 하러 왔을 때, 빌리는 갈색 비닐 의자에 앉아 겁이 난 사람처럼 손을 문질러대고 있었다. 마이크는 접근해도 될지 판단하기 어려웠다. 그는 빌리가 남성을 무서워한다는 사실을 들었고, 레이건에 대해서도 알고 있었으며, 콜 박사가 만든 다중인격에 관한 훈련 테이프들도 본 적이 있었다. 이제까지 그는 그냥 뒤에 물러서서 환자가 하는 대로 놔두었다. 빌리가 가짜로 꾸미고 있다고 믿는 직원들도 많이 있었지만, 그들과 달리 마이크 루프는 의사들의 진단을 믿었다. 병력과 간호일지를 읽고 나서 마이크는 그렇게 저명한 심리학자와 정신과 의사들이 고등학교 교육도 제대로 받지 못한 젊은이에게 속아 넘어갔다고는 생각할 수 없었다.

빌리는 보통 때에는 안정적으로 보였다. 하지만 지난 주,《콜럼버스 디스패치》에 기사가 연달아 난 후 빌리는 점점 더 우울해지고 있었다. 원색적인 머리기사와 빌리가 정치가들의 표적이 되었다는 사실로 인해 루프는 기분이 좋지 않았다.

루프는 겁에 질린 젊은이 가까이에 있는 의자에 앉았다. 그가 어떻게 반응할지 전혀 알 수 없었기에 되도록 편하고 조심스럽게 대해야 했다.

"기분이 어때요? 뭐 도와줄 일 없어요?"

루프가 물었다. 밀리건은 겁에 질린 눈으로 그를 보았다.

"기분이 언짢아 보여요. 나는 그냥 빌리가 말할 사람이 필요하면 내가 여기 있다는 사실을 알려주고 싶었어요."

"무서워요."

"나도 알 수 있어요. 그에 대해 얘기해보고 싶어요?"

"어린애들은 무슨 일이 일어나는지 몰라요. 애들도 겁을 먹고 있어요."

"지금 말하고 있는 사람이 누군지 이름을 말해줄래요?"

"대니."

"날 알아요?"

대니는 고개를 저었다.

"난 마이크 루프예요. 야간근무 당번인 정신건강 전문가죠. 나를 필요로 할 때 도움을 주려고 여기 온 거예요."

대니는 손목을 계속 문지르며 주위를 돌아보았다. 그러더니 동작을 멈추고 마음속의 목소리에 귀 기울이며 고개를 끄덕였다.

"아서가 마이크는 신뢰할 수 있대요."

"아서에 대해서는 얘기 들었어요. 내가 고마워하더라고 전해줘요. 물론 대니를 아프게 하는 일은 절대 하지 않을 겁니다."

대니는 레이건이 신문 기사 때문에 무척 화가 나서 자살로 이 모든 일을 끝내버리려 하는 것 같다고 말했다. 그래서 어린애들이 무척 겁을 먹고 있다고 했다. 루프는 떨리는 눈꺼풀과 멍하니 좌우로 움직이는 눈동자로 보아 밀리건이 다시 다른 사람으로 바뀌고 있다는 것을 알 수 있었다. 그러더니 갑자기 작은 소년이 웅크리며 흐느꼈다. 고통에 떠는 듯했다.

변화는 계속 반복해서 일어났고, 새벽 두 시까지 대화를 나눈 후 루프는 대니를 병실로 도로 데려다주었다. 그때부터 루프는 빌리의 인격 중 몇몇을 구분할 수 있게 되었다. 남자 간호사들은 취침 시간에 꽤 엄격했지만(주중에는 11시 반, 주말에는 오전 2시), 루프는 빌리가 잠을 아주 적게 잔다는 걸 알고 밤 시간을 할애해서 그와 오랫동안 이야기를 나누었다. 그는 대니와 융합되지 않는 빌리가 이야기하러 자기를 찾아오는 것이 기뻤고, 빌리가 왜 그리 대하기 어려운지 이해하게 되었다. 빌리는 다시 한 번 자기가 저지르지도 않은 죄로 벌을 받고 있다고 느끼고 있었다.

4월 5일 목요일 오후 3시 반경, 대니가 문득 정신이 들어 주위를 보니 병원 운동장을 거닐고 있었다. 그는 자기가 어디에 왜 와 있는지 알아내려고 했다. 그의 뒤로는 하얀 기둥들이 서 있는 오래된 빅토리아 양식의 붉은 벽돌 건물이 있었고, 앞에는 강과 시내가 펼쳐져 있었다. 잔디를 따라 천천히 거닐며, 대니는 로잘리 드레이크가 하딩 병원에서 도와주었던 때 이전에는 이처럼 야외를 혼자 걸어본 적이 없었음을 깨달았다. 공포에 사로잡히지 않고서는 말이다.

대니는 작고 예쁜 하얀 꽃들을 보았다. 그는 몇 포기 땄지만 더 높은 곳에 피어 있는 꽃들이 더 크다는 것을 알았다. 언덕 위에 핀 꽃들을 따라 문을 넘어간 그는 곧 작은 공동묘지에 이르렀다. 비석에는 아무 이름도 없었고 숫자만 새겨져 있었다. 그는 그 이유가 뭔지 궁금했다. 그는 아홉 살 때 산 채로 묻혔던 기억을 떠올리고는 몸을 부들부들 떨며 물러섰다. 자기 무덤에는 이름도 숫자도 적히지 않을 것이었다.

대니는 언덕 꼭대기에 있는 꽃들이 가장 큰 것을 보고 계속 올라가다가 깎아지른 듯한 낭떠러지에 다다랐다. 그는 가장자리로 나아가 나무를 붙들고 아래에 펼쳐진 길과 강, 집들을 내려다보았다.

갑자기 차들이 끼익 멈춰서는 소리가 들리더니 아래 길에서 번쩍이는 불빛들이 보였다. 아래를 내려다보고 있으려니 어지러웠다. 아주 어지러웠다. 앞으로 흔들흔들 떨어지려 하는 순간 뒤에서 목소리가 들렸다.

"빌리, 내려와요."

그는 주위를 돌아보았다. 나를 둘러싸고 있는 이 사람들은 누구지? 왜 아서나 레이건이 와서 보호해주지 않지? 발이 미끄러지더니 발밑의 자갈이 낭떠러지 아래로 굴러 떨어졌다. 그때 한 남자가 손을 뻗었다. 대니는 남자의 손을 꼭 잡았고 남자는 대니를 다시 안전하게 끌어올려주었다. 친절한 남자는 대니를 기둥이 있는 큰 집까지 데려다주었다.

"뛰어내리려고 한 거예요, 빌리?"

누군가 그에게 물었다. 대니는 낯선 여인을 올려다보았다. 아서는 항상 낯선 사람과 말하면 안 된다고 말했다. 하지만 병동이 발칵 뒤집혔고 사람들이 자기를 쳐다보며 수군대고 있다는 것 정도는 알 수 있었다. 그래서 대니는 그냥 잠을 자고 다른 사람이 그 자리를 차지하도록 하기로 했다…….

앨런은 그날 저녁 병동을 걸으며 무슨 일이 있었는지 궁금하게 여겼다. 전자시계는 10시 45분을 가리키고 있었다.

그는 한참 동안 자리에 나오지 않은 채 다른 사람들과 더불어 선생이 해주는 그들 인생의 이야기를 듣고 알아가는 데 만족했다. 마치 자기들 하나하나가 거대한 의식 퍼즐의 한 조각을 소유한 듯한 느낌이 들었다. 하지만 이제 선생은 작가가 그 퍼즐을 똑똑히 볼 수 있도록 조각들을 모두 조합해주고 있었고, 모두들 자기들이 살아왔던 인생을 알게 되었다. 여전히 공백은 있었다. 선생이 작가의 질문에 대답이 되는 기억만 이야기했지 '모든 것'을 이야기하지는 않았기 때문이다.

그런데 선생이 사라져버리자, 선생과 작가 사이 그리고 선생과 다른 사람들 사이를 이어주던 의사소통의 끈도 끊어져버렸다. 앨런은 뭐가 뭔지 혼란스러웠고 외로운 기분이 들었다.

"무슨 일이에요, 빌리?"

여자 환자 중 한 명이 물었다. 앨런은 여자 환자를 올려다보았다.

"지쳐 나가떨어진 느낌이랄까요. 너무 약을 많이 먹었나 봐요. 일찍 자야겠어요."

몇 분 후, 대니는 사람들 몇몇이 병실로 밀려들어와 그를 침대에서 끌어내는 바람에 잠에서 깼다.

"내가 뭘 어쨌는데요?"

누군가가 약병을 들었다. 알약 몇 개가 바닥에 떨어져 있었다.

"난 약 안 먹었어요."

"병원으로 가야 해요."

누군가가 빌리를 싣게 바퀴 달린 침대를 가져오라고 소리쳤다. 대니가 떠나고 데이비드가 들어왔다…….

마이크 루프가 다가왔을 때, 레이건은 그가 데이비드를 해치려는 줄 알고 자리를 차지했다. 빌리가 일어설 수 있도록 루프가 도와주려 하자 레이건은 그를 꽉 붙잡았다. 두 사람은 침대 위로 넘어졌다.

"네놈 목을 부러뜨려버리겠어!" 레이건이 으르렁댔다.

"아니, 그럴 수 없을걸요."

루프가 말했다. 두 사람은 서로 팔을 붙잡고 병실 바닥을 굴렀다.

"날 놔! 뼈를 부러뜨려줄 테니까."

"그렇다면 더더욱 놔줄 수 없죠."

"날 놔주지 않으면 네놈이 다칠걸."

"그런 말을 하는 한 놔줄 수 없어요."

두 사람은 계속 엎치락뒤치락했지만 서로를 진정시킬 수 없었다.

"나를 놔주면 나도 놓죠. 내 뼈를 부러뜨리지 않겠다고 약속해요."

루프가 말했다. 막다른 궁지에 몰렸음을 깨달은 레이건은 동의했다.

"네가 나를 놔주고 뒤로 물러서면 나도 놓도록 하지."

"둘 다 동시에 놓도록 하죠. 그럼 다 괜찮아질 겁니다."

두 사람은 서로의 눈을 들여다보았다. 그러고는 서로를 놓고 뒤로 물러섰다. 콜 박사가 문간에 서서 다른 간호사들에게 바퀴 달린 침대를 들여놓으라고 지시했다.

"난 저거 필요 없수. 약물을 과다 복용한 사람은 아무도 없으니까."

"병원에 가서 확인해봐야 해요." 콜 박사가 말했다. "우리는 빌리가 휴가 기간용으로 처방받은 약물을 얼마나 모아놓았는지 알 길이 없어요. 약을 너무 많이 먹었다는 얘기를 들었어요. 확인해봐야만 해요."

콜 박사는 계속 설명을 시도했고 결국 레이건이 빠져나갔다. 대니의 무릎이 꺾이더니 눈알이 뒤로 넘어가기 시작하자, 루프는 그를 잡아 들것에 눕도록 도와주었다. 그들은 밖으로 나가 대기하고 있던 구급차로 갔다. 루프는 빌리 옆에 앉아 오블니스 메모리얼 병원까지 함께 갔다.

루프는 빌리를 그 병원에 입원시켜 치료하는 것을 응급실 의사가 별로 좋아하지 않는다는 느낌을 받았다. 그는 빌리를 세심하게 다뤄야 한다는 얘기를 강조해서 설명했다.

"만약 밀리건이 슬라브 억양으로 말을 하기 시작하면 그에게서 떨어져서 여자 간호사가 다루게 하세요."

의사가 루프의 말을 무시하고 환자의 상태를 보고 있을 때 대니의 눈알이 돌아갔다. 루프는 그가 데이비드에서 대니로 바뀌고 있음을 알았다.

"가짜로 꾸미고 있네요." 의사가 말했다.

"아뇨. 그는 단지 교대하고 있을 뿐입니다……."

"잘 들어요, 빌리. 이제 당신 위를 세척할 겁니다. 코로 튜브를 넣어서 위세척을 할 겁니다."

"싫어요." 대니가 신음했다. "튜브는 안 돼요. 호스는 싫어요……."

루프는 대니가 무슨 생각을 하는지 알아차렸다. 대니는 루프에게 호스로 등을 얻어맞았던 사건을 얘기한 적이 있었다.

"뭐, 어쨌든 해야 합니다." 의사가 말했다. "당신이 좋아하든 안 하든 꼭 필요한 조치니까요."

루프는 빌리가 변화하는 모습을 보았다. 레이건이 벌떡 일어나 앉더니 바짝 경계했다.

"똑똑히 들어. 시시껄렁한 의사가 의대에서 배워먹은 수법을 밀어붙이려는데 내가 가만히 있을 것 같나?"

의사가 한 발짝 물러났다. 얼굴이 창백해진 그는 몸을 돌려서 응급실을 나갔다. "엿이나 먹으라고 해. 개자식이 죽든지 말든지 알 게 뭐야."

루프는 의사가 몇 분 후 콜 박사에게 전화해서 무슨 일이 일어났는지 설명하는 소리를 들었다. 잠시 후 의사가 성질을 누그러뜨리고 욕설도 자제하는 등 달라진 태도로 돌아왔다. 의사는 간호사에게 빌리가 구토를 할 수 있도록 구토제를 가져오라고 말했다. 레이건이 떠나고 대니가 들어왔다.

대니가 구토하는 동안, 의사는 구토물을 확인했다. 약물의 흔적은 없었다. 루프는 대니와 함께 구급차를 타고 돌아왔다. 새벽 두 시였다. 대니는 조용했지만 혼란스러워하는 모습이었다. 그는 단지 자고 싶을 뿐이었다.

다음 날 아침 치료팀은 빌리에게 그를 5병동으로 이동시키기로 결정했다고 알렸다. 출입이 제한되는 남성 병동이었다. 빌리는 이유를 알 수 없었다. 그는 약물 과다 복용이나 마이크 루프와 병원에 갔다 온 일을 전혀 기억하지 못했다. 낯선 남성 간호사 몇 명이 문으로 들어오자, 레이건은 침대에서 벌떡 일어나 물컵을 벽에 던져 깨버리고는 날카로운 조각을 집어 들었다.

"가까이 오지 마!"

레이건은 그들에게 경고했다. 노마 디숑은 전화로 도움을 요청했다. 몇 초 후 "초록 경보 발령"이라는 말이 스피커에서 울려 퍼졌다. 콜 박사가 달려왔다. 그는 분노한 레이건의 긴장된 얼굴 표정과 목소리를 확인했다.

"한동안 뼈를 부러뜨리지 않았더니 손이 근질근질하군. 이리 와요, 콜 박사. 당신이 일 번이오."

"여기서 뭐 하는 거죠, 레이건?"

"당신이 빌리를 배신했잖수. 여기 사람들 모두 빌리를 배신했어."

"그건 사실이 아닙니다. 이 모든 문제가 《콜럼버스 디스패치》 기사에서 비롯되었다는 것 정도는 레이건도 알고 있잖아요."

"난 5병동엔 가지 않을 거요."

"가야 해요, 레이건. 이젠 내 손을 떠났어요. 안전상의 문제니까요."

콜 박사는 슬프게 고개를 젓더니 밖으로 나갔다. 세 명의 경비원이 매트리스를 방패삼아 레이건에게 덤벼들어 꼼짝 못하게 벽에 밀어붙였다. 다른 사람 세 명이 그를 밀어 얼굴을 침대에 밀어붙이고 팔과 다리를 잡았다. 아서가 레이건을 말렸다. 팻 페리 간호사는 대니가 비명을 지르는 소리를 들었다. "날 강간하지 마세요!"

아서는 피하주사기를 든 간호사 한 명이 말하는 소리를 들었다.

"소라진 한 방이면 진정될 거야."

"소라진은 안 돼요!"

아서가 소리쳤지만 너무 늦었다. 그는 윌버 박사가 향정신성 약물은 다중인격 환자들에게 좋지 않고 더 심각한 분열을 일으킬 수 있다고 한 말을 들은 적이 있었다. 그는 피의 흐름을 늦춰 소라진이 뇌로 흘러들어가지 않게 하려고 애썼다. 그때 경비원 여섯 명이 그를 들어 방 밖으로 끌고 나갔다. 사람들은 그를 엘리베이터에 태워 2층으로 가서 5병동으로 데리고 갔다. 누군가 호기심에 가득 찬 얼굴로 그를 들여다보았다. 누군가는 혀를 내밀었다. 누군가는 벽을 보고 이야기했다. 누군가는 바닥에 오줌을 쌌다. 구토와 배설물의 냄새가 공기에 진동했다.

사람들은 그를 비닐 커버가 씌워진 매트리스가 있는 작고 황량한 방 안에 던져 넣고 문을 잠갔다. 레이건은 문이 쾅 닫히는 소리를 듣자, 벌떡 일어나서 문을 부수려 했다. 하지만 아서가 그를 꼼짝도 못하게 했다. 새뮤얼이 그 자리를 차지하고 무릎을 꿇은 채 길게 울었다.

"아아, 주님! 어찌하여 저를 버리시나이까!"

필립은 욕을 해대며 바닥으로 몸을 던졌다. 데이비드는 고통을 느꼈다. 크리스틴은 매트리스에 누워 울었다. 에이들라나는 얼굴이 눈물에 흠뻑 젖었음을 느꼈다. 크리스토퍼는 일어나서 신발을 가지고 장난쳤다. 타미는 문을 열 수 있는지 알아보았지만 아서가 그를 자리에서 밀어냈다. 앨런은 변호사에게 전화하기 시작했다. 케빈은 욕을 했다. 스티브는 그를 흉내냈다. 리는 웃었다. 바비는 창문 밖으로 날아가는 모습을 상상했다. 제이슨은 짜증을 부렸다. 마크, 월터, 마틴과 티모시는 닫힌 방 안에서 거칠게 소리를 지르고 다녔다. 숀은 웅웅거리는 소리를 냈다. 아서는 더 이상 불량자들을 통제할 수가 없었다.

5병동의 젊은 간호사들은 감시 창문을 통해 빌리가 벽에 부딪치고 빙빙 돌고, 여러 가지 어조와 억양으로 중얼거리고, 웃고, 울고, 바닥에 쓰러졌다가 다시 일어나는 모습을 보았다. 모두들 지금 눈앞에 있는 사람이 정신병자라는 데 동의했다.

콜 박사가 다음 날 와서 빌리에게 아미탈 한 대를 놔주었다. 진정과 회복 효과가 있는 약물이었다. 빌리는 자기가 다시 부분적으로 융합되었지만 뭔가 빠졌다고 느꼈다. 재판 전에 그랬듯이 서로 떨어져 있는 아서와 레이건이 없는 그는 융합되지 않은 빌리로, 공허하고 겁에 질려 있었으며 길을 잃은 사람이었다.

"AIT로 돌아갈 수 있게 해주세요, 콜 박사님."

빌리는 콜 박사에게 간청했다.

"열린 병동 직원들은 이제 당신을 두려워해요, 빌리."

"누구도 해치지 않을게요."

"레이건은 거의 그럴 뻔했어요. 깨진 유리를 들고 있었죠. 경비원을 병으로 그어버리려고 했어요. 내 뼈도 부러뜨리려 했고. 병원 직원들은 당신이 열린 병동으로 돌아오면 파업을 하겠대요. 빌리를 애슨스에서 내보내는 대책까지도 논의하고 있어요."

"어디로 보낸다는 거죠?"

"리마로."

그 이름을 듣자 빌리는 겁에 질렸다. 감옥에서 그는 그곳에 대한 여러 이야기를 들었다. 그는 쉬웨이카트와 스티븐슨이 자기를 그 지옥에 보내지 않으려고 싸웠다는 사실을 기억하고 있었다.

"절 보내지 말아주세요. 착하게 굴게요. 뭐든 하라는 대로 할게요."

콜은 생각에 잠긴 채 고개를 끄덕였다.

"내가 할 수 있는 일이 뭔지 알아보죠."

2

끊임없이 애슨스 정신건강센터의 어딘가로부터 정보가 새어 연일 신문 지면을 달구었다. 4월 7일자 《콜럼버스 디스패치》는 다음과 같은 주장을 실었다.

"밀리건, 거짓 약물 과다복용 소동 후 보안 병동에 수감"

밀리건에 대한 《콜럼버스 디스패치》의 공격은 이제 애슨스 정신건강센터와 콜 박사에게까지 향했다. 콜 박사는 욕설 전화와 협박을 받기 시작했다. 어떤 사람은 전화를 걸어 이렇게 외쳤다.

"어떻게 강간범 편을 들 수 있냐! 이 돌팔이 마약쟁이 개새끼야! 죽여버리겠어!"

그 후 콜 박사는 차를 타기 전에는 항상 조심스럽게 주변을 살폈고 잠잘 때는 침대맡 탁자 위에 총알을 장전한 권총을 두었다.

그 다음 주,《콜럼버스 디스패치》는 애슨스 정신건강센터와 병원 관리처장 수 포스터가 밀리건에게 새 병원을 찾아주려는 시도에 항의하는 스틴지아노 의원의 의견을 실었다.

밀리건 이송에 애슨스가 보조해야 하나?—스틴지아노 유감 표명

콜럼버스 선거구의 스틴지아노 하원의원은 애슨스 정신건강센터의 직원들이 윌리엄 S. 밀리건을 다른 기관으로 이송시킬 수 있는 가능성을 타진하고 있다는 말에 회의를 표시했다.

스틴지아노 민주당 의원은 지난주 초 본지의 보도에 의해 주 공무원들이 정신병자 성폭행범이자 강도인 24세의 이 청년을 조용히 이송하려는 시도가 무산되었음을 확인해주었다.

"솔직히 공개적인 보도가 없었다면 그(밀리건)는 주 밖이나 리마(주립병원)로 이송되었을 거라고 확신합니다."

스틴지아노 의원은 말했다. (……)

수요일 애슨스에서 열린 기자회견에서 포스터 관리처장은 말했다.

"빌리 밀리건의 치료는 언론 보도와 언론에 대한 그의 대응에 의해 절충되어 왔습니다."

관리처장은 밀리건이 감독도 없이 애슨스 병원에서 외출했다는 본지의 폭로 기사와 그에 잇따른 기사들에 대해 언급했다.

포스터 처장의 말은 스틴지아노 의원의 반발을 샀다. "사실을 보도하는 언론을 비난하는 것은 무책임한 행위입니다." 의원은 말했다. (……)

스틴지아노와 볼이 오하이오 주 보건부에 외부 전문가를 불러 빌리의 치료를 평가해달라고 요청하자, 코넬리아 윌버 박사는 애슨스에 오겠다고

수락했다. 윌버 박사의 보고서는 콜 박사의 치료 프로그램을 칭찬하고 있었다. 이와 같은 퇴보는 다중인격 환자 치료에서 종종 일어나는 일이라고 윌버 박사는 설명했다.

1979년 4월 28일, 《콜럼버스 디스패치》는 다음과 같은 기사를 실었다.

시빌의 정신과 의사, 밀리건 치료를 위한 외출 조치 찬성
멜리사 위드너 기자

정신질환자 윌리엄 밀리건을 진찰하기 위해 오하이오 주 보건부가 초빙한 정신과 의사는 치료에 큰 변화를 주지 말 것을 권했다.

금요일에 공개된 보고서에 의하면, 코넬리아 윌버 박사는 밀리건의 현재 치료방식을 지지한다고 했다. 환자로 있는 애슨스 정신건강센터에서 자주 휴가를 받아서 집에 다녀오게 하는 조치까지도 포함하는 의견이었다. (……) 윌버 박사는 환자가 주립이나 사립 정신치료기관에서 13개월 동안 치료를 받은 후로는 더 이상 위험하지 않다고 말했다. 박사는 또한 애슨스 센터에서 치료를 계속해야 한다고 제안했다.

박사는 또한 동행인이 딸리지 않은 채 외출하는 것도 치료의 일부로서 좋은 생각이었지만 이 외출에 대한 대중적 관심은 부정적인 효과를 불러왔다고 말했다. (……)

후속 기사는 1979년 5월 3일자 《콜럼버스 시티즌 저널》에 실렸다.

밀리건 진찰 의사, 객관성에 의문

마이크 스틴지아노 콜럼버스 선거구 하원의원은 윌리엄 밀리건의 치료를 추천한 정신과 의사의 객관성에 대해 의문을 표시했다. 오하이오 주 정신보건

및 정신지체부의 책임자 메이어스 커츠에게 보낸 편지에서, 스틴지아노는 코넬리아 윌버 박사가 "원래 윌리엄 밀리건을 애슨스에 보내기로 한 책임자였기 때문에" 박사는 이 건에 대해 충고를 할 만한 위치에 있지 않다고 말했다. 스틴지아노는 외부 전문가로 윌버 박사를 선택한 것은 "지미 카터가 백악관에서 무슨 일을 하는지 알아보기 위해 그 어머니인 릴리언에게 물어보는 것이나 다름없는 짓"이라고 말했다.

11월 1일, 전국여성연합회 콜럼버스 지부는 콜 박사에게 세 장짜리 편지를 보냈고 그 사본을 메이어스 커츠, 마이크 스틴지아노 의원, 토크쇼 진행자인 필 도나휴와 다이나 쇼어, 자니 카슨 및 코넬리아 윌버 박사와 《콜럼버스 디스패치》에 보냈다. 편지는 이렇게 시작되었다.

콜 박사님께.
신문의 설명에 의하면 박사께서는 윌리엄 밀리건에게 감시자 없이 휴가를 나가는 것이나 제약 없이 자동차를 이용하는 것을 허락하고 책과 영화 저작권에 대한 재정관리 조언을 받을 수 있는 치료 프로그램을 처방하고 있다는데, 이는 고의적으로 주변 지역 여성들의 안전권을 무시하는 극악한 행위입니다. 이런 행동은 어떤 경우에도 용납될 수 없으며 (……)

편지는 계속되었다. 콜 박사의 치료 프로그램은 빌리 밀리건에게 폭력과 강간이 파렴치한 행위라는 것을 전혀 가르쳐주지도 않을뿐더러, 밀리건이 "그가 저지른 괘씸한 행위"를 그렇게 나쁘지 않다는 긍정적인 방향으로 받아들이게 한다. 콜 박사의 공모 하에, 밀리건은 "우리 문화의 잠재적이지만 실제적 메시지—여성에 대한 폭력은 허용되는 사건이며, 상품화하고 선정적으로 묘사될 수 있는 상품이라는 사상을 익히게 된다."는 것이 그들의 주장이었다.

전국여성연합회 콜럼버스 지부는 이 편지에서 이런 주장도 폈다.

"콜 박사의 의학적 통찰력 부족을 볼 때 박사가 여성 혐오자임을 쉽게 추측할 수 있습니다. 성폭행을 저지른 인격이 레즈비언이라는 주장은 가부장적 문화를 용서하려는 의도가 뻔히 들여다보이는 책략입니다. (……) 허구로 꾸민 레즈비언 인격은 복수심에 가득 차 있으며 폭력적이고 공격적인 밀리건 본인의 섹슈얼리티를 대신해 비난받는 전형적인 희생양입니다. 다시 한 번, 이 남성은 자신의 행위에 대한 책임을 회피하고 여성을 희생자로 만들고 있습니다."

월버 박사의 추천에 따라 빌리를 계속 애슨스에 두기로 결정이 났다. 입원 및 집중 치료 병동의 직원들은 언론의 관심과 그에 대한 빌리의 대응에 기분이 상해서 그의 치료 계획을 변경해달라고 요청했으며, 그렇지 않을 경우 경고한 대로 파업에 돌입하겠다고 엄포를 놓았다. 그들 중 몇몇은 콜 박사가 너무 많은 시간을 빌리에게 할애하고 있으므로, 박사가 일상적인 관리 업무를 직원 팀에게 넘겨주고 치료 문제에 대한 개입을 줄이라고 주장했다. 빌리를 리마로 보내지 않기 위해 콜 박사는 마지못해 동의했다.

사회복지사인 다나 허드넬은 일련의 제한 사항을 지키겠다는 각서를 작성해서 빌리가 서명하도록 했다. 그 중 첫 번째는 "어떤 직원에게도 정신 이상을 빌미로 협박을 하거나, 인격 모독이나 그 지위에 대한 모욕을 해서는 안 된다"는 것이었다. 첫 번째 사항을 위반하면, 그 벌로 작가의 면회를 제한하기로 했다.

빌리는 방 안에 유리나 날카로운 제품을 둘 수 없게 되었다. 아침에 치료팀에게 사전 동의를 얻지 않으면 일반적인 특권도 얻을 수 없었다. 걸려오는 전화도 받을 수가 없었다. 외부로 거는 전화는 일주일에 한 번은 변호사에게, 두 번은 어머니나 여동생에게 할 수 있었다. 면회객은 그의 여동생이나 약혼녀, 어머니와 변호사, 작가로 제한되었다. 그는 "AIT에 있는 어떤 환자에게도 의학적, 사회적, 법적, 경제적, 심리적인 내용의 충고"를 할 수가 없었다. 예금액은 일주일에 8.75달러 이상 인출할 수 없었고, 어떤 경우에도 그 이상의 액수를 소유할 수 없었다. 미술용품은 제한된 시간에만 주어지고, 그림을 그리는 동안에도 감독을 받아야 했다. 끝마친 그림은 일주일에 한 번 가져가도록 했다. 이 규칙을 2주일 동안 잘 지키면, 단계적으로 그의 권리를 돌려주기로 했다.

빌리는 이러한 조건에 동의했다. 융합되지 않은 빌리는 규칙을 따랐지만 직원들이 병원을 감옥으로 바꾸어버렸다는 느낌을 받았다. 그는 다시 한 번 자기가 저지르지 않은 일로 벌을 받고 있다고 느꼈다. 아서나 레이건은 여전히 사라지고 없었고, 융합된 빌리는 다른 환자들과 TV를 보면서 대부분의 시간을 때웠다.

2주가 지나자 병원 측은 첫 번째 권리를 돌려주는 차원에서 작가의 면회를 허가해주었다. 선생은 처음 《콜럼버스 디스패치》의 공격이 시작된 이후로 다시는 나타나지 않았다. 과거에 일어났던 일의 기억이나 세부 묘사를 자세히 들려줄 수 없었기 때문에 빌리는 당황스러웠다. 혼란을 피하기 위해, 빌리와 작가는 융합되지 않은 빌리를 '빌리-U'로 표기해서 지금 얘기하고 있는 사람이 물으면 그렇게 대답하기로 합의했다.

"전 괜찮아요." 빌리-U가 작가에게 대답했다. "더 도움이 되어드리지 못해서 죄송해요. 하지만 아서와 레이건이 돌아오면 괜찮아질 거예요."

3

다음 면회일인 5월 22일 금요일, 병원에 도착한 작가는 여전히 융합되지 않은 빌리와 대면하게 되었다. 헐떡이는 말투, 정신을 빼앗긴 듯한 눈길, 전체적으로 우울한 분위기가 작가를 슬프게 했다.

"녹음을 위해 묻겠습니다. 지금 내가 말하고 있는 사람은 누구죠?"

"저예요. 빌리-U. 아직 융합이 되지 않았어요. 죄송해요. 하지만 아서와 레이건이 여전히 가버리고 없어요."

"사과할 필요는 없어요, 빌리."

"별로 도움이 안 될 거예요."

"괜찮아요. 이야기를 나누면 되니까."

빌리는 고개를 끄덕였지만, 맥이 풀리고 진이 다 빠진 사람처럼 보였다. 잠시 후, 작가는 빌리와 산책하러 가기로 했다. 두 사람은 노마 디숑에게 병원 안에 있는 한 나가도 된다는 허락을 받았다.

화창한 오후였다. 작가는 함께 천천히 거닐면서, 빌리에게 대니가 낭떠러지에 올라갔던 날의 길로 가보라고 했다. 확실히 길을 알지는 못했지만 일반적인 방향감각으로 빌리는 그날 있었던 일을 재현하려고 했다. 하지만 소용없었다. 그의 기억은 흐릿했다.

"혼자 있고 싶을 때면 가고 싶은 곳이 있어요. 그쪽으로 가요."

빌리가 말했다. 걸어가면서 작가가 물었다.

"부분적으로만 융합되었을 때 머릿속에 있는 다른 사람들에겐 무슨 일이 생기죠? 어떤 기분인가요?"

"계속 변한다고 생각해요. 다른 사람들이랑 '공동의식'으로 함께 꿰여 있는 기분이에요. 단계적으로 뭔가 일어나고 있는 것 같아요. 모든 사람들이 공동의식을 갖고 있진 않지만 차츰 모든 게 열리고 있어요. 가끔 누군가는 다른 누군가한테 무슨 일이 일어나는지 알고 있지만, 왜 그렇게 되는지는 모르겠어요. 지난주에 이층에서 회의를 할 때 말다툼이 생겼던 것처럼 말예요. 콜 박사님, 정신과 의사, 변호사와 같이 한 회의였죠. 앨런이 거기 있다가 그 사람들하고 말싸움을 했어요. 그때 앨런이 일어나서 '다들 꺼져버려요. 리마에서나 보자구요.' 라고 말하며 밖으로 나갔어요. 저는 그때 로비 의자에 앉아 있었는데 그가 무슨 말을 했는지 정확히 들었어요.

그래서 저는 소리를 질렀어요. '뭐라고? 야, 잠깐 기다려봐. 리마라니 무슨 말이야?' 저는 의자 가장자리에 걸터앉아 있었는데 겁이 났어요. 몇 초 전에 있었던 대화를 즉석 재생처럼 생생하게 들었거든요. 그때 다른 의사 선생님이 방에서 나와서 거기 서 계신 걸 봤어요. 그래서 말했죠. '여기요. 선생님들, 선생님들이 도와주세요.'

그랬더니 선생님이 말했어요. '무슨 말이죠?' 저는 벌벌 떨며 방금 머릿속에서 들었던 말을 했어요. 그리고 그 말이 사실이냐고 물었죠. '제가 방금 저를 리마로 보내달라고 했어요?' 선생님은 그렇다고 했어요. 저는 울음을 터뜨렸어요. '제 말을 듣지 마세요. 제가 하는 말을 듣지 마세요.'"

"이건 새로운 발전인가요?"

빌리는 생각에 잠긴 채 작가를 바라보며 말했다.

"저는 이게 완전한 융합 없이도 공동의식이 있다는 첫 번째 징조라고 생각해요."

"아주 중요한 얘기이군요."

"하지만 너무 무서워요. 저는 울면서 악을 썼어요. 방 안에 있는 사람들이 모두 저를 돌아봤죠. 제가 방금 뭐라고 했는지도 모르고 저는 이상하게 생각했어요. '왜 모두들 나만 보고 있는 거지?' 그때 다시 머릿속에서 무슨 소리를 들었어요."

"아직도 융합되지 않은 빌리인가요?"

"네. 빌리-U예요."

"이렇게 즉석 재생을 할 수 있는 사람은 당신뿐인가요?"

그는 고개를 끄덕였다.

"제가 주인이고 핵심이니까요. 공동의식을 발달시키는 사람은 저예요."

"어떤 기분이 들어요?"

"제가 점점 나아진다는 징조이지만 무서워요. 가끔 전 생각해요. 정말 난 회복되고 싶은 것일까? 이 모든 고통, 내가 지금 겪고 있는 이 구질구

질한 일들이 가치가 있는 것일까? 아니면 저기 뇌 한쪽 구석 뒤에 자기 자신을 묻고 잊어버려야 할까?"

"그 대답은 뭐죠?"

"모르겠어요."

빌리는 정신지체 아동들이 다니는 비컨 스쿨 가까이에 있는 작은 공동묘지에 도착하자 더 조용해졌다.

"가끔 와서 생각을 정리하는 곳이에요. 세상에서 가장 슬픈 장소죠."

작가는 작은 비석들을 바라보았다. 많은 비석이 쓰러져 있었고 잡초가 무성했다. "왜 숫자들만 적어놨는지 궁금하군요." 작가가 말했다.

"세상에 가족이나 친구가 없고 신경 써주는 사람이 하나도 없으면 그냥 여기 죽어서 묻히는 거죠. 기록은 다 없어지고요. 하지만 누군가 다시 나타나서 찾고 싶을 경우가 있으니까, 누가 묻혀 있는지 목록을 만들어둔 거죠. 여기 있는 사람들은 대부분…… 1950년대에 열병으로 죽었대요. 그런 거 같아요. 하지만 1909년 이전에 죽은 사람들 표시도 있어요."

빌리는 무덤 사이를 헤매고 다녔다.

"저는 여기 오면 저기 소나무 근처의 둔덕에 혼자 앉아 있어요. 죽은 사람들을 생각하면 우울하기도 하지만 평화롭기도 해요. 저기 죽은 나무가 무덤 위에 드리워진 것 보셨어요? 저 풍경에는 우아함과 위엄이 있어요."

작가는 방해하고 싶지 않아서 그저 고개만 끄덕였다.

"사람들이 이 묘지를 짓기 시작했을 때는 원형으로 만들려고 했어요. 저기 커다랗게 나선형으로 돌아가 있는 모양이 보이시죠? 그런데 혹독한 열병이 닥쳐서 장소가 모자라게 되자 줄줄이 묻을 수밖에 없었죠."

"아직도 이 묘지가 쓰이고 있나요?"

"연고 없는 사람이 죽으면요. 고통스러운 일이에요. 오랫동안 잃어버린 친척을 찾아 여기까지 와서 보니 번호 41번이라고 되어 있으면 기분이 어떻겠어요? 저기 둔덕 위에 그냥 무더기로 쌓여 있는 비석 더미도 있어요.

정말 바라보면 우울해요. 고인에 대한 존경심이 없는 거죠. 좋은 비석들은 주에서 세워준 게 아니에요. 좋은 비석에는 이름도 있죠. 사람들은 거슬러 추적하기를 좋아하고 자기 뿌리가 어딘지 알고 싶어 해요. 자기 조상이나 친척이 머리 위에 숫자를 달고 여기 묻혀 있다는 것을 알게 되면 정말 화가 날 거예요. 이렇게 말하겠죠. '이 사람은 내 가족입니다. 이보다는 더 존경심을 보여줘야 하는 거 아닙니까.' 이 사람들이 악한이었든 병자였든 그런 건 중요하지 않아요. 이렇게 좋은 비석이 몇 개밖에 없다는 게 정말 슬퍼요. 어디로든 마음대로 돌아다니고 싶을 땐 여기서 시간을 많이 보내요······."

그는 말을 멈추고 킥킥 웃더니 다시 말을 이었다.

"제가 '마음대로 돌아다닐 수 있었을' 땐 말이죠."

작가는 빌리가 《콜럼버스 디스패치》의 머리기사에 쓰인 구절을 말하고 있음을 알았다.

"그 말을 웃어넘길 수 있다니 좋네요. 더 이상 그런 기사에 아파하지 않았으면 좋겠어요."

"이젠 아파하지 않아요. 그런 난관은 넘어섰어요. 그런 어려움은 앞으로 더 닥쳐올 거라고 생각해요. 하지만 그런 일들이 갑자기 생기는 건 아닐 테니 더 쉽게 처리할 수 있겠죠."

대화를 나누는 동안, 작가는 빌리의 표정에 거의 알아보기 힘든 변화가 나타나고 있음을 감지했다. 걸음걸이가 더 빨라졌다. 말투는 점점 더 또렷해졌다. 이제는 신문 기사를 비웃기까지 했다.

"하나만 물어보죠. 얘기를 나누면서 보니, 빌리-U라고 미리 말해두지 않았으면 나를 속일 수도 있었겠는데요. 지금은 거의 선생처럼 들려요······."

그는 눈을 빛내면서 미소 지었다.

"그럼, 저한테 물어보지 그랬어요?"

"당신은 누구죠?"

"선생이죠."

"이런 나쁜 사람 같으니. 불쑥 튀어나와서 나를 놀래고 싶었군요."

그는 미소를 지었다.

"그게 그런 식이에요. 내가 긴장을 풀고 편안하게 있으면 그렇게 돼요. 마음속의 평화가 필요하죠. 내가 여기서 찾은 게 바로 그겁니다. 선생님이랑 얘기하다 보니 이런 것들을 다시 볼 수 있고 다시 살아서 기억할 수 있게 되었어요."

"어째서 내가 물어볼 때까지 기다렸죠? 어째서 '어이, 내가 선생이에요.'라고 말하지 않았죠?"

그는 어깨를 으쓱했다.

"우리가 재회한 것도 아니잖아요. 융합되지 않은 빌리가 계속 얘기를 하고 있었으니까요. 그러다가 갑자기 레이건이 대화에 끼어들었고, 다음에는 아서가 끼어들었죠. 둘 다 하고 싶은 말이 있었기 때문이에요. 그러다가 한동안 만난 적이 없었던 사람처럼 '아, 안녕, 잘 있었어요?'라고 하긴 좀 쑥스럽잖아요."

두 사람은 계속 걸었다. 선생이 말했다.

"아서와 레이건은 마지막으로 혼란의 시기가 왔을 때 무슨 일이 일어났는지 빌리가 설명할 수 있도록 진심으로 도와주고 싶어 해요."

"계속 얘기해봐요. 나한테 말을 해봐요." 작가가 말했다.

"대니는 정말로 그 낭떠러지에서 뛰어내리려고 한 게 아니에요. 그냥 더 큰 꽃들이 피어 있는 언덕 위로 꽃을 따라 올라간 것뿐이죠."

선생은 앞으로 걸어가며 대니가 올라간 길과 그가 붙들고 있었던 나무를 보여주었다. 작가는 아래를 내려다보았다. 대니가 뛰어내렸다면 분명 죽을 만한 높이였다.

"그리고 레이건은 절대로 그 경비원들을 해칠 마음이 없었어요." 선생이 말했다. "깨진 유리는 자해용이었어요. 빌리가 배신당했다는 생각에 죽어 버릴 생각이었죠."

그는 손을 들어 외부 사람이라면 위협이라고 볼 수 있는 그 행동이 실제로는 자기 목을 그으려 한 것임을 보여주었다.

"레이건은 스스로 목을 긋고 인생을 끝내려 했죠."

"하지만 콜 박사에게 뼈를 부러뜨리겠다고 한 건 왜죠?"

"레이건이 말한 건 '이리 와요, 콜 박사. 일 번으로 내가 뼈를 부러뜨리는 모습을 보게 될 거요.' 라는 거였어요. 그 조그만 선생님을 해칠 생각은 없었죠."

"융합된 형태로 있어요, 빌리. 선생이 필요해요. 할 일이 있어요. 당신의 이야기는 중요합니다."

작가가 말했다. 빌리는 고개를 끄덕였다.

"내가 지금 원하는 게 그거예요. 세상이 알아주는 것."

치료가 계속 진전되자, 병원 행정에 대한 외부의 압력도 계속되었다. 직원들과 맺은 빌리의 2주짜리 계약은 갱신되었다. 아주 천천히 권리가 하나씩 되돌려졌다. 《콜럼버스 디스패치》는 빌리에게 적대적인 기사를 계속 실었다.

주 하원의원들은 신문 보도에 대한 대응으로 청문회를 열자고 계속 압박했다. 스틴지아노와 볼은 밀리건에 대한 책이 집필 중이라는 사실을 알자, 성폭행범이 자기 인생이나 자신이 저지른 범죄를 폭로함으로써 돈을 버는 일을 금지하는 법안 557조를 의회에 제출했다. 주 사법위원회 회의에 앞서 이 법안에 대한 청문회를 두 달 후에 열기로 결정되었다.

4

 6월까지, 계속되는 신문의 공격과 그로 인해 생활환경과 치료에 일어난 대격변에도 불구하고 빌리는 점차 안정을 찾아갔다. 그는 허락을 받아 이름을 적고 병원 운동장에서 운동을 할 수 있게 되었다.(동행인 없이 혼자 시내에 나가는 것까지는 아니었다.) 콜 박사와의 면담 치료가 계속되었다. 빌리는 다시 그림도 그리게 되었다. 하지만 작가와 콜 박사 둘 다 선생에게 주목할 만한 변화가 있다는 데 동의했다. 그의 기억은 점점 부정확해졌다. 앨런처럼 계산적이 되었고 타미나 케빈, 필립처럼 반사회적이 되었다.

 선생은 작가에게, 어느 날 타미의 전자 장치를 가지고 작업을 하고 있는데 자기가 큰 소리로 "이런, 내가 지금 뭐 하는 거지. 자격증 없이 방송하면 불법이잖아."라고 하는 것을 들었다고 말했다. 그리고 타미로 바뀌지도 않은 채로 "제기랄, 뭐든 무슨 상관이야."라고 했다고 했다.

 그는 자기 태도에 충격을 받고 걱정했다. 그는 이런 인격들이(이제 선생은 "사람들"이라는 말 대신 "인격들"이라는 표현을 받아들이고 있었다) 자신의 부분이라는 것을 서서히 믿게 되었다. 처음으로 선생은 그들과 같이 느꼈다. 이것은 진정한 융합이었다. 그는 인격 스물네 개 모두의 공통요소가 되었다. 이제 그는 로빈 후드도 아니고 슈퍼맨도 아니었다. 다만 반사회적이고 인내심 없으며 교묘하게 속임수를 쓰는 똑똑하고 재능 있는 보통 젊은이일 뿐이었다. 조지 하딩 박사가 말했듯이, 융합된 빌리는 각 인격을 모아놓은 것보다 못한 사람이 될 수도 있었다.

 이 무렵 빌리의 오전 치료 담당자인 노마 디숑이 더 이상 빌리의 치료를 맡고 싶지 않다고 밝혔다. 노마에게도 압박이 가해지고 있었다. 다른 정신건강 전문가들도 이 환자를 맡고 싶어 하지 않았다. 결국 디숑의 파트너였던 완다 팬케이크가 빌리를 담당하게 되었다. 완다는 이 병원에 10년이나 근무했지만 AIT 병동으로 옮긴 지는 얼마 되지 않았다.

완다 팬케이크는 이혼 경력이 있으며 네모난 얼굴에 작고 단단한 몸매를 가진 젊은 여성이었다. 완다는 전율을 느끼며 새 환자에게 다가갔다. 완다는 후에 이런 속마음을 인정했다.

"빌리가 처음 여기 왔다는 이야기를 들었을 때, 난 속으로 생각했죠. 그래, 그래서 우리가 필요한 거야. 하지만 난 신문에서 기사를 읽었기 때문에 그 사람이 무서워서 죽을 지경이었어요. 그는 강간범인 데다 폭력적인 사람이었으니까요."

완다는 지난 12월 빌리가 AIT에 입원한 지 며칠 후에 그를 처음으로 보았던 때를 회상했다. 빌리는 오락실에서 그림을 그리고 있었다. 완다는 다가가서 말을 걸었다. 어찌나 심하게 떨고 있었는지 이마에 흘러내린 머리카락이 파르르 떨리는 게 보일 지경이었다.

완다도 다중인격을 믿지 않았던 사람 중 한 명이었다. 하지만 빌리가 거기서 몇 달 지낸 후, 그에 대한 공포심을 차츰 떨쳐버렸다. 그는 병동의 모든 여자들에게 했던 말을 완다에게도 습관적으로 했다. 자기가 레이건으로 바뀌더라도 걱정할 필요가 없다는 말이었다. 레이건은 여자나 아이에게는 해를 끼치지 않는다.

완다는 이제 그와 잘 지내게 되었다. 그녀는 가끔 그의 방을 들여다보며 오랫동안 이야기를 나누곤 했다. 완다는 점점 그를 좋아하게 되었으며 그가 다중인격으로 괴로워하고 있음을 믿게 되었다. 완다와 팻 페리 간호사는 여전히 적대적인 직원들로부터 빌리를 감싸주었다.

완다 팬케이크가 대니를 처음으로 본 건 그가 소파에 누워 비닐 등받이에 박힌 단추들을 잡아 빼려 하고 있을 때였다. 완다는 왜 그러냐고 물었다.

"그냥 빼내려고요."

그는 소년 같은 목소리로 대답했다.

"그럼 그만둬요. 그런데 누구죠?"

그는 웃으면서 더 세게 잡아당겼다.

"난 대니예요."

"대니, 그만두지 않으면 손바닥을 때려주겠어요."

그는 완다를 올려다보고 마지막 기회를 잡으려는 듯 몇 번 더 잡아당겼으나 그녀가 가까이 오자 멈췄다. 다음으로 만났을 때, 대니는 옷과 개인 소지품을 쓰레기통에 버리고 있었다.

"뭐 하는 거죠?"

"물건들을 버리고 있어요."

"왜요?"

"내 물건이 아니니까요. 갖고 있고 싶지 않아요."

"자, 그만둬요. 물건들을 도로 병실로 가져가요, 대니."

그는 물건들을 쓰레기통에 놔둔 채 가버렸다. 완다는 그것들을 꺼내서 병실에 가져다주었다.

완다는 여러 번 대니가 옷과 담배를 쓰레기통에 버리려는 것을 보고 말렸다. 어떤 때는 그가 창문 밖으로 던진 물건을 다른 사람들이 가져다주기도 했다. 나중에 빌리는 항상 자기 물건을 누가 가져갔느냐고 묻곤 했다.

어느 날, 완다는 18개월 된 조카 미스티를 데리고 빌리가 그림을 그리는 오락실에 갔다. 빌리가 앞으로 몸을 숙이고 미소 짓자, 소녀는 뒤로 물러서며 울음을 터뜨렸다. 빌리는 구슬프게 소녀를 바라보며 말했다.

"그런 신문을 읽기에 너는 너무 어리지 않니? 그렇지?"

완다는 그가 그리고 있는 풍경화를 보았다.

"정말 멋지네요, 빌리. 저, 나도 빌리의 그림을 갖고 싶어요. 나는 돈이 별로 없지만, 사슴을 넣어서 아주 조그만 그림 하나만 그려주었으면 좋겠어요. 기꺼이 돈을 낼게요."

"뭔가 그려줄게요. 하지만 먼저 미스티의 초상화부터 그리고 싶어요."

빌리는 미스티를 그리기 시작했다. 완다가 그림을 좋아하자 빌리는 기뻐했다. 완다는 현실적인 사람으로, 다른 사람들보다 훨씬 더 대하기가 편했다. 빌리는 완다가 이혼했고 아이가 없으며 고향인 애팔래치아 산맥의 작은 마을에서 가족들 가까이 있는 트레일러에 살고 있다는 사실을 알고 있었다. 그녀는 억센 얼굴에 거친 여성이었지만, 웃을 때는 보조개가 쏙 파이고 탐색하는 듯한 눈을 하고 있었다.

어느 날 오후 빌리가 건물 근처를 조깅하며 완다를 생각하고 있는데, 그녀가 멋진 사륜구동 픽업 트럭을 몰고 그의 앞에 나타나 멈춰 섰다.

"나중에 한번 그 차를 몰게 해주세요."

빌리는 그녀가 트럭에서 내리자 제자리 뛰기를 하며 말했다.

"절대 안 돼요, 빌리."

그는 무선통신 안테나와 뒤 창문에 쓰인 호출번호를 보았다.

"완다도 무선통신을 하는 줄은 몰랐네요."

"하는걸요."

완다는 문을 닫고 등을 돌려 병원으로 걸어 들어갔다.

"핸들은 뭐예요?"

빌리는 그녀를 따라 안으로 들어가며 물었다.

"디어슬레이어(Deerslayer: 사슴 사냥꾼이란 뜻—옮긴이)랍니다."

"여자가 쓰는 핸들치고는 특이하네요. 왜 그런 걸 선택했어요?"

"난 사슴 사냥을 좋아하니까요."

빌리는 멈춰 서서 그녀를 응시했다.

"뭐, 문제 있어요?"

"사슴 사냥을 해요? 동물을 죽여요?"

완다는 빌리의 눈을 똑바로 보았다.

"난 열두 살 때 처음으로 수사슴을 잡았어요. 그때 이후 매년 사냥을 했죠. 지난 사냥철에는 별로 운이 없었지만, 다음 가을에 또 사냥 나가기를 고대하고 있어요. 난 고기를 먹으려고 사냥해요. 난 올바른 일이라고 생각해요. 그러니까 따질 생각은 하지 마세요."

두 사람은 엘리베이터에 함께 탔다. 빌리는 자기 병실로 올라가 완다에게 줄 사슴 그림을 위한 스케치를 찢어버렸다.

1979년 7월 7일, 《콜럼버스 디스패치》는 로버트 루스가 쓴 기사에 굵은 글자로 제호를 달고 빨간 선으로 눈에 띄게 사방을 둘러서 1면에 내보냈다.

성폭행범 밀리건 몇 달 내에 풀려날 듯

기사는 밀리건이 서너 달 안에 정상으로 판명나면 미합중국 대법원의 연방법 해석에 의해 밀리건이 석방될 수도 있다면서 다음과 같은 결론을 내렸다.

"스틴지아노 의원은 밀리건이 도시를 배회하는 모습을 콜럼버스 주민들이 보게 되면 그의 목숨이 위험할 수도 있다고 예측했다."

이 기사를 읽은 후, 콜 박사는 말했다.

"신문 기사가 오히려 사람들을 부추기는 게 아닌가 싶군."

일주일 후, 캐시의 약혼자인 롭 바움가르트와 그의 동생 보이스가 로버트 레드퍼드의 영화 〈도전〉에서 단역으로 출연할 때 입었던 육군 작업복을 입은 채로 보호자 딸린 주말 휴가를 허가받은 빌리를 데리러 왔다. 제복을 입은 청년들과 함께 계단을 내려가면서 빌리는 경비 사무실 창문으로 경비원들이 내다보는 눈길을 느낄 수 있었다. 그는 밖으로 나가면서 웃음을 참으려고 애썼다. 그는 아마 군인의 호위를 받으며 외출하는 사람처럼 보일 것이었다.

빌리는 작가에게 자신에게 일어난 기분 나쁜 변화들을 이야기했다. 타미로 변하지 않고서도 그는 열쇠 없이 잠긴 문을 딸 수 있었다. 레이건으로 바뀌지 않고서도 새 오토바이를 탈 수 있을 뿐 아니라, 레이건처럼 가파른 언덕도 올라갈 수 있었다. 그는 레이건처럼 아드레날린이 약동하는 것을 느꼈다. 모든 근육이 효율적으로 움직여서 이제 자기가 해낼 수 있는 과업들을 척척 해냈다. 이전에는 자전거도 제대로 타본 적이 없었는데 말이다.

빌리는 또한 반사회적이 되어 다른 환자들에게 화를 내거나 직원들에게 짜증을 내게 되었다. 그는 끝에 갈고리가 달려 있는 180센티미터의 강철 막대를 구해 전력소로 가고 싶다는 기이한 느낌에 사로잡혀 있었다. 그는 U-80 전류 변압기가 어디에 있는지 알고 있었다. 아래로 잡아당기면 전기를 꺼버릴 수 있었다.

빌리는 이는 나쁜 생각이라며 끊임없이 자기 자신과 싸웠다. 만약 거리의 전등이 꺼져버리면 교통사고가 일어날 수도 있다. 왜 그런 짓을 하고 싶겠는가? 그때 그는 어머니와 챌머가 말다툼을 했던 날 밤의 일을 떠올렸다. 참을 수가 없어진 타미는 자전거를 타고 스프링 가를 따라 내려갔다. 그는 전력소로 몰래 기어들어가서는 전기를 다 꺼버렸다. 타미는 불이 나가면 사람들이 더 조용해진다는 것을 알고 있었다. 이제 두 사람은 다툼을 멈출 수밖에 없었다. 거리에 전기가 사라졌다. 허버트 로, 메토프 로, 스프링 가. 돌아와 보니 집 안이 캄캄했고 말다툼은 끝나 있었다. 도로시와 챌머는 부엌에 앉아 촛불 아래서 커피를 마시고 있었다.

빌리는 다시 그렇게 하고 싶었다. 캐시에게서 도로시가 델과 심한 말다툼을 했다는 소식을 들었기 때문이었다. 그는 변압기를 올려다보며 미소 지었다. 일종의 반사회적 정신병자의 기시감이었다.

빌리는 또한 자기 몸에 뭔가 이상이 생기지 않았는지 의심하고 있었다. 먼저 섹스에 대한 흥미가 거의 없어졌다. 기회가 없었던 것은 아니었다. 여동생의 집으로 휴가를 떠났을 때, 두 번 정도 그에게 관심을 보이는 젊은 여자와 애슨스에 있는 모텔에 투숙하기도 했다. 하지만 두 번 다 도로에 서서 그를 감시하고 있는 경찰차를 보고 포기해버렸다. 어쨌든 그는 잘못을 저지른 어린애 같은 기분이 들었다.

빌리는 안에 있는 다른 사람들의 여러 국면을 관찰하면서 자기 자신에 대한 공부에 더 깊게 빠져들었다. 이제 그들의 영향력은 점점 옅어지고 있었다. 그는 주말에 악기점에 가서 드럼을 연주해보고는 자기가 갖고 있는 기술에 놀라 드럼 세트를 구입했다. 이전에는 앨런만이 드럼을 연주했지만, 이제 선생은 물론, 심지어 융합되지 않은 빌리까지도 드럼 연주 능력을 가지게 되었다. 그는 테너 색소폰과 피아노도 연주했지만, 다른 어떤 악기보다도 드럼은 그에게 더 효과적으로 감정을 분출할 수 있는 통로를 열어주었다. 드럼을 연주하면 가슴이 뛰었다.

밀리건의 치료 계획에 다시 휴가가 포함되었다는 뉴스가 콜럼버스에 전해지자, 데이비드 콜 박사에 대한 공격이 재개되었다. 오하이오 주 윤리위원회는 콜 박사가 임무 수행에서 부적절한 행위를 했다는 고발이 접수된 것과 관련해 조사를 하라는 지시를 받았다. 고발 내용은 비밀리에 밀리건에 대한 책을 쓸 수 있도록 콜 박사가 그에게 특별대우를 해주고 있다는 것이었다. 조사를 하려면 먼저 고소를 하도록 법으로 정해져 있었기 때문에 오하이오 주 윤리위원회는 소속 변호사로 하여금 고소장을 작성하게 했다.

콜 박사는 이제 자신이 다른 방면에서도 공격을 받고 있다는 사실을 알게 되었다. 환자를 치유하려는 노력이 손상되고 평판과 의학적 생명이 위협을 받게 된 콜 박사는 1979년 7월 17일, 진술서를 제출했다.

지난 몇 달간 빌리 밀리건 사건과 관련된 사건들은 화젯거리와 소란을 일으켰고 지금은 적절한 수위를 넘어섰을 뿐 아니라 제가 보기에는 논리와 이

성, 심지어 법의 경계를 넘어서는 지경에 이르렀습니다. (……)

환자가 어떻게 치료받아야 하는가에 대한 저의 의학적 결정은 바로 이 사건을 둘러싼 논란의 대부분을 만들어냈습니다. 하지만 저의 의학적 결정은 이 주제에 해박한 전문가들로부터 지지를 받았습니다. (……)

저는 아주 천박한 동기에 의해 부당한 대접과 공격을 당하고 있다고 생각합니다. 어떤 하원의원이 유명세를 얻으려는 욕망과 신뢰도가 의심스러운 몇몇 신문사가 기삿거리를 찾아내고자 하는 욕심이 이런 동기라 할 수 있을 것입니다. (……)

결국 소환장과 조서, 맞고소를 포함하여 복잡하고 비용이 비싼 법적 책략이 몇 달 동안 오고 간 끝에 콜 박사는 마침내 만장일치로 누명을 벗게 되었다. 하지만 그 동안 박사는 점점 많은 시간과 정력을 자기 자신과 평판, 가족들을 보호하기 위해 쏟아 부어야만 했다. 그는 이제 모든 사람이 원하는 것을 알게 되었고, 빌리를 감금하면 모든 위협을 떨쳐버릴 수 있다는 것도 깨닫게 되었다. 하지만 박사는 하원의원들과 신문들의 감정적 요구에 굴복하지 않기로 했다. 빌리의 치료 또한 다른 환자들을 치료한 그대로 해야만 한다는 것을 알고 있는 한 그럴 수는 없었다.

5

7월 3일 금요일, 빌리는 그림 몇 점을 애슨스 내셔널 은행에 가져갈 수 있도록 허가를 받았다. 은행에서는 8월 한 달 동안 로비에 그의 예술 작품을 전시해주기로 했다. 빌리는 행복하게 일했다. 그는 새 작품을 준비하고 캔버스를 설치해서 채색했으며 표구도 했다. 또한 9월 28일로 날짜가 잡힌 캐시의 결혼식을 준비하는 데 시간을 보내기도 했다. 그는 그림 수익으로 벌어들인 돈의 일부를 결혼식장을 빌리는 데 썼으며 자기가 입을 턱시도도 한 벌 맞췄다. 그는 결혼식을 손꼽아 기다렸다.

빌리의 미술 전시회 소식이 들리자 콜럼버스에서 기자들과 카메라맨들이 몰려들었다. 변호사의 동의를 받아 빌리는 WTVN-TV 저녁뉴스 기자 잰 라이언과 WBNS-TV의 케빈 버거 기자와의 인터뷰를 수락했다.

빌리는 잰 라이언에게 자신의 창작 활동에 대해 설명하고 애슨스 정신건강센터에서의 치료가 도움이 되고 있다고 말했다. 다른 인격들이 어느 정도 작품 활동에 참여하는지 라이언이 묻자, 빌리는 이렇게 대답했다.

"기본적으로 한 작품은 모두의 손길에 의해 이루어집니다. 그들은 모두 나의 일부분이고 나는 그 점을 받아들이는 법을 배워야 했죠. 그들의 능력은 나의 능력입니다. 하지만 현재 나의 행동에 책임이 있는 사람은 나 자신이고 그런 식으로 계속 해나가고 싶습니다."

빌리는 라이언에게 작품 활동에서 나오는 수익을 주립병원 치료비와 변호사 선임비에 쓰거나 아동학대 방지활동에 기부할 예정이라고 말했다. 그는 또한 자신의 인격이 온전한 하나로 합쳐졌다고 느끼고 있으며, 이제 장차 해나갈 아동학대 예방활동을 준비하는 데 주의를 돌릴 수 있게 되었다고 말했다.

"더 많은 위탁 가정이 충분히 조사받는 것을 보고 싶습니다. 어린이들이 안전하고 편안한 상황에서 살고 있는지 확인하기 위해서죠. 어린이들의 요구는 법적 양육권의 측면뿐만 아니라 감정적인 측면에서도 살필 수 있도록 해야 합니다."

빌리 밀리건에 관한 30분짜리 다큐멘터리를 찍었던 지난해 12월과 비교해볼 때, 잰 라이언이 빌리에게서 발견한 가장 큰 변화는 사회에 대한 태도였다. 어렸을 때 겪었던 심각한 학대에도 불구하고 빌리는 이제 미래에 대한 희망을 갖고 있었다.

"나는 현재 상태 그대로 우리 사법체계에 좀 더 신뢰를 갖게 되었습니다. 이제 세상의 모든 사람이 나를 싫어하고 있다고 생각하진 않아요."

6시 뉴스에서 케빈 버거는 애슨스 정신건강센터에서 실시되는 밀리건의 치료 프로그램이 논란을 일으켰고 신랄한 비난도 받았지만 이제 빌리는 이 지역사회에 일종의 소속감을 느끼고 있다고 보도했다.

"애슨스 주민들에게 훨씬 더 좋은 느낌을 갖게 되었어요." 빌리는 버거 기자에게 말했다. "사람들은 점점 나에 대해 많은 것을 알게 되면서 이전만큼 호전적으로 대하지는 않아요. 내가 여기 처음 왔을 때만큼 나를 두려워하지도 않죠. 사람들은 동요하고 있지만 그건…… 다른 수단에 의해……."

빌리는 대중에게 선보일 만한 작품들을 아주 조심스럽게 골랐다고 말했다. 사람들이 그림을 보고 자신의 내면을 분석하려 할까 봐 두려워서 몇몇 작품은 도로 물렸다면서, 그는 사람들이 자기 그림을 어떻게 판단할지 걱정하고 있음을 인정했다.

"사람들이 흥분과 전율을 찾아서 내 작품을 보러 오는 건 아니었으면 좋겠어요. 그림에 관심 있는 사람들이 와주길 바랍니다."

빌리는 학교에 가서 기술을 더 연마하고 싶지만 소문이 너무 널리 퍼졌기 때문에 대학 강의실에서 받아줄 것 같지 않다고 말했다. 아마도 언젠가 바뀔 수도 있으리라. 빌리는 그때까지 기다릴 작정이었다. 빌리는 버거에게 이렇게 말했다.

"이제 현실을 대면하고 있어요. 그게 중요한 거죠."

빌리는 병원 직원들이 저녁 뉴스에 호응을 보여주고 있다고 느꼈다. 뉴스에서는 빌리가 그림을 거는 모습이라든가 뉴스캐스터와 대화하는 모습이 비춰졌다. 직원들 대부분이 이젠 그에게 따뜻하게 대했다. 공공연하게 비판하는 사람은 거의 없었다. 이전에 공공연히 적대감을 드러냈던 사람들도 최근에는 진료 진행 과정 노트에 긍정적인 내용을 쓴다는 말까지 들려왔다. 몇몇 사람이 팀 회의에서 무슨 일이 있었으며 차트에 무슨 내용이 기록될지 알려주려 하자 빌리는 놀라면서도 기뻤다. 그는 5병동에 갔다 온 이후로 자신이 크나큰 진보를 이루었음을 알았다.

8월 4일 토요일, 빌리가 AIT 문 밖으로 향하는데 엘리베이터 경보음이 울렸다. 엘리베이터는 3층과 4층 사이에 걸려 있었다. 정신적으로 발달이 늦은 한 어린 여자애가 그 안에 갇혀 있었다. 빌리는 불꽃이 튀는 모습이나 외부 전기 상자가 지지직거리며 웅웅대는 소리를 듣고서는 전기 회로의 문제임을 알아차렸다. 환자들이 복도에 모이자 엘리베이터 안에 있던 여자애가 비명을 지르면서 벽을 두들겨대기 시작했다. 빌리는 도와달라고 외쳤고, 인부 한 명의 도움을 받아 바깥쪽 문을 지레로 열었다.

캐서린 길럿과 팻 페리가 이 소동을 보러 나왔다. 그들은 빌리가 엘리베이터 칸으로 내려가 엘리베이터 천장에 난 문을 열고 그 사이로 들어가는 모습을 바라보았다. 빌리는 옆에 앉아 여자애를 진정시키기 위해 이런저런 말을 늘어놓았다. 엘리베이터 수리공이 올 때까지 두 사람은 기다렸다. 빌리는 안쪽에서 전기 배선을 고쳤다.

"아는 시 있니?"

"성경은 알아요."

"시편의 시를 암송해줄래?"

두 사람은 반시간 동안 성경에 대해 이야기했다. 엘리베이터 관리인이 엘리베이터를 작동시켜서 두 사람이 3층에 내렸을 때, 소녀가 빌리를 올려다보며 물었다.

"이제 아이스캔디 먹어도 돼요?"

다음 주 토요일, 빌리는 일찍 일어났다. 그림 전시에 대한 느낌은 좋았지만 그 전시회를 소개한 《콜럼버스 디스패치》의 기사 때문에 기분이 언짧았다. 그 신문은 언제나 그렇듯이 열 명의 인격을 하나하나 설명한 글을 재탕하며 그를 "다중인격 성폭행범"이라고 표현했다. 그는 이제 복잡 미묘한 감정을 조절하는 데 익숙해져야 했다. 이것은 새로운 종류의 감정이었다. 혼란스럽지만 정신적 안정을 위해서는 필수적이었다.

그날 아침, 빌리는 병원 운동장에서 가까운 오하이오 주립대학 내 호텔까지 뛰어가서 담배 한 갑을 사 와야겠다고 생각했다. 빌리는 담배를 피워서는 안 된다는 것을 알고 있었다. 예전에는 앨런만이 담배를 피웠다. 하지만 오늘은 담배가 필요했다. 치료되었을 때 흡연 습관을 끊어도 시간은 충분하리라.

빌리는 병원의 정면 계단을 걸어 내려가다가 현관 건너편에 주차된 차 안에 앉아 있는 두 남자를 발견했다. 그는 그들이 누군가를 면회하러 온 손님일 거라고 추측했다. 하지만 빌리가 길을 건너자, 차가 그를 지나쳤다. 건물을 돌아 지방도로로 가는데 차가 다시 보였다.

빌리는 갓 깎아놓은 잔디밭을 가로질러 병원 부지와 맞닿아 있는 개울 위의 인도교로 걸어가다가 그 차를 네 번째로 목격했다. 차는 시내와 호텔 사이에 있는 데어리 오솔길로 꺾어 올라가고 있었다. 빌리가 다리를 건너면 그 길을 지나가게 되어 있었다.

빌리가 다리 위에 올라섰을 때 차창이 내려졌다. 총을 쥔 손이 불쑥 나왔다. 누군가 소리쳤다.

"밀리건!"

빌리는 얼어붙었다. 그는 분열되었다. 레이건이 몸을 돌려 개울에 뛰어들었기 때문에 총알은 빗나갔다. 두 번째 총알 역시 빗나갔다. 또 한 번 총알이 날아왔다. 레이건은 개울 바닥에서 부러진 나뭇가지를 붙들고 강둑으로 기어 올라왔다. 그는 나뭇가지를 곤봉처럼 사용해서 차가 뺑소니치기 전 뒤쪽 창문을 산산이 부숴버렸다.

그는 분노로 몸을 부들부들 떨면서 한참 동안 그 자리에 서 있었다. 선생은 그 다리 위에서 꼼짝도 못하고 서 있었다. 약하고 우유부단한 모습 그대로. 레이건이 잽싸게 자리를 차고 들어와 행동하지 않았더라면 모두 다 죽은 목숨이었을 것이다.

레이건은 천천히 걸어 병원으로 돌아간 후 앨런과 아서와 함께 어떻게 할지 의논했다. 콜 박사에게는 얘기를 해야 했다. 이 병원에서 그들은 맞추기 쉬운 표적이었다. 언제든지 발견되어 죽임을 당할 수 있었다.

앨런은 콜 박사에게 습격에 대해 이야기했다. 그는 이제 휴가를 받는 것이 이전보다 훨씬 더 중요한 문제가 되었다고 주장했다. 그는 랭커스터에서 유죄 인정 취소를 위한 청문회가 열릴 때까지 안전하게 있을 곳을 찾아야 했다. 그 이후로는 오하이오를 떠나 켄터키로 가서 코넬리아 윌버 박사에게 치료받을 수도 있었다.

아서는 앨런에게 말했다.

"이 공격에 대한 말이 퍼져나가지 않도록 조심해야 해. 만약 그자들이 신문에서 아무 기사도 읽지 못한다면 균형을 삐끗하고 잃어버릴 거야. 빌리가 뭔가 꾸미고 있다고 두려워하게 되겠지."

"작가한테 말할까?" 앨런이 물었다.

"콜 박사 말고 아무도 알아서는 안 돼."

"흠, 선생은 다른 때처럼 작가와 한 시에 만나기로 약속되어 있어. 선생이 과연 거기에 나타날까?" 레이건이 말했다.

"모르겠군." 아서가 말했다.

"선생은 사라졌어. 다리 위에서 얼어붙은 것처럼 꼼짝 못한 게 수치스러웠겠지."

"그럼 작가한테 뭐라고 말하지?"

"너는 말을 잘하잖아. 네가 선생인 척해." 레이건이 말했다.

"알아차릴걸."

"네가 선생이라고만 말 안 하면 돼. 작가는 널 믿을 거야."

"거짓말을 하라고?" 아서가 말했다.

"선생이 분열되어 사라져버렸다는 걸 알면 작가는 기분이 좋지 않을 거야. 두 사람은 친구가 되었거든. 그리고 굳이 저술 작업을 수포로 만들 위험을 무릅쓸 필요는 없지. 예전처럼 모든 게 그냥 앞으로 나아가야 돼."

앨런은 고개를 저었다.

"네가 나한테 거짓말을 하라고 시킬 줄은 몰랐는데."

"대의명분이 있다면 해도 되지. 누군가 다치지 않기 위해 한다면 진짜 거짓말은 아니야."

하지만 빌리를 만나는 동안, 작가는 그의 태도와 행동에서 뭔가 불편함을 느꼈다. 그는 너무 오만했으며, 너무 교활하게 일을 꾸미거나 이것저것 졸라대는 것처럼 보였다. 빌리는 항상 최악을 찾고 최고를 꿈꾸라고 배웠다고 말하곤 했다. 그런데 이제 그의 희망은 180도 바뀌어 있었다. 그는 이제 감옥으로 돌려 보내지리라 확신하고 있었다.

작가는 그가 선생이 아니라고 느꼈지만 확신할 수는 없었다. 빌리의 변호사 앨런 골즈베리가 도착하자 작가는 지금 앞에 있는 사람이 앨런임을 감지했다. 빌리는 왜 자신의 모든 재산을 여동생에게 주겠다는 유서를 쓰고 싶은지 설명하고 있었다.

"학교에 나를 골라서 괴롭히는 힘센 애들이 있었어요. 어느 날, 그 애들 중 하나가 나한테 주먹을 날리려다 그만두었어요. 나중에 캐시가 그 애에게 이십오 센트를 주면서 나를 때리지 말라고 했다는 얘기를 들었죠. 정말 평생 동안 마음속에 새겨둘 거예요."

주말 동안 캐시의 집에서 보내면서 대니와 타미는 벽화를 그렸지만, 앨런은 랭커스터에서 열릴 법정 청문회에 대해 걱정했다. 만약 승소해서 콜 박사가 자기를 켄터키로 보내주기만 한다면, 윌버 박사가 도와줄 수 있다.

하지만 만약 잭슨 판사가 불리한 판결을 내리면 어떻게 될까? 일생을 교도소나 정신병원에서 보내야 할 운명이 되면 어쩌나? 주에서는 이제 그에게 하루에 100달러가 넘는 병원비 청구서를 보내고 있었다. 사람들은 빌리의 돈을 몽땅 가져갈 속셈이다. 그들은 그가 빈털터리가 되기를 바라는 것이다.

토요일 밤, 그는 잠이 오지 않았다. 새벽 세 시경, 레이건은 조용히 오토바이를 차고에서 끌어내어 밖으로 나갔다. 안개가 골짜기 안으로 흘러들어가고 있었고, 그는 동이 틀 무렵 새벽빛이 비칠 때까지 달리고 싶었다. 그는 로건 댐까지 달려 내려갔다.

레이건은 한밤의 어둠 속에서 피어오르는 안개를 가장 좋아했다. 그는 종종 짙고 깊게 깔린 안개 속을 헤매며 숲 한가운데든 호수 가운데든 앞에 펼쳐진 경치가 안개와 뒤섞여 아무것도 보이지 않는 광경을 바라보곤 했다. 새벽 세 시는 그가 가장 좋아하는 시간이었다.

로건 댐이 내려다보이는 산마루에 오르자, 산등성이가 오토바이 바퀴가 간신히 지나갈 수 있을 정도로 좁아졌다. 레이건은 헤드라이트를 껐다. 안개 속에 빛이 비치면 눈이 부셨다. 헤드라이트를 끄자 양쪽은 암흑뿐이었고, 가운데에 희미한 산등성이만 가늘게 보일 뿐이었다. 그는 오토바이 바퀴가 계속 길 가운데에 오도록 균형을 유지하며 달렸다. 위험한 곡예였지만, 그는 위험이 필요했다. 다시 한 번 뭔가 정복하고 싶었다. 불법적인 일이 아니더라도 가끔 뭔가 위험한 일을 해내며 아드레날린이 솟구치는 느낌을 만끽해야만 했다. 그는 승리자가 되어야 할 필요가 있었다.

예전에는 이렇게 댐을 따라가는 산등성이를 탄 적이 없었다. 이 길이 얼마나 긴지는 알 수 없었다. 앞이 잘 보이지 않았다. 그는 어느 쪽이든 굴러떨어지지 않으려면 회전력을 최고로 해서 이 길을 빨리 주파해야 한다는 것을 알고 있었다. 겁이 났지만 어쨌든 한 번은 해봐야 했다.

그는 시동을 걸고 좁은 산등성이길 가운데를 울부짖듯 엄청난 소리를 내며 달려 나갔다. 안전하게 건너편에 당도하자, 그는 뒤돌려 다시 돌아갔다. 그때 그는 비명을 지르며 울음을 터뜨렸다. 눈물이 뺨을 타고 흘러내렸지만 얼굴에 불어오는 바람이 차갑게 식혀주었다.

　레이건은 기진맥진해서 집으로 돌아왔다. 그는 인도교 위에서 총을 맞고 죽어가는 꿈을 꾸었다. 선생이 그 자리에 얼어붙은 채로 있어서 나머지를 모두 절망에 빠뜨렸기 때문이었다.

22장

리마 정신병원으로 이송되다

1

 9월 17일 월요일 청문회 날, 작가는 AIT 복도를 걸어가다가 그를 기다리고 있는 빌리와 만났다. 작가는 눈에 익은 미소, 맑은 눈동자와 끄덕임으로 보아 그가 선생임을 알 수 있었다. 두 사람은 서로의 손을 꼭 잡았다.
 "다시 봐서 반가워요. 오랜만이네요."
 "많은 일들이 일어났었죠."
 "골즈베리와 톰슨이 오기 전에 잠깐 개인적인 얘기를 나누고 싶어요."
 두 사람은 작은 회의실로 들어갔다. 선생은 작가에게 총격사건과 분열에 대해 이야기했다. 판사가 유죄 인정을 뒤집으면 렉싱턴으로 가서 월버 박사에게 치료받으려고 앨런이 새 스포츠카를 하나 빌려놓았다는 이야기도 했다.
 "지난달 당신이 사라졌을 때, 당신인 척하고 나와 이야기를 나눈 사람은 누구죠?"
 "앨런이었어요. 미안해요. 아서는 내가 분열되었다는 걸 알면 선생님이 상처 받으리라는 걸 알고 있었어요. 정상적인 상황이라면 아서는 다른 사람의 감정에 대해서는 신경 쓰지 않았을 거예요. 총격사건으로 충격을 받아 판단력이 흐려져서 그렇게 행동한 것 같다고 짐작할 뿐이죠."

두 사람은 골즈베리와 톰슨이 도착할 때까지 이야기를 나누었고 함께 랭커스터에 있는 페어필드 군 법정으로 갔다.

골즈베리와 톰슨은 조지 하딩, 코넬리아 윌버, 스텔라 캐롤린 및 데이비드 콜 박사와 심리학자인 도로시 터너가 쓴 진술서를 법정에 제출했다. 모두들 빌리 밀리건이 고속도로 휴게소 습격사건과 그레이 드럭스토어 강도사건을 저지른 1974년 12월과 1975년 1월에 다중인격이라는 정신질환을 앓고 있었다는 "합리적인 의학적 확신"이 있다는 데 동의했다. 또한 당시 피고가 자기변호를 위해 변호사인 조지 켈너에게 협조할 수 없는 상태였을 거라는 데도 뜻을 모았다.

페어필드 군의 루스 검사는 해롤드 T. 브라운 박사만을 증인으로 소환했다. 브라운 박사는 빌리가 열다섯 살 때 그를 치료했으며 그를 세 달 동안 콜럼버스 주립병원으로 보냈다고 증언했다. 그는 현재 의학 지식의 관점에서 볼 때 자신의 진단은 수동적 공격 특성이 있는 히스테리성 신경증에서 다중인격으로 인한 해리성정체장애로 새롭게 바뀌어야 할 것이라고 말했다. 하지만 검찰 측의 요청에 따라 빌리와 면담하러 애슨스에 갔을 때 빌리는 자신이 저지른 행위에 대해 알고 있는 것처럼 보였다고 했다. 브라운 박사는 밀리건이 어쩌면 진짜 다중인격이 아닐 수도 있다고 말했다. 보통 다중인격자들은 자신의 대체인격이 저지른 행동에 대해 알지 못하는 것처럼 보인다는 이유에서였다.

법정을 떠나면서 골즈베리와 톰슨은 낙관적으로 예상했고 빌리는 득의만면했다. 빌리는 잭슨 판사가 브라운 박사의 증언보다는 저명한 정신과 의사 네 명과 심리학자 한 명의 의견을 더 높이 살 거라고 확신했다.

판사는 한 기자와의 인터뷰에서 2주 안에 판결을 내리겠다고 말했다.

9월 18일, 랭커스터에서 돌아온 직후 빌리가 동요하고 있으며 다시 총격을 당할까 봐 두려워하고 있다는 것을 알게 된 콜 박사는 그에게 휴가를 주었다. 빌리는 병원에 있든 여동생 집에 있든 표적이 될 수 있다는 걸 알았기 때문에 가까운 넬슨빌에 있는 호킹 밸리 모텔에 묵기로 했다. 그는 방해받지 않고 작업을 하기 위해 이젤과 물감, 캔버스를 가지고 갔다.

화요일, 가명으로 모텔에 든 빌리는 편안히 있으려 했으나 긴장감이 너무 심했다. 그림을 그리는 동안 이상한 소리가 들렸다. 방과 복도를 다 찾아보고 나서, 빌리는 이 목소리가 자기 머릿속에서 들리는 것이라고 결론지었다. 결국 자기 자신의 목소리였다. 그는 붓질에만 집중하려 했으나 목소리들은 계속 이야기를 늘어놓았다. 레이건이나 아서의 목소리가 아니었다. 빌리는 그들의 억양을 듣고 즉시 알아챘다. 불량자들임에 틀림없었다. 뭐가 잘못된 것일까? 일을 할 수도 없었고, 잘 수도 없었다. 그는 캐시의 집은 물론 애슨스에도 돌아가기가 두려워졌다.

수요일, 그는 마이크 루프에게 전화를 걸어 나와달라고 부탁했다. 루프는 빌리가 얼마나 안절부절못하고 있는지 확인하고 콜 박사에게 전화를 걸었다. 콜 박사는 루프에게 말했다.

"어쨌건 야간 근무 하는 셈 치게. 내일 데리고 돌아와."

마이크 루프가 도착하자 빌리는 긴장을 풀었다. 마이크 루프가 옆에 있으면 빌리는 긴장을 풀 수 있었다. 두 사람은 바에서 술을 마셨다. 빌리는 시빌의 담당 의사에게 치료받을 수 있다는 희망에 대해 이야기했다.

"윌버 박사님이 나 혼자 아파트에서 살 수 있다고 생각하실 때까지 이주일 정도 병원에 가 있을 생각이에요. 문제가 있을 때에도 생활은 여전히 정상적으로 할 수 있을 것 같거든요. 그 다음엔 치료를 시작하고 윌버 박사님의 지시사항을 따를 거예요."

루프는 빌리가 미래의 계획을 말하는 동안 잠자코 귀를 기울였다. 빌리는 잭슨 판사가 랭커스터에서 받은 형을 없애주면 자기 앞에 펼쳐질 새 인생에 대해 이야기했다. 두 사람은 밤새 얘기하다가 새벽녘에 잠들었다. 다음 날 그들은 늦게 아침식사를 한 후 다시 병원으로 돌아갔다.

병동으로 돌아온 빌리는 로비에 앉아 있다가 더 이상 제대로 된 일을 할 수 없을 것 같다고 생각했다. 다른 인격들이 갖고 있는 능력을 다 잃어버려서 멍텅구리가 된 느낌이 들었다. 아서의 지성, 레이건의 힘, 앨런의 말솜씨, 타미의 전기 기술. 그는 점점 더 바보 같은 기분이 들었고 압박감도 점점 쌓여갔다. 스트레스와 공포가 덮쳐왔다. 머릿속의 소리가 점점 커졌고 색깔은 참을 수 없이 강렬해졌다. 그는 자기 방으로 가서 문을 쾅 닫고 비명을 지르고 싶었다. 비명을 지르고 또 질러대고 싶었…….

다음 날, 완다 팬케이크가 찻집에서 점심 식사를 마칠 즈음, 동료가 벌떡 의자에서 일어나더니 창문으로 뛰어갔다. 완다는 몸을 돌려 동료가 뭘 보고 있는지 보려고 빗속을 바라보았다.

"누군가 지나갔어." 동료가 손짓으로 가리키며 말했다. "황갈색 트렌치코트를 입은 남자가 리치랜드 로 다리를 지나 그 밑으로 가던데."

"어디로?"

완다는 발꿈치를 들고 서서 작고 통통한 몸을 쭉 뺐지만, 비가 몰아치는 창문 밖으로 다리 위에 주차되어 있는 차 한 대 말고는 아무것도 보이지 않았다. 운전자가 밖으로 나오더니 벽으로 된 다리 난간 너머를 내려다보았다. 그는 다시 차로 갔다가 다시 나와서 벽 너머를 또 보았다. 그 아래 있는 무슨 물건이나 사람을 찾는 듯했다.

완다는 이상하게도 가슴이 덜컥 내려앉는 느낌이 들었다.

"가서 빌리가 어디 있는지 찾아봐야겠어요."

병동을 오르락내리락하며 직원들과 환자들에게 물어봤지만 빌리를 본 사람은 아무도 없었다. 그녀는 빌리의 병실도 확인했다. 황갈색 트렌치코트가 벽장에서 사라지고 없었다.

구역 책임자인 샬럿 잭슨이 간호국으로 와서 마을 위쪽에 간 직원이 빌리를 리치랜드 로에서 봤다고 전화를 걸어왔다고 말했다. 콜 박사가 사무실에서 나왔다. 박사도 빌리가 다리 위에 있는 걸 보았다는 전화를 받았다고 했다.

모두들 소리를 질렀다. 직원들은 경비원들이 빌리를 추적하기를 원치 않았다. 빌리는 제복을 입은 사람을 보면 무서워하기 때문이었다.

"내가 가죠."

완다는 코트를 집었다. 경비실의 클라이드 반하트가 완다를 리치랜드 다리까지 태워다주었다. 완다는 다리 아래 파이프 사이를 들여다보고는 강둑을 따라 걸으며 사방팔방 둘러보았다. 아무도 없었다. 다시 돌아왔을 때 주차된 차 안에 운전자가 앉아 있는 것이 보였다. 완다는 그가 아직도 그 자리에 있다는 사실에 놀랐다.

"혹시 황갈색 트렌치코트 입은 남자 못 보셨어요?"

그녀가 묻자, 운전자는 가까이에 있는 대학 회의장을 가리켰다. 경비원이 완다를 차에 태워 벽돌과 유리로 지어진 현대식 건물까지 데려다주었다. 돔이 있어 생일 케이크처럼 보이는 건물이었다.

"저기 있네요."

반하트 경비원이 건물을 에워싸고 있는 3층 높이의 콘크리트 보도를 가리키며 말했다.

"여기서 기다리세요. 혼자 가서 데리고 오는 게 낫겠어요."

"그 사람하고 건물 안으로 들어가지 마세요. 그 사람과 단둘이 있으면 안 돼요."

반하트가 주의를 주었다. 완다가 비탈진 진입로 위를 뛰어올라가고 있을 때, 빌리가 문이 열리는지 하나씩 당겨보며 건물 안으로 들어가려고 하는 게 보였다.

"빌리!" 완다는 진입로에서 보도로 뛰어가며 외쳤다. "기다려요!"

그는 대답하지 않았다. 완다는 다른 이름을 불러보았다.

"대니! 앨런! 타미!"

빌리는 완다를 무시하며 보도를 돌아 잽싸게 움직였다. 그는 문을 하나하나 확인하다가 열려 있는 문을 찾아내 안으로 사라져버렸다. 완다는 회의장 안에는 들어가본 적이 없었다. 그가 무슨 짓을 할지, 왜 거기에 가 있는지 몰라 겁이 덜컥 나긴 했지만 완다는 안으로 뛰어 들어갔다. 빌리가 가파른 계단을 올라가려 할 때 간신히 그를 따라잡을 수 있었다. 완다는 계단 발치에 선 채로 말했다.

"내려와요, 빌리."

"꺼져. 난 빌리가 아냐."

완다는 그가 껌을 씹는 모습을 이전에는 본 적이 없었는데 지금은 질경질경 껌을 씹고 있었다.

"당신은 누구죠?"

"스티브."

"여기서 뭐 하는 거예요?"

"젠장, 뭐 하는 것처럼 보여? 건물 꼭대기로 기어 올라가려는 거잖아."

"왜요?"

"뛰어내리려고."

"내려와요, 스티브. 이야기 좀 해요."

완다가 설득하려 했지만 그는 내려오려 하지 않았다. 소용없었다. 완다는 그가 자살하기로 결심했다고 생각했다. 이제 그는 완전히 다른 사람이었다. 건방지기 짝이 없는 태도에 목소리는 높고 빨랐으며, 표정이나 어조에도 마초적인 오만함이 묻어났다.

"화장실에 가야겠군."

그는 화장실 문 쪽으로 가버렸다. 완다는 클라이드가 아직도 차 안에 있는지 알아보기 위해 다시 출구로 나갔다. 그는 가버리고 없었다. 완다가 다시 안으로 들어가니 스티브가 화장실에서 나와 다른 문으로 들어갔다. 따라가려 했지만 안에서 문이 잠겨서 들어갈 수가 없었다.

벽에 붙은 전화기를 발견한 완다는 병원으로 전화를 걸어 콜 박사를 바꿔달라고 했다.

"어떻게 해야 할지 모르겠어요. 빌리는 스티브가 되어서 자살하겠다고 하고 있어요."

"일단 진정시키세요." 콜 박사가 지시를 내렸다. "모든 게 잘될 거라고 말하세요. 생각하는 것만큼 나쁜 일은 일어나지 않을 거라고. 켄터키에 가서 윌버 박사에게 치료받을 수 있으니까 돌아오라고 말하세요."

완다는 전화를 끊고 문으로 돌아가 벽을 쿵쿵 치면서 소리쳤다.

"스티브! 문 열어요! 콜 박사님이 그러시는데 켄터키에 갈 수 있대요!"

몇 초 후, 한 학생이 닫힌 문으로 나왔다. 완다는 그 문이 좁은 원형 복도로 이어진다는 것을 알아차렸다. 완다는 뛰어가면서 사무실이나 라운지마다 머리를 들이밀며 찾아보았다. 악몽의 회전목마를 타는 기분이었다. 그를 찾을 수가 없다. 계속 찾아봐. 계속 가.

이야기하며 지나가는 학생 두 명을 보자 완다는 소리쳤다.

"혹시 여기 지나가는 남자 못 봤어요? 키가 백팔십 센티미터 정도 돼요. 황갈색 트렌치코트를 입었죠. 홀딱 젖었어요."

한 학생이 앞쪽을 가리켰다.

"저쪽으로 가던데요……."

완다는 원형 복도를 계속 뛰어 내려가며 그가 바깥으로 나갔을 경우에 대비해서 중간에 외부로 이어지는 길도 다 확인했다. 마침내 한 출구에서 그가 야외 보도에 서 있는 것을 보았다.

"스티브!" 완다가 외쳤다. "잠깐 기다려요! 얘기 좀 해요!"

"애깃거리 따윈 없어."

완다는 그가 뛰어내리지 못하도록 돌아가서 그와 콘크리트 난간 사이를 막아섰다.

"콜 박사님이 돌아오래요."

"배불뚝이 개새끼!"

"생각하는 것만큼 상황이 그렇게 나쁘지는 않댔어요."

"개뿔이 그렇겠어."

그는 분노에 차서 껌을 질경질경 씹으며 앞뒤로 왔다 갔다 했다.

"콜 박사님이 그러시는데 켄터키에 가서 윌버 박사의 도움을 받을 수 있대요."

"정신과 의사 따윈 한 놈도 신뢰하지 않아. 내가 다중인격이라고 온갖 개소리나 해대고 말이야. 미친 소리지. 의사 놈들은 다 미쳤다니까."

그는 젖은 트렌치코트를 벗어서 커다란 유리창에 붙였다. 그러고는 유리창을 깨려고 주먹을 뒤로 뺐다. 완다는 그에게 뛰어들어 팔을 붙잡고 그가 팔을 휘두르지 못하게 매달렸다. 완다는 그가 창문을 깨서 유리 조각으로 자기 목을 그으려 한다는 것을 알았다. 하지만 유리창은 너무 두꺼워서 깨지지 않을 것이었다. 아마 주먹만 깨지기 십상이었다. 어쨌든 완다는 그에게 매달렸고 그는 완다를 떨쳐내려 했다. 몸싸움을 벌이는 동안 완다는 계속 돌아가자고 말했다. 하지만 말이 통하지 않았다. 흠뻑 젖어 온몸이 얼어붙을 것 같자 완다는 이렇게 말했다.

"나도 지쳤어요. 선택권을 주죠. 지금 나랑 돌아가든가, 아니면 내가 발로 당신 불알을 차서 깨버리든가."

"그렇게는 안 될걸."

"될걸요." 완다는 여전히 그의 팔을 잡은 채로 말했다. "셋까지 세겠어요. 그만두고 나랑 같이 병원으로 돌아가지 않으면 발로 차겠어요."

"뭐, 난 여자는 안 때려."

"하나…… 둘……."

완다가 무릎을 뒤로 빼자 그는 다리를 꼬아 보호 자세를 취했다.

"설마 안 하겠지. 정말 하려구?"

"글쎄요."

"그럼 나도 할 거야. 꼭대기까지 올라갈 거라구."

"아뇨, 당신은 못 할걸요. 내가 놔주지 않을 테니까."

완다와 씨름하다가 간신히 빠져나온 그가 콘크리트 난간으로 달려갔다. 땅에서부터 3층 높이였다. 그가 가장자리에 닿으려고 할 때, 완다는 그에게 돌진해서 한 팔로 목을 감고 다른 한 팔로는 허리띠를 잡아 뒤로 끌어냈다. 둘이 엎치락뒤치락하는 동안 그의 셔츠가 찢어졌다.

그때 그의 몸에서 뭔가 변화가 일어났다. 그는 맥이 탁 풀리더니, 눈이 흐릿하게 바뀌며 바닥으로 쓰러졌다. 완다는 이제 다른 사람이 들어왔음을 알아차렸다. 그는 몸을 부들부들 떨면서 울기 시작했다. 무서웠구나, 그녀는 생각했다. 그녀는 그가 누구인지 알 수 있었다. 완다는 그를 안아주며 아무것도 걱정하지 말라고 말했다.

"모두 다 괜찮아질 거예요, 대니."

"회초리를 맞겠죠?" 대니는 훌쩍였다. "신발 끈도 안 맸고 진흙투성이예요. 머리도 온통 젖었어요. 옷도 진흙투성이에 모두 엉망이 되었어요."

"나랑 산책할래요?"

"네."

완다는 코트를 바닥에서 집어서 입히고 그를 건물 앞으로 이어지는 보도로 데리고 갔다. 나무들 사이로 언덕 위에 있는 병원이 보였다. 아마 저 위에서 이 둥근 지붕 건물을 본 모양이었다. 경비차가 돌아와 있었다. 차는 아래 주차장에 있었고 문이 열려 있었지만 안에는 아무도 없었다.

"차에 나랑 같이 앉아 있을래요? 비를 피해야죠."

그는 뒤로 물러섰다.

"괜찮아요. 경비차예요. 클라이드 반하트가 운전할 거예요. 그 사람이랑 같이 있으면 괜찮아요. 그 사람 좋아하죠?"

대니는 고개를 끄덕이고 뒷좌석으로 들어가려 했다. 하지만 뒷좌석에 철조망 보호장치가 있어 철창처럼 보이자 대니는 몸을 빼며 바들바들 떨기 시작했다.

"괜찮아요."

완다는 무엇 때문에 그가 걱정하는지 알고 있었다.

"둘 다 앞에 앉아서 클라이드가 올 때까지 기다리면 돼요."

대니는 안으로 들어와서 조용히 그녀 옆에 앉더니 젖은 바지와 진흙 묻은 신발을 어지러운 듯 바라보았다. 완다는 헤드라이트를 신호처럼 켜두었다. 잠시 후 클라이드가 노마 디송과 함께 회의장 진입로를 내려왔다.

"노마를 데리고 와서 함께 당신과 빌을 찾고 있었어요."

클라이드 반하트의 설명에 완다가 대답했다.

"이쪽은 대니예요. 이제 괜찮아요."

2

9월 25일 화요일, 팻 페리 간호사는 빌리가 거스 홀스튼과 라운지에서 이야기하는 모습을 보았다. 홀스튼은 몇 주 전에 입원한 새 환자였다. 그와 빌리는 레바논 교도소에서부터 알던 사이였다. 로리와 마사가 지나가다가 두 남자와 시시덕거렸다. 로리는 빌리를 좋아하는 기색을 숨기지 않으면서도 거스에게 관심을 보이는 척해서 빌리의 질투를 유발하려 했다. 로리의 치료 담당자인 페리 간호사는 빌리가 애슨스에 온 이후로 이 소녀가 빌리에게 홀딱 반해 있다는 사실을 알고 있었다. 예쁘지만 별로 똑똑하지 못한 이 아가씨는 빌리를 졸졸 따라다니면서 그에게 쪽지를 보내고 직원들에게 자기와 빌리가 이런저런 일을 하기로 했다고 떠벌리곤 했다. 로리는 심지어 빌리와 결혼하기로 했다는 소문까지 퍼뜨리고 다녔다.

빌리는 로리에게 별로 관심을 두지 않았다. 그는 자상하게도 주초에 로리와 마사가 수중에 돈이 한 푼도 없다고 말하자 각각 50달러씩 주기도 했다. 돈을 받은 대가로, 두 사람은 빌리가 만든 '오늘 당신의 자녀들을 꼭 안아주세요' 범퍼 스티커를 인쇄소에서 찾아서 시내에서 나누어주었다.

빌리의 오후 치료 담당자인 아일린 맥클레런은 그날 휴가여서 파트너인 캐서린 길럿이 빌리를 맡았다. 할머니 같은 길럿이 근무하러 오자 빌리는 산책을 나가도 되겠느냐고 물었다.

"난 그런 결정을 내릴 권한이 없어서 콜 박사님에게 물어봐야 해요."

빌리는 길럿이 콜 박사와 상담하는 동안 TV 시청실에서 기다렸다. 박사는 빌리와 이야기를 해보기로 했다. 현재 기분에 대해 몇 가지 질문한 후, 두 사람은 빌리가 거스 홀스튼과 함께 산책하러 나가는 것을 허락했다.

빌리와 거스는 반시간 후에 돌아왔다가 두 번째 산책을 나갔다. 빌리가 6시경에 돌아왔을 때, 길럿은 새로 입원한 환자 때문에 분주했지만 빌리가 하는 말을 들을 수 있었다.

"그 여자애가 비명을 지르고 있었어요."

길럿은 지금 말하고 있는 사람이 빌리가 아님을 깨달았다. 데이비드의 목소리였다.

"무슨 말이죠?"

"그 여자애는 다칠 거예요."

길럿은 그를 따라 홀로 내려갔다.

"무슨 얘기를 하는 거죠?"

"제가 밖에 있을 때 어떤 여자애가 비명 지르는 소리를 들었어요."

"어떤 여자요?"

"모르겠어요. 두 명이 있었어요. 여자애 하나가 거스한테 저를 도로 데리고 들어가라고 했어요. 제가 방해가 된대요."

길럿은 그가 술을 마셨나 싶어 입 냄새를 맡아보았지만 술을 마신 낌새는 없었다. 몇 분 후, 아래 전화교환대에서 길럿을 찾았다. 길럿이 내려가 보니 경비원 한 명이 마사를 데리고 들어왔다. 마사를 위층에 있는 방으로 데리고 가는 동안, 길럿은 그녀의 숨결에서 술 냄새를 맡았다.

"로리는 어딨어요?" 길럿이 물었다.

"모르겠어요."

"지금까지 어디 가 있었죠?"

"모르겠어요."

"술 마셨죠?"

마사가 슬며시 고개를 들었다. 그녀는 1병동, 가장 엄중한 감시가 필요한 여자 환자들이 있는 곳으로 이동되었다. 그 동안 빌리는 데이비드에서 대니로 바뀌었다. 그는 마사가 혼자 들어온 것을 보고는 심란해서 없어진 로리를 찾으러 건물을 나섰다. 길럿이 헐레벌떡 그의 뒤를 쫓았다. 길럿이 빌리를 비컨 스쿨 오두막 뒤에서 따라잡았을 즈음, 글렌 경비원이 로리를 데리고 들어왔다. 로리는 토하면서 잔디에 누워 있었다고 했다. 그녀의 얼굴은 토사물로 얼룩져 있었다.

"잘못하면 질식할 뻔했어요."

글렌이 말했다. 길럿은 대니가 그 여자에 대해 걱정하고 있음을 알 수 있었다. 복도에 모여든 사람들이 "강간인가 봐." 하고 속삭이는 소리가 길럿의 귀에까지 들렸지만, 그녀는 두 청년 모두 로리나 마사에게 무슨 짓을 할 수 있을 만큼 밖에 오래 나가 있었던 건 아니라고 판단했다. 그냥 그렇게 믿고 싶지 않았다. 그날 밤 11시에 길럿이 퇴근할 때는 모든 것이 평안해 보였다. 두 여자 모두 1병동으로 옮겨져 있었고, 밀리건과 홀스튼은 자기 방에서 잠에 곯아떨어져 있었다.

다음 날 아침 일곱 시, 팻 페리가 출근하니 소문은 벌써 병동을 넘어 병원 전체에까지 퍼져 있었다. 두 여자는 술에 취해 의식을 잃은 채 언덕 위에서 발견되었다. 로리의 옷은 찢긴 채였다. 누군가는 로리가 강간으로 신고했다고 말했고, 다른 사람들은 강간 얘기는 나오지도 않았다고 했다. 빌리와 거스 홀스튼이 그 시간에 산책하러 나가 있었기 때문에 의심은 이 둘에게로 쏠렸다. 하지만 입원 및 집중 치료 병동에 있는 누구도 강간사건일 리는 없다고 믿고 있었다.

주 고속도로 순찰대가 신고를 받고 조사하러 와서는 병동 안에 있는 모든 남성 환자를 심문할 수 있도록 일시적으로 AIT를 봉쇄해달라고 요청했다. 콜 박사는 직원 몇 명과 이야기를 나누어보았다. 빌리와 홀스튼은 아직 일어나지 않은 상태였다. 문제는 과연 누가 빌리와 홀스튼에게 두 사람이 혐의를 받고 있다고 말할 것인가였다. 팻 페리는 박사가 그 일을 떠맡고 싶어 하지 않는다는 것을 알 수 있었다. 다른 사람들도 다 거부했다. 페리는 지난봄 레이건이 폭발하여 깨진 유리로 직원들을 협박했을 당시 근무 중이 아니어서 현장에 없었지만, 다른 사람들은 빌리가 그 소식을 들으면 똑같은 폭력사건이 다시 일어날까 봐 두려워하고 있었다.

콜 박사는 두 사람에게 이야기하기 전에 병동 문을 닫도록 했다. 콜 박사는 먼저 일어난 홀스튼에게 그가 강간 혐의를 받고 있다고 이야기해주었다. 그리고 빌리의 방에 가서 같은 이야기를 했다. 두 남자는 처음에는 당황했고 나중에는 그러한 의심에 상처를 받은 것 같았다. 아침이 지나감에 따라 그들은 점점 더 동요하고 두려워하기 시작했다. 그들은 사람들이 와서 리마로 보내면 어떡하나, FBI가 잡으러 나오면 어떡하나, 다시 레바논 교도소로 가게 되면 어쩌나 하는 이야기를 나누었다.

그날 내내, 직원들은 두 사람을 진정시키려 애썼다. 직원들도 화가 나 있었다. 그들은 그런 혐의가 사실이라고 절대 믿지 않았다. 완다 팬케이크와 팻 페리는 홀스튼과 빌리에게 아무도 잡으러 오지 않을 거라며 계속 달랬다. 하지만 둘 다 지금 상대하고 있는 사람이 빌리가 아니라는 것을 깨달았다. 여러 인격 중 한 명이었다. 완다는 그가 스티브라고 확신했다.

그날 팻 페리는 빌리를 진정시키기 위해 아미탈을 많이 투여했다. 그는 어느 순간 낮잠이 들었고 진정된 것처럼 보였다. 하지만 오후 두 시경 두 남자는 다시 동요하기 시작했다. 빌리는 스티브에서 데이비드로 바뀌어 징징대면서 울어댔다. 그러다가 다시 거칠어졌다. 그와 홀스튼은 방 안을 걸어 다니며 서로가 근처에 오기라도 하면 날카로워졌다. 전화가 울릴 때마다 빌리는 펄떡 뛰며 "경찰이 우리를 잡으러 왔어."라고 말했다.

빌리와 홀스튼은 화재 비상구로 이어지는 닫힌 후문 근처 로비 뒤로 갔다. 두 사람은 탁자와 의자를 끌어다가 주위에 쌓아 바리케이드를 만들고는 허리띠를 풀어 주먹에 둘둘 감았다.

"누구도 접근하지 못하게 할 거야. 아니면 저 뒷문을 부숴버릴 거야."

스티브는 이렇게 말했다. 그는 왼손으로 의자를 집어 마치 사자 조련사처럼 들고 있었다. 직원들은 이제 상황이 걷잡을 수 없어졌다는 것을 알았다. 직원들은 "녹색 경보"를 발령했다. 팻 페리는 스피커를 통해 경보가 발령되었다는 소리를 들었다. 그녀는 보통 때처럼 기다리고 있으면 다른 병동에서 경비원이 여덟아홉 명 정도 와서 도와줄 줄 알았다.

"세상에!"

문이 열리자 팻은 숨을 헉 몰아쉬었다. 경비원들, 직원들, 조무사들, 책임자들, 건강관리실에서 온 남자들, 이곳과 아무 상관 없는 심리과에서 온 사람들, 보통 녹색 경보에는 나타나는 법이 없는 노인병과의 남자들까지 떼로 몰려들었다. 적어도 서른 명은 족히 되었다. 야수 몰이를 하러 나온 사람들 같군, 팻은 생각했다. 모든 사람이 경보를 고대하고 있었던 것처럼 보였다.

팻과 완다는 빌리와 홀스튼 옆에 가까이 섰다. 두 사람은 간호사들에게 손을 대거나 해를 입히려 하진 않았다. 하지만 남자들이 파도같이 밀려들자, 그들은 의자를 휘두르며 허리띠를 감은 주먹으로 위협했다.

"난 리마 병원엔 안 가!" 스티브가 외쳤다. "모든 게 잘 되고 있는데, 내가 저지르지 않은 죄까지 뒤집어쓸 순 없어! 이제 나한테는 기회가 없어. 이젠 희망도 없어."

"빌리, 내 말 들어요." 콜 박사가 달랬다. "이런 식으로는 사태를 해결할 수 없어요. 침착해야 해요."

"우리를 쫓아오면 문을 부수고 차를 타고 나갈 거야."

"빌리는 지금 잘못 생각하고 있어요. 이런 행동은 전혀 도움이 안 돼요. 이런 일로 전에도 고발된 적이 있잖아요. 이런 식으로 행동하면 안 됩니다. 가만히 참고 넘길 수는 없어요."

빌리는 들으려 하지 않았다. 이번에는 선임 심리학자 데이브 말라위스타가 설득하러 나섰다.

"제발, 빌리. 우리가 이런 일이 일어나게 한 적 있어요? 우리가 지금까지 빌리한테 투자한 시간이 얼만데 그냥 이런 일로 빌리를 보내버릴 것 같아요? 우리는 상황을 빌리에게 더 불리하게 만들려는 게 아니라, 도와주고 싶은 거예요. 직원들 모두 그런 혐의가 사실이라고 믿고 있지 않아요. 빌리의 일과와 여자애들의 일과를 다 차트로 기록해놨어요. 시간이 설명해줄 겁니다. 조사를 해도 빌리한테 유리해요."

빌리는 의자를 내려놓고 구석에서 나갔다. 그가 진정하자 남자들은 병동을 떠났다.

하지만 빌리는 곧 훌쩍이며 울기 시작했다. 홀스튼은 여전히 격하게 굴고 있었다. 그는 사람들이 자기를 데리고 갈까 봐 호통 치고 악을 쓰고 있었고, 그 때문에 빌리는 더욱 기분이 안 좋아졌다.

"우리에겐 기회가 없을 거야! 난 예전에도 누명을 쓴 적이 있단 말이야! 잠자코 기다리고 있으면 경찰들이 슬쩍 덮칠 거야. 우리는 후다닥 끌려가서 다시는 아무도 못 보게 되는 거지!"

팻은 직원들이 이렇게까지 신경을 곤두세우고 있는 모습을 본 적이 없었다. 모두들 무슨 사고가 일어날 것이라 예감하고 있었다.

오후 3시, 젊은 간호사들이 근무를 마치고 나이 든 아일린 맥클레런과 캐서린 길럿이 근무하러 왔다. 길럿 간호사는 성폭행 조사에 대해 듣고 놀랐다. 오전근무조에게서 미리 경고를 들은 길럿은 두 젊은이를 진정시키려고 했다. 하지만 오후가 점점 지나감에 따라 젊은이들은 다시 초조하게 두리번거리며 돌아다니기 시작했다. 그들은 조사를 받으면 감옥에 갈지도 모른다느니, 누가 경비원을 부르려 하면 전화선을 끊어버리겠다느니, 쫓아오면 화재 비상구 문을 부숴버리겠다느니 하는 말들을 늘어놓았다.

"이런 식으로 끝장나느니 죽는 게 낫겠어."

길럿이 앉아서 빌리와 이야기를 나누고 있을 때 빌리가 아미탈을 좀 더 달라고 부탁했다. 길럿은 그러겠다고 했다. 빌리가 간호국으로 가서 약을 타고 있을 때 길럿은 잠시 신경을 다른 환자에게 쏟았다. 그때 뒷문이 쿵 하고 열리는 소리가 들렸다. 길럿은 거스 홀스튼과 빌리 밀리건이 화재 비상구로 달려가는 모습을 보았다. 근무하고 있던 간호사들은 그날 두 번째로 녹색 경보를 발령했다.

잠시 후 간호사 한 명이 전화로 캐서린 길럿을 찾았다. 빌리를 잡았는데 그가 캐서린을 찾는다고 했다. 이층으로 내려가니 남자 네 명이 엘리베이터 앞에서 빌리를 꼼짝 못하게 바닥에 짓누르고 있었다.

"캐서린, 도와주세요. 저를 해치지 못하게 해주세요. 이 사람들이 저를 묶으면 챌머가 올 거예요."

"아니, 대니. 챌머는 오지 않아요. 대니는 방에 혼자 있어야 했어요. 당신은 병원을 떠났어요. 병원에서 도망가면 이렇게 할 수밖에 없어요."

대니는 흐느꼈다.

"제가 일어날 수 있게 이 사람들에게 말 좀 해주세요."

"놔줘요."

길럿은 경비원들에게 말했다. 경비원들은 어떤 일이 일어날지 몰라 망설였다.

"괜찮을 거예요. 나랑 같이 갈 테니. 아무 짓 안 할 거죠, 대니?"

"네."

길럿은 대니를 5병동의 격리실로 데리고 가서 그의 개인 소지품을 압수했다. 그는 화살촉이 달린 목걸이는 내놓지 않으려 했다.

"지금 주머니를 비우는 게 좋아요. 내가 보관할 테니, 지갑을 주세요."

길럿은 그가 현금을 많이 지니고 다닌다는 걸 알았다. 5병동의 간병인 한 명이 빌리를 가두고 싶어 안절부절못하며 외쳤다.

"여기서 빨리 나가요, 캐서린. 안 그럼 같이 가둬버리겠어요."

길럿은 직원들이 빌리를 두려워하는 것을 충분히 이해했다. 길럿이 AIT로 돌아온 직후, 간호사 한 명이 전화를 해서 격리실에 있는 빌리에게 무슨 일인가 일어난 것 같다고 말했다. 빌리는 매트리스로 감시창을 가려놓았고, 직원들은 문을 열어 그가 무엇을 하는지 들여다보기를 꺼린다고 했다. 길럿은 빌리도 알고 있는 남자 간병인을 데리고 가서 격리실 문틈으로 그의 이름을 불렀다.

"캐서린이에요. 어떻게 있는지 보러 왔어요. 겁내지 말아요."

두 사람은 안으로 들어갔다. 빌리는 껙껙거리며 목이 막히는 소리를 냈다. 목걸이에 달렸던 화살촉이 없어졌고 줄만 바닥에 떨어져 있었다. 새미 마이클스 박사가 빌리를 침대가 있는 방으로 옮기라고 했지만, 직원들이 방 안으로 들어오자 그는 저항했다. 장정 몇 명이 달려들어 간신히 그를 옮겼다.

길럿은 새 방에 빌리와 함께 남았다. 그녀는 빌리에게 물을 몇 컵 마시게 했다. 몇 분 후 빌리는 화살촉을 뱉어냈다. 간호사가 그에게 주사를 놓았고, 길럿은 나중에 다시 올 테니 이제 좀 쉬라고 말해주고는 자신의 병동으로 돌아왔다. 심하게 겁에 질린 그의 얼굴 표정을 생각하면서.

다음 날 아침 완다와 팻 페리, 마이크 루프가 출근했을 때 빌리와 홀스튼이 5병동으로 옮겨졌다는 소식을 들었다. 이제 오전근무조가 된 루프는 빌리를 면회하고 싶어 했지만, 5병동에서는 AIT의 직원들이 면회하러 오지 않았으면 한다는 전갈을 보냈다. 이제 빌리는 그들의 환자였다.

빌리의 여동생 캐시는 병원에 전화를 했다가 빌리가 말썽을 일으키는 바람에 가장 감시가 엄중한 병동으로 옮겨졌다는 소식을 들었다. 빌리는 다음 날 캐시의 결혼식에 갈 수 없게 되었다.

이 소문이 언론에 새나가면서, 다음 날인 1979년 10월 3일 《콜럼버스 시티즌 저널》에 다음과 같은 기사가 실렸다.

밀리건, 술파티 비용 지원 혐의로 경찰 조사 중—스틴지아노

에릭 로젠만 기자

지난주 애슨스 정신건강센터 부지 내에서 발생한 "술파티"에 연루된 네 명의 환자 중에 다중인격 성폭행범으로 알려진 윌리엄 S. 밀리건도 끼어 있었다는 의혹이 수요일 한 하원의원에 의해 제기되었다.

콜럼버스 선거구의 마이크 스틴지아노 의원은 오하이오 고속도로 순찰대가 비밀리에 수사한 끝에 밀리건이 두 여성에게 술을 사 오라고 돈을 댔으며, 이 여성들과 밀리건, 제2의 남성 환자가 "럼주와 콜라를 섞은 술파티"를 열었다는 결론을 내렸다고 말했다.

하원의원은 이 사건이 "센터에서 환자들의 행위를 거의 통제하지 못하고 있음"을 단적으로 보여준다며 통탄했다.

"수사단의 보고만 봐서는 두 여성이 성폭행을 당했는지 입증할 수 없는 것으로 알고 있습니다."

스틴지아노 의원은 수요일 이와 같은 의견을 표명했다.

"하지만 두 여성이 밀리건에게서 돈을 받았고, 병원을 나가 럼주를 사서 돌아온 것으로 수사단은 발표할 예정입니다. (……)"

지난 금요일, 순찰대 수사단 리처드 윌콕스 단장은 여성들의 성폭행이나 만취 여부를 알아보는 검사 결과가 아직 나오지 않았기 때문에 수사가 종료될 때까지는 대중에 공개할 수 없다고 말한 바 있다. 스틴지아노는 신뢰할 수 있는 정보원에게서 경찰 측의 정보를 받았다고 밝혔다.

같은 날, 작가는 5병동을 방문할 수 있는 허가를 받았다. 빌리는 작가가 일러줄 때까지 작가를 알아보지 못했다.

"아, 그렇군요." 그는 어지러운 표정으로 말했다. "빌리와 얘기하는 사람이군요."

"당신은 누구죠?" 작가가 물었다.

"몰라요."

"이름이 뭐죠?"

"이름은 없는 것 같아요."

잠시 이야기를 나누었지만 빌리는 무슨 일이 일어났는지 전혀 알지 못했다. 한참 동안 침묵이 흘렀다. 작가는 인격 중 한 명이 나와서 정보를 주길 기다렸다. 잠시 후, 이 이름 없는 사람이 말했다.

"이제 병원에서는 더 이상 그림을 그리지 못하게 할 거예요. 그림이 두 점 있는데, 여기 계속 놔두면 누가 없애버릴지도 몰라요. 책을 쓸 때 필요할 수도 있으니까 가져가세요."

빌리는 회의실을 나갔다가 캔버스를 들고 왔다. 하나는 서명도 없는 미완성 풍경화로 진청색 하늘에 검은 외양간, 구불구불한 길을 배경으로 하여 검은 나무들이 서 있는 우울한 밤경치를 그린 것이었다. 다른 하나는 다채롭게 채색된 풍경화로 '타미'라고 서명되어 있었다.

"당신이 타미입니까?"

작가가 묻자 그는 대답했다.

"난 내가 누군지 모르겠어요."

3

다음 날 아침, 앨런 골즈베리는 애슨스 군 민사법정의 로저 J. 존스 판사 앞에 출두하라는 고지를 받았다. 부검사 데이비드 벨린키는 오하이오 주를 대신하여 밀리건을 정신적 질환이 있는 범죄자들을 위한 리마 주립병원으로 이송하라는 명령 신청서를 법원에 제출했다. 골즈베리는 의뢰인과 면담할 시간을 달라며 존스 판사에게 이의를 제기했다.

"밀리건 씨는 이런 명령에 대해 알 권리가 있으며, 5122조 20항의 두 번째 단락에서 규정하고 있는 법에 의거, 즉시 청문회를 요청할 수 있다는 사실에 대해 변호인의 충고를 받을 권리가 있습니다. 밀리건 씨가 아직 고지를 받지 못했으므로, 의뢰인을 대신하여 본 변호인은 본인이 배석하는 청문회를 요청하고 싶습니다. 본 변호인은 이 재판이 밀리건 씨에게 그런 기회를 주고 있지 않다고 생각합니다."

판사는 이 요청을 기각했다. 벨린키는 유일한 증인인 러셀 크레민스를 소환했다. 그는 애슨스 정신건강센터의 보안안전부장이었다.

"크레민스 씨, 최근 밀리건 씨와 병원의 다른 사람들 사이에 일어났던 폭력사건에 대해 알고 계십니까?"

"네, 저는 보고서를…… 그러니까 보고서를 병원 조무사인 M. 윌슨 씨와 그날 밤 근무를 섰던 클라이드 반하트 씨에게서 받았습니다. 이 사건이 일어난 날짜는 1979년 9월 26일입니다. 저는 밀리건 씨를 현재의 감금 병동에 계속 가둬둘 수 있을지에 대해 우려하고 있습니다."

"경비원이자 경비 책임자로서 크레민스 씨는 밀리건 씨가 병원 부지를 떠나려 할 경우 해당 시설이 적절히 밀리건 씨를 제재할 수 있는지에 대해 강한 의혹을 품고 있다고 말씀하시는 겁니까?"

"네, 그렇습니다."

"밀리건 씨가 탈출하려던 날 밤 일어난 사건에 대해 직접적인 정보를 가지고 계신가요?"

"네, 그렇습니다. 밀리건 씨와 거스 홀스튼 씨는 AIT의 문을 부수고 탈출했습니다. AIT는 그들이 거주하고 있던 병동입니다. 그들은 화재 비상구 문을 열기 위해 의자를 사용했습니다. 그리고 화재 비상구 아래로 내려갔습니다. 허락을 받지 않고 외출을 시도한 겁니다. 그들은 주차장에 있는 차로 가서 문을 따고 올라탔습니다……."

차에 올라타려는 것을 제지당하자 밀리건과 홀스튼은 언덕으로 뛰어올라갔다. 세 남자가 쫓아가서 간신히 밀리건을 진정시키고 5병동으로 데리고 왔다.

크레민스 씨의 증언을 듣고 난 후, 존스 판사는 밀리건을 리마 주립병원으로 보내야 한다는 검사 사무실의 명령 요청을 받아들였다.

1979년 10월 4일, 빌리는 수갑과 벨트가 채워진 채 콜 박사 외에는 누구에게도 작별인사를 하지 못하고 290킬로미터나 떨어진 곳, 정신질환 범죄자를 수감하는 리마 주립병원으로 이송되었다.

23장

리마에서 최악의 위기를 맞다

1

1979년 10월 5일 《콜럼버스 디스패치》에 다음과 같은 기사가 실렸다.

고위공무원들이 밀리건 이송을 적극 추진

로버트 루스 기자

주 정신보건부 내 고위공직자들이 다중인격 성폭행범인 윌리엄 S. 밀리건을 보안이 엄중한 리마 주립병원으로 목요일에 이송하는 조치에 직접 개입, 지시했다고 했다고 한 정통한 소식통이 전했다.

이송 명령은 오하이오 주 정신보건부 산하 콜럼버스 지부 소속의 고위공직자들이 애슨스 정신건강센터에 전화를 몇 통 건 후에 시행되었다고 한다. 밀리건은 이 센터에 열 달 동안 수감되어 있었다.

정신보건부 부장인 티모시 모리츠도 적어도 한 통 이상의 전화를 걸었다고 소식통은 전했다. (……) 콜럼버스의 마이크 스틴지아노 의원과 애슨스의 클레어 볼 주니어 의원은 성폭행범에게 지나치게 관대한 치료정책을 취하는 것에 대해 계속 항의를 표시해왔다.

목요일, 스틴지아노 의원과 볼 의원은 밀리건을 리마 시설로 이송하기로 한 결정에 찬성을 표했지만 볼 의원은 덧붙였다. "이 조치가 왜 이제서야 취해졌는지 모르겠군요."

스틴지아노 의원은 밀리건이 더 이상 사회에 위험이 되지 않을 때까지 엄중한 보안시설에서 석방되지 않도록 계속 감시의 눈길을 늦추지 않겠다고 말했다.

밀리건이 이송된 다음 날, 랭커스터 민사법정의 S. 파렐 잭슨은 그레이 드럭스토어 강도사건과 관련한 밀리건의 유죄 인정을 무효화해달라는 요청에 대해 이렇게 판결했다.

본 법정은 1975년 3월 27일, 당시 윌리엄 S. 밀리건의 정신이 비정상적이었는가 하는 문제에 관해서는 피고 윌리엄 S. 밀리건 측이 증명해야 한다고 본다. (……) 모든 증거를 세심하게 분석한 결과, 본 법정은 사건이 발생한 1975년 3월 27일 당시 윌리엄 스탠리 밀리건의 정신 상태가 비정상이어서 피고가 자기변호를 할 수 없었으며 기소 내용을 완전히 이해하여 유죄 인정을 할 수 없는 상태였음을 증명해주는 확실한 증거가 불충분하다는 결론을 내렸다. 따라서 명백한 불의가 행해졌다는 증거가 없으므로 유죄 인정을 철회해달라는 윌리엄 스탠리 밀리건의 요청을 기각한다.

골즈베리는 잭슨 판사가 증거의 경중을 부적절하게 고려했다며 오하이오 주 제4사법구역 항소법원에 항소를 신청했다. 즉 판사가 저명한 정신과 의사 네 명과 심리학자 한 명의 의견보다 브라운 박사의 단독 의견에 더 무게를 두었다는 것이었다.

그는 또한 오하이오 주 리마 시 앨런 군 법정에도 명령요청서를 보냈다. 의뢰인이 변호사와 의논할 기회도 얻지 못했고, 정해진 절차를 따르지 않고 신변의 자유가 더 제한되는 시설로 이송시킨 데 대해 항의하는 내용이었다.

2

1주일 후, 앨런 군 법정에서 중재인은 밀리건을 애슨스로 돌려보내달라는 골즈베리 변호사의 요청을 들었다. 그때 작가는 수갑을 찬 빌리를 처음으로 보았다. 이제 선생이 되어 있는 빌리는 멋쩍게 미소 지었다.

골즈베리와 작가, 두 사람만 방 안에 남자, 선생은 지난 주 동안 리마에서 받았던 치료에 대해 이야기했다. 진료과장인 린드너 박사는 빌리를 유사 정신분열증세로 진단하고 소라진과 같은 계열의 향정신성 약물인 스텔라진을 처방해주었다. 이 약을 먹었더니 분열이 훨씬 더 심각해졌다고 선생은 말했다.

법원 사무관이 와서 중재인이 시작할 준비가 되었다고 알렸다. 골즈베리와 빌리는 작가에게 같은 자리에 앉자고 요청했다. 부검사 데이비드 벨린키와 오하이오 주가 신청한 증인인 루이스 린드너 박사의 반대편 자리였다. 린드너 박사는 수척한 얼굴의 야윈 남자로, 금속테 안경을 쓰고 턱 밑에 뾰족한 턱수염을 기르고 있었다. 그는 경멸의 표정을 숨기지 않은 채 건너편에 앉은 빌리를 바라보았다.

검사, 변호사들과 몇 분 더 회의를 한 끝에, 중재인은 증언을 제외하고 법에만 근거해서 결정을 내렸다. 존스 판사가 적절한 입원 기관으로 리마 주립병원을 지정하는 판결을 내렸지만 밀리건 측도 11월 말까지 90일 재심에 필요한 증거를 제출할 권리를 가지고 있으므로, 청문회에서 이 문제를 당장 해결할 수는 없다고 중재인은 말했다. 법정은 6주 후에 밀리건이 여전히 정신질환을 앓고 있는지, 그리고 그를 계속 리마에 수감해둘 것인지에 대해 결정하겠다고 했다.

선생은 법정에서 이렇게 말했다.

"저는 치료를 다시 시작하려면 기다려야 한다는 사실을 알고 있습니다. 의사 선생님들도 지난 2년 동안 제게 '도움을 줄 수 있는 사람들에게 도움을 받고 싶다는 생각을 해야 합니다. 외과의사와 정신과 의사, 치료팀을 전적으로 신뢰해야 합니다.'라고 말씀하셨습니다. 제가 적절한 치료를 다시 받을 수 있도록 법원에서 신속한 결정을 내려주시길 바랍니다."

중재인이 대답했다.

"밀리건 씨, 그에 대해서는 해둘 말이 있습니다. 밀리건 씨는 지금 잘못된 사실을 전제로 삼고 있습니다. 즉 리마 주립병원에서는 치료를 받을 수 없다고 믿고 있는 것이지요."

빌리는 린드너 박사를 똑바로 쳐다보며 대답했다.

"치료를 받을 수 있는가에 앞서 어떤 사람에게 치료를 받고 싶은가, 도움을 받고 싶은가의 문제가 아닐까요. 치료하는 사람들에 대한 믿음이 필요합니다. 저는 이 의사 선생님들을 모릅니다. 이 선생님들이 한 얘기를 봐서는 믿을 수가 없습니다. 제 담당 선생님들은 제 병을 믿을 수 없다고 하셨고, 저는 치료받지 못할 곳으로 돌아가서 기다린다는 게 겁이 납니다. 글쎄요, 치료를 받기는 받겠죠. 하지만 다른 정신병으로 치료를 받게 될 겁니다. 제 담당 선생님들은 다중인격을 믿지 않는다고 말씀하셨습니다."

중재인이 말했다.

"이건 오늘 논할 준비가 안 되어 있는 의학적 문제군요. 밀리건 씨의 변호인이 재심 청문회에 참석하고 있지만 말입니다. 리마가 적절한 치료기관인지 아닌지는 적법한 절차에 의해 고려될 것입니다."

청문회가 끝난 후, 작가와 골즈베리는 리마 주립병원으로 찾아가 빌리를 만났다. 두 사람은 금속 탐지기 검사를 받아야 했으며, 서류 가방을 조사받고 철창문 두 개를 지나 면회실까지 수행원의 안내를 받아야 했다. 잠시 후, 경비원 한 명이 빌리를 데리고 들어왔다. 그는 여전히 선생이었다. 두 시간 동안, 선생은 작가에게 애슨스에서 강간 혐의로 조사를 받게 되었던 사건에 대해 설명하고 리마로 이동했을 때의 일을 묘사했다.

"두 여자애는 어느 날 밤 홀에 앉아서 직업도 없고 돈도 없다고 한탄하고 있었어요. 그 애들이 안쓰러웠죠. 나는 남한테 너무 쉽게 속아 넘어가거든요. 그래서 여자애들한테 범퍼 스티커를 나눠주는 일을 하면 일당을 주겠다고 했어요. 여자애들은 범퍼 스티커를 반 정도 나눠주고 왔어요. 그래서 돈을 줬죠.

나흘 뒤, 그 애들이 오후에 사라졌어요. 술 한 잔 하고 싶다고 하더니, 술가게에 가서 럼주를 한 병 산 거예요.

난 병동 밖을 나갈 수 없었어요. 직원이나 이름을 적고 산책하러 나가는 다른 환자가 허락을 해줄 때만 같이 갈 수 있었죠. 그래서 거스 홀스튼과 같이 밖으로 나갔어요. 캐서린이 시간을 적었죠. 캐서린은 우리가 밖에 나가 있었던 시간이 팔구 분 정도밖에 안 된다고 말했어요. 나가서 건물 주위를 돌아다녔는데, 밖에 나가자 마음이 불편해졌어요. 그때 융합이 해체되었죠."

"밖에 나가서 산책한 사람은 누구죠?" 작가가 물었다.

"대니였어요. 홀스튼은 그때 무슨 예감이 들었나 봐요. 그 친구는 나를 이해하지 못했어요. 내 문제가 뭔지 몰랐거든요. 우리가 건물 주위를 돌고 있을 때, 뒤쪽에서 여자애가 거스에게 소리를 질렀어요. '빌리!' 하며 제 이름도 불렀죠. 그 애들은 술에 곤드레만드레 취해 있었어요. 한 애는 펩시 병을 들고 있었는데, 콜라가 보통보다 더 맑아 보여서 술을 탄 게 분명하다고 생각했어요. 그 애들한테서는 술 냄새가 진동했죠."

한 여자애가 빌리가 대니로 바뀌어 있음을 알아채고는 거스에게 기대며 이렇게 말했다.

"저 골칫거리는 떼어버리고 우리랑 같이 가요."

거스는 여자애들에게 그럴 수 없다고 말했다. 두 사람이 다른 곳으로 가려는데, 한 여자애가 거스의 셔츠에 토해버리는 바람에 대니 바지에도 토사물이 튀었다. 구역질이 난 대니는 뒤로 물러나면서 손으로 얼굴을 가렸다. 거스는 여자애들에게 욕을 하며 소리쳤다. 거스와 대니는 건물 쪽으로 돌아갔다. 여자애들은 그 뒤를 몇 발짝 따라오면서 킬킬대며 욕을 해댔다. 그러더니 묘지로 이어지는 길로 향했다.

그게 그 사건의 전말이라고 선생은 말했다. 홀스튼에 대해서는 확실히 알 수 없지만 자신은 어느 쪽이든 여자애들에게 절대 손을 대지 않았다고 했다.

리마에서 보낸 여드레는 지옥 같은 시간이었다고 선생은 말했다.

"여기서 일어난 일에 대해 적어두려고 해요. 다 쓰면 보내드리죠."

면회가 끝나자, 선생은 면회객이 가지고 들어왔을지도 모르는 반입 금지품이 없다는 것을 확인하기 위해 금속탐지기를 지나가야 했다. 선생은 작가에게 손을 흔들며 안녕을 고했다.

"11월 말에 재심 청문회에서 다시 봐요. 하지만 그 동안에는 편지를 쓸게요."

작가는 린드너 박사에게 전화를 걸어 면담 약속을 잡아보려 했다. 그러나 전화선 너머로 들리는 대답은 쌀쌀했다.

"이렇게 유명세를 타봤자 환자 치료에는 바람직하지 않습니다."

"우리는 유명세를 쫓는 사람들이 아닙니다."

"그 문제는 더 얘기하고 싶지 않군요."

작가가 11월 청문회 전날에 있을 리마 주립병원 탐방에 낄 수 있겠느냐고 묻자, 병원 홍보실에서는 처음에는 허락을 해주었다. 하지만 탐방 전날, 린드너 박사와 허바드 원장이 작가의 방문을 취소했다는 전화가 걸려왔다. 게다가 병원 보안과에서 작가를 병원 내에 영원히 들이지 말라는 명령도 내렸다고 했다.

작가가 그 이유를 묻자, 데이비드 벨린키 검사는 병원 관계자들의 요청이 있었다고 대답했다. 그들은 작가가 빌리에게 마약을 몰래 대주는 게 아닌지 의심하고 있다고 했다. 나중에 그 이유는 "치료에 도움이 되지 않음"으로 바뀌었다.

3

11월 30일은 추웠다. 첫눈이 땅 위에 깔려 있었다. 오하이오 주 리마 시에 있는 앨런 군 법정은 오래된 건물이었다. 제3법정은 50명이 앉을 수 있을 정도로 컸는데 좌석은 거의 비어 있었다. 밀리건 재심 청문회는 일반 대중과 언론에는 비공개로 진행되었지만 TV 카메라가 밖에서 대기하고 있었다.

선생은 수갑을 찬 채 변호사들 사이에 앉아 있었다. 변호사들 외에는 도로시와 델 무어, 작가만이 법원의 허가를 받아 방청객으로 입장할 수 있었다. 또한 프랭클린 군의 부검사인 제임스 오그레이디와 오하이오 성인 가석방 당국의 담당자 윌리엄 잰 한스, 콜럼버스에 있는 사우스웨스트 지역 사회정신건강센터의 검찰 측 입회인 앤 헨키너가 참석했다.

데이비드 R. 킨워디 판사는 날카롭게 깎아놓은 듯 얼굴이 잘생긴 젊은이였다. 킨워디 판사는 빌리 밀리건이 정신질환으로 무죄를 선고받은 1978년 12월 4일 이후 지금까지 1년여 동안 열렸던 수감 청문회에 대한 이력을 검사했다. 판사는 이 청문회가 오하이오 주 개정법 5122조 15항에 의거해서 열리고 있다고 알렸다.

킨워디 판사는 증인들을 격리해달라는 벨린키 부검사의 요청을 받아들였다. 그러나 리마로 이송할 때 절차에 하자가 있었으므로 빌리 밀리건을 애슨스로 돌려보내달라고 한 스티브 톰슨의 요청은 기각했다.

기존의 요청들에 대한 결정을 내리고 나서, 수감 재심 청문회가 시작되었다. 주 정부 측이 제시한 첫 번째 증인은 예순다섯 살의 정신과 의사 프레드릭 밀키였다. 밀키 박사는 키가 작고 뚱뚱한 남자로, 헐렁한 바지와 스웨터를 입고 있었으며 검은 머리를 매끈하게 빗어 넘기고 있었다. 그는 벨린키 검사 옆의 탁자에서 뒤뚱뒤뚱 걸어 나와 증인석에 섰다.(후에 그는 주 정부의 의료자문으로 일하게 된다.)

밀키 박사는 밀리건을 두 번 봤다고 증언했다. 1979년 10월 24일 환자가 리마로 이송되어 자기 담당이 되었을 때 잠깐 보았고, 10월 30일에 치료 계획을 점검하기 위해 다시 만난 게 두 번째였다. 그는 또한 오늘 아침에도 청문회 전에 밀리건이 한 달 전과 달라졌는지 알아보기 위해 그를 관찰했다고 했다. 밀키 박사는 병원 기록을 참조해서 밀리건을 인격장애로 진단했으며, 그가 반사회적인 성격과 우울증과 해리성정체장애로 인해 신경증적인 불안을 겪고 있다고 말했다.

소년 같은 얼굴에 부스스한 머리를 한 데이비드 벨린키 부검사가 증인에게 물었다.

"오늘도 똑같았습니까?"

"네, 여전히 정신질환을 앓고 있었습니다."

"그 증상은 뭐죠?"

"환자의 행동은 용납될 수 없습니다."

밀키 박사는 밀리건을 똑바로 보았다.

"환자는 강간과 강도를 저지른 범죄자입니다. 주변 환경에 잘 적응하지 못합니다. 처벌로 교화되지 않는 종류의 인간이죠."

밀키 박사는 다중인격 진단도 고려해보았지만 그런 증상을 보지는 못했다고 했다. 그는 벨린키의 질문에 대한 대답으로, 밀리건이 자살 충동이 심하고 다른 사람들에게도 위험하다고 생각한다고 말했다.

"이 환자는 개선될 가망이 없습니다. 오만하고 비협조적입니다. 확장된 자아를 가지고 있습니다. 자신의 환경을 받아들이지 않으려 하죠."

벨린키가 어떻게 환자를 치료하겠느냐고 묻자, 밀키 박사는 대답했다.

"기술적으로 방치함으로써 치료할 겁니다."

그는 스텔라진을 5밀리그램 처방했다고 증언했다. 나쁜 효과를 보지는 못했지만 이로운 효과도 보지 못했기 때문에 향정신성 약물 투약을 중지했다고 했다. 그는 밀리건에게 엄중한 보안 시설이 필요하며, 오하이오 주에서는 리마가 유일한 장소라고 말했다.

골즈베리의 호리호리한 동료, 스티브 톰슨이 반대심문을 시작했다. 밀키 박사는 직접 증상을 보지 못했기 때문에 다중인격 진단을 거부했다고 말했다. 그는 DSM-II(Diagnostic and Statistical Manual of Mental Disorders [정신장애의 진단 및 통계 편람] 2판. 미국 정신의학협회가 출판하는 책으로 현재 4판 개정판까지 나와 있다. 이에 의거하여 정신장애를 진단할 수 있다.—옮긴이)에 나와 있는 다중인격의 정의를 받아들이지 않는다고 했다.

"피 검사를 해보고 매독이 없음을 알아낼 수 있듯이 저는 다중인격 진단을 배제했습니다. 다중인격 증상은 없었습니다."

"어떤 증상을 관찰하셨죠?"

"분노나 공황이죠. 상황이 자기 마음대로 안 돌아가면 분노하면서 충동적으로 행동합니다."

톰슨은 얼굴을 찡그렸다.

"박사님은 사람이 화를 내거나 우울하면 정신질환이 있다고 진단하신단 말입니까?"

"그렇습니다."

"우리 모두 다 분노나 우울의 시기를 겪지 않나요?"

밀키는 법정을 돌아보면서 어깨를 으쓱했다.

"모두가 정신질환을 갖고 있죠."

톰슨은 증인을 똑바로 보고는 몇 가지를 적었다.

"빌리가 박사님을 믿고 있습니까?"

"아뇨."

"그가 신뢰하는 사람과 치료를 함께 한다면 더 빨리 진척되지 않을까요?"

"그렇습니다."

"존경하는 재판장님, 이 증인에게는 더 이상 질문이 없습니다."

점심시간이 되어 청문회가 휴정하기 전에, 앨런 골즈베리는 사흘 전에 받은 콜 박사의 증언 답변서를 증거로 제출했다. 골즈베리는 다른 증인들 즉 조지 하딩 주니어 박사, 스텔라 캐롤린 박사, 심리학자 도로시 터너를 소환하기 전에 콜 박사의 증언을 기록해두고자 했다.

스티브 톰슨은 콜 박사에게 다중인격 환자를 위한 적절한 치료 방법에 대해 질문했다.

"다중인격으로 진단받은 사람을 위한 치료 프로그램에서 필수적인 요소가 뭐라고 생각하시는지 말씀해주시겠습니까?"

콜 박사는 11월 19일 골즈베리에게 보낸 편지까지 포함해서 미리 준비한 증언서를 읽으며 길게 답변했다.

다중인격으로 진단받은 환자의 치료는 반드시 정신건강 전문의, 가능하다면 다음과 같은 기준을 만족하는 정신과 의사에 의해 행해져야 합니다.

첫째—치료를 맡은 의사는 환자의 상태를 받아들여야 합니다. 이 현상을 믿지 않는 사람이 치료를 맡아서는 안 됩니다.

둘째—정신과 의사가 경험은 없더라도 기꺼이 그런 치료를 맡을 경우, 다중인격 치료에 경험과 전문 지식이 있는 다른 의사에게 감독을 받거나 적어도 지속적으로 의논을 해야 합니다.

셋째—의사는 필요하다면 치료에 부가적으로 최면요법을 쓸 수 있어야 합니다. 필수사항은 아니지만 아주 추천할 만한 치료방법입니다.

넷째—의사는 이와 관련된 중요한 참고 도서들을 읽어야 하고, 개인적으로 어떤 형태로든 이 분야에 관련된 교육을 지속적으로 받아야 합니다.

다섯째—관용과 끈기 못지않게 무한한 인내심이 있어야 합니다. 이런 환자의 치료는 오랜 기간에 걸쳐 수고롭고 까다로운 요법을 필요로 하기 때문입니다.

다중인격 환자를 치료한 사람들이 현재 일반적으로 받아들이고 있는 치료의 기본 원리는 다음과 같습니다.

첫째—모든 인격들의 이름을 하나하나 알아두고 개별적으로 인식해주어야 합니다.

둘째—치료 담당자는 반드시 그런 인격들이 생겨난 이유를 확실히 알아두어야 합니다.

셋째—치료 담당자는 변화를 일으키려면 모든 인격을 포함시켜 치료해야 합니다.

넷째—치료 담당자는 긍정적인 특성이 발견되면 그 점에 초점을 두고, 대체 인격들 사이에서 타협이 이뤄지도록 해주어야 합니다. 특히 자기 자신이나 서로에게 위협이 되는 인격일 경우 타협이 중요합니다.

다섯째—환자가 자신이 갖고 있는 문제의 본질과 정도에 대해 완전히 깨달을 수 있게 해서, 치료하는 동안 환자도 긍정적인 해결에 힘을 보태도록 도와주어야 합니다. 즉 환자가 치료 과정에 대해 알게 해야지 수동적인 치료 대상자로 머물러 있게 해서는 안 됩니다.

여섯째—향정신성 약물은 치료에 해가 되는 다른 부작용들과 더불어 인격

분열을 야기하는 것으로 널리 알려져 있으므로 피해야 합니다.

이런 환자를 치료하는 데는 그 외에 몇 가지 문제가 더 관련되어 있습니다. 그러므로 그러한 치료를 어떻게 할 것인가를 완전하게 기술하기란 불가능합니다.

콜 박사의 증언서는 이러한 기준들을 더욱 자세히 기술한 것이었다. 벨린키가 반대심문에서 그런 조건들이 너무 최상으로 맞춰진 게 아니냐고 묻자, 박사는 날카로운 목소리로 대답했다.

"아뇨. 이런 조건들은 단지 최소한일 뿐입니다. 다중인격 환자를 치료하는 데는 마음을 열 수 있는 환경이 있어야 합니다. 그렇지 못하다면 차라리 환자를 그냥 놔두고 치료하지 않는 편이 낫습니다."

점심식사 후, 병원에서 다시 돌아온 빌리는 셔츠를 갈아입었다. 작가는 선생이 사라진 게 아닐까 의심했다.

골즈베리와 톰슨은 조지 하딩 박사를 증인석으로 소환했다. 밀리건 사건과의 관련성을 간단하게 요약한 조지 박사는 여전히 애슨스 정신건강센터가 빌리의 치료에 적합한 곳이라고 생각한다고 말했다. 벨린키가 반대심문을 시작했다.

"조지 박사님, 다중인격 환자는 아주 흔하지 않나요?"

"그렇습니다."

"하지만 보통사람들도 마음속에 다른 인격을 갖고 있지 않습니까?"

"차이점이 있다면 기억상실증입니다."

"어떻게 기억상실증을 증명하죠? 가짜로 꾸밀 수도 있지 않을까요?"

"저희는 아주 조심스럽게 검사합니다. 반복해서 탐색합니다. 저희도 처음엔 의심을 품고 접근했습니다만, 밀리건의 기억상실증은 진짜입니다.

그는 가짜로 꾸민 게 아닙니다."

골즈베리가 재심문에서 물었다.

"박사님께서는 진단을 내리기 위해 환자 병력과 다른 병원 기록들도 참고하셨나요?"

"했습니다. 할 수 있는 한 모든 자료를 참고했습니다."

"박사님께서는 의사가 최종 진단을 내리려면 환자의 과거 병력과 이전에 치료한 다른 의사들의 의견을 참고하는 게 필요한 절차라고 생각하지 않으십니까?"

"절대 필수적인 절차라고 믿고 있습니다."

조지 박사에게 콜 박사가 다중인격 환자를 치료하기 위해 세운 기준이 적힌 편지를 보여주자, 조지 박사는 그것이 우수한 안내서이며 그런 조건들이 최소한의 사항이라는 데 동의했다.

조지 박사 다음으로 증언대에 선 사람은 심리학자인 도로시 터너였다. 터너는 빌리의 재판 전에 거의 매일 그의 상태를 확인했으며 몇몇 인격의 지능을 검사했다고 증언했다.

"결과는 어땠죠?"

"두 명은 68에서 70 정도의 IQ를 보였습니다. 한 명은 평균 정도였습니다. 다른 사람은 우수했어요. IQ가 130이었습니다."

"이런 IQ 차이도 가짜로 꾸몄을 가능성은 없습니까?"

"절대 불가능합니다." 터너는 목소리에 노기를 띠며 대답했다. "이렇게 지능 차이를 꾸밀 수 있는 방법은 전혀 없다는 데 한 점 의심도 없습니다."

스텔라 캐롤린 박사는 자체적으로 검사했지만 도로시 터너, 코넬리아 윌버 박사, 조지 하딩 박사와 똑같은 진단을 내렸다고 증언했다. 캐롤린 박사는 밀리건을 올해 4월과 6월, 7월에 만났고 그가 여전히 여러 인격으로 나뉘어 있다고 느꼈다고 했다.

"다른 문제가 있을 수도 있지 않을까요?" 벨린키가 물었다.

"다중인격은 가장 먼저 치료되어야 합니다. 다른 정신적 문제도 있을 수 있겠죠. 인격에 따라 여러 병을 가질 수 있으니까요. 하지만 전체적인 문제가 먼저 치료되어야 합니다."

"애슨스에서는 정확한 치료를 받았다고 생각하십니까?"

"네."

골즈베리는 캐롤린 박사에게 콜의 편지를 보여주었다. 캐롤린 박사는 고개를 끄덕이며 그것이 최소한의 기본 사항이라는 데 동의했다.

조지 하딩과 캐롤린, 터너는 증언대에서 내려간 후 법정에서 방청객으로 남아 있어도 된다는 허락을 받았다.

그날 오후 3시 30분, 난생처음으로 빌리는 자기 자신을 위해 변호할 수 있게 되었다. 빌리는 수갑을 차고 있었기 때문에 성경에 왼손을 올려놓고 오른손을 들기가 어려웠다. 그는 그렇게 하려 애쓰면서 몸을 숙이고 미소 지었다. 진실만을 말하겠다고 맹세한 후, 빌리는 자리에 앉아 판사를 올려다보았다.

킨워디 판사가 말했다.

"밀리건 씨는 이 재판에 참여할 권리를 갖고 있지만 억지로 증언을 할 필요는 없다는 사실을 알려드리고 싶습니다. 말하고 싶지 않으면 가만히 있어도 됩니다."

빌리는 고개를 끄덕였다. 곧 앨런 골즈베리가 부드럽고 정확한 태도로 심문을 시작했다.

"빌리, 10월 12일에 이 법정에서 증언했던 것을 기억하나요?"

"네, 기억합니다."

"리마 정신병원에서 받은 치료에 대해 묻고 싶습니다. 최면요법을 받았나요?"

"아뇨."

"집단 치료는요?"

"아뇨."

"음악 치료는요?"

빌리는 판사를 보았다.

"사람들을 피아노 하나 달랑 놓여 있는 방으로 우르르 데리고 가서 거기 앉으라고 했어요. 치료사는 없었어요. 우리는 그냥 몇 시간 동안 앉아 있기만 했어요."

"밀키 박사에게 신뢰감을 가지고 있습니까?"

"아뇨. 박사님은 스텔라진을 놓아주었어요. 그것 때문에 저는 엉망이 되었죠."

"본인이 받은 치료에 대해 얘기해주겠어요?"

"저는 22병동으로 보내졌어요. 심리학자 한 명이 무례하게 굴었어요. 그래서 저는 잠이 들었죠."

"자신이 다중인격 환자임을 처음으로 안 건 언제죠, 빌리?"

"하딩 병원에서요. 그때는 그냥 믿고 있는 정도였고, 정말로 알게 된 건 애슨스 정신건강센터에서 비디오테이프를 봤을 때예요."

"어째서 그런 일이 생겼다고 생각하나요?"

"새아버지가 저한테 한 일 때문이에요. 더 이상 나 자신으로 있고 싶지 않았어요. 빌리 밀리건이고 싶지 않았어요."

"다중인격 상태에 있었을 때 일어난 일 중 한 가지만 예를 들어줄 수 있을까요?"

"그게, 이런 식이에요. 어느 날 저는 거울 앞에 서서 면도를 하고 있었어요. 문제가 여러 가지 있었어요. 막 콜럼버스로 이사했는데 집안 식구들하고 원만하지 못한 상태에서 집을 떠나서 기분이 나빴어요. 아무튼 면도를 하고 있었는데, 갑자기 불이 나간 것 같았어요. 정말 평화로웠죠. 눈을 떠보니 비행기를 타고 있는 거예요. 겁이 났어요. 착륙할 때까지 어디로 가고 있는지도 몰랐어요. 내리고 보니 샌디에이고였죠."

법정은 조용했다. 판사는 주의를 기울여 듣고 있었다. 녹음을 담당하는 여자는 입을 떡 벌리고 놀란 표정으로 빌리 밀리건을 올려다보았다.

데이비드 벨린키가 반대심문을 하기 위해 일어섰다.

"빌리, 어째서 콜 박사는 믿는데 리마에 있는 의사들은 믿지 않습니까?"

"콜 박사님은 처음 만난 날부터 이상하게 믿음이 갔어요. 1년 전 콜럼버스에서 저를 거기로 데려간 경찰관은 지나치게 수갑을 꽉 채웠어요."

빌리는 지금 차고 있는 수갑이 얼마나 헐렁한지 보여주려고 손을 들었다.

"콜 박사님은 수갑을 너무 꽉 죄지 말라면서 경찰관에게 소리를 질렀어요. 박사님은 경찰관한테 수갑을 벗기라고 했어요. 그때 박사님이 제 편이라는 걸 알았죠."

"리마에 있는 치료팀과 협조하는 게 더 좋지 않을까요?"

"나 혼자 치료를 할 순 없잖아요. A병동은 꼭 양을 씻기는 욕탕 같았어요. 넣었다가 뺐다가 했죠. 그런데 애슨스에서는 상태가 더 나빠질 때도 있었지만, 잘못을 고치는 법도 배웠어요. 그 병원 사람들은 제 병을 어떻게 다루는지 알아요. 벌이 아니라 치료를 해줘요. 요법으로요."

최종진술에 나선 벨린키는 주 정부의 의무는 피고인이 정신질환인지, 입원 대상인지 여부를 증명하는 것뿐이라고 주장했다. 진단은 증명할 수가 없다. 현재 상태에 관한 진단은 콜 박사와 밀키 박사만이 증언할 수 있다. 콜 박사는 단호하게 빌리 밀리건이 여전히 정신질환을 앓고 있다고 말했다. 반면에 밀키 박사는 리마 주립병원이 이 환자를 치료할 수 있는 병원 중에서 가장 제한이 적은 환경을 갖고 있다고 주장했다.

"피고를 마땅히 리마 주립병원에 수감시켜야 한다고 생각합니다."

최종변론에 나선 스티브 톰슨은 정신의학 분야에서 뛰어난 재능을 인정받고 있는 전문가들이 피고인을 위해 법정에 섰으며 그들 모두 다중인격 진단에 동의했다는 사실을 지적했다.

"일단 이 의견을 받아들인다면 이제 문제는 이것입니다. 어떻게 그를 치료할 것인가 하는 것이죠."

톰슨은 계속 말했다.

"빌리 밀리건의 정신 상태를 고려해볼 때 애슨스 센터가 가장 적절한 치료기관이므로 밀리건을 그곳으로 이송해야 한다는 데 모든 전문가 증인들이 동의하고 있습니다. 이 전문가 증인들은 밀리건이 장기간의 치료를 필요로 한다는 데도 뜻을 모으고 있습니다. 10월 4일, 밀리건은 리마로 이송되어 그의 과거 병력이나 치료 방법을 전혀 참고하지 않은 의사에게 진찰을 받았습니다. 그런데 그 의사는 빌리 밀리건이 자기 자신이나 다른 사람들에게 위협적이라는 결론을 내렸습니다. 어떻게 밀리건이 위협적이라는 결론에 도달하게 된 것일까요? 존경하는 재판장님, 그건 바로 기존의 기소 사항들 때문입니다. 이 청문회에 소개되었던 진부한 증거들 말입니다. 밀키 박사는 밀리건이 반사회적 행동을 보였다고 말했습니다. 또 전혀 개선되지 않았다고 했습니다. 재판장님, 밀키 박사가 다중인격 문제에 전문가가 아니라는 점은 분명합니다. 피고인 빌리 밀리건에겐 뛰어난 전문가들이 함께하고 있습니다."

킨워디 판사는 이 문제를 숙고한 후, 열흘 이내에 판결을 내리겠다고 발표했다. 그때까지 밀리건은 리마 주립병원에 있어야 했다.

1979년 12월 10일, 법원은 다음과 같은 판결을 내렸다.

1. 피고인은 현재 사상과 감정 상태, 지각 및 방향감각, 기억에서 판단력과 행동을 흐리게 하고 현실 인식 능력을 해칠 정도로 심각한 분열을 보이고 있으므로 정신적으로 질환이 있는 자다.
2. 피고인의 정신질환은 다중인격이라고 진단된다.
3. 피고인은 정신질환자로 법원 명령에 의해 입원을 해야 한다. 피고는 질환으로 인해 다음과 같은 심각한 위험성을 가지고 있다. 이전에도 몇 번 자

살 시도를 했다는 명백한 증거로 보아 본인에게 신체적 위해를 가할 수 있으며, 최근 폭력적인 행동을 했다는 명백한 증거로 보아 타인에게도 신체적 위해를 가할 수 있다. 나아가, 타인과 본인의 권리에 심각하고도 절박한 위험이 되는 행위를 할 수 있다는 명백한 증거가 있으므로, 입원 치료로 상태를 호전시킬 수 있다면 치료를 받아야 한다.
4. 피고인은 정신질환으로 인해 본인과 타인에게 위험을 야기할 수 있으므로 보안이 가장 엄중한 시설에 입원해야 한다.
5. 피고의 상태가 다중인격으로 진단된바, 치료 또한 그 진단에 맞게 제공되어야 한다.

따라서 본 법정은 피고인을 다중인격 진단에 맞는 치료를 위해 오하이오 주 리마 시에 있는 리마 주립병원에 수감시킬 것을 명한다. 또한 본 건의 판결 사본을 밀봉하여 오하이오 주 리마 시에 있는 리마 주립병원에 전송할 것을 명한다.

판사 데이비드 R. 킨워디
앨런 군 민사법원
검인부

4

12월 18일, 빌리는 리마 주립병원의 남자 환자 치료소에서 작가에게 전화를 걸었다. 그는 병원 직원에게 심하게 두들겨 맞았다고 말했다. 이 사건에 관하여 열리는 청문회에 후견인으로 임명된 리마 주립병원 소속 변호사가 빌리가 등에 전깃줄로 여러 번 얻어맞은 자국을 폴라로이드 카메라로 찍어 보냈다. 빌리의 눈과 얼굴은 퍼렇게 멍이 들었고, 갈빗대가 두

대 부러졌다. 병원 행정직원들은 언론에 성명서를 보내 "한 직원과 말다툼을 벌인 끝에" 빌리가 자해한 상처일 뿐이라고 설명했다.

다음 날 스티브 톰슨 변호사가 방문한 직후, 리마 주립병원의 관리처에서는 말을 다시 바꿔서 빌리가 "그 후에 심각하게 상처를 입었음"을 확인해주는 성명서를 냈다. FBI와 오하이오 주 고속도로 순찰대가 사건 수사 요청을 받았다. 수사 결과를 대배심에 제출해야 할 수도 있었다.

톰슨은 리마 소속 변호사뿐만 아니라 빌리에게서도 이 사건에 대해 듣고 불같이 화를 냈다. 톰슨이 발표한 성명서는 라디오에서만 보도되었다. 그는 뉴스캐스터에게 이렇게 말했다.

"죄를 짓고 감옥에 간 사람이라 할지라도 인권을 보호받아야 합니다. 또한 오하이오 주법에도 최근 개정된 정신건강법에 의해 보장받는, 환자의 인권이 명시되어 있습니다. 미합중국 헌법 하에서도 환자들의 권리는 연방법으로 보호받습니다. 이 권리는 궁극적으로 법원 명령에 의해 집행될 수 있습니다. 여기서 어떻게 될지 미리 말하는 건 너무 성급한 일 같군요."

리마 주립병원은 1980년 1월 2일 발행한 〈월간 치료계획 재고 제3호〉에서 다음과 같은 결정을 내렸다.

본 병원은 환자의 상태에 유효하고도 적절한 치료계획을 수행하고 있다.
당 환자에 대한 진단은 다음과 같다: (1) 해리장애를 동반한 의사정신병질적 정신분열증(DSM II, 295.5항) (2) R/O(Rule Out의 약자. 다음과 같은 증상이 의심된다는 뜻의 의학용어―옮긴이) 반사회적 인격장애, 세부분류 적대형(DSM II, 301.7항) (3) 병력으로 미루어 본 알코올중독증(DSM II, 302.2항) (4) 병력으로 미루어 본 약물 의존증과 자극제 복용(304.6항)
환자는 2주 전 남성 병동에서 폭력적인 소동을 일으켜 중환자실로 옮겨졌다. (……) 환자는 언론 보도로 얻은 악명에 오히려 악영향을 받았고, 그로 인해 자기가 스타인 양 자만하는 태도로 돌아다녔다. (……) 밀리건 씨는 진짜 정신병 환자의 특성을 가지고 있고 다른 정신질환자만큼이나 다루기가 어렵다. (……) 더욱이 환자는 히스테리 인격장애의 특성을 다수 보여주었다. 이 장애는 일반적으로 여성에게 자주 나타나지만, 히스테리 인격장애를 지닌 남성 환자의 경우도 다수 있다. 이 상태를 배제할 수는 없다.

[서명] 루이스 A. 린드너, 의학박사
책임 정신과 의사 80/01/04
[서명] J. 윌리엄 맥킨토시, 철학박사
심리학자 80/01/04
[서명] 존 도런, 심리학 석사
심리학 조교 80/01/07

앨런 골즈베리와 스티브 톰슨은 밀리건을 다중인격 환자로 치료하라는 킨워디 판사의 법정 명령을 지키지 않는 리마 주립병원 직원들에게 분노했다. 그들은 리마 주립병원 당국자들과 오하이오 주 정신보건부를 법원의 명령을 무시했다는 이유로 고소했다. 그리고 주 정신보건부 부장실에 압력을 넣어 빌리를 제약이 덜한 병원으로 이동시켜줄 것을 요청했다.

5

정신질환 범죄자를 위한 리마 주립병원의 견고한 병동에 갇혀서 융합되지 못한 빌리 밀리건은 간병인에게 연필을 빌려서 처음으로 작가에게 편지를 보냈다. 앞으로 연이어 보내게 될 편지의 첫 번째였다.

갑자기 한 간병인이 문간으로 들어오더니 22병동 환자들에게 위협적인 명령을 내렸어요.

"자, 얼빠진 놈들아, 이 빌어먹을 주간 활동실에서 퍼뜩 나가. 빨리빨리 움직여, 어서!"

그 사람은 잠깐 한숨을 쉬더니, 물이 찍찍 나는 담배꽁초를 고쳐 물며 우물우물 말하더군요.

"유리창을 다 닦으면 너희 개자식들을 다시 불러줄 테니까, 그때까지 방 안에 얌전히 처박혀 있어!"

사람들은 차갑게 우리를 쏘아보면서 딱딱한 등받이 의자를 가지고 좀비처럼 복도 아래로 내려갔어요. 그 뒤로 커다란 철창문이 쩔겅 닫히는 소리가 들리기 시작했어요. 얼굴에 표정이 없는 남자들이 턱받이처럼 침이 뚝뚝 떨어지는 수건을 들고 천천히 걸어 나가자, 퉁명스러운 간병인들이 넓은 가죽 혁대를 휘두르면서 재촉했어요. 존엄성 같은 건 조금도 존중해주지 않아요. 소라진, 프롤릭션, 할돌 같은 향정신성 약물들을 이용하면 환자들을 엄격하게 복종시키고 유지할 수 있으니까 그런 것들을 사탕처럼 그냥 먹여요. 인간성이라곤 하나도 없어요. 아, 거의 잊어버릴 뻔했군요. 우리는 인간이 아닙니다. 철커덕!

몸의 관절이 다 굳고 얼어붙자 폐쇄공포증에 사로잡힌 저는 작은 병실 안을 마구 돌아다니면서 문을 잡아당겼어요. 철커덕! 플라스틱 매트리스에 눕는 것도 일이어서 간신히 누웠죠. 엄청난 공허함을 느끼면서 저는 반대편 벽, 벗겨져가는 페인트 위에 상상력을 발휘해보기로 했어요. 즐겁게 해주는 그림자 이미지를 불러내서 그게 뭔지 맞춰보기로 했죠. 그런데 오늘은 그냥 얼굴만 떠올랐어요. 늙고 못생기고 일그러진 악마 같은 얼굴들이 오래된 병원 건물의 군데군데 벗겨진 벽에서 환영이 되어 나타났어요. 정말 무서웠지만 그냥 그렇게 놔두었죠. 벽이 저를 보고 웃고 있었어요. 그 벽이 싫어요. 빌어먹을 벽! 벽은 점점 더 가까이 다가오면서 깔깔 웃어댔어요. 이마에서 땀이 흘러내려 눈을 찔렀지만, 계속 눈을 뜨고 있으려고 안간힘을 썼어요. 저 벽이, 시끄럽게 웃어대는 저 벽이 다가와서 공격하고 짓누르지 않나 지켜봐야 했어요. 저는 가만히 있으면서 시끄럽게 웃어대는 저 빌어먹을 놈의 벽을 지켜봤어요. 정신질환 범죄자로 인정된 410명의 남자들이 하느님도 잊어버린 이 지옥의 끝없는 복도 위에 어두운 그림자를 드리우며 걸어가고 있어요. 주 정부는 뻔뻔스럽게도 이런 곳을 병원이라고 하다니 점점 화가 나기 시작했어요. 리마 주립병원. 철커덕!

깨진 창문으로 바람이 들어오며 덜거덕거리는 소리 말고는 22병동은 고요했어요. 주간 활동실에서 벽에 등을 딱 붙이고 앉아 있었을 때 누군가 두꺼운 나무 의자로 작은 창문을 깼어요. 앉아, 담배는 피워도 돼, 말은 하지 마, 두 발은 바닥에 붙여, 말 안 들으면 인생이 고달플걸, 누가 창문을 깼지? 간병인들은 카드 게임을 방해받아서 기분이 더러워요. 이제 우리는 골방에서 나오면 주간 활동실에만 있으라는 명령을 받아요.

환각에 빠진 듯 무감각한 상태가 이어지면 머리가 어질어질해서 아무 소리도 안 들려요. 몸은 감각을 잃었고 텅 빈 느낌이에요. 시끄럽게 웃어대던 벽은 이제 더 이상 웃지 않아요. 벽은 벽이고 벗겨진 자국은 벗겨진 자국이죠. 손은 차가웠지만 끈적끈적했고 심장이 쿵쿵 뛰는 소리가 텅 빈 몸속에서 메아리쳤어요. 기다리고 있던 불안이 밀려와 숨이 막히기 시작했어요. 이 골방에서 나갈 때를 기다리면서 저는 가만히 침대에 앉아 움직이지 않는 벽만 바라봤어요. 저는 공허한 지옥에서 공허한 골방에 앉아 있는 공허한 좀비예요. 바싹 마른 입술에서 침이 넘치는 걸 보니 향정신성 약물이 제 정신과 영혼, 육체를 점점 지배하고 있나 봐요. 맞서 싸워야 할까요? 아니면 네가 이겼다고 선언해버릴까요? 이 비극적 현실에서 탈출하기 위해 제3의 세계에 항복해버릴까요? 사회 부적응자들을 모아놓은 이런 쓰레기통에서 아등바등 살 만큼 삶은 소중한 걸까요? 시끄럽게 웃어대는 벽이 저를 짓누르러 다가오는 강철 콘크리트 골방 속에서 제가 무슨 일을 이뤄낼 수 있을까요? 인류에 이바지할 수 있을까요? 그냥 포기해버릴까요? 빨리 돌아가는 레코드처럼 의문들이 제 머릿속을 물밀듯 스쳐 지나가더니 점점 더 강렬해졌어요. 갑자기 무서운 쇼크가 몸속을 뚫고 흘러가는 바람에 저는 굽은 어깨를 뒤로 젖히고 더 꼿꼿이 앉았어요. 현실이 사악하게 뺨을 때리며 환각 상태에서 저를 깨웠고 굳어버렸던 관절에선 힘이 스르륵 빠졌어요. 뭔가 제 등뼈를 타고 기어 다니는 느낌이 들었어요. 상상일까요? 얼마 남아 있지 않은 감각을 모아보니, 상상이 아니라는 걸 알 수 있었어요. 실제로 뭔가가 등뼈 위를 기어가고 있었던 거죠. 저는 단추도 안 끄른 채 셔츠를 머리 위로 벗으려 했어요. 맹목적으로 공포에 사로잡히면 현실적인 문제는 생각 안 하게 되죠. 단추 세 개가 뚝 소리를 내며 떨어져 나갔어요. 벗은 셔츠는 왼쪽 등 아래로 흘러내려 바닥에 떨어졌어요. 셔츠를 바라보니 뭐가 침입했는지 알겠더라고요. 3센티미터 정도 길이의 바퀴벌레 한 마리가 제 허리께에서 탭댄스를 추고 있었어요. 징그러운 벌레가 피해를 준 건 아니었지만 충격적이었어요. 이 해충은 저 대신 제 정신을 차지하고 있었어요. 저는 현실의 이쪽으로 돌아왔지만 여전히 내면의 분란에 대해 생각하고 있었어요. 이 흉악한 벌레를 그냥 놔두었어요. 저는 자기 자신을 찾았다는 생각에 만족했고 정신적, 신체적 승리를 거두었다는 게 자랑스러웠어요. 저는 정신병자 쓰레기가 아니에요. 여전히 제 마음속에서는 싸움이 일어나고 있어요. 지지도 않았지만 이긴 것도 아니죠. 저는 창문을 깼어요. 이유는 알 수 없지만요.

1월 30일, 작가는 리마에 있는 다른 환자로부터 편지를 받았다.

작가 선생님께.
요점을 먼저 말씀드릴게요. 변호사가 다녀간 지 24시간 만에 빌은 5번에서 9번 중환자실로 옮겨졌습니다. 9번이 5번보다 더 감시가 엄중하죠.

이동 결정은 일간 팀 회의 때 팀원들에 의해 결정되었다고 합니다. 빌한테는 놀랍고 충격적인 일이었지만, 빌은 잘 받아들이고 있어요. (……)

이제 빌과 제가 대화를 나눌 수 있는 시간은 오락시간뿐입니다. 오락시간에 보니 빌리가 받고 있는 압력이 최고조에 달해 있었어요. 면회나 편지, 전화까지도 변호사를 파면할 때까지는 다 금지되었대요. 책도 쓰지 말라면서 간병인들은 빌을 괴롭혀요. (저도 빌이 책을 쓰는 일을 돕는다고 해서 욕을 먹었어요. 이 사람들은 책이 나오기를 바라지 않아요.)

빌은 여기서 지내는 동안 더 감시가 엄중한 곳에 있게 될 거라고 합니다. (……)

3월 12일, 작가는 리마 소인이 찍히고 세르보크로아티아어로 쓰여 있는 편지를 받았다. 글씨가 낯설었다.

Subata Mart Osmi 1980

Kako ste? Kazma nadamo. Zaluta Vreme. Ne lečenje Billy je spavanje. On je U redu ne brinite. I dem na pega. Učinicu sve šta mogu za gan možete ra čunati na mene "Nužda ne poznaje zakona."

Nemojete se

Ragen

(1980년 3월 8일 토요일

잘 지내십니까? 잘 지내시고 있기를 바랍니다. 나는 시간을 잃어버렸습니다. 잠이 든 빌리에게는 치료약도 없습니다. 그는 잘 있습니다. 걱정 마세요. 내가 지배하게 될 겁니다. 빌리를 위해서라면 뭐든지 할 겁니다. 날 믿으세요. "목구멍이 포도청"이라는 말이 있잖아요.

레이건)

에필로그

그 후 몇 달 동안, 나는 편지와 전화를 통해 빌리와 계속 연락을 주고받았다. 빌리는 항소가 받아들여지고 법원의 결정이 뒤집어지면 다시 애슨스로 돌아가 콜 박사에게 치료를 받게 될지도 모른다는 희망을 포기하지 않았다.

1980년 4월 14일, 두 번째 재심 청문회가 열렸다. 빌리의 변호사들은 로널드 허바드 원장과 루이스 린드너 진료부장이 빌리를 다중인격 진단에 따라 치료하지 않는다며 그들을 법원 명령 불이행으로 고소했지만, 킨워디 판사는 빌리의 편을 들어주지 않았다.

1979년 내내 오하이오 주 의회는 정신이상으로 무죄 판결을 받은 사람들에 대한 현행법을 개정하는 문제를 고려했다. 그런 사람들을 (법이 요청하는 대로) 제약이 적은 환경으로 보내기 전에, 군 판사가 먼저 범죄가 저질러진 관할구역에서 청문회를 요구할 수 있는 권리를 가질 수 있게 되었다. 재심을 요청할 수 있는 환자의 권리는 현행 90일에서 180일마다 신청할 수 있는 것으로 바뀌고, 청문회는 대중과 언론, TV에 공개될 것이었다. 많은 사람들은 이 법을 "콜럼버스 디스패치 법" 혹은 "빌리 밀리건 법"이라고 불렀다.

밀리건 사건에서 검사였던 버니 야비치는 후에 자신이 이 새 법안의 초안을 작성한 오하이오 주 검사협회 내 분과위원회에서 일했다고 내게 털어놓았다.

"이 모임은 밀리건의 상황에 대해 항의의 목소리가 높아져가자 결성된 것 같았습니다……."

이 새로운 법, 상원 법안 297은 1980년 5월 20일부터 실시되었다. 플라워스 판사는 새 법안이 빌리 때문에 통과되었다고 내게 말해주었다.

1980년 7월 1일, 리마 소인이 찍히고 봉투 뒷면에 "긴급"이라고 쓰인 편지를 받았다. 봉투를 뜯어보니 미끈한 아랍어 필체로 쓰인 세 장짜리 편지가 들어 있었다. 아랍어 번역가의 말에 의하면, 완벽하고 유창한 아랍어라고 했다. 그 내용 중 일부분을 여기에 옮겨본다.

가끔 내가 누구고 뭐 하는 사람인지 알지 못할 때가 있습니다. 또 내 주위에 있는 다른 사람들이 누구인지 모를 때도 있습니다. 목소리가 계속 마음속에서 울리지만 아무 뜻도 없습니다. 몇몇 얼굴이 어둠속에서 나오듯 앞에 나타나곤 합니다. 하지만 나는 정신이 완전히 나뉘어버려서 너무 두렵습니다.

나의 [내면의] 가족들은 사실 나와 계속 연락하고 있지는 않으며 오랫동안 보지도 못했습니다. (……) 지난주에 여기서 일어난 사건은 별로 좋지 않았습니다. 나는 그 일에 전혀 책임이 없습니다. 나를 둘러싼 이 모든 음모들이 싫지만 멈출 수도 없고 바꿀 수도 없습니다. (……)

편지에는 '빌리 밀리건'이라고 서명되어 있었다. 며칠 후 나는 누가 이 편지를 썼는지 설명해주는 두 번째 편지를 받았다.

영어가 아닌 언어로 편지를 써서 또 한 번 죄송하단 말씀 드립니다. 뭐 하나 제대로 하는 게 없으니 정말 당황스러워요. 아서는 선생님이 아랍어를 모른다는 걸 알고 있지만 그렇게 바보 같은 편지를 써서 보냈어요.

아서는 지금까지 남에게 좋은 인상을 주려고 애쓴 적이 없었어요. 그러면 반드시 뒤죽박죽이 되었고 그냥 잊어버렸죠. 새뮤얼은 아서에게 아랍어를 배웠지만 편지를 쓰지는 않아요. 아서는 자랑하는 건 나쁜 짓이라고 했어요. 아서가 나한테도 말을 걸어줬으면 좋겠어요. 나쁜 일이 일어나고 있는데 그 이유를 모르겠어요.

아서는 스와힐리어도 해요. 아서는 레바논 교도소에서 기초 아랍어 책을 많이 읽었어요. 피라미드와 이집트 문화를 탐사하고 싶어 해요. 그들의 언어를 배워서 벽에 쓰인 글자가 무슨 내용인지 알고 싶다나요. 어느 날 아서한테 삼각형 돌 더미가 뭐 그리 흥미롭냐고 물어본 적이 있어요. 그는 무덤 자체에 관심이 있는 게 아니라 어떻게 지어졌는지에 대한 열쇠를 주기 때문에 관심이 있는 거라고 했어요. 그 무덤이 어떻게 물리학의 법칙을 거스르고 있는지 우리에게 설명해주고는 그 비밀을 찾고 있다고 말했어요. 심지어 마분지로 피라미드 모형도 만들었죠. 하지만 데이비드가 망가뜨려버렸어요.

빌리-U.

빌리의 말에 의하면, 병원에 있는 동안 간병인들이 환자들을 학대하고 구타하는 일들이 많았다고 한다. 하지만 레이건을 제외한 인격들 중에서 오직 케빈만이 간병인들에게 맞섰다. 아서는 그를 불량자들의 명단에서 빼주었다.

케빈은 1980년 3월 28일에 내게 편지를 보냈다.

아주 나쁜 일이 벌어졌지만 난 그게 뭔지 모르겠어요. 완전히 분열이 일어나서 빌리가 영원히 잠에 드는 것도 시간문제예요. 빌리는 의식이 있는 삶을 아주 조금 맛보았을 뿐이지만 재수 없게 그 맛조차 씁쓸했다고 아서가 그러더라구요. 이곳에서 빌리는 날이 갈수록 약해지고 있어요. 빌리는 병원 직원들이 보이는 증오와 질투에 대해 이해를 못 해요. 직원들은 환자들을 부추겨서 빌리에게 상처를 입히고 레이건에게 싸움을 걸었지만, 빌리가 말릴 수 있었어요. (……) 하지만 지금은 못 해요. 의사들은 우리한테 나쁜 말만 퍼부어대는데, 가장 상처가 되는 건 그 말들이 다 사실이라는 거죠.

우리, 나는 미치광이고 사회 부적응자고 생물학적 실수예요. 우리 모두 이곳을 싫어하지만 바로 여기가 우리가 속한 곳이죠. 사회는 우리를 잘 받아들여주지 않았어요. 그렇지 않나요?

레이건은 모든 일들을 영원히 멈춰버렸어요. 그렇게 했어야만 했죠. 말을 안 하면 외부 사람이나 우리 자신들에게나 해를 입히지 않게 될 거래요. 아무도 우리를 탓하지 않게 되겠죠. 레이건은 이제 듣지도 않아요. 관심을 내면으로만 집중해서 마음을 완전히 막아버리게 될 거예요.

현실 세계를 막아버리면 우리는 우리 안의 세상에서 평화롭게 살겠죠.

우리는 아프지 않은 세상이란 아무것도 느낄 수 없는 세상이라는 걸 알아요. (……) 하지만 아무것도 느낄 수 없는 세상은 아픔이 없는 세상이겠죠.

케빈.

1980년 10월, 오하이오 주 보건부는 리마 주립병원을 정신질환 범죄자를 위한 정신병원에서 교정당국 산하 교도소로 바꾸겠다고 발표했다. 다시 한 번 밀리건을 어디로 이송할 것인가 하는 문제가 신문 지면을 달구었다. 빌리가 애슨스나 보안이 덜 철저한 병원으로 보내질 가능성이 있었기 때문에, 짐 오그레이디 검사는 개정된 법안에 의거하여 빌리를 다시 콜럼버스로 보내 정신감정 청문회를 받게 해야 한다고 요구했다. 플라워스 판사는 청문회를 승낙했다.

원래 1980년 10월 31일에 열릴 예정이었던 청문회는 상호합의에 의해 선거 다음 날인 11월 7일로 연기되었다. 정치가들이나 언론이 밀리건 청문회를 정치 문제로 삼는 것을 피하기 위해서는 연기하는 편이 바람직했다. 하지만 주 보건부의 관리들은 연기 기간을 이용해 나름대로 조치를 취했다. 보건부에서는 밀리건을 4월에 새로이 문을 연 데이튼 법의학센터로 보내기로 했다고 오그레이디 검사에게 알렸다. 이 센터는 전기 철조망을 다시 가시철조망으로 감은 이중 울타리까지 쳐져 있는 등 일반 감옥보다 훨씬 더 엄격한 보안 시스템을 갖추고 있었다. 검사는 청문회 요청을 취소했다.

1980년 11월 19일, 빌리 밀리건은 데이튼 법의학센터로 옮겨졌다. 빌리-U의 절망을 감지한 아서와 레이건은 그가 자살할지도 모른다고 생각해서 그를 재워버렸다.

빌리는 면회실에 있지 않으면 독서나 글쓰기, 스케치를 하며 시간을 보냈다. 그림은 허용되지 않았다. 애슨스 시절에 만났던 젊은 외래환자, 메리가 자주 면회하러 왔다. 메리는 빌리를 매일 만나러 오기 위해 데이튼으로 이사했다. 빌리는 온순하게 행동하면서 180일이 지나면 청문회를 받을 수 있게 되기를 고대했다. 그는 플라워스 판사가 더 이상 보안이 엄중한 기관에 수감될 필요가 없으니 애슨스로 돌아가라고 결정하기만을 바라고 있었다. 빌리는 콜 박사가 자기를 치료해서 융합시키고 선생을 도로 데려올 것이라고 생각했다. 빌리-U가 자는 동안, 상황은 코넬리아 윌버 박사가 그를 깨우기 전과 똑같았다.

나는 빌리가 점점 악화되어가고 있음을 알 수 있었다. 내가 몇 차례 면회하러 갔을 때, 그는 자신이 누군지도 말할 수 없었다. 부분적으로 융합이 일어나 그는 이름 없는 사람이 되었다. 레이건은 영어를 할 수 없게 되었다고 말했다. 각 인격들은 서로 의사소통하지 않았다. 나는 누가 자리에 나오든 메시지를 쓸 수 있도록 매일 일기를 쓰라고 제안했다. 한동안은 효과가 있었지만, 흥미가 사그라지자 일기를 쓰는 횟수가 점점 줄어들었다.

1981년 4월 3일, 빌리는 180일 만에 청문회를 받을 수 있게 되었다. 증언대에 섰던 네 명의 정신과 의사와 두 명의 정신건강 전문가 중에서 리마 주립병원의 루이스 린드너 박사만이 유일하게 빌리를 보안이 철저한 시설에 수감해야 한다고 주장했다. 린드너 박사가 빌리를 보지 못한 지는 다섯 달이 넘었다.

검사는 편지 한 통을 증거로 제출했다. 리마 주립병원에 있는 어떤 환자가 린드너 박사를 죽여야겠다고 하자 빌리가 답변한 것이었다.

"네 전략은 완전히 잘못되었어. 잘못 말했다고 사람을 죽이면, 널 맡아줄 의사가 얼마 없을 거라는 건 생각해봤니? (……) 하지만, 린드너가 너를 더 이상 손쓸 수 없을 만큼 망가뜨리고 있고 철창 속에서 네 인생이 끝장났다고 느낀다면, 잘 해봐라."

빌리가 증언석으로 소환되어 선서를 할 때 이름을 물어보자 그는 "타미"라고 대답했다. 타미는 동료 환자가 린드너 박사를 죽이지 못하게 하려고 앨런이 그 편지를 썼다고 대답했다.

"사람들이 저한테 불리한 증언을 했다고 해서 그 사람들을 총으로 쏴버린다면 잘못이죠. 린드너 박사는 저한테 불리한 증언을 했지만, 전 그런 이유로 박사님을 쏘지는 않을 겁니다."

플라워스 판사는 판결을 미루었다. 신문들은 애슨스로 옮기는 것에 반대하는 1면 기사와 특집 기사, 사설을 실었다.

자신의 운명을 기다리는 동안, 앨런은 데이튼에서 이 책의 표지를 위해 그림을 그리는 일에 몰두했다. 앨런은 편집자에게 스케치 몇 장을 보내 고르게 하려 했지만, 꼬맹이 중 하나가 그가 자는 동안에 오렌지색 크레용으로 스케치 위에 낙서를 해버렸다. 약속된 마감 날 아침, 앨런은 분통을 터뜨리며 일을 한 끝에 마음에 드는 유화를 시간에 맞게 끝마칠 수 있었다.

1981년 4월 21일, 오하이오 주 제4지방항소법원은 빌리를 리마 주립병원으로 보낸 법원 판단에 대해 판결을 내렸다. 판결문의 요지는 밀리건을 제약이 덜한 환경에서 오하이오 주 내에서 가장 보안이 엄중한 정신건강 시설인 리마 주립병원에 보내면서 "환자 본인이나 가족에게 사전 고지를 하지 않았고, 환자가 청문회에 참석하지 않은 상태에서 변호사와 의논하거나 증인을 소환할 기회를 주지 않았으며, 완전한 절차를 갖춘 청문회를 받을 권리를 주지 않았기 때문에 심각한 법률 위반이라고 할 수 있다. 따라서 불법적 이송 명령이 이행되기 전에 있던 곳으로 환자를 돌려보내야 한다."는 것이었다.

법률적 오류를 인정하긴 했지만, 항소법원은 이러한 오류가 오판은 아니었다고 밝혔다. 빌리 밀리건이 앨런 군에서 받은 청문회에서는 그의 정신질환으로 인해 항소인 본인과 선서한 증인들에게 위험이 된다는 적절하고도 충분한 증거가 있다고 인정되었기 때문이다.

따라서 항소법원은 존스 판사의 명령에 동의하지 않았지만, 빌리를 애슨스로 돌려보낼 수는 없었다. 골즈베리와 톰슨은 오하이오 주 대법원에 다시 상고했다.

1981년 5월 20일, 180일 청문회가 열린 지 6주 반이 지났을 때, 플라워스 판사가 판결을 내렸다. 법원 기록에는 두 가지 설명이 나와 있다. 첫째,

"본 법원은 이 결정을 내리는 데 있어 주정부 측이 제시한 증거물 1번[편지]와 루이스 린드너 박사가 한 증언의 해석에 큰 비중을 두었다. 본 법원은 이 증거물이 현재 윌리엄 S. 밀리건이 사회 도덕률이 결여되어 있고, 범죄적 하급문화에 익숙하며, 인간 생명에 대한 경시를 보여준다는 증거로서 설득력이 있다고 인정한다." 둘째, 판사는 콜 박사의 진술서를 검토한 끝에 콜 박사가 "법원이 명령한 한계를 받아들이려 하지 않기 때문"에 애슨스 정신건강센터는 "적합하지 않다"고 판단했다.

플라워스 판사는 밀리건이 위험하지 않다고 증언한 다른 심리학자들과 정신과 의사들에 대해서는 아무런 언급 없이 데이튼 법의학센터에서 치료를 계속하라고 명령했다. 그렇지만 피고의 치료 목적과 공공의 안전이 조화를 이룰 수 있는 한도 내에서 제약을 줄이는 대안을 제시했다. 나아가 플라워스 판사는 데이튼에 있는 심리학자에게 지불하는 치료비용을 밀리건 본인이 부담하라고 명령했다.(이 여자 심리학자가 다중인격 치료 경험을 갖고 있지 않다는 사실은 일찍이 판사에게 보고된 바 있었다.) 빌리 밀리건이 체포되어 플라워스 판사 앞에서 재판을 받은 지 3년 반, 플라워스 판사가 빌리를 정신질환에 의한 무죄로 판결한 지 2년 5개월이 지나서야 내려진 판결이었다.

앨런 골즈베리는 즉시 항소를 신청했다. 그는 상원 법안 297조(밀리건 법)가 법의 보호에 의한 동등한 권리와 적법한 절차를 부인함으로써 헌법에 위배된다며 오하이오 주 프랭클린 군의 제10지방항소법원에 심판을 청구했다. 또한 빌리 밀리건의 사건을 소급해서 적용하는 것은 소급 적용을 금지하는 오하이오 주법에 위배된다고 주장했다.

빌리는 항소 결과가 불리하게 난 것이나 플라워스 판사의 판결을 그리 쓰라리게 받아들이지는 않는 듯했다. 그는 이제 너무 지친 것처럼 보였다. 나는 전화로 자주 빌리와 이야기를 나누었고 가끔 데이튼으로 면회하러 갔다. 타미와 앨런, 케빈이 가끔씩 나왔다. 다른 때에는 이름이 없는 사람이 나왔다.

언젠가 면회하러 갔을 때, 당신은 누구냐고 묻자 그는 이렇게 대답했다.
"난 내가 누군지 몰라요. 텅 빈 느낌이에요."

나는 그 느낌에 대해 얘기해달라고 했다.

"잠을 자지 않고 자리에 나와 있지 않을 때는, 유리판 위에 얼굴을 대고 영원히 누워 있는 느낌이에요. 유리판 아래로 내려다볼 수 있죠. 저 멀리 지평선 너머에는 외계의 별들이 보여요. 거기엔 원이 있어요. 한 줄기 빛이 비치는 원 말예요. 그 빛은 내 눈에서 나오는 것 같아요. 항상 내 앞에 있으니까요. 그 주위에는 내 사람들이 관에 누워 있어요. 뚜껑은 아직 닫혀 있지 않아요. 그 사람들은 아직 죽지 않았으니까요. 그들은 무언가를 기다리며 잠들어 있어요. 아직 모든 사람들이 다 들어간 건 아니라서 비어 있는 관도 있어요. 데이비드와 다른 아이들은 다시 한 번 삶을 얻을 수 있길 원해요. 나이 든 사람들은 희망을 포기했어요."

"이곳은 뭐죠?" 나는 그에게 물었다.

"데이비드가 이름을 붙였어요. 그 애가 만들었으니까. 그 애는 여기를 '죽음을 기다리는 곳'이라고 불러요."

| 저자 후기 |

 이 책이 처음으로 출판된 후, 나는 전 세계의 독자들로부터 플라워스 판사가 빌리 밀리건을 애슨스로 이송해달라는 요청을 거절한 뒤 밀리건이 어떻게 되었는지 묻는 편지를 받았다.
 짧게 요약하자면 다음과 같다.
 내게 보낸 편지에서, 앨런은 정신질환 범죄자를 대상으로 하는 리마 주립병원을 "공포의 방"이라고 묘사했다. 또 데이튼 법의학센터에 대해서는 "엄청 깨끗한 세균 배양소 같은 감옥"이라고 표현했다. 데이튼 법의학센터의 앨런 보겔 원장은 밀리건에게 동정적이었고 그의 욕구를 이해했지만 보안요원들이 점점 훼방을 놓았다. 보겔 원장은 밀리건에게 유화를 그릴 수 있게 해주었다. 그래서 타미와 앨런이 미술용품 반입을 요청했지만, 그림에 사용되는 아마인유가 위험할 수 있다는 이유로 보안부에서 반대하는 바람에 보겔의 명령은 취소되었다. 미술용품도 다 압수되었다.
 점점 우울해진 앨런은 자주 면회 오는 친구 메리에게 대학원으로 돌아가서 자기 자신의 인생을 살라고 했다. "이 감옥에 나와 같이 있게 할 수는 없었어요." 앨런은 말했다.
 메리가 데이튼을 떠난 지 몇 주 후, 또 다른 젊은 여자가 밀리건의 인생에 들어왔다. 데이튼에 사는 탄다는 데이튼 법의학센터에 있는 오빠를 보러 왔다가 면회실에서 밀리건을 만났다. 그녀 오빠가 두 사람을 소개시켜 주었다. 곧 탄다는 밀리건에게 메리가 해주던 일들을 대신 해주기 시작했다. 타이핑, 사식 반입, 옷을 사다 주는 일 등이었다.

1981년 7월 22일, 탄다가 내게 전화를 걸어 밀리건에 대한 걱정을 털어놓았다. 옷도 갈아입지 않고, 면도도 식사도 하지 않는다는 것이었다. 모든 외부 연락도 끊어버렸다고 했다. 탄다가 느끼기에는 밀리건이 삶의 모든 흥미를 잃어버린 것 같다고 했다.

내가 병원으로 면회하러 갔을 때, 타미는 아서가 치료와 회복에 대한 희망을 포기하고 자살하기로 했다고 알려주었다. 나는 자살 말고 다른 대안이 있을 거라고 강하게 말했다. 데이튼에서 다른 곳으로 옮기면 되지 않느냐고 그를 설득했다. 나는 마지막 법정 청문회 때 밀리건 편에서 증언해준 정신과 의사, 주디스 박스 박사가 최근 콜럼버스에 신설된 센트럴 오하이오 법의학센터(CORFU)의 책임자로 임명되었다는 것을 알고 있었다.

처음에 타미는 보안이 엄중하다면 다른 병원으로 간들 별다르지 않다고 생각한 듯 전혀 관심을 보이지 않았다. CORFU는 밀리건이 열다섯 살 때 세 달 동안 입원했던 센트럴 오하이오 정신병원(COPH)의 부속기관이었다. 애슨스와 콜 박사에게로 돌아갈 수 없다면 차라리 죽는 편이 낫다고 타미는 말했다. 나는 주디스 박스 박사가 여러 다중인격 환자들을 치료한 적이 있고 콜 박사를 잘 알고 있으며 밀리건의 병에도 관심이 있기 때문에 밀리건을 도울 수 있을 거라고 말했다. 타미는 결국 이송에 동의했다.

정신보건부장, 검사, 판사는 보안 강도가 같다면 다른 병원으로 이동해도 된다는 데 뜻을 모으고 청문회를 면제해주었다. 하지만 바퀴는 천천히 굴러갔다.

밀리건이 이송되기 전 어느 날, 나는 다른 환자로부터 전화를 받았다. 그는 다른 사람에게 상처를 입히면 콜럼버스로의 이송이 무산될까 봐 두려워한 밀리건이 자진해서 격리독방에 들어갔다고 알려주었다. 경비원 네 명이 격리실에 그를 가두고는 팔과 다리를 묶은 후 달려들어서 때렸다고 했다.

그 후 8월 27일에 앨런을 만났을 때, 그의 왼팔은 퍼렇게 멍들어 퉁퉁 부어 있었고 왼손은 마비된 상태였다. 왼쪽 다리에도 붕대를 감고 있었다. 1981년 9월 22일, 그는 휠체어를 타고 CORFU로 이송되었다.

이송 직후, 오하이오 주 정신보건부는 빌리 밀리건에게 애슨스와 리마, 데이튼에서 비자발적 입원과 치료를 받은 대가로 1만 5,000달러를 청구하는 소송을 냈다. 밀리건의 변호사들은 이에 맞서 리마 주립병원 벽에 밀리건이 그린 벽화 대금을 청구하고 신체적 학대와 부정 치료에 대한 배상을 요구했다. 맞고소는 기각되었고, 주 정부가 건 소송은 계속 진행되었다.

밀리건과 가까워지고 싶은 탄다는 콜럼버스에서 일자리를 얻고 그의 여동생 캐시와 함께 살기로 했다. 탄다는 밀리건을 사랑하며 그를 자주 찾아가고 싶다고 말했다.

주디스 박스 박사는 애슨스 정신건강센터에서 인격들을 융합할 때 성공적으로 썼던 집중 치료 방식을 시작했다. 박사는 데이비드, 레이건, 아서, 앨런, 케빈과 함께 치료를 진행했으며 마침내 선생을 만날 수 있었다. 내가 방문할 때마다 앨런이나 타미가 나를 맞으며 막 선생을 놓쳤다고 말했다. 나는 다음에 선생이 나오면 전화해달라고 부탁했다.

일주일쯤 후, 나는 선생으로부터 전화를 받았다.

"안녕하세요. 저랑 얘기하고 싶어 한다는 말을 들었어요."

우리가 리마에서 함께 책의 원고를 살펴봤을 때 이후로 선생과 이야기를 나누기는 이때가 처음이었다. 우리는 오랫동안 이야기를 나누었고 다른 사람들이 알지 못했던 여백을 채워줄 수 있었다.

어느 날, 선생이 전화를 걸어서 말했다.

"누군가에겐 얘기를 해야겠어서요. 전 탄다랑 사랑에 빠졌어요. 탄다도 그래요. 우린 결혼하고 싶어요."

두 사람은 12월 15일에 결혼하기로 계획을 짰다. 박스 박사가 고향인 오스트레일리아로 한 달간 휴가를 떠나기 전에 참석할 수 있게 하기 위해서였다.

치료 계획의 일환으로, 박스 박사는 밀리건을 새 병동으로 옮겼다. 박사가 잠정적으로 다중인격으로 진단한 환자 세 명도 그 병동으로 옮겨졌다. 다중인격 환자는 특별 치료와 관심을 필요로 하기 때문에 같이 모아두는 게 가장 좋다고 박사는 생각했다. 그녀는 선거 2주일 전 콜럼버스의 정치가들이 공격을 해오리라고는 미처 예상을 못 했다.

1981년 10월 17일자 《콜럼버스 디스패치》는 콜럼버스 선거구 소속 돈 길모어 하원의원이 빌리 밀리건이 콜럼버스 병원에서 특별 치료를 받고 있다고 고발했다고 보도했다. 길모어 의원은 "밀리건에게 병동에서 같이 지낼 환자들을 고를 수 있는 권리도 주었다"고 주장하기까지 했다. 병원 관리자들은 밀리건이 특별대우를 받고 있다는 주장을 부인했지만, 길모어는 비난의 고삐를 늦추지 않았다.

11월 19일자 《콜럼버스 시티즌 저널》은 이렇게 보도했다.

윌리엄 밀리건이 센트럴 오하이오 정신병원에서 다른 특권을 받지 않는다는 사실이 확인되었음에도 불구하고, 하원의원은 그 가능성을 다시 한 번 조사해달라고 요청했다. (……)
길모어 의원이 우려하는 점은 몇 주 전에 일어난 사건에 바탕을 두고 있다. 목격자의 말에 의하면, 밀리건은 새벽 2시 30분에 볼로냐 샌드위치를 주문하면서 병동 내의 다른 환자들에게도 샌드위치를 달라고 했다고 한다.

탄다는 몇 주 동안 전도사나 목사, 신부, 판사들을 찾아다니면서 결혼식 주례를 서달라고 부탁했다. 시내 노숙자들을 위한 쉼터를 운영하고 있는 젊은 감리교 목사가 두 사람을 결혼시켜주기로 했다. 게리 위트 목사는 언론에 이름이 오르내리면 노숙자 쉼터 사업에 해가 될까 봐 익명으로 남길 바랐다. 하지만 《콜럼버스 디스패치》의 기자 한 명이 그의 신분을 밝혔다. 젊은 목사는 신문기자에게 이렇게 말했다.

"제 철학은 항상 삶의 그늘에서 어렵게 사는 사람들을 돕자는 것입니다. 제가 밀리건의 결혼식 주례를 서는 것은 아무도 맡으려 하지 않기 때문입니다……."

결혼식은 1981년 12월 22일 게리 위트 목사와 결혼증서를 가지고 온 민사법원의 사무관 한 명, 나만이 참석한 가운데 거행되었다. 박스 박사는 이미 오스트레일리아로 떠난 뒤였다. 탄다의 손가락에 반지를 끼워주고 입을 맞춘 사람은 선생이었다. 오하이오 주에서는 부부 면회를 허용하지 않기 때문에 밀리건이 보안이 완화된 시설이나 민간 정신병원으로 이동할 때까지 두 사람만 있을 가능성은 없었다.

결혼식을 마친 후, 탄다는 기자회견을 하기 위해 대기 중이던 10여 명의 기자들과 사진기자들, TV 카메라맨들 앞에 섰다. 탄다는 자신이 밀리건의 인격 대부분을 만났으며 그들이 자기를 받아들여주었다고 말했다. 그리고 언젠가는 그들이 정상적인 삶을 살게 될 날이 올 거라고 했다.

결혼 후 선생과 탄다는 불길한 변화를 감지하기 시작했다. 선생은 모든 약을 압수당했다. 경비원들은 면회인이 오고 갈 때마다 주기적으로 그의 방을 급습해서 수색했다. 심지어 탄다까지도 면회하고 돌아갈 때 몸수색을 당해야 했다. 두 사람은 이런 수색에 모욕감을 느꼈고, 병원 측에서 고의로 괴롭히는 거라고 생각했다.

오스트레일리아에서 돌아온 박스 박사는 주 정부가 계약을 갱신하지 않겠다고 한 사실을 알게 되었다. "잘렸어요." 박사는 내게 이렇게 말했다.

《콜럼버스 디스패치》는 1982년 1월 17일 다음과 같은 기사를 내보냈다.

밀리건 주치의, 주 정부 병원에서 사직

기소된 다중인격 성폭행범 윌리엄 S. 밀리건의 주치의인 주디스 M. 박스 박사가 센트럴 오하이오 법의학센터에서 다른 간부들과 논쟁을 벌인 끝에 사임했다.

콜럼버스 선거구의 돈 E. 길모어 하원의원은 이 사임 결정을 반기며 (……)

선생은 분열되었다.

밀리건의 치료를 새롭게 맡은 존 데이비스 박사는 해군 출신의 젊은 정신과 의사였다. 처음 밀리건을 맡았을 때 그는 반신반의했으나, 밀리건의 배경을 조사하면서 점점 이끌려갔다. 그는 대부분의 인격에게서 신뢰를 받았고 그들과 함께 치료를 진행할 수 있었다.

2월 12일, 캐시는 올케의 옷과 소지품이 사라지고 빌리의 차도 없어졌음을 알았다. 탄다는 '빌리' 앞으로 남긴 쪽지에서, 두 사람의 공동계좌에서 돈을 모두 가져가지만 언젠가는 꼭 갚겠다고 했다. 그리고 이렇게 야반도주하는 게 옳지 않다는 걸 알면서도, 여러 방면에서 가해지는 압박을 더 이상 견디기 힘들었다고 했다.

"난 사랑에 빠졌어요. 그래서 참 속이기도 쉬웠겠죠." 앨런은 내게 말했다. "내가 산산조각 난 느낌이 들었어요. 잠시 동안 오싹해졌고, 그 다음엔 탄다를 극복하고 잊어버려야 한다고 스스로 다짐했어요. 챌 아빠를 기준으로 모든 남자를 판단할 수 없듯이, 탄다를 기준으로 모든 여자를 판단할 수도 없겠죠."

데이비스 박사는 환자가 이 문제를 처리하는 방식에 깊은 인상을 받았다. 모든 인격들이 사기와 배신을 당한 느낌을 받았지만 곧 담담히 받아들였다.

1982년 3월 26일, 수감 청문회가 다시 플라워스 판사의 법정에서 열렸다. 밀리건이 타인이나 본인에게 위해를 끼칠 위험이 있는지, 이제 애슨스 정신건강센터처럼 보안이 완화된 시설로 이동해도 좋은지를 결정하기 위해서였다.

정신과 의사들과 심리학자들의 의견은 서로 엇갈렸다. 검사 사무실의 입장은 프랭클린 군의 부검사 토머스 D. 빌이 《콜럼버스 시티즌 저널》 기자와 한 인터뷰에 명확하게 드러나 있다. 이 인터뷰는 1월 14일에 보도되었다.

"(……) [밀리건이 폭력적이라는 증거가 있을 거라고 생각하며, 밀리건을 여전히 보안이 엄중한 시설에 수감시킬 수 있는 근거도 있을 거라고 봅니다."

청문회에서 센트럴 오하이오 정신병원의 진료부장인 마이조 재크만 박사는 다른 정신과 의사 두 명과 함께 청문회에 대비해 두 시간 동안 밀리건을 검진했으나 다른 인격은 보지 못했다고 증언했다. 박사는 밀리건이 전혀 정신질환을 앓고 있지 않으며 다만 반사회적인 성격을 갖고 있을 뿐이라고 말했다. 깜짝 놀랄 만한 박사의 증언은 밀리건에게 불리한 방향으로 청문회를 이끌어갔다. 밀리건이 정신질환을 앓고 있지 않다는 주 정신보건부의 주장을 플라워스 판사가 받아들이면, 그는 병원에서 퇴원한 후 곧장 오하이오 성인 가석방 당국으로 넘겨져 가석방 위반으로 교도소에 가야 했다.

데이비스 박사는 이렇게 증언했다. "밀리건은 기준선에 걸쳐져 있습니다. 저 환자는 분열되어 있고, 저는 지금 저기 앉아 있는 피고인의 인격을 말할 수 있습니다. 저 사람은 빌리가 아닙니다."

데이비스 박사는 플라워스 판사에게 콜럼버스가 밀리건에게 적합하지 않은 이유를 명확하게 설명했다.

"보안이 엄중한 시설은 다중인격 환자의 치료를 방해합니다."

데이비스 박사는 밀리건이 콜럼버스 시설에 머물러 있으면 치료를 해봤자 생산적인 결과를 얻을 수 없을 것이라고 말했다.

임상심리학자인 해리 에이젤은 몇몇 공격적인 인격들의 위험성 여부를 확인하기 위해 '손' 실험을 해보았다고 증언했다. '손' 실험이란 여러 다른 위치에 놓여 있는 손의 그림을 쭉 보여준 후 환자로 하여금 판단을 내리게 해서 폭력적인 행위에 대한 개인의 잠재적 성향을 알아보는 투영기술이었다. 에이젤은 실험을 받은 인격들 중에서 심각한 정도로 위험한 인격은 없었다고 말했다.(후에 이 인격들이 필립과 케빈, 레이건이라는 것을 알게 되었다.)

검찰 측 증인으로 나온 사회복지사는 밀리건이 자신과 자신의 가족을 위협했다고 증언했다. 그러나 그는 반대심문에서 다른 정신질환 환자들도 종종 그렇게 위협하지만 그들 중 실제로 해를 끼친 사람은 없다는 사실을 인정했다.

콜 박사는 자신이 밀리건을 맡아 치료하겠으며, 법원이 명령한 제약을 다 받아들이겠다고 말했다.

1982년 4월 8일, 플라워스 판사는 주 정신보건부에 빌리 밀리건을 다시 애슨스 정신건강센터로 보내라고 명령했다. 또한 환자가 다시 그림을 그리고 목각을 할 수 있도록 허가해주라는 명령도 내렸다. 다만 병동을 떠날 때는 감시를 강화할 것을 요청했다. 밀리건이 병원 부지를 떠날 경우, 반드시 법원에 알려야 한다고 했다.

플라워스 판사는 이렇게 판결을 내렸다.

"사람들은 밀리건이 또 한 번의 기회를 얻을 자격이 있다고 말하고 있습니다. 그러니 다시 한 번 기회를 줘봅시다."

1982년 4월 15일 오전 11시, 2년 반 동안 오하이오 내에서 보안이 엄중한 시설을 세 곳이나 전전한 끝에, 마침내 밀리건은 애슨스로 돌아가게 되었다.

나는 그를 주기적으로 방문해서 타미, 앨런과 함께 이야기를 나누었다. 두 사람의 이야기에 따르면, 오랫동안 "사람들" 사이에는 공동의식이 없었다. 앨런은 머릿속에서 영국과 유고슬라비아 억양으로 말하는 목소리들을 들었지만 앨런이나 타미나 그 두 사람에게 가 닿을 수 없었다. 이제 내 면에서는 의사소통이 이뤄지지 않았다. 시간을 잃어버리는 일이 많았다. 이 글을 쓰는 동안에는 선생도 돌아오지 않았다.

타미는 풍경화를 그렸다. 대니는 정물화를 그렸다. 앨런은 초상화를 그리고, 리마와 데이튼, 콜럼버스의 병원에 있었을 때의 놀라운 경험들과 거기서 사람들이 어떻게 대처하고 살아남았는지에 대해 짤막한 글을 썼다.

데이비드 콜 박사는 지난 2년 반 동안 입었던 피해를 복구시키고 분열된 인격을 다시 조합하는 어려운 작업을 시작했다. 이 일이 얼마나 오래 걸릴지는 아무도 몰랐다.

빌리 밀리건이 애슨스로 돌아가자 콜럼버스에 다시 논란이 일었다. 이 때문에 빌리는 심란하기도 했지만, 오하이오 주립대학 신문을 읽고는 기뻐했다.

《포스트》는 4월 12일 이송을 맞아 다음과 같은 사설을 실었다.

일생 동안 한 번도 공정한 대접을 받아보지 못한 밀리건은 마침내 애슨스로 와서 이곳 전문가에게 치료를 받게 되었다. 우리 지역사회는 밀리건에게 필요한 따뜻한 분위기를 만들어줄 수 있도록 도와줘야 한다. (……) 주민들에게 팔을 활짝 벌려 밀리건을 환영해달라고 부탁하는 것은 아니다. 하지만 그를 이해달라고 부탁하고 싶다. 그에게 적어도 그 정도는 해줄 수 있지 않을까.

오하이오 주, 애슨스
1982년 5월 7일

| 저자 해설 |

이 책을 쓰기 전 배경 조사를 위해 여러 문서를 살펴보던 중, 빌리 밀리건의 뇌전도 사진에 대해 엇갈리는 결과를 보여주는 보고서 두 건을 발견했다. 사진들은 모두 1978년 5월 빌리 밀리건이 하딩 병원에서 법원 명령을 받아 검진 받을 때 2주 간격을 두고 따로따로 찍은 것이었다. 현재의 연구 결과를 보면 밀리건의 뇌전도 사진을 새로운 시각으로 분석할 수 있게 된다.

국립 정신보건원 소속의 정신과 의사 프랭크 W. 푸트넘 주니어 박사는 다중인격 환자의 대체인격들이 서로간은 물론이고 핵심인격과도 측정 가능할 정도로 다른 생리학적인 특성을 보인다는 사실을 발견했다. 심지어 전류에 의한 피부 반응이나 뇌파 활동 패턴까지도 다르다고 한다.

최근 나는 푸트넘 박사와 전화 인터뷰를 하며, 박사가 1982년 5월 토론토에서 열린 미국정신과학회 세미나에서 발표한 뇌전도 뇌파 연구에 대해 토의했다. 박사는 이전에 다중인격으로 진단받은 열 명의 환자를 대상으로 연속적으로 실험을 했다고 말했다. 대부분 핵심인격 외에 두세 개의 대체인격을 가지고 있는 환자들이었다. 대조군으로는 환자들과 성별, 연령이 일치하는 일반인들을 썼다. 일반인 실험자들은 스스로의 선택에 따라

대체인격과 그들의 전력, 특성을 자세하게 만들어내고 인격을 바꾸는 연습을 하라고 지시받았다.

실험은 각각 핵심인격과 대체인격에 대해 임의적인 순서로 반복되면서 5회에 걸쳐 진행되었다. 그렇게 해서 한 사람이 15회에서 20회까지 실험을 하게 되었다. 대조군 실험자들과 가짜로 꾸민 인격들은 뇌파 패턴에서 별다른 변화를 일으키지 않았다. 그러나 다중인격으로 진단받은 실험자들은 인격이 바뀔 때마다 현저하게 다른 뇌파 패턴을 보였다.

《사이언스 뉴스》(1982년 5월 29일자)에 따르면, 푸트넘 박사의 실험은 코네티컷 주 하트포드의 생명연구소에서 행해진 실험과도 결과가 일치한다고 한다. 이 실험에서 심리학자인 콜린 핏블라도는 네 개의 인격을 가진 다중인격 환자도 유사한 실험 결과를 보였다고 보고했다.

이런 새 실험 결과를 알게 된 후, 나는 자료 파일을 꺼내서 푸트넘 박사의 결과가 발표되기 4년 전에 찍었던 밀리건의 뇌전도 사진을 보았다.

1978년 5월 9일, P. R. 하이먼 박사는 그날 나타난 흔적에 대해 "비정상적 뇌전도"라고 보고서에 썼다. 하이먼 박사는 세타파와 델타파(간혹 어린 아이들에게서 발견되지만 깨어 있는 성인의 뇌에서는 발견되지 않는 느린 뇌파)의 활동이 우뇌 뒤쪽에서 발견되었기 때문에 이런 비정상적인 결과가 나타난 것은 아마도 기술적인 문제일 것이라고 했다. 그러나 그는 "기술자들이 전극봉을 이리저리 바꿔봤지만 어떻게 했을 때 이런 결과가 나타났는지는 알아내지 못했다"고 밝혔다. 따라서 뇌전도 검사를 한 번 더 해보라고 권했다.

1978년 5월 22일, 제임스 파커 박사는 처음 찍은 뇌전도 사진에서 비정상적인 뇌파를 보인 부분이 두 번째 사진에서는 나타나지 않았다고 했다. 두 번째 사진에서는 뒤쪽에서 간헐적으로 알파파의 활동이 보였다. 파커 박사는 "좌뇌와 우뇌 양쪽에서 비정상적인 세타파와 델타파의 활동이 나타났으며, 역시 양쪽에서 일시적으로 날카로운 파동이 관찰되었다"라고 썼다. 박사는 그 날카로운 파동에 대해 아마 간질과 관련된 형태일 수 있다고 보고했다.

프랭크 푸트넘 박사는 실험을 한 다중인격 환자의 뇌전도 사진 중 10~15% 정도가 비정상적인 뇌파 활동을 보였으며, 이 환자들은 전에 간질 환자로 진단받은 전력이 있었다고 말했다. 그는 하버드 대학 연구팀이 다중인격 환자의 비정상적인 뇌전도 사진에 대해 비슷한 사례 보고서를 발표한 적도 있다고 말했다.

밀리건의 뇌전도 사진에 대한 설명을 뇌전도 기술공학자에게 보여주자, 그는 그것이 다른 두 사람의 사진에 대한 설명처럼 보인다고 딱 잘라 말했다. 나는 이 분야에서 행해진 연구 결과들이, 하딩 병원에서 했던 뇌전도 검사가 다른 인격들(아마도 어린이들)을 대상으로 행해졌으리라는 추측과도 일치한다고 믿고 있다.

새로운 실험 결과의 중요성을 토의하면서, 푸트넘 박사는 이렇게 말했다.
"다중인격 환자 연구는 정신과 육체를 통제하는 방식에 대해 우리에게 뭔가 시사하는 바가 있다고 봅니다. 나는 다중인격 환자들이 어쩌면 인류에 대해 더 많은 것을 알려주려 하는 자연의 실험이 아닌가 생각하기도 합니다……."

1982년 7월 20일, 오하이오 주 애슨스에서

| 감사의 말 |

이 책은 윌리엄 스탠리 밀리건을 수백 번 만나 대화를 나누었던 것 이외에도 살면서 그의 인생과 접하게 되었던 예순여섯 명의 사람들이 인터뷰에 응해준 덕분에 쓸 수 있었다. 이들 중 대부분의 이름이 본문에서 실명으로 등장하는데, 도움을 주신 데 대해 다시 한 번 감사를 표하고 싶다.

또한 여러 방면에서 연구와 조사뿐 아니라 책의 진행과 출간에도 지대한 역할을 해주신 다음 분들께 감사를 드린다.

애슨스 정신건강센터 원장인 데이비드 콜 박사, 하딩 병원 원장인 조지 하딩 주니어 박사, 코넬리아 윌버 박사, 게리 쉬웨이카트와 주디 스티븐슨 변호사, L. 앨런 골즈베리와 스티브 톰슨 변호사, 밀리건의 어머니인 도로시 무어와 현재 의붓아버지인 델 무어, 밀리건의 여동생인 캐시 모리슨과 밀리건의 절친한 친구 메리가 바로 그들이다.

애슨스 정신건강센터, 하딩 병원(특히 홍보를 맡고 있는 엘리 존스 씨), 오하이오 주립대학 경찰서, 오하이오 검사국, 콜럼버스 경찰서, 랭커스터 경찰서의 직원들에게도 협조해주신 데 대해 감사드린다.

이 책에서 캐리 드라이어와 다나 웨스트라는 가명으로 나오는 성범죄 피해자 두 분께는 깊은 감사와 존경을 바친다. 그들은 자진해서 피해자의 시각에서 사건을 상세하게 설명해주었다.

또한 내가 이 프로젝트에 착수할 수 있도록 자신감과 지지를 보여준 내 담당 변호사 도널드 엥겔 씨, 지칠 줄 모르는 열정과 비판적 시각으로 자료들을 잘 관리할 수 있도록 도와준 편집자 피터 게더스 씨에게도 감사드린다.

많은 사람들이 적극적으로 협조해주었지만, 몇몇 분들은 나와 직접 대화를 나누고 싶어 하지 않았으므로, 그분들에 대한 자료 출처를 명확히 하고자 한다.

밀리건이 열다섯 살 때 그를 치료했던 페어필드 정신건강진료소의 해롤드 T. 브라운 박사의 소견, 생각, 통찰로 표현되어 있는 부분은 그의 진료 기록에 있는 인용문과 부연 설명을 바꾸어서 썼다. 처음 밀리건의 다중인격을 발견하고 진단한 도로시 터너와 사우스웨스트 지역사회정신건강센터의 스텔라 캐롤린 박사에 대한 묘사는 그들과의 만남을 또렷하게 기억하고 있는 밀리건의 진술에 의거했고, 그들이 작성한 서면 기록, 법정 증언, 당시 그들을 알고 지냈던 다른 정신과 의사와 변호사들의 묘사를 통해 확인했다.

밀리건의 수양아버지인 챌머 밀리건은 그에게 가해진 비난에 대해 논하기를 거부했으며 그의 입장에서 이야기를 해달라는 내 제안 또한 거절했다. 신문과 잡지에 보낸 진술서나 공개 인터뷰에서 챌머 밀리건은 "위협하고 학대하고 성폭행했다"는 윌리엄의 고발을 부인했다. 그러므로 챌머 밀리건이 저질렀다고 하는 행동들은 재판 기록에서 유래한 것이며, 친척들과 이웃의 법정 증언에 의해 뒷받침되고 그의 친딸 칼라와 의붓딸 캐시, 의붓아들 짐, 전 부인 도로시 그리고 물론 윌리엄 밀리건과 나눈 인터뷰 녹음테이프에 의해 확인된 사실일 뿐이다.

내 딸들, 힐러리와 레슬리에게는 이런 자료들을 어렵게 조사하는 동안 도움과 이해를 보여준 것에 대해, 아내 어리아에게는 수백 시간의 인터뷰 테이프를 들으며 편집에 도움을 준 것 이외에도 이 내용을 모두 정보 검색

시스템에 기록하여 후에 대화와 정보를 찾아서 대조 확인해볼 수 있게 해준 데 대해 특별한 감사와 존경을 보낸다. 아내의 격려와 도움이 없었다면 이 책을 쓰는 데 몇 년이 더 걸렸으리라.

| 옮긴이의 말 |

인간을 정의하는 정신을 찾아서

평생을 살면서 누구나 부딪치는 질문이 있다. "나는 누구일까?" 아니, 내가 누구인지 모두들 알고 있다. 그렇지만 가끔 내 안에서 낯선 내가 또다시 질문을 한다. 자신도 이해할 수 없는 욕망, 스스로 제어할 수 없는 행동. 결국 나에 대한 질문은 개체로서의 인간에 대한 근원적 질문으로 이어진다.

내 안에 조금씩 다른 존재가 존재한다 해도 보통사람들은 이 모든 자아를 하나의 자기로 끌어안는다. 그런데 여기, 그 각각의 자아를 분리해서 여러 명의 사람으로 끌어안고 살아간 사람이 있었다. 그의 이름은 빌리 밀리건. 비행 소년, 잔혹한 성폭행범, 재능 있는 예술가인 동시에 세상에서 가장 유명한 다중인격 환자다.

이 책은 빌리 밀리건의 삶을 따라가면서 한 인간 안에 내재된 여러 개의 자아를 탐구한다. 작가 대니얼 키스는 이미 『앨저넌에게 꽃을』에서 한 사람을 사람으로 존재하게 하는 정신의 역할에 대한 감동적인 서사를 만들어낸 바 있었다. 그 후 키스가 선택한 작업은 사회적으로도 민감한 소재인 다중인격에 관한 논픽션이었다. 그의 작품들은 인간 내면의 정신 변화에 초점을 맞추고 그를 통해 인간성의 본질을 찾으려 한다는 점에서 일관된 흐름을 보여주며, 그 중에서도 다중인격에 대한 연구는 그의 작업의 핵심을 이룬다.

다중인격이라는 소재는 정신의학적으로 그 존재를 확실히 인정받은 이후로 많은 영화나 소설에서 많이 볼 수 있었다. 그러나 이런 작품들이 다중인격을 하나의 트릭이나 장치로 이용해서 흥밋거리로 만든 반면, 『빌리 밀리건』은 장식적인 요소를 배제하고 방대한 자료와 성실한 사실 묘사에 입각하여 한 인간의 삶을 추적하는 데 초점을 두고 있다. 실제로 빌리 밀리건의 일생은 TV 수사 드라마에 익히 사용될 만한 소재였다. 잘생긴 젊은이, 대학 캠퍼스에서 일어난 연속 성폭행사건, 검사와 변호사 간의 정신 감정 공방, 그리고 밝혀지는 그의 과거. 하지만 작가는 그를 둘러싸고 있는 선정적인 요소들을 걷어내고 하나의 인간상을 구축하는 작품을 썼다. 이것은 이 사건을 흥미로운 눈으로 지켜보던 관중들을 위한 책이기도 했지만, 자기가 저지른 범죄의 희생자이기도 한 빌리 밀리건 자신이 원한 책이기도 했다.

논란의 여지가 많은 소재이니만큼 대니얼 키스가 느꼈을 갈등이 문장 사이사이에 배어난다. 이 책을 읽어나가면서 나조차도 빌리 밀리건의 다중인격에 대해 의심을 품었다는 사실을 고백하지 않을 수 없다. 한 사람의 몸속에 24개의 다른 인격이 존재한다는 게 정말 가능한 일일까? 한 인격이 정신의 전면에 등장했을 때 다른 인격들은 그 사실을 모르고 있었다는 말을 믿을 수 있을까? 천부적 배우의 재능을 가진 젊은이가 정당한 처벌을 피하기 위해 다중인격을 가장하는 게 아닐까? 하지만 대니얼 키스가 후에 발견한 굳은 믿음을 등대 삼아 읽어가다 보니 빌리 밀리건의 처지에 공감하고 동정할 수 있을 것이라는 생각도 들었다.

이 책에 대해 취할 수 있는 여러 가지 입장을 고려할 때, 『빌리 밀리건』은 세 가지 측면에서 파악할 수 있다. 먼저, 이 작품은 심리학과 정신의학적 측면에서 '다중인격'의 좋은 사례로서 의학적인 의의를 갖는다. 작가는 수없이 많은 인터뷰와 자료의 재구성을 통해 밀리건의 여러 인격들을 생생한 캐릭터로서 되살려냈다. 이는 인간 정신을 연구하는 사람들이나 인간의 성격 탐구에 관심을 가지고 있는 독자들에게 좋은 자료가 될 것이며 유사한 사례의 적용에도 도움이 될 수 있다.

두 번째로 이 작품은 정신질환을 가진 범죄자를 사회가 어떻게 처리할 것인가를 묻는 사회 범죄 보고서라고도 할 수 있다. 작가는 빌리에게 동정심을 품었지만, 그에게 강력한 처벌을 내릴 것을 요구하는 사람들의 입장도 동시에 다루고 있다. 범죄자인 환자를 사회가 어디까지 용인해줄 것이며 그의 권리는 무엇인지에 대한 작가의 문제제기는 상당히 날카롭고 수십 년이 지난 지금까지도 시사하는 바가 크다.

  마지막으로 이 작품은 아동 학대 피해자의 일생을 따라가며 그가 겪어야 했던 비극적 분열을 묘사하는 동시에 그에 대한 우리의 이해와 반성을 이끌어내고 있다. 동감과 이해, 동정과 반성은 대니얼 키스의 전작에서도 익히 찾아볼 수 있는 요소로, 딱딱하게 받아들이기 쉬운 과학과 사회학의 사실들을 서술하면서도 독자들의 마음에까지 가 닿을 수 있었던 그의 작가적 능력의 소산이기도 하다. 그의 주인공들은 우리와 다른 정신을 가졌지만 하나의 인간으로서 존중받아야 하는 존재들이며 그들을 소외시킬 때 우리의 삶에도 균열이 일어난다는 게 그의 믿음이 아니었을까.

  이 작품을 읽으면서 내가 깨달았던 것은 '나'라는 존재의 불완전성이다. '나는 생각함으로써 존재한다'고 믿고 있지만, 실제 나의 생각은 수없이 바뀌고 흘러가고 가끔 기억나지 않는다. 그런데도 나의 모든 행동을 '나'라고 받아들여야 하는 버거움, 혹은 온전한 자신으로 인식할 수 있는 축복이 대부분의 사람들에게 주어져 있다. 그리고 온전히 존재하는 나로서 타인과 세계를 인식할 수 있다.

  그럼에도 불구하고 우리는 여전히 가끔 낯선 얼굴로 자기 자신을 돌아본다. 그리고 묻는다. 자아가 일관적이고 연속적이라는 믿음이 깨어진다면 인간은 과연 무엇일까?

2007년 6월

박현주

빌리 밀리건

2007년 7월 20일 초판 1쇄 발행
2022년 10월 26일 초판 20쇄 발행

지은이 | 대니얼 키스
옮긴이 | 박현주
펴낸이 | 이종춘
펴낸곳 | ㈜첨단

주소 | 서울시 마포구 양화로 127 (서교동) 첨단빌딩 3층

전화 | 02-338-9151

팩스 | 02-338-9155

인터넷 홈페이지 | www.goldenowl.co.kr

출판등록 | 2000년 2월 15일 제 2000-000035호

디자인 | 오필민
본문편집 | 성인기획
전략마케팅 | 구본철, 차정욱, 오영일, 나진호, 강호묵
제작 | 김유석
경영지원 | 윤정희, 이금선, 최미숙

978-89-6030-145-0 03840

BM 황금부엉이는 ㈜첨단의 단행본 출판 브랜드입니다.

• 값은 뒤표지에 있습니다.
• 잘못된 책은 구입하신 서점에서 바꾸어 드립니다.
• 이 책은 신저작권법에 의거해 한국 내에서 보호를 받는 저작물이므로 무단 전재 및 복제를 금합니다.

황금부엉이에서 출간하고 싶은 원고가 있으신가요? 생각해보신 책의 제목(가제), 내용에 대한 소개, 간단한 자기소개, 연락처를 book@goldenowl.co.kr 메일로 보내주세요. 집필하신 원고가 있다면 원고의 일부 또는 전체를 함께 보내주시면 더욱 좋습니다.
책의 집필이 아닌 기획안을 제안해주셔도 좋습니다. 보내주신 분이 저 자신이라는 마음으로 정성을 다해 검토하겠습니다.